2. Teil



MICHAELA GRÜNIG

# Palais Heiligendamm

## Stürmische Zeiten

ROMAN

LÜBBE

Dieser Titel ist auch als Hörbuch und E-Book erschienen

FSC
www.fsc.org
MIX
Papier aus verantwortungsvollen Quellen
FSC® C014496

Die Zitate von Thomas Mann auf den Seiten 393 ff. wurden dem Band »Deutsche Ansprache.
Ein Appell an die Vernunft. Rede, gehalten am 17. Oktober 1930 im Beethovensaal zu Berlin«, S. Fischer Verlag, Berlin 1930 entnommen.

Originalausgabe



Textredaktion: Claudia Schlottmann, Berlin
Umschlaggestaltung: Johannes Wiebel | punchdesign, München
Einband-/Umschlagmotive: © shutterstock.com: Inga Dudkina | Digiselector | SCOTTCHAN | vata | Ints Vikmanis | AlenKadr | Andreas Jung
Satz: hanseatenSatz-bremen, Bremen
Gesetzt aus der Adobe Caslon Pro
Druck und Einband: GGP Media GmbH, Pößneck

Printed in Germany
ISBN 978-3-7857-2717-1

2 4 5 3 1

Sie finden uns im Internet unter: www.luebbe.de
Bitte beachten Sie auch: www.lesejury.de

# Personenverzeichnis

**Elisabeth Kuhlmann,** Geschäftsführerin des Palais Heiligendamm

**Paul Kuhlmann,** der ältere Bruder

**Friedrich Kuhlmann,** der älteste Bruder

**Luise Kuhlmann,** die jüngere Schwester

**Johanna Hirsch, geb. Kuhlmann,** die ältere Schwester

**Dr. Samuel Hirsch,** Johannas Ehemann, Kinderarzt

**Julius Falkenhayn,** Erbe eines Industriekonzerns, Mitbesitzer des Hotels

**Julia Falkenhayn (*1916),** Elisabeths und Julius' uneheliche Tochter

**Minna Pohl,** Köchin und Julias Ziehmutter

**Robert Breitschneider,** ehemaliger Chefkellner des Palais

**Ottilie Kuhlmann,** Mutter der erwachsenen Kuhlmann-Kinder

**Heinrich Kuhlmann,** verstorbener Gründer des Palais Heiligendamm und Vater der erwachsenen Kuhlmann-Kinder

**Helene Kuhlmann,** Pauls Ehefrau

**Dr. Margot Fischer,** Friedrichs zukünftige Ehefrau

**Albert Schuhmacher,** ein Kommunist, Minnas späterer Ehemann

**Ulrich Sternhaus,** ein berühmter UFA-Regisseur

**Gustav Mittenbach,** Generaldirektor von Julius' Industriekonzern

**Konrad,** ehemaliger Hotelpage, nun SA-Sturmmann

**Carl von Herrhausen,** NSDAP-Parteifunktionär

**Willy Frisch,** UFA-Stummfilmstar

**Baron Rosenberg,** späterer Besitzer der Ostseebad Heiligendamm GmbH

**Emil Stocker,** Landknecht

**Gabriel Hirsch (*1923),** Johannas und Samuels Sohn

**Thomas Kuhlmann (*1919),** Pauls und Helenes erster Sohn

**Martin Kuhlmann (*1920),** Pauls und Helenes zweiter Sohn

**Sophie Kuhlmann (*1921),** Pauls und Helenes Tochter

# 1. Kapitel

*Bad Doberan, Palais Heiligendamm, Januar 1922*

Der kleine Bankettsaal erstrahlte in all seiner frisch renovierten Herrlichkeit und bot einen denkbar schönen Rahmen für die kleine Hochzeitsgesellschaft ihrer Schwester Johanna. Zufrieden ruhte Elisabeths Blick auf dem matt glänzenden französischen Parkett, das von einem Spezialisten in hochkomplexen Mustern verlegt worden war und unter anderem Sterne und Rauten zeigte. Sie hatte wochenlang mit Julius über die hohen Kosten diskutiert. Er war als Miteigentümer des Palais der Meinung gewesen, dass es ein schlichterer Bodenbelag auch getan hätte, aber das Ergebnis gab ihr recht: Der Raum wirkte sogar noch edler als vor dem Krieg, und man konnte sich beim besten Willen nicht mehr vorstellen, dass hier noch vor wenigen Jahren verletzte Soldaten in Feldbetten gelegen hatten.

Die Instandsetzung des Hotels hatte viel Zeit in Anspruch genommen, weil es nach 1918 kaum Handwerker und Baumaterialien gegeben hatte. Auch in Bad Doberan und Umgebung waren viele Familienväter nicht von der Front zurückgekehrt, und es hatte ewig gedauert, die notwendigen Fachkräfte aufzutreiben. Auch wegen der Schwierigkeiten bei der Beschaffung der kostspieligen Baustoffe – viele ausländische Firmen lieferten nicht mehr an deutsche Kunden – waren die Arbeiten immer wieder kurzfristig zum Erliegen gekommen. Alles in allem eine nervenaufreibende Aufgabe, die in den letzten Jahren ihre ganze Aufmerksamkeit beansprucht hatte. Doch es hatte sich gelohnt. Mit dem erneuerten Stuck, den glitzernden Kristalllüstern und den schlanken Säulen bot der kreisrunde Saal einen Rahmen, in dem auch royale Häupter hätten speisen und tanzen können, selbst wenn es diese nun in Deutschland nicht mehr gab, weil Kaiser und Co. nach der Niederlage abgedankt hatten.

Elisabeth hatte die Bankettträume und den Ballsaal absichtlich in barockem Prunk restaurieren lassen. Für sie verkörperte dieser Stil nicht nur eine Rückkehr zur Tradition des Palais, sondern eignete sich auch bestens, um die lang vermisste Lebenslust wiederzuentdecken. In diesen Räumlichkeiten sollten abermals rauschende Feste gefeiert werden. Nach den düsteren, entbehrungsreichen Kriegsjahren und der chaotischen Zeit danach sehnte sie sich nach perlendem Champagner und der spielerischen Leichtigkeit des Seins. Ihre Gäste sollten endlich wieder im Luxus schwelgen dürfen. Ach, wenn ihr Vater, der das Hotel einst gegründet hatte, das noch hätte erleben können … er wäre sicherlich stolz auf sie gewesen. Genauso wie auf seine älteste, nun verheiratete Tochter.

Als Elisabeth an der überschaubar langen Tafel entlangsah, zog sie unwillkürlich die Stirn kraus. Ursprünglich hatte sie sich Johannas Hochzeitsfeier anders vorgestellt. Ausgelassener und vor allem mit einer weitaus größeren Gästeschar. Stattdessen saßen sich – abgesehen von ein paar Freunden – lediglich die Familien der Brautleute fremdelnd bei einem Abendessen gegenüber. Besonders ihrer Mutter schien es schwerzufallen, sich ein Lächeln abzuringen. Sie hatte sich offenbar noch immer nicht damit abgefunden, dass die Wahl ihrer schönen und begehrten Tochter ausgerechnet auf einen jüdischen Kinderarzt gefallen war. Dabei hatte sie weiß Gott genug Zeit gehabt, sich an diesen Gedanken zu gewöhnen. Vor der Hochzeit hatte Johanna drei ganze Jahre lang Hebräisch, die Thora und jüdische Bräuche studiert, um für ihren Samuel zum jüdischen Glauben konvertieren zu können.

Erst letzten Monat war sie nach einem rituellen Tauchbad in die Religionsgemeinschaft aufgenommen worden. Kurz darauf hatten die beiden in einer Berliner Synagoge geheiratet. Und obwohl Elisabeth und der Rest der Familie von Johanna auf die dabei üblichen Riten vorbereitet worden waren, hatte vieles doch recht exotisch angemutet: Zum einen hatte die Vermählung auf Wunsch von Johannas Schwiegereltern an einem Dienstag stattgefunden, weil in der Bibel der dritte Tag der Schöpfungsgeschichte gleich zweimal mit den Worten »Gott sah, dass es gut war« gelobt wird und deshalb an diesem Tag geschlossene Ehen angeblich doppelt so gut hielten. Des Weiteren hatte die Braut ihren zukünftigen Ehemann erst dreimal unter einem Baldachin umrunden müssen, bevor der Rabbiner mit der Zeremonie beginnen konnte. Als Samuel schließlich ein in ein Tuch gewickeltes Weinglas zertreten hatte, waren die Augenbrauen ihrer Mutter pikiert in die Höhe gewandert.

Auch Samuels Eltern behandelten ihre neue Schwiegertochter eher mit kühler Höflichkeit, als sie mit offenen Armen im Kreis ihrer Familie aufzunehmen. Doch weder Samuel noch Johanna schienen sich an diesen unterschwelligen Konflikten zu stören. Ganz im Gegenteil, sie hatten nur Augen füreinander und schienen erfüllt von reinster Glückseligkeit.

In diesem Moment hob Johannas frischgebackener Schwiegervater Jakob Hirsch, ein asketisch wirkender emeritierter Professor für Pharmakologie, sein Glas: »Auf das Brautpaar. Denn ein Mann ohne Frau lebt ohne Freude, ohne Segen, ohne Güte. Masel tov!«

»Masel tov!«, schallte es vielstimmig zurück. Aus den Augenwinkeln bemerkte Elisabeth, wie ihre Mutter unwillig die Lippen aufeinanderpresste. Es war bereits der zehnte Trinkspruch, und selbst daran schien sie Anstoß nehmen zu wollen.

»Alle Achtung, Schwesterherz, bei der Renovierung hast du wirklich ganze Arbeit geleistet«, sagte Friedrich, der zu ihrer Rechten saß, und schaute sich wohlwollend um, während seine Hand weiterhin auf der seiner hübschen Verlobten Margot ruhte.

»Danke, Bruderherz«, erwiderte Elisabeth mit einem leisen Seufzen. »Jetzt brauchen wir nur noch mehr Gäste, um das Palais wieder mit Leben zu füllen.«

Ihr Bruder nickte abwesend. Er hatte sich noch nie für das

Hotelgeschäft seiner Familie erwärmen können. Sein Herz schlug seit jeher nur für die Medizin, und so war es kein Wunder, dass es sich bei seiner zukünftigen Ehefrau ebenfalls um eine Medizinerin handelte. Die beiden hatten sich vor etwas über einem Jahr in der Berliner Charité kennengelernt, wo Friedrich als Chirurg arbeitete. Seine Verlobte forschte dort auf einem Gebiet, das sich etwas sperrig »Erbgesundheitslehre« nannte. Elisabeth konnte sich nichts Genaues darunter vorstellen, aber Margot schien – zumindest auf den ersten Blick – eine nette Person zu sein, und wenn sie ihren Bruder glücklich machte, freute Elisabeth sich für die beiden. Außerdem stand ihre Mutter dieser Verbindung überaus wohlwollend gegenüber: Margot war, wie der Rest der Kuhlmanns, protestantisch, zudem leitete ihr Vater die Abteilung für Innere Medizin der Charité, was Friedrichs weiterer Karriere sicher nicht abträglich sein würde.

Ihr eigener Erfolg stand dagegen – trotz all der harten Arbeit – in den Sternen: Obwohl das Hotel seit drei Monaten wieder geöffnet hatte, war derzeit lediglich knapp ein Drittel der Zimmer belegt. Und das ließ sich leider nur teilweise mit der momentanen Nebensaison erklären. Die ausländischen Gäste schienen nach dem Krieg deutsche Reiseziele immer noch zu meiden, und auch ihren eigenen Landsleuten stand der Sinn nicht nach Urlaub. Dabei war Doberan im letzten Jahr anlässlich seiner 750-Jahr-Feier sogar in den Stand eines Kurbads erhoben worden und durfte sich seither »Bad Doberan« nennen. Auch die sommerlichen Musikveranstaltungen auf dem Kamp waren wieder eingeführt und zu Kurkonzerten aufgewertet worden. Der Gemeinderat und sie selbst hatten sich davon einen Ansturm neuer Gäste erwartet. Doch der war bisher leider ausgeblieben. Das schien sogar ihre große Konkurrenz, das luxuriöse Grand Hotel in Heiligendamm, schmerzhaft zu spüren zu bekommen. Seit dem Krieg standen auch dort die Betten leer, dabei war das Haus ohnehin nur in der Hauptsaison geöffnet. Hinter vorgehaltener Hand munkelte man bereits, dass das Traditionshaus unmittelbar auf einen Konkurs zusteuerte.

Wenigstens diese Schmach würde ihr in der nahen Zukunft erspart bleiben … Julius hatte ihr wieder und wieder versichert, dass er etwaige finanzielle Defizite mit privaten Mitteln ausgleichen werde. Doch wie lange würde er sich das leisten können? Obwohl er durch das Erbe seines Vaters immens reich geworden sein sollte, hatte sie keine Ahnung, wie es wirklich um seine Finanzen stand. Warum hatte er zum Beispiel darauf bestanden, dass sie für dic Renovierungsarbeiten im Palais einen Kredit aufnahm? Und warum arbeitete er inzwischen als Filmproduzent bei der UFA und hatte die Geschäfte des väterlichen Konzerns in die Hände eines Generaldirektors gelegt? Fragen über Fragen. Doch sie hätte sich lieber die Zunge abgebissen, als Julius damit zu löchern. Ihr Verhältnis war nach der für sie so schmerzhaften Trennung und den konfliktreichen Renovierungsarbeiten der letzten Jahre immer noch angespannt, und sie wollte nicht, dass er ihre Wissbegierde im Hinblick auf seine geschäftliche Situation als übermäßiges Interesse an seiner Person interpretierte. Niemand sollte wissen, wie es in ihrem Innersten aussah.

Am anderen Ende der Tafel erklang ein glockenhelles Lachen, in das sich umgehend ein kindliches Kichern und das belustigte Brummen einer männlichen Stimme mischten. Ohne hinzusehen, wusste Elisabeth, wer sich dort so köstlich amüsierte, und es versetzte ihr einen Stich: Sogar Luise konnte offenbar besser mit der fünfjährigen Julia umgehen als sie selbst. Dabei war die blondgelockte Kleine Julius' und ihre Tochter und nicht das Kind ihrer Schwester. Doch zwischen Julia und ihr fehlte die natürliche Verbundenheit, die normalerweise zwischen einer Mutter und ihrem Kind herrschte. Kein Wunder … Julius hatte sie ihr entfremdet!

Noch während ihr dieser boshafte Vorwurf durch den Kopf schwirrte, wurde ihr bewusst, dass er ungerecht war. Das Gegenteil stimmte. Obwohl Julia die meiste Zeit bei Julius in Berlin wohnte, war er stets darauf bedacht gewesen, dass der Kontakt zu Elisabeth nicht abriss. Immer wieder war er an den Wochenenden mit Julia nach Doberan gereist und hatte sie sogar bei den Renovierungsarbeiten unterstützt. Nur dass dabei meistens die Fetzen geflogen waren und die gereizte Atmosphäre wohl auch auf ihre Tochter abgefärbt hatte. Leider schien sie überhaupt keine mütterliche Ader zu haben. Alle Spiele oder Ausflüge, die sie mit Julia machen wollte, stießen bei der Kleinen auf Ablehnung. Elisabeth fand einfach nicht den richtigen Ton, um sich ungezwungen mit ihr zu unterhalten. Dabei war ihre Tochter ansonsten ein aufgewecktes und unproblematisches Kind. Aber selbst heute beim Hochzeitsmahl hatte sie unbedingt zwischen ihrem Vater und Luise sitzen wollen anstatt neben ihr. Das schmerzte mehr, als sie sich eingestehen wollte. Doch sie würde nicht aufgeben und auch zukünftig um die Zuneigung ihrer Tochter kämpfen.

Manchmal träumte sie davon, dass Julia, Julius und sie gemeinsam – wie eine richtige Familie – einen Ausflug an den Strand von Heiligendamm unternahmen. Dann spürte sie förmlich die steife Brise im Haar, den Sand unter den nackten Füßen und die wärmenden Sonnenstrahlen auf ihrem Gesicht. In dieser Traumwelt fühlte sich alles so real und richtig an. Zu dritt bauten sie Sandburgen, die von ausgeklügelten Salzwassergräben umgeben waren. Lachend liefen sie um die Wette ins Meer und spritzten sich gegenseitig nass. Später schmiegte sich Julias vom Spiel an der frischen Luft ausgekühlter kleiner Körper wärmesuchend an sie, und Elisabeth drückte ihr sanft einen Kuss aufs wirre blonde Haar. Über den Kopf ihrer Tochter hinweg lächelte Julius ihr zu, und in seinen Augen stand die gleiche liebevolle Zärtlichkeit, die sie auch früher darin hatte lesen können … Jedes Mal, wenn sie aus dieser schönen Illusion erwachte, waren ihre Wangen tränennass. Warum waren sie beide nur solche Sturköpfe? Immer wieder gab ein Wort das andere, jede Unterhaltung endete im Zwist. Und die räumliche Trennung machte alles nur noch schlimmer.

Energisch griff Elisabeth nach ihrem Weinglas und nahm einen tiefen Schluck. Das Leben war nun mal kein Wunschkonzert, sondern harte Realität. Und mit der galt es sich abzufinden. Während ihr Dessertteller von einem livrierten Kellner abgeräumt wurde, blickte sie auf die Uhr. Himmel, es war bereits nach neun Uhr. Höchste Zeit für Julia, ins Bett zu gehen, in einer knappen halben Stunde würde eine Kapelle aufspielen und die Hochzeitsgäste zum Tanz auffordern.

»Mutter, ich bringe schnell Julia zu Bett«, sagte sie und erhob sich.

»Mach das, mein Kind«, erwiderte ihre Mutter, ohne das gerade begonnene Gespräch mit Samuels Mutter über ihre Lieblingsrosen zu unterbrechen.

Als Elisabeth an der Tischgesellschaft entlangschritt, lächelte sie Johanna zu, die ihrem Bräutigam gerade verschämt einen Kuss auf die Wange drückte. Wenn ihr Bruder Paul und seine Helene, hinter denen sie als Nächstes vorbeiging, nur ebenfalls so glücklich gewirkt hätten. Doch die beiden, die inzwischen drei kleine Kinder in die Welt gesetzt hatten, sahen alles andere als zufrieden aus. Paul blickte starr vor sich hin, und Helene hatte schon wieder diesen verkniffenen Zug um den Mund. Bestimmt hatten sie sich gestritten. Das kam leider fast täglich vor. Manchmal zeterte Helene so laut, dass Elisabeth es bis in ihre eigenen vier Wände hören konnte. Dann war sie jedes Mal froh, dass sie – in weiser Voraussicht – die alte, weitläufige Familienwohnung im ersten Stock des Palais bei den Renovierungsarbeiten halbiert und in zwei eigenständige Wohnungen umgewandelt hatte, sodass Luise, Mutter und sie nicht mit Pauls chaotischer Familie zusammenwohnen mussten. Es war verrückt, wie ungleich das Glück auf die Kuhlmann-Geschwister verteilt war: Johanna und Friedrich schienen es für sich gepachtet zu haben, während Paul, Luise und sie selbst unverschuldet im Schatten standen.

Als sie Julias Stuhl erreichte, blieb sie für einen Moment dahinter stehen und legte den Finger an die Lippen, damit Julius und Luise ihre Anwesenheit nicht verrieten. Ihre kleine Tochter schwenkte mit vom Hochzeitskuchen verschmierten Händen hingebungsvoll eine Papierblume, die vermutlich Julius gebastelt hatte, und summte ein Kinderlied dazu. Ein entzückender Anblick.

»Hallo, mein kleiner Schatz«, sagte Elisabeth liebevoll.

Julia fuhr herum und riss die blauen Kulleraugen auf. »Ich will aber noch nicht schlafen gehen!«

Elisabeths Herz krampfte sich zusammen. Sollte sie Julias Wunsch nachgeben? Oder wäre das ein Fehler? Brauchten Kinder nicht klare Regeln? Ihre Stimme klang unsicher, als sie antwortete: »Es ist leider Zeit, mein Engel. Sonst kannst du den morgigen Tag gar nicht richtig genießen.«

Ihre Tochter zog einen Flunsch. »Bei Papa darf ich immer länger aufbleiben.«

Julius schüttelte amüsiert den Kopf. »Ganz sicher nicht, du kleine Schwindlerin. Außerdem hat deine Mutter recht, wenn du jetzt nicht ins Bett gehst, bist du morgen müde und schlecht gelaunt.«

»Bin ich nicht!«, sagte Julia empört.

»Bist du doch«, widersprach Julius und kitzelte sie so lange am Rücken, bis sie ausgelassen kicherte. »Also los! Sei brav und geh mit deiner Mutter in die Wohnung.«

Julia blickte sichtlich enttäuscht auf ihre Schuhspitzen. »Kann Tante Lulu auch mitkommen?«

»Natürlich. Das mache ich gerne«, erwiderte ihre Schwester und erhob sich von ihrem Stuhl. Elisabeth war Luise dankbar, auch wenn sie die wenigen Momente, bevor Julia ins Bett ging, lieber mit ihrer Tochter allein verbracht hätte.

Kurz darauf durchquerten sie das Foyer, das ebenfalls mit viel Liebe zum Detail renoviert worden war. Im Gegensatz zu den Festräumen hatte Elisabeth hier allerdings auf hochmodernes Design gesetzt. Alle Möbel und Accessoires strahlten eine strenge Eleganz aus. Die niedrigen Tische der Sitzgruppen waren mit exotischer Schlangenhaut bespannt und die Lampen aus silbrigem Chrom gefertigt, was sich besonders gut von den saphirblauen und smaragdgrünen Teppichen abhob. Manche der älteren Gäste hatten sich über die neue, »ungemütliche« Einrichtung beschwert, aber Elisabeth war sich sicher, dass die wahrhaft feine Gesellschaft – wenn sie sich nächsten Sommer hoffentlich endlich wieder ein Stelldichein in Bad Doberan geben würde – davon begeistert wäre.

Als sie die Treppe erreichten, legte Julia ihre kleine Hand vertrauensvoll in Luises. »Liest du mir noch eine Geschichte vor, Tante Lulu?«

Bevor Luise antworten konnte, sagte Elisabeth: »Nein, mein Schatz, das geht leider nicht. Tante Lulu und Mama müssen zurück zu den anderen Gästen. Aber Minna erzählt dir bestimmt noch eine schöne Gutenachtgeschichte.«

Luise warf ihr einen prüfenden Blick zu. Ob ihre Schwester ahnte, wie eifersüchtig sie war? Dass sie Julia noch stundenlang vorgelesen hätte, wenn ihre Tochter diese Bitte an sie statt an ihre Tante gerichtet hätte?

»O fein«, antwortete Julia fröhlich. Minna liebte sie selbstverständlich noch viel mehr als Luise. Die frühere Köchin des Palais hatte sich aufgrund der speziellen Umstände bei Julias Geburt in den ersten Lebensjahren ganz allein um die Kleine gekümmert. Inzwischen gehörte sie Julius' Berliner Haushalt als Kinderfrau an und begleitete Vater und Tochter auf allen ihren Reisen. Sie hatte zwar ebenfalls eine Einladung für die heutige Hochzeitsfeier erhalten, hatte jedoch abgelehnt, dabei zu sein. Minna wusste, dass Julias Großmutter, Elisabeths standesbewusste Mutter, solche Vertraulichkeiten mit dem Personal nicht schätzte. Sie war in einer anderen, strengeren Zeit erzogen worden.

»Minna«, rief Julia begeistert, als die Kinderfrau die Wohnungstür öffnete, und sprang wie ein Kletteräffchen in deren geöffnete Arme.

Wenigstens sagt sie nicht mehr ›Mama‹ zu ihr, dachte Elisabeth erleichtert. »Guten Abend, Minna. Bist du so lieb und bringst Julia ins Bett?«

»Sehr gern«, erwiderte die Kinderfrau mit einem Lächeln. »Julia, gibst du deiner Mutter noch ein Gutenachtküsschen?«

Mit geschlossenen Augen spitzte ihre Tochter die Lippen und machte einen schmatzenden Kusslaut. Dann befreite sie sich aus Minnas Armen und rannte, so schnell die kurzen Beinchen sie trugen, den Korridor entlang zu ihrem Zimmer.

Elisabeth zuckte enttäuscht mit den Schultern. »Wahrscheinlich besser als nichts.«

»Sie müssen ihr das nachsehen«, sagte Minna mit einem Seufzen. »Es ist ein schwieriges Alter.«

»Von wegen … den schlechten Charakter hat sie eindeutig von ihrer Mutter geerbt«, meinte Luise grinsend.

Elisabeth gab ihrer Schwester spielerisch einen Klaps auf den Arm. »Gut, Minna. Wir sind dann wieder unten. Du brauchst nicht auf uns zu warten. Geh ruhig schon zu Bett.«

»Danke.« Minna hob zum Abschied die Hand.

»Warum lässt du dich überhaupt so von der Kleinen vorführen? Beachte sie doch einfach eine Weile nicht. Dann kommt sie bestimmt von ganz allein auf dich zu«, sagte Luise, als sie nebeneinander die Treppe hinabschritten.

Sie hatte ihren Finger in die offene Wunde gelegt. Elisabeth winkte ab. »Bitte nicht, Luise. Lass uns lieber über etwas anderes reden.«

»Ganz, wie du willst. Es war nur ein gut gemeinter Ratschlag.«

»Das weiß ich. Danke.« Angespannt suchte Elisabeth nach einem anderen Thema. »Was ziehst du eigentlich auf Charlottes Verlobungsfeier am Samstag an?«

Luises Gesicht verfinsterte sich. »Nichts.«

»Nichts?«, wiederholte Elisabeth überrascht. »Aber du kannst doch schlecht nackt zur Verlobung deiner besten Freundin gehen?«

»Das tue ich auch nicht.«

»Also dann? Was wirst du tragen?« Elisabeth verstand die Welt nicht mehr. Warum wollte ihre Schwester nicht mit der

Sprache herausrücken? Über schöne Kleider zu fachsimpeln war doch sonst eine ihrer Lieblingsbeschäftigungen.

»Nichts … weil ich gar nicht eingeladen bin.« Es klang patzig, wie immer, wenn sich ihre Schwester angegriffen fühlte.

Elisabeth blieb stehen. »Charlotte feiert ihre Verlobung bei uns im Hotel, und du … bist nicht eingeladen? Habt ihr euch gestritten?«

Luise schüttelte den Kopf.

»Herrschaftszeiten, jetzt lass dir doch nicht alles aus der Nase ziehen. Warum will sie dich nicht auf ihrer Verlobungsfeier dabeihaben?«

»Weil … ihre Eltern ihr verboten haben, die geschiedene Frau eines Amerikaners einzuladen.«

Da lag also der Hase im Pfeffer. Ihre Schwester war nach ihrer Scheidung nicht mehr gut genug für den verarmten Doberaner Adel. Elisabeth versuchte, sich ihre Wut nicht anmerken zu lassen. »Und warum erzählst du mir erst jetzt von dieser Unverschämtheit? Ich hätte darüber gern ein Wörtchen mit Herrn und Frau von Damnitz geredet. Und vor allem hätte ich dann auch den eingeräumten ›Freundschaftspreis‹ für die Verlobungsfeier angepasst!«

In Luises Augen standen plötzlich Tränen. »Bitte misch dich da nicht ein, Lisbeth.«

»Natürlich mische ich mich da ein. Niemand springt ungestraft so mit meiner kleinen Schwester um. Weiß Mutter davon?«

»Nein, aber sie hat mich schon vor der Scheidung gewarnt, dass so etwas passieren würde«, flüsterte Luise, während ihr eine Träne über die Wange lief.

Elisabeth verdrehte die Augen. »Was hättest du denn machen sollen? Dein restliches Leben in einer unglücklichen Ehe zubringen? Dafür bist du viel zu jung. Außerdem haben wir alle einen schrecklichen Krieg überstanden … da kann man sich doch nicht wegen einer dummen Scheidung aufregen!«

»Die Spielregeln für uns Frauen haben sich leider nicht geändert«, meinte Luise niedergeschlagen.

»Doch, das haben sie. Erst gestern habe ich in der Zeitung gelesen, dass Frauen, die im Krieg für die eingezogenen Männer eingesprungen sind, sich nicht mehr aus der Arbeitswelt verdrängen lassen. Und wer sein eigenes Geld verdient, kann sich auch scheiden lassen.« Elisabeth hatte sich schon öfter darüber gewundert, dass sie selbst als unverheiratete Mutter von der lokalen Gesellschaft nicht geschnitten wurde. Dieser Umstand war im Gegensatz zu Luises Scheidung akzeptiert worden. Vielleicht lag das daran, dass es fast in jeder Familie junge Witwen mit Kindern gab. Oftmals waren solche Kriegsehen kurzfristig und ohne großes Tamtam geschlossen worden, weil der frischgebackene Ehemann zurück an die Front musste. Wahrscheinlich vermutete manch einer, dass ihr Fall ähnlich lag und Julius lediglich anstelle eines toten Ehemanns die Vaterrolle übernommen hatte. Zudem stand sie im Ruf, eine zähe Geschäftsfrau zu sein, mit der man es sich besser nicht verscherzte.

Luise wischte sich die Träne von der Wange. »Aber unsere Kreise hier sind viel konservativer als die im restlichen Land.«

»Vielleicht, aber auch bei uns wird man dazulernen müssen. Und was Charlottes Feier betrifft … soll ich nicht doch mit ihren Eltern reden?«

»Nein, ich würde unter diesen Umständen sowieso nicht hingehen. Eine erzwungene Einladung ist mir zu peinlich.«

»Sicher?«

Luise nickte. »Trotzdem danke.«

»Nicht der Rede wert«, erwiderte Elisabeth und setzte sich erneut in Bewegung. Aus dem Bankettsaal hörte man schon die ersten Klänge der Musikkapelle.

Luises Schritte verlangsamten sich. »Lisbeth? Glaubst du, dass ich jemals wieder heiraten werde?«

Elisabeth schüttelte ungläubig den Kopf. »Darüber machst du dir Gedanken? Schau mal in den Spiegel! Du bist bildschön. Wenn wir im Sommer erstmals wieder Bälle feiern, wirst du an jeder Hand fünf Verehrer haben.« Sie seufzte theatralisch. »Hoffentlich lässt du dir diesmal etwas mehr Zeit, um den Richtigen auszusuchen! Ich erinnere mich noch lebhaft an deine vollkommen überstürzte Verlobung.«

Luise hob die Hand wie zum Schwur. »Versprochen. Diesen Fehler mache ich nie wieder.«

»Besser wär's«, meinte Elisabeth trocken und drückte die Tür zum Bankettsaal auf. Umgehend wurde die Musik lauter. »Probeweise kannst du dich heute Abend schon mal von allen fremden Männern fernhalten und deine Tanzkenntnisse mit Paul oder Friedrich auffrischen!«

Der Stumpf juckte. Wahrscheinlich war sein Arm geschwollen, und die Prothese saß zu stramm. Paul versuchte, sich so unauffällig wie möglich am Ellbogen zu kratzen. Wenn Helene ihn dabei erwischte, gäbe es gleich den nächsten Streit. Dabei verschaffte ihm das Scheuern durch den festen Stoff des Abendanzugs sowieso kaum Linderung. Unglücklich starrte er zur Tanzfläche hinüber. Friedrich hatte sich erbarmt und seine Schwägerin zum Foxtrott aufgefordert, nachdem er selbst Helene diesen Wunsch abgeschlagen hatte. Offiziell, weil er mit seiner hölzernen Hand ungern tanzte. Doch die bittere Wahrheit war, dass er ihre Berührungen selbst im angezogenen Zustand nicht mehr ertrug. Helene war schon früher keine Schönheit gewesen, aber die drei Schwangerschaften so kurz hintereinander hatten sie noch zusätzlich wie einen Hefekloß aufgehen lassen. Trotz ihres jugendlichen Alters wirkte sie wie eine Matrone. Seine Ehefrau schien mit dieser Veränderung selbst nicht glücklich zu sein, und der anstrengende Alltag mit den Kindern machte sie nur noch unleidlicher. Ständig lag sie ihm in den Ohren, dass er endlich ein Kindermädchen einstellen solle, um sie zu entlasten. Aber von welchem Geld? Schließlich hatte er keinerlei Einkünfte. Das gerade erst wiedereröffnete und noch auf Sparflamme laufende Palais benötigte keinen Kulturdirektor. Und Elisabeth brauchte er mit solchen Sonderwünschen gar nicht erst zu kommen. Sie steckte jede verfügbare Mark in das Hotel. Zudem hatte Helene und nicht er sich so dringend eine Kinderschar gewünscht. Jetzt war sie trotzdem unzufrieden.

Ob seine Frau inzwischen ahnte, was mit ihm nicht stimmte? Denn natürlich lag seine Unlust, Helene zu berühren, nicht allein an den zusätzlichen Kilos, die sie auf die Waage brachte. Letztlich hatte er sie ohnehin nur geheiratet, weil er den Menschen, den er tatsächlich liebte, damals tot gewähnt hatte … und um seine eigenen, leider gesetzeswidrigen Neigungen vor Außenstehenden zu verheimlichen. In Wahrheit fühlte er sich zu Männern hingezogen. Genauer gesagt, zu *einem* Mann: Robert, den ehemaligen Oberkellner des Hotels, von dem er irrtümlich geglaubt hatte, er wäre im Krieg gefallen. Wenn er an die vielen Nachmittage dachte, an denen sie sich heimlich voller Leidenschaft geliebt hatten, schnürte sich ihm der Hals zusammen. Doch Robert wollte nichts mehr von ihm wissen. Als er aus der Kriegsgefangenschaft zurückgekommen war und von Pauls Hochzeit erfahren hatte, hatte er ihm vorgeworfen, ihre Liebe verraten zu haben, war aus der Tür gerauscht und hatte noch nicht einmal eine Adresse hinterlassen. Bei der Erinnerung daran verspürte Paul heute noch denselben Schmerz wie damals. Als ob man ihm das Herz aus dem Leib gerissen hätte. In den Wochen und Monaten nach Roberts Fortgang hatte er keinen klaren Gedanken fassen können und lediglich vor sich hin vegetiert. Erst die Geburt seines ersten Sohnes hatte ihm kurzzeitig aus der Depression herausgeholfen. Doch selbst wenn er dessen Kinderwagen durch den Park schob, hatte er an Robert denken müssen. Immer wieder war er kurz davor gewesen, alles stehen und liegen zu lassen und nach seiner großen Liebe zu suchen. Jede Nacht hatte er mit sich gerungen und an sein eigenes Pflichtgefühl appelliert. Schließlich wollte er seinem Sohn ein guter Vater sein. Dieser Widerstreit zwischen Pflicht und Liebe hatte ihn innerlich zerrissen. Und mit jedem weiteren Kind war die Hemmschwelle, Helene zu verlassen, größer geworden. Trotzdem hatte er ständig Roberts geliebtes Bild vor

Augen gehabt. In jener schrecklichen Zeit war Paul so zerstreut gewesen, dass er jeden Auftrag, den Elisabeth ihm übertrug, verbockte. Er bestellte säckeweise den falschen Beton, brachte die Zeitpläne der Arbeiter durcheinander und verrechnete sich bei der neuen Bestuhlung des Speisesaals. Bis seine Schwester ihn schließlich entnervt von allen Aufgaben entbunden hatte und er sich fortan den ganzen Tag mit seiner Ehefrau um die Kinder kümmern musste.

Eine Zeit lang war es ihm gelungen, seine eigenen Bedürfnisse hintanzustellen, doch nun bröckelte sein Pflichtgefühl. Die täglichen Streitigkeiten mit Helene belasteten ihn. Aber noch viel schlimmer quälte ihn die nicht nachlassende Sehnsucht nach Robert. Er hätte sein ganzes Hab und Gut dafür gegeben, ihm noch einmal sagen zu können, wie sehr er ihn liebte. Doch die Situation schien aussichtslos. Er wusste ja nicht einmal, wo er mit der Suche hätte beginnen sollen.

In diesem Moment kam Helene auf ihn zugewatschelt und ließ sich schwerfällig auf ihrem Stuhl nieder. »Friedrich ist übrigens derselben Meinung wie ich.«

»Wie bitte?« Paul hasste es, wenn sie in Rätseln sprach. Aber im Grunde genommen ging ihm alles an ihr auf die Nerven.

»Er meint auch, dass du Julius unbedingt um einen Posten bitten solltest. In einem so großen Konzern wie dem seinen gibt es bestimmt etwas Passendes für dich.«

Paul glaubte, sich verhört zu haben. »Du hast meinen Bruder mit deinen fixen Ideen belästigt?«

Sofort wurde Helene aggressiv. »Und warum bitte nicht? Wenn der eigene Mann zu faul ist, sich eine bezahlte Arbeit zu suchen?«

Er seufzte resigniert. »Helene, wir haben schon hundertmal darüber gesprochen. Ich bin nicht faul. Es gibt nur momentan im Hotel nichts für mich zu tun. Außerdem haben wir doch alles, was wir brauchen: ein Dach über dem Kopf und jeden Tag genug zu essen.«

»Als ob du lediglich im Palais arbeiten könntest! Außerdem mangelt es uns sehr wohl an einigen Sachen. Wir benötigen dringend ein Kindermädchen für Thomas, Sophie und Martin. Und einen neuen Kinderwagen. Zudem habe ich mir schon seit ewigen Zeiten kein neues Kleid mehr geleistet. Dabei hast du mir bei unserer Trauung versprochen, standesgemäß für mich zu sorgen. Alles, was du dafür tun müsstest, ist, Julius nach einer Arbeit zu fragen.«

Paul schwieg. Es war ihm peinlich, mit Julius über seine berufliche Situation zu sprechen. Er unterstützte die gesamte Familie Kuhlmann und das Hotel sowieso schon überaus großzügig. Darüber hinaus hatte Paul auch schlichtweg Angst, in einer neuen Stellung zu versagen. Er war nicht für die harte Geschäftswelt geschaffen, fühlte sich mehr als Künstler.

»Also? Sprichst du jetzt mit Julius?«, drängte Helene.

Er zuckte mit den Schultern. »Na gut, ich werde es versuchen.« Unter ihrem strengen Blick machte er sich auf den Weg.

»Und? Wie gedeihen deine Sprösslinge?«, erkundigte sich Julius lächelnd.

»Gut. Alle sind gesund und munter.«

»Das ist wunderbar. Kann man schon die unterschiedlichen Charaktere ausmachen? Wer ist dir am ähnlichsten?«

»Hm. Ich weiß nicht.« Paul lächelte, um seine Unsicherheit zu überspielen. Über solche Dinge hatte er sich noch gar keine Gedanken gemacht, obwohl er seinen Nachwuchs insgesamt recht putzig fand. Besonders wenn die Kleinen nicht wie am Spieß schrien, sondern friedlich nuckelnd in ihren Kinderbetten schliefen.

Julius nickte zustimmend. »Bei Julia könnte ich auch nicht sagen, ob sie mehr von Elisabeth oder von mir hat. Irgendwie ist sie eine ganz gelungene Mischung. Findest du nicht auch?«

»Gewiss.« Auch dieses Thema machte ihn verlegen. Zwar hatte er sich inzwischen an den Umstand gewöhnt, dass seine Schwester ein uneheliches Kind mit Julius hatte. Aber die Frage, warum die beiden letztlich nicht geheiratet hatten, schwang für ihn immer mit. Vielleicht sollte er die Unterhaltung besser in eine unverfänglichere Richtung steuern, bevor er mit seinem eigentlichen Anliegen herausrückte. »Und, wie beurteilst du die derzeitige Lage im Land?«

Über Julius' Gesicht flog ein Schatten. »Schwierig.«

»Bist du nicht erleichtert, dass wir zum ersten Mal eine Demokratie haben?«, erkundigte sich Paul überrascht. »Es hätte doch viel schlimmer kommen können. Kurz nach dem Krieg wäre Deutschland um ein Haar kommunistisch geworden! Das hätte dir als ... Unternehmer sicherlich nicht gefallen. Oder siehst du dich selbst eher als Filmproduzent?«

»Egal, in welcher Rolle ... ich bin natürlich froh, dass unser Volk endlich demokratisch regiert wird. Nur scheint es leider viel zu wenig wahre Demokraten unter uns zu geben. Jeder kocht sein eigenes Süppchen, hört auf seine eigenen Propheten. Da wird es in so unruhigen Zeiten schon schwer.«

»Was meinst du damit?«

»Diese unsägliche Verdrehung von Tatsachen. Es gibt zum Beispiel immer mehr Menschen, die glauben, wir hätten den Krieg gar nicht im Feld verloren, sondern die Heimatfront wäre uns in den Rücken gefallen. Dabei sind das glatte Lügen. Durch meine Kontakte in der Obersten Heeresleitung weiß ich ganz sicher, dass Deutschland im Herbst 1918 militärisch komplett geschlagen war. Und dass General von Hindenburg höchstpersönlich auf Friedensverhandlungen gedrängt hat. Doch jetzt möchten das Militär und die deutschnationalen Kräfte im Land die Niederlage auf einmal auf die Sozialdemokraten und das angeblich bolschewistische Judentum abwälzen. Eine bodenlose Frechheit, durch die brave Bürger gegen die Regierung, das Parlament und die Juden aufgewiegelt werden sollen.«

»Na ja, aber auf der anderen Seite sind unsere Soldaten doch wirklich geordnet zurückgekehrt und haben nicht überstürzt die Waffen gestreckt. Wenn wir besiegt worden wären, hätte das doch sicher anders ausgesehen.«

Julius fuhr sich mit einer Hand erregt durch die dunkelblonden Haare. »Bitte nicht du auch noch, Paul! Wir sind besiegt worden. Punktum. Die Amerikaner waren uns an technischen und menschlichen Ressourcen haushoch überlegen. Zuletzt fehlte es den Deutschen sogar an Munition.«

»Das wusste ich nicht«, erwiderte Paul unglücklich. Herrje, jetzt hatte er Julius gegen sich aufgebracht! Denkbar schlechte Voraussetzungen, um eine Bitte an ihn zu richten. Irgendwie mussten sie wieder auf einen gemeinsamen Nenner kommen. »Aber über das Schanddiktat von Versailles regst du dich doch sicherlich genauso auf, oder?«

Julius seufzte. »Da ist man im Eifer des Gefechts wohl etwas über das Ziel hinausgeschossen. Die Reparationszahlungen sind definitiv zu hoch. Ich fürchte, das wird Deutschland auf Dauer nicht leisten können.«

»Und was sagst du dazu, dass man uns die alleinige Kriegsschuld in die Schuhe schieben will? Dabei hat uns der Feind mitten im Frieden überfallen!«, redete sich Paul in Rage.

»Ganz so war es ja nun nicht«, meinte Julius abwesend und schaute konzentriert auf einen Punkt hinter Pauls rechter Schulter.

»Nein? Und was ist damit, dass die Siegermächte sogar unsere militärische Stärke beschränkt haben? Ein Berufsheer von hunderttausend Mann reicht doch nicht zu unserer Verteidigung. Luftstreitkräfte und Panzer sind gleich ganz verboten. Das ist schon eine Demütigung sondergleichen, findest du nicht auch?«

Julius antwortete nicht. Paul drehte sich um, um zu sehen, welcher Anblick seinen Gesprächspartner so fesselte, dass er sich nicht mehr auf ihre Unterhaltung konzentrieren konnte. Aber auf der Tanzfläche passierte gar nichts Besonderes, nur wenige Paare drehten sich im Takt der Musik: Friedrich tanzte mit Luise, Mutter mit Professor Hirsch, Elisabeth mit einem von Samuels Freunden und Johanna mit ihrem neuen Ehemann.

»Entschuldige, was hast du gerade gesagt?«, erkundigte sich Julius nach einer kleinen Pause.

»Schon gut«, antwortete Paul. »So wichtig war das nicht.« Zwischenzeitlich hatte er nachgedacht und seine Pläne geändert. Er wollte Julius nicht um Arbeit anbetteln. Das war ihm unangenehm. Stattdessen würde er nach Berlin fahren und sich dort nach einer geeigneten Stellung umsehen. Vielleicht im Hotel Adlon oder einem anderen erstklassigen Hotel, das seine Qualifikationen zu schätzen wissen würde. Und bei dieser Gelegenheit konnte er auch seinen lang gehegten Plan in die Tat umsetzen: Er würde Robert suchen. Würde der sich nicht auch in einem exquisiten Berliner Restaurant am wohlsten fühlen? Einen Versuch war es auf jeden Fall wert.

Minna lag auf dem Rücken und lauschte Julias gleichmäßigen Atemzügen. Wann immer sie in Bad Doberan zu Besuch waren, schliefen sie gemeinsam im Kinderzimmer. Das war praktischer. Fräulein Elisabeth bot ihr zwar jedes Mal eine eigene Unterkunft an, aber wozu sollte das gut sein? Das machte nur unnötig Arbeit. Trotzdem fiel ihr das Einschlafen am heutigen Abend schwer. Und das lag nicht an dem bequemen Bett, das sie sich mit Julia teilte. Ihre Gedanken kreisten um die Zukunft. Nach dem Sommer sollte ihr kleiner Schützling eingeschult werden. Dann brauchte sie zumindest halbtags eine neue Arbeitsstelle, denn sie konnte schließlich nicht den ganzen Vormittag tatenlos herumsitzen und auf Julias Rückkehr warten. Eine gute Köchin hatte Herr Falkenhayns Haushalt bereits. Er konnte Frau Hansen natürlich nicht kündigen, nur damit sie selbst eine Beschäftigung hatte.

Nun hatte ihr Fräulein Elisabeth gestern einen verlockenden Vorschlag unterbreitet: Sie sollte wieder die Leitung der Küche im Palais übernehmen! Die junge Hotelchefin hatte sie geradezu angefleht, zu ihr zurückzukommen, da sie mit der Arbeit des derzeitigen Chefkochs nicht zufrieden sei. Obwohl sie sich über dieses Angebot sehr gefreut hatte, war sie überzeugt, dass sie es nicht annehmen konnte. Denn was sollte aus Julia werden, wenn sie selbst nach Doberan zurückging? Herr Falkenhayn arbeitete manchmal bis spät in die Nacht. Wer würde sich dann um die Kleine kümmern? Fräulein Elisabeth musste ihr diese Gedanken von den Augen abgelesen haben, denn sie hatte heute von sich aus vorgeschlagen, mit Julias Vater zu reden. Vielleicht sei er ja bereit, die gemeinsame Tochter in Bad Doberan zur Schule gehen zu lassen. Das wäre selbstverständlich eine ganz wunderbare Lösung, doch Minna konnte sich nicht vorstellen, dass Herr Falkenhayn freiwillig auf seine Tochter verzichten würde. Dazu liebte er Julia zu sehr.

Trotz allem war sie heute in die Küche gegangen und hatte ihre alte Wirkungsstätte mit neu erwachtem Interesse begutachtet. Auch hier war vieles renoviert worden. Es gab neue Kupfertöpfe und hochmoderne Elektroherde. Das Ganze musste ein Vermögen gekostet haben. Doch die angestellten Köche arbeiteten ihres Erachtens nicht besonders professionell. Es herrschte eine nervöse, angespannte Atmosphäre, die sich sicherlich auf die Qualität der Speisen auswirkte. Herr Brandmüller, der alte, von ihr geliebte Chefkoch, hätte bestimmt die Hände über dem Kopf zusammengeschlagen. Aber wahrscheinlich hatten diese Jungspunde aufgrund des Krieges eine verkürzte Ausbildung absolviert und waren zu früh ins kalte Wasser geworfen worden. Das, was sie von dem Hochzeitsessen vorab gekostet hatte, hatte tatsächlich nur so lala geschmeckt. Natürlich war es nicht einfach, mit koscheren Zutaten zu arbeiten. Einige der Vorschriften machten die Zubereitung der Nahrungsmittel schwierig: Fleisch durfte zum Beispiel kein Blut mehr enthalten und musste vor dem Verzehr gewässert, gesalzen und nachgespült werden. Diese Arbeitsschritte ließen selbst das saftigste Schulterstück zäh werden, wenn es anschließend nicht anständig gekocht wurde. Leider hatte dies bei dem Eintopf, der als Hauptgang serviert worden war, nicht geklappt. Eine weitere wichtige Regel besagte, dass Fleisch- und Milchprodukte nicht miteinander kombiniert und nur mit ausreichend zeitlichem Abstand voneinander verzehrt werden durften. Sicherlich war es auch nicht leicht, eine mehrstöckige Torte ohne Sahne zuzubereiten. Aber das war keine Entschuldigung für den viel zu süßen und klebrigen Hochzeitskuchen, den die Köche als Nachtisch nach oben geschickt hatten.

Es stand außer Frage, dass Minna große Lust hatte, diese Herausforderung anzunehmen und wieder nach Bad Doberan zu ziehen. Sie traute es sich ohne Weiteres zu, die Küche des Palais umzukrempeln und ihr wieder zu altem Glanz zu verhelfen. Aber sie wollte auf keinen Fall in die Streitigkeiten zwischen Julias Eltern hineingezogen werden oder gar Anlass zu neuem Ungemach geben. Die beiden hatten es ohnehin schon schwer genug, miteinander auszukommen. Andauernd gab es Krach. Dabei sah ein Blinder, dass sie sich noch mochten. Warum konnten sie nicht endlich einen Schritt aufeinander zu machen? Und wenn sie es nur Julia zuliebe taten. Doch der Graben, der sie trennte, war tief: In der Vergangenheit hatten die beiden heiraten wollen, doch die Krankheit von Fräulein Elisabeths Vater und der Krieg hatten ihnen einen Strich durch die Rechnung gemacht. Während eines Heimaturlaubs ihres Liebsten war Fräulein Elisabeth dann schwanger geworden. Allerdings hatte sie Herrn Falkenhayn ihre anderen Umstände verheimlicht, damit er sich an der Front nicht unnötig sorgte. Schließlich hatte das Schicksal zugeschlagen: Fräulein Elisabeth wäre bei der Geburt von Julia fast gestorben, und ihre Mutter hatte kurzerhand entschieden, das uneheliche Neugeborene wegzugeben. Auf Frau Kuhlmanns Drängen und ohne die Einwilligung von Julias Mutter, die zu diesem Zeitpunkt noch im Fieberwahn lag, war Minna mit der Kleinen nach Berlin gefahren und hatte dort die letzten Kriegsjahre mit ihr verbracht. Nur durch eine zufällige Begegnung mit Julias Vater waren auch Mutter und Tochter wieder vereint worden. Das Ganze schien inzwischen eine halbe Ewigkeit her zu sein, und letztlich war auch alles gut ausgegangen. Doch Herr Falkenhayn hatte Fräulein Elisabeth nicht verzeihen können, dass sie ihm Julias Existenz verheimlicht hatte. Und anstatt ihm Zeit zu geben, um das alles zu verarbeiten, hatte ihre starrköpfige frühere Chefin ihm die Pistole auf die Brust gesetzt und ihn zu einer Entscheidung für oder gegen sie gezwungen. Kein Wunder, dass Herr Falkenhayn da erst einmal auf Abstand gegangen war.

Noch immer schien die Situation vollkommen verfahren zu sein. Ob es da sinnvoll war, dass Fräulein Elisabeth Herrn Falkenhayn um die Erlaubnis bat, Julia in Bad Doberan einschulen zu dürfen? Wahrscheinlich würde das den Konflikt nur erneut hochkochen lassen. Bestimmt war es besser, wenn sie Fräulein Elisabeth mitteilte, dass sie ihr Angebot nicht annehmen konnte. Aber dann blieb immer noch die Frage nach ihrer zukünftigen Halbtagsbeschäftigung. Sie war einfach nicht der Typ, der sich lange auf der faulen Haut ausruhen konnte. Minna seufzte. Irgendwie schien sie sich im Kreis zu drehen. Hoffentlich kam bald der Schlaf und hielt sie von diesen nutzlosen Grübeleien ab.

Es war kurz nach Mitternacht. Johanna und Samuel hatten sich bereits in ihre Hochzeitssuite zurückgezogen. Auch die älteren Gäste waren schon zu Bett gegangen. Doch die Kapelle spielte noch, und Elisabeth genoss es, sich mit Max, einem Freund von Samuel, unter die anderen Paare zu mischen. Es war so lange her, dass ihr dieses Vergnügen vergönnt gewesen war. Zuletzt hatte sie vor dem Krieg auf einem Ball getanzt. Mit Julius. Aber daran mochte sie jetzt nicht denken. Sie wollte sich lediglich von Max im Foxtrott führen lassen. Keine sentimentalen Gedanken, nur Bewegung. Max war der perfekte Partner dafür. Er war schweigsam, aber ein guter Tänzer, und das war alles, was sie sich momentan wünschte. Sie hätte endlos so weitertanzen können.

Hinter ihrem Rücken sagte plötzlich eine dunkle Stimme: »Macht es Ihnen etwas aus, wenn ich übernehme?«

Max gab sie mit einer kleinen Verbeugung frei. Und plötzlich schwebte sie in Julius' Armen. Ausgerechnet. Mit der friedlichen Gelassenheit und dem unschuldigen Genießen war es vorbei.

»Und mich fragst du nicht? Vielleicht will ich ja gar nicht mit dir tanzen«, sagte sie schnippisch und rückte ein wenig von ihm ab.

»Es gab mal eine Zeit, da hast du das sehr gern getan«, murmelte Julius.

Seine Bewegungen waren noch wesentlich harmonischer als die von Max, was ihr in diesem Moment alles andere als recht war. »Das ist lange her.«

»Na ja, so lange nun auch wieder nicht. Unsere Tochter ist erst fünf Jahre alt.« Er zog sie näher an sich heran.

Elisabeth blickte auf und sah in seine bernsteinfarbenen Augen, die nachdenklich auf ihr ruhten. »Was soll das, Julius? Ich will mich jetzt nicht mit dir streiten.«

»Ich auch nicht mit dir.«

»Dann fordere besser jemand anderen zum Tanzen auf.« Ihr Herz schmerzte bei diesen Worten, aber sie wollte nicht schon wieder verletzt werden. Immerhin hatte er sich von ihr abgewandt und nicht sie sich von ihm.

»Ich will aber mit niemandem außer dir tanzen.«

Es tat so gut, diese Worte zu hören. Wenn sie nur ernst gemeint gewesen wären. Aber sie wusste, dass er als Filmproduzent bei der UFA in Berlin täglich von den schönsten Filmschauspielerinnen umgeben war. Selbstverständlich würde er ihnen nicht widerstehen. Warum auch? Er war ein freier Mann. Verwunderlich war nur, dass Julia noch nie von einer anderen Frau erzählt hatte. Aber vielleicht brachte Julius seine Liebschaften nicht mit zu sich nach Hause, sondern traf sie stattdessen in einem Hotel?

»Glaubst du mir nicht?«, fragte Julius, als sie still blieb.

»Dein Privatleben geht mich nichts an.«

Julius zog sie wieder ein wenig enger an sich heran. »Warum bist du so kalt zu mir, Elisabeth? Immerhin haben wir uns einmal sehr geliebt. Glaubst du nicht, dass wir – jetzt, wo das Hotel renoviert ist – versuchen sollten, wieder besser miteinander auszukommen?«

Der vertraute Duft seiner Haut stieg ihr in die Nase und machte es noch schwerer, sich auf seine Worte zu konzentrieren. »Ich weiß nicht«, antwortete sie wahrheitsgemäß und schaffte energisch mehr Distanz zu seinem Körper.

Julius lachte leise. »Du warst schon immer sehr direkt, mein Schatz. Aber früher war es dir nicht unangenehm, dich an mich zu schmiegen.«

»Daran möchte ich mich jetzt nicht erinnern.«

»Ich aber schon. Auch wenn es wehtut. Das ist es mir wert.«

Seine Stimme klang ernst, und sie wollte ihm so gern glauben, aber der Schmerz über die Trennung saß zu tief. »Julius, bitte! Lass es gut sein. Was bezweckst du mit diesen Worten?«

»Willst du mich nicht wieder zurück in dein Leben lassen?«

Unwillkürlich blieb sie stehen. »Aber du hast damals gesagt, dass du mir nie mehr wirst vertrauen können.«

»Ich weiß, aber ich würde es trotzdem noch einmal versuchen wollen.«

»Was willst du versuchen?«

»Einen Neustart.«

Ihr Herz schlug schneller. Genau davon hatte sie geträumt. Doch auf einmal wurde sie misstrauisch. »Warum gerade jetzt, Julius? Hat Minna dir erzählt, dass ich Julia in Bad Doberan einschulen möchte?«

Über sein Gesicht flog ein Schatten. »Wie bitte?«

»Ich habe Minna gebeten, wieder als Köchin für mich zu arbeiten. Aber sie kommt nur, wenn Julia hier eingeschult wird.«

Julius' Hände ließen sie los. »Und du hast nicht einen Augenblick daran gedacht, erst mit mir zu sprechen, bevor du einer *meiner* Angestellten ein solches Angebot unterbreitest?«

»Sie ist mehr als nur eine Angestellte, Julius.«

»Eben.«

»Außerdem hätte ich dich natürlich gefragt, bevor ich Julia in Bad Doberan eingeschult hätte.«

»Zu großzügig.« Seine Stimme klang kalt.

»Du brauchst gar nicht ironisch zu werden. Schließlich hat Julia bislang hauptsächlich bei dir gelebt«, verteidigte sie sich.

»Weil sie dich bei den Renovierungsarbeiten sowieso nur gestört hätte.«

»Das stimmt nicht. Du hast sie mir als Strafe vorenthalten, weil ich dir damals nichts von meiner Schwangerschaft erzählt habe!«

Sein Gesicht wurde blass. »So etwas Schäbiges würde ich nie tun.«

»Aber du denkst immer noch, dass ich dir aus niedrigen Beweggründen nicht von ihr erzählt habe?«, fragte sie aufgebracht. »Dass ich dir absichtlich wehtun wollte?«

»Nein, aber du hättest mich trotzdem informieren müssen«, beharrte Julius störrisch. »Dann wäre vieles anders gelaufen.«

»Damit du an der Front abgelenkt gewesen und totgeschossen worden wärst?«

»Blödsinn.«

Sie stampfte vor Wut mit dem Fuß auf. »Im Nachhinein ist man immer schlauer.«

»Es ist und bleibt eine Frage des Vertrauens«, meinte Julius erregt.

»So sähe also ein Neustart mit dir aus? Wunderbar! Ich verzichte dankend!« Elisabeth drehte sich um und stapfte mit blutendem Herzen davon.

# 2. Kapitel

»Danke, Herr Adlon, dass Sie einem Treffen zugestimmt haben«, sagte Paul und schüttelte die offerierte Hand des Generaldirektors. Auch in diesem berühmten Haus hatte es einen Generationswechsel gegeben: Lorenz Adlon, der das Hotel 1907 eröffnet und in den folgenden Jahren zu wahrhafter Größe aufgebaut hatte, war im letzten Jahr an den Folgen eines schrecklichen Unfalls gestorben. Jetzt leitete sein skandalumwitterter Sohn Louis die Geschäfte, der vor Kurzem seine Frau und die gemeinsamen fünf Kinder verlassen hatte, um eine reiche Deutschamerikanerin namens Hedda zu ehelichen.

»Aber gern, Herr Kuhlmann. Wir Hoteliers müssen in diesen schwierigen Zeiten zusammenhalten. Und obwohl Ihr Vater uns damals mit Herrn Brandmüller einen ganz hervorragenden Koch abgeluchst hat, habe ich ihn immer sehr geschätzt. Also, womit kann ich dienen?«

»Nun, ich …«, begann Paul. Es fiel ihm schwer, sein Anliegen auszusprechen, denn eigentlich hätte er ja genau wie Louis Adlon der Nachfolger seines verstorbenen Vaters sein sollen. Nur dass in seinem Fall das Hotel aus verschiedenen Gründen von seiner jüngeren Schwester Elisabeth geleitet wurde: Anfänglich hatte er sich vor der ihm durch das Geburtsrecht aufgebürdeten Verantwortung gedrückt, und jetzt musste er leider zugeben, dass sie für diese Aufgabe schlichtweg besser geeignet war.

»Ja?«, hakte Herr Adlon nach. Es war offensichtlich, dass dringliche Geschäfte auf ihn warteten.

»Es geht um Folgendes … Vor dem Krieg habe ich mich hauptsächlich um die Kulturveranstaltungen bei uns im Palais und im Grand Hotel Heiligendamm gekümmert. Konzerte, Modenschauen und sogar Theateraufführungen. Die bekanntesten Künstler der Welt sind bei uns aufgetreten. Doch leider haben wir uns noch nicht von den Kriegsjahren erholt. Uns bleiben momentan die Gäste aus. Deshalb suche ich eine vergleichbare Aufgabe in Berlin. Und da dachte ich …«

Herr Adlon hob die Hand. »… dass bei uns ein solcher Posten zu besetzen wäre?«

»Genau«, erwiderte Paul erleichtert.

»Nun, wir sitzen leider alle im selben Boot, mein Lieber. Auch bei uns hat sich die Gästezusammensetzung dramatisch verändert. Früher haben uns der Kaiser, seine Hofgesellschaft und das Großbürgertum beehrt und hier rauschende Feste gefeiert. Doch diese Zeiten sind vorbei. Jetzt quartieren sich vor allem wohlhabende amerikanische Touristen bei uns ein, die Berlin und Umgebung besichtigen wollen.«

»Amerikaner?«

Louis Adlon nickte. »Ja, 1919 hatte das amerikanische Militär sein Hauptquartier bei uns aufgeschlagen. Als die Soldaten in die Heimat zurückgekehrt sind, müssen sie ihren Liebsten vom Adlon vorgeschwärmt haben. Und nun verzeichnen wir einen regelrechten Ansturm von Buchungen aus den Vereinigten Staaten.«

Paul schöpfte neue Hoffnung. »Aber das ist doch fantastisch. Bestimmt sind Ihre Gäste auch an deutscher Kunst interessiert. Ich könnte zum Beispiel einen Brahms-Abend organisieren und …«

Sein Gegenüber seufzte. »Es tut mir so leid, aber bei uns liegt die Kultur ja unmittelbar vor der Tür. Die Amerikaner gehen lieber in die Staatsoper oder hören sich die Berliner Philharmoniker an, als dass sie unseren Bankettsaal bevölkern.«

»Sie haben also keine Verwendung für einen Kulturdirektor?«

»Leider nein. Aber ich kann mich gern einmal bei einigen Kollegen umhören. Obwohl ich Ihnen keine falschen Hoffnungen machen möchte. Die meisten leiden noch unter den Folgen des Krieges und können sich den Luxus eines Kulturdirektors wahrscheinlich auch nicht leisten. Allerdings habe ich gehört, dass einige Hoteliers, deren Söhne gefallen sind, nach jungem, engagiertem Nachwuchs Ausschau halten.«

»Vielen Dank. Warum nicht? Das wäre sehr großzügig von Ihnen«, stammelte Paul verlegen. Allein bei der Vorstellung, ein ihm vollkommen unbekanntes Hotel leiten zu müssen, womöglich noch unter der strengen Aufsicht des Besitzers, wurde ihm mulmig zumute. Aber das wollte er dem sehr selbstsicher wirkenden Herrn Adlon lieber nicht auf die Nase binden.

Nach einer freundlichen Verabschiedung stand Paul unschlüssig vor dem imposanten Hotelgebäude am Pariser Platz. Was nun? Sollte er unmittelbar zum Hotel Kaiserhof gehen und sich möglicherweise eine weitere Abfuhr einhandeln? Oder sollte er sich zunächst mit einem guten Mittagessen stärken? Da der Fürstenhof, das Hotel seines Onkels, inzwischen pleitegegangen war, hatte er bei Johanna und Samuel unterschlüpfen müssen, die in einer schönen, hellen Wohnung ganz in der Nähe logierten. Sicherlich würde ihm Johanna etwas Gutes auftischen, aber er wollte sich lieber nach Robert umsehen. Kurz entschlossen machte er auf dem Absatz kehrt und betrat das vornehme Restaurant des Adlons. Der Maître d', ein hochgewachsener, eleganter Mann, führte ihn zu einem Tisch am Fenster und winkte beflissen einen Kellner herbei. Nach einem kurzen Blick in die Karte bestellte Paul eine der Spezialitäten, *Kalbssteak Adlon*, und ein Viertel Riesling. Während er unter dem Tisch nervös mit den Füßen wippte, blickte er sich um. Jedes Mal, wenn der Hinterkopf eines blonden Kellners in sein Sichtfeld kam, beschleunigte sich sein Puls. Und dann immer wieder die Enttäuschung, wenn dieser sich umdrehte und nicht Robert war. Bis das Essen serviert wurde, war Paul bereits tausend Tode gestorben, und selbst die exzellente Zubereitung des Kalbssteaks, das mit Rührei sowie gebratenen Kalbsnierenscheiben bedeckt war und in einer leichten Madeirasauce serviert wurde, konnte ihn nicht über diese Tiefschläge hinwegtrösten.

Schließlich fand sich Paul erneut auf dem Prachtboulevard Unter den Linden wieder und blinzelte traurig in die Sonne. Es war inzwischen Anfang März, und wenigstens der Frühling zeigte sich von seiner schönsten Seite. Die Schneeglöckchen, Haselnussbäume und Weidenkätzchen blühten, und die Tage wurden wieder länger. Am besten, er legte die kurze Strecke bis zum Kaiserhof zu Fuß zurück. Leider hatte er zum dortigen Generaldirektor keinen persönlichen Kontakt. Paul musste es also darauf ankommen lassen, dass auch diesem das Palais Heiligendamm und der Name Kuhlmann geläufig waren. Als er fünfzehn Minuten später das Hotel betrat, das unmittelbar gegenüber der Reichskanzlei lag, war er enttäuscht. Die Einrichtung wirkte eher behäbig als glanzvoll, und es war offensichtlich, dass das Adlon dem Kaiserhof den Rang als erstes Haus am Platz abgelaufen hatte.

Paul durchquerte die große, düstere Eingangshalle und wandte sich an den korpulenten Empfangschef, dessen Namensschild ihn als Herrn Burger auswies. »Entschuldigung, mein Name ist Paul Kuhlmann vom Hotel Palais Heiligendamm in Bad Doberan, und ich hätte gern Ihren Hoteldirektor gesprochen.«

»In welcher Angelegenheit?«, erkundigte sich Herr Burger kühl.

»Es geht um eine Stellung in Ihrem Hotel.«

Der Empfangschef musterte ihn eingehend. Natürlich blieb sein Blick an Pauls künstlicher Hand hängen. Vielen Menschen erging es ähnlich, allerdings versuchten die meisten, ihr morbides Interesse zu vertuschen. Herr Burger unternahm keinerlei Anstrengungen in dieser Hinsicht. Stattdessen fragte er: »Haben Sie einen Termin?«

Paul schüttelte den Kopf. Er hasste es, als Bittsteller aufzutreten. Was hätte Vater nur dazu gesagt, dass er sich inzwischen unbekannten Menschen anbiedern musste? Und alles nur wegen Helene.

»Der Generaldirektor ist momentan außer Haus. Aber wenn Sie mir Ihre Karte dalassen, wird er sich bei Ihnen melden.«

Wie ein gewöhnlicher Vertreter war er gezwungen, seine Karte hervorzukramen und sie dem Empfangschef in die Hand zu drücken. »Danke schön.«

Herr Burger nickte knapp. Dann wandte er sich einem wartenden Gast zu und überließ Paul sich selbst. Wie erniedrigend. Im Palais behandelten ihn selbst Angehörige der besten Gesellschaft respektvoller. Doch wenn er schon einmal da war, würde er sich auch im Restaurant des Kaiserhofs nach Robert umsehen. Da er unmöglich noch einmal zu Mittag essen konnte – nicht nur wegen seines vollen Magens, sondern auch wegen seines leeren Portemonnaies –, fragte er diesmal lediglich den Maître d', ob ein Kellner namens Robert Breitschneider für ihn arbeite. Mit einem verwunderten Blick wurde seine Frage verneint, woraufhin er enttäuscht das Feld räumte.

Es war ein Tag voller Niederlagen gewesen, und das Letzte, worauf er jetzt Lust hatte, war, am häuslichen Glück seiner frischverheirateten Schwester teilzunehmen. Das wäre mehr gewesen, als er ertragen konnte. Doch was sollte er sonst unternehmen? Er konnte schließlich nicht bis zur Schlafenszeit allein durch Berlin irren. Plötzlich kam ihm eine Idee. Das Einzige, das halbwegs an seine Liebe zu Robert heranreichte, war seine Liebe zur Musik. Früher hatte er sich dieses Vergnügen selbst verschaffen können: In seinen eigenen Augen war er ein leidlich guter Pianist gewesen. Aber seitdem sein linker Unterarm amputiert worden war, war an Klavierspielen nicht mehr zu denken. Doch warum sollte er sich an diesem schrecklichen Tag nicht von der Musik trösten lassen? Eine Karte für die Philharmonie konnte er sich gerade noch leisten, und bis zur Einlasszeit könnte er noch weitere Restaurants nach Robert abklappern. Er musste nur Johanna vorher Bescheid geben. Suchend blickte er sich nach einem Münzfernsprecher um.

Heute war nicht sein Tag. Nachdem er extra nach Kreuzberg gefahren war, um sich eine Karte für die Philharmonie zu kaufen, hatte er dort in Erfahrung gebracht, dass das Orchester mit seinem neuen Chefdirigenten, dem erst sechsunddreißigjährigen Wilhelm Furtwängler, noch probte und sie erst im Herbst Konzerte geben würden. Dabei hatte er so gehofft, sich endlich mit eigenen Ohren von Furtwänglers Talent überzeugen zu können. Dessen Vorgänger, der von Paul hochverehrte Arthur Nikisch, war im Januar an einer Grippe verstorben, und er konnte sich nicht vorstellen, dass Furtwängler nahtlos an dessen international anerkannte Leistungen würde anknüpfen können. Nie zuvor hatte Paul eine solch romantische und sinnliche Interpretation von Bruckners sechster Sinfonie gehört wie bei Nikisch. Damals, als er, noch vor dem Krieg, mit seinen Eltern die Philharmonie besucht hatte, waren ihm vor Glück Tränen über die Wangen gelaufen. Musikgenuss in reinster Form, von Nikisch in seiner ruhigen, sparsamen Gestik dirigiert. Doch seine Neugierde musste er sich für ein anderes Mal aufsparen.

Stattdessen beschloss er, in die Staatsoper zu gehen, in der heute *Die Zauberflöte* aufgeführt wurde. Etwas langweilig, aber besser als gar keine Musik. Nachdem er sich einen Logenplatz gesichert hatte und nach Charlottenburg gefahren war, schlenderte er den Kurfürstendamm entlang und suchte in jedem der dortigen Restaurants nach Robert. Dabei tat er jedes Mal so, als würde er nach einem speziellen Gast Ausschau halten, während er verschämt das Heer der Kellner betrachtete und abzuschätzen versuchte, wie viele von ihnen sich noch in der Küche aufhalten mochten. Selbstverständlich verliefen alle diese Anstrengungen im Sande. Irgendwann würde er sich eingestehen müssen, dass Robert nicht in Berlin weilte. Vielleicht war er tatsächlich nach Amerika ausgewandert, wie sie es früher gemeinsam vorgehabt hatten. Dann würde er ihn niemals wiedersehen. Eine traurige Vorstellung.

Abgekämpft und staubig fand er sich um Punkt sieben Uhr in der Preußischen Staatsoper ein. Es war das erste Mal, dass er in einem Straßenanzug und nicht im Frack in die Oper ging, doch in seiner jetzigen Verfassung hatte er nicht vorher noch Johannas Wohnung aufsuchen wollen, um sich umzuziehen. Bestimmt hätte seine Schwester ihm die Hoffnungslosigkeit angesehen und ihn nach allen Regeln der Kunst ausgefragt. Vielleicht hätte sie aus Sorge um ihn sogar seinen Opernbesuch verhindert. Nein, da blieb er lieber so, wie er war, obwohl er sich für seinen unangemessenen Aufzug schämte. Hoffentlich traf er niemanden, den er kannte.

Nachdem er seinen Mantel in der Garderobe abgegeben hatte, stieg er mit gesenktem Kopf die Treppe hoch und ging zu seinem Platz. Normalerweise war er vor einer Aufführung voller Vorfreude. Aber diesmal erwartete er nichts Spektakuläres. *Die Zauberflöte* war eine der weltweit am meisten gespielten Opern, und jedes Kind konnte Mozarts bekannte Melodien pfeifen. Für seinen Geschmack spulten viele Musiker und Sänger die in- und auswendig beherrschten Partituren zu routiniert ab. Doch das elegante, vertraute Ambiente der Staatsoper umfing ihn wie die Umarmung eines alten Freundes, und die Sicht von seinem Logenplatz auf die Bühne war gut. Er empfand es als glückliche Fügung, dass die Staatsoper an diesem Abend nicht ausverkauft war und die Plätze neben ihm nur spärlich besetzt waren. Nichts war schlimmer, als wenn irgendwelche Kulturbanausen während der Vorstellung mit ihren Programmheften raschelten. Lediglich auf den billigeren Rängen herrschte eine drangvolle Enge.

Kurz darauf gingen die Lichter aus, und die Ouvertüre begann. Entspannt lehnte sich Paul in seinem gepolsterten Sitz zurück und genoss die orchestrale Fülle der Musik. Es war so lange her, dass er eine öffentliche Veranstaltung besucht hatte. Seit seiner Hochzeit bestimmte Helene über sein Leben, und leider hielt sie Konzerte und Opern für überflüssigen Luxus. Auch das Malen gestattete sie ihm nicht mehr, dabei hatte sie ihn früher selbst dazu ermutigt. Er litt unter diesen Einschränkungen. Irgendwie würde er ihr klarmachen müssen, dass er ohne ein Ventil für seine kreativen Fähigkeiten nicht leben konnte. Nach seiner Rückkehr ins Palais würde er versuchen, mit ihr darüber zu reden … obwohl er sich vor solchen Auseinandersetzungen scheute, da meistens seine Ehefrau die Oberhand behielt.

Der rote Samtvorhang hob sich und gab den Blick auf den ersten Akt mit Tamino und den drei Damen frei. Die farbenfrohen Kostüme und das opulente Bühnenbild waren eine Augenweide. Obwohl Paul jede Passage kannte, verlor er sich in der Musik. Als Papageno seine Arie ›Der Vogelfänger bin ich ja‹ sang, dirigierte er die Harmonien mit. Bei der folgenden Arie ›Dies Bildnis ist bezaubernd schön‹, die von Sehnsucht und Liebe handelte, musste er unwillkürlich an Robert denken und hätte am liebsten mit dem Sänger mitgeseufzt. Schließlich sang die Königin der Nacht ›Zum Leiden bin ich auserkoren‹, und Pauls Augen wurden feucht, obwohl die Koloraturen ihrer Sopranstimme seiner Meinung nach etwas flach waren.

Es geschah, als die Bühne nach der simulierten Nacht wieder erhellt wurde. Ein Lichtschimmer fiel auf einen hellblonden Schopf in den hinteren Rängen und zog Pauls Blick magnetisch an. War das nicht genau die gleiche Haarfarbe? Dieselbe edle Kopfform? Unwillkürlich hielt er den Atem an. Die Oper wurde zur Nebensache. Stattdessen starrte er wie hypnotisiert auf den blonden Herrn, der ihm leider den Rücken zugewandt hatte, und betete, dass dieser den Kopf zur Seite drehen möge. Nur ein paar Minuten später wurde sein Flehen erhört! Der Anblick des bekannten Profils durchfuhr Paul wie ein Stromstoß: Dort unten saß Robert!

Vom Rest der Aufführung bekam Paul nichts mehr mit. Mit klopfendem Herzen verfolgte er stattdessen jede noch so winzige Bewegung seines Angebeteten. Innerlich ging er seine Möglichkeiten durch: Sollte er ihn gleich in der Pause im Foyer ansprechen und auf ein Glas Champagner einladen? Oder war es besser, bis zum Ende der Vorstellung zu warten? Und wie sollte er sich geben? Kühl und distanziert, oder sollte er ihm umgehend seine wahren Gefühle offenbaren? Zumindest die erste Frage erübrigte sich. Robert blieb während der gesamten Pause auf seinem Platz sitzen und unterhielt sich mit seinem Sitznachbarn, einem jüngeren dunkelhaarigen Herrn. Eifersüchtig registrierte Paul jede Geste, jedes Lachen der beiden. Dann rief er sich selbst zur Vernunft. Warum sollte Robert nicht mit ihm plaudern? Es war lächerlich, etwas Bedeutungsvolleres in diese wohl eher zufällige Unterhaltung hineinzuinterpretieren.

Die Stunde nach der Pause kam Paul schier endlos vor. Erst nachdem sich das gesamte Ensemble mehrfach zu donnerndem Applaus verbeugt hatte, senkte sich der Vorhang. Während Paul aus der Loge eilte, überlegte er, welchen Weg Robert ins Foyer einschlagen würde. Auf der Treppe drängelte er sich an den langsam schlendernden Opernbesuchern vorbei. Sein unhöfliches Verhalten wurde belohnt, denn auf der untersten Stufe angekommen, erblickte er Robert, der gerade an der Mantelausgabe wartete. Freudig erregt steuerte Paul auf ihn zu. Doch plötzlich blieb er wie angewurzelt stehen: Die Garderobiere hatte Robert nicht einen, sondern zwei Mäntel in die Hand gedrückt!

Entsetzt beobachtete Paul, wie Robert sich mit einem Lächeln umdrehte und einen der Mäntel an seinen dunkelhaarigen Sitznachbarn weiterreichte, der – aus der Nähe betrachtet – auf eine etwas ungeschliffene Art äußerst attraktiv wirkte. Was wollte Robert von diesem breitschultrigen Naturburschen im schlecht sitzenden, höchstwahrscheinlich geliehenen Frack? Waren die beiden etwa gemeinsam in die Oper gegangen? Pauls Herz raste, als Robert und sein Begleiter zum Ausgang strebten. Er musste ihnen unbedingt hinterhereilen, selbst wenn das bedeutete, dass er seinen eigenen Mantel an der Garderobe zurückließ.

Zunächst hatte Paul befürchtet, dass die beiden noch eine Bar besuchen könnten und er sich stundenlang die Beine in den Bauch stehen müsste, bevor er erfuhr, wo seine große Liebe inzwischen wohnte. Doch stattdessen bestiegen sie einen Bus Richtung Kreuzberg. Als Paul ihnen folgte, hatte er Angst, von Robert entdeckt zu werden, doch der war zu sehr in das Gespräch mit dem Dunkelhaarigen vertieft, um ihn zu bemerken. Paul setzte sich einige Sitzreihen hinter sie und versuchte, Fetzen ihrer Unterhaltung aufzuschnappen. Es schien um Roberts Arbeit in einem Weinrestaurant Neumann zu gehen. Handelte es sich bei dem anderen vielleicht um einen Arbeitskollegen?

Paul stieg an derselben Haltestelle aus und ging den beiden bis zu einem schmucklosen Mietshaus hinterher. Angespannt beobachtete er, wie Robert einen Haustürschlüssel hervorkramte und ins Schloss steckte. Jetzt mussten sich die beiden gleich verabschieden. Ungeduldig trat er von einem Bein aufs andere. Würde er den Mut haben, bei Robert zu klingeln?

In diesem Moment passierte das Unfassbare: Der dunkelhaarige Mann betrat ebenfalls das Haus! Paul wäre am liebsten hingerannt und hätte ihn festgehalten. Er konnte sich lebhaft vorstellen, was nun in Roberts Wohnung geschehen würde! Von schrecklichen Visionen gequält, schloss er die Augen. Doch er hatte kein Recht, Robert des Fremdgehens zu beschuldigen. Sie waren seit fast vier Jahren getrennt. Und Robert hatte kein Geheimnis daraus gemacht, dass er sich nicht wie Paul hinter der Fassade einer Ehe verstecken würde.

Bedrückt trat Paul an das Klingelbrett, das auf der linken Seite des Hauseingangs angebracht war. Tatsächlich … auf dem angelaufenen Messingschild stand Roberts Nachname. In seinem Inneren kämpften widerstrebende Gefühle. Einerseits war er glücklich, dass er seine große Liebe nach all den Jahren wiedergefunden hatte. Andererseits konnte er nicht glauben, dass Robert ihn durch diesen ungehobelten Schönling ersetzt hatte. Hatte ihre Beziehung ihm so wenig bedeutet? Wie stand er zu diesem Kerl, mit dem er sich gerade im Bett wälzte? War es etwas Ernstes oder nur ein flüchtiges Abenteuer? Er musste sich unbedingt mit Robert aussprechen. Sonst würde ihn das ständige Grübeln über dessen wahre Gefühle zermürben. Obwohl es ohne seinen Mantel eisig kalt war, beschloss Paul zu warten.

Elisabeth kochte. Gleich wollte Herzog Adolf Friedrich zu Mecklenburg-Schwerin, der Onkel des letzten herrschenden Großherzogs Friedrich Franz IV. und ein alter Freund ihres Vaters, auf ein Glas im Palais vorbeikommen, und der neue Empfangschef weigerte sich, ihn korrekt anzusprechen.

»Ich werde Herr Mecklenburg sagen, gnädiges Fräulein«, beharrte Herr Schulze. »Das reicht.«

»Nein, das werden Sie nicht, Herr Schulze. Nicht, wenn Sie Ihre Stellung behalten wollen.«

Doch Herr Schulze, der einen Hang zu penibler Überkorrektheit hatte, widersprach. »In der Reichsverfassung steht, dass alle Bürger vor dem Gesetz gleichgestellt sind. Es gibt keine Vorrechte mehr, bloß weil man zufällig als Kind eines Großherzogs geboren wurde. Der Herzog zu Mecklenburg ist jetzt auch nicht mehr wert als Sie oder ich.«

Oh, wie sie Herrn Walter, ihren früheren Empfangschef, in solchen Situationen vermisste. Dessen Fingerspitzengefühl im Umgang mit den Gästen ging Herrn Schulze leider komplett ab. Aber heutzutage musste man froh sein, wenn man überhaupt noch einigermaßen geschultes Personal bekam. Selbst Herr Schulze, den sie aufgrund seines dürren, stets vorgereckten Halses heimlich ›die Schildkröte‹ nannte, hatte Angebote von mehreren Hoteliers gehabt. Elisabeth versuchte, ihre Wut zu bändigen. »Sicher, wir leben jetzt in einer demokratischen Gesellschaft. Aber das bedeutet nicht, dass unsere geschätzten Gäste im Palais beleidigt werden müssen. Außerdem sind die vormaligen Titel wie Prinz oder Graf nun ein rechtmäßiger Teil des jeweiligen Namens. Herr Mecklenburg wäre also in jedem Fall falsch. Deswegen werden wir ihn wie früher mit Herzog zu Mecklenburg und Eure Hoheit ansprechen. Haben Sie das verstanden?«

Die Schildkröte nickte zögerlich.

»Und wenn wir schon einmal beim Thema sind … Zukünftig bin ich auch nicht mehr das ›gnädige Fräulein‹ für Sie, sondern ›Frau Direktor‹. Denn laut der Verfassung ist nicht nur der Adel den Normalbürgern gleichgestellt, sondern auch wir Frauen den Männern. Bitte merken Sie sich das.«

»Jawohl, gnädiges Fräu…, Frau Direktor.«

»Gut. Ich bin jetzt in meinem Büro. Bitte führen Sie den Herzog zu mir, sobald er eingetroffen ist. Selbstverständlich, *nachdem* Sie ihn mit allen Ehren begrüßt haben.«

»Gewiss.«

Unruhig marschierte Elisabeth in ihrem Büro auf und ab. Sie hatte keine Ahnung, worüber der fast fünfzigjährige Herzog mit ihr sprechen wollte. Aber er war definitiv eine schillernde Persönlichkeit. Vor dem Krieg war er zwei Jahre lang Gouverneur von Togo gewesen, und erst vor Kurzem hatte man ihn in Finnland eine Zeit lang als Thronfolger und im Vereinigten Baltischen Herzogtum als König gehandelt. Er kannte Gott und die Welt. Vielleicht hätte er auch eine Idee, wie sie mehr Gäste für das Palais gewinnen könnten. Denn inzwischen war die Buchungslage mehr als kritisch: Selbst für den Sommer hatten sich viel zu wenig Gäste angesagt, und natürlich hatte sie Angst vor der Kreditrückzahlung für die Renovierung. Sie hatte deswegen nach längerer Zeit sogar das erste Mal wieder mit Julius telefoniert, der ihre Sorge jedoch als unbegründet abgetan hatte. »Ich bürge für deinen Kredit mit all meinem Vermögen«, hatte er gesagt, ohne auf ihre Ängste einzugehen. Doch selbst dieses Versprechen hatte sie nur halbwegs beruhigt. Sie beabsichtigte, für alle Fälle einen Anwalt damit zu beauftragen, die entsprechenden Darlehensdokumente noch einmal auf Herz und Nieren prüfen zu lassen.

Nach dem Streit auf Johannas Hochzeit war Julius gleich am nächsten Morgen ohne eine Verabschiedung abgereist. Am nächsten Wochenende war Minna dann allein mit Julia nach Bad Doberan gekommen. Sie hatte berichtet, dass Julius mit ihr gesprochen habe: Angeblich war er einverstanden, wenn sie sich entscheiden würde, wieder als Köchin im Palais zu arbeiten. Julias Einschulung in Bad Doberan sei allerdings eine andere Sache, darüber müsse er erst noch eingehend nachdenken. Als sie das hörte, hatte Elisabeth erneut diese Mischung aus Ärger und Niedergeschlagenheit empfunden. Warum nur mussten sie sich andauernd streiten? Und wie konnte er sich anmaßen, eine so wichtige Entscheidung, ihr gemeinsames Kind betreffend, allein zu fällen?

In diesem Moment ging die Tür auf, und Luise betrat mit dem Herzog im Schlepptau das Büro.

»Guten Abend, Fräulein Elisabeth«, rief der Herzog ihr beschwingt zu. »Sehen Sie mal, was ich für einen Goldschatz im Foyer gefunden habe.«

Elisabeth knickste ehrerbietig und reichte ihm die Hand. »Guten Abend, Eure Hoheit. Meinen Sie damit etwa meine freche kleine Schwester?«

Der Blick des Herzogs lag bewundernd auf Luise. »Allerdings. Ich habe gar nicht gewusst, dass Ihr Fräulein Schwester zu einer solchen Schönheit herangewachsen ist.«

»Sie schmeicheln mir, Eure Hoheit«, erwiderte Luise lächelnd.

»Keineswegs. Ehre, wem Ehre gebührt. Ich als Witwer habe schon lange keine so schöne junge Frau mehr gesehen wie Sie, Fräulein Luise.«

Elisabeth musste neidlos anerkennen, dass der Herzog recht hatte. Luise war schon als Kind sehr hübsch gewesen, aber jetzt, da sich der Babyspeck aus ihrem Gesicht verflüchtigt hatte, war sie eine wahre Schönheit. Trotzdem wurde sie von den besseren Familien in Bad Doberan gnadenlos geschnitten. Eine geschiedene Frau duldeten sie nicht in ihren Kreisen. Die Spielregeln der hiesigen Gesellschaft schienen leider tatsächlich unverändert konservativ zu sein. Vielleicht würde der Herzog auch in dieser Hinsicht eine Lanze brechen können, denn es bereitete Elisabeth großen Kummer, dass ihre Schwester so isoliert leben musste.

»Herzlichen Dank für das schöne Kompliment«, sagte Luise in diesem Moment. »Obwohl ich gern geblieben wäre, muss ich leider nach meiner Mutter sehen.«

»Schade«, seufzte der Herzog. »Ich hoffe auf ein baldiges Wiedersehen.«

»Das hoffe ich auch«, erwiderte Luise höflich, die wusste, dass Elisabeth selbst bei nur halb geschäftlichen Terminen lieber unter vier Augen sprach.

Nachdem ihre Schwester die Tür hinter sich geschlossen hatte und der Herzog und sie es sich mit einem Glas Cognac gemütlich gemacht hatten, erkundigte sich Elisabeth: »Und? Wem oder was verdanke ich Ihren freundlichen Besuch, Eure Hoheit?«

Der Herzog lächelte und hob sein Glas. »Eigentlich verfolge ich rein egoistische Ziele. Mein Hauptanliegen ist es, das Ansehen meiner Familie in Ehren zu halten. Und ich wollte Ihnen diesbezüglich einige Vorschläge unterbreiten.«

Elisabeth prostete zurück. »Selbstverständlich.«

»Die Zeitungen sollen endlich einmal wieder etwas Positives über Bad Doberan berichten.« Er zog eine Grimasse. »Die Geschichte mit dem Sportverein Heiligendamm wurde viel zu lange breitgetreten.«

»Allerdings«, pflichtete Elisabeth ihm bei. Ein besonders schlauer Bürger hatte diesen Verein gegründet, der jedoch kurz darauf als getarnte Spielhölle enttarnt worden war. »Und wie wollen Eure Hoheit das anstellen?«

»Ich habe daran gedacht, die zerstörte Pferderennbahn wieder nutzbar zu machen und das erste Rennen nach dem Krieg auf die Beine zu stellen. In diesem Zusammenhang würde ich natürlich auch ein Rennen im Namen meiner Familie ausloben.« Der Herzog nahm einen Schluck. »Hm, ein guter Tropfen.«

Elisabeth ließ sich von seiner letzten Bemerkung nicht ablenken. »Spannend. Glauben Sie, dass der Gemeinderat dem zustimmen wird?«

»Warum nicht? Wenn die herzogliche Bäderbahn verstaatlicht wird und samt Bahnhöfen und Fuhrpark an die neu gegründete Reichsbahn geht, könnten sich die Herren im Stadtrat doch auch einmal von ihrer großzügigen Seite zeigen. Meinen Sie nicht?«

»Sicher. Uns würde die Wiederaufnahme der Pferderennen als Gästemagnet auch sehr entgegenkommen«, meinte Elisabeth ernst.

»Ja, ich habe mir schon gedacht, dass es im Foyer viel zu ruhig ist. Glauben Sie, dass Sie trotzdem einen Teil der Renovierungskosten der Rennbahn übernehmen könnten?«

Elisabeth wollte bereits verneinen, doch dann kam ihr eine Idee: Würde sich Julius in dieser Sache großzügig zeigen? »Das Hotel und ich selbst leider nicht. Aber ich könnte diesbezüglich bei Herrn Falkenhayn vorsprechen.«

Der Herzog strich sich lächelnd über den Schnurrbart. »Das wäre vorzüglich. Stimmt es, dass er jetzt bei der UFA Filme produziert? Dann könnten wir ihm vielleicht die exklusiven Filmrechte für die Rennbahneröffnung einräumen?«

Elisabeth lächelte. »Ich werde das bei unserem Gespräch erwähnen. Aber soweit ich weiß, produziert er vorwiegend Spielfilme.«

»Sehr schön. Hoffentlich verdient er damit tüchtig Geld, um das Palais in diesen schweren Zeiten zu unterstützen.« Die Stimme des Herzogs wurde nachdenklich. »Aber so schlimm wie dem Grand Hotel geht es Ihnen hoffentlich nicht?«

»Steckt unsere Konkurrenz denn wirklich so tief in der Krise? Bislang habe ich das eher für ein Gerücht gehalten.«

Der Herzog schüttelte den Kopf. »Leider nein.«

»Wie konnte es denn so weit kommen?«

»Sie wissen ja, dass die Bewohner von Heiligendamm 1920 mit Doberan wiedervereinigt werden wollten … unter anderem, um das Seebad finanziell auf ein stabileres Fundament zu stellen.«

»Ja, aber der Stadtrat hat das Ansinnen abgelehnt.«

»Genau. Damals hat das Bankhaus Louis Wolff die Ostseebad Heiligendamm GmbH gekauft … doch trotz einiger Geschäftsführerwechsel steht das Unternehmen inzwischen kurz vor dem Ruin. Die Ausgaben für den Unterhalt sind einfach zu hoch. Wenn es nur um das Grand Hotel ginge, könnte man die notwendigen Mittel sicherlich noch aufbringen … aber für alle Gebäude des Seebads? Das ist ein Ding der Unmöglichkeit.«

»Das ist sehr schade. Auch für uns, denn wenn sich niemand mehr um die Strand- und Kuranlagen kümmert, werden noch mehr Gäste dem Palais fernbleiben.«

»Machen Sie sich keine allzu großen Sorgen darüber, Fräulein Elisabeth. Wenn Sie ein Geheimnis bewahren können … ich arbeite gerade an einer Lösung. Die Anteile des Bankhauses Wolff können von drei Berliner Gesellschaften übernommen werden, die alle von einem gewissen Baron von Rosenberg finanziert werden sollen. Es gibt zwar noch einige Hürden, aber ich bin mir sicher, dass wir sie früher oder später aus dem Weg räumen können.«

»Das hört sich vielversprechend an«, erwiderte Elisabeth hoffnungsfroh.

Der Herzog hob sein Glas und trank es in einem Zug aus. »Das ist es auch. So, jetzt muss ich leider wieder los. Richten Sie bitte Ihrer Familie und insbesondere Ihrer Schwester meine herzlichsten Grüße aus.«

»Natürlich. Vielen Dank.« Elisabeth beschloss, das Thema Luise auf ein anderes Mal zu vertagen. Falls die Rennbahn tatsächlich restauriert werden sollte, würde der Herzog sich demnächst sicher öfter in Bad Doberan aufhalten. Dann war es bestimmt auch möglich, ihm zu Ehren ein Abendessen zu organisieren, bei dem ihre Schwester als seine Tischdame fungierte. Das sollte den Hochmut der Bad Doberaner Gesellschaft ein für alle Mal kurieren.

Paul starrte lustlos auf seinen Teller. Ein weiteres Sonntagsessen mit der ganzen Familie. Dabei war seine Laune sowieso schon auf dem Tiefpunkt. Immer wieder musste er an jene schreckliche Nacht denken, als er vor Kälte bibbernd vor Roberts Wohnhaus gestanden hatte.

»Wie war es denn in Berlin, mein Sohn?«, fragte seine Mutter ausgerechnet in diesem Moment. Er liebte sie, doch manchmal erinnerte ihn ihre Neugier an die Spanische Inquisition.

»Gut«, antwortete er einsilbig.

»Hat dir Johannas Wohnung gefallen?«

»Ja.«

»Geht es vielleicht auch etwas ausführlicher?«, rügte Helene, die schon seit seiner Rückkehr versuchte, ihn auszuquetschen. Bislang hatte er sich jedoch geweigert, ihr Auskunft zu erteilen. Bestimmt hätte sie an jedem seiner Bewerbungsgespräche etwas herumzukritteln gehabt.

»Es ist eine geräumige, sehr schöne Wohnung.«

»Gibt es dort sehr viel jüdischen Schnickschnack?«, hakte seine Ehefrau nach.

Elisabeth räusperte sich. »Was genau meinst du damit, Helene?« Ihre Stimme klang ärgerlich.

»Na, diese merkwürdigen Kerzenhalter und so.«

Seine Schwester verdrehte die Augen. »Das soll bei jüdischen Familien vorkommen. Bei dir hängt ja auch an jeder Wand ein Kreuz.«

»Streitet euch bittet nicht«, mahnte seine Mutter. »Am besten wechseln wir das Thema. Warst du erfolgreich bei deiner Suche nach einer Stellung?«

Entnervt legte Paul seine Gabel zur Seite. »Kann man nicht einmal in Ruhe seinen Sonntagsbraten genießen?«

»Außerdem braucht Paul gar nicht zu arbeiten«, warf Elisabeth ein. »Er und seine Familie wohnen und essen doch umsonst. Und irgendwann wird das Hotel auch wieder einen Kulturdirektor benötigen.«

»Herrschaftszeiten!«, rief er ungehalten, stand auf und warf seine Serviette auf den Stuhl. »Habt ihr alle kein anderes Thema mehr als meine Unfähigkeit, eine Arbeit zu finden?« Wütend stürmte er aus dem Speisezimmer.

»Aber Paul!«, hörte er Luise sagen. Dann fiel die Tür hinter ihm ins Schloss.

Nachdem Paul sich im ehelichen Schlafzimmer eingesperrt hatte, legte er sich aufs Bett und schloss seufzend die Augen. In der besagten Nacht hatte er viele Stunden vor Roberts Haus ausgeharrt. Doch der Dunkelhaarige war nicht mehr herausgekommen. Er musste bei Robert übernachtet haben. Gegen drei Uhr früh hatte Paul schließlich aufgegeben und war steifgefroren und vollkommen deprimiert zu Johannas Wohnung geschlichen.

Bis zum nächsten Morgen hatte er keinen klaren Gedanken fassen können. Nur die Worte »Robert liebt mich nicht mehr« hatten pausenlos in seinem Kopf gehämmert. Auch wenn ihm klar war, dass er nach all der Zeit mit so etwas hatte rechnen müssen, konnte und wollte er sich nicht damit abfinden. Er hatte so lange gebraucht, um endlich diesen Schritt zu gehen und Robert zu suchen, da konnte er doch nicht unverrichteter Dinge wieder zu seiner Familie zurückfahren. Glücklicherweise war Johanna an jenem Vormittag beschäftigt gewesen und hatte ihm deshalb nur einen Zettel unter der Tür durchgeschoben, auf dem sie ihm einen schönen Tag wünschte. Unrasiert und ungewaschen hatte er im Bett gelegen und überlegt, was jetzt zu tun sei. Denn eins stand fest: Er wollte Robert nicht kampflos aufgeben. Allerdings konnte er ihm unter diesen Umständen auch nicht seine Liebe offenbaren. Zunächst würde er herausfinden müssen, wer sein Konkurrent war und wie ernst es zwischen Robert und ihm stand.

Plötzlich war er voller Tatendrang gewesen. Als Erstes hatte er die weiteren Treffen mit Berliner Hoteldirektoren abgesagt. Dann war er ins Bad gegangen und hatte sich angezogen. Schließlich hatte er bei der Auskunft angerufen und sich mit dem Weinrestaurant Neumann verbinden lassen. Als jemand abnahm, erkundigte er sich, wann Robert Breitschneider heute zur Arbeit erscheinen werde. Glücklicherweise schien sein Gesprächspartner in Eile zu sein, denn er brummte lediglich »Mittagsschicht« und legte auf. Eilig machte sich Paul auf den Weg. Zunächst kundschaftete er das Weinrestaurant aus, das in der Rosenthaler Straße lag und zu den Hackeschen Höfen gehörte. Wenig später wusste er, wo sich der Personaleingang befand, und suchte sich ein Versteck, von wo aus er Roberts Ankunft belauern konnte. Wie erwartet traf Robert pünktlich um Viertel nach elf ein, um seinen Dienst anzutreten. Er sah gut aus und näherte sich dem Eingang mit beschwingten Schritten. Beides schnitt Paul ins Herz. Aber wenigstens kam er allein.

Jetzt hieß es, die Zeit zu überbrücken, bis Roberts Schicht endete. Paul schätzte, dass dies erst am frühen Abend der Fall sein würde. Trotzdem wollte er kein Risiko eingehen. Er blieb in seinem Versteck, obwohl ihm der Magen knurrte. Um sich die Zeit zu vertreiben, vergegenwärtigte er sich in Gedanken noch einmal ihre so besondere Liebesgeschichte. Wie sie zum ersten Mal gemeinsam am Strand von Heiligendamm spaziert waren und er Robert seine geschäftlichen Probleme gebeichtet hatte. Dessen tröstende Worte. Ihr erster Kuss. Die leidenschaftlichen, geheimen Stelldicheins. Und die permanente Angst, dass ihre verbotene Liebe auffliegen könnte. Trotzdem hatten sie aneinander festgehalten und sich sogar im Krieg täglich geschrieben, bis die Verbindung durch Roberts Gefangenschaft jäh abgebrochen wurde. Was damals zwischen ihnen gewesen war, war mehr als nur ein Strohfeuer. Es war – zumindest für ihn – die große Liebe gewesen.

Kurz nach zwanzig Uhr trat Robert aus dem Personaleingang. Paul musste an sich halten, um nicht zu ihm zu rennen und ihn in die Arme zu schließen. Doch genau in diesem Moment kam der Dunkelhaarige um die Ecke gebogen. Diesmal trug er eine schmutzige Arbeitskluft. Wahrscheinlich war er in einer Fabrik oder auf dem Bau beschäftigt. Robert und er umarmten sich nicht. Trotzdem konnte jeder sehen, dass sie sich nahestanden, als sie sich im Schein der Straßenlaterne eine Zigarette teilten. Sie unterhielten sich und lachten immer wieder kurz auf. Schließlich schlenderten sie gemeinsam davon. Man konnte es nicht anders deuten: Robert schien mit seinem neuen Partner glücklich zu sein. Und diese Gewissheit zerriss Paul das Herz. Jetzt starb auch noch der letzte Hoffnungsfunke auf Versöhnung, an den er sich in den letzten Jahren wie ein Schiffbrüchiger geklammert hatte.

Am nächsten Tag musste er mit einer schlimmen Erkältung das Bett hüten. Johanna pflegte ihn aufopfernd wie eine Krankenschwester. Doch die ganze Zeit konnte er nur daran denken, dass ihm seine Familie und die Gesellschaft mit ihren strengen Regeln das Liebesglück geraubt hatten. Alles, was ihm jetzt noch blieb, war eine frostige Ehe und seine nicht stattfindende Karriere.

»Das geschieht ihm recht. Ein Geselle dieser Erfüllungspolitik weniger.« Oberst a. D. Wegner knallte die Zeitung auf den Tisch. Seine Frau, die neben ihm saß, legte beruhigend eine Hand auf seine. »Bitte, Peter, denk an deinen Blutdruck!«

Herr von Reden am Nebentisch stellte empört das Whiskeyglas ab. »Wie können Sie so etwas sagen! Immerhin war der Mann unser Reichsaußenminister. Man muss diesen nationalistisch verblendeten Terroristen unbedingt das Handwerk legen, aber unsere liebe Justiz scheint ja auf dem rechten Auge blind zu sein.«

»Und natürlich war er Jude! Die versuchen ja schon seit jeher, das Glück der Deutschen zu torpedieren«, zeterte die verwitwete Frau Schirach, während ihre peinlich berührte Tochter errötete.

Kurz darauf versuchte jeder der Anwesenden, die gegnerische Partei lautstark von der Richtigkeit seiner politischen Ansichten zu überzeugen. Elisabeth atmete tief durch. Es war Anfang Juli, und ein herrlicher Sommertag ging gerade zu Ende. Die anwesenden Gäste hatten sich ausnahmslos gut amüsiert und vorzüglich getafelt. Trotzdem herrschte eine bedrückende, fast aggressive Stimmung in der Hotelbar. Vor zwei Wochen hatte man in Berlin den liberalen Politiker Walther Rathenau erschossen. Gestern waren zwei weitere angebliche Täter verhaftet worden. Die Zeitungen überschlugen sich mit Vermutungen und Kommentaren. Auf Rathenau hatte es in der letzten Zeit immer wieder publizistische Angriffe gegeben, weil er angeblich Deutschland den Siegermächten auslieferte, indem er die Zahlung der Kriegsreparationen unterstützte. Obwohl sie selbst sich nicht sonderlich für Politik interessierte, musste sie irgendwie versuchen, die Stimmung unter den Gästen aufzuhellen. Doch wie? Im Grunde fehlte es ihr sowohl an Zeit als auch an Geduld für solche Kinkerlitzchen. Seit der Wiedereröffnung des Hotels blieb sämtliche Arbeit an ihr allein hängen. Paul war leider mal wieder zu nichts zu gebrauchen. Sie hatte erst letzte Woche einen Versuch unternommen und ihm die Kontrolle des Speisesaals übertragen. Prompt hatte an etlichen Tischen das Besteck gefehlt. Keine Ahnung, was mit ihrem Bruder nicht stimmte, aber er schien noch fahriger und unkonzentrierter als sonst zu sein. Vielleicht gingen ihm das permanente Kindergeschrei und Helenes Streitlust mehr unter die Haut, als sie bisher angenommen hatte.

Während Elisabeth immer noch überlegte, wie sie Herrin der Lage werden könnte, ertönte plötzlich eine schmissige Melodie und unterbrach die chaotische Diskutiererei. Irgendjemand hieb energisch in die Tasten. Als Elisabeth sich umblickte, traute sie ihren Augen kaum. Am Klavier in der hinteren Ecke der Bar saß ... Luise, die kurz darauf auch noch zu singen anfing:

*Es wird alle Tage schöner*
*in diesem Jammertal.*
*Wer heut noch nicht verrückt ist,*
*der ist nicht ganz normal.*
*Doch wenn auch manches heute*
*die Sinne uns verwirrt,*

*es gibt Gott sei Dank noch Leute,*
*die sagen unbeirrt:*
*»Es geht vorwärts, es geht vorwärts!«*

Es war der bekannte Gassenhauer von Otto Reutter, und die Gäste lachten und klatschten, als sie fortfuhr:

*Die Herrn von der Regierung,*
*die sagen stets: »Es geht«,*
*wenn der Regierungskarren*
*auch meistens stille steht.*
*Kommt er auch nicht vom Flecke,*
*sie sagen: »Es geht gut.«*
*Und steckt er tief im Drecke,*
*sie rufen voller Mut:*
*»Es geht vorwärts, es geht vorwärts!«*

Kichernd brach Luise ab und genoss den Applaus der Gäste. Elisabeth, die ebenfalls klatschte, war ihr dankbar, dass sie die etwas schlüpfrigeren Strophen ausgelassen hatte. Luise schien das Talent des Vaters geerbt zu haben und instinktiv zu wissen, wie man am besten mit den Gästen umging. Schon in den letzten Monaten war ihr aufgefallen, wie beliebt ihre schöne Schwester im Palais war und wie charmant sie sich mit allen unterhielt. Leider stellte sie sich bei allen anderen Aufgaben, mit denen Elisabeth sie betraut hatte, ähnlich ungeschickt an wie Paul. Das Hotelgeschäft lag ihr nicht im Blut. Trotzdem war Luises Talent eine große Bereicherung.

»Ich glaube, wir können die Damen und Herren jetzt allein lassen«, flüsterte Luise ihr wenig später ins Ohr. »Die Gemüter haben sich wieder beruhigt. Und Mutter und Johanna warten bereits auf uns.«

»Vielen Dank. Ich glaube, du hast recht.« Gemeinsam verließen sie höflich lächelnd die Bar und beeilten sich, in ihre Privatwohnung zu kommen, wo Johanna kurz vor dem Abendessen eingetroffen war. Samuel besuchte gerade einen Kongress für Kinderkardiologie in Wien, und sie nutzte die freie Zeit für einen Besuch bei ihrer Familie.

»Und, gefällt dir das Eheleben immer noch?«, fragte Luise, als sie sich zu ihrer Mutter und Johanna gesellten, die im Wohnzimmer ein Gläschen Himbeerlikör tranken.

»Es ist wundervoll. Samuel ist der beste Mann auf der ganzen Welt«, schwärmte Johanna. »Ich könnte nicht glücklicher sein.«

Elisabeth lächelte und goss Luise und sich selbst ebenfalls Likör ein. »Das freut mich. Und was machst du so den ganzen Tag, wenn er in der Klinik ist?«

Ihre Mutter schüttelte missbilligend den Kopf. »Als Hausherrin hat man doch rund um die Uhr zu tun, Lisbeth. Bitte stifte nicht auch noch deine ältere Schwester zum Arbeiten an. Du hast schon Luise genügend Flausen in den Kopf gesetzt.«

Johanna winkte ab. »Nein, Mutter. Sie hat ja recht. Nachdem ich die Wohnung fertig eingerichtet hatte, habe ich mich schon ein wenig gelangweilt. Und eigentlich wollte ich mich im Herbst für einen Krankenschwesternkurs anmelden. Aber jetzt werde ich diese Pläne wohl aufgeben müssen.« Sie grinste verschmitzt.

»Nein!«, rief Luise aufgeregt. »Du bist schwanger?«

»Ja!« Johanna strahlte glücklich.

Luise und ihre Mutter waren völlig aus dem Häuschen und beglückwünschten Johanna überschwänglich. Auch sie selbst freute sich über alle Maßen, dass der Herzenswunsch ihrer Schwester in Erfüllung gegangen war.

»Habt ihr schon über Namen nachgedacht?«, erkundigte sich Luise neugierig.

»Nein, dazu ist es noch zu früh.«

»Aber wer soll sich jetzt um dich kümmern, wenn Samuel den ganzen Tag arbeitet und ihr lediglich eine Zugehfrau und eine Köchin beschäftigt, noch dazu nur halbtags?«, fragte ihre

Mutter besorgt. Sie fand es immer noch vollkommen unverständlich, dass Samuel es aus Kostengründen ablehnte, ein Stubenmädchen einzustellen.

»Mutter, eine Schwangerschaft ist doch keine Krankheit. Niemand muss sich um mich kümmern.«

»Und wenn es dir so ergeht wie der armen Elisabeth?«, beharrte ihre Mutter. »Nach Julias Geburt ist sie dem Tod gerade noch von der Schippe gesprungen.«

»Mama, ich bin mit einem Kinderarzt verheiratet. Er wird schon wissen, was zu tun ist«, beruhigte Johanna sie.

»Papperlapapp! Das ist doch nicht dasselbe. Du brauchst in deinem Zustand regelmäßige Pflege und Zuspruch. Wenn Elisabeth in ihrer Schwangerschaft nicht so viel geschuftet hätte, wäre sie hinterher auch nicht am Kindbettfieber erkrankt. Am besten ziehst du für die nächsten neun Monate nach Bad Doberan. Dann können wir uns um dich kümmern.«

Johanna protestierte. »Aber, Mutter … ich kann doch Samuel unmöglich allein lassen. Außerdem … falls ich wirklich Hilfe benötigen sollte, leben meine Schwiegereltern nicht allzu weit von uns entfernt.«

Ihre Mutter rümpfte die Nase. »Na, ob die dir helfen würden?«

»Selbstverständlich kannst du deinen Ehemann nicht allein lassen«, verteidigte Elisabeth ihre Schwester. Mutters Sprüche brachten auch sie in Rage. Wenn sie damals während ihrer Schwangerschaft nicht gearbeitet hätte, wäre das Hotel pleitegegangen und die ganze Familie verhungert. Aber sie wollte sich jetzt nicht in einen Streit verwickeln lassen.

»Ist es denn in Berlin auch sicher genug für dich?«, erkundigte sich Luise besorgt. »Der Mord an unserem Reichsaußenminister ist ja ganz in deiner Nähe geschehen.«

Plötzlich erstarb das Lächeln auf Johannas Lippen. »Eigentlich fühle ich mich sicher, wenn ich auf die Straße gehe. Aber es erschreckt mich, in welchem Maße der Antisemitismus zunimmt. Rathenau war Jude. Und kurz nach dem Attentat auf ihn ist ein enger Freund von Samuels Eltern, der Journalist Maximilian Harden, ebenfalls von rechtsgerichteten Halunken überfallen und misshandelt worden. Er liegt schwer verletzt im Krankenhaus.«

In ihrer Mutter schien es zu arbeiten, das verriet deren Miene. Früher hatte sie selbst gern über die Juden geschimpft. Doch seitdem ihre Tochter konvertiert war, hielt sie sich zurück.

»Du bist hier jedenfalls jederzeit willkommen«, sagte Elisabeth. »Und wenn Samuel dich ärgert, setzt du dich einfach in die Eisenbahn Richtung Norden.«

Johanna lächelte. »Das wird ganz bestimmt nicht passieren. Er trägt mich auf Händen, besonders seitdem er weiß, dass ich schwanger bin.«

»Darfst du denn in deinem Zustand überhaupt Himbeerlikör trinken?«, fragte Luise plötzlich und zeigte auf Johannas Glas.

Ihre ältere Schwester errötete. »Ach komm, ich habe zur Feier des Tages nur ein wenig daran genippt.«

»Dann stoßen wir auf das neue Familienmitglied an«, sagte Elisabeth und hob ihr Glas.

Johanna, Luise und ihre Mutter waren längst zu Bett gegangen, doch Elisabeth hatte unbedingt noch einmal nach dem Rechten sehen wollen. Alles im Hotel war in bester Ordnung gewesen. Trotzdem hockte sie in ihrem Büro hinter dem Empfangstresen und kontrollierte die Bücher, dabei war es bereits kurz nach Mitternacht. Irgendetwas lag ihr auf der Seele und machte sie kribbelig. Doch dafür gab es eigentlich gar keinen Grund: Die Buchungen hatten leicht angezogen, im Juli würde das Palais nun doch zu fast sechzig Prozent ausgelastet sein. Ihr Anwalt hatte bestätigt, dass Julius eine voll umfängliche Bürgschaft für das Darlehen abgegeben hatte, sie das Hotel also auf keinen Fall verlieren konnte. Und Julius war tatsächlich bereit, die Restaurierung der Bad Doberaner Rennbahn finanziell zu unterstützen.

Natürlich gab es auch einige schwarze Wolken am Himmel: Weil Minna sich immer noch nicht entscheiden konnte, ob sie erneut als Köchin im Palais anfangen wollte, hatte Elisabeth schweren Herzens zugestimmt, dass Julia nach den Sommerferien in Berlin eingeschult werden würde. Aber wenigstens hatte Julius sie diesmal vorher um Erlaubnis gefragt und ihr zugesichert, dass ihre Tochter alle Ferien bei ihr verbringen würde. Außerdem lief das Hotel – bis auf die Sommerzeit – immer noch nicht wie erhofft. Es fehlte nach wie vor an Gästen. Doch jetzt, da sie wusste, dass Julius im Ernstfall bei den Kreditrückzahlungen einspringen würde, konnte sie vielleicht über eine zusätzliche Werbekampagne nachdenken. Es gab also keinen Grund, unruhig oder gar nervös zu sein. Was war nur mit ihr los?

Elisabeth strich sich eine dunkle Strähne aus dem Gesicht und seufzte. Natürlich wusste sie, wo der Schuh drückte. Es waren Johannas Worte gewesen, die sie so nachdenklich gestimmt hatten: *Samuel trägt mich auf Händen, besonders seitdem er von der Schwangerschaft weiß.* Sie gönnte ihrer Schwester dieses Glück von ganzem Herzen. Doch unwillkürlich hatte sie an ihre eigene Schwangerschaft denken müssen. Sie war von niemandem auf Händen getragen worden. Niemand hatte ihren Bauch gestreichelt und sie nach allen Regeln der Kunst verwöhnt. Stattdessen hatte Krieg geherrscht, und Julius hatte noch nicht einmal etwas von ihrem Zustand geahnt. Weder er noch sie hatten etwas dafürgekonnt, dass ihre Schwangerschaft mit Julia so anstrengend und einsam gewesen war. Doch inzwischen sah das anders aus. Es war seine und auch ihre Schuld, dass Julia weitgehend mit nur einem Elternteil aufwachsen musste. Und dass sie es nicht geschafft hatten, ihre vormals so große Liebe zu retten.

Plötzlich verspürte Elisabeth eine unglaubliche Sehnsucht nach Julius. Nach seiner Stimme. Aber war es nicht viel zu spät, um ihn noch anzurufen? Unschlüssig starrte sie das Telefon an. Auf einmal hielt sie es nicht länger aus: Sie griff nach dem Hörer und presste ihn sich ans Ohr. Unerwartet laut sagte das Fräulein vom Amt: »Ja, bitte?« Elisabeth nannte Julius' Anschluss.

»Falkenhayn«, meldete er sich am anderen Ende der Leitung.

Im Hintergrund hörte Elisabeth Partygeräusche. Laute Grammophonmusik und das amüsierte Lärmen von Feiernden. Während sie traurig und allein über ihre Beziehung nachdachte, richtete Julius Feste aus! Am liebsten hätte sie gleich wieder aufgelegt. Doch sicher hätte er sich bei der Telefongesellschaft erkundigt, wer um diese Uhrzeit noch bei ihm angerufen hatte. Deshalb sagte sie betont locker: »Hallo, Julius.«

Sofort klang seine Stimme hellwach. »Elisabeth? Was ist passiert?«

Das fragte sie sich auch. Wie hatte sie sich nur in diese Lage bringen können? Ihr Anruf musste geradezu verzweifelt wirken. Hilflos. Dabei wollte sie doch gerade vor Julius stark und unabhängig erscheinen. Warum hatte sie sich vorher keinen guten Grund für dieses nächtliche Telefonat zurechtgelegt?

»Elisabeth?«, hakte er nach. »Ist etwas geschehen? Einen Moment, bitte!« Auf einmal wurden die Hintergrundgeräusche leiser. Offenbar hatte Julius den Hörer kurz abgelegt und seine Bürotür geschlossen. Plötzlich kam ihr ein Geistesblitz. Sie räusperte sich. »Bitte entschuldige, dass ich dich zu so später Stunde störe, aber …«

»Du störst nie«, wurde sie von Julius unterbrochen. »Fehlt dir auch wirklich nichts?«

Irritiert hielt sie inne. Eigentlich hatte sie öfter das Gefühl, dass sie ihn störte. Manchmal konnte er am Telefon recht kurz angebunden sein. Besonders nach einem Streit. Doch jetzt hatte seine Stimme so ernsthaft besorgt geklungen. »Danke, ähm … nein. Ich hatte nur gerade eine tolle Idee, wie wir für das Palais werben könnten.«

»Werbung? Du rufst mich mitten in der Nacht wegen einer Werbekampagne an?«

»Ja. Du könntest doch einen Werbefilm über das Hotel drehen! Ist das nicht eine wunderbare Idee? Wenn man dieses kurze Filmchen in den Lichtspielhäusern vor den eigentlichen Spielfilmen zeigen würde, könnte ganz Deutschland erfahren, wie schön und erholsam Heiligendamm, Bad Doberan und das Palais sind.«

»Aber Elisabeth, ich habe doch nicht zu entscheiden, welche Werbefilme vorher gezeigt werden. Außerdem hätte ich bis zum nächsten Frühling gar keine Zeit für so etwas.«

Sie wollte sich jetzt nicht geschlagen geben. Dieser eher zufällige Einfall machte in ihren Augen immer mehr Sinn. »Dann eben nächstes Jahr im Frühling, Julius. Hauptsache, du drehst diesen Film.«

Julius seufzte. »Also, versprechen kann ich dir leider nichts. Schließlich müsste ich erst noch einen geeigneten Regisseur finden und ein Filmteam zusammentrommeln …«

»Aber du wirst es versuchen?«, erkundigte sich Elisabeth erleichtert. Ihre Idee schien Julius tatsächlich von der Uhrzeit ihres Anrufs abgelenkt zu haben.

»Wenn es dir so viel bedeutet … ja.«

»Danke.«

»Und sonst hast du mir nichts zu sagen?«

Sie hätte ihm einen ganzen Roman erzählen können. Über ihre widerstreitenden Gefühle. Und wie sehr sie es hasste, dass er mit fremden Leuten Partys feierte. Doch alles, was sie herausbrachte, war: »Johanna und Samuel bekommen ein Kind.«

»Das sind wunderbare Neuigkeiten.« Durchs Telefon konnte sie sein Lächeln erahnen.

»Ja, das finde ich auch. Julia bekommt endlich einen Cousin oder eine Cousine, die sie in Berlin besuchen kann.«

»Ein Geschwisterchen für sie wäre allerdings noch schöner.«

Auf einmal schlug ihr Herz schneller. Ein Geschwisterchen für Julia? Wie meinte er das? Hatte er etwa eine Frau gefunden, mit der er sich Kinder wünschte? Oder wollte er damit andeuten, dass er sich weitere Kinder mit ihr vorstellen könnte?

Julius blieb still, und auch ihr fiel keine Antwort darauf ein. Jedes andere Thema war ein Minenfeld. Eine ganze Minute lang schwiegen sie, ohne einzuhängen.

»Du, Elisabeth?«, sagte er plötzlich.

»Ja?«

»Bitte komm bald mal wieder nach Berlin.«

»Weshalb?«, erwiderte sie atemlos. Wenn er jetzt sagte, dass sie ihm fehlte, würde sie sich gleich morgen früh in den Zug setzen.

Stattdessen meinte er irgendwie zerstreut: »Ach, einfach so … Julia vermisst dich.«

Es war ein bittersüßes Gefühl. Ihr Gesicht fühlte sich ganz taub an, als sie antwortete: »Natürlich … ich vermisse sie auch.«

Erneut herrschte Stille am anderen Ende der Leitung. Schließlich sagte sie schweren Herzens: »Gut. Nochmals vielen Dank. Ich lege jetzt auf.«

»Schlaf gut.« Julius' Stimme klang merkwürdig belegt. Doch im nächsten Augenblick konnte sie hören, wie die Tür geöffnet wurde und die sinnliche Stimme einer unbekannten Frau vorwurfsvoll flüsterte: »Hier steckst du also, Julius! Wann kommst du endlich? Du fehlst uns.«

»Ja, schlaf auch gut«, antwortete Elisabeth traurig und legte auf.

Minna atmete tief durch und strich sich die Schürze glatt. Wenigstens lag das Schlimmste – Vorspeise und Hauptgang – bereits hinter ihr. Jetzt musste sie nur noch die Schokoladenmousse in Schälchen anrichten und servieren, dann konnte sie endlich die Küche aufräumen. Glücklicherweise hatten den beiden Herren ihre Lauchsuppe und die Gans mit Rotkraut geschmeckt. Besonders Generaldirektor Mittenbach, ein großer, schwerer Mann, der seit einiger Zeit den Konzern von Herrn Falkenhayn leitete, hatte regelrecht davon geschwärmt. Das Kochen bereitete ihr auch keinerlei Probleme. Sie war es nur nicht gewohnt, gleichzeitig servieren zu müssen. Aber als Herr Falkenhayn sie heute früh gebeten hatte, für die erkrankte Frau

Hansen und das ebenfalls unpässliche Stubenmädchen einzuspringen, hatte sie nicht Nein sagen wollen. Offenbar waren die beiden von der für Mitte November schon ungewöhnlich heftigen Grippewelle erwischt worden. Julia war glücklicherweise gesund und auch brav allein zu Bett gegangen. Kurz nachdem sie den Hauptgang serviert hatte, war Minna die Treppe hochgeeilt und hatte festgestellt, dass die Kleine friedlich in ihrem Zimmer schlummerte.

Während sie die Mousse aus dem Kühlschrank nahm und mit einem Schöpflöffel portionierte, dachte sie erneut daran, wie gut sich Julia bereits in der Schule eingewöhnt hatte. Sie hatte eine kleine Freundin namens Henriette gefunden und mochte ihre Lehrerin Frau Karbig sehr. All das machte die Entscheidung, nach Bad Doberan zurückzugehen, nur noch schwerer. Dabei langweilte Minna sich inzwischen jeden Vormittag, wenn Julia die Schulbank drückte, und träumte immer öfter davon, der Küche des Palais zu altem Glanz zu verhelfen. Ach, wenn ihr nur jemand einen Rat in dieser Sache geben könnte! Wie gern hätte sie beispielsweise mit ihrer Mutter über das Dilemma gesprochen. Doch diese war bereits vor einigen Jahren nach Bayern gezogen und hatte weder ein Telefon noch die Zeit, lange Briefe zu schreiben.

Minna steckte jeweils einen Mandarinenschnitz als Dekoration in die mit Mousse gefüllten Schälchen und stellte sie auf einem silbernen Tablett ab. Anschließend schob sie mit der Hüfte die Küchentür auf und durchquerte mit dem Tablett in den Händen das Foyer Richtung Esszimmer. Vor der geschlossenen Tür blieb sie stehen und lauschte.

Sie wollte nicht schon wieder ins Fettnäpfchen treten. Vorhin – gerade, als sie die Gans servieren wollte – hatten die Herren ein Streitgespräch begonnen. Obwohl die ungewohnt lauten Töne sie erschreckt hatten, hatte Minna es sich nicht nehmen lassen, das Zimmer zu betreten und die Schüsseln mit den Speisen abzuladen. Ansonsten wäre das gute Essen kalt geworden! Trotzdem war sie von Herrn Mittenbach mit einem bösen Blick bedacht worden. Dabei war es bei dem Scharmützel gar nicht um etwas Privates, sondern um die deutsche Wirtschaft gegangen.

»Ich habe mich mit mehreren Industriekapitänen ausgetauscht, unter anderem mit Herrn Stinnes, und wir glauben, einen Weg gefunden zu haben, wie man die aktuell instabile Lage für unseren Konzern am besten nutzen könnte. Man müsste nur …«, hatte der Generaldirektor gesagt.

Herr Falkenhayn hatte ihn recht scharf unterbrochen. »Bitte unterlassen Sie jegliche Anstrengungen in dieser Richtung, Mittenbach. Im Gegensatz zu dem von Ihnen so hochverehrten Herrn Stinnes lege ich absolut keinen Wert darauf, Profit aus der wachsenden Inflation zu schlagen. Außerdem ist die deutsche Wirtschaft strukturell gesund. Trotz der Panik an der Börse und der fallenden Wechselkurse. Wir stecken nur deshalb so tief in der Krise, weil die Regierung ständig neues Geld druckt, um die horrenden Reparationszahlungen leisten zu können. Hoffentlich werden auch diese Probleme bald gelöst sein. Offenbar plädieren inzwischen sogar die Finanzexperten der Amerikaner und Engländer dafür, die deutschen Zahlungen für zwei Jahre auszusetzen.«

Daraufhin hatte Generaldirektor Mittenbach hämisch aufgelacht. »Die Zahlungen aussetzen? Das wird niemals passieren, Herr Falkenhayn. Angeblich spielen die Franzosen für diesen Fall sogar mit dem Gedanken, das Ruhrgebiet zu besetzen. Das meint übrigens auch Herr Stinnes.«

»Warten wir es ab. Ich werde mir die gute Gans jedenfalls nicht von Ihrer Schwarzmalerei verderben lassen.« Abrupt hatte sich Herr Falkenhayn, das attraktive Gesicht ärgerlich verzogen, an sie gewandt. »Bitte, liebe Minna, legen Sie mir noch einen Knödel extra auf, die sehen ganz wunderbar aus.«

Auch jetzt klang die Stimme ihres Arbeitgebers angespannt. Vorsichtig öffnete Minna die Tür und blickte Herrn Falkenhayn fragend an. Zu ihrer Erleichterung bedeutete er ihr, einzutreten. Schnell stellte sie die Schälchen vor den beiden Herren ab und verzog sich wieder. Auf dem Weg zur Küche wäre sie fast gestürzt … einer der Schnürsenkel ihrer Stiefel war aufgegangen. Als sie sich niederkniete, um ihn zuzubinden, hörte sie, wie Herr Falkenhayn sagte: »Natürlich sagt mir Rapallo etwas. Dort haben im April Russland und das Deutsche Reich einen Vertrag unterzeichnet, um erneut wirtschaftliche Beziehungen aufzunehmen. Aber was zum Teufel soll das mit der Wiederaufrüstung des Deutschen Heeres zu tun haben?«

Minna spitzte die Ohren. Wiederaufrüstung? Aber war es der deutschen Reichswehr nicht verboten, neue Waffen zu kaufen? Jedenfalls hatte sie so etwas Ähnliches in der Zeitung gelesen.

»Darum ging es in den geheimen Verhandlungen«, erklärte Herr Mittenbach. »Demzufolge könnte sich unser Konzern zum Beispiel am Bau einer Flugzeugfabrik in der Nähe von Moskau beteiligen.«

»Und warum sollten wir das tun?«, knurrte Herr Falkenhayn. »Wenn es uns doch eindeutig untersagt ist?«

Herr Mittenbach räusperte sich. »Wir sollten ehrlich miteinander sein. Sie wissen genauso gut wie ich, dass wir uns irgendwann die im Osten und Westen verlorengegangenen Gebiete zurückerobern werden. Doch das wird nicht ohne kriegerische Handlungen zu bewerkstelligen sein. Und mithilfe der Russen könnten wir gut dafür gerüstet sein.«

Vor Angst stellten sich Minnas Haare auf. Es sollte erneut Krieg geben? Was für eine grässliche Vorstellung!

Als Herr Falkenhayn still blieb, fuhr Herr Mittenbach fort: »Russland gibt uns die Möglichkeit, unsere Männer an Flugzeugen und allerhand modernen Waffen trainieren zu lassen. Auf diese Weise könnten wir uns sogar wieder eigene Luftstreitkräfte aufbauen. Im Gegenzug müssten wir ihnen lediglich einige Blaupausen für unsere Technologien liefern. Selbst Herr Stinnes meint, dass dies der einzig richtige We…«

Minna zuckte zusammen. Herr Falkenhayn musste mit der

Faust auf den Tisch geschlagen haben. Kurz darauf rief er: »Nur über meine Leiche! Hören Sie, Mittenbach. Niemals wird sich der Konzern meines Vaters an solchen gesetzeswidrigen, kriegstreiberischen Vorhaben beteiligen.«

»Aber Herr Stinnes …«, widersprach Herr Mittenbach.

»Ach, hören Sie doch auf, mich mit der Meinung dieses fürchterlichen Mannes zu belästigen. Herr Stinnes ist nicht nur ein Inflationsgewinnler. Er unterstützt als Politiker auch noch die extrem rechten Kräfte im Land. Mit so jemandem sollten wir uns definitiv nicht zusammentun.«

»Sie sind doch nicht etwa ein Anhänger der Kommunisten?«, fragte Herr Mittenbach entgeistert.

»Natürlich nicht. Aber ich bin Demokrat und will mit solchen geheimen und gefährlichen Machenschaften nichts zu tun haben. Haben wir uns verstanden?«

Herr Mittenbach musste dies mit einem Nicken quittiert haben. Jedenfalls hörte Minna keine Antwort von ihm.

Trotzdem war sie zutiefst erschüttert. Mit zitternden Knien stand sie auf und ging in die Küche. Dort ließ sie sich kraftlos auf einem Stuhl nieder und betete. Nie wieder durfte es Krieg geben. Nie wieder! Die Deutschen hatten genug gelitten. So viele Männer waren an der Front gestorben, so viele Frauen, Kinder und Alte in der Heimat verhungert. Sie konnte nicht glauben, dass es keine vier Jahre nach dem schrecklichen Krieg schon wieder machthungrige Menschen gab, die mit dem Feuer spielten. Das Einzige, das ihr in diesem Moment Zuversicht verlieh, war, dass zumindest Herr Falkenhayn der gleichen Meinung zu sein schien wie sie.

# 3. Kapitel

*Berlin, Januar 1923*

»Und an welche Tätigkeit hattest du da gedacht, Paul? Mit deinen Erfahrungen im Kultur- und Hotelbetrieb vermutlich etwas Kaufmännisches? In der Konzernzentrale oder in einem der dazugehörigen Unternehmen?«

Es war bereits neun Uhr abends, und Julius hatte eher überrascht als erfreut gewirkt, als Paul ohne Vorankündigung an seiner Tür geklingelt hatte. Doch nach einem ernüchternden Tag voller vergeblicher Vorstellungsgespräche hatte er einfach keine andere Wahl gehabt. Sonst hätte er gleich in die Spree gehen können.

»Ich weiß nicht«, meinte Paul verlegen und sank noch tiefer in den weichen Sessel, den Julius ihm offeriert hatte. Vielleicht hätte er doch besser bis morgen früh gewartet. Aber er hatte nicht riskieren wollen, dass Julius dann bereits die Wohnung verlassen hatte, um seine Arbeit bei der UFA zu beginnen. Er räusperte sich. »Ich dachte, dass vielleicht mein Organisationstalent irgendwie einsetzbar wäre. Früher habe ich doch auch ziemlich große Veranstaltungen durchgeführt.«

Nachdenklich rieb sich Julius das glatt rasierte Kinn. »Hm. Am besten rufe ich Mittenbach an. Er soll sich gleich morgen früh mit dir treffen, da er am ehesten einschätzen kann, wo eine entsprechende Stelle frei ist.«

»Das wäre sehr hilfreich. Vielen Dank, lieber Julius«, erwiderte Paul. Plötzlich traute er sich, eine Frage zu stellen, die ihm schon seit Längerem auf den Nägeln brannte. »Ähm … warum hast du eigentlich Mittenbach die Leitung des Konzerns übertragen?«

Über Julius' Gesicht flog ein überraschtes Lächeln. Er wirkte, als hätte Paul ihn gerade mit den Fingern in der Keksdose erwischt. »Es ist reiner Luxus und wohl leider auch etwas selbstsüchtig ... aber durch meine frühere Arbeit als Dokumentarfilmer ist mir aufgegangen, wie sehr ich dieses Medium liebe. Die Produzententätigkeit bei der UFA entspricht einfach meinen inneren Neigungen und Talenten. Sie befriedigt auch meine künstlerische Seite, nicht nur den Kaufmann in mir. Die Leitung des Konzerns ist dagegen sehr politisch und kräftezehrend. Wenn ich das alles allein machen müsste ...« Plötzlich wurde er ernst. »Aber ich bin mir durchaus bewusst, dass es ein Risiko ist, ausgerechnet Mittenbach so viel Macht einzuräumen. Er war damals, als ich noch der Sekretär meines Vaters war, dessen Stellvertreter. Kurz vor seinem Tod hat mir mein Vater geraten, ihn als Generaldirektor einzusetzen, und ich wollte nicht gegen seinen erklärten Willen handeln. Er meinte, ich könne Mittenbach bedingungslos vertrauen und er würde mir mit seiner jahrzehntelangen Erfahrung wertvolle Dienste leisten. Trotzdem frage ich mich manchmal ...« Er verstummte.

Julius' Rechtfertigungen machten Paul verlegen. Er hatte mit seiner Frage nicht in ein Wespennest stechen wollen. Doch es war offensichtlich, dass diese Entscheidung Julius beschäftigte, weshalb Paul versuchte, das Gespräch möglichst schnell wieder auf ihr ursprüngliches Thema zu lenken. »Du bist wirklich meine letzte Rettung. Die Berliner Hotels habe ich bereits alle abgeklappert. Aber momentan scheint es nirgendwo einen Posten für mich zu geben.«

Julius sah ihn nachdenklich an. Er schien sich zu sammeln, bevor er erwiderte: »Ich fürchte, dass die Arbeitslosigkeit von nun an immer schlimmer wird.«

»Du meinst, weil die Franzosen heute das Ruhrgebiet besetzt haben?« Das hatten jedenfalls die Zeitungsjungen ausgerufen.

Sein Gegenüber nickte. »Ja. Der passive Widerstand, den unsere Regierung von den dortigen Arbeitern fordert, wird die Inflation weiter anheizen.«

»Aber wieso?« Paul biss sich beschämt auf die Unterlippe. Warum hatte ihm sein Vater oder sein Privatlehrer statt nutzlosem Griechisch und Latein nicht solch wichtiges Wissen vermittelt?

»Nun, die Regierung muss im Gegenzug die Löhne der Streikenden weiterzahlen«, erklärte Julius. »Und die Geldpressen werden deswegen umso heißer laufen. Doch da es für all die zusätzlichen Banknoten im Land inzwischen keine materiellen Gegenwerte mehr gibt, wird die Geldentwertung geradezu explodieren. Das bedeutet, immer mehr Geld wird immer weniger wert sein. Jedes Unternehmen und jede Privatperson werden davon betroffen sein. Und leider werden dann viele Menschen ihre Arbeit verlieren.«

Paul fühlte, wie die Farbe aus seinem Gesicht wich. »Aber das ist ja schrecklich.«

»Ja«, meinte Julius, während er zum Telefonhörer griff. »Allerdings.«

Am nächsten Morgen wartete Paul mit schweißnassen Händen im Vorzimmer von Generaldirektor Mittenbach. Julius hatte seinen Worten Taten folgen lassen und einen Termin für ihn arrangiert. Hoffentlich hatte er diesmal Glück, denn Helene bedrängte ihn seit Monaten, sich endlich eine Arbeit zu suchen, selbst wenn das bedeutete, dass sie als Familie von nun an in Berlin leben müssten. Ihre Beschimpfungen wurden täglich barscher. Neulich hatte sie ihn sogar als »Tunichtgut« tituliert. Heimlich hatte er darauf vertraut, dass im Palais bald wieder ein Kulturdirektor benötigt würde. Aber das war leider nicht der Fall. Und wenn Julius mit seinen wirtschaftlichen Prognosen recht behielt, würde es auch auf absehbare Zeit nicht dazu kommen. Elisabeth hatte dieses Jahr sogar die geplante Silvesterfeier wegen akuten Gästemangels absagen müssen. Stattdessen hatten sie lediglich mit dem Personal ein Glas Sekt getrunken, was ihn natürlich erneut an Robert erinnert hatte: Vor Jahren hatte er ihm im funkelnden Schein des Neujahrsfeuerwerks zum ersten Mal seine Liebe gestanden.

Damals hatte Robert seine Liebe erwidert. Jetzt tat er das

nicht mehr. Erst vorgestern hatte Paul ihm wieder in der Hoffnung aufgelauert, dass die Beziehung zu seinem dunkelhaarigen Naturburschen vorbei sein könnte und er doch noch eine Chance hätte, die gekappte Verbindung zu reparieren. Doch der breitschultrige Kerl hatte Robert wie beim letzten Mal am Personalausgang des Restaurants abgeholt. Vor Wut und Enttäuschung waren Paul die Tränen gekommen und …

In diesem Moment klingelte das Telefon auf dem Schreibtisch von Mittenbachs Sekretärin. »Sie können jetzt reingehen. Herr Mittenbach erwartet Sie.«

Der kahlköpfige Generaldirektor war kein schöner Mann. Im Gegenteil. Als Paul das Büro betrat, erschrak er fast. Mittenbachs pockennarbiges Gesicht wirkte unnatürlich blass, Nase und Wangen waren hingegen stark gerötet. Doch mit seiner großen, kräftigen Statur strahlte er auch eine natürliche Autorität und vor allem Macht aus. »Herr Kuhlmann? Bitte treten Sie doch näher«, sagte er und reichte ihm die Hand. »Was kann ich für Sie tun?«

»Wahrscheinlich hat Ihnen Herr Falkenhayn bereits erklärt, dass ich auf Arbeitssuche bin«, erwiderte Paul nervös. Mittenbachs stechender Blick schien ihn regelrecht zu durchbohren.

»Ja, das hat er«, erwiderte der Generaldirektor und fuhr in aller Gemütsruhe mit seiner Musterung fort.

Verunsichert fragte Paul: »Und? Glauben Sie, dass Sie etwas Passendes für mich hätten?«

Langsam schüttelte Mittenbach den Kopf. »Für einen ehemaligen *Kulturdirektor* …« Er sprach das Wort so verächtlich aus, als wäre es etwas Anrüchiges. »… der sich von der eigenen Schwester hat ausbooten lassen, habe ich ganz sicher keinen Posten. Wir brauchen hier Männer mit Mumm.«

»Aber Herr Falkenhayn …«, stotterte Paul, vollkommen überrascht von Mittenbachs aggressivem Tonfall, »… hat gestern gesagt, dass Sie bestimmt etwas für mich finden würden.«

»Nun, da hat er sich geirrt, der gute Herr Falkenhayn. Er arbeitet ja nicht in seinem eigenen Konzern, sondern betätigt sich lieber als Filmproduzent und … *barmherziger Samariter.*«

Paul fühlte sich wie vor den Kopf geschlagen. Er hatte fest an diese Chance geglaubt. »Es scheint sich um ein Missverständnis zu handeln. Meinen Sie nicht, dass wir Herrn Falkenhayn lieber noch einmal anrufen sollten?«, fragte er mit bebender Stimme. »Vielleicht fällt uns ja gemeinsam etwas Sinnvolles ein.«

Mittenbach lächelte kalt. »Was glauben Sie, warum Falkenhayn Sie zu mir abgeschoben hat? Er macht sich ungern die Finger schmutzig und überlässt solche hoffnungslosen Fälle lieber mir.«

Plötzlich erwachte Pauls Kampfgeist. »Trotzdem glaube ich kaum, dass er erfreut darüber wäre, wie schäbig Sie mich behandeln.«

Mittenbach zog die Augenbrauen hoch. »Beschweren Sie sich doch bei ihm. Dann wird er mir bestimmt umgehend kündigen.« Er lachte hämisch.

»Vielleicht mache ich das tatsächlich«, sagte Paul und wandte sich ab, um zur Tür zu gehen.

»Halt!«, sagte Mittenbach. »Vielleicht habe ich ja doch eine Stelle für Sie.«

»Ja?« Erleichtert blieb Paul stehen. Seine Drohung schien gewirkt zu haben.

Der Generaldirektor grinste schmierig. »Ich habe leider gerade erst gesehen, dass Sie ein Krüppel sind. Und armen Schweinen wie Ihnen bieten wir immer Hilfstätigkeiten in unseren Firmen an. Sie könnten also dort die Böden wischen oder Dreck aufsammeln … würde Ihnen so etwas zusagen?«

»Ganz sicher nicht.« Ohne sich zu verabschieden, verließ Paul das Büro und knallte die Tür hinter sich zu. Der Generaldirektor hatte ihm noch nicht einmal einen Stuhl angeboten! Was für ein widerlicher Geselle! Jetzt brauchte er erst einmal einen Schnaps, um dieses schmachvolle Gespräch zu verdauen.

Es war schon dunkel, als Paul zu Roberts Hauseingang wankte und zwei geschlagene Minuten lang Sturm klingelte. Offenbar konnte man sich fehlenden Mut tatsächlich antrinken.

Als ihm niemand öffnete, stützte er sich haltsuchend mit einer Hand an der Wand ab. In seinem Kopf drehte sich alles. Vielleicht war es doch ein Schnaps zu viel gewesen. Oder auch zwei? Aber wenigstens waren die Menschen in der Kneipe nett zu ihm gewesen. Viel netter als dieser schreckliche Mittenbach. Doch um den ging es jetzt gar nicht mehr. Sondern um Robert, seinen blonden Adonis. Seine Augen wurden feucht. Warum hatte er ihn verlassen?

Plötzlich ging das Licht im Treppenhaus an. Pauls Herzschlag beschleunigte sich, als er Schritte hörte. Dann wurde die Eingangstür aufgerissen. Und zum ersten Mal seit Jahren stand er seiner großen Liebe gegenüber.

»Paul?«, fragte Robert überrascht. »Was machst du hier?«

Er brachte kein Wort heraus. Roberts Anblick raubte ihm den Atem.

»Paul«, wiederholte Robert. »Geht es dir gut?«

Schwankend ging er einen Schritt auf ihn zu. »Jetzt ja.«

»Mein Gott! Du bist ja völlig betrunken!«

»Nur ein klitzekleines bisschen …« Paul deutete mit Daumen und Zeigefinger einen halben Zentimeter an. »Weil ich … weil ich mit dir reden will und …« Jetzt hatte er den Faden verloren. Dabei hatte er sich vorhin in der Kneipe alle Argumente zurechtgelegt, weshalb Robert unbedingt zu ihm zurückkehren musste.

Robert seufzte. »Willst du kurz mit raufkommen?«

»Ja, bitte.«

Wenig später standen sie gemeinsam in einer dunklen, engen Mansardenwohnung, in der es allerdings blitzsauber und aufgeräumt aussah. Paul blickte sich suchend um. »Und? Wo steckt der Naturbursche?«

»Du meinst Johannes?«

Paul zuckte mit den Schultern. »Wenn der dunkelhaarige Neandertaler so heißt, dann meine ich den.«

»Vorsicht. Der Neandertaler kann jede Minute zurückkommen.« Roberts Lächeln nahm seinen Worten die Schärfe. Trotzdem war die Warnung ernüchternd.

Paul versuchte, sich zu konzentrieren. »Warum hast du dich nie mehr bei mir gemeldet?«

»Ich wollte deinem ehelichen Glück nicht im Weg stehen.«

»Du weißt, dass meine Ehe eine Farce ist«, erwiderte Paul bedrückt. Er nahm all seinen Mut zusammen: »In Wahrheit liebe ich nur dich, Robert. Immer noch. Aber meine lächerliche Ehe könnte uns beiden den Schutz bieten, den wir uns immer gewünscht haben.«

Robert schüttelte traurig den Kopf. »Wir würden eine Lüge leben.«

»Nein. Wir bräuchten uns nicht mehr wie damals zu verstecken und könnten uns endlich ohne die elende Angst vor Verfolgung lieben.«

»Paul«, sagte Robert sanft. »Du machst dir etwas vor. In Wahrheit hättest du genauso viel Furcht, dein gesellschaftliches Ansehen zu verlieren, wie damals.«

»Nein. Nein, ich habe meine Lektion gelernt«, beteuerte er. »Die Wahrheit ist, dass ich ertragen könnte, alles zu verlieren, nur nicht deine Liebe.«

Roberts Blick wurde mitleidig. »Bitte mach es mir nicht so schwer. Ich will dir nicht wehtun. Wir hatten damals eine schöne Zeit, aber …«

»Aber?«, wiederholte Paul wie erstarrt.

»Es tut mir leid. Jetzt … liebe ich Johannes.«

Paul spürte, wie ihm Tränen in die Augen schossen. Noch nie in seinem ganzen Leben hatte er sich so verletzlich gefühlt. Nackt. Wie eine Schildkröte, der man ihren schützenden Panzer geraubt hat. »Kannst du dich nicht mehr daran erinnern, wie glücklich wir waren? Wie verliebt?«

»Bitte sei mir nicht böse, Paul. Johannes ist Schreiner und kein reicher Hotelier wie du. Er hat keine Angst, zu seinen Gefühlen zu stehen. Im Gegenteil. Wir leben seit zwei Jahren zusammen, und … es passt einfach.« Er machte eine hilflose Geste.

»Aber … aber was wird dann aus mir?«, schluchzte Paul erstickt. »Bin ich dir völlig egal?«

»Natürlich nicht«, versicherte Robert. »Und wenn ich dir einen Rat geben darf … stemme dich nicht gegen deine Natur. Das wird dich krank machen. Wir müssen alle mit den Eigenschaften leben, mit denen wir geboren sind. Selbst den gesetzeswidrigen.«

»Du willst, dass ich mich scheiden lasse?« Paul wischte sich die Tränen von der Wange.

»Das musst du selbst entscheiden. Doch ich würde dir wünschen, dass du einen Mann findest, mit dem du glücklich sein kannst.«

»Und dieser Mann … bist nicht du?«, fragte Paul tonlos.

»Ich bin nicht *mehr* dieser Mann. Leider.«

Roberts Worte fühlten sich endgültig an. Wie ein Todesurteil. Selbst in seinem alkoholisierten Zustand begriff Paul, dass dies das letzte Mal war, dass sie einander in die Augen sahen.

»Nein!«, kreischte eine Frauenstimme. »Das darf nicht wahr sein! Wie soll es jetzt nur weitergehen?«

So schnell sie konnte, eilte Elisabeth aus ihrem Büro, um nach dem Rechten zu sehen. Wer zum Teufel randalierte am helllichten Nachmittag im Foyer? Als sie dort eintraf, traute sie ihren Augen kaum. Es war ausgerechnet Frau Langhaus, die siebzigjährige, äußerst respektable Witwe eines Hamburger Kaufmanns. Die passionierte Bridgespielerin weilte bereits seit zwei Wochen im Hotel und hatte bislang immer einen ruhigen Eindruck gemacht. Jetzt liefen dicke Tränen über ihr Gesicht, und sogar ihre sonst so tadellose Frisur wirkte derangiert. Fragend blickte Elisabeth Herrn Schulze an, der mit erhobenen Händen seine Ratlosigkeit signalisierte. »Sie hat eben telefoniert«, flüsterte er ihr zu. »Mehr weiß ich auch nicht.«

»Was fehlt Ihnen, Frau Langhaus?«, fragte Elisabeth die inzwischen leise wimmernde Dame. »Können wir Ihnen irgendwie behilflich sein?«

»Mir kann niemand helfen … ich bin am Ende.«

»Wie meinen Sie das?« Elisabeth legte sachte einen Arm um die ältere Dame und geleitete sie in ihr Büro. »Wollen Sie etwas trinken?«, fragte sie, als sie dort angekommen waren und Frau Langhaus in einem Sessel Platz genommen hatte.

»Nein danke.« Die alte Dame kramte umständlich ein weißes Spitzentaschentuch hervor und wischte sich damit die Tränen ab.

»Sie haben telefoniert?«, erkundigte sich Elisabeth einfühlsam. »Gibt es zu Hause schlechte Nachrichten?«

»Das kann man wohl sagen.« Sie schnäuzte sich. »Ich bin ruiniert. Total ruiniert.«

Elisabeth wartete. Sie wusste aus Erfahrung, dass Menschen in akuter Not sich erst sammeln mussten, bevor sie über ihre Probleme sprechen konnten.

Und tatsächlich war die Witwe keine Ausnahme. »Ich habe eben mit der Bank gesprochen …«, begann Frau Langhaus stockend. »Wissen Sie, mein seliger Mann war sehr konservativ und kaisertreu. Als damals der Krieg ausbrach, hat er unser ganzes Geld in Kriegsanleihen investiert … und nun …« Sie brach erneut in Tränen aus.

»Ja?«, fragte Elisabeth, obwohl sie sich schon denken konnte, was passiert war. Sie las schließlich jeden Tag die Zeitung.

»Und nun haben die Wechsel für die Kriegsanleihen über Nacht angeblich ihren ganzen Wert verloren, und ich bin mittellos«, schluchzte Frau Langhaus. »Ich verstehe überhaupt nicht, wie so etwas passieren kann.«

»Das ist die schreckliche Inflation. Die Reichsmark verliert immer mehr an Wert«, sagte Elisabeth und seufzte. »Wir sitzen da alle im selben Boot.«

»Aber wovon soll ich jetzt leben? Ich bin mir noch nicht einmal sicher, ob ich die Hotelrechnung begleichen kann. Oder wie ich zurück nach Hamburg komme.«

»Wir finden schon einen Weg«, beruhigte Elisabeth sie und erinnerte sich an die wertvollen Juwelen, die Frau Langhaus jeden Abend getragen hatte. »Zur Not kann mein Bruder Sie in unserem Auto nach Hause kutschieren.«

»Aber was mache ich dann?«, fing die Dame wieder an zu jammern. »Wovon soll ich leben? Womit meine Lebensmittel bezahlen? Ich habe doch kein sonstiges Einkommen! Mein Mann dachte, ich wäre mit den Kriegsanleihen gut versorgt.«

»Kommt Zeit, kommt Rat. Können Sie nicht einen Verwandten um Hilfe bitten?«

Weinend schüttelte Frau Langhaus den Kopf. »Da ist niemand. Bis auf meine Bridgefreundinnen bin ich mutterseelenallein auf dieser Welt.«

»Wir werden sehen. Jetzt bringe ich Sie erst einmal auf Ihr Zimmer. Sie müssen sich ausruhen«, erklärte Elisabeth resolut. Hoffentlich würde der Dame, wenn sie sich vom ersten Schock erholt hatte, aufgehen, dass sie bei Weitem nicht die Einzige war, die sich in dieser tragischen Situation befand. Allen anderen Pensionären und Besitzern von Kriegsanleihen würde es genauso ergehen: Die Inflation hatte sämtliche finanziellen Rücklagen dieser Menschen vernichtet und bedrohte deren Existenz.

Nachdem Elisabeth Frau Langhaus auf ihr Zimmer begleitet hatte, ging sie nachdenklich die Treppe hinunter. Wie würde sich diese ganze Misere auf das Palais auswirken? Das Ruhrgebiet war jetzt bereits seit einem Monat besetzt, und die Inflation wurde jeden Tag schlimmer. Angeblich wollte die Regierung die Tagesproduktion der Notenpresse bis zum Monatsende sogar noch steigern: von fünfundvierzig Milliarden auf fünfundsiebzig Milliarden Mark! Das würde die Preise und Löhne erst richtig explodieren lassen. Die ersten Gäste hatten ihre Buchungen bereits storniert, und die Gehälter ihrer Angestellten zahlte sie inzwischen zweimal in der Woche aus, um die Kosten wenigstens einigermaßen im Griff zu behalten.

Auch das alltägliche Leben gestaltete sich immer kurioser. Gestern war Luise zum Friseursalon Seifert gegangen. Als sie zahlen wollte, erfuhr sie, dass sich der Preis für Waschen und

Legen seit der letzten Woche verzehnfacht hatte. Doch am allermeisten sorgte Elisabeth sich über etwas, das der Chefkoch ihr gestern berichtet hatte: Nicht nur, dass die Lebensmittelpreise drastisch gestiegen waren, inzwischen gab es auch fürchterliche Lieferschwierigkeiten. Gestern habe er zum Beispiel weder Milch noch Eier kaufen können. Dabei hatte Elisabeth sich nach dem Krieg geschworen, dass weder sie noch ihre Familie jemals wieder Hunger leiden müssten. Bei der Erinnerung an den fürchterlichen Winter von 1916/17, in dem es außer Steckrüben fast nichts mehr zu essen gegeben hatte, wurde ihr angst und bange. Spontan beschloss sie, selbst in den Bad Doberaner Geschäften nachzusehen, wie schlimm die Lage war.

Kurz darauf ging Elisabeth fröstelnd durch die Alexandrinenstraße und versuchte, auf dem glatten Gehsteig nicht auszurutschen. Vor dem Schuhhaus Alfons Böck blieb sie stehen und starrte auf das handgeschriebene Schild, das neben dem Eingang angebracht war: »Verkauf und Reparaturen gegen Lebensmittel.« Großer Gott, stand es wirklich schon wieder so schlimm? Sie zog sich den Wintermantel fester um den Körper und ging weiter. Vor dem Lebensmittelladen hatte sich eine Schlange gebildet. Als Elisabeth näher kam, sagte eine junge, verhärmt aussehende Frau: »So geht das nicht! Sie müssen sich hinten anstellen. Genau wie alle anderen.«

Elisabeth hob entschuldigend die Hände. »Ich will gar nicht einkaufen. Ich wollte nur nachsehen, was noch alles erhältlich ist.«

»Das kann ja jeder sagen«, ereiferte sich die Frau.

Doch eine andere meinte: »Es gibt da drin sowieso nur die Sachen, die der Besitzer noch nicht beiseitegeschafft hat. Wetten, dass er das meiste unter der Hand zu Wucherpreisen verkauft? Ein Kilo Brot kostet ja bereits im Laden über dreihundert Mark.«

Als Elisabeth durchs Schaufenster ins Ladeninnere schaute, erblickte sie eine halb leere Käsetheke. Auch die Regale waren wesentlich weniger gefüllt als noch vor einer Woche. Notierte sich der Ladenbesitzer tatsächlich gerade die Wünsche seiner Kundin auf einem Zwanzig-Mark-Schein?

Die Frau von vorhin schien ihren entsetzten Blick zu bemerken. »Meine Einkaufsliste steht mittlerweile auch auf Geldscheinen. Das ist billiger als ein Blatt Papier.«

Zurück in ihrem Büro, griff Elisabeth umgehend zum Telefonhörer. Sie rief Julius nicht oft an, weil er an den Wochenenden immer noch Minna mit Julia allein nach Bad Doberan reisen ließ. Angeblich hatte er wahnsinnig viel zu tun. Aber vielleicht verbrachte er seine freie Zeit auch lieber mit der Dame, die neulich auf der Feier nach ihm gesucht hatte. Die mit der sinnlichen Stimme. Trotzdem musste sie jetzt mit ihm sprechen. Es stand zu viel auf dem Spiel. Andererseits ... Sie blickte unschlüssig auf die Uhr. Wäre es nicht besser, von Angesicht zu Angesicht zu sprechen? Am besten, sie nahm gleich morgen früh den Zug nach Berlin.

Elisabeth hatte Julius absichtlich nicht über ihren geplanten Besuch informiert. Sonst hätte er ihr alle Details bereits am Telefon entlockt. Manchmal konnte er recht überzeugend sein. Außerdem hätte sie zu gern gewusst, ob die Dame mit der sinnlichen Stimme in seinem unmittelbaren Umfeld arbeitete. Doch als sie jetzt – nach einer eintönigen Bahnfahrt – vor dem Tor der riesigen Atelierhallen an der Oberlandstraße in Neubabelsberg stand, bereute sie ihre Heimlichtuerei. Ohne Termin würde der Pförtner, der wie ein ausrangierter Preisboxer wirkte, sie kaum durchlassen. Doch dann fiel ihr das Geschenk für Johanna ein, das sie von zu Hause mitgenommen hatte.

Der Pförtner näherte sich mit schweren Schritten. »Sie wünschen, meine Dame?«

Elisabeth zog die eingepackte Dose mit Fasanenpastete aus der Tasche. »Lieferung für Herrn Falkenhayn.«

»Können Sie mir geben.« Er streckte die Hand aus.

Elisabeth schüttelte den Kopf. »Der Inhalt ist recht kostbar. Es ist besser, wenn ich es persönlich überbringe.«

Der Pförtner überlegte kurz. »Meinetwegen.« Er winkte einen Laufburschen heran. »Bring die Dame zu Herrn Falkenhayn.«

Der Weg zu Julius' Arbeitsplatz war lang und führte durch mehrere Hallen, in denen die aufregendsten Kulissen aufgebaut waren. Gerade ging sie durch eine stilisierte Wüstenlandschaft mit tonnenweise echtem Sand. Eine Tür weiter fand sie sich plötzlich in einem Hotelfoyer wieder, das dem Palais gar nicht so unähnlich war. Sie kam aus dem Staunen nicht heraus. Dabei stand sie der Filmindustrie eigentlich eher kritisch gegenüber. Luise, die sich amerikanische Zeitschriften schicken ließ, berichtete öfter von Skandalen, in die diese halbseidenen Hollywood-Schauspieler verwickelt waren. Eine unstete, moralisch zweifelhafte Branche, die sich Julius da ausgesucht hatte.

Schließlich legte der Bursche, der sie durch dieses Labyrinth führte, den Finger an die Lippen. »Hier wird gedreht, Fräulein. Bitte schön leise sein, wenn ich versuche, Herrn Falkenhayn herauszuwinken.«

Elisabeth schmunzelte. Mit ihren neunundzwanzig Jahren war sie – außer von alten Familienfreunden – schon länger nicht mehr als Fräulein tituliert worden. Als ihr Begleiter die Tür einen Spaltbreit öffnete, spähte sie interessiert auf das Filmset im Innern. Im Hintergrund sah sie die hell erleuchtete Kulisse, die wohl ein elegantes Wohnzimmer darstellen sollte. Dort lag die berühmte Schauspielerin Lil Dagover auf einem Diwan und küsste hingebungsvoll einen jungen Mann. Darum herum, im Dunkeln, waren Kamera und Scheinwerfer aufgebaut. Außer den Kameraleuten beobachteten mehrere Männer das Geschehen von ihren Stühlen aus. Plötzlich brüllte einer von ihnen, wahrscheinlich der Regisseur, in seine Flüstertüte: »Schnitt!« Während er auf die beiden Schauspieler zustapfte und ihnen Anweisungen gab, informierte der Laufbursche Julius über ihren Besuch.

Wenig später standen sie sich gegenüber. Julius musterte sie verblüfft, so als könnte er kaum glauben, dass sie wirklich in Berlin war. Dann beugte er sich hinunter und gab ihr einen keuschen Kuss auf die Wange. Verlegen rieb sie sich die Hände. Vom Scheitel bis zur Sohle war ihr alles an ihm vertraut: die athletische Gestalt, das dunkelblonde Haar und die intelligenten hellbraunen Augen, die von einem Halbmond aus Lachfältchen umgeben waren. Trotzdem fühlte sich ihr Mund auf einmal schrecklich trocken an.

»Elisabeth«, sagte Julius. »Was für eine schöne Überraschung.«

Sie lächelte. »Danke, und entschuldige bitte, dass ich dich einfach so bei der Arbeit störe. Eigentlich wollte ich lediglich Johanna in Berlin besuchen, aber ich muss unbedingt etwas Wichtiges mit dir besprechen. Es geht um …«

Julius legte ihr die Hand auf die Schulter. »Ich weiß natürlich, worum es geht. Am besten besprechen wir alles Weitere in meinem Büro. Einverstanden?« Mit einem Nicken verabschiedete er den Laufburschen und dirigierte sie einen Korridor entlang.

Schließlich saßen sie sich in seinem spartanisch eingerichteten Büro gegenüber. Julius räusperte sich. »Es tut mir sehr leid, dass ich dir bislang noch keinen Termin für den Werbefilmdreh genannt habe, aber Ulrich Sternhaus, der bekannte Regisseur, den ich dafür anheuern will, ist bis Anfang Juni ausgebucht.«

Oh Gott, an die Idee mit dem Werbefilm, die ihr bei dem nächtlichen Anruf als Ausrede eingefallen war, hatte sie in den letzten Wochen gar nicht mehr gedacht. »Hm, das ist schön. Aber meinst du, dass in der derzeitigen Krise ein Werbefilm überhaupt noch Sinn hat?«

»Natürlich! Gerade jetzt musst du Werbung für das Palais machen«, erwiderte Julius überrascht.

»Aber unseren Gästen fehlt momentan das Geld für einen Urlaub. Bei vielen von ihnen geht es ums nackte Überleben.« Elisabeth musste an Frau Langhaus denken, die gestern Abend von Paul nach Hamburg kutschiert worden war.

»Du musst heute schon für die Zukunft vorsorgen. Außerdem gibt es durchaus Menschen, die durch die Inflation reicher werden.« Er schmunzelte verschmitzt. »Du zum Beispiel.«

»Ich?«, erkundigte sie sich fassungslos. »Wie das denn? Das Hotel ist leer, und fast alle Buchungen sind storniert.«

»Dafür ist dein Renovierungskredit fast auf null geschrumpft. Gemäß dem Grundsatz ›Mark gleich Mark‹ wirst du den Banken lediglich den Nominalwert zurückzahlen müssen, und wenn du noch ein wenig damit wartest, kannst du das ganze Darlehen mühelos auf einmal ablösen. Dessen aktueller Gegenwert wird sich inflationsbedingt nur auf ein paar Pfennige belaufen.«

Für einen Moment war sie sprachlos.

»Eigentlich solltest du dich darüber freuen.«

Sie versuchte, sich zu konzentrieren. »Ehrlich gesagt, bin ich nicht hier, um wegen des Werbefilms nachzuhaken. Sondern weil ich Angst habe, dass wir bald nichts mehr zu essen haben. Und zwar weder für unsere Gäste noch für uns.« In kurzen Sätzen schilderte sie ihm ihre Erlebnisse des gestrigen Nachmittags.

Julius atmete hörbar aus. »Das tut mir sehr leid. Vielleicht musst du unter diesen Umständen das Hotel tatsächlich für ein paar Monate schließen. In Berlin scheint die Versorgungslage – zumindest momentan – noch besser zu sein. Du kannst selbstverständlich bei mir und Julia unterkommen, und für den Rest der Familie könnte ich so lange eine konzerneigene Wohnung anmieten.«

Bot Julius ihr gerade an, bei ihm einzuziehen? Bedeutete das, dass es ihm mit der Frau mit der sinnlichen Stimme doch nicht so ernst war? Was jetzt? Sollte sie auf sein Angebot eingehen … oder doch lieber ihren ursprünglichen Plan vortragen?

»Warum zögerst du? Hast du Angst, dass ich deine Notlage ausnutzen könnte?« Julius klang belustigt. Doch sein Blick wurde ernst. »Ich gebe dir mein Ehrenwort, dass ich mich nicht nachts in dein Zimmer schleichen werde.«

Bei seinen Worten machte ihr Herz einen Sprung. Sie hatten schon einmal eine denkwürdige Nacht zusammen verbracht. Damals war ihre Tochter gezeugt worden. Und wenn es vieles gab, das sie in diesem Zusammenhang bereute, die leidenschaftlichen Stunden mit Julius gehörten sicherlich nicht dazu. Nervös umklammerte sie die Armlehnen ihres Stuhls. Wäre es nicht tatsächlich eine wundervolle Möglichkeit, ihre kleine Familie zusammenzuführen, wenn sie für ein paar Monate zu ihm nach Berlin zöge?

»Du, Elisabeth? Wenn du mir noch etwas zu sagen hast, wäre es schön, wenn du das heute noch tun könntest. Ich müsste dringend wieder an den Set zurück.«

Da war wieder sein gewohnt ironischer Ton. Natürlich hatte er das Ganze nicht ernst gemeint. Und sie war darauf hereingefallen. Sie räusperte sich. »Das ist eine nette Idee mit Berlin. Aber ich habe andere Pläne. Ehrlich gesagt, wollte ich dich davon überzeugen, dass wir unser Unternehmen erweitern.«

»Du willst anbauen?«, fragte Julius überrascht.

»Nein, ich möchte einen Gutshof kaufen, damit wir eigene Lebensmittel erwirtschaften können und zumindest ein Stück weit unabhängiger werden.« Unwillkürlich hielt Elisabeth die Luft an. Wie würde Julius auf diesen unorthodoxen Einfall reagieren?

»Du? Du willst Bäuerin werden?«

Sie grinste. »Ich würde den Titel Gutsherrin bevorzugen. Natürlich würde ich für den Anbau und das Vieh Leute einstellen. Arbeitsuchende gibt es ja momentan in Hülle und Fülle.«

Plötzlich klang Julius ernst. »Das halte ich für eine ganz hervorragende Idee, Elisabeth. Schau dich ruhig nach einem geeigneten Gutshof um. Meine Unterstützung ist dir sicher.«

Innerlich freute sie sich über sein Lob. Äußerlich versuchte sie, sich nichts anmerken zu lassen. »Danke. Außerdem könnte Julia dann an den Wochenenden etwas Landluft schnuppern und mit den Tieren spielen.«

»Du hast recht. Das ist wahrscheinlich besser, als wenn du sie ständig im Hotel hinter dir herschleifst.«

Erstaunt blickte sie ihn an. »Was meinst du damit?«

»Nichts. Julia hat mir erzählt, dass sie bei dir nicht so oft mit ihren Puppen spielen kann, weil sie im Hotel mithelfen muss. Vielleicht wäre es da für eine Sechsjährige spannender, wenn sie Hühner und Katzen streicheln dürfte.«

Julius' Worte hatten nicht vorwurfsvoll geklungen, trotzdem schnitten sie ihr tief ins Herz. Elisabeth hatte gehofft, eine engere Bindung mit ihrer Tochter aufbauen zu können, indem sie Julia spielerisch in die Arbeit im Hotel einführte. Erst letztes Wochenende hatte sie die Kleine deshalb beim Tischdecken mithelfen lassen. Natürlich hatte das sowohl für die Kellner als auch für sie mehr Arbeit bedeutet. Aber eigentlich hatte sie geglaubt, dass ihre Tochter Gefallen daran finden würde.

»Übrigens habe ich Minna erlaubt, während Julias Osterferien ihre Mutter zu besuchen. Ich hoffe, das ist dir recht. Die Arme hat ihre Familie seit so vielen Jahren nicht gesehen.«

»Selbstverständlich«, erwiderte sie abwesend.

In diesem Moment ging die Tür auf, und eine überschlanke, äußerst apart anzusehende junge Dame schneite ins Zimmer. Sie war blutjung und ignorierte Elisabeths Anwesenheit vollkommen. Stattdessen nörgelte sie: »Du wolltest mich doch auf einen Kaffee einladen, Julius!«

Die sinnliche Stimme, dachte Elisabeth. Die hat mir gerade noch gefehlt! Unvermittelt stand sie auf. »Geh ruhig, Julius. Ich will dich nicht aufhalten. Es ist ja bereits alles besprochen.«

»Darf ich vorstellen?«, sagte Julius höflich. »Fräulein Alexandra von Hengstenberg. Fräulein Elisabeth Kuhlmann.«

Elisabeth und die sinnliche Stimme, die zu allem Übel auch noch adelig war, nickten einander zu. Es war offensichtlich, dass Fräulein von Hengstenberg ihren Namen niemals zuvor gehört hatte. Umgekehrt war Elisabeth der Name der jungen Adeligen allerdings bereits bekannt … Julia hatte vor ein paar Wochen freudestrahlend erzählt, sie habe mit *Alex* in Papas Bett gespielt. Elisabeth hatte sich damals nicht getraut nachzuhaken, wer oder was Alex war. Sie hatte nicht riskieren wollen, dass Julia ihr Interesse an seinen Bettgefährtinnen weiterplapperte. Aber jetzt war die Antwort offensichtlich. Sie stand sozusagen unmittelbar vor ihr. »Julius. Jetzt komm endlich«, quengelte die dunkelhaarige Schönheit.

»Ich muss ebenfalls los. Ich sag dir Bescheid, wenn ich ein geeignetes Gut gefunden habe.« Elisabeth strebte dem Ausgang zu.

»Elisabeth … so warte doch«, sagte Julius. »Wir haben uns noch gar nicht verabschiedet.«

Aber sie war bereits zur Tür hinaus und eilte mit schnellen Schritten durch den Korridor. Es war lächerlich. Sie hatte kein Recht, auf Fräulein von Hengstenberg eifersüchtig zu sein. Und trotzdem tat es weh, erkennen zu müssen, dass Julius sie durch ein jüngeres und hübscheres Fräulein ersetzt hatte.

In Bayern war der Frühling ausgebrochen. Die Sonne stand hoch am wolkenlosen Himmel. Der Feldrand war gesäumt von hellgrünen Grasbüscheln, Löwenzahn und Gänseblümchen. Lautstark zwitscherten die Vögel in den weiß blühenden Apfelbäumen. Minna wischte sich den Schweiß von der Stirn. Seit gut zwei Stunden führte sie einen Ochsen über den lehmig schweren Boden, während ihre Schwester, die inzwischen achtzehnjährige Fritzi, den von dem Tier gezogenen Pflug gerade hielt. Am Ostersonntag! Unmittelbar nach dem Kirchgang waren sie wieder aufs Feld gegangen, um Weizen und Roggen auszusäen. Es war ein hartes, genügsames Leben, das ihre Mutter und ihre Schwestern auf einem Bauernhof in der Nähe von Straubing führten. Jeden Tag schufteten sie sechzehn Stunden lang bis zum Umfallen. Trotzdem schien ihre Familie mit diesem Los zufrieden zu sein.

Bereits um fünf Uhr früh molken sie die Kühe, fütterten anschließend das Vieh und reinigten die Ställe. Nach dem Frühstück zogen alle jüngeren Frauen und Männer auf die Felder und Weiden. Dort gab es immer etwas zu tun: Zäune mussten geflickt, Kühe auf die Weide getrieben und Schweine zum Schlachter gebracht werden. Andere kümmerten sich darum, dass Getreide und Gemüse gesät, gedüngt und geerntet wurden. Nach dem Abendessen mussten die Kühe noch ein weiteres Mal gemolken werden. Doch auch diejenigen, die auf dem Hof blieben, waren zu keiner Zeit untätig. Wenn alle Betten gemacht und das Haus gereinigt war, wurde der Kochlöffel geschwungen und Brot gebacken. Am Nachmittag stellte man Käse, Butter und Wurst her, spann die Wolle der Schafe und flickte Säcke.

Minna war vor zwei Wochen auf dem Gehöft angekommen, und die vielen Stunden im Freien zeigten bereits Wirkung: Ihr Gesicht hatte eine gesunde Farbe angenommen, und ihr Körper war von der harten Arbeit gestählt. Jeden Abend fiel sie wie ein Stein ins Bett und schlief wie ein Murmeltier. Ihre Familie hatte sich sehr über ihren Besuch gefreut, und obwohl sie ihre Schwestern Martha, Fritzi und Eva ewig nicht gesehen hatte, entwickelte sich in kürzester Zeit eine familiäre Vertrautheit. Auch Mutters Freundin Annemarie, die den kleinen Bauernhof inzwischen von ihren Eltern geerbt hatte, und deren erwachsene Söhne Hans und Moritz hatten sich gefreut, sie kennenzulernen. Erstaunt hatte Minna vernommen, dass Martha mit Hans verlobt war. Ihre Familie schien in der neuen Heimat Wurzeln zu schlagen. Und sogar die Asthmaerkrankung ihrer Mutter hatte sich in der guten Landluft deutlich verbessert.

Als Minna nach getaner Arbeit an diesem Tag nach Hause kam, wartete ein Brief auf sie, der versehentlich beim Nachbargehöft abgegeben worden war. Mit zitternden Fingern griff sie danach. Hoffentlich war nichts Schlimmes mit Julia geschehen. Eigentlich hatte sie lediglich für ein paar Tage in Bayern bleiben wollen. Aber dann hatte Fräulein Johanna am 1. März einen gesunden Jungen namens Gabriel zur Welt gebracht, und Frau Kuhlmann war aus Bad Doberan angereist, um ihre Tochter zu unterstützen. Julia war so begeistert über die Geburt ihres neuen Cousins und die Ankunft ihrer Großmutter gewesen, dass sie darum gebettelt hatte, ebenfalls für ein paar Wochen bei der frischgebackenen Familie Hirsch einziehen zu dürfen. Zunächst hatte Herr Falkenhayn diesem Vorschlag skeptisch gegenübergestanden, aber nachdem sowohl Fräulein Johanna als auch Fräulein Elisabeth den Plan gutgeheißen hatten, hatte er Julia mit einem kleinen Koffer zu ihrer Tante gebracht. Anschließend hatte er Minna ermuntert, einen ganzen Monat Urlaub zu nehmen.

Mit klopfendem Herzen riss sie den dicken Umschlag auf, der mit Herrn Falkenhayns steiler, eleganter Handschrift an sie adressiert war. Als Erstes kullerten ihr einige Silbermünzen in den Schoß. Mehrere urkundenähnliche Papiere flatterten hinterher. Ihr großzügiger Arbeitgeber hatte ihr tatsächlich zwei Monatsgehälter in wertbeständigem Notgeld geschickt, das inzwischen von immer mehr Banken und Unternehmen ausgegeben wurde. Damit würde sie ihre Rückfahrt ohne Probleme antreten können. Schließlich faltete sie die Karte auseinander, auf deren Vorderseite ein entzückendes Foto von Julia klebte.

*Liebe Minna,*

*Julia geht es prächtig. Sie liebt ihren kleinen Cousin und unternimmt Spaziergänge mit ihrer Großmutter. Sie können Ihren Urlaub also ganz unbeschwert genießen. Anbei schicke ich Ihnen ein kleines Extra, das Ihnen erlauben soll, sich auf der Rückreise das schöne München anzuschauen. Niemand darf daran vorbeifahren, ohne es zu besichtigen. Besonders die Ausstellung in der Akademie der Bildenden Künste lege ich Ihnen ans Herz. Hoffentlich gefällt sie Ihnen so gut, wie sie mir vor einigen Jahren gefallen hat.*

*Mit freundlichen Grüßen,*
*Julius Falkenhayn*

Minna war unendlich erleichtert und gerührt, dass Herr Falkenhayn sich die Mühe gemacht hatte, ihr die Sorge um Julia zu nehmen. Er war schon ein ganz besonderer Mann. Auch die

Idee, München zu besuchen, gefiel ihr. Wann würde sie sonst noch einmal die Gelegenheit bekommen, auf eigene Faust eine neue Stadt zu erkunden? Nach dem Abendessen zeigte sie ihrer Mutter das Bild von Julia.

»Das ist also die Kleine, die du zwei Jahre lang allein aufgezogen hast?«, fragte sie und nahm mit ihren von der Gicht gezeichneten Händen das Bild entgegen. »Hübsch.«

»Ja, das ist sie«, erwiderte Minna stolz.

»Und doch ist und bleibt sie das Kind fremder Leute. Willst du nicht einmal eigene Kinder bekommen?«

Minna lächelte überrascht. »Schon.«

»Schieb es nicht auf die allzu lange Bank, Minna. Wir werden leider alle nicht jünger.« Das abgehärmte Gesicht ihrer Mutter trug einen besorgten Ausdruck. »Ich habe auch noch einmal über das Problem nachgedacht, das du mir am ersten Tag geschildert hast. Ich an deiner Stelle würde wieder nach Bad Doberan gehen und dort als Köchin arbeiten. Das ist ehrliche Arbeit, die dich unabhängig macht. Kinder werden dagegen schnell flügge und brauchen irgendwann keine Aufsicht mehr.«

Minna nickte nachdenklich. »Ja, ich glaube, du hast recht.«

»Ganz sicher habe ich das«, meinte ihre Mutter, die selten so viele Worte an einem Stück sprach. »Und nun hilf mir rasch beim Abwasch.«

München ist tatsächlich eine schöne Stadt, dachte Minna, als sie aus der Akademie der Bildenden Künste wieder in die frische Frühlingsluft trat. Es gab unzählige prachtvolle Gebäude, und trotzdem wirkte die bayerische Hauptstadt wesentlich beschaulicher als Berlin. Auf der Höhe des Siegestors bog sie in die Leopoldstraße ein und schlenderte von dort aus durch die kleinen Gässchen Schwabings. Ihr Zug nach Hause ging bereits morgen früh, aber diese letzten Urlaubstage zu ihrer freien Verfügung hatten ihr gutgetan. Was hatte sie nicht alles gesehen! Den Englischen Garten, die Feldherrnhalle und die Mariensäule. Sie hatte Naschwerk auf dem Viktualienmarkt gekauft und andächtig in der Frauenkirche gebetet, obwohl sie eigentlich Protestantin war.

Vorgestern Abend hatte sie schweren Herzens von ihrer Familie Abschied genommen. Nach einer tränenreichen Zugfahrt war sie am Münchner Hauptbahnhof angekommen und in einer kleinen Pension ganz in der Nähe abgestiegen. Dort hatte sie auch alle ihre Mahlzeiten eingenommen. Die Vorstellung, sich mutterseelenallein in ein fremdes Restaurant zu setzen, war ihr zu frivol vorgekommen. Doch die in der Pension offerierte bayerische Hausmannskost hatte ihr sehr gut geschmeckt. Vielleicht würde sie in Heiligendamm auch einmal eine blauweiße Woche einlegen und Bretzeln, gepökelte Schweinshaxen oder Weißwürste mit süßem Senf servieren. Während sie den inzwischen bekannten Weg zum Hauptbahnhof einschlug, ging Minna in Gedanken immer wieder die Sätze durch, die sie Herrn Falkenhayn nach ihrer Rückkehr sagen wollte. Es würde nicht einfach sein, ihm mitzuteilen, dass sie nach Bad Doberan ziehen wollte. Trotzdem war es die einzig richtige Entscheidung. Hoffentlich würde er ihr erlauben, Julia mitzunehmen. Dann könnte die Kleine zum ersten Mal bei ihrer Mutter leben, worüber sich Fräulein Elisabeth sicherlich sehr freuen würde. Und auch für ihr geliebtes Mädchen wäre das bestimmt eine schöne Abwechslung, selbst wenn sie ihren Vater schmerzlich vermissen müsste.

Minna lief gerade durch eine enge Gasse, als sie plötzlich ein dumpfes Stampfen vernahm. Das Geräusch von derben Stiefeln auf Asphalt? Es klang, als ob ganz in ihrer Nähe mehrere Dutzend Soldaten aufmarschierten. Während sie noch lauschte und rätselte, bog ein Trupp lumpig gekleideter Männer um die Ecke und steuerte unmittelbar auf sie zu. Für eine Flucht war es zu spät. Stattdessen drückte sie sich verängstigt an eine schmutzige Hauswand. Doch die jungen Kerle, die aus der Nähe gar nicht so furchterregend aussahen, schenkten Minna keine Beachtung und gingen mit raschen Schritten an ihr vorbei.

Plötzlich gellte ein Pfiff. »Sie kommen!«, rief eine Stimme, und die Männer blieben stehen. Mit erhobenen Fäusten drehten sie sich um und starrten in die Richtung, aus der sie gekommen waren. Ihre Gesichter wirkten angespannt und kampfbereit. Trotzdem spürte man ihre Angst. Sie schienen einen harten, unbarmherzigen Gegner zu erwarten. Aber wer sollte das sein?

Minnas Augen weiteten sich, als sie eine ungleich zahlreichere Gruppe von Männern, die allesamt braune Hemden trugen, um dieselbe Ecke biegen sah. Was war das für eine Vereinigung, die derart uniformiert herumlief? Im Gegensatz zu den Lumpenmännern waren die Uniformierten mit Stöcken und anderem Gerät bewaffnet. Einer von ihnen schwenkte eine blutrote Fahne über dem Kopf, auf der ein weißer Kreis prangte, mit einem merkwürdig gedrehten schwarzen Kreuz in der Mitte.

Um Himmels willen! In was für einen Konflikt war sie da nur hineingeraten?

Während die gegnerischen Parteien aufeinander zu schritten, schien ein rothaariger Bursche mit Schiebermütze ihre prekäre Lage zu begreifen. »Was machst du noch hier?«, schrie der schlaksige Kerl sie an. »Weißt du nicht, dass es gleich eine Keilerei geben wird? Versteck dich in einem der Häuser!«

Panisch suchten ihre Augen nach dem nächsten Hauseingang. Doch in diesem Moment stürzten sich die Braunhemden mit martialischem Gebrüll auf ihre Gegner.

Es war ein ungleicher Kampf. Auf jeden Lumpengesellen kamen fast zwei Braunhemden. Letztere knüppelten wie entfesselt auf ihre Feinde ein, die sich kaum dagegen wehren konnten.

Vor ihr kämpfte der Rothaarige gegen zwei besonders bullig wirkende Männer. »Nimm das, du elendiges Kommunistenschwein!«, schrie einer der beiden und holte mordsmäßig aus.

Minna kniff entsetzt die Augen zusammen. Im nächsten Moment würde der Stock auf den Kopf des Rothaarigen sausen und ihn brutal zertrümmern. So etwas konnte niemand überleben … doch der erwartete Todesschrei blieb aus, und sie wagte einen bangen Blick.

Der schmale Kerl schien sich gerade noch rechtzeitig geduckt zu haben, und der gemeingefährliche Schlag war ins Leere gegangen. Wie eine zusammengepresste Feder schnellte der Rothaarige nun wieder nach oben und versetzte seinem Angreifer einen Kinnhaken, woraufhin der ohne einen weiteren Mucks zu Boden ging.

»Das wirst du büßen«, brüllte das andere Braunhemd, ein rotgesichtiger Riese, und riss seine furchteinflößende Waffe hoch … einen Eispickel.

Minna schrie auf. Sie konnte unmöglich tatenlos zusehen, wie jemand direkt vor ihren Augen gemeuchelt wurde.

»Ja, wen haben wir denn da?«, meinte der Riese irritiert und machte einen Schritt auf sie zu. »Gehörst du Flittchen etwa auch zu diesem roten Haufen?«

Vor Angst blieb ihr fast das Herz stehen. Wie gelähmt starrte sie in die wütenden Schweinsaugen des Mannes, der inzwischen so nah vor ihr stand, dass sie seinen fauligen Atem riechen konnte.

Im nächsten Moment fiel der grobschlächtige Mann vor ihr auf die Knie und hielt sich mit schmerzverzerrtem Gesicht das linke Bein.

Verblüfft starrte Minna auf ihn hinunter.

»Jetzt glotz nicht so! Komm endlich!«, schrie der Rothaarige und griff nach ihrer Hand. Im nächsten Moment rannte er los und zog sie gnadenlos hinter sich her. Immer schneller sprinteten sie zwischen den Kämpfenden hindurch. Vorbei an blutenden und sich am Boden wälzenden Opfern. Vorbei an ausgestreckten Händen, die sie festhalten wollten.

Gemeinsam hasteten sie aus der dunklen Gasse, überquerten zwei Straßen und einen belebten Platz, wo ihnen Passanten mit offenen Mündern hinterherstarrten.

Genau in dem Moment, in dem Minna dachte, dass sie vor Anstrengung gleich zusammenbrechen würde, hielt ihr Retter an. »Bist du in Ordnung?«

Sie nickte. »Wer … war … das?«, fragte sie keuchend. »Warum … haben … euch … diese Männer … angegriffen?«

Der Rothaarige stützte, um Atem ringend, die Hände in die Seiten. »Sag mal … wo lebst du denn? Auf dem Mond? Das waren natürlich die Arschlöcher von der Sturmabteilung!« Er ließ den Stock fallen, mit dem er gegen das Bein des Braunhemds geschlagen hatte, und reichte ihr die Hand. »Ich heiße übrigens Albert.«

»Minna. Und ich wohne nicht auf dem Mond, sondern in Berlin.«

Immer noch rasch atmend, schlug sie ein.

»Aha. Das erklärt so einiges.« Albert grinste, und auf seinen Wangen erschienen zwei sympathische Grübchen.

Erst jetzt bemerkte Minna, dass er mit seinen unter der Schiebermütze hervorlugenden strubbeligen Haaren und den rötlichen Sommersprossen auf der geraden Nase eigentlich ein ganz hübscher Kerl war. Er musste ungefähr im gleichen Alter sein wie sie. »Danke, dass du mich da rausgeholt hast.«

»Du hattest mehr Glück als Verstand. Mit diesen rechten Idioten ist nicht zu spaßen. Die machen auch vor Gewalt gegen Frauen nicht halt.« Alberts Grinsen fiel in sich zusammen. »Hoffentlich sind mir meine Kumpel nicht böse, dass ich einfach so abgehauen bin. Aber die verdammten SA-Typen hätten dir sonst wer weiß was angetan.«

Minna überlegte kurz. Dann nahm sie all ihren Mut zusammen. »Darf ich dich zum Dank auf einen Kaffee einladen?«

Er schüttelte den Kopf. »Das musst du nicht. Kaffee ist momentan viel zu teuer.«

»Ich möchte dich aber einladen, und außerdem habe ich gerade ein paar Silbermünzen in meiner Tasche.«

Albert blickte sie mit großen Augen an. »Das solltest du vielleicht nicht so laut hinausposaunen. Sonst bist du gleich wieder in Gefahr.«

Sie lächelte. »Also … hast du Lust auf Kaffee und Kuchen?«

»Kuchen?«, wiederholte ihr Retter und schluckte so heftig, dass sein Adamsapfel wild auf und nieder hüpfte. »Da kann ich nicht widerstehen.«

Kurz darauf saßen sie im plüschigen Hinterzimmer eines kleinen Cafés und löffelten die beste Schwarzwälder Kirschtorte, die Minna je gekostet hatte. Nachdem die Konditorin einen begehrlichen Blick auf Minnas Münzen geworfen hatte, war das Beste gerade gut genug gewesen.

»Oh Gott, ist das köstlich«, stöhnte Albert und rieb sich den Bauch.

»Ja, so gut bekomme ich sie nicht hin«, nuschelte Minna mit vollem Mund.

»Bist du Konditorin?«

»Köchin.«

Albert nickte. »Da sitzt du Glückliche direkt an der Quelle. Unsereins kriegt heutzutage kaum noch was zwischen die Zähne.«

»Ist es hier auch so schwierig, an Lebensmittel ranzukommen?«, fragte Minna und schämte sich, dass sie in ihrer Pension bislang so reichhaltig getafelt hatte.

»Hier ist es ziemlich schlimm.«

»Das tut mir leid.« Verlegen blickte Minna auf ihren Teller. »Du hast mir übrigens immer noch nicht gesagt, warum diese … *Sturmabteilung* euch angegriffen hat.«

Er blickte sie überrascht an. »Na, weil wir Kommunisten sind.«

»Wie? Nur deshalb?«

»Ja, die Rechten sind in Bayern leider besonders stark. Die Typen von der SA rotten sich zusammen und trainieren heimlich in den Wäldern, um uns so brutal wie möglich vertrimmen zu können. Und die verdammte Politik und die Justiz lassen diese Verbrecher einfach gewähren. Die werden noch nicht mal für ihre Morde belangt!«

Minnas Gabel blieb auf halbem Weg zum Mund in der Luft stehen. »Was sind denn das für Menschen … die von der SA?«, fragte sie erschrocken.

»In die Sturmabteilung treten Männer ein, die nach dem Krieg im richtigen Leben nichts mehr zuwege gebracht haben. Die können gar nichts anderes, als Leute niederzumetzeln.«

»Aber warum lassen sich die Bürger das gefallen?«

Albert seufzte. »Ach, die Bürger! Wahrscheinlich haben sie Angst. Nach dem Krieg gab es in Bayern für kurze Zeit eine linke Revolution mit Arbeiter- und Soldatenräten, und wahrscheinlich glauben sie, dass alles besser ist als der Kommunismus.«

»Du glaubst das nicht?«, fragte Minna vorsichtig.

»Nein!« Albert schob empört seinen Stuhl zurück.

»Und wofür kämpfst du?« Sie hatte zwar bereits vom Kommunismus gehört, aber wenn sie ehrlich war, hatte sie keine Ahnung, was das eigentlich bedeutete.

»Du müsstest mal die *Münchner Rote Fahne* lesen. Da würden dir die Augen aufgehen«, meinte Albert und wischte sich den Mund ab. »Warum sollen immer nur ein paar Bonzen das ganze Geld scheffeln, während wir Arbeiter uns zu Tode schuften und trotzdem in Armut leben?« Er reckte kämpferisch die Faust nach oben. »Wenn wir erst an der Macht sind, wird es gerecht zugehen. Dann werden die Fabriken, Eisenbahnen und Kohlewerke verstaatlicht, sodass sie allen gehören. Und es gibt auch kein Arm und Reich mehr, weil jeder endlich das hat, was er zum Leben braucht. Sogar Kriege bräuchte man nicht mehr zu führen. Niemand müsste mehr hungern oder auf der Straße schlafen, weil er sich die Miete nicht leisten kann.«

»Das ist tatsächlich eine schöne Vorstellung«, erwiderte Minna leise. Unwillkürlich musste sie an ihre Mutter denken, die früher jahrein, jahraus in einer Berliner Wäscherei giftige Dämpfe eingeatmet hatte und darüber sterbenskrank geworden war. Sieben Tage in der Woche hatte sie dort geschuftet! Währenddessen hatte die gleichaltrige Frau Kuhlmann elegante Damenkränzchen abgehalten und Kleider aus Paris bestellt. Auch ihre Schwestern hatten trotz der 1919 eingeführten Schulpflicht viel zu früh anfangen müssen zu arbeiten. Genau wie sie selbst. Seit ihrem zwölften Lebensjahr war sie von irgendwelchen Hausdamen herumkommandiert worden. Erst bei den

Kuhlmanns hatte sie Anerkennung erfahren. Doch das bedeutete noch lange nicht, dass sie ihnen gleichgestellt war.

»Hast du noch nie darüber nachgedacht, wie schwer du als Köchin für ein Monatsgehalt arbeiten musst und dass du trotzdem niemals genug haben wirst, um dir ein eigenes Heim zu leisten?«

»Ehrlich gesagt … nein«, antwortete Minna. Es war wahrscheinlich nicht der richtige Moment, um Albert mitzuteilen, dass sie Besitzerin einer eigenen Wohnung war, die ihr Herr Brandmüller vermacht hatte und die sie inzwischen vermietete.

»Dann ist es gut, dass ich dich endlich wachrüttele«, sagte er mit einem breiten Lächeln.

»Und was für eine Arbeit verrichtest du, wenn du dich nicht gerade mit der SA prügelst?«

Albert klopfte sich stolz auf die schmale Brust. »Ich bin Eisenbahner.«

»Wirklich? Da kommst du bestimmt viel im Land rum. Vielleicht kannst du mich ja mal in Berlin besuchen kommen.« Minna spürte, wie sich ihre Wangen röteten. Die Einladung war ihr einfach so herausgerutscht.

»Leider nein«, antwortete Albert betrübt. »Ich arbeite hauptsächlich am Münchner Hauptbahnhof. Aber Berlin würde ich mir gern einmal anschauen … besonders mit dir.«

Flirtete er? Es fühlte sich fast so an. »Sehr gern«, beeilte sie sich zu antworten. »In ein paar Wochen ziehe ich allerdings wieder nach Bad Doberan.«

»Wo ist das denn?«

»An der Ostsee.«

Er grinste. »Bestimmt auch eine Reise wert. Und wie lange bleibst du noch in München?«

»Nur bis morgen früh.«

»So kurz? Schade. Aber wir müssen das Beste daraus machen. Hast du Lust, nach dem Kuchenessen noch eine Runde im Englischen Garten spazieren zu gehen?«

Minna musterte ihn aufmerksam. Im Café hatte er die Schiebermütze abgelegt und sich die roten Locken mit den Fingern ein wenig gebändigt. Das stand ihm gut. Überhaupt … Albert gefiel ihr. Er war anders als die anderen Männer, mit denen sie bislang zu tun gehabt hatte. Nicht so aufdringlich und trotzdem aufgeschlossen und nett. Außerdem hatte er sie vor diesen Grobianen gerettet. Sie lächelte. »Warum eigentlich nicht?«

Soeben waren die letzten kraftvollen Töne der Orgel im Münster verklungen. Andächtig drehte Elisabeth sich um und blickte kurz zu der imposanten Empore hinauf, die im Mittelalter den mecklenburgischen Landesherren als Fürstenempore gedient hatte. Nachdem sie ihr schwarzes Gesangbuch wieder vor sich abgelegt hatte, begann die Predigt. Der Pfarrer sprach vom göttlichen Trost, der allen Christen in diesen schweren Zeiten zuteilwerde. Die Botschaft klang mitreißend und hoffnungsfroh zugleich. Obwohl Elisabeth sich fest vorgenommen hatte, seinen Worten zu lauschen, schweiften ihre Gedanken ab. War es die richtige Entscheidung gewesen, das seit zwei Jahren leer stehende Gut Bellhagen zu kaufen? Der Kaufpreis war zwar äußerst günstig gewesen, aber die drei Backsteingebäude – das Wohnhaus, eine Scheune und die Stallungen – mussten dringend renoviert werden. Trotzdem hatte Julius sie bestärkt, zuzuschlagen. Arbeitskräfte gebe es momentan genug, hatte er gemeint, und es sei ein unschätzbarer Vorteil, dass man bei diesem Objekt keine angestammte Bauernfamilie auf die Straße setzen müsse. Stattdessen konnte man sogar einen arbeitslosen Einheimischen als Verwalter einsetzen. Julius' Meinung hatte letztlich den Ausschlag gegeben, das Gut mit seinen sechzig Hektar Ackerland, Weiden und Wald zu erwerben. Nun musste sie sich also gleich um zwei Unternehmen kümmern. Und Paul war ihr dabei leider überhaupt keine Hilfe.

Sie warf ihrem Bruder, der ein paar Plätze weiter saß, einen verstohlenen Blick zu. Was zum Teufel war nur mit ihm los?

Seit er vor ein paar Monaten von einem Besuch in Berlin zurückgekommen war, wirkte er wie ein Schatten seines früheren Selbst. Blass, fahrig und noch deprimierter als sonst. Er hatte auch fürchterlich an Gewicht verloren. Aus Mitleid hatte sie sich erweichen lassen, eins der Stubenmädchen als Kinderfrau abzukommandieren. Doch auch das hatte keine Besserung gebracht. Lag es an der ewig nörgelnden Helene? Oder hatte es etwas mit diesem mysteriösen Posten zu tun, den er angeblich in Julius' Konzern hätte haben können? Sie hatte ganz zufällig davon erfahren. Julius hatte am Rande einer Unterhaltung über Julia einfließen lassen, dass sein Generaldirektor Paul eine Stelle angeboten habe, die dieser jedoch abgelehnt habe. Elisabeth hatte sich ihre Überraschung nicht anmerken lassen. Seit sie Julius mit dieser Alexandra von Hengstenberg gesehen hatte, bemühte sie sich, so wenig Privates wie möglich mit ihm zu besprechen.

Inzwischen hatte der Pfarrer seine Predigt beendet, und es folgte das Glaubensbekenntnis. Mechanisch öffnete Elisabeth die Lippen und sprach die vor langer Zeit auswendig gelernten Worte: »*Ich glaube an Gott, den Vater, den Allmächtigen, den Schöpfer des Himmels und der Erde. Und an Jesus Christus …*« Glücklicherweise hatte Julius zugestimmt, dass Julia nach den Sommerferien in Bad Doberan in die Schule ging und Minna als Köchin ins Palais zurückkehrte. Wahrscheinlich hatte er das nur getan, weil er und seine sinnliche Stimme in Berlin ungestört sein wollten. Trotzdem war sie ihm dankbar. Nicht nur, dass sie sich auf die gemeinsame Zeit mit ihrer Tochter freute, auch die Ankunft einer guten Köchin tat bitter Not: Ihr derzeitiger Küchenchef war seinen Aufgaben einfach nicht gewachsen. So gesehen war es fast ein Geschenk, dass sich weiterhin nur wenige, allerdings sehr anspruchsvolle Gäste – zumeist Industrielle aus Berlin – im Palais einfanden. Und das, obwohl vor einigen Tagen die Hauptsaison begonnen hatte.

Die fortschreitende Inflation hielt sie alle im Würgegriff, und das Leben wurde von Tag zu Tag schwieriger. Besonders die Versorgungslage verschlechterte sich zusehends. Die Löhne konnten dem Anstieg der Güter- und Warenpreise nicht folgen. Das bedeutete, dass weite Teile der Bevölkerung verarmten und in der Folge Hunger litten. Das chaotische Geldwesen machte auch den Betrieb des Palais immer schwieriger. Inzwischen erfolgten die Lohnzahlungen bereits jeden zweiten Tag, und die Angestellten versuchten anschließend sogleich, ihre Bargeldbündel in Sachwerte wie Stoffe oder Zigaretten einzutauschen, die sie später gegen andere Waren tauschen konnten. Aber wenigstens hatte die Ruhrbesetzung durch die Franzosen und Belgier nicht zu einem neuerlichen Krieg geführt, wie sie ursprünglich befürchtet hatte.

Auch die arme Luise hatte momentan nichts zu lachen. Die feine Gesellschaft in Bad Doberan ließ sie immer noch links liegen. Selbst der Herzog hatte sich nicht mehr bei ihr gemeldet, obwohl die Renovierung der Rennbahn so gut wie abgeschlossen war und er Elisabeth mitgeteilt hatte, dass er für Mitte Juli eine feierliche Eröffnung plane. Leider schien sich der Verkauf des Grand Hotels wegen der Inflation weiter zu verzögern. Vielleicht hatte er Luise deswegen nicht mehr seine Aufwartung gemacht. Oder aber ein besonders eifriger Mitbürger hatte ihm zugetragen, dass sie geschieden war. Wie gut, dass Luise wenigstens von den wenig trostreichen Bemerkungen ihrer Mutter verschont blieb, die nach wie vor in Berlin weilte und wahrscheinlich Johanna das Leben schwermachte. Ihre liebenswerte ältere Schwester würde sich wahrscheinlich eher die Zunge abbeißen, als ihrer Mutter nahezulegen, die junge Familie nun bald einmal allein zu lassen.

Der Gottesdienst ging seinem Ende zu. Statt eines Klingelbeutels wurde inzwischen ein Wäschekorb durch die Reihen gereicht, um die Spenden einzusammeln. Ein einziger US-Dollar war momentan über einhunderttausend Mark wert. Das bedeutete, dass man ganze Berge von Papiergeld in den Korb werfen musste, um auf den früher üblichen Gegenwert zu kommen. Die heutige Kollekte war für die örtliche Suppenküche gedacht, in der die Armen einmal am Tag eine warme Mahlzeit bekamen. Elisabeth hatte diesbezüglich ein gutes Gewissen: Alle im Hotel übrig gebliebenen Speisen wurden – einem Vorschlag von Herrn Schulze folgend – bereits an diese Adresse geliefert.

Nachdem der Pfarrer alle Anwesenden gesegnet hatte, erklang erneut die Orgel. Zu den getragenen Klängen erfolgte der Auszug der Gemeindemitglieder, die sich vor der Kirchentür voneinander verabschiedeten. Während Paul noch eine Frage des Pfarrers beantwortete, gab Elisabeth ihm ein Zeichen. Sie mussten sich beeilen, denn für den heutigen Nachmittag hatte Julius den Besuch des Kamerateams angekündigt, das den Werbefilm über das Palais drehen sollte. Innerlich hatte sie bei dieser Nachricht die Augen gerollt. Ein Kamerateam war wahrscheinlich das Letzte, was sie momentan brauchen konnten. Doch sie hatte die großzügige Geste nicht ausschlagen wollen. Wer wusste schon, wie lange diese schwierige Zeit dauern würde?

Der Regisseur Ulrich Sternhaus, den Julius aus Berlin mitgebracht hatte, war ein beeindruckender Mann. Sobald er das Foyer betreten hatte, zog er wie ein Magnet die Aufmerksamkeit aller Anwesenden auf sich. Dabei war er keineswegs schön, jedenfalls nicht in klassischem Sinn. Fast zwei Meter groß und von einer bulligen Statur, wirkte alles an ihm überproportioniert. Seine Hände glichen Bratpfannen. Sein Kopf war, trotz Stirnglatze und grauem Resthaarkranz, der eines Löwen. Er strotzte geradezu vor Tatkraft und Energie. Und selbst seine Stimme dröhnte so laut, dass man hätte meinen können, er habe versehentlich eine Flüstertüte verschluckt.

Nachdem Elisabeth ihm das ganze Hotel gezeigt hatte, meinte er mit einer ausladenden Handbewegung: »Sie besitzen wirklich ein sehr schönes Anwesen, gnädige Frau. Da werden wir gleich morgen früh einen märchenhaften Werbefilm drehen. Aber eins müssen Sie mir noch verraten. Warum haben Sie Ihr Haus eigentlich Palais Heiligendamm genannt, obwohl es in Bad Doberan und nicht in dem berühmten Seebad gelegen ist?«

Sie lächelte melancholisch und nahm neben ihm in einem Sessel Platz. Ihr verstorbener Vater hatte das Hotel aus reinen Prestigegründen auf diesen noblen Namen getauft. Es klang einfach feudaler als Palais Doberan. Doch Elisabeth antwortete Herrn Sternhaus mit der gleichen Ausrede, die auch ihr Vater immer verwendet hatte: »Weil auf diese Weise auch unsere internationalen Gäste gleich verstehen, dass sie bei uns in unmittelbarer Nähe des Seebads logieren können.«

»Aha.« Das Gesicht des Regisseurs verzog sich zu einem sarkastischen Grinsen. »Hat sich denn noch nie jemand über diesen Schwindel beschwert?«

Elisabeth war erleichtert, dass genau in diesem Moment Julius in ihr Büro trat und sie einer Antwort enthob.

»Falkenhayn! Sie bringen noch zusätzlichen Glanz in diese edle Hütte«, rief Sternhaus laut. »Wo bleibt die Schauspielerin, die der Blickfang für unseren kleinen Film werden soll?«

Über Julius' attraktives Gesicht flog ein Schatten. »Eine Schauspielerin? Davon hatten Sie mir gar nichts gesagt.«

»Aber wer soll nach Ihrer Meinung das Hotel charmant in Szene setzen? Wir können ja schlecht nur die leeren Räumlichkeiten zeigen! Das wäre doch schrecklich langweilig.«

Julius' fragender Blick fiel auf sie. Elisabeth schüttelte den Kopf. »Nein. Beim besten Willen nicht. Für so etwas habe ich kein Talent.«

Sternhaus zog die buschigen grauen Augenbrauen hoch. »Und was nun, Herr Produzent?«

Während Julius noch überlegte, hatte Elisabeth einen Geistesblitz. Luise! Ihre Schwester war nicht nur bildschön, sondern hatte auch ein gewisses schauspielerisches Talent. Die Gäste liebten sie, besonders die Herren. Für Luise wäre es wahrscheinlich ein Leichtes, das Hotel vor den Kameras zu repräsentieren. Sie sprang auf. »Einen Moment, bitte.« Am Empfangstresen bat sie einen der Pagen, zu ihrer Privatwohnung zu eilen und Fräulein Kuhlmann zu bitten, sich umgehend ins Büro zu begeben.

Als Luise kurz darauf, etwas außer Atem, das Büro betrat,

schien Herr Sternhaus regelrecht elektrisiert von ihrem Anblick zu sein. Aber sie war auch wirklich eine Augenweide: Ihr zartes Gesicht mit den blauen Kulleraugen war von einer Flut von hellblondem Haar umgeben, das ihr in sanften Wellen bis auf die Schultern fiel. Ihre Figur war elfengleich schlank. Und selbst Elisabeth musste neidlos zugeben, dass ihre Schwester in dem roten, eng anliegenden Nachmittagskleid ganz entzückend aussah.

»Lisbeth?«, fragte Luise, während sie Herrn Sternhaus freundlich anlächelte. Julius hatte sie offenbar schon in der Wohnung begrüßt, denn sie nickte nur kurz in seine Richtung.

»Wir wollten dich fragen, ob du vielleicht Lust hättest …«, begann Elisabeth, doch sie wurde von dem aus seinem Sessel hochfahrenden Sternhaus unterbrochen.

»Sie hat ja der Himmel geschickt, schönes Kind! Wie heißen Sie denn, mein Engel?«, säuselte der Regisseur. Er nahm Luises Hand und drückte sie leidenschaftlich an seine Lippen.

Elisabeth verzog missbilligend das Gesicht. So locker ging es im Filmgeschäft zu? Kein Wunder, dass Julius ihr die sinnliche Stimme vorzog.

»Luise Kuhlmann«, erwiderte ihre Schwester überrascht und blickte auf ihre Hand, die nach wie vor von Sternhaus in Beschlag genommen wurde. Ihre zarten Finger verschwanden in seiner riesigen Pranke.

»Würden Sie mir die Freude machen und sich morgen genauso anmutig vor meiner Linse bewegen, wie Sie es jetzt gerade getan haben?« Sternhaus' Augen schienen nichts und niemanden außer ihrer Schwester mehr wahrzunehmen.

Julius räusperte sich. »Entschuldige, Luise, das ist Ulrich Sternhaus, einer der besten Regisseure, die wir bei der UFA haben. Und was er versucht, dir mitzuteilen, ist, dass uns für den morgigen Dreh noch eine Schauspielerin fehlt, die durch das Palais führt. Könntest du dir vorstellen, für einen Tag in die Rolle eines Werbefräuleins zu schlüpfen?«

Luises Augen begannen zu leuchten. Das war eine Aufgabe

genau nach ihrem Geschmack. »O fein«, rief sie und schenkte dem Regisseur ihr schönstes Lächeln. »Das macht bestimmt Spaß.«

Plötzlich hatte Elisabeth ein schlechtes Gewissen. Was würde ihre Mutter dazu sagen, wenn Luise später überall auf der Leinwand zu sehen sein würde. »Nicht so schnell, bitte«, sagte sie warnend. »Luise muss selbstverständlich erst noch unsere Mutter um Erlaubnis fragen.«

Sternhaus musterte sie geringschätzig und ließ abrupt Luises Hand los. »Ist die junge Dame nicht volljährig?«

»Das bin ich«, versicherte ihre Schwester mit einem kecken Augenaufschlag. »Niemand kann mir vorschreiben, was ich zu tun und zu lassen habe.«

Elisabeth wechselte einen skeptischen Blick mit Julius, den die muntere Verbrüderung aber eher zu amüsieren schien. »Wie du meinst«, sagte sie düster und nahm sich vor, ihre Schwester bei den morgigen Dreharbeiten keine Sekunde aus den Augen zu lassen. Mit so halbseidenen Gestalten wie diesem Regisseur sollte sie sich auf keinen Fall abgeben. Das war unter ihrer Würde, selbst wenn sie momentan wegen ihrer Scheidung selbst auf dünnem gesellschaftlichen Eis stand.

Am nächsten Tag stellte sich heraus, dass ihre Skepsis vollkommen berechtigt gewesen war. Luise machte ihre Sache als Schauspielerin zwar ganz hervorragend, aber Sternhaus setzte ihr einen Floh nach dem anderen ins Ohr.

»Fräulein Luise, Sie sind ein wahres Naturtalent!«, schrie er zum Beispiel, als Luise unter den neugierigen Blicken der Gäste die Treppe hinunterschritt und dabei den Mund bewegte, als würde sie sprechen. Ihre eigentlichen Worte, die Werbebotschaft, sollten im fertigen Film als Untertitel eingeblendet werden. Und nachdem der Film »im Kasten« war, wie Sternhaus sich ausdrückte, prophezeite er ihr gleich eine große Karriere.

»Ich werde diese Aufnahmen einigen Agenten vorspielen«, meinte er mit blitzenden Augen. »Und dann wird man Ihnen ein Angebot machen. Dafür würde ich meinen besten Hut verwetten.«

Elisabeth rollte mit den Augen. Aber bei Luise schien jedes seiner Worte auf fruchtbaren Boden zu fallen. »Meinen Sie wirklich?«, fragte sie kokett und sah sich wahrscheinlich schon als zweite Pola Negri.

»Aber selbstverständlich. Sie werden bald von mir hören«, versicherte er und küsste erneut viel zu intim Luises Hand. Und das mitten im Foyer! Vor den Angestellten und Gästen. Sein ganzes Benehmen hatte etwas Anrüchiges, Unanständiges. Währenddessen verstauten die Kameramänner bereits ihre Ausrüstung in seinem Wagen. Glücklicherweise mussten sowohl Sternhaus als auch die anderen UFA-Mitarbeiter heute noch abreisen, um morgen erneut in Berlin arbeiten zu können. Elisabeth konnte es kaum erwarten, das Hotel wieder für sich und ihre Gäste zu haben.

Julius war bereits losgefahren. Wahrscheinlich, um seine junge Geliebte nicht allzu lange allein zu lassen, denn Julia wohnte immer noch bei Johanna. Aber wenigstens war es diesmal nicht zu einem Streit zwischen ihnen gekommen. Obwohl ihr Herz schmerzte, hatte sie sich ihre Gefühle nicht anmerken lassen.

»Wann werde ich den fertigen Film zu sehen bekommen?«, fragte Elisabeth, um Sternhaus' Abschied von ihrer Schwester zu beschleunigen.

»Ich gebe Falkenhayn Bescheid«, sagte der Regisseur, ohne seine Augen von Luise abzuwenden.

Plötzlich riss Elisabeth der Geduldsfaden. »Wenn Sie die Güte hätten, meine Schwester nicht ganz mit Ihren Blicken zu verspeisen, könnten Sie mir noch verraten, ob ich mit Ihrer Rückmeldung in Tagen, Wochen oder Monaten rechnen kann.«

Sternhaus schien ihr die Worte nicht übel zu nehmen, trotzdem konnte er sich offenbar nur sehr schwer von Luise trennen. Leise murmelte er: »Bis ganz bald, meine Teuerste.« Zu Elisabeth gewandt, fügte er hinzu: »Ich schätze, dass es ein paar Wochen dauern wird. So Ende August? Leben Sie wohl bis dahin.« Mit einem letzten Blick auf Luise ging er durch die Tür.

Ihre Schwester stieß einen tiefen Seufzer aus.

»Du willst mir doch nicht weismachen, dass dir dieser ungehobelte Kerl gefällt?«, fragte Elisabeth ungläubig.

Luise schüttelte den Kopf. »Nein, das nicht. Aber ohne ihn wird mein Leben wohl wieder genauso langweilig werden wie vorher.« Plötzlich lächelte sie glücklich. »Es sei denn, man entdeckt mich wirklich als Schauspielerin.«

»Puh! Das wäre schrecklich! Mutter würde auf der Stelle einen Tobsuchtsanfall kriegen.«

Ihre Schwester zog ein langes Gesicht. »Soll sie doch. Ich halte dieses freudlose Dasein jedenfalls nicht mehr lange aus.« Sie drehte sich um und ging die Treppe zur Wohnung hinauf.

Mit einer unguten Vorahnung sah Elisabeth ihr hinterher.

# 4. Kapitel

Anfang August ging die Sonne in Bad Doberan um kurz nach acht Uhr unter. Doch selbst dann musste man eine ganze Weile warten, bis es vollkommen dunkel war. Da Minna jedoch sowieso noch das Abendessen für die verbliebenen Hotelgäste kochen musste, passte ihr das gut.

Erst nachdem die Küche blitzblank aufgeräumt war, betrat sie den Weinkeller, zu dem seit Kurzem nur Fräulein Kuhlmann und sie selbst den Schlüssel besaßen. Dort packte sie einen mitgebrachten Korb randvoll, aber es waren beileibe keine Weinflaschen, die sie auf diese Weise aus dem Hotel schmuggelte. Für den Fall, dass jemand sie trotz der Dunkelheit sehen sollte, knotete sie noch ein Tuch über den geheimen Inhalt. Danach machte sie sich auf den Weg.

Während sie, den kostbaren Korb fest umklammert, durch die nächtlich leeren Straßen lief, dachte sie an Albert. Er hatte ihr schon wieder einen Brief geschrieben, vor lauter Arbeit war sie allerdings bisher nicht dazu gekommen, ihn zu öffnen. Wahrscheinlich schickte er ihr Nachschub an kommunistischer Lektüre. Die Begleitschreiben dazu waren meist kurz und eher nüchtern verfasst. Trotzdem freute sie sich, dass der Kontakt zu ihrem rothaarigen Retter nicht abgebrochen war. Und auch die Zeitungen fand sie spannend. Neulich hatte die Überschrift eines Artikels gelautet: »Nieder mit den reichen Nichtsnutzen, die ihr Vermögen erben und sich das restliche Leben auf die faule Haut legen!« Das hatte ihr zu denken gegeben.

Apropos … immer wieder musste sie an das Gespräch zwischen Herrn Falkenhayn und dem Generaldirektor denken, das sie belauscht hatte. Wieso gab es überhaupt Menschen, die von der Inflation profitierten? Wer erlaubte so etwas Ungerechtes?

Gab es dagegen keine Gesetze? Noch viel schlimmer war aber, dass die konservativen Kräfte im Land, zu denen wohl auch diese schreckliche Sturmabteilung gehörte, heimlich aufrüsteten! Dabei wollten die einfachen Leute ganz sicher keinen Krieg. Die litten schon genug unter der aktuellen Wirtschaftslage. Ob sie Albert von der Sache mit der Aufrüstung erzählen sollte? Vielleicht konnte er mit seinen Kommunistenfreunden dieses Geheimnis irgendwie publik machen und die skrupellosen Unternehmer zur Rechenschaft ziehen? Auf der anderen Seite würde er das, was sie gerade vorhatte, bestimmt auch nicht gutheißen. Sie seufzte leise.

Als Minna am Ziel ihres Ausflugs ankam, blickte sie sich vorsichtig um. Doch um diese Uhrzeit war keine Menschenseele in dem sonst so belebten Viertel unterwegs. Sie überquerte die Straße und betrat den Hinterhof eines alten Backsteingebäudes. An einer dunkelgrün gestrichenen Tür klopfte sie zweimal lang und dreimal kurz. Wenig später wurde sie eingelassen und eine Treppe heruntergeführt.

»Guten Abend«, sagte der schmächtige Mann vor ihr. Seine ausgeprägten Geheimratsecken und das fliehende Kinn gaben seinem Gesicht eine seltsam dreieckige Form.

»Guten Abend, Herr Schütt«, erwiderte Minna und hob den schweren Korb auf den blank polierten Tisch, der in der Mitte des Kellerraums stand.

»Und? Was haben Sie mir heute Schönes mitgebracht?«, fragte der Lebensmittelhändler. Offiziell war sein Laden so gut wie leer. Aber jeder, der ihm etwas Geeignetes zum Tausch anbieten konnte, wusste, dass sein Lager tatsächlich noch immer gut bestückt war.

»Zigaretten, Zigarren und ein paar Flaschen französischen Cognac«, sagte Minna zögerlich. In Gedanken war sie immer noch bei Albert.

Die Augen des Lebensmittelhändlers begannen zu funkeln. »Das klingt gut. Darf ich mir die Ware einmal ansehen?«

»Sicher«, antwortete sie und knotete das Tuch auf. Letztlich machte sie das alles nur für Julia und die Kuhlmanns. Und für ihre Stelle im Palais. Irgendwie mussten sie durch diese schweren Zeiten kommen. Und damals im Berliner Steckrübenwinter hatte sie es mit weitaus gefährlicheren Schiebern zu tun gehabt. Gegen diese finsteren Gestalten war Herr Schütt geradezu ein Heiliger.

Zielsicher griff der Händler nach der obersten Zigarrenkiste und öffnete sie. Er nahm eine der dicken deutschen Zigarren heraus und hielt sie sich genießerisch unter die Nase. »Hm, das ist wirklich erstklassige Qualität. Wie kommen Sie nur immer an solche Schätze?«

Minna zuckte mit den Schultern. Sie hatte sich mit Fräulein Kuhlmann darauf geeinigt, dass Herrn Schütt die Herkunft der Sachen nichts anging. Doch er konnte sich wahrscheinlich denken, dass die wenigsten Gäste des Palais noch mit Bargeld zahlten.

»Und was steht heute auf Ihrem Einkaufszettel?«, erkundigte sich der Händler.

»Fisch, Gemüse, Mehl, Zucker und Butter«, antwortete Minna mechanisch. Es fühlte sich falsch an, auf diese Weise einzukaufen, wenn gleichzeitig immer mehr Menschen in der Suppenküche um eine warme Mahlzeit anstehen mussten.

»Dorsch oder Zander?« Geschäftig wandte sich Herr Schütt zu dem Eiskasten um, der in einer Ecke stand.

»Jeweils ein Dutzend.«

»Das wird ein richtiges Festessen«, meinte der Händler, während er den Fisch mit wenigen geübten Griffen in Zeitungspapier wickelte.

Plötzlich konnte Minna sich nicht länger beherrschen. »Haben Sie eigentlich gar kein schlechtes Gewissen, dass alle Ihre Kunden, die nicht über Tauschgüter verfügen, hungern müssen?«

Herr Schütt seufzte und ließ für einen kurzen Moment die Hände ruhen. »Schon. Aber ich habe keine andere Wahl. Das Geld ist ja nichts mehr wert. Wenn heute eine Zwiebel tausend Mark kostet, kann sich der Preis bereits morgen verdoppelt haben. Wenn ich also heute meine Waren gegen Bargeld verkaufe, kann ich damit morgen meine Lager nicht mehr auffüllen. So einfach ist das.«

»Ich verstehe«, sagte Minna leise. Offenbar waren sie alle nur ein kleines Rädchen in dem großen Ganzen. Schweigend sah sie zu, wie Herr Schütt das gewünschte Mehl abwog.

Nachdem sie ihre Einkäufe in den Korb gelegt hatte, der nun leider bedeutend schwerer war als zuvor, machte sie sich auf den Heimweg. Im Grunde freute sie sich sehr, wieder im Palais kochen zu dürfen, aber die galoppierende Inflation verdarb ihr zusehends die Laune. Auch Julia war nicht so glücklich, wie sie gehofft hatte. Sie vermisste ihren Vater und den kleinen Gabriel. Merkwürdigerweise konnte sie mit ihren hiesigen Cousins und ihrer Cousine nichts anfangen. Jedes Mal, wenn ihre Mutter sie zu ihnen schickte, kam sie nach einer halben Stunde zurück. Als Minna sie nach dem Grund dafür gefragt hatte, war sie merkwürdig still geblieben. Hoffentlich gewöhnte sich die Kleine mit der Zeit noch ein. Das wäre auch Fräulein Kuhlmann zu wünschen gewesen, die sich nach Kräften bemühte, Julias Aufenthalt in der neuen Umgebung so schön wie möglich zu gestalten. Letzte Woche hatte sie sogar für ein paar Stunden ein Pony gemietet. Doch bereits nach wenigen Runden war Julia die Lust daran vergangen. Sie machte es ihrer armen Mutter wirklich nicht leicht. Dabei sollte gerade zwischen diesen beiden Menschen eine besondere Beziehung bestehen. Selbst der Volksmund behauptete doch, dass Blut dicker als Wasser sei.

Plötzlich musste Minna an die Worte ihrer Mutter denken. Ob sie tatsächlich einmal eigene Kinder haben würde? Mit Albert vielleicht? Sie fühlte, wie sie errötete. Wie konnte sie nur so einen Unsinn denken! Albert hatte sie noch nicht einmal geküsst. Trotzdem war er der erste Mann, bei dem ihr Herz höherschlug. Gleich bei ihrer Rückkehr würde sie seinen Brief öffnen.

Gemeinsam mit Paul beugte sich Elisabeth über die auf ihrem Schreibtisch ausgebreitete »Lohntafel für Hotelangestellte«. Demnach betrugen ab September 1923 die Monatslöhne für Lehrlinge im ersten Jahr neunzigtausend Mark, für die im zweiten Jahr hundertfünfundzwanzigtausend Mark. Stubenmädchen, die über zwanzig Jahre alt waren, erhielten schon zweihunderttausend Mark, und Minna als Köchin sollte sogar vierhunderttausend verdienen.

»Verstehst du nicht, Paul? Ich habe gar keine andere Wahl, als das Hotel für ein paar Monate zu schließen. Zumindest so lange, bis diese schreckliche Inflation eingedämmt ist. Derart horrende Gehälter kann ich einfach nicht bezahlen.«

»Aber hast du denn keine Rücklagen gebildet?«, fragte Paul skeptisch. »Die letzten beiden Monate liefen doch nicht schlecht.«

»Nicht in dieser Größenordnung. Und wenn uns jetzt in der Nebensaison noch die Gäste ausbleiben, die in Naturalien bezahlen, müssen wir das Restaurant schließen. Und in einem Luxushotel ohne Restaurant steigt doch kein Mensch ab.«

»Du bekommst Milch, Fleisch und Kartoffeln von deinem Gut«, wandte Paul ein. »Das könntest du ebenfalls bei Schütt eintauschen.«

»Die geringen Mengen, die wir momentan produzieren, benötigen wir für unseren eigenen Bedarf. Da bleibt nichts zum Tauschen übrig. Ohne meine Aufsicht scheint auf Gut Bellhagen sowieso einiges schiefzulaufen.« Sie strich sich eine dunkle Strähne aus dem Gesicht. »Und du weigerst dich ja leider, dort Verantwortung zu übernehmen.«

»Ich verstehe nichts von Landwirtschaft.«

Elisabeth faltete die Lohntafel zusammen. »Glaubst du, ich wäre als Bäuerin geboren worden?«

Paul schwieg beleidigt.

»Minna und ein paar von den anderen Angestellten könnten wir auf das Gut mitnehmen. Sie könnten uns dort gegen Kost und Logis beim Renovieren helfen. Den Rest werden wir leider für einige Zeit entlassen müssen.«

»Dann werden sie sich genauso wertlos fühlen wie ich«, sagte ihr Bruder mit Leichenbittermiene.

Elisabeth musste an sich halten, um nicht zu explodieren. Ständig lamentierte Paul, dass er keine Arbeit hatte. Aber wenn sie ihm eine Aufgabe anbot, fühlte er sich ihr nicht gewachsen. Außerdem, wie konnte er, der nach wie vor mit seiner Familie im Wohlstand lebte, sich mit den Angestellten vergleichen, die bald ohne ein Dach über dem Kopf auf der Straße stehen würden? Sie musste es sich leider eingestehen: Ihr Bruder hatte sich seit seiner Heirat zu seinem Nachteil entwickelt. Ständig musste sie ihn mit Samthandschuhen anfassen, sonst sperrte er sich schmollend in seinem Zimmer ein. Wenn ihre Mutter aus Berlin zurückkam, würde sie ein ernstes Wort mit ihm sprechen müssen. Sie war die Einzige in der Familie, auf deren Urteil Paul etwas gab. So ging es jedenfalls nicht weiter.

»Was ist denn aus dem Werbefilm geworden, den Julius vom Hotel gedreht hat? Hat uns der keine neuen Gäste beschert?«

Elisabeth seufzte. »Der Film ist wundervoll geworden. Und Luise wirkt darin wie eine echte Schauspielerin, aber wegen der Inflation gehen kaum noch Leute ins Kino. Der Werbeeffekt ist deshalb sehr gering. Julius meint aber, dass wir ihn in den kommenden Jahren erneut verwenden können. Er stimmt übrigens mit mir darin überein, dass wir den Hotelbetrieb für einige Zeit einstellen sollten.«

»Soso«, erwiderte er zerstreut. »Wenn du das Hotel schließt und aufs Land ziehst, bedeutet das, dass Helene und ich ebenfalls auf Gut Bellhagen leben müssen?«

»Ihr könnt auch hierbleiben. Allerdings seid ihr dann beim Kochen und Saubermachen auf euch selbst gestellt.«

»Wundervoll«, meinte Paul sarkastisch. »Dann werde ich also demnächst Ställe ausmisten.«

Es dauerte fast zwei Wochen, das Luxushotel auf die Ruheperiode vorzubereiten. Zunächst musste die Terrasse leer geräumt, alle Blumenkübel, Gartenstühle und -tische in die Stallungen getragen werden. Die dort untergebrachten Pferde hatte man bereits vorher nach Gut Bellhagen überführt. Danach wurden alle Möbel im Foyer, in der Bar, im Restaurant und in den Bankettsälen mit weißen Laken abgedeckt. Für das Silberbesteck und andere Wertgegenstände hatte Elisabeth einen zusätzlichen Tresor bei der Bank angemietet. Zu guter Letzt kontrollierte sie höchstpersönlich jedes einzelne Zimmer, um sicherzustellen, dass alle Wasserhähne ordnungsgemäß abgedreht und die Fensterläden verschlossen waren. Glücklicherweise hatte Herr Schulze, der prinzipientreue Empfangschef, sich bereit erklärt, in seiner Dienstwohnung zu bleiben und in ihrer Abwesenheit ein Auge auf das Palais zu werfen.

Schließlich hieß es, ihre privaten Sachen zu packen und Abschied zu nehmen. Mit Tränen in den Augen wandte sich Elisabeth im Fond des abfahrenden Automobils noch einmal um und versuchte, sich das Bild ihres immer kleiner werdenden schneeweißen Hotels mit seiner neoklassizistischen Fassade in all seinen Details einzuprägen. Das lang gestreckte, fünf Stockwerke hohe Gebäude, über dessen Eingang ein ausladender Giebel prangte, würde ihr fehlen. Es ist ja nicht für alle Ewigkeit, versuchte sie sich selbst zu trösten. Aber das Herz war ihr trotzdem bleischwer. Niemand konnte mit Sicherheit sagen, was die Zukunft bringen würde.

Drei Wochen später – nach der Apfel- und Pflaumenernte, in die sie mit ihrer Ankunft geplatzt waren – stand Elisabeth in der Scheune auf einer Leiter und kratzte mit einem Spachtel die alte Farbe von den Holzbalken ab. Sie hatte sich aus Kostengründen entschieden, die einfachen Renovierungsarbeiten selbst durchzuführen. Erst wenn die Inflation überwunden war, würde sie eine Baufirma damit beauftragen, die Wasserleitungen für die Badezimmer zu legen und weitere aufwendige Arbeiten zu erledigen. So lange mussten sie eben das hinter dem Haus befindliche Plumpsklo benutzen, selbst wenn sich Helene täglich über die »primitiven Verhältnisse« beschwerte. Doch solche Kleinigkeiten würden Elisabeth nicht von ihren Plänen abbringen: Als Erstes hatte sie sich vorgenommen, die Scheune von innen und außen mit einer witterungsresistenten Farbe zu streichen. Dann mussten die alten, im Hof vor sich hin rostenden Gerätschaften weggeräumt werden. Im Winter wollte sie die Holzböden im Gutshaus erneuern, und im Frühjahr, wenn die Kühe und Schweine wieder auf die Weide getrieben werden konnten, würde sie sich endlich um die Ställe kümmern, deren vormals weiß gekalkte Wände inzwischen schmutzig-braun gesprenkelt waren. Normalerweise gingen ihr bei der Arbeit drei ehemalige Hotelangestellte zur Hand. Doch heute war Markttag, und Elisabeth hatte sie mit einem Teil der Apfel- und Pflaumenernte ins nächstgelegene Dorf geschickt. Hoffentlich erzielten sie dafür einen guten Preis.

Unter ihr im Stroh spielte Julia mit einer graugetigerten Katze, die sie Mitzi getauft hatte. Es war ein schönes Bild, und wann immer Elisabeth einige Minuten pausieren musste, weil ihr rechter Arm von der anstrengenden Belastung zu sehr schmerzte, sah sie ihrer Tochter dabei zu. Es freute sie, dass Julia sich in der ungewohnten Umgebung wohlzufühlen schien. Inzwischen ließ sie sich sogar von ihr ins Bett bringen und verlangte nicht mehr, dass Minna die allabendliche Gutenachtgeschichte vorlas. Sicher, es war schade, dass die Kleine nicht mehr in Bad Doberan auf die Schule gehen konnte. Doch die tägliche Stunde, in der sie mit ihr das Alphabet und das Einmaleins studierte, brachte sie einander näher.

Für Anfang Oktober war heute ein erstaunlich schöner Tag. Durch das offene Scheunentor wehte eine fast warme Brise herein, und Elisabeth war froh, dass sie unter ihrem Kittel nur ein leichtes Hauskleid trug. Als sie sich mit einer Hand das verrutschte Kopftuch richtete, musste sie einen Schmerzlaut unterdrücken. Nicht nur der rechte Arm, jeder Muskel in ihrem Körper tat weh. Sie war die körperlich harte Arbeit einfach nicht gewohnt. Trotzdem war es eine sehr befriedigende Aufgabe, dem alten Gut zu neuem Glanz zu verhelfen. Bis auf Paul und Helene packte auch jeder mit an. Minna brachte die Küche auf Vordermann und kochte nebenbei ganze Körbe voller Äpfel und Pflaumen zu haltbarem Kompott ein. Luise hatte es auf sich genommen, für jedes Zimmer neue Vorhänge zu nähen. Wahrscheinlich wollte sie sich mit dieser Tätigkeit von ihrem eigenen Kummer ablenken, denn Ulrich Sternhaus hatte sich trotz seiner leidenschaftlichen Versprechungen nicht mehr bei ihr gemeldet. Den Werbefilm hatte Julius ihnen in dessen Abwesenheit vorgeführt. Aber sie selbst hatte ja bereits geahnt, dass es sich bei dem Regisseur um einen Luftikus handelte.

Den ursprünglich eingestellten Gutsverwalter hatte sie leider entlassen müssen. Bei der Durchsicht der Bücher war ihr klar geworden, dass der Mann sie entweder bestahl oder nichts von seiner Arbeit verstand. Jedenfalls hatte sich, seitdem sie selbst das Melken überwachte, die tägliche Milchmenge fast verdoppelt, und auch die Hennen legten deutlich mehr Eier. Vor dem nächsten Frühjahr würde sie wahrscheinlich jemanden einstellen müssen, doch jetzt im Herbst standen nur noch die Kartoffelernte und die Pflege der Wälder an. Beides würde sie mit den vorhandenen Landarbeitern problemlos bewältigen können. Besonders der grobschlächtige Emil Stocker schien seine Arbeit gut zu machen. Leider war er ein halber Analphabet, wie Elisabeth bei einer peinlichen Begegnung herausgefunden hatte, sonst hätte er sicher einen tüchtigen Verwalter abgegeben.

»Lisbeth?«, drang plötzlich Luises Stimme an ihr Ohr.

»In der Scheune!«

Kurz darauf trat ihre Schwester durch das Tor. »Mutter hat uns einen Brief geschrieben!«

»Kommt sie endlich zurück?«, erkundigte sich Elisabeth und ließ den Spachtel ruhen. »Sie war ja lange genug bei der armen Johanna.«

»Nein, sie …«, setzte ihre Schwester aufgeregt an.

Doch als Elisabeth sah, dass Julia sich anschickte, der flüchtenden Katze in den Hof zu folgen, musste sie Luise ins Wort fallen. »Bleib bitte hier, Julia.«

»Aber Mama! Ich will doch nur die Mitzi streicheln«, protestierte ihre dunkelblonde Tochter, die vor einem knappen Monat ihren siebten Geburtstag gefeiert hatte.

Elisabeth überlegte kurz. Alle in ihrer Familie, Julius eingeschlossen, warfen ihr in regelmäßigen Abständen vor, viel zu ängstlich mit der Kleinen umzugehen. Wahrscheinlich war tatsächlich nichts dabei, wenn Julia für einen kurzen Moment unbeaufsichtigt im Hof spielte. »Gut, aber bleib bitte in der Nähe der Scheune.«

»Juhu!«, krähte ihre Tochter und rannte freudestrahlend aus dem Tor.

»Also? Was schreibt unsere Mutter?«, fragte Elisabeth und zwang sich, auf der Leiter stehen zu bleiben, obwohl sie am liebsten Julia hinterhergeeilt wäre.

Luises Augen leuchteten. »Kannst du dich noch an Herrn von Schaper erinnern?«

»Den korpulenten Richter aus Berlin, der jahrelang mit seiner Frau im Palais abgestiegen ist?«

»Genau der.«

»Selbstverständlich. Wieso fragst du?«

»Weil er inzwischen verwitwet ist und offenbar unserer Mutter den Hof macht. Jedenfalls schreibt sie von gemeinsamen Konzert- und Restaurantbesuchen.«

»Nein!« Elisabeth hätte vor Überraschung fast das Gleichgewicht verloren und hielt sich mit beiden Händen an der Leiter fest.

»Doch! Sie hat ihn bei einem Spaziergang auf dem Kurfürstendamm wiedergetroffen, und seitdem sehen sie sich fast jeden Tag.«

»Bleibt sie deswegen so lange in Berlin?«

Luise grinste. »Das klingt zwischen den Zeilen durch. Aber Mutter ist zu stolz, um so etwas offen zuzugeben.«

»Unglaublich. Wobei sie es schlechter hätte treffen können. Ich habe Herrn von Schaper immer gemocht.«

»Willst du ihn nicht einladen, ein paar Tage mit uns auf dem

Gut zu verbringen? Ich würde die beiden zu gern zusammen erleben.«

»Ich weiß nicht. Meinst du, das wäre unserer Mutter recht?«

»Johanna würde sich jedenfalls über eine Verschnaufpause freuen.«

Elisabeth nickte. »Die Arme. Schreibt Mutter sonst noch etwas Interessantes?«

»Nur dass es im jüdischen Scheunenviertel wieder Unruhen gegeben hat.«

»Weshalb denn?«, fragte Elisabeth und beugte sich vor, um nach Julia Ausschau zu halten.

»Offenbar denken die Leute, die Juden wären irgendwie an der schlechten Brotversorgung schuld.«

»Aber das ist doch vollkommener Unsinn.«

Luise zuckte mit den Schultern und griff nach der plötzlich schwankenden Leiter. »Herrgott, Lisbeth! Lehn dich nicht so weit nach vorn, sonst fällst du noch runter.«

»Danke. Kannst du bitte mal schnell nach Julia schauen? Ich sehe sie gar nicht mehr.«

Luise zog amüsiert die Augenbrauen hoch. »Wer hätte gedacht, dass ausgerechnet meine Schwester, die tüchtige Geschäftsfrau, so ein übervorsichtiges Muttertier wird.«

»Bitte, Lulu. Schau schnell nach ihr. Ich brauche ewig, um von der Leiter runterzukommen, und ich möchte nicht, dass sie auf die Straße läuft.«

»Na gut.« Ihre Schwester drehte sich um und schlenderte betont langsam durch das Scheunentor.

Mit klopfendem Herzen wartete Elisabeth. Warum rief Luise ihr nicht zu, dass alles in Ordnung war? Sie begann gerade, die ersten Stufen hinabzuklettern, als ihre Schwester wieder in die Scheune kam. Jetzt wirkte auch sie angespannt.

»Und? Geht es ihr gut?«

»Bitte verlier jetzt nicht die Fassung …«, stammelte Luise betreten. »Aber ich kann sie nirgendwo entdecken.«

»Was?« Zwei Sprossen auf einmal nehmend, hangelte sich

Elisabeth von der Leiter herunter. »Hast du schon auf der Straße nachgesehen?«

Luise nickte bekümmert. »Sie ist weder im Stall noch auf der Straße.«

»Um Gottes willen!« Mit einem Satz sprang Elisabeth auf den Boden. Der gepflasterte Innenhof mit der wunderschönen, von einer Rundbank umgebenen Eiche war von drei Backsteingebäuden umgeben: dem Gutshaus, der Scheune und den Stallungen. Auf der offenen Seite gelangte man durch ein Tor zur wenig befahrenen Landstraße. Doch hinter den Stallungen führte ein Pfad auf die weitläufigen Weiden … mitten hinein in den Buchenwald. Wenn sich Julia dort im Dickicht verirrte, wäre es so gut wie unmöglich, sie wiederzufinden.

»Bitte, Lisbeth, beruhige dich! Bestimmt ist sie hier irgendwo in der Nähe. Am besten rufen wir nach ihr.«

Elisabeth rannte auf den Hof und schrie aus Leibeskräften nach ihrer Tochter. Wenn Julia etwas passierte, würde sie ihres Lebens nicht mehr froh.

Doch bis auf Minna, die ihren Kopf aus dem Küchenfenster streckte und erklärte, Julia sei nicht im Haus, erhielt sie keine Antwort. Mit einem hohlen Gefühl im Bauch suchte sie den Bereich hinter den Stallungen ab und bat Luise, das Gleiche hinter dem Gutshaus und der Scheune zu tun. Unverrichteter Dinge trafen sie wieder auf dem Hof ein.

Nichts! Keine Spur von ihrer Tochter.

Vor Panik bekam Elisabeth kaum noch Luft. »Ich gehe jetzt in den Wald«, keuchte sie. »Bitte sag Minna, sie soll die Landarbeiter vom Feld holen, damit sie uns bei der Suche helfen.«

In Luises Augen standen Tränen. »Das mache ich.«

Elisabeth hastete bereits den Feldweg entlang, als sie plötzlich stehen blieb. Julius! Julias Vater musste natürlich ebenfalls umgehend informiert werden. Sie durfte ihm nie, nie, nie wieder etwas vorenthalten, das nur im Entferntesten mit ihrer gemeinsamen Tochter zu tun hatte! Das hatte sie ihm hoch und heilig geschworen! Und dieses Gelübde gedachte sie, unter allen Umständen zu halten! Kostete es, was es wollte! Sie drehte sich hektisch um und schrie ihrer Schwester hinterher: »Bitte sag auch unbedingt Julius Bescheid. Er dreht heute glücklicherweise in Rostock. Du bekommst die Nummer über sein Büro.«

Luises Antwort hörte sie schon nicht mehr. Durch das rasche Laufen rauschte ihr das Blut in den Ohren, während ihre Augen verzweifelt den Horizont absuchten. Zu ihrer Linken grasten friedlich die Milchkühe, die Weide auf der rechten Seite war leer. Das im Wind wogende, hohe Gras sollte in ein paar Tagen mit der Sense abgemäht und getrocknet werden, sodass sie zusätzliches Heu für den Winter hatten. Ob sich ihre Tochter darin versteckt hatte? Aber warum sollte sie das tun? Es hatte doch keinerlei Streit zwischen ihnen gegeben.

»Julia!«, schrie Elisabeth verzweifelt.

Nichts. Nur der Wind rauschte leise in den Wipfeln des Buchenwaldes. Kurz darauf erreichte sie die ersten hohen Bäume, deren Blätter sich gelborange gefärbt hatten. Bis auf den Hauptweg, der schon mit Herbstlaub bedeckt war, gab es keine Pfade durch das Meer aus Bäumen. Laut rufend kämpfte sie sich durch das Unterholz und achtete nicht darauf, dass die herabhängenden Äste blutige Schrammen auf ihren Wangen hinterließen.

Elisabeth hätte nicht sagen können, wie lange sie schon allein durch den Wald irrte, als sie die rauen Stimmen der Landarbeiter vernahm, die ebenfalls den Namen ihrer Tochter brüllten. Damit starb ihre Hoffnung, dass man Julia inzwischen auf dem Hof entdeckt haben könnte. Kraftlos sank sie auf einem Baumstumpf nieder und ließ ihren Tränen freien Lauf. Was war nur mit Julia geschehen? Wie konnte ein kleines Kind so spurlos verschwinden? War sie womöglich entführt worden? Wollten die Täter auf diese Weise Geld von Julius erpressen?

Elisabeth schluchzte auf. Ihre geliebte kleine Julia!

Plötzlich hörte sie Schritte näher kommen. »Fräulein Kuhlmann? Wir haben den ganzen Wald abgesucht. Hier ist sie nicht.« Der Landarbeiter, dessen Name ihr gerade nicht einfallen wollte, ließ den Kopf hängen. »An Ihrer Stelle würde ich die Polizei rufen.«

Sie wischte sich die Tränen von den Wangen und stand auf. »Natürlich. Sie haben recht.«

»Die haben bestimmt Hunde, die für solche Fälle ausgebildet sind. Aber wir sollten uns beeilen … in einer Stunde geht bereits die Sonne unter.«

Inzwischen war es fast acht Uhr abends, und draußen war es dunkel und kalt. Starr vor Angst saß Elisabeth in der Küche und konnte den Blick nicht von der laut tickenden Standuhr abwenden. Mit jeder Minute wurde es wahrscheinlicher, dass ihrem Kind etwas Schreckliches zugestoßen war. Und dieses Wissen zerriss ihr das Herz. Die Polizei war gekommen und wieder gegangen. Die Polizisten hatten lediglich ein Protokoll aufgenommen, da es vor Ort keine Hundestaffel gab, und Unterstützung aus Rostock angefordert, die allerdings erst am nächsten Morgen eintreffen würde.

Neben ihr saß die lautlos weinende Minna. Auch ohne jedes vorwurfsvolle Wort schien sie Elisabeth für das Geschehene verantwortlich zu machen. Paul, Helene und Luise, die ebenfalls in der Küche saßen, wirkten wie versteinert. Sie hatten schon seit Stunden kein Wort mehr miteinander gesprochen. Julius war auf dem Weg zu ihnen und sollte in der nächsten halben Stunde eintreffen. Auch er würde ihr die Schuld dafür geben, dass seine Tochter seit diesem Nachmittag unauffindbar war. Doch das war ihr egal. Wenn Julia tatsächlich etwas zugestoßen war, war ihr Leben sowieso vorbei.

Plötzlich hörte sie das Knarren der Küchentür. In der Erwartung, Julius im Rahmen stehen zu sehen, blickte sie sich resigniert um. Plötzlich stockte ihr Herzschlag.

Es war Julia.

Mit einem erstickten Freudenschrei sprang Elisabeth auf und schloss ihr Kind in die Arme. Minutenlang konnte sie keinen zusammenhängenden Satz bilden. Stattdessen stammelte sie immer wieder den Namen ihrer Tochter. Deren Gesicht war mit Dreck verschmiert, und sie hatte ein paar Flecken auf der Kleidung, aber ansonsten schien ihr glücklicherweise nichts zu fehlen.

»Nicht so fest, Mama«, flüsterte Julia, die ihre locker zusammengeknüllte Strickjacke schützend vor der schmalen Brust hielt.

»Wo warst du nur die ganze Zeit! Weißt du, was wir uns für Sorgen gemacht haben«, schimpfte Minna, nachdem sie der Kleinen einen erleichterten Kuss aufs Blondhaar gedrückt hatte.

Auf einmal wirkte Julia verlegen. »Im Gras, neben der Kuhweide.«

»Was!«, riefen alle durcheinander. »Aber warum hast du denn nichts gesagt? Wir sind doch tausend Mal an der Wiese vorbeigegangen und haben aus voller Kehle nach dir gerufen.«

»Ich … ich konnte nicht«, stotterte die Kleine.

Schon wieder griff eine kalte Faust nach Elisabeths Herz. »Wieso nicht? Wer hat dich daran gehindert?«

Julia senkte die Augen. »Mitzi.«

»Die Katze?«

»Ja, sie hat heute Nachmittag …« Plötzlich ertönte ein jämmerliches Wimmern aus dem Strickjackenknäuel vor Julias Brust.

»Was ist das denn?«, fragte Minna fassungslos.

»Puschel«, erwiderte Julia stolz. Sie öffnete ihre Strickjacke, und ein winziges schwarzes Kätzchen kam zum Vorschein, das mit geschlossenen Augen den Kopf in die Luft reckte. »Mitzi hat heute sechs Kinder bekommen, und Puschel …«

In diesem Moment kam Julius hinter seiner Tochter zur Tür herein. Mit einem Blick schien er die Situation zu erfassen, und seine Züge entspannten sich schlagartig. »Also hat sich das ganze Drama in Luft aufgelöst?«, fragte er und schüttelte den Kopf. »Gott sei Dank! Was machst du nur für Sachen, Julia!« Zärtlich strich er ihr über den Kopf.

Dann erblickte er das Kätzchen in den Armen seiner Tochter. »Schatz, so junge Katzen dürfen noch nicht von ihrer Mutter getrennt werden.«

»Aber … aber Puschel will bei mir bleiben.« Die großen Augen der Kleinen füllten sich mit Tränen.

Julius' Blick wurde ernst. »Ohne seine Mutter wird dein Puschel nicht überleben. Komm, lass ihn uns zu ihr zurückbringen.«

Julia fing an, herzzerreißend zu schluchzen.

»Wenn du Puschel jetzt mit Papa zurückbringst, kannst du ihn in ein paar Wochen, wenn er groß genug ist, ins Haus holen und behalten«, hörte sich Elisabeth sagen. Dabei war sie eigentlich immer strikt gegen Haustiere gewesen. Aber was war schon eine Hauskatze im Vergleich zu dem unfassbaren Glück, ihre Tochter unversehrt zurückbekommen zu haben.

»Einverstanden?«, fragte Julius.

Julia zog die Nase hoch. »Einverstanden.«

Nachdem sie zu dritt die Katzenfamilie in die Scheune umgesiedelt hatten, war Julia von ihren Eltern gemeinsam ins Bett gebracht worden. Die Kleine war von der ungewohnten Aufregung so müde gewesen, dass sie bereits tief und fest schlummerte, als Elisabeth nach der Gutenachtgeschichte das Licht löschte.

»Magst du noch etwas trinken, bevor du schlafen gehst?«, flüsterte sie Julius zu.

Er nickte und folgte ihr in die Küche, die in seiner Gegenwart leider besonders schäbig wirkte.

Nachdem sie in zwei einfache Wassergläser fingerbreit Whiskey gefüllt und eins davon Julius gereicht hatte, prostete sie ihm zu. »Darauf, dass alles gut ausgegangen ist.«

Doch anstatt es ihr gleichzutun und an dem beruhigenden Alkohol zu nippen, griff Julius nach einem karierten Küchentuch. »Ist das sauber?«

Sie nickte. »Ja, wieso?«

Ohne ein Wort tauchte er eine Ecke des Tuchs in sein Glas und tupfte ihr damit die verschrammte Wange ab.

»Autsch«, sagte sie, um ihre Unsicherheit zu überspielen. Sie war seine körperliche Nähe nicht mehr gewohnt.

»Tut es sehr weh?«, fragte er und zupfte ihr ein paar Buchenblätter aus den Haaren. Erst dadurch wurde ihr bewusst, dass sie absolut verboten aussehen musste. Warum hatte sie sich nicht noch schnell vor dem Spiegel hergerichtet, bevor sie mit ihm auf den glücklichen Ausgang des Tages anstieß?

»Nur ein bisschen«, antwortete sie beschämt. »Bitte entschuldige meinen Aufzug, ich ...«

»Du siehst wunderschön aus«, erwiderte Julius mit seltsam rauer Stimme.

»Ganz sicher nicht«, widersprach sie ihm. »Der halbe Wald hängt noch in meinen Haaren und ...«

»Du siehst genauso aus, wie es nach diesem schrecklichen Erlebnis sein sollte: fürsorglich und liebevoll. Julia kann froh sein, dass sie eine so herzensgute Mutter wie dich hat.«

Elisabeth blickte zu Boden. So war das also. Er sah sie gar nicht mehr als begehrenswerte Frau, sondern lediglich als Mutter.

»Was hast du?«, fragte Julius, als sie nichts erwiderte.

»Nichts. Ich bin nur müde. Du hast recht, es waren schreckliche Stunden.«

Sanft strich er ihr über die Schulter. Sie wusste, dass diese Geste nichts zu bedeuten hatte. Seine wahren Liebesbezeugungen sparte er sich für Fräulein von Hengstenberg auf.

»Weißt du, Elisabeth«, setzte er nach einer kleinen Pause an. »Es macht mich sehr glücklich, dass du mich so unverzüglich über Julias Verschwinden informiert hast.«

Sie musterte ihn ungläubig. »Wirklich? Du bist doch ganz umsonst hergekommen. Ich mache mir Vorwürfe, dass ich nicht bis zum Abend gewartet habe.«

Langsam schüttelte er den Kopf. »Nein, im Gegenteil. Es ist enorm wichtig für mich, dir vertrauen zu können. Zu wissen, dass dir zu jeder Zeit klar ist, dass wir uns die Verantwortung für unsere Tochter teilen.«

Wenn sie nichts von seiner Geliebten gewusst hätte, wären seine Worte Balsam für ihre verletzte Seele gewesen. Und sie hätte sich augenblicklich erkundigt, ob dies bedeutete, dass er ihr die Geheimniskrämerei um Julias Geburt endlich vergeben hatte. Stattdessen murmelte sie: »Gut. Es ist schön zu wissen, dass ich heute wenigstens eine Sache richtig gemacht habe.«

Unvermittelt legte er ihr den Zeigefinger unters Kinn und brachte sie auf diese Weise dazu, ihm in die Augen zu sehen. »Warum bist du trotzdem so niedergeschlagen?«

In Elisabeths Augen schwammen Tränen. Sie brachte keinen Ton heraus.

»Ist das eine verspätete Reaktion auf den Schock?« Sein Blick war ungewohnt zärtlich. Plötzlich schien sein Gesicht näher zu kommen. Wollte er sie etwa küssen? Sie hielt die Luft an.

Genau in diesem Moment knarrte die Küchentür hinter ihnen. Julius richtete sich auf und ließ ihr Kinn los.

»Ach, hier seid ihr. Kann ich bitte auch ein Glas Whiskey bekommen?«, fragte Paul und zeigte auf die Flasche, die sie neben der Spüle abgestellt hatte.

»Sicher.« Ihre Stimme klang in Anbetracht der Umstände erstaunlich fest.

Elisabeth wusste nicht, ob sie ihren Bruder verfluchen oder ihm dankbar sein sollte. Nachdem sie ihm eingeschenkt hatte, leerte sie ihr eigenes Glas in einem Zug und ging zu Bett. Aber an Schlaf war in dieser Nacht lange nicht zu denken. Immer wieder kreisten ihre Gedanken um Julius und die denkwürdige Situation in der Küche. Meinte er es diesmal ernst? Konnte aus ihnen tatsächlich doch noch eine glückliche Familie werden? Aber was wurde dann aus seiner Geliebten? Erwartete er, dass sie sich mit ihrer Mutterrolle zufriedengab und ihn mit Fräulein von Hengstenberg teilte? Kannte er sie so wenig, dass er glaubte, sie würde in ein derart erniedrigendes Arrangement einwilligen? Fragen über Fragen. Doch als sie am nächsten Morgen erwachte und sich mit ihm aussprechen wollte, hatte er bereits die Rückreise nach Rostock angetreten.

Paul saß in der Küche und starrte auf die Zeitung, die er vorgab zu lesen. Obwohl er den Leitartikel bereits unzählige Male angefangen hatte, hatte er keine Ahnung, worum es darin ging. Die Buchstaben verschwammen jedes Mal vor seinen Augen, und seine Gedanken schweiften zu anderen Themen ab. Im Grunde genommen litt er unter einem schlechten Gewissen: Helene hatte ihm gerade vorgeschlagen, mit ihr und den Kindern einen Spaziergang zu machen, doch er hatte ungewohnt barsch abgelehnt. Dabei war ihm durchaus bewusst, wie ungerecht es war, ausgerechnet seiner Familie die Schuld an seinem unglücklichen Leben zu geben. Dafür war er größtenteils selbst verantwortlich. Aber er war eben auch nur ein Mensch. Außerdem hatte er die meisten Dinge mit hehren Vorsätzen begonnen.

Er hatte sich ernsthaft bemüht, allen Anforderungen des Vaterseins gerecht zu werden. Sogar ein Bett hatte er sich mit Helene geteilt, obwohl er sich jedes Mal überwinden musste, sie anzufassen. Doch seine Lebensfreude war dabei auf der Strecke geblieben. Die letzte glückliche Erinnerung lag schon so lange zurück, dass er sich gar nicht mehr daran erinnern konnte. Bestimmt war das noch vor dem Krieg gewesen, einer jener Nachmittage, an denen er sich heimlich mit Robert in einem freien Hotelzimmer getroffen hatte. Die Wahrheit war, dass er dieses freudlose, leidenschaftslose Leben nicht mehr ertrug. Die Zukunft lag wie eine bleierne Ewigkeit vor ihm. Jeden Morgen quälte er sich aus dem Bett. Wozu sollte er aufstehen, wenn doch nichts Aufregendes auf ihn wartete, nichts, wofür es zu leben lohnte? Lediglich neue Streitigkeiten mit Helene und der konstant gleiche Tagesablauf mit den Kindern. Besonders jetzt, auf diesem primitiven Bauernhof im grauen Novemberwetter.

Elisabeth, die gerade auf allen vieren durch die Küche kroch und den Holzboden ausmaß, setzte sich auf. »Und, Paul? Was steht Neues in der Zeitung? Haben Sie diesen Hitler endlich eingesperrt?«

Ihre Frage riss ihn unsanft aus seinen Gedanken. »Ähm … wie bitte?«

»Du weißt schon, diesen bayerischen Putschistenanführer.« Missmutig fügte sie hinzu: »Da ist die Besetzung des Ruhrgebiets endlich vorbei und die neue Rentenmark eingeführt, die die Inflation stoppen soll, und trotzdem kehrt keine Ruhe im Land ein.«

»Du meinst den Österreicher, der vor ein paar Tagen in einem Münchner Bierkeller Unruhe gestiftet hat und dann mit seinen rechten Kumpanen nach Berlin marschieren wollte, um dort die Macht zu übernehmen?«

»Genau den«, bestätigte Elisabeth. »Wobei mir die Kommunisten ebenfalls Sorgen machen. Wer will schon Zustände wie in Russland?«

Minna, die bislang wortlos am Herd gestanden und das Mittagessen gekocht hatte, schluchzte plötzlich auf und hielt sich die Schürze vors Gesicht.

»Was hast du, Minna?«, fragte seine Schwester verdutzt.

»Ich …«, stammelte die Köchin.

Elisabeth stand auf und legte ihren Arm um deren Schultern. »Komm schon … wo drückt der Schuh, liebe Minna?«

»Ich …«, wiederholte sie mit zitternder Stimme. Es war offensichtlich, dass sie um Fassung rang. »… habe einen Bekannten, der … durch eine Kugel verletzt wurde … als die Polizei und diese Putschisten vor der Feldherrnhalle aufeinander geschossen haben.«

»Aber das ist ja schrecklich«, erwiderte seine Schwester. »Wird er durchkommen?«

Minna tat ihm leid. Trotzdem war dieses Verhalten so typisch für Elisabeth. Seine Schwester interessierte sich keinen Deut für die Sorgen und Nöte ihres Bruders. Im Gegenteil. Sie hatte sich sogar in einem Brief an ihre Mutter darüber beschwert, dass er nicht auf dem Gut mithalf. Daraufhin hatte die ihm während eines Telefonats gehörig den Kopf gewaschen. Seitdem musste er täglich den Hühnerstall säubern und die Eier ins Haus holen. Eine widerliche Arbeit. Doch wenn Minna weinte, war Elisabeth natürlich ganz Ohr.

»Ja, er wird durchkommen. Doch er hat mir gerade geschrieben, dass er seine Arbeit bei der Eisenbahn verloren hat, als er im Krankenhaus war, und …« Minna fing erneut an zu weinen.

»Ich wusste gar nicht, dass du in München einen Freund hast«, meinte seine Schwester mitfühlend. »Ist es etwas Ernstes?«

Minna, die ein Bild des Jammers abgab, nickte.

»Hm«, sagte seine Schwester nachdenklich. »Hättest du gern, dass wir diesem jungen Mann … wie heißt er eigentlich?«

»Al-bert«, stammelte die Köchin. »Albert Schuhmacher.«

»Also … sollen wir diesem Herrn Schuhmacher eine Stellung auf dem Gut anbieten?«

Das war ja wohl die Höhe! Nicht nur, dass sich seine Schwester für die Liebschaften des Personals interessierte. Jetzt bot sie diesem unbekannten Kerl auch noch eine Arbeit an? Dabei hatte sie ihm erst neulich erklärt, dass sich die Familie bis zur Neueröffnung des Hotels finanziell einschränken müsse.

»Das wäre ganz wunderbar«, flüsterte Minna.

»Ist dieser Herr Schuhmacher als Eisenbahner denn überhaupt für die Arbeit in der Landwirtschaft geeignet?«, gab Paul zu bedenken. Sein Einwurf richtete sich dabei nicht gegen Minna, aber dass seine Schwester einfach so jemanden einstellte, ging ihm gehörig gegen den Strich. Unwillkürlich musste er an die erniedrigende Begegnung mit Generaldirektor Mittenbach denken. Der hätte sich so etwas sicher nicht gefallen lassen.

Elisabeth warf ihm einen scharfen Blick zu. »Wir müssen in diesen schwierigen Zeiten alle dazulernen, Paul. Apropos … hast du heute schon nach den Hühnern gesehen?«

»Nein, aber ich wollte sowieso gerade gehen.« Resigniert faltete er die Zeitung zusammen und erhob sich. Diese Drecksarbeit würde ihm den Rest geben. Doch er wollte auf keinen Fall einen weiteren Anruf seiner Mutter riskieren.

Zwanzig Minuten später schlurfte er in seiner Arbeitskluft in Richtung Hühnerstall, der auf der Rückseite des Kuhstalls errichtet worden war. Als er an der offenen Tür des Kuhstalls vorbeiging, hörte er einen lauten Schrei.

»Ist etwas passiert?«, rief Paul und blieb unwillkürlich stehen.

Aus dem dunklen Stall kam ihm ein baumlanger Mann entgegengehumpelt. Es war Emil Stocker. Der junge Landknecht, den seine Schwester so schätzte. »Geht schon wieder«, sagte er mit einem schmerzverzerrten Ausdruck im bäuerlich derben Gesicht. »Die Jette hat nach mir ausgeschlagen und mich am Bein erwischt.«

»Die Jette?«, fragte Paul.

»Jette ist eine Kuh«, klärte ihn der Knecht auf. Er schob sich die verrutschte Mütze auf seinem blonden Bürstenhaarschnitt zurecht und lächelte. »Ein launisches Mistvieh.«

Paul erwiderte sein Lächeln. »Das tut mir leid. Haben Sie arge Schmerzen? Brauchen Sie einen Arzt?«

Stocker schüttelte entrüstet den Kopf. »An meinen Körper lasse ich keinen von diesen Quacksalbern ran. Da ist man hinterher kränker als vorher.«

»Wie Sie meinen«, sagte Paul nüchtern und schickte sich an weiterzugehen.

»Aber es wäre vielleicht gut, wenn mir jemand beim Einstreuen hilft.«

Paul drehte sich um. »Natürlich. Und wo finde ich Ihre Kollegen, damit ich ihnen Bescheid geben kann?«

Stocker schüttelte den Kopf. »Die sind alle im Wald, um Kaminholz zu holen.« Er musterte Paul neugierig. »Können Sie mir nicht helfen?«

Paul seufzte innerlich. Auch das noch! Laut sagte er: »Sicher. Warum nicht.«

Als er dem humpelnden Knecht in den Stall folgte, an dessen

Längsseite die Kühe mit Ketten festgebunden waren, erklärte dieser stolz: »Sehen Sie, ich habe schon überall ausgemistet. Es muss nur noch neues Stroh drauf. Aber passen Sie bei der Jette auf, das ist die da ganz hinten.«

»Gut, und wo finde ich das Stroh?«, fragte Paul.

»Da.« Stocker zeigte auf einen Haufen hinter sich. »Ich habe schon frisches aus der Scheune geholt.«

Als Paul sich einen Armvoll Stroh nehmen wollte, hielt ihn der Knecht am Ärmel fest. »Es geht wesentlich schneller mit der Mistgabel.«

»Aber ich habe noch nie mit so etwas gearbeitet.«

Stocker lächelte. »Das ist doch kinderleicht.«

Paul griff mit seiner verbliebenen rechten Hand nach dem Arbeitsgerät. Dann versuchte er, die Mistgabel mit seiner hölzernen Hand zu stabilisieren, und rutschte kläglich ab. »Ich glaube, das geht nicht mit meiner Behinderung.«

»Natürlich geht das«, beharrte Stocker und trat hinter ihn. Mit seinen rauen Fingern umfasste er Pauls Hände, die echte und die unechte, und zeigte ihm einen geeigneten Griff. »Sehen Sie?«

Für einen Moment war Paul wie gelähmt. Er war schon lange keinem Mann mehr so nahe gewesen wie diesem einfachen Landarbeiter. Und das Gefühl von dessen muskulöser Brust, die eng an seinen Rücken gepresst war, ließ ihn unwillkürlich erbeben. Dabei zog dieser Stocker ihn im Grunde gar nicht an. Er bevorzugte schöne, kultivierte Männer wie Robert. Und nicht so ungehobelte Kraftmeier. Trotzdem konnte er nicht abstreiten, dass ihn die Situation erregte.

Das schien auch dem Knecht nicht zu entgehen, denn er verharrte in dieser provokativen Umarmung. All das hatte längst nichts mehr mit einer Lehrstunde über den richtigen Umgang mit einer Mistgabel zu tun. Durch den rauen Stoff seiner Hose spürte er Stockers Erektion.

Paul räusperte sich. »Danke. Ich glaube, ich habe verstanden.«

Stocker ließ ihn umgehend los. »Gut. Dann kann es ja losgehen.«

Ihm war bewusst, dass diese Worte sich nicht auf das Einstreuen von Stroh bezogen. Die ganze Atmosphäre im Stall hatte sich verändert. Plötzlich lag Wollust in der Luft. Und eine lang vermisste Begierde flammte in ihm auf. Wild und gierig wütete sie in seinem Inneren, und entsetzt bemerkte Paul, dass sich auch seine eigene Erregung deutlich abzeichnete.

Ohne ein weiteres Wort packte der bullig gebaute Stocker seine Schultern, drehte ihn zu sich um und zog ihn fast grob an sich. Ungestüm presste er seine spröden Lippen auf Pauls Mund und küsste ihn. Nichts davon erinnerte an Roberts Finesse und liebevolle Zärtlichkeit. Im Gegenteil. Das Ganze war von einer fast animalischen Sinnlichkeit. Primitiv und roh. Paul fühlte sich zu gleichen Teilen angezogen und abgestoßen. Als er draußen auf dem Hof Schritte hörte, kämpfte er sich frei und lehnte sich schwer atmend und zutiefst verwirrt gegen die Stallwand.

Stocker richtete sich den Hosenstall und zog seine Arbeitsjacke zurecht. Schließlich sah er grinsend auf. »Wenn du irgendwas brauchst, weißt du jetzt, wo du es findest.« Mit diesen Worten hob er die Mistgabel auf, die im Eifer des Gefechts auf den Stallgassenboden gefallen war, und stieß sie in den Strohhaufen.

# 5. Kapitel

*Gut Bellhagen, Januar 1924*

Mit geschickten Fingern schmückte Minna den Weihnachtsbaum ab und legte jede Kugel, nachdem sie sie sorgfältig in Seidenpapier eingeschlagen hatte, zurück in die dafür vorgesehene Kiste. Es war ein harmonisches Fest gewesen, und auf Fräulein Kuhlmanns ausdrücklichen Wunsch hatte sie ebenfalls an der Bescherung teilgenommen. Unter dem Baum hatte sogar ein Geschenk für sie gelegen, feiner Stoff für ein neues Ausgehkleid. »Damit du schön aussiehst, wenn dein Albert im Januar kommt«, hatte die Chefin ihr mit einem Augenzwinkern zugeflüstert, woraufhin Minna knallrot geworden war. Sie konnte immer noch nicht glauben, dass Albert heute eintreffen würde. Am Anfang hatte er eher zögerlich auf das Angebot reagiert. Doch nach einer weiteren Prügelei mit dieser Sturmabteilung hatte er ihr geschrieben, er freue sich, einige Zeit auf Gut Bellhagen arbeiten zu dürfen. In weniger als zwei Stunden würde sie ihn am Bahnhof abholen, und allein beim Gedanken daran bekam sie ein kribbeliges Gefühl im Bauch. Sie hatten sich so lange nicht gesehen. Würden sie sich immer noch gut verstehen? Gegenüber Fräulein Kuhlmann hatte sie anklingen lassen, dass es mit Albert etwas Ernstes war. Doch empfand er dasselbe auch für sie? Oder sah er in ihr lediglich eine gute Freundin? Hach! Fast wäre ihr eine der Christbaumkugeln aus der Hand gefallen. Sie musste dringend an etwas anderes denken.

Auch die Vorweihnachtszeit war friedvoll gewesen. Sie hatte mit Julia und Fräulein Luise Plätzchen gebacken und ein Lebkuchenhaus mit ganz viel weißem Zuckerguss-Schnee gebaut. Fräulein Elisabeth hatte sich große Mühe gegeben, ihrer Tochter Weihnachtslieder und Gedichte beizubringen, die sie an Heiligabend, nach dem Gottesdienst, feierlich unter dem Baum gesungen und aufgesagt hatte. Danach hatte auch Fräulein Luise sie alle musikalisch unterhalten. Sie besaß eine herrliche Singstimme. Mit den blonden Locken und ihrem weißen Kleid hatte sie wie ein wahrhaftiger Engel ausgesehen. Den Angestellten, denen sie vor der Bescherung kleine Päckchen mit Orangen und Nüssen überreicht hatte, war vor Staunen der Mund offen stehen geblieben.

Von ihren Eltern hatte Julia ein wunderschönes und bestimmt sehr teures Puppenhaus bekommen. Doch wie immer hatte sich die Kleine mehr über die selbstgemachten Geschenke von ihr gefreut. Diesmal hatte Minna besonders fleißig gehäkelt. Julia hatte sich ›Anziehsachen‹ für Puschel gewünscht. Die schwarze Jungkatze zeigte eine bewundernswerte Geduld und ließ sich, mit Hut und Röckchen bekleidet, ohne zu maunzen von Julia im Puppenwagen herumkutschieren. Und selbst wenn Herr Falkenhayn immer wieder schimpfte, dass dies keine passende Beschäftigung für ein kleines Kätzchen sei, freute sich Minna, dass Julia in Puschel einen so wunderbaren Spielgefährten hatte. Mit den drei Kindern von Herrn Kuhlmann konnte sie leider immer noch nichts anfangen. Die beiden Jungen prügelten sich unentwegt und mussten ständig von ihren Eltern getrennt werden. Das Mädchen hing dagegen meist schüchtern am Rockzipfel ihrer Mutter.

Über die Weihnachtstage war das Gut von Besuchern bevölkert gewesen. Zum ersten Mal nach der Geburt von Fräulein Johannas Kind war Frau Kuhlmann für ein paar Tage aus Berlin zurückgekehrt und hatte Herrn von Schaper mitgebracht, einen höchst respektabel aussehenden ehemaligen Richter. Die zwei hatten so vertraut wie ein Ehepaar gewirkt, und tatsächlich vermutete Minna, dass Frau Kuhlmann mit dem Gedanken spielte, ihn zu heiraten. Jedenfalls war sie bei ihrer Tochter Johanna ausgezogen und in eine Wohnung im selben Haus übergesiedelt, in dem auch Herr von Schaper residierte. Natürlich hatte Frau Kuhlmann einiges zu bemäkeln gehabt: So verstand sie beispielsweise nicht, warum das Palais immer noch geschlossen sein musste, obwohl die Währungsreform längst vollzogen war. Herr von Schaper hatte dagegen Verständnis für Fräulein Kuhlmanns Entscheidung gezeigt. Mit den wirtschaftlichen Verbesserungen gehe es leider nur sehr langsam voran, da die meisten Angestellten immer noch einen Teil ihres Gehalts in altem Geld erhielten.

Auch ihren jüngsten Sohn kritisierte Frau Kuhlmann mehrfach. Er solle sich mehr Mühe geben, seine Schwester bei der Leitung und Renovierung des Guts zu unterstützen. Doch selbst diese Kritik war von dem Richter abgemildert worden. Er finde es wundervoll, dass Paul so viel Zeit mit seinen Kindern verbringe. Die Welt wäre bestimmt ein besserer Ort, meinte er, wenn mehr Väter es Paul gleichtun würden. Daraufhin hatten sich die beiden älteren Herrschaften lieb angelächelt. Trotzdem war Herr Kuhlmann mit seiner Familie beleidigt in die obere Etage verschwunden.

Fräulein Johanna, oder besser gesagt, Frau Hirsch war mit ihrer kleinen Familie erst nach Weihnachten eingetroffen. Sie hatten ein anderes Fest gefeiert, das Chanukka hieß. Der kleine Gabriel war ordentlich gewachsen, und Julia hatte viel Spaß mit dem ständig lachenden Wonneproppen gehabt. Auch Friedrich Kuhlmann und seine Verlobte hatten kurz vorbeigeschaut und Hochzeitseinladungen für einen Tag im Frühling verteilt. Da ihnen die Arbeit in der Charité nur wenig Zeit ließ, planten sie jedoch nur eine Feier im kleinsten Familienkreis. Minna seufzte leise. Überall wurden Ehen geschlossen und Kinder in die Welt gesetzt. Nur sie selbst blieb einsam. Ob Albert der Richtige für sie war? Oder machte sie sich da etwas vor?

Mit klopfendem Herzen und warm eingemummelt in einen Wintermantel beobachtete Minna den einfahrenden Zug. Vor Nervosität konnte sie kaum atmen. Als die Bummelbahn aus Güstrow endlich auf dem unscheinbaren Bahnsteig angehalten hatte, öffnete sich eine Abteiltür der dritten Klasse, und ein hagerer Mann kletterte heraus. Albert! Sie zwang sich, ihm mit gemessenen Schritten entgegenzugehen. Doch am liebsten wäre sie ungestüm auf ihn zugerannt und hätte sich ihm in die Arme geworfen.

»Guten Tag, Minna«, sagte Albert und zog sich höflich die Mütze vom Kopf. Er hatte sich verändert. Seine schönen roten Locken waren ganz kurz geschnitten, und er schien noch magerer geworden zu sein. Auch seine Kleidung wirkte abgewetzt. Trotzdem fand sie ihn attraktiv.

»Guten Tag, Albert«, erwiderte sie, enttäuscht über die kühle Begrüßung. Er gab ihr noch nicht einmal einen Kuss auf die Wange? »Und? Wie war deine Reise?«

»Lang und unbequem!« Plötzlich blitzten seine grünen Augen wie damals in München. »Du bist mir ja eine«, meinte er grinsend und griff nach ihrer Hand. »Rettest du eigentlich auch Witwen, Waisen und herrenlose Hunde? Oder ausschließlich verletzte, arbeitslose Kommunisten aus dem fernen München?«

Mit ihrer Hand in seiner ging es Minna besser. Auf eine merkwürdige Art und Weise waren sie sich eben doch vertraut. Selbst wenn sie sich bislang nicht allzu viel Persönliches geschrieben hatten. »Ich vergelte nur Gleiches mit Gleichem. Damals hast du mich gerettet und jetzt …«

Überrascht hielt sie inne. Albert hatte ihr einen schnellen Kuss gegeben. Nichts Leidenschaftliches. Aber trotzdem mitten auf die Lippen.

»Und wo liegt jetzt dieses Gut Bellhagen?«, erkundigte er sich unbekümmert. Ihn schien der Kuss nicht sonderlich aus dem Konzept gebracht zu haben.

»Dreieinhalb Kilometer Fußmarsch entfernt. Ist deine Tasche schwer? Wenn du willst, kann ich telefonisch nach einem der Knechte schicken lassen, damit er uns mit der Kutsche abholt.«

»Niemals. Nach der langen Zugfahrt tut mir ein kleiner Spaziergang an der frischen Luft gut. Und meine Tasche ist so gut wie leer.«

»Fein«, hauchte Minna beglückt und hakte sich bei ihm ein. Arm in Arm machten sie sich auf den Weg.

»Schön hier«, sagte Albert, nachdem sie den Bahnhof verlassen hatten und auf der vereisten Landstraße zwischen den verschneiten Äckern und Wäldern gingen. »Und wo gibt es die nächste lokale Vertretung der kommunistischen Partei?«

Minna zuckte mit den Schultern. »Das weiß ich leider nicht.«

»Kein Problem. Das kriegen wir schon raus. Auch wenn ich meine Kumpane in München im Stich lasse … unsere kommunistischen Ziele werde ich bestimmt nicht verraten.«

Während sie im Gleichschritt neben ihm hermarschierte, hoffte Minna inständig, dass seine politische Einstellung nicht zum Problem werden würde. Hatte die Chefin nicht vor Kurzem ziemlich abfällig über den Kommunismus in Russland gesprochen? Aber irgendwie würde sie Albert schon beibringen, dass es neben der Politik auch noch andere wichtige Dinge im Leben gab. Eine Hochzeit und Kinder zum Beispiel.

»Ich habe mich nach Kräften bemüht, alles in einem guten Zustand zu erhalten«, erklärte der Empfangschef und drückte ihr dienstbeflissen die Tür auf. »Aber im Winter war es natürlich schwierig, ausreichend zu lüften. Bei der Kälte hätte das Holz der Möbel Schaden nehmen können und …«

Mit dem redseligen Herrn Schulze an ihrer Seite betrat Elisabeth das Foyer des Palais und sog die abgestandene Luft wie kostbares Parfum ein, obwohl es nur noch ganz entfernt nach der vertrauten Mischung aus Möbelpolitur und Bohnerwachs duftete. Endlich! Endlich konnte sie daran denken, das Hotel wieder in Betrieb zu nehmen. Natürlich würden sie Wochen brauchen, um die Räumlichkeiten so weit herzurichten, dass sich ihre Gäste wohlfühlen konnten. Aber es war ein erhabenes Gefühl, überhaupt wieder in ihrem geliebten Palais Heiligendamm zu sein.

»Soll ich ein Rundschreiben an unsere Stammgäste aufsetzen, dass wir das Palais am … hm, sagen wir … fünfzehnten April wiedereröffnen?«, fragte Herr Schulze voller Elan.

»In gerade einmal vier Wochen? Ich weiß nicht.« Elisabeth zog das Laken vom Empfangstresen und fuhr liebevoll mit der Hand über das glatte Mahagoniholz. »Ich möchte zunächst mit meinem Bruder sprechen. Vielleicht sollten wir die Eröffnung mit einem kulturellen Paukenschlag begehen.«

Herr Schulze blickte sie verständnislos an.

»Mit einer Musikveranstaltung oder einem sportlichen Ereignis«, erläuterte Elisabeth. »Außerdem müssen wir neues Personal anheuern. Ich fürchte, all das wird deutlich mehr Zeit in Anspruch nehmen.« Trotz ihrer terminlichen Bedenken dankte sie dem Himmel, dass die Einführung der Rentenmark die Hyperinflation beendet hatte. Langsam erholte sich die Wirtschaft, und inzwischen konnte man erneut problemlos in allen Geschäften einkaufen. Der Zeitpunkt für eine Wiedereröffnung des Hotels in sechs bis zehn Wochen passte deshalb gut. Bis dahin sollten auch alle Erneuerungen und Reparaturen auf ihrem Gutshof abgeschlossen sein, und sie könnte die Verantwortung für Gut Bellhagen einem neuen Verwalter anvertrauen.

»Lisbeth?«, rief in diesem Moment ihre Schwester, die sie aus Langeweile nach Bad Doberan begleitet hatte.

»Wir sprechen gleich weiter, Herr Schulze«, sagte Elisabeth und eilte zu ihrem Büro.

Luise reichte ihr den Telefonhörer. »Julius für dich«, flüsterte sie aufgeregt. »Es geht um Ulrich Sternhaus.«

Elisabeth griff nach dem Hörer. Ihr Verhältnis zu Julius hatte sich deutlich entspannt, und inzwischen verbrachten sie an den Wochenenden, an denen er in Bad Doberan weilte, die meiste Zeit gemeinsam mit Julia. Da sie vermutete, dass seine neue Gelassenheit mit seiner Geliebten zu tun hatte, hielt sich ihre Begeisterung allerdings in Grenzen. Und dem unmöglichen Regisseur konnte sie sowieso nichts Gutes abgewinnen.

»Elisabeth?«, hörte sie Julius' Stimme am anderen Ende der Leitung sagen.

»Ja?«

»Hast du einen Augenblick Zeit? Ich würde dich gern etwas fragen.«

»Wenn es wichtig ist ... eigentlich wollte ich gerade mit Herrn Schulze ... sag mal, woher weißt du eigentlich, dass ich im Hotel bin?«, fragte sie, plötzlich misstrauisch.

Julius lachte. »Paul hat es mir gesagt. Wieso? Glaubst du, dass ich dir hinterherspioniere?«

Vor Fräulein von Hengstenberg hätte sie sich vielleicht auf ein kleines Wortgeplänkel eingelassen. Dann hätte sie ihm gesagt, dass er gar nicht zum Spion tauge, weil seine bernsteinfarbenen Augen viel zu ehrlich seien. Doch stattdessen antwortete sie nüchtern: »Natürlich nicht, entschuldige bitte. Was wolltest du mich fragen?«

Ihre Ernsthaftigkeit schien auf ihn abzufärben. Sein Ton wurde ebenfalls geschäftsmäßig. »Ich bin gebeten worden, dir ein Angebot von Sternhaus zu unterbreiten. Er war so begeistert vom Palais, dass er einem unserer Produzenten vorgeschlagen hat, seinen nächsten Film dort zu drehen. Würde dir das passen?«

Unwillkürlich musste Elisabeth an das Durcheinander von Kabeln, Kameras und Kulissen in den Babelsberger Filmhallen denken. »Das ist nicht dein Ernst, oder? So etwas kann ich doch meinen Gästen nicht antun. Sollen die auf dem Weg zum Restaurant einen Slalom um die Schauspieler laufen?«

Julius räusperte sich. »Nein, natürlich müsste das Hotel für den Zeitraum der Dreharbeiten, die ungefähr zwei Monate dauern würden, noch geschlossen bleiben. Allerdings könnte das Team bereits in wenigen Wochen anfangen, und während der Filmarbeiten hättest du Zeit, die ungenutzten Zimmer auf die Wiedereröffnung vorzubereiten. Nach Drehende würde die UFA selbstverständlich alle möglicherweise entstandenen Schäden auf eigene Kosten beseitigen.«

»Ich hatte eigentlich vor, Mitte oder spätestens Ende Mai wiederzueröffnen. Willst du etwa, dass ich den Termin wegen des Films verschiebe?«, fragte Elisabeth.

»Na ja, nur ein wenig. Bis spätestens Mitte Juni wäre der Spuk vorbei. Übrigens solltest du wissen, dass Sternhaus beabsichtigt, Luise die zweite weibliche Hauptrolle anzubieten. Das wäre eine tolle Chance für sie. Die anderen beiden Schauspieler, die in dem Liebesfilm mitspielen, sind bereits etablierte Stars: Willy Frisch und Sonja Gerling.«

Das waren allerdings bekannte Namen. Luise, die das Gespräch – auf ein Zeichen von Elisabeth hin – Ohr an Ohr mitanhörte, riss ungläubig die Augen auf. Mit einem sehnsüchtigen Blick formten ihre Lippen lautlos die Worte: »Oh bitte, bitte, bitte.«

Doch sie durfte sich nicht vom Dackelblick ihrer Schwester erweichen lassen. »Julius, ich muss Geld verdienen«, erwiderte Elisabeth mit Nachdruck. »Wir können das Hotel nicht bis zum Sankt Nimmerleinstag schließen, nur um Herrn Sternhaus einen Gefallen zu tun. Wenn er Luise eine Rolle anbieten möchte, kann er das gern in Berlin tun.«

»Liebste Elisabeth, es wäre schön, wenn ich dir das Angebot noch zu Ende vortragen dürfte, bevor du es ablehnst. Als Gegenleistung für die Hotelnutzung plant die UFA, dir für den betreffenden Zeitraum den gleichen Betrag zu zahlen, den du bei einer achtzigprozentigen Auslastung des Palais eingenommen hättest. Das halte ich für äußerst großzügig, meinst du nicht?«

Diesmal konnte Elisabeth ihr Glück kaum fassen. Achtzig Prozent? Das war allerdings eine fürstliche Entlohnung. Außerdem könnte es für das Palais keine bessere Reklame als den fertigen Film geben, der bestimmt in allen großen Lichtspielhäusern Deutschlands gezeigt werden würde.

»Elisabeth? Rechnest du noch?«, meinte Julius amüsiert. »Was soll ich Herrn Sternhaus antworten?«

Sie atmete tief durch und schenkte Luise ein beruhigendes Lächeln. »Bitte sag ihm, dass wir das Angebot gern schriftlich hätten, inklusive dem für Luises Gage. Und dass wir uns – sobald die entsprechenden Verträge unterzeichnet sind – sehr auf ihn und sein Filmteam freuen.«

Mit einem Freudenschrei fiel ihr Luise um den Hals. Vor Schreck ließ Elisabeth den Hörer fallen, der mit einem ordentlichen Rumms auf den Schreibtisch knallte.

»Alles in Ordnung bei euch?«, fragte Julius besorgt, als sie das Telefon wieder ans Ohr presste.

»Alles bestens«, versicherte sie ihm lächelnd. »Und vielen Dank für alles.«

»Liebe Genossen und Genossinnen, es ist eine Schande! Durch die Inflation sind die Reichen noch reicher geworden. Und die Armen noch ärmer! Doch der größte Profiteur ist der Staat, dessen Kriegsschulden in Höhe von hundertsechzig Milliarden Mark sich nach der Währungsumstellung auf jämmerliche sechzehn Pfennige beliefen! Die armen patriotischen Schweine, die diese verdammten Kriegsanleihen gekauft haben, gehen natürlich leer aus! Wir müssen endlich Verantwortung übernehmen, damit es in unserem Land gerechter zugeht. Nur der Kommunismus kann uns retten!«

Unruhig rutschte Minna auf dem harten Stuhl herum, während sie den Ausführungen eines fanatisch gestikulierenden blonden Mannes mit Schnurrbart lauschte. Es war ihre erste Kommunistenversammlung in Bad Doberan. Außer Albert und ihr waren noch rund zwanzig weitere Männer und Frauen anwesend. Zunächst hatte sie sich geweigert mitzugehen. Doch als Albert ankündigte, die Veranstaltung auch ohne sie zu besuchen, hatte sie ihre Meinung geändert. Warum musste er unbedingt bei dieser Partei mitmachen? Weshalb konnte er nicht das Leben genießen, das sie sich inzwischen aufgebaut hatten? Momentan ging es ihnen doch prächtig.

Gemeinsam waren sie vor einer Woche ins Palais übergesiedelt, wobei Albert natürlich in den Männertrakt gezogen war. Minna, die wie früher in der alten Dienstwohnung von Herrn Brandmüller lebte, hatte sich dafür eingesetzt, dass er mit nach Doberan kommen durfte und eine Stelle als Kellner bekam. Das war gar nicht so einfach gewesen, denn Fräulein Kuhlmann hatte zu Recht angeführt, dass sie während der nächsten Monate im Hotel gar keine Bedienungen benötigte. Albert solle stattdessen besser seine Arbeit auf dem Gut verrichten. Doch Minna hatte sie bekniet, dass Albert zusammen mit ihr umziehen durfte. Schließlich könne er zunächst auch bei den Reinigungstätigkeiten helfen, bevor das Restaurant wieder offiziell eröffnete. Womit sie allerdings nicht gerechnet hatte, war die Verachtung, mit der er die luxuriösen Räumlichkeiten des Palais bei seiner Ankunft betrachtet hatte.

»Hier vergnügt sich also die feine Gesellschaft?«, hatte er mit spürbarem Abscheu gesagt. »Wie viele arme Familien, die kein Dach über dem Kopf haben, könnten wohl darin unterkommen?«

»Es ist eine anständige Arbeit, Albert«, hatte sie sich und das Hotel verteidigt. »Und wir werden gut dafür bezahlt. Wenn die Gäste erst kommen, wirst du sehen, dass sie alle sehr nett sind.«

»Sie sind nett, weil sie es sich leisten können, Minna. Wenn ich mit der Ausbeutung von Arbeitern Millionen gescheffelt hätte, würde ich auch ein paar Runden in der nächsten Kneipe ausgeben.«

Darauf hatte sie nichts erwidert und stattdessen ein Stoßgebet zum Himmel geschickt, dass Albert sich rasch in Bad Doberan einlebte. Dieser fromme Wunsch war schneller in Erfüllung gegangen, als sie zu hoffen gewagt hatte: Bei einem Botengang hatte er einen Aushang entdeckt, auf dem die nächste Versammlung der ortsansässigen Kommunisten angekündigt wurde. Und selbstverständlich war er gleich Feuer und Flamme gewesen.

Die feurige Rede des blonden Schnurrbartmanns neigte sich dem Ende zu, und er zeigte mit einem Lächeln in ihre Richtung. »Unser tapferer neuer Genosse Albert, der bei dem Münchner

Putschversuch lebensgefährlich verletzt wurde, wird nun ein paar Worte zu uns sprechen.«

Während Albert aufstand und zum Rednerpult ging, rollte Minna innerlich mit den Augen. Inzwischen hatte sie nämlich erfahren, dass er lediglich einen Streifschuss abbekommen hatte. Am Oberarm. Aber natürlich fühlte er sich trotzdem als Held.

»Genossen und Genossinnen!«, fing Albert in beschwörendem Ton an. »Im Januar ist Wladimir Lenin in Moskau gestorben. Ein schlimmer Verlust für unsere gemeinsame Sache. Er war unser Vordenker, stand zu jeder Zeit auf der Seite des Proletariats. Als die blutrünstigen kapitalistischen Herrscher ihre Völker gegeneinander in einen Krieg hetzten, unterstützte er die Revolution unserer Brüder und Schwestern in Russland. In seinem Geiste müssen wir weiterhin – und ohne Unterlass – für Gerechtigkeit und die Weltrevolution kämpfen! Dazu sollten wir unsere Kräfte bündeln und die Massen aufrütteln. Unsere Ideologie muss endlich Wirklichkeit werden und …«

Mit offenem Mund verfolgte Minna Alberts lebhafte Rede. Seine Worte berührten sie. Plötzlich verstand sie, warum er für den Kommunismus schwärmte. Er träumte von einer besseren, gerechteren Welt. War das nicht ungeheuer nobel? Als er sich unter dem begeisterten Applaus der Anwesenden wieder hinsetzte, klatschte sie mit. Auch bei der anschließenden Diskussion über Flugblätter und Protestmärsche beteiligte Albert sich eifrig, und seine Vorschläge fanden großen Anklang. Als die Veranstaltung zwei Stunden später zu Ende ging, schien er bereits ein beliebtes Mitglied der kommunistischen Gruppierung in Bad Doberan zu sein. Unter regem Schulterklopfen wurde er von allen verabschiedet, und gemeinsam machten sie sich auf den Heimweg.

»Wie kann ich dich bei dieser Arbeit unterstützen?«, erkundigte sich Minna, als sie in die menschenleere Marktstraße einbogen.

»Weißt du, ob es in Bad Doberan eine Druckerei gibt?«, fragte er zurück, als plötzlich aus einem Hauseingang drei finstere Gestalten auf sie zukamen.

»Na, du rothaariger Hackschädel? Warst du nicht auch gerade bei dem Treffen dieser Kommunistenschweine?« Die Kerle schubsten Minna zur Seite und bildeten drohend einen Kreis um Albert.

»Was soll das?«, fragte er und bedeutete Minna, ruhig zu sein. »Ich habe euch nichts getan. Bitte lasst uns weitergehen.«

Statt zu antworten, trat ihm einer der Männer mit voller Wucht vors Schienbein. »Wir wollen solche Typen wie dich hier nicht!«

Mit schmerzverzerrtem Gesicht umklammerte Albert sein Bein, als ihm auch schon der nächste Angreifer ohne Vorwarnung mitten ins Gesicht schlug.

»Hilfe!«, schrie Minna panisch. »Polizei!«

Bevor ihnen jemand zu Hilfe kommen konnte, schlugen die drei Albert windelweich. Blutend und zusammengekrümmt blieb er auf der Straße liegen, als sie endlich von ihm abließen und fortliefen.

Laut schluchzend half Minna ihm hoch. »Glaubst du, dass du gehen kannst, oder soll ich einen Arzt rufen?«

Albert winkte ab. »Keinen Arzt. Ich … ich schaff das schon.« Er stützte sich auf Minnas Schulter und humpelte los.

Mühsam schleppten sie sich ins Palais und die Gesindetreppe hinauf. In seiner Kammer angekommen, versorgte Minna seine Verletzungen. Albert hatte Glück im Unglück gehabt. Bis auf ein blaues Auge und mehrere kleine Platzwunden schien ihm nichts zu fehlen. Doch der Schock saß tief. Er zitterte am ganzen Körper.

»Gleich morgen gehe ich zur Polizei«, sagte Minna, bevor sie das Licht löschte.

»Und du glaubst, dass die auf unserer Seite sind?«, flüsterte Albert in die Dunkelheit.

»Aber natürlich«, versicherte Minna. »Die Polizei sorgt schließlich für Recht und Ordnung in unserem Land.«

»Wenn du dich da mal nicht täuschst«, meinte er bitter.

Am nächsten Morgen konnte Albert vor Schmerzen nicht aufstehen, und Minna meldete ihn krank. Trotzdem verbot er ihr, einen Arzt oder gar die Polizei zu verständigen. »Einen Tag Ruhe, und ich bin wie neu«, versprach er. Schweren Herzens machte sie sich auf, um neue Vorräte an haltbaren Lebensmitteln für das Palais zu besorgen. Doch als sie schwer bepackt in die Küche kam, wartete dort bereits eine Nachricht von Fräulein Kuhlmann auf sie: Sie solle umgehend zu ihr ins Büro kommen.

»Minna, die Polizei hat eben bei mir angerufen und gesagt, Albert sei gestern Abend in eine schlimme Schlägerei verwickelt gewesen. Stimmt das?«, fragte ihre Chefin, als sie dort eintraf.

»Ihn trifft keine Schuld. Er ist von drei Kriminellen überfallen und verprügelt worden«, antwortete Minna wahrheitsgemäß und versuchte, trotz Fräulein Kuhlmanns anklagendem Tonfall die Ruhe zu bewahren.

»Das hat die Polizei mir aber ganz anders berichtet. Angeblich hat Albert unbescholtene Bürger auf offener Straße angepöbelt und sie anschließend körperlich angegriffen. Man will eine Verwarnung gegen ihn aussprechen.« Fräulein Kuhlmann musterte sie ernst. »Das bedeutet, dass er beim nächsten Mal ins Gefängnis müsste.«

Minna errötete vor Wut über diese Unwahrheiten. »Ich war die ganze Zeit dabei und kann bestätigen, dass er weder gepöbelt noch die Hand gegen jemanden erhoben hat.«

Fräulein Kuhlmann zog die Augenbrauen hoch. »Allerdings bist du mit ihm befreundet und wirst wohl kaum als objektive Zeugin akzeptiert werden. Übrigens … stimmt es, dass Albert Kommunist ist?«

Wer hat da nur mit der Polizei geplaudert, fragte sich Minna. War das vielleicht gar nicht die spontane Tat von drei aggressiven Kerlen? Laut sagte sie: »Ja, Albert ist Kommunist. Aber das gibt diesen Typen noch lange kein Recht, ihn zu verprügeln.«

Ihre Chefin schüttelte nachdenklich den Kopf. »Minna, ich werde versuchen, mit den Polizisten zu verhandeln. Aber bist du sicher, dass Albert ein guter Umgang für dich ist?«

Diesmal konnte sie ihre Wut nicht unterdrücken. »Albert ist mein Privatleben, Fräulein Kuhlmann, und meine Beziehung zu ihm geht Sie überhaupt nichts an.«

Ihre Chefin sah sie verblüfft an. »Wie du meinst, liebe Minna, aber vielleicht suchen wir ihm unter diesen Umständen doch besser eine andere Aufgabe. Ich glaube kaum, dass unsere Gäste sich wohlfühlen, wenn sie von einem überzeugten Kommunisten bedient werden.«

»Nein, Paul. Nur über meine Leiche«, zeterte Helene, die in einem hochgeschlossenen Nachthemd neben ihm im Bett lag. »Ich will nicht, dass unsere Kinder dieses unmoralische Treiben mitanschauen müssen. Das ist schlecht für ihre Entwicklung. Außerdem tun ihnen die Bewegung an der frischen Luft und der Umgang mit den Tieren gut.«

Er legte den Zeigefinger an die Lippen. »Wenn du nicht leiser sprichst, weckst du sie noch auf. Außerdem war es sowieso nur eine Frage und keineswegs eine beschlossene Sache. Wenn du Gut Bellhagen nicht verlassen willst, bleiben wir eben hier.«

»Gott sei Dank. Ich hasse es, wenn ich mich vor meiner dringend benötigten Nachtruhe derart aufregen muss.«

Helene drehte ihm so schwungvoll den Rücken zu, dass die Matratze unter ihnen quietschte. Kurze Zeit später deuteten ihre gleichmäßigen Atemzüge an, dass sie eingeschlafen war.

Mit einem Seufzen löschte Paul die Nachttischlampe. An Schlaf war nicht zu denken. Er hatte das Schicksal entscheiden lassen wollen. Nur deshalb hatte er Helene gefragt, ob sie mit ihm und den Kindern ins Palais zurückkehren wolle, obwohl dort bald die Dreharbeiten zu *Nur mit Dir allein* beginnen sollten. Wenn sie einverstanden gewesen wäre, hätte er vielleicht sogar eine gewisse Erleichterung verspürt. Dann wäre die Versuchung, sich ernsthaft auf Emil Stocker einzulassen, endgültig aus der Welt gewesen. Aus den Augen, aus dem Sinn sozusagen.

Aber was sollte er jetzt tun, wo er noch mindestens zwei weitere Monate auf dem Gut bleiben würde? Emil und er hatten sich inzwischen öfter geküsst, doch mehr war nicht passiert. Paul war in dieser Hinsicht zwiegespalten. Sollte er seinen körperlichen Gelüsten nachgeben, obwohl er nicht aufrichtig in Emil verliebt war?

Ein paar Tage nach den Geschehnissen in der Stallgasse hatte ihm der Knecht einen Zettel zugesteckt. Darauf hatte in ungelenken Buchstaben gestanden: »Morgn 18 Ur hinta Kustall.« Die mangelhafte Orthografie hatte Paul irgendwie gerührt. Trotz seiner fehlenden Schulbildung hatte Emil sich nicht gescheut, ihn um ein Stelldichein zu bitten. War das nicht ein großer Vertrauensbeweis? Vielleicht konnte er eine Art Pygmalion für Emil sein und ihm zusätzliche Bildung angedeihen lassen? Ein verlockender Gedanke. Möglicherweise würde sich der Knecht mit der Zeit sogar für klassische Musik begeistern können.

Mit Schmetterlingen im Bauch war er am nächsten Tag durch den strömenden Regen hinter den Kuhstall geschlichen. Emil hatte dort schon auf ihn gewartet. Zu einleitenden Zärtlichkeiten oder gar zu einem Gespräch war er nicht bereit gewesen. Stattdessen hatte er ihn grob an sich gezogen und war über seinen Mund hergefallen. Anders konnte man dieses Aufeinanderprallen von Zungen und Zähnen nicht bezeichnen. Anschließend hatte er ihm in die Hose gefasst. Obwohl ihn Emils fast aggressives Liebesspiel auf eine primitive Weise erregte, war es kein bisschen romantisch gewesen. Und als Paul durch den Regen zurück ins Haus stapfte, hatte er sich schmutzig gefühlt. Schmutzig und desillusioniert.

Trotzdem hatten sie sich erst gestern wiedergesehen. Er war wie ein Verdurstender, der gierig aus einem Brunnen trank, obwohl er wusste, dass dieser vergiftet war. Jetzt, wo das Wetter wärmer wurde, wollte der Knecht sich nachts mit ihm in der Scheune treffen. Doch war dieser matte Abglanz von Liebe es wirklich wert, ein solches Risiko einzugehen? Schließlich drohte ihnen bei Entdeckung eine Verurteilung nach Paragraph 175 und eine mehrjährige Gefängnisstrafe. Von dem gesellschaftlichen Ruin, der ihn erwarten würde, ganz zu schweigen. Das kurze körperliche Vergnügen wog diese Gefahr sicher nicht auf. Im Gegenteil, es wäre hochgradig unvernünftig, auf Emils Wunsch nach mehr einzugehen. Doch kühle Rationalität nützte nicht viel, wenn er wach lag und von dessen fordernden Händen träumte …

Eigentlich gab es keinen triftigen Grund, nach Berlin zu fahren. Obwohl das Filmteam in ein paar Tagen anreisen würde, benötigte Elisabeth weder Waren noch Dienstleistungen, die sie nicht auch in Bad Doberan bekommen hätte. Zudem lief im Hotel alles reibungslos. Die Reinigungsarbeiten machten Fortschritte. Minna kochte wie eine Göttin. Der Weinkeller war wieder randvoll mit guten Tropfen, und sie hatte bereits einen Teil des für die Eröffnung benötigten Personals engagiert. Sogar Albert schien sich einigermaßen zu bewähren. Nach der Prügelei hatte sie die Polizei davon überzeugen können, noch einmal ein Auge zuzudrücken, und seitdem war er nicht mehr negativ aufgefallen. Julia hatte sich in ihrer neuen Schulklasse bestens eingelebt und konnte dem Unterrichtsstoff trotz der Auszeit auf Gut Bellhagen mühelos folgen. Warum sollte sie also nach Berlin reisen, obwohl sie doch erst kürzlich dort gewesen war?

Während sie nach einer Ausrede grübelte, musste sie an Friedrichs Hochzeit denken, die sie letzte Woche besucht hatte. Im Anschluss an die kirchliche Trauung hatte es eine intime, schöne Feier in der Villa der Brauteltern in Potsdam gegeben. In einem stillen Moment hatte ihre Mutter sie beiseitegenommen, um ihr zu sagen, dass es demnächst noch eine Vermählung geben würde: Herr von Schaper hatte ihr einen Antrag gemacht. Elisabeth hatte sich sehr für sie gefreut, gleichzeitig war ihr schmerzlich bewusst geworden, dass sie inzwischen die Einzige in ihrer Familie war, die noch nie vor einem Traualtar gestanden hatte. Dabei war sie mehrfach kurz davor gewesen … stets mit demselben Mann. Wie es der Zufall wollte, war just in diesem Moment Julius zur Tür hereingekommen. Allein. Ohne sein sinnliches Fräulein von Hengstenberg. Trotzdem hatte sie sich erst mit zwei Gläsern Sekt Mut antrinken müssen, um ihn nach dem Verbleib seiner eleganten Freundin zu fragen.

»Du meinst Alexandra?«, hatte Julius überrascht geantwortet. »Sie kommt erst übermorgen wieder nach Berlin, im Moment besucht sie eine Freundin. Aber selbstverständlich hätte sie mich sowieso nicht auf Friedrichs Hochzeitsfeier begleitet.«

Stundenlang hatte sie über seine Antwort nachgedacht. Warum hätte diese Frau ihn *sowieso nicht* begleitet? Weil er zu viel Anstand besaß, um seine Geliebte bei einer Feier ihrer Familie anzuschleppen? Oder hatten sich die beiden etwa getrennt? Es war schon länger her, dass Julia von einer Alex gesprochen hatte, mit der sie manchmal in Papas Bett spielte. Aber wieso wusste er trotzdem, wo sie sich derzeit aufhielt? All das ließ ihr keine Ruhe, und sie nahm sich vor, Julius spontan und ohne Vorankündigung zu besuchen, um sich mit eigenen Augen davon zu überzeugen, welche Rolle dieses besagte Fräulein in seinem Leben spielte.

Glücklicherweise lieferte ihr am nächsten Morgen ausgerechnet Herzog Adolf Friedrich einen Grund für die Reise. Er rief an, um ihr mitzuteilen, dass der Verkauf des Seebades Heiligendamm samt Grand Hotel endlich vonstattengegangen war und der neue Besitzer, ein Baron Oskar Adolf Rosenberg, plane, einen Golfplatz in Heiligendamm zu errichten. Als sich Elisabeth erkundigte, wann und wie sie den Baron kennenlernen könne, erfuhr sie, dass er für die nächsten zwei Monate im Berliner Adlon abgestiegen war. Elisabeths Bitte, dem Baron baldmöglichst vorgestellt zu werden, kam der Herzog umgehend nach. Er arrangierte ein Treffen für den folgenden Tag.

Baron von Rosenberg-Redé stellte sich als eleganter und angenehmer Mann heraus. Er war wohl jüdischer Abstammung und hatte mit seiner Frau Edith drei noch junge Kinder, die munter durch seine Suite turnten, während sie sich mit ihm unterhielt.

»Wie sind Sie auf die Idee gekommen, das berühmte Seebad zu erwerben? Lieben Sie das Meer?«, erkundigte sich Elisabeth interessiert.

»Ist diese Sehnsucht nach dem salzigen Wasser der Ozeane nicht allen Menschen angeboren? Besonders solchen, die wie ich in Wien oder einer anderen Großstadt geboren sind und von Stränden und Wellen nur träumen konnten?«, erwiderte er mit einem sympathischen Lächeln. »Aber offen gesagt ist Heiligendamm in meinen Augen auch eine gute Investition. Wie Sie sicher den Zeitungen entnommen haben, konnte ich es für lediglich viertausendfünfhundert britische Pfund vom Bankhaus Louis Wolff erstehen.«

»Sicher. Das ist ein guter Preis.« Elisabeth wollte ihm nicht widersprechen, obwohl sie wusste, dass mehrere Faktoren, wie zum Beispiel die kurze Hauptsaison und der kostspielige Unterhalt, Heiligendamm zu einem Fass ohne Boden machen konnten. Schließlich war das Seebad in der Vergangenheit nicht umsonst so oft bankrottgegangen. Aber sie hatte auch gehört, dass der Baron ein enormes Vermögen an der Börse erwirtschaftet hatte und wahrscheinlich über genügend Mittel verfügte, um dem Hotel zusätzliche Finanzspritzen zu geben.

Der Baron zog seinen zweitgeborenen Sohn liebevoll auf den Schoß. »Da uns natürlich an einer guten Zusammenarbeit mit den anderen Hoteliers der Gegend gelegen ist, freue ich mich, Sie kennenzulernen.«

»Das beruht selbstverständlich auf Gegenseitigkeit«, versicherte Elisabeth. »Werden Sie das Seebad persönlich leiten?«

Der Baron schüttelte bedauernd den Kopf. »Dazu fehlt mir leider die Zeit. Aber ich habe Rechtsanwalt Knaack als Geschäftsführer und den Herzog als Aufsichtsratsvorsitzenden bestellt. Die beiden Herren werden ihre Aufgaben bestimmt hervorragend meistern.«

Während sie über den zukünftigen Golfplatz und weitere Ideen des neuen Besitzers plauderten, musste Elisabeth unwillkürlich an den überaktiven Herzog denken, der auf so vielen Hochzeiten tanzte und vom Pferderennverein bis zum Segelflugclub überall seine Finger mit im Spiel hatte. Hoffentlich waren die Vorschusslorbeeren des Barons von Rosenberg-Redé gerechtfertigt.

Als Elisabeth am späten Nachmittag auf die Straße trat, ließ sie sich von einem Hotelpagen eins dieser neuen Taxis rufen, die man an dem schwarz-weiß karierten Band unter den Fenstern erkannte. Das Ziel der Fahrt war die herrschaftliche Villa im Grunewald, die Julius seit einiger Zeit bewohnte. Nachdem sie den Fahrer entlohnt und an der Eingangstür geklingelt hatte, öffnete ihr Frau Matten, seine Hausdame.

»Guten Tag, gnädige Frau«, begrüßte die Angestellte sie erstaunt. »Werden Sie von Herrn Falkenhayn erwartet?«

»Es ist ein Überraschungsbesuch. Ist Herr Falkenhayn bereits zu Hause?« Elisabeth musste unwillkürlich schmunzeln. Frau Matten war so ehrbar, dass sie es nicht über die Lippen brachte, die unverheiratete Mutter von Julius' Tochter »gnädiges Fräulein« zu nennen. Was sie da wohl von Fräulein von Hengstenberg hielt?

»Ja, der gnädige Herr ist da, aber …«, stotterte Frau Matten und starrte verstört auf den Koffer, den Elisabeth neben sich abgestellt hatte.

Oje, hatte sie Julius gleich beim ersten Anlauf in flagranti erwischt? Amüsierte er sich gerade mit seiner schönen Alexandra? Plötzlich hatte sie das Gefühl, einen Bleiklumpen verspeist zu haben.

In diesem Moment ging eine Tür im ersten Stock auf, und Julius erschien hinter der niedrigen Balustrade. Er trug einen Smoking und sah umwerfend aus. Sein dunkelblondes, mit Pomade geglättetes Haar betonte seine markanten, leicht gebräunten Gesichtszüge sehr vorteilhaft. »Elisabeth? Was machst du denn hier?«, erkundigte er sich überrascht, aber offenkundig erfreut.

»Ich bin geschäftlich in der Stadt«, informierte sie ihn. »Und da dachte ich, dass ich dir einen Besuch abstatte, bevor ich mich wieder auf den Heimweg mache.«

»Ist etwas mit Julia?«, fragte Julius besorgt.

Sie schüttelte den Kopf. »Nein, natürlich nicht. Das hätte ich dir doch längst gesagt. Aber wie es aussieht, komme ich ungelegen. Du gehst aus?«

Zwei Stufen auf einmal nehmend, lief Julius die Treppe herunter. Schließlich stand er in seiner ganzen breitschultrigen Eleganz vor ihr. »Ja, ich … Hoppla, möchtest du bei mir einziehen?«, fragte er plötzlich und zeigte amüsiert auf ihren Koffer.

Elisabeth errötete. »Natürlich nicht. Eigentlich wollte ich bei meinen Geschwistern unterkommen, aber Friedrich ist noch auf seiner Hochzeitsreise, und Johanna bewirtet gerade einen Schulfreund von Samuel. Deshalb werde ich in einem Hotel absteigen. Aber wenn du sowieso zu beschäftigt bist, nehme ich den Nachtzug und fahre noch …«

Ohne das Satzende abzuwarten, drehte sich Julius zu Frau Matten um. »Können Sie bitte eins der Gästezimmer für Fräulein Kuhlmann herrichten?«

Frau Matten nickte und entfernte sich eilig.

»Du wirst doch nicht Geld für ein Hotelzimmer aus dem Fenster werfen, wenn du genauso gut bei mir bleiben kannst«, meinte Julius und griff nach dem Koffer. »Bitte komm doch rein.«

Unsicher betrat Elisabeth das Entree, das in einem vornehmen Schachbrettmuster gefliest war. »Aber wenn du ausgehst, passt dir mein Besuch doch gar nicht«, meinte sie.

»Hast du zufällig ein Abendkleid eingepackt?«, fragte Julius, ohne auf ihren Einwand einzugehen. »Ansonsten würde ich meinen Fahrer bitten, schnell etwas aus dem Fundus herzubringen.«

»Ähm, das wird nicht nötig sein ... ich habe eins dabei, aber ich kann mich dir doch unmöglich so aufdrängen.«

»Das tust du nicht. Ich gehe lediglich mit ein paar Freunden und Kollegen zu einer Filmpremiere.« Er blickte auf seine Armbanduhr. »Allerdings musst du dich mit dem Umziehen beeilen. In einer knappen halben Stunde müssen wir los.«

Nachdenklich betrachtete Elisabeth sich im Spiegel. Das lange silberne Abendkleid schmeichelte ihrer schmalen Figur. Sie hatte nur keine Zeit mehr gehabt, ihre langen dunklen Haare aus dem einfachen Knoten zu lösen und zu einer eleganteren Frisur hochzustecken. Besonders kritisch nahm sie ihr Gesicht unter die Lupe. Leider waren ihre Züge noch nie so lieblich und schön gewesen wie die ihrer beiden Schwestern, jetzt hatten sie zudem die Rundheit der Jugend eingebüßt und wirkten fast hager. Ihre blauen Augen, um die sich erste zarte Fältchen bildeten, wirkten übergroß darin. Sie konnte es nicht leugnen ... im kommenden November würde sie bereits zweiunddreißig Jahre alt werden. Ein stolzes Alter. Paul hatte den Nagel auf den Kopf getroffen, als er neulich meinte, dass sie zum ersten Mal reif genug aussehe, um ein Hotel zu leiten. Sie seufzte und kniff sich in die Wangen, um wenigstens ein wenig Farbe in ihr Gesicht zu zaubern.

»Elisabeth?«, fragte Julius und klopfte ungeduldig an die Tür des Gästezimmers. »Wir sind spät dran.«

»Ich komme.«

Julius hatte seinen Freunden ausrichten lassen, dass er sie im Foyer des Lichtspielhauses treffen werde, da es für den geplanten Aperitif zu spät war. Kurz darauf saß Elisabeth neben ihm im dunklen Fond seines von einem Chauffeur gelenkten Wagens. Als sie nach einer Viertelstunde, während der sie Julius von dem Treffen mit dem neuen Besitzer des Grand Hotels berichtet hatte, die begeistert jubelnden Menschenmassen vor dem abgeriegelten Eingang des UFA-Palasts am Zoo erblickte, wurde ihr bewusst, dass dies keine kleine, unbedeutende Premiere war.

»Welcher Film wird denn heute uraufgeführt?«, fragte sie überrascht.

»*Gudruns Rache*, der zweite Teil von *Germanen*.«

Himmel! Elisabeth hatte gelesen, dass der erste Teil des Epos ein überwältigender Erfolg gewesen war. Bestimmt würde halb Berlin auf dieser Premiere sein. Oder zumindest all jene Bürger, die bedeutend genug waren, um zu so einer außergewöhnlichen Veranstaltung eingeladen zu werden.

»Hast du wirklich noch eine Karte für mich übrig?«, fragte sie schüchtern.

Julius lächelte. »Ich habe den Film produziert, da sollte das kein Problem sein.«

»Aber so kurzfristig …«, meinte Elisabeth besorgt.

In diesem Augenblick hielt der Wagen vor dem roten Teppich, der zum Eingang führte. Julius kletterte auf die Straße und reichte ihr galant die Hand, um ihr beim Aussteigen behilflich zu sein.

Das plötzliche Aufflammen der Kamerablitze blendete Elisabeth, als sie an Julius' Arm durch die Menge der Zeitungsreporter schritt, die unmittelbar hinter der Absperrung verharrten. Ihr Herz klopfte vor Aufregung und Glück: Julius wollte dieses wundervolle Ereignis ausgerechnet mit ihr teilen!

Kurz nachdem sie das Foyer betreten hatten, ließ Julius seinen ritterlich angewinkelten Arm sinken, und im nächsten Moment war er von drei aufgeregt plappernden jungen Frauen umringt. Bei deren Anblick fielen Elisabeth fast die Augen aus dem Kopf, denn sie waren so gut wie nackt! Statt langer Abendroben trugen sie schockierend kurze Kleider, deren mit Federn geschmückte Säume gerade mal die Knie bedeckten! War das der letzte Schrei aus Paris, oder handelte es sich um sogenannte leichte Mädchen? Optisch war jedenfalls kein Unterschied auszumachen. Die Perlenkette, die sich Elisabeth um den Hals geschlungen hatte, war länger als diese Säume. Noch dazu trugen alle drei moderne Bubikopf-Frisuren. Ein seltsamer Aufzug, der Julius aber keineswegs aus der Fassung zu bringen schien. War er etwa daran gewöhnt? Gut gelaunt sagte er: »Elisabeth, darf ich vorstellen? Fräulein Müller und Fräulein Rademacher. Fräulein von Hengstenberg kennst du ja bereits.«

Auch das noch! Bei näherer Betrachtung stellte sich die dunkelhaarige Frau mit dem kürzesten Kleid tatsächlich als Julius' Geliebte heraus, die sich sofort bei ihm einhakte. Julius wollte also keineswegs den Abend mit ihr, der Mutter seiner Tochter, verbringen, sondern hatte sie lediglich als fünftes Rad am Wagen mitgeschleppt. Über diese Erkenntnis tröstete sie auch nicht die Ankunft zweier Herren namens Henning und Jansen hinweg, denn das bedeutete ja lediglich, dass eigentlich Fräulein von Hengstenberg die reguläre Begleiterin von Julius war. Am liebsten hätte Elisabeth auf dem Absatz kehrtgemacht und wäre nach Hause gefahren. Doch diese Blöße durfte sie sich nicht geben.

»Arbeiten Sie ebenfalls in der Filmbranche?«, fragte sie Herrn Jansen, um eine Konversation zu beginnen.

Ihr vorgespieltes Interesse schien dem blonden Fräulein Rademacher jedoch gegen den Strich zu gehen, denn sie legte besitzergreifend ihre Hand auf seinen Arm. Trotzdem nickte er freundlich. »Ich bin der erste Assistent des Aufnahmeleiters.«

In diesem Moment ertönte ein Gong, und die wartende Menge strömte in das plüschige Innere des hufeisenförmig bestuhlten Lichtspielhauses. Um nicht neben Julius und seiner leichtbekleideten Freundin sitzen zu müssen, ließ sich Elisabeth absichtlich zurückfallen und erreichte die erste Reihe, in der Julius saß, erst mit einiger Verspätung. Sie hatte sich zu früh gefreut. Zwar thronte Fräulein von Hengstenberg rechts neben Julius, doch den Platz zu seiner Linken hatte er für sie freigehalten. Wundervoll. Jetzt würde sie unmittelbar Zeugin seiner Zärtlichkeiten mit der Dunkelhaarigen werden.

Bevor der Film anfing, trat der Regisseur Fritz Loos auf die Bühne und sagte ein paar Worte. Zuerst dankte er Julius, dann lobte er seine Ehefrau, die das Drehbuch geschrieben hatte. Anschließend wurde das Licht abgedunkelt.

Elisabeth versuchte, sich auf die dramatische Handlung des Films zu konzentrieren, doch es gelang ihr nicht. Immer wieder schweifte ihr Blick zu Julius' vertrautem Profil und zu der schmalen Hand, die sich an seinen rechten Arm klammerte. Einmal musste er ihren Blick gespürt haben, denn er neigte seinen Kopf zu ihr und fragte: »Und? Gefällt dir der Film?«

»Hervorragend«, erwiderte sie mit einem aufgesetzten Lächeln. Hoffentlich würde *Gudruns Rache* nicht ewig dauern.

Zwei Stunden später, nach minutenlangem, tosendem Applaus und mehreren Reden, stand Elisabeth neben Julius und seinen Freunden auf dem Gehweg vor dem UFA-Palast. Ihre Wangenmuskeln schmerzten. Sie war es nicht gewohnt, krampfhaft gute Laune vorzutäuschen. Ihr größter Wunsch war es, endlich in Julius' Gästebett zu sinken und den Abend so schnell wie möglich zu vergessen. Hoffentlich besaß Julius genügend Anstand, seine Geliebte an diesem Abend allein nach Hause zu schicken.

»Und wohin gehen wir jetzt?«, fragte Fräulein Rademacher beschwingt in die Runde.

»Ich habe einen Tisch im *Chat Noir* reserviert«, erwiderte Julius und winkte zwei Taxis heran.

Um Himmels willen! Die Vorstellung, diese Gute-Laune-Scharade auch nur eine Minute länger durchhalten zu müssen, war grauenhaft. »Ähm …«, stotterte Elisabeth. »Ich muss morgen früh raus. Am besten fahre ich allein zurück. Aber ich wünsche euch noch recht viel Spaß.«

»Auf keinen Fall«, widersprach Julius und kletterte hinter ihr und seiner Geliebten ins Taxi. »Du hast in Bad Doberan so wenig Möglichkeiten, dich zu vergnügen. Natürlich kommst du mit.«

Mit einem resignierten Seufzen ergab sie sich in ihr Schicksal. Irgendwie war sie ja auch selbst schuld. Sie hatte unbedingt wissen wollen, wie es zwischen Julius und diesem Fräulein von Hengstenberg stand. Jetzt bekam sie zur Strafe eine Überdosis an Informationen.

Das *Chat Noir* war ein Tanzlokal und Kabarett, in dem ab Mitternacht exotische Darbietungen aufgeführt werden würden, wie Elisabeth einem Aushang entnahm. Momentan spielte auf der Bühne ein Salonorchester flotte Jazzrhythmen. Während sie den anderen durch Rauchschwaden und Scharen von Menschen an einen Tisch unmittelbar neben der Tanzfläche folgte, wurde ihr schmerzlich bewusst, dass sie die einzige Frau in einem langen Abendkleid war. Alle anderen waren ebenso freizügig und unmoralisch gekleidet wie Fräulein von Hengstenberg. Plötzlich kam sie sich wie eine alte Matrone vor. Der Eindruck verstärkte sich noch, als sie sich gesetzt hatte und die ausgelassen tanzenden Menschen vor sich betrachtete. Noch nie hatte sie so viele auf Moral und Anstand pfeifende Menschen gesehen. Selbstverständlich hatte sie bereits vom Charleston gehört, dem ersten Tanz, der ohne festen Partner getanzt wurde. Aber sie hätte ihn niemals mit solch einer Ekstase in Verbindung gebracht. Mit dieser wilden Hemmungslosigkeit, mit der Frauen wie Männer ihre Gliedmaßen schwangen. Die Schnelligkeit der ausgeführten Bewegungen ließ Oberkörper, Hüften und Schenkel der Tänzer provokant erbeben. Das Ganze wirkte durch und durch anstößig. Vor Scham errötend, wandte Elisabeth den Blick ab und nippte an dem Cocktail, den ein Kellner vor sie hingestellt hatte.

»Was hast du?«, fragte Julius und beugte sich über den Tisch, damit sie ihn trotz der ohrenbetäubenden Jazzmusik hören konnte. »Gefällt es dir hier nicht?«

Niemals hätte sie ihm gegenüber zugegeben, dass sie sich in dieser verruchten Umgebung fehl am Platze fühlte. »Nein, wieso? Herrlich, diese Musik«, schwindelte sie stattdessen.

»Gut, dann bereite dich schon mal seelisch darauf vor, dass wir beide auch gleich Charleston tanzen werden«, erwiderte er übermütig grinsend.

Niemals! Auf keinen Fall werde ich auf diese frivole Weise mit Armen und Beinen herumwedeln, dachte Elisabeth irritiert. Besonders nicht in diesem langen Abendkleid. Sie war fast erleichtert, als Fräulein von Hengstenberg aufstand und Julius auf die Tanzfläche zerrte. Auch die anderen beiden Paare mischten sich unter die furchtlosen Tänzer. Plötzlich saß sie mutterseelenallein am Tisch. So gelassen wie möglich begutachtete sie das Treiben um sich herum.

Leider machte Julius eine gute Figur beim Charleston. Aber das hätte sie sich denken können. Er besaß ein natürliches Rhythmusgefühl und bewegte sich überaus geschmeidig. Beides schien auch den anderen Damen im *Chat Noir* aufzufallen. Jedenfalls konnte sich Julius nicht über mangelnde Aufmerksamkeit beklagen. Obwohl seine Geliebte unmittelbar neben ihm zappelte, setzte eine stattliche Blondine zum Angriff an und warf ihm neckisch ihre Federboa um den Hals. Selbst das brachte Julius nicht aus dem Takt. Mit einem belustigten Grinsen und flatterndem Halsschmuck tanzte er weiter.

Fräulein von Hengstenberg schien diesen Affront allerdings nicht auf sich sitzen lassen zu wollen. Geschickt schnappte sie sich das Geschmeide ihrer Rivalin und baute es als Accessoire in ihre eigenen ausgelassenen Charlestonschritte ein. Während sie aufreizend nah vor Julius tanzte, strich sie ihm mit dem fedrigen Wedel durchs Gesicht. Ganz so, als fordere sie ihn in aller Öffentlichkeit zum Beischlaf auf. Elisabeth senkte betroffen den Blick. Da hatte sie ihre Antwort: Julius und Fräulein von Hengstenberg waren nach wie vor ein Paar. Verzweifelt griff sie nach ihrem Cocktailglas und trank es in einem Zug leer. Anschließend bedeutete sie dem Kellner, ihr ein neues Getränk zu bringen. Hoffentlich würde der Alkohol den Schmerz in ihrem Inneren betäuben.

Kurz darauf machte Julius seine Drohung wahr. Er ließ Fräulein von Hengstenberg allein weitertanzen und näherte sich Elisabeth. »Und? Bist du bereit?« Er streckte ihr einladend die Hand entgegen.

Elisabeth schüttelte den Kopf. »Glaubst du wirklich, dass ich mich freiwillig in deinen Harem einreihe?«

Julius grinste amüsiert. »Meinen Harem?«

»Mir ist vollkommen egal, mit wie vielen Frauen du dich da auf der Tanzfläche vergnügst, Julius. Aber mich lässt du bitte außen vor.«

Mit einem noch breiteren Grinsen griff er nach ihrer Hand. »Bist du etwa eifersüchtig?«

»Blödsinn!« Empört versuchte Elisabeth, ihm ihre Hand zu entziehen, aber er hielt sie fest umklammert.

»Jetzt komm schon. Es wird dir gefallen.« Julius zog sie von ihrem Stuhl hoch und blickte ihr eindringlich ins Gesicht. Plötzlich schien er ihre Verzweiflung zu spüren und ließ abrupt ihre Hand los. Erleichtert setzte Elisabeth sich wieder.

Nachdenklich musterte er sie. Schließlich beugte Julius sich zu ihr herab und flüsterte: »Also gut, ich mache dir ein Angebot. Wenn du noch einen Tag länger in Berlin bleibst und morgen Abend mit mir ausgehst, brauchst du heute nicht zu tanzen. Stattdessen gehen wir jetzt gleich nach Hause. Einverstanden?«

Sie fühlte ihre Augen feucht werden und versuchte mit aller Gewalt, die Tränen zu unterdrücken. »Julius, was soll das? Wozu ... soll das alles gut sein?«

Sein Blick wurde ernst. »Wir haben lange nichts mehr allein, ohne Julia, unternommen. Außerdem habe ich dir etwas Wichtiges mitzuteilen.«

Jetzt kam es also: Er hatte sie nur auf die Premiere eingeladen, weil er sie milde stimmen wollte ... bevor er verkündete, dass er beabsichtige, Fräulein von Hengstenberg zu heiraten. Und jetzt bot er ihr an, dieses Elend um vierundzwanzig Stunden zu verschieben ... Auf einmal schien das Tanzen das kleinere Übel zu sein.

»Bist du damit einverstanden, Elisabeth?«, wiederholte er.

Angestrengt überlegte sie, mit welchen Argumenten sie seine Offerte ablehnen könnte, ohne das Gesicht zu verlieren. Doch dann hielt sie inne. Julius war immer gut zu ihr gewesen. Wenn er Fräulein von Hengstenberg aufrichtig liebte, war sie es ihm schuldig, seine Gefühle zu respektieren. Und wenn er mit ihr über seine Zukunft sprechen wollte, die schließlich auch Julia und sie betraf, durfte sie ihm das nicht verweigern. »Ja«, erwiderte sie ernst. »Das ist eine gute Idee. Ich glaube, das Palais kommt noch einen weiteren Tag ohne mich zurecht.«

Julius hielt sein Wort. Wenig später saßen sie zu dritt im Taxi und fuhren nach Hause. Fräulein von Hengstenberg, die Elisabeth wie stets ignorierte, wurde glücklicherweise als Erste abgesetzt. Julius, ganz Kavalier, brachte sie noch bis zu ihrer Haustür. Im Schein einer Laterne versuchte Elisabeth, einen Blick auf die Liebenden zu erhaschen. Würde er die junge Adelige mit der gleichen Leidenschaft küssen, wie er sie früher geküsst hatte? Doch sosehr sie sich auch den Hals verrenkte … außer Julius' Rücken konnte sie nichts sehen.

»Möchtest du noch einen Gutenachttrunk?«, fragte Julius, als sie gemeinsam das Foyer seiner Villa durchquerten.

Doch für heute hatte sie genug. »Nein danke. Ich bin hundemüde. Bis morgen.« Auf der Treppe blickte sie sich noch einmal um. »Arbeitest du morgen, oder hast du frei?«

Julius, der im Foyer stehen geblieben war, sah zu ihr hinauf. »Wenn ich könnte, würde ich mir den Tag freinehmen, aber leider muss ich mich morgen um die Pressearbeit für den *Germanen*-Film kümmern. Ich werde also erst so gegen achtzehn Uhr frei sein.«

Sie nickte. »Danke, da weiß ich Bescheid. Gute Nacht!« Entschlossen erklomm sie die restlichen Stufen. Julius' Abwesenheit passte gut zu dem Plan, den sie gerade auf der Fahrt in den Grunewald ausgeheckt hatte.

# 6. Kapitel

Herr Schulze hatte Minna ins Foyer rufen lassen, es sei dringend. Als sie dort eintraf, staunte sie nicht schlecht. Die Filmleute waren angekommen! Vier Tage früher als geplant! Und ausgerechnet heute weilte ihre Chefin in Berlin.

Nachdem sie zur Begrüßung freundlich geknickst hatte, raunte sie dem vor Aufregung hochroten Empfangschef zu: »Haben Sie schon versucht, Fräulein Kuhlmann zu erreichen?«

»Selbstverständlich. Aber sie ist ausgegangen und wird nicht vor dem Nachmittag zurückerwartet.«

Dann mussten sie die Sache eben alleine schaukeln. »Gut. Bitte sagen Sie Fräulein Luise Bescheid. Ich werde ein leichtes Mittagessen für ...« Sie zählte leise. »... für siebenunddreißig Gäste vorbereiten und im Restaurant servieren lassen. Sind die Zimmer alle bereit?«

Herr Schulze nickte. »Aber natürlich. Wenn die Namen der angekommenen Personen identisch sind mit den angemeldeten, weiß ich sogar, wer welche Suite bewohnen wird.«

»Wunderbar«, meinte Minna. Plötzlich blickte sie wie vom Donner gerührt zu dem Herrn, der sich gerade dem Empfangstresen näherte. Es war ein außergewöhnlich gut aussehender Mann in einem schicken grauen Dreiteiler mit Einstecktuch. Um Himmels willen. Das war ja Willy Frisch, der bekannte Schauspieler! Das letzte Mal hatte sie ihn an ihrem freien Tag in einem Lichtspielhaus gesehen ... auf der Leinwand. Dort hatte er so stürmisch und leidenschaftlich um die Liebe eines bereits mit einem anderen Mann verlobten Fräuleins gebuhlt, dass Minna selbst Herzklopfen bekommen hatte.

»Entschuldigung«, sagte Herr Frisch zum Empfangschef. »Aber gibt es ein Problem?«

Herr Schulze verbeugte sich hektisch. »Nein, nein. Absolut nicht. Wir sind gleich so weit.«

Minna, die sich nicht vom Anblick des berühmten Schauspielers losreißen konnte, fügte erklärend hinzu: »Frau Kuhlmann, die Hoteldirektorin, ist zurzeit in Berlin. Eigentlich hatten wir erst am Montag mit Ihnen gerechnet.«

Herr Frisch verzog sein ebenmäßiges Gesicht zu einem Lächeln. Genauso hatte er damals auch das Fräulein auf der Leinwand angeschaut! »Haben Sie denn den Brief der Produktionsleitung nicht bekommen? Wir haben uns entschieden, ein wenig früher herzukommen, um die Szenen mit der neuen Schauspielerin zu proben … Luise Kuhlmann heißt sie, wenn ich mich nicht irre. Unser Regisseur und die erste weibliche Hauptrolle, Sonja Gerling, kommen aber tatsächlich erst am Montag.«

»Fräulein Luise ist im Hotel. Unser Empfangschef wird Ihnen Ihre Schlüssel übergeben und Ihr Gepäck auf die Zimmer bringen lassen. Anschließend werden wir im Restaurant das Mittagessen servieren«, erwiderte Minna diensteifrig, während sie versuchte, einen Anflug von Neid zu unterdrücken. Sie hatte zwar gewusst, dass Fräulein Luise eine Filmrolle ergattert hatte. Dass sie aber ausgerechnet mit Willy Frisch drehen würde … das war eine kleine Sensation. Gott, wie aufregend würden die nächsten Wochen werden, wenn man ständig Gefahr lief, ihm zufällig irgendwo im Hotel zu begegnen. Hoffentlich schmeckten ihm all die Gerichte, die sie vorgesehen hatte.

»Wundervoll«, meinte Herr Frisch in seinem angenehmen Bariton. Er wollte sich gerade wieder umdrehen, als Minna nicht mehr an sich halten konnte.

»Und was ist Ihr Lieblingsgericht?«, platzte es aus ihr heraus.

Herr Frisch schenkte ihr erneut sein jungenhaftes Lächeln. »Wieso? Weshalb interessiert Sie das?«

»Ich … ich bin die Köchin des Hotels und würde Ihnen gern Ihre Leibspeise auftischen.«

Er zog eine Augenbraue hoch. Auch diese elegante Geste

hatte Minna schon oft in seinen Filmen gesehen. »Ehrlich gesagt, liebe ich ganz besonders Süßspeisen.«

»Ach ja, und welche?« Am liebsten hätte sie sich in den Arm gekniffen, um sich davon zu überzeugen, dass sie nicht träumte, sondern sich tatsächlich höchstpersönlich mit Willy Frisch unterhielt.

»Ich komme aus Schlesien, und dort gibt es so einen saftigen Mohnkuchen mit Streuseln, also der … ist schon besonders lecker.«

»Gleich morgen werde ich Ihnen diesen Kuchen kredenzen. Ich habe da ein sehr gutes Rezept«, versicherte Minna, als sie aus den Augenwinkeln Fräulein Luise herannahen sah.

»Ich freue mich darauf«, sagte Herr Frisch freundlich, dann wanderten seine Augen zur blonden Schwester der Chefin … und dieser Anblick schien ihn geradezu zu überwältigen.

»Herr Frisch!«, säuselte Fräulein Luise. »Herzlich willkommen im Palais Heiligendamm.«

Er neigte sich tief über ihre Hand und deutete einen Kuss an. »Ich kann es kaum erwarten, mit Ihnen vor der Kamera zu stehen. Sternhaus hat nicht übertrieben, Sie sind tatsächlich eine Augenweide.« Mit einem Lächeln ließ er ihre Hand los. »Haben Sie schon das Drehbuch studiert? Vielleicht können wir bereits heute Nachmittag einige der Szenen …«

Sie selbst schien für ihn nicht mehr zu existieren, obwohl sie genau neben ihm stand. Enttäuscht wandte Minna sich ab und ging zurück in die Küche. Auf dem Weg dahin musste sie an Albert denken, der gerade unter Anleitung des Sommeliers den Weinkeller umräumte, und plötzlich kam sie sich ungeheuer töricht vor. Zwar würde sie morgen tatsächlich einen Mohnkuchen backen, doch das größte Stück würde ihr Albert bekommen. Basta!

»Sind Sie ganz sicher?«, fragte der Friseur, den ihr das Hotel Adlon auf ihre telefonische Anfrage als den »besten in Berlin« empfohlen hatte, und biss sich nervös auf die Unterlippe. »Sie haben so wunderschönes Haar, da fällt es mir schwer, die Schere anzusetzen.«

»Bitte schneiden Sie es ab«, sagte Elisabeth kühl, obwohl ihr Herz vor Aufregung pochte. Jetzt war es gleich so weit ... bald würde sie wissen, wie ihr ein Bubikopf stand. Den Entschluss, sich ebenfalls modern einzukleiden und die altmodisch langen Haare abzuschneiden, hatte sie gestern Abend im Auto gefasst. Sie wollte nicht wie ein Heimchen am Herd wirken, wenn Julius ihr sagte, dass er eine andere Frau heiraten würde. Im Gegenteil, sie wollte so schön wie möglich aussehen. Er sollte wissen, dass sie nicht nur Mutter und Geschäftsfrau war, sondern auch eine begehrenswerte Frau.

Je mehr ihrer langen Strähnen auf den Boden fielen, desto nackter und verletzlicher fühlte sie sich. Elisabeth versuchte, sich ihre Unsicherheit nicht anmerken zu lassen. Heute würde sie stark bleiben müssen, besonders bei ihrem Treffen mit Julius. Sie hatte ihn bislang um des lieben Friedens willen nicht auf seine Geliebte angesprochen, obwohl sie es schrecklich gefunden hatte, dass er Julia mit Alex in seinem Bett spielen ließ. Das Wichtigste war allerdings, dass Julia darunter nicht zu leiden schien. Und wenn Alexandra von Hengstenberg jetzt sowieso ihre Stiefmutter wurde, konnte sie wohl nichts dagegen sagen. Außerdem wollte sie auf keinen Fall zu den Zeiten zurückkehren, in denen Julius und sie lediglich geschäftlich miteinander verkehrt hatten.

Schließlich war es vollbracht. Sie hatte einen Bubikopf. Ungläubig starrte sie in den Spiegel und musterte sich von allen Seiten. War das wirklich ihr eigenes Abbild? Es schien zu einer ganz anderen Person zu gehören ... einer Frau, die sich, unabhängig und weltgewandt, nicht um gesellschaftliche Konventionen kümmerte.

»Was für eine Verwandlung, gnädige Frau«, rief der Friseur

begeistert. »Der Schnitt steht Ihnen ganz hervorragend. Er betont Ihre hohen Wangenknochen und die elegante Kinnlinie. Jetzt legen wir noch eine Wasserwelle, und dann kümmert sich meine Kollegin um Ihre Augenbrauen und das Make-up.«

Der Friseur ließ seinen Worten Taten folgen, und Elisabeth konnte im Spiegel zusehen, wie sich ihre kurzen Haare nach und nach in sanften Wellen um ihr Gesicht schmiegten.

Anschließend übernahm wie angekündigt seine Kollegin, die ihr als Erstes die Augenbrauen zu einer dünnen, geschwungenen Linie zupfte. »Wollen Sie für den Tag oder den Abend geschminkt werden?«, erkundigte sie sich, während sie das Ergebnis ihrer Arbeit bewunderte.

»Für den Abend«, erwiderte Elisabeth, obwohl sie zunächst noch einkaufen gehen würde. Aber im Kaufhaus des Westens war das Licht sowieso künstlich, da würde ein wenig Farbe gar nicht auffallen, das hoffte sie zumindest. Umgeben von einer beachtlichen Anzahl von Pinseln und Tiegeln legte das Schminkfräulein los. Sie puderte Elisabeths Gesicht, bis es einheitlich blass war. Danach trug sie mit einer Quaste orange glitzerndes Rouge auf. Mit einem Augenbrauenstift wurde die gerade erst gezupfte Linie zusätzlich geschwärzt. Dann musste Elisabeth die Augen schließen, während ihre Lider angemalt wurden. Als sie sie wieder aufschlug, erschrak sie: Ihre blauen Augen waren in einem dramatischen Dunkelgrau umrahmt, das sie mindestens ebenso verrucht aussehen ließ wie Julius' Geliebte. Nachdem ihre Lippen noch in einem düsteren Rot geschminkt worden waren, erkannte sie sich selbst kaum noch. Die Verwandlung zum mondänen Vamp war perfekt.

Sie zahlte, ließ ein fürstliches Trinkgeld springen und machte sich auf den Weg in die Tauentzienstraße. Es war ein merkwürdiges, aber nicht unangenehmes Gefühl, die Blicke der vorbeigehenden Männer auf sich zu fühlen. Hoffentlich würde Julius ähnlich reagieren.

Großer Gott, sah das vulgär aus! Während Elisabeth sich vor dem Spiegel der Umkleidekabine drehte, flogen die Fransen ihres schwarzen Kleids hoch und gaben einen unzüchtigen Blick auf ihre Knie frei. Wenn ihre Mutter sie so gesehen hätte, wäre sie auf der Stelle enterbt gewesen. »Und in so etwas … geht man jetzt wirklich aus? Auch in ein Restaurant?«, erkundigte sie sich skeptisch.

»Aber selbstverständlich, gnädige Frau. Kleider wie dieses werden uns von den Kundinnen förmlich aus der Hand gerissen«, erwiderte die Verkaufsangestellte, die ihr noch ein glitzerndes Stirnband und eine Federboa reichte.

»Gut, wenn Sie meinen … dann nehme ich das alles«, sagte Elisabeth mit einem unterdrückten Seufzen. Es würde ihr schwerfallen, Julius in diesem Aufzug entspannt gegenüberzutreten. Doch sie musste es versuchen.

Mit einem selbstgemixten Martini in der Hand lehnte Elisabeth haltsuchend an der Bücherwand und wartete auf Julius' Rückkehr. Als sie die Haustür gehen hörte, hätte sie vor Schreck fast die Hälfte ihres Getränks verschüttet, so sehr zitterten ihre Hände. Mit angehaltenem Atem lauschte sie den gemurmelten Worten von Frau Matten, die sie gebeten hatte, Julius zu sagen, dass sie im Wohnzimmer sei. Schließlich hörte sie, wie die Klinke heruntergedrückt wurde, und im nächsten Moment stand Julius im Türrahmen. »Wollen wir …«, setzte er an, doch die restlichen Worte schienen ihm im Hals stecken zu bleiben.

Zutiefst befriedigt über seine offensichtliche Fassungslosigkeit, stellte sie ihren Martini ab und ging auf ihn zu. Die Fransen flatterten um ihre Knie. »Wollen wir … was?«, fragte sie so unbeteiligt wie möglich.

»Elisabeth, bitte sag mir, dass das eine Perücke ist«, murmelte Julius tonlos.

»Natürlich nicht.« Selbstbewusst fuhr sie mit einer Hand über ihre kurze Haarpracht.

»Du hast dir deine wunderschönen Haare abschneiden lassen?« Er streckte die Hand aus, als wollte er sie noch nachträglich davon abhalten.

»Findest du, es steht mir nicht?«, fragte sie mit einem koketten Augenaufschlag. Sie hatte sich lange genug im Spiegel gesehen, um zu wissen, dass sie gut aussah. Ihre Nervosität hing mehr mit Julius zusammen.

Er schluckte. »Doch … doch, es steht dir. Aber deine schönen Haare …«

»Die wachsen ja wieder«, erwiderte sie mit einem überlegenen Lächeln.

»Und dein Gesicht … was hast du nur mit deinem Gesicht gemacht?«

Jetzt würde sie gleich ungehalten werden. Glaubte er ernsthaft, dass nur seine Geliebte das Recht hatte, verrucht und sinnlich auszusehen? Doch sie wollte nicht den letzten Abend verderben, den sie mit ihm allein verbringen würde. Deshalb sagte sie: »Ich dachte, du wolltest mit mir tanzen gehen, und da passt mein neues Kleid doch ganz gut.«

Minutenlang starrte Julius sie an, ohne auch nur ein weiteres Wort zu sagen. Plötzlich meinte er: »Vielleicht sollten wir lieber hierbleiben.«

Ihr überlegenes Lächeln fiel in sich zusammen. »Wieso?«

»Weil ich dann ganz allein das Vergnügen habe, dich anzusehen.«

Manchmal sagte er Dinge, die sie verwirrten. Was sollte dieser Satz jetzt zum Beispiel bedeuten, wenn er doch erst gestern mit Fräulein von Hengstenberg geflirtet hatte?

»Oder möchtest du lieber ausgehen?« Seine Stimme war wie aus Samt.

Sie nickte. »Ich dachte, dass wäre der Plan für heute Abend.«

»Gut. Dann gib mir bitte eine Viertelstunde, um mich frisch zu machen.«

Sie speisten in einem noblen Restaurant in der Friedrichstraße. Julius saß ihr im Smoking gegenüber und sah genauso anbetungswürdig aus wie gestern. Es fiel ihr schwer, ihre Augen von ihm abzuwenden. Aber das war glücklicherweise auch nicht nötig, denn während sie sich Austern und Champagner munden ließen, erzählte er von seiner Arbeit. Elisabeth ließ ihn wissen, dass ein Teil des Filmteams bereits im Palais eingetroffen war.

»Lass dir von dieser Meute ja nicht auf der Nase herumtanzen«, warnte er. »Sonst machen die jeden Abend eine Riesensause.«

Elisabeth winkte ab. Mit Sternhaus würde sie schon fertigwerden. »Wirst du während der Dreharbeiten auch vor Ort sein?«

»Ich weiß noch nicht, das hängt von einigen Terminen ab.« Nachdenklich blickte er ihr ins Gesicht.

Oje, als Nächstes würde er ihr bestimmt von seiner Hochzeit erzählen. Aber irgendwann mussten sie es hinter sich bringen. Am besten erleichterte sie ihm den Einstieg in das Thema. »Welche Termine? Beabsichtigst du, Fräulein von Hengstenberg in den nächsten Wochen zu heiraten?«

Seine Hand, die gerade das Champagnerglas zum Mund führte, verharrte auf halbem Weg. »Was?«

»Bitte lass uns offen sprechen, Julius. Ich vermute schon länger, dass ihr euch nahesteht.«

Plötzlich verwandelte sich sein verdutzter Gesichtsausdruck in ein ungläubiges Lächeln. »Du denkst, dass ich Alexandra heiraten will?«

»Ja, das denke ich.«

»Aber Elisabeth. Niemals. Ich kümmere mich lediglich um sie, weil sie Schauspielerin werden will, und sie …« Er blickte ihr ins Gesicht. »Du weißt, dass sie in einem der Waisenhäuser groß geworden ist, die ich unterstütze? Aber ich habe keine Beziehung mit ihr, und schon gar nicht will ich sie heiraten.«

Seine Worte klangen so ehrlich, und trotzdem war sie sich sicher, dass er sie anschwindelte. Julia würde wohl kaum mit Alexandra von Hengstenberg in seinem Bett spielen, wenn die nicht seine Geliebte wäre. »Worüber wolltest du dann mit mir sprechen?«

»Über uns.« Julius blickte sie liebevoll an. »Ich möchte einen neuen Anfang mir dir.«

Nichts von dem, was er sagte, ergab irgendeinen Sinn. Trotzdem legte Elisabeth mutig ihre Hand auf seine. »Das will ich auch. Und ich ... möchte diese Nacht in deinen Armen verbringen.«

Jetzt schien er *ihren* Worten kaum Glauben schenken zu können. »Bist du sicher?«

Elisabeth nickte. Sie wusste nicht, ob es das neue Kleid, die neue Frisur oder der Champagner war, der ihr das Selbstvertrauen verlieh. Aber sie war sich hundertprozentig sicher, dass sie keine Zeit mehr verschwenden wollte. Sie war eine erwachsene Frau und er der einzige Mann, den sie jemals begehrt hatte. Warum sollte sie sich einsam und allein in ihrem Bett nach ihm verzehren, wenn er einen Neuanfang mit ihr wollte? Und es war ihr in diesem Moment vollkommen egal, was er darunter verstand und ob es eine Parallelbeziehung mit seiner Geliebten einschloss. Sie wollte ihn jetzt. Mit Haut und Haaren.

»Dann lass uns gehen.« Im Aufstehen warf er ein Bündel Scheine auf den Tisch, griff nach ihrer Hand und zerrte sie so hastig hinter sich her, als wäre ihnen der Teufel höchstpersönlich auf den Fersen.

Paul stand in einer Ecke des Foyers und beobachtete das wilde Treiben der Filmleute. Es war interessant zu sehen, wie oft die einzelnen Filmsequenzen wiederholt wurden. Jedes winzige Detail musste perfekt sein, sonst tobte der bullige Regisseur. Vorhin hatte Sternhaus sogar mit einer hölzernen Filmklappe nach einem der Beleuchter geworfen. Nur die Schauspieler behandelte er einigermaßen anständig. Und an Luise schien er geradezu einen Narren gefressen zu haben. Geduldig erklärte er ihr den Ablauf jeder Szene, in der sie vorkam, und lobte sie selbst dann, wenn sie einen Fehler machte und alles noch einmal gedreht werden musste.

Elisabeths Anruf, dass er nach Bad Doberan fahren und im Hotel nach dem Rechten sehen solle, war unerwartet gewesen, aber nicht unwillkommen. Vorletzte Woche war Emil endgültig sein Geliebter geworden. Und seitdem bestürmte er ihn fast jeden Tag, dass sie sich erneut in der Scheune treffen sollten. Doch das war ihm einfach zu viel. Helene schien misstrauisch zu werden und hatte ihn gefragt, weshalb er so oft mit Emil spreche, anstatt sich seinen familiären Aufgaben zu widmen. Außerdem war der Liebesakt als solcher eher funktionell und fantasielos gewesen. Wie sehr er sich nach einem Liebhaber wie Robert sehnte. Nach jemandem, der nicht nur seinen Körper, sondern auch seine Seele berührte.

Warum seine Schwester ihren Berlin-Aufenthalt überhaupt verlängert hatte, wusste er nicht. Sie hatte vage etwas von Einkäufen angedeutet, doch das nahm er ihr nicht ab. Ob sie etwas mit Mutter und Johanna unternahm? Manchmal befürchtete er, dass Elisabeth – machthungrig und umtriebig, wie sie war – versuchen könnte, den beiden ihre Anteile am Palais abzuluchsen. Auf diese Weise könnte sie ihre eigene Teilhabe am Hotel vergrößern und ihn dadurch besser unter Druck setzen, das zu tun, was sie von ihm verlangte. Zum Beispiel könnte sie mit den zusätzlichen Stimmen entscheiden, ihm keine monatlichen Zahlungen mehr zukommen zu lassen, was einer Tragödie gleichkäme. Momentan gehörte eine Hälfte des Hotels Julius Falkenhayn und die andere Hälfte, je zu einem Sechstel, Mutter, Luise, Johanna, Elisabeth, Friedrich und ihm. Und das sollte besser auch so bleiben.

In diesem Moment kam Luise auf ihn zugeeilt. »Und? Wie findest du mich?«

»Großartig«, antwortete er lächelnd. »Sehr kapriziös und flatterhaft.« Das war als Kompliment gemeint, denn seine

Schwester spielte in *Nur mit Dir allein* die bezaubernde, aber oberflächliche Freundin eines Mannes, der sich während eines Hotelaufenthalts in die ältere, selbstmordgefährdete Opernsängerin im Nebenzimmer verliebte.

»Danke. Du bist ein Schatz«, flötete Luise und drückte ihm einen Kuss auf die Wange. »Leider muss ich wieder los. Willy möchte noch etwas mit mir besprechen.«

Wohlwollend sah Paul seiner Schwester nach. Diese Arbeit schien ihr gutzutun. Sie sah noch schöner aus als sonst. Oder lag es daran, dass der dandyhafte Willy Frisch ihr so offensichtlich den Hof machte? Die zwei steckten dauernd die Köpfe zusammen.

»Haben Sie Feuer?«, fragte plötzlich eine rauchige Frauenstimme hinter ihm. Als er sich umdrehte, stand er Sonja Gerling gegenüber, die die Rolle der Opernsängerin spielte. Bei der richtigen Beleuchtung sah sie noch immer atemberaubend schön aus, aber jetzt im Tageslicht merkte man, dass ihre besten Jahre bereits hinter ihr lagen.

»Selbstverständlich«, erwiderte Paul und zog sein Feuerzeug aus der Anzugjacke hervor. Als er ihre Zigarette anzündete, die in einer langen silbernen Spitze steckte, legte sie ihm vertraulich die Hand auf den Arm. Ihre rot lackierten Fingernägel erinnerten an die Klauen eines Raubtiers.

»Und Sie sind der Besitzer des Hotels?«, erkundigte sich die Schauspielerin mit einem gekonnten Augenaufschlag.

»Teilbesitzer«, korrigierte er.

»Soso. Jedenfalls sind Sie mit der da …« Sie zeigte mit einer verächtlichen Geste auf Luise. »… verwandt.«

»Ich bin ihr Bruder«, antwortete Paul, verwundert über die schlechten Manieren der Diva.

»Dann sollten Sie die Kleine warnen. Das Filmgeschäft ist nichts für naive Schönheiten wie sie. Solche arglosen Fräuleins werden von Sternhaus und Konsorten zum Frühstück verspeist. Als Schauspielerin muss man ein dickes Fell haben, sonst kommt man schnell unter die Räder.« Sie blickte ihn mit dem trauerumflorten Blick an, der das Markenzeichen ihrer derzeitigen Rolle war. »Und von meinem Willy hält sie sich ebenfalls besser fern! Ansonsten werde ich ein ernstes Wort mit dem Produzenten reden. Wenn eine von uns beiden ersetzt werden muss, bin das bestimmt nicht ich!« Mit diesen gehässigen Worten rauschte sie davon.

Fassungslos sah Paul ihr hinterher. *Ihr* Willy? Frau Gerling war bestimmt zehn Jahre älter als Herr Frisch. Aber er würde Luise trotzdem warnen. Mit dieser Furie legte sie sich besser nicht an.

Zärtlich schmiegte sich Elisabeth in Julius' Arme. Es war vier Uhr morgens, und er war gerade erst eingeschlafen. Die letzte Woche war zweifellos die schönste ihres Lebens gewesen. Sie hatte all ihr Pflichtgefühl in den Wind geschlagen und die kostbare Zeit mit Julius genossen. Gemeinsam hatten sie lange Spaziergänge gemacht, Restaurants besucht und in verschiedenen Lokalen getanzt. Meistens waren sie jedoch im Bett geblieben, wo sie sich leidenschaftlich und ausdauernd geliebt hatten. Es war das Paradies auf Erden gewesen. Selbst wenn sie sich nicht ausmalen mochte, was Julius' Dienstboten gerade von ihr dachten. Und sie sich zwischendurch immer mal wieder fragte, ob Paul in ihrer Abwesenheit die Hotelleitung unter Kontrolle hatte.

Sie liebte Julius mehr als je zuvor. Er war der Mann, an dessen Seite sie ihr restliches Leben verbringen wollte. Und auch Julius hatte ihr immer wieder versichert, dass sie seine einzig wahre Liebe sei. Aber konnte sie seinen Beteuerungen Glauben schenken? Was war mit Fräulein von Hengstenberg?

Nach dem ersten Abend hatte sie bis gestern keine Rolle mehr gespielt. Erleichtert hatte Elisabeth festgestellt, dass es keine Anrufe von ihr gab und sie auch nicht anderweitig in Erscheinung trat. Doch am gestrigen Nachmittag hatte sie zufällig ein geflüstertes Gespräch zwischen Frau Matten und Lina, dem Stubenmädchen, mitbekommen.

»Ich weiß nicht, was ich machen soll, Frau Matten. Sie sitzt seit einer Stunde im Garten und will unbedingt zu ihm«, hatte das Stubenmädchen gejammert.

»Aber das geht jetzt nicht! Lass sie bloß nicht rein! Du hast doch seine Anweisungen gehört.«

Vor Schreck hatte Elisabeth ein ganz hohles Gefühl im Bauch bekommen und sich nicht getraut, selbst einen Blick in den Garten zu werfen. Sie wollte nicht riskieren, dass ihre Nebenbuhlerin sie im Haus entdeckte und einen Eifersuchtsanfall bekam. Trotzdem schockierte es sie, dass Alexandra von Hengstenberg im Garten lauerte, weil sie zu Julius wollte. Denn wer sollte »sie« sonst sein? Und weshalb hatte er Anweisung gegeben, die junge Dame nicht hereinzulassen? Das war doch an Grausamkeit nicht zu überbieten. Wie konnte er zu ihr von Liebe sprechen, wenn er noch in einer anderen Beziehung steckte? Seine Moralvorstellungen schienen ebenso locker geworden zu sein wie die des Gewerbes, in dem er arbeitete. Eigentlich hatte sie ihn darauf ansprechen wollen, doch als er wenig später mit einem sinnlichen Lächeln zu ihr ins Schlafzimmer gekommen war, hatte sie es nicht übers Herz gebracht, ihren vorletzten Abend durch einen Streit zu verderben.

Morgen früh würde sie nach Bad Doberan zurückfahren. Ohne Julius. Obwohl er sie gebeten hatte zu bleiben. Aber die ungewohnte Nähe machte ihr auch Angst. Hatte sie nicht genug gelitten, als er sie damals kurz nach Kriegsende verlassen hatte? Was, wenn er irgendwann wieder genug von ihr hatte und zu Fräulein von Hengstenberg zurückkehrte? Noch einmal würde sie das nicht überleben. Besonders dann nicht, wenn sie – wie Julius vorgeschlagen hatte – ihr geliebtes Palais aufgab und mit Julia zu ihm nach Berlin zog. Würde sie sich auf diese Weise nicht viel zu abhängig von ihm machen? Und was sollte dann aus dem Hotel werden? Wahrscheinlich war es besser so, wie es war … einige leidenschaftliche Tage, und dann ging jeder seiner eigenen Wege. Oder? Müde und verwirrt schloss sie die Augen und atmete den frischen männlichen Duft seiner Haut ein.

Die Dreharbeiten zogen sich hin. Inzwischen war es bereits Anfang Juli. Aber wie sollte der Film auch fertig werden, wenn es jeden Abend eine ausgelassene Feier in der Hotelbar gab? Einer der Filmleute setzte sich ans Klavier, und dann wurde bis in die frühen Morgenstunden geschwoft und geflirtet. Sogar in den Gesindekammern unterm Dach konnte man den Radau hören, und das arme Personal musste unentwegt Wein und Häppchen heranschleppen. Fräulein Luise war immer mit von der Partie. Sie schäkerte und lachte, während sie sowohl von Herrn Frisch als auch von dem hässlichen Regisseur angeschmachtet wurde. Wenn ihre arme Mutter das mitbekommen hätte, hätte sie umgehend einen Herzanfall erlitten. Aber Minna war das inzwischen egal. Sie war fertig mit dem feinen Herrn Schauspieler, der ihren guten Mohnkuchen restlos aufgefuttert hatte, dem sie aber trotzdem kein Wort des Dankes wert gewesen war. Ehrlich gesagt, konnte sie es gar nicht mehr abwarten, bis der Film fertig gedreht und der ganze Spuk vorbei war.

Merkwürdigerweise teilte Albert ihre Abneigung gegen die feierwütigen Gäste nicht. Im Gegenteil. »Wenn ein Mann tagsüber hart arbeitet, muss er sich abends auch ein wenig erholen dürfen«, meinte er lapidar, wenn sie sich über den Lärm beschwerte. Doch was war dann mit ihr und ihrer Erholung? Arbeitete sie etwa weniger hart als diese Kamera- und Schauspielfritzen?

Auch Fräulein Kuhlmann schien sich nicht an dem Spektakel zu stören. Sie wirkte seit ihrem längeren Aufenthalt in Berlin vollkommen verändert, und damit meinte Minna nicht nur den frivolen Kurzhaarschnitt. Ihre Chefin war ungewohnt nachdenklich und in sich gekehrt. Selbst als Puschel, den Julia vom

Gutshof ins Hotel hatte mitnehmen dürfen, eklige Haarknäuel in der Stube auswürgte, regte sie sich nicht auf. Ob sich Julias Eltern wieder angenähert hatten? Jedenfalls kam Herr Falkenhayn seither jedes Wochenende nach Bad Doberan und hatte zudem angekündigt, dass er zukünftig auch seine Besprechungen mit Generaldirektor Mittenbach im Palais abhalten werde, damit er die Abende mit Julia und Fräulein Kuhlmann verbringen könne.

Bereits eine Woche später tagten die Herren im kleinen Pavillon des Hotelgartens, neben dem Albert gerade neue Blumenbeete anlegte. Als er Minna beim Abendessen fragte, mit wem Herr Falkenhayn da stundenlang zusammenhocke, klärte sie ihn auf.

»Also arbeitet dieser Kerl nur zum Spaß als Filmproduzent?«, rief Albert und knallte seine Gabel, mit der er gerade einen Bissen von Minnas Kohlrouladen aufgespießt hatte, auf den Teller. »In Wirklichkeit gehört ihm ein ganzer Konzern?«

»Den hat er halt von seinem Vater geerbt«, erklärte Minna beschwichtigend. Sie wollte nicht, dass die anderen Angestellten ihren Streit mitbekamen. Schließlich saßen sie bei offener Tür im Personalraum.

»Minna, verstehst du nicht? Er hätte seine Arbeiter am Besitz des Konzerns beteiligen müssen, als er ihn geerbt hat. Doch das hat er nicht getan. Deshalb ist er ein genauso elender Kapitalist wie all die anderen Ausbeuter.«

Plötzlich bekam Minna es mit der Angst zu tun. Albert, der sich regelmäßig mit den Kommunisten im Ort traf, war in den letzten Wochen, nachdem weitere Genossen verprügelt worden waren, ohne dass die Polizei eingeschritten wäre, immer radikaler in seinen Ansichten geworden. Erst neulich hatte er ihr erklärt, dass sie sich irgendwann mit Gewalt gegen diese Unterdrückung wehren müssten.

»Glaub mir, Herr Falkenhayn ist ein guter Mensch«, versicherte sie ihm. »Er steht nicht auf der Seite der Rechtsnationalen.«

»Woher willst ausgerechnet du das wissen, du hast doch nur auf sein uneheliches Balg aufgepasst.«

»Sprich bitte nicht so von Julia. Außerdem weiß ich das genau. Ich habe nämlich mit eigenen Ohren gehört, wie er Generaldirektor Mittenbach hart angegangen ist, als der ihm erklären wollte, wie sie die Inflation für sich nutzen könnten. Und außerdem …« Sie senkte ihre Stimme, weil im Gang gerade zwei Stubenmädchen vorbeigingen. »… hat er Herrn Mittenbach verboten, sich an der illegalen Aufrüstung des deutschen Heeres zu beteiligen. Ich glaube, seine genauen Worte waren, dass sich der Konzern seines Vaters niemals an so einem kriegstreiberischen Vorhaben beteiligen würde.«

»Dann ist also dieser Mittenbach das wahre Kapitalistenschwein?« Plötzlich trat ein fanatischer Glanz in Alberts Augen. »Was wäre … wenn wir die Welt um einen dieser Kriegstreiber ärmer machen würden?«

»Du meinst doch nicht etwa …«, stammelte Minna erschrocken.

»Doch, genau das meine ich. Es wäre eine gute Tat. Und es würde die Menschen aufrütteln, wenn …«

»Bist du wahnsinnig?«, flüsterte sie. »Du willst zum Mörder werden?«

»Manchmal muss man eben das Gesetz brechen, um eine Revolution in Gang zu setzen«, erwiderte Albert ungerührt.

Fieberhaft dachte sie darüber nach, wie sie ihn von diesem Plan abbringen könnte. »Wenn sie dich kriegen, wirst du garantiert zum Tode verurteilt.«

»Sie werden mich aber nicht kriegen.«

»Und wenn doch?«, murmelte sie.

Er blickte ihr fest in die Augen. »Schau, Minna, ich liebe dich. Aber manche Ziele sind es wert, dass man dafür sein Leben riskiert. Siehst du das denn nicht ein?«

Es war das erste Mal, dass er von Liebe sprach. Sie hatten sich zwar öfter geküsst, aber mehr auch nicht. Warum musste er ihr ausgerechnet unter diesen Umständen seine Liebe gestehen?

Wie sollte sie ihn jetzt von seinen Plänen abbringen, ohne ihn zu verlieren? Aber irgendwie musste sie es schaffen. Sanft fuhr sie mit dem Zeigefinger über seine stoppelige Wange. »Sicher, aber solche Pläne müssen gut überlegt sein. Das kann man nicht spontan entscheiden.«

»Aber morgen fährt er doch wieder nach Berlin«, gab Albert zu bedenken.

Ihr lief ein Schauer über den Rücken. Er wollte Generaldirektor Mittenbach in Bad Doberan umbringen? Im Hotel? War er vollkommen verrückt geworden? Dennoch, sie musste behutsam vorgehen. »Er kommt ja jetzt regelmäßig her. Uns wird schon etwas einfallen, aber nun essen wir erst mal zu Ende, und dann machen wir einen romantischen Spaziergang. Einverstanden?«

Albert nahm seine Gabel wieder in die Hand und grinste. »Einverstanden.«

# 7. Kapitel

*Gut Bellhagen, Dezember 1924*

»Paul, pass bitte auf Sophie auf, während ich die beiden Buben in den Wagen verfrachte«, sagte Helene hektisch. Seit Wochen hatte sie die Schränke der Familie aussortiert, zu klein gewordene Kleidung weggegeben und den Rest in Truhen gepackt. Heute war ihr Umzugstag. Ab morgen würden sie endlich wieder im Palais wohnen. Natürlich war Luises Film längst abgedreht und das Hotel nach der inflationsbedingten Schließung wiedereröffnet worden, aber Elisabeth hatte darauf bestanden, dass Paul noch so lange auf Gut Bellhagen blieb, bis der neue Verwalter eingearbeitet war. Als ob er diesem fähigen Gerhard Maus irgendetwas hätte beibringen können! Wahrscheinlich wollte sie ihn schlichtweg nicht in Bad Doberan haben, denn der Hotelbetrieb lief offenbar sehr schleppend an. Seit der Eröffnung im Sommer waren trotz der wirtschaftlichen Erholung des Landes hauptsächlich ehemalige Stammgäste gekommen. Aber Elisabeth glaubte fest daran, dass es nach der Filmpremiere von *Nur mit Dir allein* aufwärtsgehen würde. Sie setzte alle Hebel in Bewegung, damit die Premierenfeier im Hotel stattfinden konnte. Hoffentlich wird diese Hoffnung nicht enttäuscht, dachte Paul und lächelte seiner dreijährigen Tochter zu.

»Sicher, lass sie einfach hier«, antwortete er. In Bad Doberan würde er versuchen, wieder ein besserer Vater zu sein und Helene das Leben einfacher zu machen.

In den letzten Monaten war er leider geistig und körperlich ziemlich abwesend gewesen. Emil hatte viel von seiner Zeit beansprucht. Zwar hatten sie sich nur dreimal in der Woche zum

Beischlaf getroffen, aber die Beziehung hatte ihn trotzdem sehr beschäftigt. Warum konnte Emil nicht das sein, was Robert ihm gewesen war? Paul hatte sich solche Mühe gegeben, dem Knecht etwas Kultur zu vermitteln. Er hatte ihm aus Büchern vorgelesen und sogar ein altes Grammophon für die Unterkunft der Landarbeiter gekauft, damit sie Mozart und Brahms hören konnten. Aber nichts hatte gefruchtet. Sein Geliebter blieb ein primitiver, grober Stoffel, und letztlich war ihm klar geworden, dass er sich etwas vorgemacht hatte. Er liebte Emil einfach nicht.

Deshalb hatte er gestern einen Abschiedsbrief an ihn geschrieben, den er ihm kurz vor der Abreise zustecken wollte. Er wusste selbst, dass das eine feige Art war, seinen Geliebten loszuwerden. Aber er hatte sich nicht getraut, Emil die Wahrheit ins Gesicht zu sagen, als der Pläne geschmiedet hatte, wie und wo sie sich auch weiterhin sehen könnten. Zudem war der Knecht mit der Zeit immer nachlässiger in Bezug auf die notwendigen Sicherheitsvorkehrungen geworden. Neulich waren sie deshalb bei ihrem Schäferstündchen fast überrascht worden.

Und es gab noch einen Grund, weshalb sich Paul nicht mehr mit Emil treffen wollte: Er hatte plötzlich wieder Angst, dass jemand seine wahren Neigungen entdecken könnte. Seit Anfang Dezember wurde in den Zeitungen über den Prozess gegen Fritz Haarmann in Hannover berichtet, und das hatte die öffentliche Meinung noch weiter gegen Homosexuelle aufgebracht. Haarmann, der vor seiner Verhaftung als verdeckter Polizeispitzel in Schwulenkreisen verkehrt hatte, war der grausamen Ermordung von siebenundzwanzig jungen Knaben überführt worden. Er hatte die verzweifelte Situation der oftmals elternlosen Opfer ausgenutzt und ihnen gegen sexuelle Gefälligkeiten Unterschlupf angeboten, bevor er sie tötete. Seitdem war es überall in Deutschland zu Übergriffen gegen unschuldige schwule Männer gekommen. Auch deshalb war es definitiv besser, wenn er für eine Weile enthaltsam lebte.

Ein paar Tage später hatten sich Pauls Schamgefühle über das schäbige Ende seiner Beziehung zu Emil gelegt, und er war wieder ganz in Bad Doberan angekommen. Obwohl es momentan tatsächlich kaum mehr als zwei Dutzend Gäste gab, hatte Elisabeth ihm in Aussicht gestellt, für die Sommersaison ein kleines Kulturprogramm aufzulegen. Offenbar hatte sie mit dem Geschäftsführer des Grand Hotels gesprochen und entschieden, dass sich die wirtschaftliche Lage genug erholt hatte, um diesen Aufwand zu rechtfertigen. Endlich würden seine Dienste im Palais wieder gebraucht werden! Das machte ihn so glücklich, dass er sich heute Morgen im Foyer sogar auf ein kleines Schwätzchen mit zwei älteren Damen eingelassen hatte, obwohl er sonst gar kein Talent für Plaudereien mit Gästen hatte. Trotzdem hatte er geduldig all ihren langweiligen Familiengeschichten gelauscht. Hoffentlich merkte nun auch Elisabeth, dass wieder mit ihm zu rechnen war.

Am Nachmittag saß er mit seiner Schwester im Büro und blätterte den Kulturteil der *Berliner Zeitung* durch, um sich inspirieren zu lassen. Vielleicht würde er sogar eine kleine Varieté-Darbietung auf die Beine stellen können. Mit Jongleuren und exotischen Tänzern und …

»Paul?«, sagte Elisabeth in diesem Moment überrascht.

»Ja?«

»Ich sehe gerade die Post durch, und da ist ein seltsamer Brief für dich dabei.« Sie wedelte mit einem länglichen Umschlag. »Es steht gar kein Absender drauf. Weißt du, was es damit auf sich hat?«

»Keine Ahnung.« Noch während er nach dem Brief griff, erkannte er die ungelenke Handschrift, in der ›Kulmann‹ statt ›Kuhlmann‹ auf dem Kuvert geschrieben stand. O Gott, Emil!

Obwohl es wahrscheinlich klüger gewesen wäre, das Schreiben in einer intimeren Umgebung zu lesen, konnte er sich nicht beherrschen und riss den Umschlag sofort auf.

Beim Lesen der wenigen Zeilen wurde ihm schlecht. Es war ein Erpresserbrief der übelsten Sorte. Emil drohte darin, Pauls schwule Neigungen publik zu machen, wenn er nicht sofort einen Betrag von zwanzigtausend Rentenmark *ausspukte*. Das Schreiben war genauso krude wie sein Verfasser, und Paul zweifelte keine Sekunde daran, dass es ernst gemeint war. Doch wie sollte er an die geforderte Geldsumme herankommen? Sein Konto war leer. Alles, was ihm Elisabeth monatlich überwies, wurde sofort aufgebraucht. Und wenn er Julius wegen einer solch hohen Summe anging, würde der bestimmt wissen wollen, wofür Paul das Geld benötigte. Dann müsste er zugeben, dass er von seinem ehemaligen Liebhaber erpresst wurde. Was für eine Schande! Und das gerade jetzt, wo er wieder Fuß fassen wollte. Außerdem gab es keinerlei Garantie, dass sich Emil mit einer einmaligen Zahlung zufriedengeben würde.

»Ist alles in Ordnung, Paul?«, erkundigte sich Elisabeth.

»Sicher«, stammelte er. »Alles in bester Ordnung.«

»Du bist plötzlich ganz blass. Hast du etwas Unerfreuliches erfahren?«

Er rang sich ein Lächeln ab. »Nein, es ist nur ein Werbeschreiben.«

»Was es nicht alles gibt«, meinte seine Schwester und wandte sich wieder ihrer eigenen Post zu.

Paul war froh, dass sie seine fadenscheinige Ausrede nicht infrage stellte. Doch was sollte er jetzt tun? Drohte Emil ihm mit Enthüllung, weil er über seinen Abschiedsbrief verletzt war? Würde ein klärendes Gespräch etwas ändern? Oder wartete er besser ab? Schließlich konnte sein Ex-Geliebter ihn nicht an die Polizei ausliefern, ohne seine eigene Homosexualität preiszugeben. Doch das war nur ein geringer Trost, denn so oder so steckte er in einem existenzbedrohenden Schlamassel.

Durch das angelehnte Fenster drang das abendliche Konzert der Amseln ins Kinderzimmer. Es war schön, nach der winterlichen Stille wieder Vogelstimmen zu hören, selbst wenn die

Temperaturen immer noch zu wünschen übrig ließen. Am heutigen Ostersonntag hatte Julia – im Wintermantel und mit einer von Julius gezeichneten ›Schatzkarte‹ ausgestattet – mehrere Stunden im Hotelpark nach Eiern und anderen Leckereien gestöbert. Die aufregende Suche hatte sowohl Julius als auch ihrer Tochter eine diebische Freude bereitet. Kein Wunder also, dass die Kleine, völlig ermattet, ganz ohne zu murren ins Bett gegangen war. »Und wenn du brav bist, Puschel, darfst du mit Papa und mir nach Berlin fahren und auch mal mit Alex spielen«, versprach sie leise gähnend dem Kater, der auf ihrer Bettdecke thronte.

Elisabeth, die im Türrahmen gestanden hatte, um ihrer Tochter einen Gutenachtkuss zu geben, bevor sie das Licht löschte, zuckte unwillkürlich zusammen. Julia sehnte sich nach einer Spielstunde mit Fräulein von Hengstenberg? Hatte sie deshalb so merkwürdig reagiert, als Julius sie neulich öffentlich umarmt hatte? Wie ein kleiner Kugelblitz war sie angeschossen gekommen und hatte sich zwischen ihre Eltern gedrängt. Julius war mit einem amüsierten Lächeln darüber hinweggegangen. Doch ihr selbst hatte dieser Eifersuchtsanfall wehgetan. Eigentlich hatte sie geglaubt, endlich ein gutes Verhältnis zu Julia zu haben. Und dann das! Aber es war sicherlich falsch, ihr Kind nach seinen Gefühlen für die Frau zu fragen, die wahrscheinlich die Geliebte ihres Vaters war. Eher müsste sie mit Julius darüber sprechen. Doch selbst das fiel ihr schwer, weil momentan alles so perfekt zwischen ihnen schien. Sie wollte nicht mit einer unpassenden Äußerung ihr neu gewonnenes Glück gefährden.

Natürlich wusste sie nicht, was Julius trieb, wenn er in Berlin war. Aber an den Wochenenden hätte sie sich keinen liebevolleren Mann wünschen können. Er war genau wie früher: Tagsüber unterstützte er sie bei der Arbeit im Hotel. Aber abends, wenn Julia und Luise zu Bett gegangen waren, schlich er zu ihr ins Schlafzimmer. Elisabeth liebte ihn mit jeder Faser ihres Herzens, und sie hatte das Gefühl, auch ihm wichtig zu sein. Immer öfter sprach er von seinem Wunsch, dass sie zu ihm nach Berlin zog. Doch von einer Heirat war nie die Rede. Weshalb?

Dabei hätte es in den letzten Wochen und Monaten mehr als eine gute Gelegenheit für einen Antrag gegeben. Kurz nach Weihnachten hatte ihre Mutter in einer gefühlvollen Zeremonie Herrn von Schaper geheiratet. Die ganze Familie Kuhlmann war zu diesem freudigen Ereignis nach Bad Doberan gereist. Paul hatte ihre in ein dezent silberfarbenes Kleid gehüllte Mutter zum Altar geführt, und die Enkelinnen Julia und Sophie hatten trotz der Kälte Blümchen auf den Vorplatz des Münsters gestreut. Ihren beiden Schwestern waren vor Rührung die Tränen gekommen, und beim anschließenden Festmahl hatte sie neben Julius gesessen, der unter dem Tisch zärtlich ihre Hand gehalten hatte.

Sie hatten auch Silvester gemeinsam gefeiert. Ausnahmsweise hatten sich ausreichend Gäste angesagt, um im kleinen Bankettsaal einen Ball, oder besser gesagt, ein Bällchen auszurichten. Julia hatte zum ersten Mal bis Mitternacht aufbleiben und das Feuerwerk bestaunen dürfen. Kurz danach war sie auf Julius' Arm eingeschlafen und von ihnen gemeinsam in ihr Zimmer gebracht worden. Im dunklen, verlassenen Korridor ihrer Wohnung hatten sie anschließend eng umschlungen zu den Orchesterklängen getanzt, die bis zu ihnen heraufgeweht waren. Es war ein magischer Moment gewesen. Doch selbst den hatte er nicht für einen Heiratsantrag genutzt. Wollte er sich nicht offen zu ihr bekennen?

In den folgenden Monaten war Julius mehrfach mit Generaldirektor Mittenbach angereist und manchmal tagelang in Bad Doberan geblieben. Auch in dieser Zeit hatte es einige sehr erinnerungswürdige Nächte gegeben. Was ging nur hinter seiner Stirn vor? Wollte er seinen Junggesellenstatus nicht aufgeben? Sie konnte nicht in sein Inneres sehen und wusste deshalb nicht, was ihn dazu bewegte, ihre Beziehung in der Schwebe zu halten.

»Mama?« Julias zartes Stimmchen drang an ihr Ohr.

Mit einem schlechten Gewissen trat Elisabeth an das Bett

ihrer Tochter, um ihr einen verspäteten Gutenachtkuss zu geben: »Schlaf schön, mein Schatz.«

»Danke, Mama. Darf Puschel heute auf meiner Bettdecke schlafen?«

»Natürlich. Das kleine Ungeheuer muss doch deine Träume bewachen«, erwiderte Elisabeth ernst. Während sie das Licht löschte, hörte sie Julia leise kichern.

Als Elisabeth auf den Korridor trat, schalt sie sich selbst egoistisch. Eigentlich sollte sie dankbar und glücklich sein. Im Grunde ging es allen Kuhlmanns erstaunlich gut: Ihre Mutter erlebte an der Seite ihres neuen Ehemanns einen zweiten Frühling. Friedrichs Leben war mit der interessanten Arbeit an der Charité ausgefüllt, die er erfreulicherweise mit seiner Ehefrau teilen konnte. Johanna, durch ihr häusliches Glück etwas fülliger geworden, schien vollkommen in ihrer Rolle als Mutter und Ehefrau aufzugehen. Und Luise konnte an nichts anderes als an die Premiere denken und daran, ob der Film tatsächlich der Startschuss für ihre Karriere als Schauspielerin sein würde. Nur Pauls Leben schien nach wie vor ein wenig aus dem Lot zu sein. Er wirkte blass und unglücklich. Aber hoffentlich würde sich das geben, wenn er erst wieder seiner Arbeit als Kulturdirektor nachgehen konnte. Immerhin hatte er mit der Silvesterfeier, deren Organisation sie ihm übertragen hatte, gute Arbeit geleistet. Das war ein vielversprechender Auftakt, und darüber hinaus hatten sie mit Julius' Hilfe einen wundervollen Plan für das Palais ausgeheckt: In wenigen Tagen, am 30. April, würde im Hotel die Uraufführung von Luises Film stattfinden und hoffentlich bei den oberen Zehntausend Deutschlands den Wunsch wecken, ihre Ferien im Palais Heiligendamm zu verbringen. Und in Bezug auf Julius … warum konnte sie nicht einfach die schönen Stunden genießen, die sie miteinander verbrachten? Alles andere war Zukunftsmusik und hatte sie in diesem Moment nicht zu interessieren.

Morgen fand die Premierenfeier von *Nur mit dir allein* statt, und das Hotel war bereits zum Bersten voll mit Schauspielern, Pressevertretern und Honoratioren. Seine Schwester, an deren kurzen Bubikopf er sich immer noch nicht gewöhnt hatte, schien überall gleichzeitig sein zu wollen. Sie begrüßte ankommende Gäste und überwachte den Aufbau des Abspielgeräts, die Bestuhlung des Bankettsaals und die Vorbereitungen für den anschließenden Ball. Er selbst hatte in den vergangenen Tagen vorwiegend im Hintergrund gewirkt und mit Herrn Schulze die Zimmerverteilung und mit dem Sommelier die Getränkeauswahl abgestimmt. Sein Werk war getan. Trotzdem herrschte überall ein unseliger Aufruhr. Sogar in seiner eigenen Wohnung: Helene probierte schon den ganzen Morgen Ballroben an, um doch noch eine zu finden, in die sie mit ihren zusätzlichen Pfunden passte. Währenddessen liefen die Kinder quengelnd und streitend durch alle Zimmer. Der einzige Zufluchtsort war Elisabeths Büro, und hier saß er nun, den Kopf in beide Hände gestützt.

Paul wusste nicht mehr weiter. Emils ursprünglichen Drohbrief hatte er zunächst wochenlang ignoriert. Doch ausgerechnet am Hochzeitstag seiner Mutter hatte er ein zweites Schreiben ähnlichen Inhalts erhalten. Daraufhin war er nach Gut Bellhagen gefahren, um mit Emil von Angesicht zu Angesicht zu sprechen. Die Unterhaltung war alles andere als gut verlaufen. Zunächst hatte er Schwierigkeiten gehabt, den Knecht allein anzutreffen. Als sie schließlich doch gemeinsam hinter dem Kuhstall gestanden hatten, hatte sein Ex-Geliebter ihn dermaßen hasserfüllt angeblickt, dass ihm vor Angst die Knie weich geworden waren.

»Wo ist der Zaster?«, hatte Emil das Gespräch eröffnet.

»Ich … ich habe das Geld nicht auftreiben können. Du weißt doch, dass ich selbst kaum etwas auf der hohen Kante habe.«

»Dann musst du es dir eben von deiner zickigen Schwester borgen. Ich warte nicht mehr lange.« Seine Hand hatte auf die Brusttasche seines Kittels geklopft. »Da drin habe ich alles aufgehoben. All deine kleinen Nachrichten an mich. Das wird die Polizei bestimmt brennend interessieren.«

Pauls Mund war trocken geworden. »Warum machst du das? Ich denke, du liebst mich. Ist es wegen des Abschiedsbriefs? Wenn du magst, können wir uns auch weiterhin treffen. Ich vermisse dich.«

Emil hatte nur höhnisch gelacht. »Guter Witz. Glaubst du, ich vögele gern so verweichlichte Bürschchen wie dich? Für mich warst du nie mehr als 'ne Kuh, die ich irgendwann mal melke.«

Das war also von vornherein sein Plan gewesen! Er war in eine Falle getappt! Zutiefst erschrocken über Emils derbe Sprache, hatte Paul seine letzte Trumpfkarte ausgespielt. »Aber Emil … denk doch bitte mal nach … du kannst mich nicht der Polizei ausliefern, ohne dich selbst zu beschuldigen. Und dann landen wir beide im Zuchthaus.«

»Ich behaupte einfach, dass du mich zu diesen Schmuddelsachen gezwungen hast. Das denken doch sowieso alle auf dem Hof.«

Vor Entsetzen stumm, hatte Paul ihn angestarrt.

»Jetzt glotz mich nicht so an, sondern bring mir das Geld!«

Obwohl er Emil mehrfach versichert hatte, dass seine Schwester ihm niemals zwanzigtausend Rentenmark leihen würde, hatte er ihm ein Ultimatum bis Ende März gestellt. Seitdem lebte Paul in Angst. Nachts konnte er kaum noch schlafen. Er hatte das Ultimatum verstreichen lassen, und jedes Mal, wenn nun neue Briefe von Emil eintrafen, war er einem Herzinfarkt nahe. Plötzlich stieß jemand schwungvoll die Tür auf. Er zuckte zusammen.

»Hier steckst du also!«, rief Helene ungehalten. »In der Wohnung wartet jemand auf dich.«

»Wer?«

Doch seine Ehefrau ging nicht auf die Frage ein. »Schämst du dich eigentlich gar nicht? Deine Schwester hat im Hotel alle

Hände voll zu tun, und du sitzt hier rum und faulenzt? Bei uns in der Wohnung ist auch die Hölle los. Ich kann dich überhaupt nur suchen gehen, weil dieser Knecht sich angeboten hat, auf die Kinder aufzupassen …«

»Emil? Emil sitzt in unserer Wohnung?«, erkundigte sich Paul. Er spürte, wie seine Hände feucht wurden.

Diese Frage schien Helene nur noch wütender zu machen, wahrscheinlich hatte sie eine Entschuldigung erwartet. »Du bist wirklich ein schlechtes Vorbild für deine Söhne«, warf sie ihm an den Kopf. »Als ich dich geheiratet habe, wusste ich zwar, dass dir ein Arm fehlt, nicht aber, dass du ein solch arbeitsscheuer Versager bist!«

Für einen Moment herrschte Stille zwischen ihnen. Trotz seiner Panik wegen Emils unerwartetem Auftauchen gingen ihm Helenes Worte durch Mark und Bein. »So denkst du also über mich?«, sagte er leise.

»Ach, leg doch nicht jedes Wort von mir auf die Goldwaage«, schimpfte sie. »Und komm jetzt. Ich will die Kinder nicht ewig in der Obhut dieses ungehobelten Kerls lassen.«

Während er aufstand und Helene mit schleppenden Schritten folgte, dachte er über sein verpfuschtes Leben nach. Im Grunde fiel er allen Leuten nur zur Last, niemand liebte ihn aufrichtig: Robert schon lange nicht mehr, Emil hatte ihn nur benutzt, und selbst seine Ehefrau und die Kinder schienen seiner überdrüssig zu sein. Was hielt ihn also noch in dieser Welt? Er war es so leid, gegen seine inneren Dämonen zu kämpfen. Wäre es unter diesen Umständen nicht besser, wenn er dem ganzen Elend ein Ende setzte?

Als er den breit grinsenden Emil sah, der auf jedem seiner klobigen Knie einen seiner Söhne schaukelte, fühlte er sich fast erleichtert. Wenn er freiwillig aus dem Leben schied, wäre er auf einen Schlag alle seine Sorgen los. Ein verlockender Gedanke, der ihm die Kraft gab, Helene und die Kinder aus der Stube zu schicken und sich Emil zu stellen.

»Was willst du hier?«, fuhr er ihn an.

Emils Grinsen erstarb. »Wonach sieht es aus? Ich will mein Geld.«

Paul ging zum Schreibtisch, nahm hundert Rentenmark aus dem Brieffach und drückte sie in die rauen Hände seines Erpressers. »Hier, das ist alles, was ich habe.«

»Aber das ist nicht genug.«

»Mehr gibt es bei mir nicht zu holen«, erwiderte Paul schlicht.

Emil stand zu seiner vollen Größe auf und näherte sich ihm drohend. »Das werden wir ja sehen. Wenn ich bis Ende der Woche nicht mindestens zehntausend hab, geh ich zu den Bullen.«

»Tu, was du nicht lassen kannst … mir machst du damit keine Angst mehr.«

»So?« Leicht verunsichert schaute Emil ihm ins Gesicht. Der Knecht war nicht der Klügste, ob er ihm seine Gedanken von vorhin trotzdem ansehen konnte? Wenn Paul tatsächlich diesen Ausweg wählte, würde Emil in jedem Fall leer ausgehen.

»Ja, und jetzt gehst du besser, bevor ich selbst die Polizei rufe.« Mit einer entschlossenen Geste zeigte Paul zur Tür.

»Zugabe! Zugabe!«, riefen die Zuschauer begeistert und klatschten wie wild. Stolz beobachtete Elisabeth ihre jüngste Schwester, die neben Willy Frisch, Ulrich Sternhaus und Sonja Gerling auf der Bühne stand und sich im tosenden Applaus sonnte. Der Stummfilm *Nur mit Dir allein* war zweifellos ein überwältigender Erfolg. Selbst sie, die eher rational veranlagt war, hatte Tränen in den Augen gehabt, als Frisch in der Rolle des reichen, geläuterten Mannes die alternde Opernsängerin aus den Meeresfluten rettete und ihr seine Liebe gestand. Das Palais als Schauplatz dieser Liebesgeschichte war dabei so einzigartig in Szene gesetzt, dass es Elisabeth gewundert hätte, wenn nicht bis Ende der Woche sämtliche Zimmer in der Hauptsaison ausgebucht wären. Doch die eigentliche Überraschung war Luise. Ihre Schwester, die schon als Kind schwärmerisch und emotional gewesen war, beeindruckte in ihrer Rolle als flatterhaftes Mädchen, das nicht verstand, warum es verlassen wurde.

Als die Schauspieler und der Regisseur von der Bühne stiegen, wurde besonders Luise von den Journalisten umringt. Lachend beantwortete sie die auf sie einstürmenden Fragen. Ein faszinierender Anblick: ihre kleine Schwester, der Filmstar. Elisabeth konnte diesem Schauspiel trotzdem nicht lange zusehen. Sie musste dafür sorgen, dass im Nebenzimmer der Service für das gesetzte Abendessen begann. Auf dem Weg dorthin wurde sie ausgerechnet von Generaldirektor Mittenbach aufgehalten.

»Liebe gnädige Frau, darf ich Ihnen meinen Freund Friedrich Hildebrandt vorstellen?«, sagte er und zeigte auf seine Begleitung.

»Angenehm«, erwiderte Elisabeth und betrachtete den dicklichen Mann mit den kurz geschorenen blonden Haaren, der in Uniform erschienen war. »Arbeiten Sie ebenfalls für den Konzern?«

Besitzergreifend nahm Hildebrandt ihre Hand und drückte einen unangenehm feuchten Kuss darauf. »Nein, gnädige Frau, ich bin in der Politik tätig. Ich sitze als Abgeordneter der DVFP für Sie im Landtag von Mecklenburg-Schwerin.«

»Ach ja? Entschuldigen Sie bitte, aber ich kenne mich leider mit den ganzen Abkürzungen nicht aus. Momentan wird so oft gewählt, und es gibt so ungemein viele Parteien. Wofür steht noch einmal DVFP?«, erkundigte sich Elisabeth höflich, obwohl sie es eilig hatte.

Der Blonde lächelte nachsichtig. »Das ist die Deutschvölkische Freiheitspartei. Die Partei von General Ludendorff. Aber Sie müssen sich das nicht mehr lange merken. Nach einem persönlichen Treffen mit Adolf Hitler habe ich mich entschieden, die Partei zu wechseln.« Er neigte sich vertraulich zu ihr. »Ich werde mein Landtagsmandat behalten und damit der erste Abgeordnete der NSDAP werden. Eine große Ehre. Vor Kurzem hat man mich bereits zum Gauleiter für den neu geschaffenen Gau Mecklenburg-Lübeck ernannt.«

Diese Abkürzung und der Name Hitler waren ihr allerdings geläufig. War das nicht die Partei, die man nach dem Bierkeller-Putsch in München überall verboten hatte? »Das freut mich für Sie. Ich wünsche Ihnen viel Glück und Kraft für diese neue Aufgabe. Leider muss ich mich jetzt um mein Bankett kümmern«, erwiderte Elisabeth in einem bedauernden Tonfall. »Wenn Sie mich entschuldigen wollen?«

»Aber natürlich, gnädige Frau. Ich hoffe, wir werden später noch Gelegenheit für einen kleinen Plausch haben. Ich plane gerade große Dinge, und vielleicht gelingt es mir sogar, Herrn Hitler ganz persönlich nach Heiligendamm und Bad Doberan zu holen.«

»Wunderbar«, meinte Elisabeth und eilte mit einem Nicken davon. Ein unsympathischer Zeitgenosse, dieser Hildebrandt. Mit seiner stolzgeschwellten Brust erinnerte er sie an den Gockel von Gut Bellhagen. Ob Julius geschäftlich mit ihm zu tun hatte? Doch sie konnte nicht allzu viel Zeit auf diese Überlegungen verschwenden, denn auf sie wartete jede Menge Arbeit.

Das Festmahl war ein voller Erfolg. Jeder lobte Minnas Gerichte in den höchsten Tönen. Die talentierte Köchin hatte sich selbst übertroffen, und auch das neu eingestellte Personal bewährte sich zu Elisabeths vollster Zufriedenheit. Nachdem der letzte Gang abgeräumt war, erhoben sich die Gäste und strömten in den großen Ballsaal, wo das Orchester gerade zu spielen begann. Kurz darauf drehten sich die Paare im Foxtrott auf dem aufwendig restaurierten Parkett. Endlich! Endlich fand der erste richtige Ball nach dem Krieg im Palais statt! Das Glück darüber ließ ihr Herz höherschlagen.

»Kein Charleston heute Abend?«, flüsterte Julius, der sich von hinten an sie herangeschlichen hatte.

Elisabeth lächelte. »Ich glaube, das würde einen Teil der Anwesenden zu sehr verunsichern.«

»Schade«, erwiderte Julius mit einer übertrieben zackigen Verbeugung. »Darf ich trotzdem um den nächsten Tanz bitten?«

»Sie dürfen«, alberte sie zurück.

Glückselig schwebte sie in seinen Armen.

»Elisabeth?«, raunte er ihr ins Ohr.

»Ja?«

Er zog sie noch fester an seine Brust. »Wie stellst du dir eigentlich die Zukunft vor?«

Plötzlich tanzten Schmetterlinge in ihrem Bauch. Was für eine Frage. Seit Langem träumte sie davon, seine Ehefrau zu werden. Doch sie traute sich nicht, diese Wunschvorstellung laut auszusprechen. »Hm … ich weiß nicht … ich hoffe natürlich, dass wir diesen Sommer im Palais …«

»Könntest du dir zum Beispiel vorstellen, dass ich auch zukünftig eine Rolle in deinem Leben spiele?«, unterbrach er sie sanft.

Und ob sie sich das vorstellen konnte! Sie liebte ihn. Abgöttisch. Aber sie wollte ihn auf keinen Fall unter Druck setzen. Sonst würde er sich am Ende noch für Fräulein von Hengstenberg entscheiden.

»Und?«, bohrte er nach.

»Ich liebe dich, Julius, und ich …«, setzte Elisabeth an. Doch sie konnte nicht zu Ende sprechen, weil ausgerechnet in dem Moment dieser schreckliche Hildebrandt auf Julius' Schulter tippte. Abrupt blieben sie stehen.

»Sie wünschen?«, fragte Julius grimmig.

»Dürfte ich um die Ehre bitten, mit Frau Kuhlmann zu tanzen?«, fragte der Landtagsabgeordnete mit einem neckischen Grinsen.

»Nein«, antwortete Julius entschieden. »Das dürfen Sie nicht.«

Das Grinsen des Politikers fiel in sich zusammen. Aber Julius scherte sich nicht darum. Als sie erneut anfingen zu tanzen, dirigierte er sie zur gegenüberliegenden Seite des Ballsaals.

»Dieser fürchterliche Kerl! Ich weiß überhaupt nicht, warum Mittenbach den hier angeschleppt hat«, schimpfte er.

»Wieso? Was hat er denn verbrochen?«, erkundigte sich Elisabeth, die versuchte, ihre Enttäuschung über die Unterbrechung zu verbergen.

»Er ist ein Idiot. Aber leider ein sehr gefährlicher.« Julius seufzte. »Ich habe mich erst zweimal mit ihm unterhalten. Das hat vollkommen gereicht. Hildebrandt propagiert radikal völkisches Gedankengut. Am liebsten würde er mit seinen Kumpanen eine antisemitische Diktatur in Deutschland errichten. Und mit solchen Leuten trifft sich Mittenbach angeblich, weil er sich mit, wie er es nennt, aufstrebenden Politikern umgeben möchte. Ich werde ein ernstes Wort mit ihm reden müssen.«

»Lass dir von diesem Mann bitte nicht den Ball verderben«, versuchte Elisabeth zu beschwichtigen.

Der romantische Moment war vergangen. Julius schwieg nachdenklich. Auch ihr fiel das Reden schwer. Aus den Augenwinkeln beobachtete sie die anderen Paare. Neben ihnen tanzte Willy Frisch innig mit Sonja Gerling. Das wunderte Elisabeth. Glaubte Luise nicht, dass er ihr bald einen Antrag machen würde? Jedenfalls hatte sie so etwas angedeutet. Offenbar waren sich ihre Schwester und der Schauspieler während der Dreharbeiten recht nahegekommen. Und obwohl Elisabeth nicht unbedingt erpicht darauf war, einen berühmten Schauspieler zum Schwager zu bekommen, hatte sie sich für Luise gefreut. Als verheiratete Frau würde sie endlich wieder die gesellschaftliche Anerkennung erfahren, die ihr gebührte.

Suchend sah sie sich um, doch sie konnte Luise nirgendwo entdecken.

»Was ist?«, fragte Julius, aus seiner Grübelei aufgeschreckt.

»Weißt du, wo Luise steckt?«

»Wieso? Ich habe sie vorhin mit Frisch tanzen sehen. Es sah fast so aus, als würden sie streiten. Luise hat kurz darauf den Ballsaal verlassen.«

»O nein«, stöhnte Elisabeth.

»Glaubst du, Frisch hat ihre Gefühle verletzt?«

»Ich fürchte, ja«, erwiderte sie. »Bitte entschuldige, aber ich möchte nicht, dass sie in dieser Situation allein ist.«

Er blieb umgehend stehen. »Natürlich nicht. Lass mich wissen, ob ich diesem eitlen Dandy eins auf die Nase geben muss.«

»Sicher.« Mit einem traurigen Lächeln löste sie sich aus der Wärme seiner Umarmung.

»Luise?«, rief Elisabeth in die dunkle, verlassene Wohnung. Julias Zimmer war leer. Sie durfte zur Feier des Tages bei einer Schulfreundin übernachten.

Aber ihre Schwester antwortete nicht.

Wo konnte sie nur sein? Elisabeth hatte doch bereits alle infrage kommenden Räumlichkeiten durchsucht. Ihre Schwester war weder im Bankettsaal gewesen, wo gerade das Mitternachtsbuffet serviert wurde, noch in der Bar, wo Ulrich Sternhaus weinselig Hof hielt und ebenfalls nach ihr gefragt hatte. Selbst im Hotelgarten und unten in der Küche hatte sie nach ihr Ausschau gehalten. Nichts. Minna hatte Luise den ganzen Abend über nicht zu Gesicht bekommen. Nirgendwo gab es eine Spur von ihr. Beunruhigt und außer Atem lehnte sich Elisabeth gegen die Wand des Korridors.

Plötzlich drang ein leises Schluchzen an ihr Ohr. Also doch! Luise war in ihrem Zimmer!

Als Elisabeth die Tür aufgedrückt und das Licht angemacht hatte, sah sie sie mit dem Gesicht nach unten auf ihrem Bett liegen. Erschrocken beugte sie sich über ihre Schwester und strich ihr über den Rücken. »Was ist zwischen euch geschehen? Hat er dir wehgetan?«

Es dauerte eine ganze Weile, bis Luise antwortete: »Nicht körperlich.«

Elisabeth seufzte. »Willst du ein Glas Wasser?«

Langsam setzte ihre Schwester sich auf. Sie sah zum Fürchten aus. Ihr schönes Gesicht war ganz verheult. Das Ballkleid zerknittert. Nichts erinnerte mehr an den umschwärmten Stummfilmstar von vor zwei Stunden.

Elisabeth ging zum Waschtisch ihrer Schwester, feuchtete einen Waschlappen an und reichte ihn ihr. »Willst du mir nicht erzählen, was passiert ist?«

Luise schaute auf den Boden, während sie sich apathisch mit dem Lappen über die Wange rieb. »Willy liebt mich nicht mehr.«

»Hat er denn vorher von Liebe gesprochen?«, fragte Elisabeth mitfühlend.

»Er wollte mich nach der Premiere heiraten.«

»Er hat dir einen Antrag gemacht?«

Luise blickte auf und nickte traurig. Die dunkel zerflossene Schminke um ihre Augen verlieh ihrem Gesicht eine verlorene, fast tragische Aura.

»Und … und weshalb macht er jetzt einen Rückzieher?«

Ihre Schwester zuckte mit den Schultern. »Diese Gerling hat ihn irgendwie unter ihrer Fuchtel.«

»Wie bitte? Diese alte Schachtel?«, meinte Elisabeth ungläubig. »Das kann doch nicht sein.«

»Es ist aber leider so. Sogar Paul hat mich vor ihr gewarnt. Anscheinend hat sie ihm gegenüber einige Andeutungen fallen lassen … aber bis heute habe ich das einfach nicht glauben können.« Luise zog wenig damenhaft die Nase hoch. »Willy hat mir vorhin gebeichtet, dass er ein großartiges Filmangebot bekommen hat, das ihm aber nur offensteht, wenn er mit mir Schluss macht. Er meinte, Sonja sei eifersüchtig und dulde mich nicht in seiner Nähe. Sie würde den Film nur mit ihm drehen, wenn er … unsere Verlobung löst.«

Fassungslos blickte Elisabeth sie an. »Und da hat er sich … für den Film entschieden? Und sich ihren irrationalen Bedingungen gefügt?«

Luise nickte traurig. »Er meinte, als Künstlerin müsse ich das verstehen. Mir werde es bestimmt auch mal so ergehen. Die Kunst gehe bei Leuten wie uns immer vor.«

Elisabeth schüttelte den Kopf. »Was für ein Feigling! Sei bloß froh, dass du den los bist.«

»Aber ... was wird jetzt aus mir?«, fragte Luise kläglich.

»Na, was wohl«, sagte Elisabeth. »Du bist ab heute ein Star, Liebes. So viel steht fest. Ein Star, dem die Männerwelt zu Füßen liegt. Und wenn ich du wäre, würde ich mich jetzt frisch machen und zu Sternhaus in die Bar gehen. Er hat eben noch nach dir gefragt.«

»Meinst du? Aber du magst ihn doch gar nicht.«

Elisabeth lächelte. »Solange er dich in seinen Filmen besetzt, wird er mir immer willkommen sein.«

Luise seufzte tief. Dann stand sie auf, richtete sich das Kleid und ging zum Schminktisch, um ihr Make-up zu erneuern. Im Spiegel trafen sich ihre Blicke. »Danke, Elisabeth«, flüsterte sie.

Ich mache drei Kreuze, wenn der Generaldirektor endlich abgereist ist, dachte Minna, während sie im Personalraum mit dem Mittagessen auf Albert wartete. Trotz der vielen Arbeit hatte sie gestern Abend bei der Premiere Blut und Wasser geschwitzt, aus Angst, Albert könnte dem verhassten Kapitalisten etwas antun.

Zwar hatte er seinen Attentatsplan eine ganze Weile nicht mehr erwähnt, und sie hatte schon geglaubt, er hätte Abstand davon genommen, doch als ihm letzte Woche zufällig die Gästeliste für die Premierenfeier in die Hände gefallen war, hatte sein Gesicht einen entschlossenen Ausdruck angenommen. Minna hatte sofort gewusst, was das bedeutete.

»Du darfst ihn nicht umbringen, schon gar nicht hier im Hotel!« Ihre Stimme hatte selbst in ihren eigenen Ohren hysterisch geklungen.

»Und warum nicht?«

Die Antwort darauf war, dass sie eine Familie mit ihm gründen wollte und dies nach einem Attentat unmöglich sein würde.

Doch das konnte sie ihm nicht auf die Nase binden. »Fräulein Kuhlmann würde dich sofort verdächtigen! Sie weiß doch, dass du Kommunist bist. Da braucht sie nur eins und eins zusammenzuzählen.«

»Das ist mir egal.«

»Mir aber nicht.«

»Dann tut es mir sehr leid.« Mit diesen Worten war Albert aus dem Zimmer gestürmt. Wahrscheinlich auf der Suche nach einer geeigneten Waffe. Doch die durfte er nie und nimmer finden!

In ihrer Not hatte sie einen Tag vor Mittenbachs Ankunft Fräulein Kuhlmann gebeten, Albert, der inzwischen hauptsächlich als Hilfsgärtner im Park arbeitete, ausnahmsweise in ihrer Privatwohnung zu beschäftigen. Auf die Art würde er dem Generaldirektor nicht über den Weg laufen und hoffentlich seine Pläne aufgeben, zumindest fürs Erste. Die Chefin war glücklicherweise zu beschäftigt gewesen, um ihr wegen dieser ungewöhnlichen Bitte Fragen zu stellen. Stattdessen hatte sie den Vorschlag für eine ausgezeichnete Idee gehalten: »Du hast vollkommen recht, Minna. Jetzt, da meine Mutter endgültig in Berlin bleiben wird, kann Albert ihr Zimmer leer räumen und zu einem Spielzimmer für Julia umbauen.«

Minna hatte Albert davon unterrichtet, und er war anstandslos mit seinem Werkzeug in die Wohnung getrottet. Da er alle Mahlzeiten sowieso mit ihr einnahm, ging es jetzt nur noch um die Nächte in seiner Kammer. Und dieses Problem hatte sie gelöst, indem sie Herrn Schulze vorgeschlagen hatte, einen der zusätzlich für die Premierenfeier angestellten Pagen bei Albert einzuquartieren. Bislang war alles gut gegangen. Ihr Plan schien aufzugehen. Doch sie würde erst wieder frei atmen, wenn Herr Mittenbach endlich weg war.

Unwillkürlich blickte Minna auf die Uhr. Es war drei Uhr durch. Albert hätte bereits vor einer Viertelstunde zum Essen erscheinen sollen. Dabei war er doch sonst so pünktlich. Sie aßen immer absichtlich spät, damit sie den Personalraum für sich hatten. Der Rest der Belegschaft wurde vor den Gästen abgespeist. Plötzlich hielt sie nichts mehr an ihrem Platz. Sie musste wissen, wo Albert steckte.

Hastig eilte sie aus dem Personalraum und stieg, zwei Stufen auf einmal nehmend, die Gesindetreppe hoch. Auf dem richtigen Absatz angekommen, öffnete sie die Tapetentür und lief zu Fräulein Kuhlmanns Wohnung. Als sie anklopfte, öffnete ihr zu ihrer Überraschung Herr Falkenhayn.

»Hallo, Minna, schön, Sie zu sehen. Julia wollte sich sowieso noch von Ihnen verabschieden. Wie Sie wissen, hat sie eine Woche Ferien, und wir fahren gleich zusammen nach Berlin.«

Himmel, das hatte sie in dem ganzen Chaos vollkommen vergessen. »Ja, ich bin hier, um mich zu verabschieden«, schwindelte sie. »Außerdem suche ich Albert. Wissen Sie, ob er noch in der Wohnung ist?«

Herr Falkenhayn zuckte mit den Schultern. »Keine Ahnung. Ich bin auch gerade erst reingekommen.«

Als Minna zu Frau Kuhlmanns ehemaligem Zimmer gehen wollte, um sich zu vergewissern, dass Albert dort war, hielt Julias Vater sie auf. »Würde es Ihnen etwas ausmachen, sich zuerst von meiner Tochter zu verabschieden? Wir müssen los. Der Wagen steht schon bereit.«

Sie nickte und öffnete stattdessen Julias Tür. Die Kleine saß auf dem Bett und hielt ihren schwarzen Kater umklammert. Sie schien mit den Tränen zu kämpfen.

»Was hast du, Liebes?«, fragte Minna erschrocken.

»Papa hat mir verboten, Puschel mit nach Berlin zu nehmen«, schluchzte sie. »Und er wird mir so fehlen.«

»Ich kümmere mich in deiner Abwesenheit gut um ihn, versprochen.«

»Aber … aber dann kann er gar nicht mit Alex spielen«, stammelte die Kleine. Sie schien nicht glauben zu können, dass Minna sich auf die Seite ihres Vaters schlug.

»Puschel hat es hier doch viel schöner als in der Großstadt.«

Julia schüttelte widerspenstig den Kopf.

Sanft nahm Minna ihr den Kater aus dem Arm und setzte ihn auf die Bettdecke. Anschließend umarmte sie ihre Ziehtochter und führte sie zur Tür. »Hab eine schöne Zeit mit deinem Vater, Liebes.«

»Danke, Minna«, meinte Herr Falkenhayn erleichtert, als er seine mürrisch aussehende Tochter in Empfang nahm. »Das Gepäck ist bereits im Wagen. Komm, mein Schatz, wir gehen.«

Sie wartete, bis die Tür hinter ihnen ins Schloss gefallen war. Dann rannte sie, so schnell sie konnte, zu Frau Kuhlmanns Zimmer und riss die Tür auf.

Von Albert keine Spur. Ratlos blickte sie sich um.

Plötzlich fiel ihr Blick auf eine alte Eckkommode. Um Himmels willen, wie hatte sie nur so dumm sein können! Hinter Glas verwahrte Frau Kuhlmann darin die alte Armeepistole ihres verstorbenen Bruders. Es war ein dekoratives Andenken, und Minna wusste nicht, ob man mit der Waffe überhaupt noch schießen konnte, aber trotzdem … wie hatte sie Albert ausgerechnet in diesem Raum allein lassen können?

Mit wild klopfendem Herzen trat sie einen Schritt näher, und ihre schlimmsten Befürchtungen wurden zur Gewissheit: Jemand hatte das Schloss aufgebrochen … und die Pistole an sich genommen.

# 8. Kapitel

Wie von Sinnen verließ Minna die Privatwohnung von Fräulein Kuhlmann und rannte – diesmal unerlaubterweise über die Haupttreppe – ins Foyer. Der Empfangschef runzelte missbilligend die Augenbrauen, als sie die Lobby im Laufschritt durchquerte. Auf die Gefühle von Herrn Schulze konnte sie momentan keine Rücksicht nehmen. Sie musste Albert so schnell wie möglich finden … und zwar, *bevor* er einen Schuss auf Generaldirektor Mittenbach abgeben konnte.

Durch die gläserne Eingangstür sah Minna eine dunkle Limousine wegfahren. Wahrscheinlich der Wagen von Herrn Falkenhayn. Aber sie hatte jetzt keine Zeit, Julia hinterherzuwinken. Trotzdem blieb sie abrupt stehen … ob Herr Schulze vielleicht wusste, wo sich der Generaldirektor aufhielt? Sie musste es auf einen Versuch ankommen lassen. Sie machte kehrt und lief zum Tresen, wo der Empfangschef gerade einen weißhaarigen Herrn über die Abfahrtszeiten der Bäderbahn nach Heiligendamm unterrichtete.

»Entschuldigen Sie. Aber wissen Sie, wo ich Herrn Mittenbach finde? Ich muss ihm dringend eine Nachricht übermitteln«, hauchte sie atemlos.

Herr Schulze, der solch ein Benehmen nicht von ihr gewohnt war, starrte sie wie vom Donner gerührt an. Schließlich flüsterte er mit einem entschuldigenden Blick zu seinem Gast: »Kurz nach dem Mittagessen hatte Herr Falkenhayn eine Unterredung mit ihm im Pavillon. Mehr weiß ich leider auch nicht.«

Der Pavillon! Natürlich! Albert wusste, dass sich die beiden Herren häufig in diesem abgelegenen Häuschen im Hotelgarten trafen. Ein geradezu idealer Ort … um jemanden umzubringen. Besonders am frühen Nachmittag, wenn viele Gäste entweder einen Mittagsschlaf hielten oder noch in Heiligendamm weilten. Bestimmt würde er versuchen, ihm dort aufzulauern. Ohne ein weiteres Wort rannte Minna los. Hoffentlich kam sie nicht zu spät.

Als sie an dem plätschernden Springbrunnen im Garten vorbeilief und versuchte, nicht auf dem glatten weißen Kies auszurutschen, wurde ihr plötzlich bewusst, dass sie unter Umständen gleich mit einem Toten konfrontiert sein würde. Was um Himmels willen sollte sie dann tun? Die Polizei rufen? Oder Albert helfen, die sterblichen Überreste von Herrn Mittenbach zu verstecken? Früher hätte diese Frage sie nicht in eine moralische Zwickmühle gebracht. Vor ihrer Begegnung mit Albert wäre sie niemals auf die Idee gekommen, einen Mörder zu decken. Eine solch barbarische Tat hätte sie ohne Wenn und Aber verurteilt. Aber nun? Sie liebte Albert und konnte die Vorstellung nicht ertragen, dass er ins Gefängnis wandern oder gar am Strick enden würde.

Jetzt konnte sie den weißen Pavillon, in dem früher eine Champagnerbar untergebracht gewesen war, bereits sehen. Er lag am Ende eines rechts und links mit Blumenbeeten und Birken gesäumten Wegs. Abseits vom Trubel des Hotels konnte man leise die Bienen summen hören. In den hellgrünen Baumwipfeln zwitscherten Vögel. Eine geradezu idyllische Ruhe umgab das kleine, sonnenbeschienene Gebäude.

Diese Ruhe konnte sich jedoch schon bald als trügerisch herausstellen. Minna war noch zu weit entfernt, um durch die Fenster ins Innere des Pavillons sehen zu können.

Plötzlich zerriss ein jämmerlicher Klagelaut die friedliche Atmosphäre des Hotelgartens. Obwohl ihre Lunge brannte, legte Minna an Tempo zu. Hoffentlich war Mittenbach noch am Leben!

Mit letzter Kraft riss sie die unverschlossene Tür auf … und erstarrte. Mit diesem Anblick hatte sie nicht gerechnet! Schwer atmend hielt sie inne und versuchte, eine logische Schlussfolgerung aus der sich ihr darbietenden Situation zu ziehen. Plötzlich schoss ihr die schmerzliche Erinnerung an Herrn Brandmüllers Ableben durch den Kopf … und auf einmal ergab alles einen Sinn!

Das schluchzende Häufchen Elend, das vor ihr auf einem Stuhl saß und sich die entwendete Pistole in den Mund hielt, war weder Generaldirektor Mittenbach noch Albert. Es war Paul Kuhlmann, der ganz offensichtlich seinem Leben ein Ende setzen wollte.

»Aber, Herr Kuhlmann«, sagte Minna beschwörend und trat einen Schritt näher. »Was machen Sie denn da!«

»Stopp. Bleib stehen«, nuschelte er mit der Waffe im Mund.

»Nein! Das dürfen Sie nicht tun!« Ihre Stimme bebte vor Panik.

»Ich sagte, du sollst stehen bleiben!«

Minna konnte seine Worte kaum verstehen. Doch selbst wenn er sie laut und deutlich angebrüllt hätte … dies war keine Anordnung, der sie Folge leisten würde. Behutsam machte sie noch einen Schritt auf ihn zu und streckte die Hand aus.

Bevor sie ihm die Pistole aus der Hand reißen konnte, kniff Paul Kuhlmann reflexartig die Augen zusammen und … drückte ab.

Mit einem Entsetzensschrei drehte Minna sich um. Sie wollte nicht mitansehen müssen, wie der Bruder ihrer Chefin sich totschoss.

Doch bis auf einen neuerlichen bitteren Klagelaut drang kein weiteres Geräusch an ihre Ohren. Die Waffe musste blockiert haben, es hatte sich kein Schuss gelöst. Vorsichtig öffnete sie die Augen.

Tränenüberströmt saß Paul Kuhlmann vor ihr. Die Waffe steckte immer noch in seinem Mund. »Ich schaffe es noch nicht mal, mir das Leben zu nehmen«, schluchzte er undeutlich.

Unvermittelt nahm er die Pistole aus dem Mund und schleuderte sie von sich. Diesmal löste sich ein Schuss und durchschlug die Seitenwand unmittelbar neben ihr.

»Minna«, rief Herr Kuhlmann alarmiert. »Bist du in Ordnung?«

Vor Schreck hatte sie sich die Hand gegen die Brust geschlagen. Ihre Knie zitterten. Aber als sie jetzt an sich hinuntersah, bemerkte sie erleichtert, dass sie unverletzt war.

Geistesgegenwärtig bückte sie sich und hob die Waffe auf. Herr Kuhlmann versuchte nicht, sie aufzuhalten. Er schien die Hoffnung auf ein selbst herbeigeführtes Ende aufgegeben zu haben. Zusammengesackt saß er auf seinem Stuhl und stierte ins Leere.

Aus sicherer Entfernung sagte Minna: »Sie dürfen sich nicht umbringen, Herr Kuhlmann.«

»Du verstehst nicht … mein Leben ist eine einzige Qual«, stammelte er.

Wie konnte er nur so etwas Dummes sagen? Er hatte eine Frau und drei gesunde Kinder. Er war vermögend und noch jung. Doch sie wollte ihm in seinem derzeitigen Zustand nicht widersprechen. Stattdessen versuchte sie, ihm mit ihrem Lieblingsspruch Trost zu spenden. »Immer wenn du meinst, es geht nicht mehr, kommt von irgendwo ein Lichtlein her.«

Verzweifelt schüttelte er den Kopf. »Nein, in meine Finsternis dringt kein rettendes Licht.«

»Aber, Herr Kuhlmann, Sie haben doch so vieles, wofür es sich zu leben lohnt. Denken Sie doch nur an Ihre armen Kinder. Die Kleinen brauchen einen Vater. Außerdem kann sich das Schicksal von einer Stunde auf die nächste ändern. Selbst wenn es heute regnet, kann schon morgen wieder die Sonne scheinen.« Minna versuchte, Zuversicht auszustrahlen. In diesem Moment ging ihr auf, dass es nicht Albert gewesen war, der die Waffe an sich genommen hatte … und Herr Mittenbach wahrscheinlich noch lebte.

Unverhofft nickte Herr Kuhlmann. »Wahrscheinlich hast du recht«, murmelte er leise.

»Ganz bestimmt sogar«, sagte sie fest.

»Das mit dem Sonnenschein hat mein Vater früher auch immer gesagt.«

»Herr Kuhlmann senior war ein weiser Mann.«

Nach einer minutenlangen Pause, in der er reglos auf seinem Stuhl verharrte, blickte er sie an. »Kann ich mich auf deine Diskretion verlassen? Ich möchte nicht, dass meine Familie erfährt, was hier eben vorgefallen ist.«

»Einverstanden. Aber nur wenn Sie mir Ihrerseits versprechen, dass Sie nie wieder so eine ...« Sie schluckte. Es fiel ihr nicht leicht, das Wort gegenüber Herrn Kuhlmann auszusprechen. »... Dummheit machen werden.«

Er reichte ihr die rechte, gesunde Hand. »Ich verspreche es.«

»Das ist gut, und wenn Sie das nächste Mal von einer traurigen Stimmung heimgesucht werden, sollten Sie lieber zu einem Arzt gehen«, meinte Minna, plötzlich von allen Sorgen befreit. »Ich habe erst neulich in der Zeitung gelesen, dass es in Berlin einen Fachmann für solche Leiden gibt.«

Auf dem Rückweg ins Hotel hätte sie vor Erleichterung singen können. Kurz vor dem Eingang kam ihr Herr Schulze entgegen. Obwohl er äußerst missmutig wirkte, lächelte Minna ihn an. Nichts und niemand würde ihr heute mehr die gute Laune verderben. »Wollen Sie zu mir?«, fragte sie überrascht, als er auf sie zusteuerte.

»Ja«, bestätigte er. »Ich muss Sie leider zurechtweisen.« Er warf sich in Positur. »Bitte laufen Sie nie wieder in Ihrer Küchenschürze durch den Eingangsbereich. Das gehört sich einfach nicht. Sie sind eine hübsche Frau, aber das geht eindeutig zu weit.«

Mit großen Augen blickte sie ihn an. War in seinen Worten irgendwo ein Kompliment versteckt gewesen? Wenn Herr Schulze gewusst hätte, dass sie unter ihrer Küchenschürze eine geladene Pistole versteckte, hätte er es sich wahrscheinlich zweimal überlegt, sie zurechtzuweisen.

»Das war eine Ausnahme. Entschuldigen Sie bitte.« Normalerweise hätte sie sich niemals derart von dem Empfangschef abkanzeln lassen. Aber heute war ein Feiertag: Albert war kein Mörder, und Herr Kuhlmann hatte sich nicht das Leben genommen.

Selbst Herr Schulze schien überrascht zu sein, dass sie ihm keine Widerworte gab. »Und im Übrigen kann ich Ihnen ausrichten, dass Herr Mittenbach bereits abgereist ist«, sagte er, erfüllt von seiner eigenen Wichtigkeit. »Fräulein Kuhlmann hat mir soeben mitgeteilt, dass Herr Falkenhayn und Fräulein Julia zusammen mit ihm nach Berlin gefahren sind.«

Jetzt war es also amtlich: Sie hatte sich umsonst gesorgt.

»Vielen Dank«, erwiderte sie und nickte ihm freundlich zu. »Dann mache ich mich mal wieder an die Arbeit.«

Als Minna Albert im Personalraum erblickte, wo er gemütlich das inzwischen kalte Mittagessen verzehrte, trat sie ein und schloss die Tür hinter sich. Stürmisch lief sie auf ihn zu und fiel ihm um den Hals.

»Holla, womit habe ich denn so viel Liebe verdient?«

»Ach, einfach so«, antwortete sie beschämt. Vielleicht würde sie ihm später einmal ihre Ängste beichten, für heute hatte sie genug Aufregung gehabt. Sie setzte sich neben ihn und tunkte hungrig ein Stück Brot in die kalte Bratensauce.

Auf beiden Backen kauend, sagte Albert: »Wenn du wüsstest, was ich heute getan hab, wärst du nicht ganz so gut auf mich zu sprechen.«

Sie gab ihm einen verliebten Nasenstüber. »Wieso? Was hast du denn Schlimmes verbrochen?«

»Ich habe meinen Plan in die Tat umgesetzt.«

»Welchen Plan denn?« Den einzigen Plan, von dem sie wusste, hatte er ja offensichtlich verworfen.

»Ab heute gibt es ein Kapitalistenschwein weniger.«

Ihr blieb der Bissen Brot im Hals stecken. »Wie bitte?«, fragte sie ungläubig. »Aber der Generaldirektor ist doch bereits abgefahren.«

Albert rollte vielsagend mit den Augen. »Eben.«

In ihrem Magen grummelte es, und sie konnte fühlen, wie sich ihre Haare aufstellten. »Jetzt hör auf mit diesen Andeutungen. Sag mir, was du getan hast«, fuhr sie ihn an.

»Eigentlich wollte ich eine Bombe basteln«, erklärte Albert grinsend. »Der Genosse Friedrich hat mir eine gute Anleitung gegeben. Doch leider haben mir ein paar Sachen dafür gefehlt, und deshalb…« Er machte eine bedeutsame Pause. »… deshalb habe ich seinen protzigen Wagen so präpariert, dass nach ein paar Kilometern die Bremsen versagen.«

Wortlos stand Minna auf und schlug ihm, so fest sie konnte, ins Gesicht.

Verwundert rieb sich Albert die Wange. »Wofür war das denn? Ich habe alles genauso gemacht, wie du es wolltest. Mittenbach wird nicht im Hotel abkratzen, und keiner kann mir was in die Schuhe schieben.«

Ihre Beine versagten, und sie musste sich wieder setzen. Julia! Ihre geliebte kleine Julia saß in diesem Wagen. Und Herr Falkenhayn, der immer gut zu ihr gewesen war. Die beiden befanden sich in Lebensgefahr! Wegen Albert!

Sie packte ihn am Hemd. »Du musst dem Wagen sofort hinterherfahren. Du musst das Unglück unbedingt verhindern.«

»Was hast du nur?«, sagte er wütend. »Ich werde nichts dergleichen tun. Der Kerl hat sein Leben verwirkt. Aber selbst wenn ich wollte, könnte ich nichts mehr daran ändern. Wie denn? Der Wagen ist vor einer guten halben Stunde abgefahren … wahrscheinlich hat er sich längst überschlagen und liegt im Graben.«

Sie ließ von ihm ab und schlug schluchzend die Hände vors Gesicht.

Nach den schrecklichen Stunden hatte Paul sich ein Bad eingelassen. Mit geschlossenen Augen lag er im Wasser, das wohlig warm seinen nackten Körper umspülte. So konnte er nicht nur entspannen, sondern auch besser denken: Minna hatte ihn tatsächlich vor einer Riesendummheit bewahrt. Oder war es die Pistole seines Onkels gewesen, die gleich dreimal hintereinander blockiert hatte? Egal. Darauf kam es jetzt nicht an. Er war noch am Leben. Das war das Einzige, was zählte.

Natürlich war sein Selbstmordversuch eine Kurzschlusshandlung gewesen. Selbst wenn er früher einmal daran gedacht hatte, hatte er einen Freitod nie ernsthaft ins Auge gefasst. Doch als er heute früh einen weiteren Drohbrief von Emil erhalten hatte, waren ihm schlicht die Sicherungen durchgebrannt. Vor seinem geistigen Auge hatte er sich schon auf der Anklagebank gesehen. Aber würde Emil es tatsächlich wagen, sich an die Polizei zu wenden? Was hatte er schon für Beweise?

Ein paar Zettel, auf denen Dinge standen wie: »*Liebling, können wir uns heute Abend um 21 Uhr in der Scheune treffen? In sehnlichster Erwartung, Paul.*« Diese Nachrichten waren zwar in seiner Handschrift verfasst, aber hätte er sich dort nicht genauso gut mit einer Frau treffen können? Soweit er sich erinnerte, hatte er Emil nie mit Namen angeschrieben, sondern lediglich mit einem Kosewort. Und glücklicherweise war es nicht gegen das Gesetz, eine *weibliche* Geliebte zu haben.

Bezüglich der Zeugen, die Emil glaubte, in der Tasche zu haben … was konnten die schon für Anschuldigungen gegen ihn vorbringen? Dass Emil und er öfter die Köpfe zusammengesteckt und getuschelt hatten? Nun, das war doch das Natürlichste der Welt, wenn man gemeinsam auf einem Gut arbeitete. Beim eigentlichen Liebesakt waren sie jedenfalls nicht beobachtet worden. Punktum. Außerdem würde kein Richter der Welt eher einem Stallknecht als ihm glauben. Immerhin war er ein unbescholtener Bürger und galt etwas in der hiesigen Gesellschaft. Wahrscheinlich hatte er sich vollkommen unnötig ins Bockshorn jagen lassen.

Allmählich wurde das Badewasser kalt. Paul öffnete die Augen und ließ heißes Wasser nachlaufen. Noch etwas anderes beschäftigte ihn. Etwas, das Minna zu ihm gesagt hatte. Die Köchin hatte ihm geraten, einen Psychoanalytiker aufzusuchen. Sie hatte zwar nicht dieses Wort benutzt, musste aber genau das gemeint haben. Wahrscheinlich vermutete sie, dass er unter krankhafter Schwermut litt.

Das war nicht der Fall. Er litt unter seinen Neigungen. Unter dem inneren Dämon seiner Homosexualität. Aber konnte man so etwas nicht auch von einem Arzt behandeln lassen? Wieso war ihm dieser Gedanke nicht früher gekommen? Es musste doch irgendwelche Methoden geben, um ihn von seiner Veranlagung zu kurieren. Wie viel einfacher wäre sein Leben, wenn er diese körperlichen Gelüste nicht mehr verspüren würde.

Unwillkürlich wackelte er in der übervollen Badewanne mit den Zehen, und ein Schwung Wasser schwappte auf den gekachelten Fußboden. Gleich morgen würde er Erkundigungen einziehen. Ob ihm ein Spezialist in Berlin weiterhelfen könnte? Absolut vertraulich natürlich. Er nickte. Das war ein guter Plan.

Minna war schlecht vor Angst. Jedes Mal, wenn die Küchentür geöffnet wurde, rechnete sie mit dem Schlimmsten. Dass jemand sagte: »Es ist leider ein schreckliches Unglück geschehen.« Jeder hier wusste, wie nah sie der Tochter von Fräulein Kuhlmann stand. Die Angestellten würden ihr alle umgehend ihr Beileid bekunden. Zu Unrecht. Sie verdiente diese Anteilnahme nicht. Aus fehlgeleiteter Liebe hatte sie nicht genügend getan, um Albert von seinen Mordplänen an Mittenbach abzubringen. Nicht an den Generaldirektor hatte sie gedacht, nur an sich selbst. An ihren Wunsch, von Albert geheiratet zu werden und selbst eine kleine Familie zu gründen. Sie hatte sich in diesem Drama mitschuldig gemacht.

Ihr Herz raste. Julia, ihre geliebte kleine Julia, war jetzt vielleicht schon tot. Unschuldig geopfert in Alberts politischem Kampf. Und was tat sie? Sie kochte, als wäre nichts geschehen. Jeder ihrer Handgriffe war rein mechanisch, dennoch würde das Abendessen rechtzeitig fertig werden. Aber was sollte sie sonst auch tun? Albert hatte ja recht, es gab keine Möglichkeit, den manipulierten Wagen noch aufzuhalten. Julias Leben und das ihres Vaters waren jetzt in Gottes Hand. Würde er Barmherzigkeit walten lassen? Oder bestrafte er sie für ihr Schweigen? Dafür, dass sie Albert nicht sofort an die Polizei ausgeliefert hatte? Aber davon würde Julia auch nicht wieder lebendig werden. Albert fühlte sich bereits schuldig genug. Gemeinsam hatten sie im Personalraum geweint, und er hatte ihr glaubhaft beteuert, dass er das nicht gewollt habe.

In diesem Moment passierte das, wovor sich Minna die ganze Zeit gefürchtet hatte. Einer der livrierten Pagen trat an sie heran und murmelte: »Fräulein Kuhlmann bittet Sie, in ihre Privatwohnung zu kommen.«

Ohne zu fragen, weshalb sie mitten im Abendservice ihre dampfenden Kochtöpfe verlassen sollte, wischte sie sich die Hände an einem Küchentuch ab und ging zur Gesindetreppe. Mit aller Macht kämpfte sie gegen ihre Tränen an. Bald schon würden sie frei fließen dürfen. Dann, wenn sie offiziell von der Tragödie erfuhr, die ihr Leben für immer verändern würde. Dann, wenn sie am kalten Grab der kleinen Julia stand.

Die letzten Meter zum Wohnungseingang kamen ihr endlos vor. Ihre Beine schienen sie nicht mehr tragen zu wollen. Nur ganz langsam konnte sie einen Fuß vor den anderen setzen. Schließlich stand sie vor der Tür und klopfte mit schwerem Herzen an.

»Ach, Minna. Danke, dass du so schnell gekommen bist«, sagte Fräulein Kuhlmann, die verstört wirkte, aber nicht weinte. Stand sie unter Schock?

»Ist etwas geschehen?«, fragte Minna leise. Wie fürchterlich, in dieser Situation schauspielern zu müssen.

»Ja … Julia und Julius …«, setzte Fräulein Kuhlmann an und hielt inne, als Minna zu schluchzen begann.

Ihre Chefin musterte sie erstaunt. »Was hast du, Minna?«

»Ich … es ist so entsetzlich …«, stammelte sie. Es war egal, dass sie Frau Kuhlmann nicht zu Ende zugehört hatte. Sie wusste doch, was mit den beiden passiert war.

»Minna?« Die Stimme ihrer Chefin klang besorgt.

»Ich habe … ich habe bereits davon gehört.« Sie versuchte erst gar nicht, die Tränen zurückzuhalten.

»Aber das ist doch kein Grund zu weinen. Julia ist vielleicht etwas verzogen, aber das ist doch nicht deine Schuld.«

»Wie bitte?«, schniefte Minna. Sie verstand die Welt nicht mehr. Warum sprach Julias Mutter schlecht von ihrem toten Kind?

Plötzlich ging eine Zimmertür auf, und Herr Falkenhayn trat in den Korridor. Mit einem schiefen Lächeln fragte er: »Und, habt ihr den verdammten Kater schon gefunden?«

Ungläubig blinzelte Minna. Träumte sie?

»Nein, Julius. Ich habe Minna hochgebeten, damit sie Julia zur Vernunft bringt. Aber es scheint ihr nicht gut zu gehen.«

Während sie noch versuchte, den Sinn dieser Worte zu verstehen, kam Herr Falkenhayn einen Schritt näher. »Können wir etwas für Sie tun?«

Ohne eine Antwort eilte Minna an Julias verdutzten Eltern vorbei zum Kinderzimmer.

Als sie die Tür aufriss, sah sie die Kleine wohlbehalten auf ihrem Bett sitzen.

Vor Erleichterung weinte Minna noch verzweifelter. »Julia, mein Schatz!« Gott hatte ihre Gebete erhört! Mit zwei Schritten war sie bei ihr und schloss sie dankbar in die Arme.

»Was ist nur los mit dir?«, fragte Fräulein Kuhlmann, die in der offenen Tür stand.

»Ich … ich hatte solche Angst, dass die beiden einen Unfall erlitten haben könnten«, erwiderte Minna atemlos. Julia versuchte, sich aus ihrer Umarmung zu befreien, doch sie hielt sie fest umklammert. Es fühlte sich so gut an, die Kleine sicher in ihren Armen zu wiegen.

Fräulein Kuhlmann schüttelte den Kopf. »Wie kommst du nur auf so einen Gedanken?«

Ob Herr Mittenbach immer noch in dem von Albert präparierten Wagen unterwegs war? Sie durfte sich nichts anmerken lassen. »Weil … weil Sie mich sonst nie während der Dienstzeit in die Wohnung rufen.«

»Tut mir leid, ich hätte nicht gedacht, dass du so schreckhaft bist, sonst wäre ich gleich mit der Wahrheit herausgerückt.« Fräulein Kuhlmann blickte ihre Tochter scharf an. »Julius musste in Rostock umkehren, weil Julia ohne Unterlass geweint hat. Sie wollte nicht einen Meter mehr ohne ihren Puschel weiterreisen.«

»Und da sind wir mit der Bahn zurückgekommen«, piepste Julia stolz. Sie wirkte kein bisschen schuldbewusst.

»Und der Generaldirektor?«, erkundigte sich Minna.

»Der musste ohne uns weiterfahren, weil er heute Abend einen Termin in Berlin hat«, erklärte Herr Falkenhayn, der sich zu Julias Mutter gesellte.

Obwohl Herr Mittenbach weiterhin in Gefahr schwebte oder sogar schon verunglückt war, atmete Minna auf. Julias Dickköpfigkeit hatte den beiden das Leben gerettet. Glücklich küsste sie den blonden Schopf ihres Lieblings. »Du bist mir eine!«

Julia strahlte sie an. »Hast du Puschel gesehen? Papa sagt, dass wir morgen früh alle zusammen nach Berlin fahren.«

Heimlich nahm Minna sich vor, dem Kater bei seiner Rückkehr eine Schüssel Rahm zu spendieren. Die hatte er sich redlich verdient. Dann schickte sie ein weiteres Stoßgebet zum Himmel. Hoffentlich hatte Albert die Bremsleitung nicht so nachhaltig beschädigt, wie er glaubte. Mit etwas Glück würde auch der Generaldirektor unbeschadet zu Hause ankommen.

Helene war mit den Kindern nach Heiligendamm gefahren. Eine geradezu himmlische Ruhe herrschte in der Wohnung. Endlich hatte er die Gelegenheit, in dem Buch zu schmökern, das er sich neulich in Rostock gekauft hatte. Es waren die gesammelten Artikel von Sigmund Freud, dem berühmten

Nervenarzt. Paul erhoffte sich davon Antworten, wie er seine Homosexualität überwinden konnte. Ob ihm eine Hypnosetherapie helfen würde? Nach einer halben Stunde schlug er das Buch enttäuscht zu. Nur ein einziger Artikel schien etwas mit seiner Situation zu tun zu haben. Er trug die Überschrift »Die kulturelle Sexualmoral und die moderne Nervosität«. Aber selbst darin ging es nicht ausdrücklich um Homosexualität. Ganz allgemein schrieb der Autor, dass Zivilisation auf Triebverzicht aufgebaut sei und dass Menschen, die diese Anforderungen nicht erfüllten, von der Gesellschaft als Verbrecher und Perverse wahrgenommen würden. Die »perversen« Anteile des Sexualtriebes würden durch eine Störung in der Entwicklung hervorgerufen. Im Idealfall würde der Perverse lernen, diese Störungen zu kanalisieren, und sich in die Gesellschaft eingliedern. Doch genau darin lag ja sein Problem. Er hatte nicht die Willensstärke, seine Gelüste zu »kanalisieren«, sondern brauchte Unterstützung, um sie – ein für alle Mal – auszumerzen.

In diesem Moment hörte er, wie es an der Wohnungstür klingelte. Wahrscheinlich nichts Wichtiges, trotzdem versteckte er das Buch sicherheitshalber unter einem Kissen.

»Herr Kuhlmann?«, fragte Magda, das Stubenmädchen, und klopfte höflich an die geschlossene Wohnzimmertür.

»Herein.«

Sie öffnete die Tür und sagte mit einem Knicks: »Zwei Herren von der Polizei wollen Sie sprechen.«

Paul war vor Schreck wie elektrisiert. Polizei? Hatte Emil tatsächlich Anzeige gegen ihn erstattet? War dies das bittere Ende, vor dem er sich immer gefürchtet hatte? Würden ihn die Gendarmen mitnehmen und ins Gefängnis stecken? Seine Gedanken rasten. Doch es war zu spät, um davonzulaufen: Das Stubenmädchen stand in der Tür und die Polizisten im Korridor. Oder sollte er aus dem Fenster springen? Aber wohin könnte er gehen? Es gab nirgendwo ein sicheres Versteck für Menschen wie ihn.

»Darf ich die Herren hereinbitten?«, fragte Magda, als er keine Anstalten machte, ihr zu antworten.

Er räusperte sich. »Selbstverständlich.« Was hatte er sonst für eine Wahl? Eine Flucht würde alles nur noch schlimmer machen. Trotz seiner weichen Knie stand er auf.

Kurz darauf traten zwei uniformierte Gendarmen ein, die blauen Kappen in der Hand. Bei ihrem Anblick brach Paul der kalte Schweiß aus. Seine vor Panik zitternde Hand hielt er dicht an den Körper gepresst.

»Herr Kuhlmann? Paul Kuhlmann?«, erkundigte sich der erste Polizist. Er hatte dunkelbraune, militärisch kurze Haare und trug einen Schnauzbart.

»Guten Tag. Ja, das bin ich«, erwiderte er mit einem Nicken. Seine Stimme klang rau.

»Gestatten, Schröder. Das ist mein Kollege Faulhaber.« Er zeigte auf seinen Nebenmann, der klein und eher unscheinbar wirkte. »Wir sind hier, um mit Ihnen über Herrn Falkenhayn zu sprechen.«

Wie bitte? Die Polizei wollte mit ihm über Julius reden? Schlagartig wurde ihm leichter zumute. »Sicher. Wollen Sie sich setzen?«

Der Gendarm schüttelte den Kopf. »Nein, das zieht unsere Unterhaltung nur unnötig in die Länge. Wir haben nur wenige Fragen an Sie zu richten.«

»Worum geht es?«

»Vorgestern ist die Limousine eines gewissen Herrn Mittenbach verunglückt. Glücklicherweise ist den beiden Insassen, Mittenbach selbst und seinem Chauffeur, außer ein paar Schrammen nichts passiert. Sie sind in einer abschüssigen Kurve in eine Hecke gekracht. Der Chauffeur gab an, er habe kurz vor dem Unfall den Wagen nicht mehr unter Kontrolle gehabt. Allem Anschein nach haben die Bremsen versagt. Als sich die Berliner Polizei das Fahrzeug gestern angesehen hat, fiel einem Experten auf, dass jemand die Bremsleitung offenbar mutwillig beschädigt hat.«

»Oje«, sagte Paul, dessen Herzschlag sich allmählich wieder beruhigte. »Und was hat das mit Julius Falkenhayn zu tun?«

»Herr Mittenbach hat zwar keine Anschuldigungen vorgebracht, aber der Chauffeur hat uns berichtet, dass Herr Falkenhayn und seine Tochter den Wagen kurz vor dem Unfall unter fadenscheinigen Angaben verlassen hätten. Angeblich wollte die Tochter nicht ohne ihre Katze weiterfahren.«

»Ja, ich habe gehört, dass meine Nichte und ihr Vater wegen des Kätzchens noch einmal zurückgekehrt sind. Sie sind gestern Morgen mit der Bahn nach Berlin gefahren.« Paul zog ungläubig die Augenbrauen hoch. »Wollen Sie etwa andeuten, dass Herr Falkenhayn sich an der Bremsleitung seines eigenen Generaldirektors zu schaffen gemacht hat? Was für ein Motiv sollte es dafür geben? Er hätte ihn doch einfach entlassen können.«

Der dunkelhaarige Polizist musterte ihn streng. Offenbar schätzte er es nicht, wenn Laien unbefugt über die Motive eines Verbrechers spekulierten. »Wir möchten mit Ihnen über das Verhältnis der beiden Herren sprechen. Stimmt es, dass sie sich in der letzten Zeit öfter gestritten haben?«

»Nein, davon habe ich nichts bemerkt«, antwortete Paul und schüttelte den Kopf. Das war zwar eine handfeste Lüge, aber er würde Falkenhayn als Miteigentümer des Hotels und Julias Vater unter keinen Umständen belasten.

»Es gab keinerlei Unstimmigkeiten?«, hakte der Polizist nach.

»Nein, absolut nicht«, schwindelte Paul. Dabei war er kürzlich selbst Zeuge einer heftigen Auseinandersetzung geworden. Ausgerechnet an dem Morgen, als er mit der antiken Pistole in seiner Jacke durch den Hotelpark gelaufen war und mit sich gekämpft hatte, ob er diesen endgültigen Ausweg wählen sollte. Aus dem Pavillon hatte er laute Stimmen gehört, die er zweifelsfrei Falkenhayn und Mittenbach hatte zuordnen können. Doch er war zu sehr mit sich selbst beschäftigt gewesen, um sich darum zu scheren, worum es bei dem Streit ging.

»Gut, dann haben wir keine weiteren Fragen an Sie und müssen als Nächstes mit Fräulein Kuhlmann sprechen. Wissen Sie, wo wir sie antreffen können?«

Paul machte sich in Bezug auf Elisabeth keine Sorgen. Sie würde Julius niemals irgendwelche Schwierigkeiten bereiten. »Wahrscheinlich ist meine Schwester in ihrem Büro hinter dem Empfangstresen anzutreffen.«

»Gut. Vielen Dank.«

Als der unscheinbar aussehende Polizist aus der Stube getreten war, hielt sein Kollege inne und drehte sich in der Tür noch einmal zu Paul um. Mit ernster Miene sagte er: »Übrigens muss ich Sie warnen, ein Knecht namens Emil Stocker hat versucht, Sie bei uns anzuschwärzen. Angeblich hätten Sie …« Er pausierte, sichtlich verlegen. »… homosexuelle Handlungen von ihm gefordert.«

Es war, als wäre mitten im Zimmer eine Bombe explodiert. Die imaginäre Schockwelle drohte Paul ins Verderben zu reißen, und für eine Sekunde wurde ihm schwarz vor Augen.

»Kennen Sie diesen Stocker, Herr Kuhlmann?«, erkundigte sich der Polizist.

Er versuchte, sich zusammenzureißen. »Stocker?«, wiederholte er mühsam. »Ist das nicht einer der Knechte auf unserem Gut?«

»Ja, genau. Das hat er zu Protokoll gegeben. Gut Bellhagen, richtig? Können Sie sich einen Reim auf seine Anschuldigungen machen?«

Diesmal versagte Pauls Stimme, und er schüttelte nur wortlos den Kopf.

Der Gendarm kratzte sich am Kinn. Es fiel ihm offenbar schwer, über dieses unschickliche Thema zu sprechen. »Na ja, Sie sollten ihm trotzdem besser seine Papiere geben. Es deutet auf eine verbrecherische Veranlagung hin, wenn ein Angestellter solch abscheuliche Gerüchte über seinen Brotgeber verbreitet.«

»Dann … dann werden Sie diesem Vorwurf also nicht nachgehen?«, stammelte Paul, vor Angst wie gelähmt.

»Selbstverständlich nicht«, antwortete der Polizist. »Schließlich sind Sie dreifacher Familienvater und ehrenwerter Besitzer eines Luxushotels. Aber wenn Sie den Burschen wegen übler Nachrede ankl…«

»Nein«, fiel Paul ihm ins Wort. »Das wird nicht notwendig sein. Die Kündigung reicht.«

»Wenn Sie meinen«, erwiderte sein Gegenüber. »Aber in dem Fall wird der Kerl sein Unwesen woanders treiben.«

»Trotzdem … wir müssen an den Ruf des Palais denken.«

Der Gendarm nickte. »Ich verstehe. Na denn … nichts für ungut.«

Er wollte sich umdrehen, als Paul hinzufügte: »Ich danke Ihnen für Ihre Diskretion in dieser Sache.«

»Keine Ursache.« Die Stiefel des Polizisten dröhnten auf dem Parkett, als er sich mit raschen Schritten entfernte.

Vollkommen entkräftet von dem Wechselbad der Gefühle, sank Paul auf den nächsten Stuhl. Fürs Erste schien er der Entdeckung entkommen zu sein. Doch er durfte sich nie wieder in eine solch gefährliche Lage bringen. Er hatte geradezu unverschämt viel Glück gehabt, dass er ausgerechnet an diese braven, obrigkeitsgläubigen Polizisten geraten war. Beim nächsten Mal würde es nicht so glimpflich ausgehen.

Alle Vorwürfe gegen Julius waren aus Mangel an Beweisen fallen gelassen worden. Generaldirektor Mittenbach hatte laut gelacht, als die Polizei ihn mit der Anschuldigung konfrontiert hatte, dass sein Chef die Bremsen seines Automobils manipuliert haben könnte. »Sie lesen zu viele Kriminalromane, meine Herren«, hatte er erwidert. »In den Chefetagen deutscher Konzerne geht es viel gemächlicher und sittsamer zu, als sie denken. Sicherlich hat ein Marder die Leitungen angeknabbert. Das geschieht doch immer wieder.« Daraufhin waren die Beamten abgezogen und hatten Julius sogar einen entschuldigenden Brief geschrieben. Niemand, auch nicht die lokale oder die Berliner

Polizei, wollte den Besitzer eines großen deutschen Konzerns gegen sich aufbringen.

Auch das Hotel brummte inzwischen seit gut fünf Monaten. Der dort gedrehte Film war zu einem wahren Publikumsmagnet geworden und hatte tatsächlich dieses Wunder bewirkt. Alle Zimmer waren belegt, und der Champagner floss in Strömen. Trotzdem gibt es nichts als Probleme, dachte Elisabeth resigniert, während sie den Beschwerden des Kellners lauschte.

»Mit den unmoralischen Tänzen und den kurzen Kleidern könnte ich mich noch abfinden, gnädige Frau. Aber gestern Abend hat einer dieser …« Johann machte ein verächtliches Gesicht. »… sogenannten Herren seine Tischdame mit Champagner übergossen, und ihr Kleid ist durchsichtig gewo…«

Elisabeth hob die Hand, um seine Leidensgeschichte abzukürzen. »Johann, wir können uns unsere Gäste nicht aussuchen. Seit dem Krieg hat sich einiges in unserer Gesellschaft verändert. Die Großstädter feiern, dass es dem Land und ihnen selbst endlich besser geht. Da kann ich in meinem Hotel nicht die Sittenpolizei spielen. Das wäre nicht gut fürs Geschäft.«

Johann musterte sie mit einem waidwunden Gesichtsausdruck. »Aber ich bin ein verheirateter Mann, Fräulein Kuhlmann. Da darf man mir nicht das Tablett aus der Hand reißen und mich gegen meinen Willen zum Charlestontanzen animieren.«

Innerlich amüsiert, fragte Elisabeth: »Hat die fragliche Dame Sie unsittlich berührt?«

Johann lief an wie eine Tomate. »Nein, aber das schickt sich trotzdem nicht. Außerdem war dies bereits der zweite Zwischenfall in einer Woche.«

»Und was soll ich Ihrer Meinung nach dagegen unternehmen?«

»Entweder geht diese Art von Gästen … oder ich muss mir eine neue Stellung suchen.« Der Kellner verschränkte störrisch die Arme vor der Brust.

Elisabeth seufzte. »Lieber Johann, aber dann lassen Sie mir

keine andere Wahl, als Sie ziehen zu lassen. Wollen Sie es sich nicht noch einmal überlegen?«

Wütend stürmte der Kellner aus ihrem Büro. Er war leider nicht der Einzige, der Anstoß an der neuen Klientel des Palais nahm. Schon letzte Woche hatten zwei Stubenmädchen und der Barmann gekündigt. In Mecklenburg war die Moral eben eine andere als in Berlin. Trotzdem waren ihr die Hände gebunden. Wie hatte schon ihr Vater immer gesagt? Der Gast ist König.

Es waren vor allem amüsierwütige Salonlöwen, Gesellschaftsdamen und Filmschaffende, die derzeit mit ihrer Gefolgschaft im Hotel abstiegen. Und diese Herrschaften waren leider weniger an Kuranwendungen und geruhsamen Strandspaziergängen interessiert als an der gleichen ausgelassenen Unterhaltung, die sie auch in Berlin genossen. Dementsprechend hatte Elisabeth nicht nur die Essenszeiten anpassen müssen – Frühstück gab es nun bis elf Uhr dreißig, Abendessen sogar bis dreiundzwanzig Uhr –, sondern auch das Unterhaltungsprogramm. Jedes Wochenende fanden in dem eigens mit einer Bühne ausgestatteten Bankettsaal Charleston- und Tango-Abende statt, bei denen das Ambiente genauso prickelnd war wie das des *Chat Noir*. Sie selbst liebte besonders die Kabarettveranstaltungen vor dem Tanz, bei denen Parodien, Lieder und Sketche aufgeführt wurden, die gleichzeitig clever und witzig waren. Einer der besten Künstler, Joachim Ringelnatz, trat immer in einem Matrosenanzug auf, und die Gäste bogen sich vor Lachen über seine grotesken Gedichte. Es war schade, dass er nur so selten den Weg nach Bad Doberan fand. Neben diesen abendfüllenden Programmen gab es während der Mahlzeiten im Restaurant noch Varieté-Einlagen mit Pantomimen, Jongleuren und Zauberern.

Ursprünglich hatte Elisabeth darauf vertraut, dass Paul als Kulturdirektor die Organisation dieser Aufführungen übernehmen würde. Doch davon war sie schnell kuriert worden. Paul wollte nichts mit diesem »Sittenverfall« zu tun haben. Er und Helene verließen nach zwanzig Uhr nicht mehr die Wohnung und schienen es ihr persönlich übel zu nehmen, dass die Familie mit so einem »Firlefanz« Geld verdiente. Ihre Verwunderung über Pauls neuerdings eng gefasste Moralvorstellungen war rasch verflogen. Offenbar hatte er seit seinem Flirt mit dem Landknecht – der ihr selbstverständlich nicht entgangen war – beschlossen, ein neues Kapitel aufzuschlagen, und das wollte sie ihm nicht unnötig erschweren. Stattdessen kümmerte sich Paul um die Korrespondenz mit den Gästen und stimmte mit Herrn Schulze die Vergabe der Suiten ab. Auch das war ihr eine große Hilfe. In Bezug auf die Veranstaltungen konnte sie dagegen auf Julius zählen, der alle Künstler und Musiker des Berliner Nachtlebens persönlich zu kennen schien und ihr die entsprechenden Kontakte vermittelte.

Sie hatte darauf vertraut, von dem in den letzten Monaten erwirtschafteten, äußerst soliden Profit jetzt im Herbst einen Geschäftsführer einstellen zu können. Mit dessen und Pauls Unterstützung hätte sie ihre Zeit besser zwischen Berlin und Bad Doberan aufteilen und vielleicht doch versuchen können, einige Zeit mit Julius zusammenzuleben, um herauszufinden, ob Fräulein von Hengstenberg tatsächlich keine Rolle mehr in seinem Leben spielte. Da er sie und Julia noch immer fast jedes Wochenende im Hotel besuchte, wagte sie, in dieser Hinsicht Hoffnung zu schöpfen … obwohl er ihr – nach wie vor – keinen Heiratsantrag gemacht hatte. Doch die derzeitigen Personalprobleme vereitelten ihren Plan. Sie fand einfach keine geeigneten Leute in Bad Doberan und Umgebung und …

In diesem Moment steckte Herr Schulze den Kopf zur Bürotür herein. »Der Herr Gauleiter fragt schon wieder nach Ihnen«, sagte er mit Bedauern in der Stimme. Er wusste, dass ihr die Avancen des dicklichen Hildebrandt zuwider waren. Alle zwei Wochen schaute der unsympathische Abgeordnete inzwischen im Hotel vorbei. Dabei ließ er es sich nicht nehmen, die fehlende Moral ihrer Gäste zu kritisieren. Besonders Frauen in kurzen Kleidern schienen ihm ein Gräuel zu sein.

»Haben Sie ihm gesagt, dass ich anwesend bin?«

Er schüttelte den Kopf. »Nein. Aber er wartet im Foyer, während ich nach Ihnen suche.«

Entschlossen stand sie auf. »Sagen Sie ihm, dass ich vor wenigen Minuten nach Berlin gefahren bin.« Diesen Plan hatte sie zwar gerade erst gefasst, und er würde sich nicht sofort in die Tat umsetzen lassen, trotzdem fand sie ihn gut. Ab übermorgen könnte Minna zwei Tage lang auf Julia aufpassen, während sie sich in Berlin auf die Suche nach moralisch robusterem Personal machte. Als Belohnung für diese Anstrengungen würde sie sich mit ihren Schwestern und … mit Julius treffen.

»Und wenn der Herr Gauleiter trotzdem im Hotel bleibt?«, fragte Herr Schulze.

Elisabeth lächelte konspirativ. »Ich verlasse mein Büro erst, wenn Sie mir bestätigen, dass die Luft rein ist.«

Drei Tage später machte sich Elisabeth auf den Weg zu Luise, die in den Studios von Babelsberg einen neuen Film mit Ulrich Sternhaus drehte. Anschließend könnte sie auch endlich Julius sehen, der gestern Abend leider einen wichtigen geschäftlichen Termin gehabt hatte und nicht mit ihr und Johannas Familie hatte essen können. Da die Besprechung in seinem Haus stattfinden sollte und er nicht absehen konnte, wann sie zu Ende gehen würde, hatte er sie sogar gebeten, bei Johanna zu schlafen. Seine Absage hatte Elisabeth verunsichert, trotzdem hatte sie seit ihrer Ankunft schon einiges erledigt: Zum einen hatte sie ein vielversprechendes Treffen mit einer Personalvermittlung gehabt, die ihr schon nächste Woche eine Mappe mit den Zeugnissen möglicher Kandidaten zuschicken wollte. Zum anderen hatte sie sich mit Johanna ausgesprochen, die sehr besorgt um ihre jüngste Schwester war.

»Was fehlt Luise denn?«, hatte Elisabeth sich erkundigt.

Johanna hatte bekümmert den Kopf geschüttelt. »Ich weiß es nicht. Aber sie wirkt schrecklich in sich gekehrt. Ich erkenne sie kaum wieder.«

Unwillkürlich hatte Elisabeth an die Geschichte mit Willy Frisch denken müssen. Ob Luise ihm noch hinterherweinte?

In Babelsberg angekommen, folgte sie einem Laufburschen zu der Halle, in der Luises Film gedreht wurde. Diesmal hatte sie den Pförtner nicht austricksen müssen, um eingelassen zu werden. Stattdessen war sie nach einem seltsam kurzen Telefonat mit ihrer jüngeren Schwester auf eine Besucherliste gesetzt worden. Als sie den abgedunkelten rückwärtigen Teil des Drehorts betraten, hob ihre Begleitung warnend den Zeigefinger an die Lippen. Elisabeth nickte und blickte sich neugierig um.

Die hell erleuchtete Kulisse zeigte ein Krankenzimmer. Ein junger Mann lag mit verbundenem Kopf in einem Bett und wurde von Luise, die eine Schwesterntracht trug, behutsam versorgt. Dem Dialog entnahm Elisabeth, dass es sich bei den beiden um ein ehemaliges Paar handelte, das nach dem Krieg nicht wieder zueinanderfand, weil der junge Mann aufgrund einer Kopfverletzung sein Gedächtnis verloren hatte und sich nicht an seine Verlobte erinnerte.

Luise war so glaubwürdig als verzweifelt Liebende, dass Elisabeth Tränen in die Augen stiegen. Gerade hauchte ihre Schwester: »Weißt du nicht mehr, Thomas? Damals, als wir uns unter den blühenden Kirschbäumen geküsst haben? Wie du vor mir niedergekniet bist und um meine Han…«

Elisabeth zuckte zusammen. Jemand hatte geräuschvoll seinen Stuhl zurückgeschoben. »Luise, verdammter Mist, hast du denn überhaupt kein Gespür für Dramatik? Wie kann man diese Worte nur so hölzern aufsagen?«, dröhnte eine Stimme, die Elisabeth als die des grobschlächtigen Regisseurs erkannte.

»Tut mir leid, Ulrich«, erwiderte Luise leise.

Der junge Mann mit dem Verband, der eben noch so leidend ausgesehen hatte, stützte sich nonchalant grinsend auf einen Arm. »Also, ich fand's gut.«

»Und wer hat dich nach deiner unmaßgeblichen Meinung gefragt?«, schnauzte Sternhaus ihn an.

»Lass es mich bitte noch einmal versuchen«, bat Luise unterwürfig.

Sternhaus machte eine abfällige Geste, so als traue er ihr nicht zu, es beim nächsten Mal besser zu machen. »Von mir aus.« Unwirsch winkte er dem Mann zu, der die Filmklappe bediente.

Luise und ihr Schauspielpartner begaben sich zurück in die Ausgangsposition.

»Szene fünfundsiebzig, vierundzwanzigste Wiederholung«, rief der Filmklappenmann und ließ die obere Leiste auf das Unterteil knallen.

Elisabeth erschrak. Sternhaus hatte diese Szene bereits dreiundzwanzig Mal wiederholen lassen? Und das, obwohl Luise in ihren Augen perfekt gewesen war? Was war hier los?

Voller Emotion setzte Luise an: »Weißt du nicht mehr, Thomas? Damals …«

»Schnitt«, schrie Sternhaus und erhob sich zu seiner vollen Größe. »Das hat alles keinen Sinn. Vielleicht muss sich Fräulein Kuhlmann erst ein Herz wachsen lassen, bevor sie dramatische Liebesfilme drehen kann. Für heute ist diese Szene jedenfalls gestorben. Nach dem Mittagessen machen wir mit Thomas und seiner Mutter weiter.«

Das Licht ging an, und der riesige Regisseur stampfte mit seinem Gefolge Richtung Kantine. Obwohl ›Thomas‹ von seinem Krankenbett aufgestanden war und sie offensichtlich zu trösten versuchte, stand Luise mit hängenden Schultern neben ihm. Elisabeth gesellte sich zu ihnen.

»Du warst großartig«, sagte er gerade. »Lass dir von Sternhaus nicht in die Suppe spucken. Im schlimmsten Fall brichst du den Film eben ab und suchst dir eine neue Rolle.«

Luise schwieg. Jetzt, aus der Nähe, sah Elisabeth, dass Tränen in ihren hellblauen Kulleraugen standen.

»Gibt es einen Ort, wo wir uns allein unterhalten können?«, fragte Elisabeth.

»In meiner Garderobe.« Luises Stimme klang bleiern.

»Gut, dann lass uns dorthin gehen.« Elisabeth nickte dem männlichen Schauspieler zum Abschied zu.

»Was zum Teufel ist hier los?«, fragte Elisabeth, als sie in der intimen Abgeschiedenheit von Luises Garderobe eingetroffen waren. Sie zog ihren Wintermantel aus und warf ihn achtlos auf einen Stuhl. »Warum lässt du dich von diesem Sternhaus derart unverschämt anschreien? Dein Kollege hat vollkommen recht, du warst fantastisch in der Szene.«

»Gestern hat Ulrich vor versammelter Mannschaft behauptet, er hätte noch nie eine untalentiertere Schauspielerin als mich vor der Linse gehabt«, flüsterte Luise. »Nichts kann ich ihm recht machen.«

Verwirrt starrte Elisabeth sie an. »Aber vor wenigen Monaten hat er doch noch in den höchsten Tönen von dir geschwärmt?«

»Das würde er wahrscheinlich auch weiterhin tun, wenn nicht …« Ihre Stimme brach, und eine einzelne Träne rollte über ihre Wange.

»Wenn nicht … was?«

Mit einem seidenen Taschentuch tupfte sich Luise die Spuren ihres Gefühlsausbruchs vom Gesicht. »Wenn er nicht von meiner Beziehung mit Willy erfahren hätte. Offenbar hat Sonja Gerling ihm alles gepetzt.«

Elisabeth blickte sie fragend an. »Er ist eifersüchtig?«

»Es scheint so.« Ihre Schwester zuckte mit den Schultern. »Vielleicht ist er auch nur wütend, dass Willy ihm zuvorgekommen ist.«

»Wie bitte? Dieser hässliche Klops träumt von einer Beziehung mit dir? Hat er einmal in den Spiegel gesehen?«, rief Elisabeth empört. »Oder auf sein Geburtsdatum? Er ist doch fast doppelt so alt wie du.«

»Trotzdem hat er vorgeschlagen, dass …« Sie hielt inne, weil jemand an die Garderobentür geklopft hatte.

»Herein.«

Die Tür öffnete sich, und … Ulrich Sternhaus stand im

Raum. Überrascht fiel sein Blick auf Elisabeth. »Du hast Besuch?«, bemerkte er ungehalten.

»Ja, meine Schwester ist aus Bad Doberan gekommen. Ihr kennt euch ja bereits«, erwiderte Luise, viel zu devot für Elisabeths Geschmack.

Ohne Notiz von ihr zu nehmen, sagte Sternhaus: »Ohne meine Hilfe wird das nie etwas, Luise. Aber wenn du heute Abend zum Proben zu mir kommen willst ... meine Tür steht dir offen.«

Sprachlos vor Wut sah Elisabeth zu, wie er sich umdrehte und mit selbstherrlich erhobenem Kopf aus der Garderobe rauschte.

»Du wirst heute Abend selbstverständlich nicht zu diesem Widerling gehen! Das ist pure Erpressung, was dieser feine Herr Regisseur da macht.«

»Ach, Lisbeth«, erwiderte ihre Schwester und seufzte. »Du verstehst nicht, wie es hinter verschlossenen Türen in der Filmwelt zugeht. Wenn ich heute meine Rolle aufgebe, wartet morgen bereits ein ganzes Heer von Jungschauspielerinnen auf die Chance, bei Sternhaus vorzusprechen. Und die meisten von ihnen werden keinerlei Skrupel haben, sich auch nachts mit ihm zu treffen.«

Mit offenem Mund starrte Elisabeth sie an. »Du erwägst ernsthaft, dich diesem ekelhaften Mann hinzugeben?«

Luise schwieg. Sie hatte nie schöner ausgesehen. Das blonde Haar fiel lockig und glänzend auf ihre Schultern. Ihr Gesicht wirkte engelsgleich. Doch unter der Schminke erkannte Elisabeth dasselbe unsichere und liebesbedürftige Kind, das sie immer gewesen war.

Sanft erwiderte sie: »Liebling, das darfst du nicht. Das wäre ein Fehler. Du bist viel zu gut für ihn.«

»Aber was soll dann aus mir werden?«, fragte Luise niedergeschlagen. »Niemand will mich heiraten, und wenn ich keine Filme drehen kann, sitze ich nur wieder nutzlos und allein in der Wohnung.«

»Wir werden einen Ausweg finden. Als Erstes spreche ich mit Julius. Vielleicht kann er mit einem der UFA-Chefs über Sternhaus sprec…«

»Sternhaus bringt der UFA viel Geld ein. Ich glaube kaum, dass Julius etwas gegen ihn ausrichten kann. Inzwischen habe ich sowieso gelernt, dass wir Schauspielerinnen lediglich schmückendes Beiwerk im Filmgeschäft sind. Niemand respektiert uns, selbst wenn sich die abgedrehten Filme als Kassenschlager erweisen. Das gilt sogar für Kolleginnen, die schon länger im Geschäft und sehr erfolgreich sind. Die Regisseure, Produzenten oder sonstigen Studiobosse können uns jederzeit ohne viel Federlesens ersetzen lassen.«

»Aber … was ist mit Sonja Gerling? Die schien doch sehr fest im Sattel zu sitzen?«

Luise zuckte die schmalen Schultern. »Wahrscheinlich schläft sie ebenfalls mit Sternhaus. Oder sie hat sonst etwas gegen ihn in der Hand.«

Elisabeth schüttelte den Kopf. »Das hört sich schrecklich an. Aber ein Gespräch mit Julius ist allemal einen Versuch wert, findest du nicht? Und was ist mit dem Vorschlag deines Kollegen? Warum kündigst du nicht und drehst mit einem anderen Regisseur?«

Luise strich sich eine Strähne aus dem Gesicht. »Ulrich verfügt über sehr großen Einfluss in der Branche. Wenn ich im Streit gehe, wird mich wahrscheinlich niemand mehr engagieren.«

»Trotzdem«, sagte Elisabeth entschieden. »Heute Abend gehst du jedenfalls nirgendwohin. Du wohnst noch bei Mutter und Herrn von Schaper. Was würden die wohl sagen, wenn du die halbe Nacht der Wohnung fernbleiben würdest? Am besten rufst du dieses Ekel an und erklärst ihm, dass dich deine Mutter nicht ausgehen lässt.«

Der Vorschlag schien ihre Schwester nicht zu überzeugen, aber etwas Besseres fiel ihr momentan leider nicht ein. »Und wenn der nächste Drehtag ansteht, versuchst du, ihm ein wenig

Honig ums Maul zu schmieren. Sag ihm, dass er der beste Regisseur Deutschlands ist und du dich sehr zu ihm hingezogen fühlst. Erzähl ihm von der Scheidung und dass du wegen deiner gescheiterten Ehe Angst hast, dich ernsthaft auf jemanden einzulassen. Vielleicht kannst du dir auf die Art etwas Zeit kaufen und den Film beenden.«

»Ja, vielleicht«, meinte Luise niedergeschlagen.

Spontan umarmte Elisabeth ihre Schwester. »Bitte sei nicht traurig. Bestimmt wird alles gut. Ich bringe dich jetzt mit einem Taxi nach Hause, damit der Kerl dir nicht noch auf dem Weg dorthin auflauert. Und anschließend fahre ich zu Julius, um ihn über Sternhaus' vollkommen inakzeptables Verhalten aufzuklären. Irgendwie werden wir schon eine Lösung finden.«

Als ihr Taxi vor Julius' Haus im Grunewald vorfuhr, klopfte Elisabeths Herz voller Vorfreude. Schnell bezahlte sie den Fahrer, eilte zur Eingangstür und klingelte.

»Guten Abend, Fräulein Kuhlmann«, sagte das Stubenmädchen, das ihr die Tür öffnete.

»Guten Abend, Lina. Ist Herr Falkenhayn schon zu Hause?«

»Leider nein«, erwiderte das Stubenmädchen, während es ihr den Mantel abnahm. »Aber im Salon wartet bereits eine Dame auf ihn. Soll ich Sie zu ihr führen?«

Um Himmels willen! War das am Ende Alexandra von Hengstenberg? Elisabeth wusste für einen Moment nicht, was sie sagen sollte. Schließlich fasste sie sich ein Herz. Vielleicht konnte sie bei einem Gespräch unter vier Augen einige ihrer Restzweifel in Bezug auf das Verhältnis zwischen dieser Alex und Julius ausräumen. »Sicher, Lina. Bringen Sie mich zu der Dame.«

Als Elisabeth den Salon betrat, sah sie, dass es sich bei der Besucherin tatsächlich um Fräulein von Hengstenberg handelte. Die bezaubernd schöne junge Frau, die ein grünes Kleid trug, hatte sich malerisch auf einem von Julius' Diwanen drapiert und machte keinerlei Anstalten aufzustehen, um sie zu begrüßen.

»Ach, Sie sind das«, meinte sie gelangweilt und blätterte weiter in einer Zeitschrift.

Elisabeth lächelte grimmig und ließ sich auf dem Sessel nieder, der ihrer Rivalin genau gegenüberstand. Mit welchem Thema konnte sie die junge Dame in ein Gespräch verwickeln? Einerseits wollte sie nicht zu offensichtlich auf den Busch klopfen, andererseits wusste sie nicht genau, wie viel Zeit ihr bleiben würde, bis Julius nach Hause kam.

»Sie wollen also Schauspielerin werden?«, fragte sie nach einigen Minuten beidseitigen Schweigens.

»Ich *bin* Schauspielerin«, antwortete ihr Gegenüber patzig und schlug die Zeitschrift zu.

»Oh, ich bitte um Entschuldigung«, erwiderte Elisabeth. »In welchen Filmen konnte man Sie schon bewundern? Meine Schwester ist ebenfalls …«

»Noch war ich in keinem Film. Aber mein Talent ist unbestritten. Das sagt jeder in der Branche. Julius will mich deshalb auch groß herausbringen«, wurde sie unsanft von Fräulein von Hengstenberg unterbrochen.

Elisabeth nickte. Sie wusste nicht genau, was sie von ihrer Konkurrentin halten sollte. Einerseits wirkte sie wie eine mondäne, elegante junge Frau, doch im Umgang war sie auch sehr unreif. Was empfand Julius, wenn er mit ihr zusammen war? Was hatte Fräulein von Hengstenberg, das er bei ihr vermisste? Eine Stimme tief in ihrem Innern lieferte die Antwort auf ihre Frage: Jugend und bedingungslose Bewunderung. Es war offensichtlich, dass Fräulein von Hengstenberg Julius und alles, was er tat, leidenschaftlich verehrte. Sie betete ihn förmlich an. Oder erinnerte ihn diese Frau mit den dunklen Haaren an eine jüngere Version ihrer selbst? Dieser letzte Gedanke tat besonders weh. Aus welchem Grund hielt er überhaupt die Beziehung mit ihr aufrecht?

Um sich abzulenken, fragte sie: »Sie kennen Julius schon länger?«

»Seit knapp zwei Jahren.«

Diese Auskunft verwunderte Elisabeth. Hatte Julius nicht gesagt, dass er sie aus einem seiner Waisenhäuser kannte? Aber vor zwei Jahren musste die junge Dame mit dem schicken Bubikopf doch bereits volljährig gewesen sein. Und Erwachsene blieben kaum weiterhin in einem Waisenhaus wohnen, oder?

»Wollten Sie heute Abend etwas mit Julius unternehmen?«, erkundigte sie sich, einer plötzlichen Eingebung folgend. Es war eine rhetorische Frage, weshalb sonst hätte die Dame so geduldig auf ihn warten sollen? Aber warum hatte sich Julius dann trotzdem mit ihr verabredet? Hatte er etwas durcheinandergebracht? »Es tut mir leid, dass ich so kurzfristig angereist bin, aber ...«

»Sie stören uns nicht«, erklärte Alexandra von Hengstenberg herablassend. Mit vertrauter Selbstverständlichkeit öffnete sie die auf dem Tisch stehende silberne Zigarettenschatulle und bediente sich. »Julius hat mir schon vor einiger Zeit erklärt, dass Sie als Mutter seiner Tochter immer Teil seines Lebens sein werden.«

Verunsichert blickte Elisabeth sie an. Es stimmte, dass Julius und sie ein Leben lang durch Julia verbunden sein würden. Aber das war nur ein – wenn auch sehr wichtiger – Teil ihrer Beziehung. Tatsächlich hoffte sie nach den vielen gemeinsamen Nächten auf so viel mehr. Eines Tages wollte sie mit ihm verheiratet sein und ...

»Und seit Julius mit mir verlobt ist, macht mir Ihre Gegenwart auch nichts mehr aus.« Lächelnd griff sie nach dem Feuerzeug und steckte sich die Zigarette an.

Etwas in Elisabeth zerbrach bei diesen Worten. Es war, als ob ihr der Boden unter den Füßen weggezogen wurde. Spielte Julius etwa tatsächlich ein doppeltes Spiel?

# 9. Kapitel

Endlich hatten sie wieder genügend Personal. Zuletzt hatte es sogar an Spülfräuleins und Lehrjungen gefehlt. Im Ort kursierte das Gerücht, im Palais gehe es zu wie in Sodom und Gomorrha. Besorgte Mütter hatten ihren Kindern verboten, für ein solches Etablissement zu arbeiten. Diese Sichtweise konnte Minna nicht nachvollziehen. Was war schon dabei, wenn die Gäste ein wenig über die Stränge schlugen? Davon ging die Welt nicht unter. Um dem Mangel an Arbeitskräften abzuhelfen, hatte Fräulein Kuhlmann über fünfundzwanzig neue Männer und Frauen über eine Berliner Personalvermittlung eingestellt. Leider mussten alle zunächst auf ihren neuen Posten eingearbeitet werden. Und zum ersten Mal verstand Minna, warum ihr früherer Chef, Herr Brandmüller, ein solch strenges Regiment geführt hatte. Ohne Disziplin kam man mit diesem unterschiedlich talentierten Haufen nicht weiter.

Gerade erklärte sie einer Gruppe von Jungköchen, wie man überbackene Austern à la Rockefeller zubereitete. »Die frischen Austern werden zuerst mit dem Messer aufgemacht und das Muschelfleisch aus der Schale gelöst.« Geschickt öffnete sie das Meerestier. »Das Austernwasser muss aufgefangen werden, das brauchen wir später noch. Die untere Schalenhälfte wird ausgewaschen und beiseitegelegt.«

Während sie diese Arbeiten verrichtete, fragte sie in die Runde: »Woran erkennt man eine frische Auster?«

Die jungen Männer wollten sich vor ihr nicht blamieren und starrten angestrengt auf ihre Schuhspitzen.

Minna seufzte. »Das Fleisch muss fest sein und darf stets nur nach Jod duften. Wenn es schwammig oder gar milchig ist, lasst ihr die Finger davon.«

Nachdem sie rund ein Dutzend Schalen geöffnet hatte, brachte sie das aufgefangene Wasser mit etwas Butter zum Kochen und ließ die ausgelösten Austern eine halbe Minute darin ziehen. Anschließend bereitete sie das Gemüse zu: In Ringe geschnittene Frühlingzwiebeln wurden glasig gebraten, dann kamen in feine Streifen geschnittener Spinat und etwas gehackte Petersilie dazu. Das Ganze wurde mit dem Austernsud aufgefüllt und so lange geköchelt, bis alles weich war. Die überschüssige Flüssigkeit wurde mit Weißbrotbröseln abgebunden und mit Anislikör und Worcestershiresauce abgeschmeckt.

»Seht ihr? Jetzt muss nur noch der Speck scharf angebraten, zerkleinert und unter die Gemüsemischung gehoben werden. Anschließend gebt ihr je eine Auster in jede Schalenhälfte und bedeckt das Ganze mit der zubereiteten Masse.« Minna setzte die fertigen Austernschalen auf ein mit grobem Salz gefülltes Backblech. Sie hatte es eilig. Albert hatte sie gebeten, heute Nachmittag mit ihm einen Spaziergang zu machen.

»Jetzt träufelt ihr noch etwas zerlassene Butter auf die gefüllten Austernhälften und überbackt sie für fünf Minuten bei circa zweihundert Grad Celsius.«

»Frau Pohl?« Einer der Jungköche zeigte auf wie in der Schule.

»Ja?« Es war für sie immer noch ungewohnt, mit ihrem Nachnamen angesprochen zu werden, so viele Jahre war sie einfach nur ›Minna‹ gewesen. Aber Fräulein Kuhlmann hatte bei der Vorstellung des neuen Personals darauf bestanden, dass ihr als Chefköchin Respekt gezollt wurde.

»Warum heißt dieses Gericht eigentlich à la Rockefeller?«

Minna lächelte. »Weil es ebenso reichhaltig ist … wie der vermögendste Mann der Welt.«

Während sie sich für einen Spaziergang bei kaltem, windigem Wetter zurechtmachte, fragte sie sich, warum Albert ausgerechnet bei diesen Temperaturen an die Küste wollte. Aber wenigstens war er in Bezug auf den Generaldirektor noch einmal mit einem blauen Auge davongekommen. Niemand hatte ihn verdächtigt, hinter dem Unfall von Herrn Mittenbach zu stecken. Und auch ihm selbst schien nachträglich aufgegangen zu sein, was für eine Katastrophe er hätte heraufbeschwören können. Trotzdem war Minna hart mit ihm ins Gericht gegangen: Wenn seine zukünftigen politischen Aktivitäten gegen das Gesetz verstießen, müsse er Bad Doberan verlassen, hatte sie ihm gesagt. Sie wolle nicht mit jemandem in Verbindung gebracht werden, der andere Menschen ermordete, um seine Ziele zu erreichen. Daraufhin hatte Albert ihr hoch und heilig versprochen, von jeder weiteren Straftat abzusehen. Und soweit sie es bei ihrer vielen Arbeit beurteilen konnte, hielt er sich daran. Selbst Fräulein Kuhlmann hatte neulich zu ihr gesagt, Albert stelle sich als Hilfsgärtner gar nicht schlecht an.

Als sie an der Haltestelle der Bäderbahn eintraf, wartete er bereits auf sie. Mit einem Grinsen zog er sie an sich und gab ihr in aller Öffentlichkeit einen herzhaften Kuss auf die Lippen. Minna war zu verliebt, um ihn deswegen auszuschimpfen. Kurz darauf kam der Molli angefahren, und sie stiegen ein. Im Abteil wirkte Albert ungewohnt nervös. Unwillkürlich fragte sich Minna, ob er neues Unheil im Schilde führte. Hoffentlich nicht, sie wollte ihm so gern vertrauen.

Die Strandpromenade von Heiligendamm war verwaist. Das Grand Hotel war zwar im Sommer geöffnet und offenbar sogar ausgebucht gewesen, doch wie jedes Jahr hatte es nach der Hauptsaison die Türen geschlossen. Alberts rote Haare flatterten im Wind, als sie Hand in Hand das aufgepeitschte Meer betrachteten. Trotz der Kälte war es ein wunderbarer Anblick, wie das von Schaumwellen gekrönte Wasser gegen die befestigten Schutzwälle und Anlagen rollte. Bunte Strandkörbe standen einsam und verlassen im Sand, und nur ein paar grau-weiße Möwen stolzierten auf der Suche nach etwas Essbarem dazwischen herum.

Plötzlich ließ Albert ihre Hand los und ging vor ihr auf ein Knie. »Liebste Minna, eigentlich habe ich als Mann aus Bayern immer die Berge bevorzugt, aber solange du an meiner Seite bist, kann ich genauso gut für immer am Meer bleiben. Es macht mich glücklich, dass dich selbst schwerer Seegang nicht zu entmutigen scheint und du immer gut achtgibst, dass unser Boot nicht kentert. Du bist eine hübsche und tüchtige Frau, die auch politisch das Herz am rechten Fleck hat und meine Arbeit gewaltfrei mit mir fortführen wird. Bitte heirate mich!«

Fassungslos starrte Minna auf den einfachen Silberring, den Albert aus der Jackentasche zog und ihr entgegenhielt. Sie war so glücklich, dass ihr für einen Moment die Worte fehlten.

Das Lächeln auf seinem Gesicht erstarb. »Oder willst du mich am Ende gar nicht?«

»Und ob ich dich will«, rief sie gegen den stärker werdenden Sturm an. »Ich liebe dich, Albert Schuhmacher!«

Er steckte ihr den Ring an. Dann sprang er mit einem Satz auf beide Füße und umarmte sie. Sie war am Ziel ihrer Träume. Niemals hätte sie geglaubt, dass sich zu ihrem beruflichen Erfolg auch noch ein Ehemann hinzugesellen könnte. Kein Mensch verdiente so viel Glück auf einmal!

Nachdenklich schloss Elisabeth die Wohnungstür. Eine freudestrahlende Minna hatte ihr gerade gebeichtet, dass sie sich mit ihrem Albert verlobt hatte. Sie hatte ihr zwar gratuliert, war sich aber nicht sicher, ob sie diese Beziehung gutheißen sollte. Albert hatte so etwas Unstetes an sich. Er wirkte auf sie wie eine dieser Katzen, die sich erst ausgiebig streicheln ließen und einem dann vollkommen grundlos in die Finger bissen. Aber letztlich musste Minna entscheiden, ob sie ihn wollte.

Nachdem sie noch einmal nach der schlafenden Julia gesehen hatte, ging Elisabeth in ihr Zimmer und setzte sich an den Schminktisch. Unsicher betrachtete sie ihr Spiegelbild. Anfang November war sie dreiunddreißig geworden. Julius hatte diesen Abend mit ihr und ihrer Familie in einem Restaurant gefeiert und sie scherzhaft mit ihrem greisenhaften Alter aufgezogen. Doch in Wahrheit hatte er sich für eine viel jüngere Frau entschieden ... ohne es ihr mitzuteilen. Sie hatte hoch gepokert, ihm alles von sich gegeben und trotzdem verloren.

Warum hatte sie sich damals, nach dem wilden Abend im *Chat Noir*, nur von seinen leidenschaftlichen Worten einlullen lassen? Er war von ihrem lasziven Auftritt überrascht gewesen und hatte ausprobieren wollen, ob sie sich immer noch von ihm erobern lassen würde. Leider hatte sie es ihm viel zu leicht gemacht. Sie war keine stolze Festung gewesen, um deren Einnahme er hatte kämpfen müssen. Im Gegenteil. Sie hatte sich ihm regelrecht an den Hals geworfen. Wahrscheinlich versuchte er schon länger, ihre Affäre – oder wie immer man das nannte, was zwischen ihnen war – zu beenden, und hatte nur auf den richtigen Augenblick gewartet, um mit ihr zu reden. Voller Scham schlug sie die Hände vors Gesicht. Wie konnte sie nur über Minnas Verlobung urteilen, wenn sie ihre eigene Situation derart falsch eingeschätzt hatte? Niemals hätte sie für möglich gehalten, dass Julius sie auf diese Weise hintergehen könnte. Zumal er damals ihre Vermutung, er wolle diese Alex heiraten, weit von sich gewiesen hatte.

Als sie von Fräulein von Hengstenberg die Wahrheit erfahren hatte, war sie Hals über Kopf aus seinem Haus geflohen und noch mit dem Nachtzug nach Rostock zurückgefahren. Dort hatte sie stundenlang auf einer unbequemen Holzbank im Wartesaal des Bahnhofs ausharren müssen, bis endlich die Bummelbahn nach Bad Doberan eingefahren war. Unentwegt hatte sie daran denken müssen, dass jedes Wort, das Julius ihr ins Ohr geflüstert hatte, eine Lüge gewesen war. Und dieses Wissen brach ihr das Herz.

Am nächsten Morgen hatte Julius sich telefonisch bei ihr gemeldet und sich – vermeintlich besorgt – nach dem Grund für ihre übereilte Abreise erkundigt. Sie hatte etwas von einem vergessenen Geschäftstermin gestammelt, und er war nicht weiter darauf eingegangen. Stattdessen hatte er sie gefragt, ob es ihr etwas ausmachen würde, wenn Fräulein von Hengstenberg das Weihnachtsfest ebenfalls im Hotel verbrachte. Vor Schock war sie wie gelähmt gewesen. Jetzt sollte sie auch noch zusehen, wie er Verlobung mit ihrer Nebenbuhlerin feierte? Obwohl ihr Herz allein beim Gedanken daran zu zerspringen drohte, hatte sie sich nichts anmerken lassen und gesagt, seine Gäste seien selbstverständlich jederzeit willkommen. Was hätte sie auch sonst sagen sollen? Schließlich gehörte ihm die Hälfte des Palais.

Elisabeth hatte keine Ahnung, wie sie die Feiertage mit ihm und seiner zukünftigen Frau überstehen sollte. Ob sie unter irgendeinem Vorwand nach Berlin flüchten konnte? Das würde Julius ihr sicherlich als Schwäche ankreiden. Oder wäre er heimlich erleichtert? Auch ihre Familie, die fest davon ausging, dass sie selbst Julius' zukünftige Braut war, dürfte überrascht reagieren. Am besten informierte sie vorab jedes Familienmitglied einzeln über die geänderte Lage, damit es nicht zu peinlichen Gesprächen kam.

Doch wie sollte sie sich Julius gegenüber verhalten? Sollte sie so tun, als ob es die unzähligen Liebesnächte mit ihm nie gegeben hätte? Gleichgültigkeit oder gar Freude über seine Verlobung heucheln? Ihn zu seiner schönen Braut beglückwünschen? Nein, so tief würde sie nicht sinken. Auf der anderen Seite durfte er niemals wissen, wie sehr er sie mit alldem verletzte. Am besten würde sie von nun an jeden Kontakt zu ihm vermeiden. Sie war schon in den letzten Tagen bei ihren allabendlichen Telefonaten sehr einsilbig gewesen, und am besten würde sie von nun an seine Anrufe ignorieren.

Aber wie schlimm wäre es für Julia, wenn ihre Eltern nicht mehr miteinander redeten? Die Kleine brauchte doch, gerade in ihrem jetzigen Alter, das Vorbild beider Eltern? Und was würde mit Luise geschehen? Sie hatte Julius in der Sache mit Sternhaus um Hilfe bitten wollen, aber …

In diesem Moment schrillte das Telefon, das sie extra wegen ihm neben ihrem Bett hatte installieren lassen. Innerlich wie tot, starrte sie auf den Apparat, der nicht aufhören wollte zu klingeln. Es brauchte all ihre innere Stärke, um nicht nach dem Hörer zu greifen. Doch es war besser so.

Es hatte Paul große Überwindung gekostet. Aber jetzt, eine Woche vor Weihnachten, hatte er sich endlich durchgerungen und einen Termin im Berliner »Institut für Sexualwissenschaft« vereinbart. Laut seinen Nachforschungen war dies die einzige Stelle, die homosexuellen Männern Hilfe versprach. Vielleicht konnte er dort kuriert werden. Denn obwohl er seit Emil keinen Mann mehr angerührt hatte, war er sich schmerzlich bewusst, dass er bei der nächstbesten Versuchung erneut schwach werden würde. Die Geschichte mit Emil war letztendlich glimpflich ausgegangen. Nachdem der freundliche Polizist ihn darüber informiert hatte, dass er dessen Anzeige nicht weiterverfolgen würde, hatte er Emil – mit Elisabeths Einverständnis – fristlos gekündigt. Der Knecht war unter unschönem und lautstarkem Protest abgezogen. Doch er hatte verstanden, dass er keine Macht mehr über ihn hatte.

Das Institut für Sexualwissenschaften war vor einigen Jahren von drei Ärzten gegründet worden, von denen vor allem Magnus Hirschfeld in der Öffentlichkeit bekannt war. Bereits vor der Jahrhundertwende hatte er ein Komitee gegründet, um gegen den Paragraphen 175 zu kämpfen, der die Liebe zwischen Männern unter Strafe stellte. Doch die von dem Komitee eingereichte Petition war an der konservativen Haltung des Reichstags gescheitert.

Obwohl Paul wusste, dass alles, was er Dr. Hirschfeld offenbaren würde, unter die ärztliche Schweigepflicht fiel, war er extrem nervös, als er im Wartezimmer Platz nahm. Immer wieder drehte er seinen Hut zwischen den Fingern. Hatte ihn jemand gesehen, als er die Räumlichkeiten des Instituts betreten hatte? Ob es zu spät war, einfach wieder aufzustehen und zu gehen?

In diesem Moment öffnete sich die Tür zum Behandlungszimmer, und ein grauhaariger Mann mit Nickelbrille und Schnauzbart lächelte ihn gütig an. »Herr Kuhlmann? Bitte treten Sie ein.«

Als Paul in einem Sessel vor Hirschfelds Schreibtisch saß, blickte er sich mit großen Augen um. Es war ein sehr gemütliches Zimmer, das sogar über einen Kamin verfügte und überhaupt nicht an eine sterile Arztpraxis erinnerte. Die bis zur Decke reichenden Buchregale waren randvoll mit wissenschaftlichen Abhandlungen und anderen Schmökern, allerdings gab es keinerlei medizinische Gerätschaften oder gar Bilder von männlichen Sexualorganen. Ein Umstand, der ihn sehr erleichterte.

Dr. Hirschfeld, der kein Jackett, sondern lediglich eine Tweedweste über einem gestreiften Hemd trug, faltete die Hände vor seinem Spitzbauch. »Was kann ich für Sie tun, Herr Kuhlmann?«

Paul hatte zuerst überlegt, sich unter falschem Namen anzumelden, die Idee aber wieder verworfen, weil er seine Probleme ernsthaft angehen und nicht in letzter Minute einen Rückzieher machen wollte. Trotzdem klopfte sein Herz vor Aufregung und Angst fast schmerzhaft gegen seine Rippen. Er räusperte sich. »Ich … ich bin ein Perverser. Eine verlorene Seele.«

Das Lächeln auf Dr. Hirschfelds Gesicht erstarb. »Bitte?«

Sein Mund war wie ausgetrocknet vor Anspannung. »Vielleicht sind dies die falschen Wörter. Aber Sie wissen schon, was ich meine … ich fühle mich zu Männern hingezogen.«

»Soso.« Dr. Hirschfeld blickte auf Pauls Akte. »Hier steht, dass Sie verheiratet sind und drei Kinder haben?«

»Das stimmt«, murmelte Paul verlegen.

»Aber Sie unterhalten auch Beziehungen mit Männern? Körperliche oder platonische?«

»Nicht im Moment, aber … ich habe in der Vergangenheit zwei Männer … auch geschlechtlich geliebt.«

»Weil Sie sich von ihnen mehr angezogen fühlten als von Ihrer Frau?«

Er nickte beklommen.

»Und weshalb kommen Sie jetzt zu mir?«

Paul fuhr sich erregt durch das kurze blonde Haar. »Sie müssen mir helfen, diese Gefühle und Regungen zu unterdrücken. Vielleicht gibt es auch Medikamente dagegen. Aber ich will nicht mehr homosexuell sein. Es ist krankhaft, gegen das Gesetz und …«

Dr. Hirschfeld hob eine Hand, um seinen Redefluss zu stoppen. »Bitte beruhigen Sie sich, Herr Kuhlmann. Worum geht es Ihnen wirklich? Haben Sie Angst, als Homosexueller von der Gesellschaft verstoßen zu werden? Glauben Sie, dass ein solches Leben nicht wert ist, gelebt zu werden?«

»Ja, natürlich habe ich Angst. Ich bin erst vor Kurzem, nach einem Erpressungsversuch, haarscharf der Enttarnung entronnen! Ich kann so nicht weiterleben.« Plötzlich standen Tränen in seinen Augen. »Bitte helfen Sie mir!«

»Lassen Sie uns in Ruhe über alles sprechen.« Dr. Hirschfelds Blick war voller Mitleid. »Der Paragraph 175 hat sowieso schon viel zu viel Unheil und Leid über unschuldige Menschen gebracht. Er ist das Problem und nicht Sie, Herr Kuhlmann.«

»Wie meinen Sie das?«, fragte Paul und wischte sich die Augen.

»Ich kämpfe bereits seit Jahren gegen dieses Gesetz an, das sich gegen die menschliche Natur selbst richtet. Niemand ist dafür verantwortlich, mit welcher sexuellen Veranlagung er geboren wird, genauso wenig, wie er für seine Haarfarbe oder seine Schuhgröße etwas kann. Seien Sie versichert … die Liebe zum gleichen Geschlecht ist genauso rein und nobel wie die zum anderen Geschlecht. Eine solche Orientierung kommt bei den achtbarsten Personen unserer Gesellschaft vor, und man muss sich nicht dafür schämen.«

»Aber …«, setzte Paul hilflos an. Hatte er Dr. Hirschfeld richtig verstanden? Er verteidigte diese abnorme Neigung?

»Nur ignorante und engstirnige Mitbürger verurteilen diejenigen unter uns, die anders fühlen. Bitte verzweifeln Sie nicht!

Mit der Zeit wird Deutschland dazulernen und erfahren, dass auch homosexuelle Männer wertvolle Beiträge für unsere Gesellschaft leisten und keine sittliche Gefahr darstellen.«

»Ich verstehe nicht …«, stammelte Paul. »Sie schlagen vor, dass ich … weiterhin Männer liebe?«

»Herr Kuhlmann, Sie sind so geboren worden. Niemand kann gegen seine eigene Natur ankämpfen. Dagegen ist kein Kraut gewachsen.«

Paul war enttäuscht. Er hatte so sehr auf die Möglichkeit gehofft, sich behandeln zu lassen.

Dr. Hirschfeld schien ihm seine Gefühle anzusehen. »Sie müssen lernen, sich so anzunehmen, wie Sie sind, Herr Kuhlmann.«

»Aber wie soll das gehen, wenn es doch gegen das Gesetz ist?«

»Ich würde vorschlagen, dass Sie eine Therapie bei mir beginnen. Wir sollten uns regelmäßig sehen. Sie müssen den ganzen Selbsthass, der sich in Ihrem Inneren aufgestaut hat, erst loswerden, bevor sie beginnen können, das Leben als schwuler Mann zu genießen. Glauben Sie mir … es lohnt sich. In Berlin gibt es schon seit Längerem ein Nachtleben, bei dem auch Homosexuelle auf ihre Kosten kommen.«

»Eine Therapie?«, wiederholte Paul. »Um schwul zu bleiben?«

»Nein, eine Therapie, die Sie lehrt, sich selbst auch als homosexuellen Mann zu lieben.«

Niedergeschlagen starrte Paul auf seine Schuhspitzen.

»Wissen Sie was? Es gibt da einen Film, an dem ich mitgewirkt habe. Er ist zwar von der Zensur verboten … aber ich glaube, er würde ihnen weiterhelfen. Wollen Sie ihn sich ansehen?«

Was hatte er schon zu verlieren? Paul nickte. »Sicher, warum nicht.«

Elisabeth hatte durchgehalten. Seit genau einer Woche war sie nicht mehr ans Telefon gegangen, wenn Julius angerufen hatte. Stattdessen hatte sie Julia gebeten, mit ihrem Vater zu sprechen, und vorgegeben, selbst zu viel Arbeit für ein Gespräch zu haben. Es war die Hölle gewesen, doch hoffentlich hatte Julius die Botschaft verstanden: Er war frei, seine Verlobung mit Fräulein von Hengstenberg bekannt zu geben. Und wenn er in ein paar Tagen mit seiner Auserwählten nach Bad Doberan käme, würde es vielleicht schon weniger wehtun. Im Moment erfüllte sie dieser Gedanke jedoch noch immer mit Panik.

»Mama, wie sagt man ›Hund‹ auf Französisch?«, fragte Julia, die als zukünftige Erbin des Hotels neben der Schularbeit weitere Sprachen erlernte.

»*Chien*«, erwiderte Elisabeth zerstreut. »*Un chien.*« Sehnsüchtig schaute sie aus dem Fenster. Selbst in dem grauen, kalten Licht des Wintertages wirkte die Weite des parkähnlichen Hotelgartens verlockend. Warum konnte sie nicht einfach ihre Sachen packen und mit Julia irgendwo ein neues Leben beginnen? Das wäre so viel leichter zu ertragen gewesen, als Julius mit dieser Frau zu sehen. Selbst ihr geliebtes Palais Heiligendamm hätte sie dafür aufgegeben.

Elisabeth hätte nicht sagen können, warum sie in diesem Moment zur Tür blickte. Bis auf das Kratzen von Julias Füller auf dem Papier war alles still. Hatte sie eine Bewegung aus dem Augenwinkel wahrgenommen? Als sie sich umdrehte, sah sie ihn: Julius stand mit vor der Brust verschränkten Armen und einem seltsam verschlossenen Gesichtsausdruck im Raum.

Wortlos starrte sie ihn an. Trotz der abwehrenden Haltung sah er zum Niederknien schön aus, und sie sog seinen Anblick gierig in sich auf. So musste sich ein Sterbender fühlen, dem sein letzter Wunsch erfüllt wurde. Mit einem bittersüßen Gefühl betrachtete sie die dunkelblonden Haare, die sein schmales maskulines Gesicht umrahmten, und die vertrauten bernsteinfarbenen Augen, die irgendwie vorwurfsvoll auf ihr ruhten. Wie gern wäre sie aufgestanden, hätte die kurze Distanz, die sie trennte, überwunden und sich in seine Arme geschmiegt. Doch das durfte sie nicht. Julius gehörte ihr nicht. Er war der Mann einer anderen.

»Julia?« Seine Stimme klang rau. »Bist du so lieb und lässt deine Mutter und mich für einen Moment allein?«

»Papa!«, rief Julia überrascht. »Was machst du denn schon hier? Die Woche ist doch noch gar nicht vorbei.«

»Das erkläre ich dir später, mein Schatz. Aber jetzt muss ich erst ein ernstes Wort mit deiner Mutter sprechen.«

Julius' Ton war dermaßen unerbittlich, dass Julia sofort und ohne Widerworte gehorchte. Im Vorbeigehen warf ihr ihre Tochter einen verwunderten Blick zu, ganz so, als ob sie sich fragte, was ihre Mutter wohl angestellt haben mochte, um diese Gardinenpredigt zu verdienen.

»Schön, dass du …«, setzte Elisabeth an, doch sein grimmiger Blick brachte sie zum Schweigen.

»Was soll das?«, fragte er gefährlich leise.

Elisabeth spürte seine nur notdürftig im Zaum gehaltene Wut, doch sie konnte sich keinen Reim darauf machen. Sie gab sich weiß Gott Mühe, ihm alle Hindernisse aus dem Weg zu räumen, und trotzdem war er unzufrieden? »Ich weiß nicht, wovon du redest.«

»Warum weichst du meinen Anrufen aus?«

Daher wehte also der Wind. Er war sauer, dass sie ihm nicht weiterhin zu Füßen lag, obwohl er mit einer anderen Frau verlobt war. Doch diesen Gefallen würde sie ihm nicht tun. Dafür hatte sie zu viel Selbstachtung. Sie streckte das Kinn vor und sagte so beiläufig wie möglich: »Entschuldige bitte, aber ich hatte in den Wochen vor Weihnachten zu viel Arbeit, um …«

»Lüg mich nicht an«, knurrte er.

»Ich lüge nicht«, rief sie empört und fuhr aus ihrem Sessel hoch. »Wie kannst du es wagen, ausgerechnet *mich* in diesem Ton anzugehen!«

Bei ihren Worten schien Julius' Wut zu verrauchen. Plötzlich lag in seinen Augen ein wehmütiger Ausdruck. Seine ganze

Haltung wirkte resigniert. »Elisabeth«, sagte er leise. »Was machen wir bloß? Wir lieben uns doch. Warum können wir nicht harmonisch zusammenleben? Warum baust du immer wieder diese Distanz zwischen uns auf?«

Ungläubig starrte sie ihn an. »*Ich* ... baue Distanz auf?«

Julius nickte. »Was habe ich denn Schlimmes verbrochen, dass du nicht mehr mit mir telefonieren willst? Und bitte spar dir die fadenscheinigen Ausreden!«

Julius' Anschuldigungen machten sie für einen Moment sprachlos. Sie holte tief Luft. »Du bist wirklich einmalig. Zuerst verlässt du mich, kurz nachdem wir Julia wiedergefunden haben, und jetzt ...«

»Dafür habe ich mich mehrfach entschuldigt!«, warf Julius ein. »Ich brauchte Zeit, um über diesen vermeintlichen Vertrauensbruch hinwegzukommen. Bereits einige Monate später habe ich versucht ...«

Unbeirrt sprach sie weiter: »... und jetzt erfahre ich nicht von dir, sondern von deiner zukünftigen Frau, dass du verlobt bist.«

Diesmal schien Julius um Worte verlegen zu sein. Mit offenem Mund stierte er sie an. »Meine ... was?«

»Du kannst ruhig offen mit mir sprechen. Ich weiß Bescheid«, erwiderte Elisabeth schneidiger, als sie sich fühlte.

»Und wer soll diese Verlobte sein?«, fragte er leise.

Seine Frage brachte sie aus dem Konzept. Warum gab er nicht endlich zu, dass sie ihm auf die Schliche gekommen war? »Fräulein von Hengstenberg natürlich.«

»Natürlich«, wiederholte er konsterniert und fuhr sich mit einer Hand durch die Haare.

Endlich war die Katze aus dem Sack. Selbst wenn sie jetzt am liebsten aus dem Zimmer gerannt wäre.

Julius kam mit ausgestreckten Armen einen Schritt auf sie zu. Doch Elisabeth wich vor ihm zurück. Sie brauchte sein verdammtes Mitleid nicht.

»Elisabeth«, sagte er beschwörend. »Ich bin nicht mit Alexandra verlobt.«

»Wolltet ihr es erst an Weihnachten offiziell bekannt geben?«, vermutete sie, obwohl ihr Herz wund vor Liebeskummer war.

Er seufzte. »Hättest du die Güte, mir zuzuhören? Ich bin nicht mit Alexandra verlobt und werde es auch niemals sein. Die einzige Frau, der ich je einen Heiratsantrag gemacht habe ... die einzige Frau, die ich *immer noch* ehelichen will ... bist du!«

Elisabeth traute ihren Ohren nicht. »Du willst ...«, stammelte sie und ließ zu, dass er sie umarmte.

»Bitte heirate mich«, flüsterte Julius ihr leidenschaftlich ins Ohr. »Ich liebe dich und will mit dir bis ans Ende unserer Tage glücklich sein.«

Sie konnte diesen plötzlichen Umschwung nicht begreifen. »Aber was ist mit Fräulein von Hengstenberg? Sie hat mir erst vor Kurzem erzählt, dass ihr verlobt seid.«

Frustriert drückte Julius sie noch fester an seine Brust. »Liebling, Alexandra ist krank. Sie ist ein armes, verlorenes Wesen, das an Mythomanie leidet. Ich kümmere mich um sie, seitdem sie zwölf Jahre alt ist. Nach ihrem achtzehnten Geburtstag war sie vorübergehend in einer Nervenheilanstalt untergebracht, aber selbst dort konnte man ihr nicht helfen. Doch ich versichere bei allem, was mir heilig ist, dass ich lediglich ihr Vormund bin und nichts weiter.«

Zaghaft schlang Elisabeth ihre Arme um seinen Hals. Durfte sie seinen Worten Glauben schenken? »Mythomanie?«, murmelte sie.

»Alexandra hat einen krankhaften Drang, zu lügen und Dinge zu erfinden, die sie interessanter erscheinen lassen. Hast du dich noch nie gewundert, warum sie – als angeblich Adelige – im Waisenhaus gelebt hat? Eigentlich heißt sie Susanne Precht, aber die Ärzte meinten, dass man ihr einen Teil ihrer Hirngespinste durchgehen lassen sollte. Doch wenn sie anfängt, unsere Liebe zu zerstören, muss ich ernste Schritte ...«

Plötzlich konnte sie wieder freier atmen. »Julius, ich liebe dich. Niemand kann unsere Liebe zerstören, wenn wir es nicht selbst tun.«

Er vergrub seine Nase in ihren Haaren. »Elisabeth!«

»Aber warum hast du mir nie von ihrer Krankheit erzählt?«

Julius seufzte. »Ich dachte, du wüsstest, wie es um sie steht. Meines Erachtens sticht ihr pathologisch überspanntes Verhalten sofort ins Auge … aber wahrscheinlich fällt es mir nur so deutlich auf, weil ich die Anzeichen ihrer Manie kenne. Bitte entschuldige. Mir war nicht bewusst, dass sie dir ebenfalls Märchen auftischt. Natürlich hatte ich ihr das strengstens verboten. Aber vielleicht überschätze ich auch, wie erfolgreich sie gegen ihren Drang ansteuern kann. Es ist manchmal verdammt schwer zu akzeptieren, dass man … dass *ich* ihr nicht helfen kann.«

Das war harter Tobak. Während Elisabeth versuchte, die erhaltenen Informationen zu verdauen, fiel ihr plötzlich noch etwas anderes ein. »Aber warum hast du Fräulein von Hengstenberg mit Julia in deinem Bett spielen lassen?«

Er hielt sie eine Armlänge von sich weg und blickte ihr unverwandt ins Gesicht. »Wie bitte? Alexandra hat mein Schlafzimmer nie betreten. Und sie hat auch niemals Interesse an Julia gezeigt. Es ist ihrer Krankheit geschuldet, dass sie sich fast ausschließlich mit ihren eigenen Wünschen und Bedürfnissen beschäftigt.«

»Aber … Julia hat mir mehrfach erzählt, dass sie mit einer Alex in deinem Bett gespielt hat.«

Diesmal brach Julius in ein befreites Lachen aus und schloss sie erneut in die Arme.

Sie nahm ihre Hände von seinen Schultern und boxte ihn in die Seite. »Das ist nicht lustig.«

»Doch.« Julius grinste breit. »Alex ist die Katze meiner Nachbarn. Immer wenn ich nicht aufpasse, rennt sie in mein Schlafzimmer und versteckt sich unter meiner Bettdecke. Deshalb habe ich das Personal angewiesen, das dumme Vieh gar nicht mehr ins Haus zu lassen.«

Jetzt war auch dieses letzte Geheimnis aufgeklärt. Damals hatte nicht Fräulein von Hengstenberg in seinem Garten auf Julius gewartet, sondern … eine Katze! Trotzdem lag ihr das Herz bleischwer in der Brust. Die nächste Frage fiel ihr nicht leicht. »Aber … aber warum hast du unter diesen Umständen nicht früher um meine Hand angehalten?«

Julius lächelte zerknirscht. »Das frage ich mich jetzt auch. Doch … irgendwie war in der letzten Zeit alles so perfekt zwischen uns. Ich hatte einfach Angst, dass ich dich wieder in die Flucht schlage oder du mir einen Korb geben könntest, wenn ich versuchen würde, dir einen Ring an den Finger zu stecken. Ich erinnere mich nur zu gut an die Abfuhr damals im Pavillon.«

Eigentlich hätte sie über seine Antwort glücklich sein müssen, doch stattdessen brach sie in Tränen aus.

»Liebling, was hast du?«, fragte Julius bestürzt.

»Die ganze Zeit …«, schluchzte Elisabeth. »Die ganze Zeit habe ich mir solche Sorgen gemacht, dass du mich betrügst und dir unsere Liebe nichts bedeutet.«

Julius schüttelte betroffen den Kopf und nahm sie fester in seine Arme. »Elisabeth, wenn du wüsstest, durch was für eine Hölle ich allein in der letzten Woche gegangen bin, als ich dachte, du wolltest dich meiner entledigen. Freiwillig mache ich so etwas nicht noch einmal mit. Jetzt wird so schnell wie möglich geheiratet! Einverstanden?«

Sie legte ihre tränennasse Wange an seine Brust. »Einverstanden«, flüsterte sie.

Liebevoll nahm Julius ihr Gesicht in beide Hände und küsste sie. Plötzlich schien die Zeit stillzustehen.

# 10. Kapitel

*Juni 1926*

Es war ein klarer, sonniger Morgen. Julius und sie standen vor dem Berliner Standesamt, in dem sie gerade getraut worden waren, und hielten sich an den Händen. Endlich waren sie Mann und Frau! Endlich gehörten sie einander ganz und gar. Es war ein unbeschreibliches Gefühl. So viel war seit jenem Tag geschehen, an dem sie sich auf einem Korridor im Palais kennengelernt hatten. Vierzehn teils schreckliche Jahre waren vergangen. Beide hatten sie ihren Vater verloren, einen Krieg überstanden, für das Palais gekämpft und ihre gemeinsame Tochter geliebt. Sie hatten gestritten, sich getrennt und trotz aller Gefühlswirren wieder zusammengefunden … weil sie einander liebten und gemeinsam bessere und stärkere Menschen waren.

Obwohl Elisabeth zunächst protestiert hatte, hatten sie sogar Julia in Minnas Obhut gelassen und waren – ohne eine Menschenseele über ihre Pläne zu informieren – nach Berlin gefahren. Dieser besondere Moment als Frischverheiratete sollte ihnen allein gehören. Zu einem späteren Zeitpunkt würden sie ihre kirchliche Hochzeit mit einem Familienfest feiern, aber den heutigen Tag wollten sie ohne anderweitige Verpflichtungen genießen.

»Du bist mein Zuhause, Elisabeth. Das einzige wirkliche Zuhause, das ich je gehabt habe«, sagte Julius in diesem Moment und legte seine Stirn an ihre. »Ich brauche dich. Nur dich.«

»Nichts und niemand wird uns je wieder trennen, Julius«, hauchte sie. »Ich möchte nie mehr ohne die Gewissheit leben müssen, dass du mich liebst.«

Julius winkte ein Taxi heran, und gemeinsam fuhren sie zu

seinem Haus im Grunewald. Da er allen Angestellten den Tag freigegeben hatte, würden sie auch dort ganz allein sein.

»Hast du Hunger? Soll ich dir eine Kleinigkeit kochen?«, fragte Elisabeth verlegen, als sie sich endlich im Foyer gegenüberstanden.

Mit einem Lächeln nahm Julius ihr die Handtasche und den Hut ab und warf beides achtlos auf einen Stuhl. Dann griff er nach ihrer Hand mit dem schlichten goldenen Ehering und küsste sie. »Wenn du glaubst, dass ich mich noch eine Minute länger gedulde, irrst du dich. Meine Flitterwochen fangen …« Spontan hob er sie hoch und trug sie zur Treppe. »… genau jetzt an! Und ich kann nicht erwarten, meine wunderschöne Ehefrau aus diesem Kleid zu schälen und so lange zu lieben, bis uns beiden die Sinne schwinden.«

»Julius!«, rief Elisabeth lachend und schlang die Arme um seinen Hals. Der Plan klang perfekt.

Schlaftrunken erwachte Elisabeth. Ein ungeduldiges Klingeln hatte sie geweckt. War das die Haustür? Julius lag nackt neben ihr und schlief. Wohlig räkelte sie sich in den Laken. Langsam kehrte die Erinnerung an die letzten Stunden zurück, in denen Julius und sie sich mit ineinander verschränkten Händen und seelentiefen Blicken geliebt hatten. Es war …

Jemand klingelte Sturm an der Tür! Warum machte Frau Matten nicht auf? In diesem Moment fiel ihr ein, dass die Hausdame einen freien Tag hatte. Auch Julius wurde jetzt wach.

Liebevoll blinzelte er sie an und zog sie fest an seine warme Brust. »Wer wagt es da, uns zu stören?«

Elisabeth fuhr mit einer Hand spielerisch durch sein weiches Brusthaar. »Ich weiß es nicht. Aber wer immer es ist, scheint nicht aufzugeben.«

Julius seufzte. »Wenn ich für zwei Minuten aufstehe, um diesem Eindringling zu sagen, dass er dahin gehen soll, wo der Pfeffer wächst … versprichst du mir, dich nicht vom Fleck zu rühren?«

Sie hob die Hand zum Schwur. »Hoch und heilig.«

Julius kletterte aus dem Bett, schlüpfte in seine Schlafanzughose und warf sich einen Bademantel über. Bevor er hinauslief, gab er ihr noch einen herzhaften Kuss.

Kurz darauf hörte Elisabeth, wie das Klingeln verstummte und Julius die Tür öffnete. Es folgte eine gemurmelte Unterhaltung. War das eine Frauenstimme? Unwillkürlich verkrampfte sie sich. Julius hatte ihr versichert, dass er Alexandra von Hengstenberg für einen längeren Kuraufenthalt in eine bayerische Nervenheilanstalt geschickt hatte. Eigentlich hätte sie längst dort sein sollen.

In diesem Moment ging die Schlafzimmertür auf, und Julius trat mit einem besorgten Blick ein. »Es ist Luise. Sie hat wieder Probleme mit Sternhaus. Ich habe ihr gesagt, dass du hier bist. Am besten kommst du runter. Sie wartet im Salon auf uns.«

Ernüchtert zog Elisabeth sich an. Kurz nach Weihnachten hatte Julius mit Ulrich Sternhaus ein ernstes Wort gesprochen. Der Regisseur hatte zwar rundheraus abgestritten, dass er Luise aus egoistischen Motiven das Leben schwermachte, und stattdessen behauptet, mit seiner Kritik wolle er sie zu einer der besten Schauspielerinnen Deutschlands formen. Trotzdem hatte nach dem Gespräch der schreckliche Druck auf ihre Schwester nachgelassen. Als der Film abgedreht war, hatte Sternhaus ihr die Hauptrolle in einem weiteren Streifen angeboten, und Luise hatte nach kurzem Zögern zugesagt. Die Dreharbeiten hatten erst vor einer Woche begonnen. Ob sich Sternhaus in dieser kurzen Zeit schon wieder danebenbenommen hatte?

Hand in Hand gingen Julius und sie die Treppe hinunter und betraten den Salon. Mit rot geweinten Augen saß Luise in einem Sessel und bemerkte umgehend ihre Eheringe. »Habt ihr zwei etwa heimlich geheiratet?«

Elisabeth nickte. »Ja, heute Morgen.«

Trotz ihres Kummers sprang Luise auf und umarmte sie stürmisch. »Endlich! Ich freue mich ja so für euch.«

»Danke«, erwiderte Elisabeth gerührt.

»Und jetzt störe ich euch ausgerechnet an eurem Hochzeitstag.« Luises Stimme klang jämmerlich.

»Das macht nichts.« Julius legte den Arm um Elisabeths Schultern und zog sie an sich. »Worum geht es? Was hat Sternhaus diesmal getan?«

Ein Schauer schien durch Luises Körper zu laufen. »Er hat … er hat mich in meiner Garderobe an die Wand gedrückt und gegen meinen Willen geküsst.«

»Wie bitte?«, sagte Elisabeth entsetzt. »Und das, obwohl ihm Julius den Marsch geblasen hat?«

»Er hat gemeint, Julius hätte ihm gar nichts mehr zu sagen und dass er mich auf der Stelle rausschmeißt, wenn ich nicht seine Geliebte werde.«

Elisabeth blickte zu Julius hoch. Sein Gesicht hatte einen verschlossenen Ausdruck angenommen. »Kannst du ihn nicht feuern lassen? So etwas muss man sich doch nicht gefallen lassen.«

Entgegen ihren Erwartungen reagierte Julius verhalten. »Natürlich, ich werde mich gleich morgen darum kümmern, aber ich bin mir tatsächlich nicht sicher, wie weit mein Einfluss momentan reicht. Es hat einige Veränderungen bei der UFA gegeben. Und ehrlich gesagt, Luise … ich hatte dich gewarnt, diese Rolle anzunehmen. Du hättest dich meines Erachtens besser in die Hände eines anderen Regisseurs begeben.«

»Ach, wenn ich nur auf dich gehört hätte!«, rief Luise unglücklich und schlug die Hände vors Gesicht. »Er ist so ein Widerling. Wie ich ihn hasse!« Kurz darauf verabschiedete sie sich und ging mit dem Versprechen, vorerst ihrer Mutter nichts von der Hochzeit zu erzählen, nach Hause.

Liebevoll schmiegte Elisabeth sich an ihren frischgebackenen Ehemann. »Die Arme. Und du meinst nicht, dass du etwas für sie tun kannst? Immerhin bist du einer der erfolgreichsten Produzenten der UFA.«

Julius seufzte. »Liebling, das war ich einmal. Mein momentaner Film *Thersilion* droht leider ein Flop zu werden. Außerdem werde ich meine Stellung als Produzent vielleicht bald schon aufgeben müssen.«

Mit großen Augen blickte sie ihn an. »Weshalb?«

»Sagt dir der Name Alfred Hugenberg etwas?«

»Sicher, das ist doch der Pressezar, dem all diese Zeitungen gehören.«

Er nickte. »Der *rechtsnationale* Pressezar. Leider streckt er momentan seine korrupten Finger nach den Mehrheitsanteilen der UFA aus. Und wenn er die tatsächlich erwirbt, werde ich umgehend meinen Hut nehmen müssen.«

»Wieso das?«

»Weil ich noch eine Rechnung mit ihm offen habe und er mich sicherlich nicht als Angestellten dulden wird.«

»Was denn für eine offene Rechnung?«, fragte sie erstaunt.

Statt ihr zu antworten, umfasste er lächelnd ihre Taille. »Komm schon, Frau Falkenhayn, lass uns dieses Gespräch ein anderes Mal fortsetzen. Ich habe jetzt Lust, genau dort anzuknüpfen, wo wir vor der Unterbrechung durch deine Schwester aufgehört haben.«

»Du willst schlafen gehen?«, fragte sie schelmisch.

»Nicht wirklich«, meinte Julius und hob sie hoch. »Aber vielleicht können wir uns danach ein wenig ausruhen.«

Ausgerechnet jetzt, mitten in den Vorbereitungen für das Mittagessen, wollte Fräulein Kuhlmann sie sprechen? Das war mehr als ärgerlich. Schließlich war das Hotel bis auf das letzte Zimmer ausgebucht und das Restaurant entsprechend voll. Minna wischte sich die Hände an der Schürze ab und gab ihrem Souschef die notwendigen Anweisungen. Als sie die Gesindetreppe zum ersten Stock hochkletterte, musste sie schmunzeln. In Gedanken nannte sie ihre Chefin oft noch immer Fräulein Kuhlmann, dabei hieß die seit drei Wochen ganz offiziell Frau Falkenhayn. Aber mit Fräulein Johanna ging es ihr genauso. Die

Macht der Gewohnheit. Aus Termingründen hatten Julias Eltern zwar bislang nur standesamtlich geheiratet, aber die Hauptsache war, dass sie jetzt auch vor den Augen des Gesetzes eine Familie waren.

Julia, die sich als kleines Kind ihrer Mutter gegenüber eher ablehnend verhalten hatte, schien über die Eheschließung besonders glücklich zu sein. Erst jetzt kam heraus, dass sie in der Schule öfter wegen ihrer unverheirateten Eltern gehänselt worden war. Den Schmerz darüber musste sie tief in ihrem Inneren vergraben haben. Selbst Minna hatte nichts davon geahnt. Als Herr Falkenhayn von diesen gehässigen Bemerkungen erfahren hatte, war er fuchsteufelswild geworden und hatte seine Tochter umgehend aus der Bad Doberaner Schule nehmen wollen. Doch Julia, die mit ihren neuneinhalb Jahren sehr verständig war, wollte keinen Privatlehrer.

»Aber Papa, ich habe doch zwei gute Freundinnen in der Schule, die Paula und die Ava, und was die anderen Kinder sagen, ist mir egal. Darf ich bitte dortbleiben?«, hatte sie gefleht.

Herr Falkenhayn hatte sich zunächst nicht erweichen lassen wollen, doch seine frischangetraute Ehefrau hatte ein Machtwort gesprochen. »Julius, wir können nicht Julia für unsere Fehler bezahlen lassen. Es ist ganz allein unsere Schuld, dass sie überhaupt gehänselt wurde. Ehrlich gesagt, bin ich sehr stolz, dass Julia nicht klein beigeben will. Wir sollten diese wichtige Entscheidung wirklich ihr überlassen.«

Julia war ihrer Mutter mit einem Freudenschrei um den Hals gefallen, und Herr Falkenhayn hatte sich geschlagen geben müssen, wobei er trotz allem noch eine ernste Unterredung mit dem Schuldirektor geführt hatte.

Seufzend drückte Minna die Tapetentür auf, die zum Korridor der Privatwohnung führte. Albert und sie waren dagegen immer noch nicht verheiratet. Das hatte zwei Gründe: Zum einen fand Albert, dass er nicht ausreichend verdiente, um eine Familie zu gründen. Ihren Einwand, dass sie mehr als genug für sie beide verdiente, hatte er mit einer ärgerlichen Handbewegung vom Tisch gefegt. Andererseits wollte Albert die Hochzeit unbedingt in Bayern feiern, damit beide Familien und auch seine Freunde anwesend sein konnten. Doch mehr als ein paar Tage konnte sie nicht Urlaub nehmen, und das reichte gewiss nicht aus, um ein schönes Fest zu organisieren. Es blieb also schwierig. Aber wenigstens hatte sich Albert in den letzten Monaten vorbildlich benommen. Er traf sich weiterhin mit den Kommunisten vor Ort, hatte aber an keinerlei politischen Aktionen mehr teilgenommen.

Minna klopfte an die Tür der Privatwohnung. Fast umgehend hörte sie Schritte. Zu ihrer Überraschung öffnete ihr Frau Falkenhayn höchstpersönlich.

»Bitte komm mit in die Stube, Minna«, sagte sie ernst.

Minna tat wie geheißen und erblickte zwei junge Gendarmen, einen blonden und einen dunkelhaarigen, die es sich auf dem Sofa bequem gemacht hatten.

»Setz dich«, meinte Frau Falkenhayn. »Wir haben leider etwas sehr Unschönes mit dir zu besprechen.«

Plötzlich klopfte ihr Herz wie wild. Albert! Hatte er einen Unfall gehabt? Lebte er? Sie konnte keinen klaren Gedanken fassen.

»Sie sind die Verlobte von Herrn Schuhmacher? Herrn Albert Schuhmacher?«, fragte der dunkelhaarige Polizist streng.

Minna nickte. Ihr Mund war zu trocken, um zu antworten. Sie war froh, dass sie auf einem Stuhl saß, ihre Hände und Beine zitterten wie Espenlaub.

»Frau Falkenhayn hat uns glaubhaft versichert, dass sie selbst keine militante Kommunistin sind?«

Sie nickte erneut. »Ist etwas mit meinem Albert geschehen? Was fehlt ihm?«, brach es plötzlich aus ihr heraus.

Frau Falkenhayn legte ihr beruhigend die Hand auf die Schulter. »Bitte, Minna, reg dich nicht auf. Albert ist putzmunter und in Sicherheit.«

Der blonde Polizist grinste frech. »In absoluter Sicherheit sozusagen.«

Sein Kollege warf ihm einen strafenden Blick zu. »Ihr Verlobter ist heute früh verhaftet worden. Er sitzt im Gefängnis.«

Minna schluckte. »Was wirft man ihm vor? Ich bin mir sicher, dass es eine falsche Anschuldigung ist. Er macht schon lange keine Dummhei…«

»Sparen Sie sich Ihren Atem«, sagte der Dunkelhaarige. »Herr Schuhmacher wurde von mir und meinem Kollegen auf frischer Tat ertappt. Er hat kommunistische Hetzparolen an die Fassade des Grand Hotels in Heiligendamm geschmiert. Und das offenbar nicht zum ersten Mal!«

Vor Schreck schien ihr das Herz stehenzubleiben. Unwillkürlich fasste sie sich an die Brust. »Und was passiert jetzt?«

»Ihr Verlobter wird sich vor Gericht für seine Taten verantworten müssen.«

»Aber … aber … kann man nicht einfach mit weißer Farbe über diese … Schmierereien streichen?«

»Wohl kaum. Solche Sachen fallen unter Volksverhetzung. Laut Paragraph 130 des Strafgesetzbuchs kann jemand, der in einer den öffentlichen Frieden gefährdenden Weise die Bevölkerung zu Gewalttätigkeiten anreizt … mit einer Geldstrafe oder mit bis zu zwei Jahren Gefängnis bestraft werden«, zitierte er.

Fassungslos starrte Minna ihn an. »Sie wollen Albert wegen so etwas zwei Jahre einsperren? Was soll das? Steht die Polizei etwa auf der Seite der Rechtsnationalen?«

Der blonde Polizist erhob sich und starrte sie mit wütend zusammengekniffenen Augen an. »Vielleicht sind Sie ja doch seine Komplizin, und wir können Sie wegen Beleidigung gleich mit einbuch…«

Beruhigend hob Frau Falkenhayn beide Hände. »Bitte verzeihen Sie. Dies ist eine Ausnahmesituation … Minna hat es nicht so gemeint. Selbstverständlich unterstellt sie Ihnen keine anderen Motive, als für Recht und Ordnung zu sorgen. Stimmt doch, Minna, nicht wahr?«

Als sie nicht sofort antwortete, kniff ihre Chefin sie in den Rücken. »Ja, das stimmt«, murmelte sie leise.

»Dann wollen wir es diesmal bei einer Warnung belassen«, erwiderte der dunkelhaarige Gendarm. »Hüten Sie Ihre Zunge, und vertrauen Sie auf das deutsche Rechtssystem. Ihr Verlobter wird für seine Taten eine gerechte Strafe bekommen.«

Kurz darauf verabschiedete Frau Falkenhayn die beiden Polizisten. Minna hatte nicht die Kraft aufzustehen. Sie nickte nur unterwürfig und blieb wie ein Häufchen Elend auf ihrem Stuhl sitzen.

Als Frau Falkenhayn zurück in die Stube kam, legte sie tröstend einen Arm um ihre Schultern. »Ich werde gleich mit Julius telefonieren. Bestimmt kennt er einen guten Anwalt, der Albert vor Gericht vertreten kann.«

»Danke, Frau Falkenhayn.« Minna konnte sich lebhaft vorstellen, wie unglücklich ihr Verlobter in diesem Moment war. Der ihm so verhassten Polizei auf Gedeih und Verderb ausgeliefert zu sein! Sie fühlte, wie ihr eine Träne über die Wange rann.

»Wahrscheinlich kannst du die Verlobung stillschweigend lösen. Niemand wird erwarten, dass du jemanden heiratest, der im Gefängnis gesessen hat«, sagte Frau Falkenhayn in diesem Moment. »Ich weiß, dass du ihn liebhast, aber glaub mir … es ist besser so. Dieser Mann ist nicht verlässlich. Du hast definitiv etwas Besseres verdient. Aber ich werde trotzdem versuchen, ihm eine Stelle in München zu finden.«

Plötzlich stieg eine nie gekannte Wut in ihr auf. Auch wenn ihre Chefin immer gut zu ihr gewesen war und die Bindung zwischen ihnen allein schon wegen Julia enger war als bei einem normalen Arbeitsverhältnis, gab ihr das noch lange nicht das Recht, sich ungefragt in ihr Privatleben einzumischen. Das ging sie alles einen feuchten Kehricht an! Albert würde ihr Mann werden, selbst wenn sie ihn jahrelang einsperrten!

»Hier im Hotel kann er als verurteilter Verbrecher natürlich nicht mehr beschäftigt werden.« Frau Falkenhayn ging zum Fenster und schaute in den sonnenbeschienenen Hotelpark. »Es ist eine Tragödie. Gerade wollte ich ihn zum ordentlichen Gärtner befördern, und dann tut er so etwas. Hoffentlich denkt die

Direktion des Grand Hotels nicht, dass wir mit ihm unter einer Decke stecken.«

So beherrscht, wie es ihr bei ihrem inneren Aufruhr möglich war, stand Minna auf. »Ich arbeite seit vielen Jahren für Ihre Familie, Frau Falkenhayn. Trotzdem bin ich nicht Ihre Leibeigene. Bitte behandeln Sie mich also nicht wie eine! Sie haben vollkommen recht. Ich liebe Albert und werde ihn bestimmt nicht wegen eines geringfügigen Fehltritts aufgeben. Wir werden heiraten, weil wir zusammengehören. Und wenn Sie Albert nach München verbannen, werde ich mitgehen.« Ohne eine Antwort abzuwarten, drehte sie sich um und marschierte aus der Wohnung.

»Du darfst Minna diese aufgebrachte Reaktion nicht verübeln«, sagte Paul. »Stell dir vor, jemand würde Julius zu Unrecht einer Straftat bezichtigen … du stündest auch fest an seiner Seite.«

Elisabeth zog eine Grimasse. »Das kann man nicht vergleichen. Erstens ist Albert auf frischer Tat ertappt worden, und zweitens bezweifele ich, dass er gut genug für unsere Minna ist.«

Paul schüttelte den Kopf. »Du klingst wie Mutter. Dabei hättest du selbst rebelliert, wenn dir jemand hätte vorschreiben wollen, wen du zu lieben hast. Ich an deiner Stelle würde mich bei Minna entschuldigen, bevor sie vor lauter Kummer das Restaurantessen versalzt.«

»Du bist ernsthaft gewillt, den Kerl nach seinem Prozess wieder einzustellen?«

Paul nickte. So schlimm konnte dieser Albert nicht sein. Außerdem war es seine Art, sich bei Minna dafür zu bedanken, dass sie ihn kürzlich vor einer schrecklichen Kurzschlusshandlung bewahrt hatte.

»Gut. Dann gebe ich ihr Bescheid. Wie ich von Julius' Anwalt gehört habe, wird er aber auf jeden Fall einige Zeit im Gefängnis verbringen müssen. Vielleicht ist er danach geläutert.«

Paul sah seiner Schwester nach, als sie das Büro verließ. Seit einigen Wochen hatte er auf eigenen Wunsch die Organisation sämtlicher kultureller Veranstaltungen des Hotels übernommen, selbst die frivoleren Anstrichs. Die Therapie bei Dr. Hirschfeld tat ihm gut, und er hatte seine bewusst strengen Moralvorstellungen wieder sausen gelassen. Er brauchte sein wahres Ich nicht mehr dahinter zu verstecken. Es machte ihm Spaß, für das Unterhaltungsprogramm des Palais zuständig zu sein und mit den von Elisabeth engagierten Künstlern in Kontakt zu stehen. Auch wenn sich sein Verhältnis zu Helene dadurch noch zusätzlich verschlechtert hatte. Nichts konnte er ihr mehr recht machen, und er versuchte, so viel Zeit wie möglich in Berlin zu verbringen. Offiziell wegen seiner neuen Arbeit, für die er ständig auf der Suche nach außergewöhnlichen neuen Darbietungen war, aber im Grunde wollte er auch seiner streitbaren Ehefrau aus dem Weg gehen.

Da es dem Palais finanziell inzwischen sehr gut ging, hatte Elisabeth sein bisheriges Gehalt verdoppelt, und er leistete sich – nachdem er eine Kinderfrau eingestellt hatte – eine kleine Wohnung in Charlottenburg. An diesem Rückzugsort konnte er stundenlang seiner Grammophonmusik lauschen, ohne dass Helene ihn deswegen rügte oder das Kindergeschrei den Genuss zunichtemachte. Außerdem plante er, wie von Dr. Hirschfeld vorgeschlagen, das einschlägige Nachtleben Berlins in Augenschein zu nehmen.

Gleich bei seinem ersten Besuch hatte Dr. Hirschfeld ihm den verbotenen Stummfilm *Anders als die Andern* gezeigt. Darin ging es um den Violinisten Paul Körber, der von einem Stricher so lange erpresst wird, bis sein Ruf ruiniert ist und er Selbstmord begeht. Am Filmende warb Dr. Hirschfeld selbst auf den Zwischentexttafeln für mehr Toleranz gegenüber homosexuellen Männern. Die Handlung des Films war Pauls schlimmster Albtraum. Doch in ihren Therapiestunden hatte der Arzt ihm die Angst davor genommen und ihn mit seiner Homosexualität versöhnt. Sie hatten auch ausgiebig über Robert und Emil gesprochen. Dr. Hirschfeld hatte ihm noch deutlicher aufgezeigt, was ihm unterschwellig längst bewusst gewesen war: Mit Robert hatte ihn wahre Liebe verbunden und mit Emil nur verzweifelte Lust.

»Suchen Sie sich einen Mann, der die gleichen Ziele und Wünsche hat wie Sie«, hatte der Arzt bei ihrer letzten Sitzung gesagt.

»Aber was wird dann aus meiner Frau und meinen drei Kindern?«

»Für Ihre Familie müssen Sie natürlich weiterhin sorgen. Trotzdem dürfen Sie Ihre eigene Seele nicht verkümmern lassen. Wir alle brauchen Liebe und Leidenschaft.«

»Ich habe solche Angst, wieder an den Falschen zu geraten«, hatte Paul ihm gestanden.

»Nur Mut. Wenn ich bei jeder Anfeindung die Flinte ins Korn geworfen hätte, hätte ich niemals dieses Institut gegründet.«

»Man hat Sie angegriffen?«

»Ich bin Jude, Herr Kuhlmann. Uns wird schon seit jeher alles Schlechte in die Schuhe geschoben. Und natürlich unterstellen mir meine Kritiker, dem angeblich jüdischen Laster der Homosexualität Vorschub zu leisten.«

Unwillkürlich hatte Paul an seinen Schwager Dr. Samuel Hirsch denken müssen, der ihm damals im Krieg nach seiner schweren Verletzung das Leben gerettet hatte. »Ich kann solche Vorurteile nicht bestätigen«, hatte er mit einem Lächeln erwidert. »Alle Juden, mit denen ich je zu tun hatte, waren wundervolle Menschen.«

»Umso besser«, hatte Dr. Hirschfeld gemeint und sein Notizbuch zugeschlagen.

In diesem Moment betrat der Empfangschef das Büro und unterbrach seine abschweifenden Gedanken.

»Was kann ich für Sie tun, Herr Schulze?«, fragte Paul freundlich und wunderte sich insgeheim über das hochrote Gesicht des Angestellten.

»Ich … ich glaube, wir haben ein Problem«, stammelte sein Gegenüber.

»Was für ein Problem?«

»Ähm … am besten sehen Sie sich das mit eigenen Augen an.«

»Wen meinst du?«, fragte Elisabeth. »Die Dame im dunkelgrünen Kleid?«

»Ja, genau die«, erwiderte Paul. »Die Dunkelhaarige, die mehr auf die Herren in ihrer Umgebung zu achten scheint als auf das Bühnengeschehen.«

Gemeinsam standen sie am Eingang des Bankettsaals und beobachteten die rund zweihundert an Bistrotischen sitzenden Gäste, während auf der Bühne eine verkürzte Version der weltberühmten Revue der Tiller Girls aufgeführt wurde. Die Veranstaltung war bis auf den letzten Platz ausverkauft. Sogar einige Gäste des Grand Hotels waren gekommen. Es war ein Coup, den sie Paul zu verdanken hatte. Er hatte mit Lawrence Tiller, dem Chef der Truppe, verhandelt und dieses Engagement für mehrere Abende möglich gemacht. Die Tiller Girls, die mit ihren blonden Bubiköpfen, schmalen Hüften und langen Beinen absolut identisch wirkten, waren leicht bekleidet und tanzten vollkommen synchron. Ein faszinierender Anblick. Aber weder Elisabeth noch Paul konnten sich momentan darauf konzentrieren.

Gestern hatte sich ein älterer Gast namens Hansemann bei Herrn Schulze über eine Ungeheuerlichkeit beschwert: Er sei bei einem frühabendlichen Spaziergang auf ein Pärchen getroffen, das mitten im Hotelpark den Geschlechtsverkehr vollzogen habe. Angeblich habe ihn der beteiligte Herr gefragt, ob er nicht in den gleichen zweifelhaften Genuss kommen wolle … die Dame mache ihm bestimmt einen guten Preis. Das bedeutete, dass sich Prostituierte unter die Gäste des Palais gemischt hatten! Dabei war Prostitution in Deutschland verboten. Wenn die Polizei davon Wind bekäme, würde sie das Hotel schließen müssen, und der Ruf des Palais wäre auf ewig ruiniert. Sie würden deshalb umgehend hart durchgreifen. Doch bevor sie einen weiblichen Gast der Prostitution beschuldigten, mussten sie sich sicher sein. Eine Verleumdungsklage würde sie genauso teuer zu stehen kommen wie eine Anzeige wegen Prostitution.

Leider hatte Paul, als er – von Herrn Schulze aufgeschreckt – in den Park gerannt war, keine obszönen Handlungen mehr zu sehen bekommen. Das Paar war ihm, korrekt angezogen, Arm in Arm entgegengeschlendert. Auch eine Identifizierung anhand der Gästeunterlagen hatte keine hinreichenden Anhaltspunkte gebracht. Der betreffende Herr war Teil einer Gruppe von reichen Stammgästen, allesamt Junggesellen, die jeweils für mehrere Wochen nach Bad Doberan kamen, um Sport zu treiben, im Meer zu baden und die abendliche Unterhaltung im Palais zu genießen. Keiner von ihnen war jemals unangenehm aufgefallen. Die junge Dame, ein Fräulein Claudia Pallaschke, hielt sich dagegen zum ersten Mal im Hotel auf. Sie war vor zwei Wochen zusammen mit einer Freundin angereist, die allerdings nur einige Nächte geblieben war.

»Eigentlich sieht sie gar nicht so halbseiden aus«, meinte Elisabeth, nachdem sie das Verhalten der Dunkelhaarigen für ein paar Minuten begutachtet hatte. »Ihre Garderobe ist von gehobener Qualität, und sie scheint auch teuren Schmuck zu tragen.«

»Warten wir es ab. Das kann auch alles nur Fassade sein.«

Da! Gerade trat einer der Junggesellen an ihren Tisch.

»Wenn sie mit ihm den Saal verlässt, werde ich versuchen, die beiden zu verfolgen«, flüsterte Paul.

»Mach das. Aber pass auf, dass …« Elisabeth blieben die letzten Worte im Hals stecken. Der groß gewachsene Herr hatte Fräulein Pallaschke tatsächlich mitten in der Vorstellung seinen Arm angeboten, und die beiden gingen gerade freundlich grüßend an ihnen vorbei.

Mit einem vielsagenden Blick folgte ihr Bruder ihnen in einigem Abstand.

Eine Viertelstunde später trat Paul zu ihr ins Büro. Bis auf seine hektisch roten Wangen war er ziemlich blass im Gesicht. »Es stimmt. Sie haben nicht einmal besondere Vorsichtsmaßnahmen getroffen. Mitten im Park, nur halb verdeckt durch einen Holunderstrauch, hat sie sich ihrer Unterwäsche entledigt und …«

Elisabeth hob die Hand. »Bitte erspar mir die Einzelheiten. Sag mir lieber, was wir jetzt mit dieser Erkenntnis anfangen.«

Verlegen kratzte Paul sich das Kinn. »Sollen wir die Polizei rufen?«

Elisabeth schüttelte den Kopf. »Wenn ich an meine letzte Begegnung mit der hiesigen Polizei denke, scheint mir das keine gute Idee zu sein.«

»Oder du gibst dem Gauleiter, der dir bis zu deiner Hochzeit so hartnäckig den Hof gemacht hat, Bescheid. Bestimmt kennt er sich als Landtagsabgeordneter mit dem Gesetz aus und kann uns einen Ratschlag erteilen.«

Inzwischen wusste die ganze Familie über ihre Hochzeit Bescheid. Bis auf ihre Mutter, die verschnupft auf die heimliche standesamtliche Eheschließung reagiert hatte, freuten sich alle auf die kirchliche Trauung, die zu einem späteren Zeitpunkt stattfinden würde. »Um Himmels willen, Paul«, erwiderte Elisabeth. »Bloß nicht. Ich bin so froh, diesen Hildebrandt endlich los zu sein … zudem hat er vor Kurzem sein Mandat verloren.« Sie überlegte kurz. »Hm. Wahrscheinlich sollten wir versuchen, zunächst selbst mit diesem Fräulein Pallaschke zu sprechen.«

»Wie? Etwa jetzt?«, fragte Paul entsetzt. »Willst du sie pudelnackt aus dem Park zerren?«

»Nein, wir warten natürlich bis morgen früh.«

»Hoffentlich bedient sie bis dahin nicht allzu viele Freier«, sagte ihr Bruder düster. »Da waren noch andere Männer im Bankettsaal, die ihr begehrliche Blicke zugeworfen haben.«

Am nächsten Morgen bemühte sich Elisabeth allein zu dem Zimmer von Fräulein Pallaschke. Sie hatte Paul davon überzeugt, dass eine Unterhaltung von Frau zu Frau in dieser Angelegenheit einer gemeinschaftlichen Konfrontation vorzuziehen war.

Nachdem sie mehrfach angeklopft hatte, öffnete ihr das verschlafen aussehende Fräulein im Morgenmantel.

»Mein Name ist Elisabeth Falkenhayn. Ich bin die Direktorin des Hotels«, stellte sie sich vor. »Sind Sie allein? Können wir uns kurz unterhalten?«

Statt einer Antwort öffnete Fräulein Pallaschke die Zimmertür etwas weiter, und Elisabeth trat ein.

»Was wollen Sie von mir?«, fragte die junge Frau, nachdem sie die Tür hinter ihr zugezogen hatte.

Elisabeth kam ohne Umschweife zur Sache. »Liebes Fräulein Pallaschke, ich weiß nicht, was man Ihnen über das Palais Heiligendamm erzählt hat, aber wir sind nicht *solch* ein Hotel. Wir werden nicht dulden, dass Sie Ihren Geschäften auf unserem Grund und Boden nachgehen, und bitten Sie deshalb, Ihre Sachen zu packen und sich umgehend zu entfernen. Die Kosten für Ihr Zimmer übernehmen wir. Sie schulden uns nichts außer Ihrer Abreise.«

Die junge Frau stand verloren mitten im Raum. Plötzlich fing sie an zu weinen.

Elisabeth, die damit gerechnet hatte, dass die junge Dame wütend auf ihren Rausschmiss reagieren würde, war überrascht. »Entschuldigen Sie, aber Sie können doch nicht ernsthaft denken, dass wir Sie hier Ihre … Arbeit unbehelligt fortsetzen lassen.«

»Haben Sie die Polizei verständigt?«, schluchzte die dunkelhaarige Prostituierte.

Elisabeth schüttelte den Kopf. »Nein, das haben wir nicht. Und das wird auch nicht nötig sein, wenn Sie jetzt sofort gehen.«

»Danke.« Fräulein Pallaschke trocknete ihre Tränen mit dem

Ärmel des Morgenmantels. »Ich … ich mache mich gleich auf den Weg.«

Plötzlich empfand Elisabeth Mitleid mit der Dirne. Warum bestrafte man eigentlich nicht die Männer, die solche Dienste in Anspruch nahmen, anstatt diese armen, schutzlosen Wesen? »Sie sind doch eine schöne junge Frau, Fräulein Pallaschke. Können Sie denn nicht auf andere Art Geld verdienen?«

Sie zog unbeholfen die Nase hoch. »Ich bin da hineingerutscht. Ich dachte, Johannes liebt mich … aber er hat mich nur ausgenutzt.«

»Johannes? Aber nicht Johannes von Bergen, der mit der Gruppe von Junggesellen bei uns abgestiegen ist?«

Fräulein Pallaschke schlug die Augen nieder. »Doch.«

In Elisabeth stieg eine heilige Wut auf. Was, wenn ihre Julia einmal auf so einen arroganten, reichen Bastard reinfallen würde? »Wenn Sie abreisen, Fräulein Pallaschke, haben Sie irgendwo ein Zuhause, wo Sie unterkommen können?«

Traurig schüttelte die Prostituierte den Kopf. »Ich habe bislang in einem Zimmer in Berlin gewohnt, das Johannes mir gemietet hatte. Aber er hat es vor seiner Abreise gekündigt.«

»Und wie steht es mit einer Ausbildung?«, erkundigte sich Elisabeth. »Was haben Sie vorher gemacht?«

»Früher habe ich in einem Friseursalon gearbeitet, aber Johannes wollte, dass ich meine Stelle kündige und nur noch für ihn da bin«, flüsterte die Dunkelhaarige, die ohne Schminke fast kindlich wirkte.

»Warten Sie hier«, sagte Elisabeth. »Ich komme gleich wieder.«

»Verstehe ich recht?«, erkundigte sich Paul. »Du willst acht zahlende Stammgäste rausschmeißen und der Dirne eine Stelle bei unserem Friseur Seifert besorgen?«

»Genau das«, erwiderte Elisabeth kämpferisch. »Und du wirst mich nicht davon abhalten. Stell dir vor, deine unschuldige Sophie wäre in eine solche Lage geraten. Würdest du nicht genauso handeln? Außerdem kann ich den Anblick dieses Herrn von Bergen und seiner widerlichen Kumpane nicht einen Tag länger ertragen.«

Ihr Bruder lächelte. »Die Ehe scheint dir gut zu bekommen, Elisabeth. Früher hast du nur an das Palais und die Einnahmen gedacht, aber jetzt ...«

Elisabeth drohte ihm zum Spaß mit dem Zeigefinger. »Überleg dir gut, was du sagst, Bruderherz.«

»... bist du hilfsbereit und freigiebig.«

»Hm, hoffentlich geht alles gut. Ich kann mir nicht vorstellen, dass Herr von Bergen begeistert auf seinen Rauswurf reagieren wird.«

Tatsächlich tobten Herr von Bergen und seine Freunde aufs Hässlichste und drohten dem Palais und ihr mit einer Klage. Als Elisabeth kühl erwiderte, ihr Rechtsanwalt und sie sähen dieser mit Freude entgegen, stürmten die sogenannten »Herren« aus ihrem Büro. Es waren zahnlose Drohgebärden. Sie wussten genauso gut wie sie selbst, dass das Gesetz auch für Zuhälterei strenge Strafen vorsah.

Das Kleist-Kasino war laut Dr. Hirschfeld eine sichere und etablierte Adresse für Homosexuelle. Es befand sich in der Kleiststraße und gehörte dem schon älteren Robert Dozy, der sich mit der Berliner Sittenpolizei arrangiert zu haben schien. Jedenfalls wurden alle anstehenden Razzien zwei Tage vorher angekündigt. Von außen wirkte das Etablissement wie eine ganz normale Gaststätte: Über dem Eingang hing ein Namensschild in Frakturschrift, darunter Bierreklame und eine schlichte Tafel, die die Räumlichkeiten als Bar auswies. Das schlauchförmige Innere war durch hölzerne Abtrennungen in Nischen unterteilt, in denen jeweils ein kreisrundes Ledersofa stand. Das Licht wurde durch rote Lampenschirme gedämpft und wirkte warm und einladend. Außerdem konnte man die Nischen durch Wandschirme vor indiskreten Blicken schützen.

An der im rückwärtigen Teil untergebrachten Bar nahm man auf langbeinigen Hockern Platz, um sein Lieblingsgetränk zu genießen und diverse Darbietungen auf einer kleinen Bühne zu bestaunen. Bei Pauls erstem Besuch waren fünf Transvestiten aufgetreten, und er hatte zum ersten Mal Männer in Frauenkleidern gesehen. Inzwischen war er Stammkunde und wusste, dass das Publikum des Kleist-Kasinos sehr gemischt war. Vom Bankdirektor bis zu kleinen Ladenbesitzern waren alle gesellschaftlichen Schichten vertreten. Und manchmal gaben sich sogar Prominente wie der Schauspieler Adolf Wohlbrück die Ehre.

Die meisten Gäste besuchten das Kleist-Kasino, um mit Strichjungen in Kontakt zu treten. Auf dezente Nachfrage händigte der Barmann ein Heft aus, auf dem *Je t'aime* stand und in dem man nach verschiedenen Kriterien, quasi menüartig, den Namen seines Wunschstrichers aussuchen konnte. Obwohl der Preis für eine intime Begegnung günstig war, rund zehn bis fünfzehn Mark reichten aus, hatte Paul sich entschieden, solche Dienste nicht in Anspruch zu nehmen. Er war an einer festen Beziehung interessiert und nicht an einem unpersönlichen Geschäft. Außerdem taten ihm die jungen Stricher leid, die aus Geldnot meist sehr viel älteren Freiern zu Willen sein mussten. Trotz dieser Vorbehalte fühlte er sich im Kleist-Kasino wohl. Zum ersten Mal war er unter Gleichgesinnten, die genauso empfanden wie er. Es war eine kleine Offenbarung! Und bis er einen Partner gefunden hatte, reichte es ihm, mit einigen der Herren harmlos zu flirten. Selbst wenn er anschließend allein nach Hause gehen musste.

Am heutigen Abend war das Kleist-Kasino ungewöhnlich voll. Ob es das schmuddelige Herbstwetter war, das die Gäste jetzt, Anfang Oktober, in die Bar trieb? Der September war warm und sonnig gewesen und hatte wahrscheinlich einige der Herren –

trotz der Entdeckungsgefahr – dazu verleitet, an den bekannten öffentlichen Plätzen nach käuflicher Liebe zu suchen. Doch augenblicklich drängten sich viele bekannte und neue Gesichter in dem engen Gang bis zur Bar. Als Paul einen schmalen blonden Hinterkopf in der Menge erspähte, schlug sein Herz schneller – hatte sich tatsächlich Robert hierher verirrt? Kurz darauf drehte sich der betreffende Herr um, und Paul hatte Mühe, seine Enttäuschung im Zaum zu halten: Das war nicht seine verflossene Liebe, sondern nur jemand, der ihm entfernt ähnlich sah. Von vorn betrachtet war der Unbekannte nicht ganz so makellos schön wie Robert. Die eisblauen Augen, eine schmale Hakennase und hohe Wangenknochen verliehen seinem Gesicht einen etwas hochmütigen Anstrich. Trotzdem lächelte der Fremde, als er Pauls Blick bemerkte, und kämpfte sich durch die Menschenmenge zu ihm durch.

»Gestatten? Carl von Herrhausen ist mein Name.«

Überrascht ergriff Paul die offerierte Hand. Normalerweise ging es im Kleist-Kasino nicht ganz so förmlich zu. »Angenehm. Paul Kuhlmann.«

»Darf ich Sie zu einem Getränk einladen?«, fragte der sorgfältig gescheitelte blonde Herr.

»Sehr gern.«

Kurz darauf standen sie, jeweils mit einem Glas Bier in der Hand, nebeneinander an der Bar. »Sie kommen aus Berlin?«, wollte sein neuer Bekannter wissen, während er einen Schluck nahm.

»Gebürtig schon. Aber inzwischen lebe ich in Bad Doberan, in der Nähe von Heiligendamm. Und Sie?«

»Oh, das berühmte Seebad? Fantastisch. Das wollte ich längst einmal besucht haben. Doch bislang war mir die Fahrt dahin immer zu weit.« Er lächelte entwaffnend. »Ich bin Franke und lebe seit Kriegsende in München.«

»Was führt Sie nach Berlin?« Auf den zweiten Blick wirkte Carl von Herrhausen durchaus attraktiv, und unwillkürlich erwachte Pauls Interesse.

»Ich bin geschäftlich hier.«

»Nur für ein paar Tage oder für länger?«, erkundigte er sich.

»Für länger.« Der Mann, den er auf Mitte dreißig schätzte, lächelte. »Vielleicht sogar für immer.«

Paul nickte. »Berlin hat sich in den letzten Jahren zu einer sehr lebenslustigen und weltoffenen Stadt gemausert.«

»Vielleicht sogar etwas *zu* … weltoffen«, meinte der Blonde.

»Wie meinen Sie das?«

»Obwohl ich erst seit ein paar Wochen hier bin, habe ich bereits bemerkt, dass sich auf den Straßen allerhand Gesindel herumtreibt.«

»Gesindel?«, wiederholte Paul überrascht.

»Nun, es wimmelt geradezu von Kommunisten und anderem Gesocks.«

»Finden Sie?« Auf wen die Bemerkung wohl gemünzt war? Kriminelle? Dirnen oder kriegsversehrte Bettler? In diesem Moment legte seine neue Bekanntschaft ihm die Hand auf den Arm, und das fühlte sich erstaunlich gut an.

»Kommen Sie öfter in diese Bar?«, fragte von Herrhausen.

Paul nickte. »Fast jede Woche.« Plötzlich hatte er Angst, dass seinem Gegenüber nicht bewusst sein könnte, um was für ein Etablissement es sich beim Kleist-Kasino handelte.

Doch diese Sorge hätte er sich sparen können. Im nächsten Moment griff von Herrhausen nach seiner Hand, zog ihn in eine dunkle Ecke … und küsste ihn. Es war aufregend und schön zugleich.

»Entschuldige, aber ich konnte deinen Lippen nicht länger widerstehen«, sagte Carl atemlos.

In Pauls Herz erwachte ein längst verloren geglaubtes Gefühl zu neuem Leben und breitete sich warm und wohlig in seinem ganzen Körper aus. War er tatsächlich nach einem einzigen Kuss in Carl von Herrhausen verliebt? Es schien fast so. Unwillkürlich umfing er mit beiden Händen dessen schmale Wangen und drückte ihm einen neuerlichen Kuss auf den Mund. »Mir geht es genauso … Carl«, murmelte er.

»Das ist schön.« Carl richtete sich auf, ohne Pauls intime Anrede zu korrigieren. »Wohnst du in der Nähe?«

Paul schüttelte den Kopf.

»Dann gehen wir zu mir«, sagte Carl bestimmt. »Komm, es ist nicht weit.« Er griff nach seiner Hand.

»Ich bin nicht an einer Geschichte für eine Nacht interessiert. Ich will mehr«, sagte Paul, obwohl sein innerer Widerstand durch Carls leidenschaftlichen Blick gehörig ins Wanken geriet.

Carl musterte ihn aufmerksam von Kopf bis Fuß. »Du gefällst mir auch, Paul. Ich glaube, mit dir könnte ich mir ebenfalls *mehr* vorstellen.« Er lächelte. »Aber ich würde dich jetzt trotzdem gern mit zu mir nach Hause nehmen.«

»Lass uns einander erst besser kennenlernen«, bat Paul. »Hast du Lust, morgen Abend mit mir essen zu gehen?« Eigentlich hatte er Helene hoch und heilig versprochen, morgen nach Bad Doberan zurückzukehren. Sie waren auf eine Feier ihrer langweiligen Freundin eingeladen. Für Carl würde er dieses Versprechen brechen.

Carl sah ihm in die Augen. »Ja«, sagte er. »Das würde ich sehr gern.«

Der dürre Richter in der langen schwarzen Robe hatte einen verkniffenen Zug um den Mund. Schon bevor er das Urteil verkündete, wusste Minna, dass dieser Mann Albert schuldig sprechen würde. Leise weinend wartete sie auf der harten Zuschauerbank, während der Richter den Deckel einer dünnen Akte öffnete.

Knarrend erhob er seine Stimme. »Der Angeklagte ist eine schändliche Kreatur. Rücksichtslos hat er das Besitztum anständiger Bürger mit seinen volksverhetzenden Parolen beschmiert. Dafür wird er seine gerechte Strafe erhalten. Denn auch wenn sein Verteidiger für ihn um Gnade fleht, habe ich vom Angeklagten noch kein Wort der Reue gehört. Deshalb verurteile ich ihn gemäß Paragraph 130 StGB zu sechs Monaten Gefängnis. Ohne die Möglichkeit auf Bewährung, wohlgemerkt.«

Unwillkürlich schrie Minna auf. Sechs Monate Gefängnis? Für etwas, das man mit einem Eimer Farbe hätte beheben können? Am liebsten wäre sie dem Richter an die Gurgel gegangen.

»Bitte, Minna! Beruhige dich. Sechs Monate gehen schnell rum.« Frau Falkenhayn hielt mitfühlend ihre Hand.

Albert zeigte im Gegensatz zu ihr keine Reaktion. Er schien vollkommen apathisch zu sein. Als der Wachtmeister ihn an ihr vorbeiführte, blickte er starr geradeaus.

»Ich werde auf dich warten, Liebster«, sagte Minna so laut, dass er es hören musste.

Trotzdem antwortete er nicht. Das Herz tat ihr weh. Gab er ihr etwa die Schuld an seiner Misere?

Als sie mit Frau Falkenhayn vor das Gerichtsgebäude in dem ihr unbekannten Rostock trat, versuchte sie, sich zusammenzureißen und nicht wieder in Tränen auszubrechen. Immerhin war sie nicht allein. Es war lieb von ihrer Chefin, dass diese sie – trotz ihrer scharfen Widerworte damals – zu dem schrecklichen Termin begleitet hatte.

»Lass uns nach Hause fahren«, sagte Frau Falkenhayn. »Wir können momentan nichts mehr für Albert tun.«

Minna blieb stehen. »Irgendwo muss man sich doch über dieses ungerechte Urteil beschweren können. Es kann nicht angehen, dass man für ein solch lächerliches Vergehen ein halbes Jahr hinter Gitter muss.«

Ihre Chefin seufzte. »Wenn der Anwalt die Strafe anficht, wird Albert vielleicht noch härter bestraft. Bitte, Minna, versuche, das Urteil hinzunehmen.«

»Aber Männer wie Generaldirektor Mittenbach kommen ungeschoren davon! Wo bleibt da die Gerechtigkeit!«

Frau Falkenhayn hob ungläubig eine Augenbraue. »Generaldirektor Mittenbach? Was soll er denn deiner Meinung nach verbrochen haben?«

»Das kann Ihnen Ihr Mann besser erklären«, erwiderte

Minna. »Herr Mittenbach ist ein schlechter Mensch, genau wie die Burschen, die Albert in Bad Doberan verprügelt haben. Um diese Leute kümmert sich die Polizei aber nicht. Es ist eine Schande.«

Ihre Chefin winkte dem Fahrer, der sie mit dem hoteleigenen Automobil, einem luxuriösen Mercedes-Benz Typ 400, nach Rostock gebracht hatte. Als er vorfuhr, nahmen sie beide im Fond Platz.

»Schau, Minna, im Grunde ist das Urteil milde. Der Generaldirektor des Grand Hotels hat nach dem Gespräch mit Julius auf eine gesonderte Strafanzeige verzichtet. Und wir haben die Reparatur des angerichteten Schadens gezahlt. Mehr konnten wir nicht für Albert tun.«

»Ich weiß«, antwortete sie leise. »Ich bin Ihnen auch sehr dankbar. Aber es ist trotzdem ungerecht.«

»Es gibt vieles, was unbegreiflich ist. Meine Schwester Johanna hat mir gestern am Telefon erzählt, dass es tatsächlich Patienten an der Charité gibt, die ihre Kinder nicht von einem jüdischen Arzt wie meinem Schwager Samuel behandeln lassen wollen.« Frau Falkenhayn schüttelte den Kopf. »Man darf sich von solchen Sachen nicht aus der Bahn werfen lassen. Immerhin weiß Albert, dass ihn nach dem Gefängnis ein gutes Leben erwartet. Wie viele Straftäter können das schon von sich behaupten?«

Irgendwie hatte ihre Chefin recht. Sie durfte weiterhin im Palais kochen, und Albert würde nach seiner Entlassung eine Stelle auf Gut Bellhagen antreten. Bestimmt würden sie dann auch bald heiraten können. Und sie war nicht zu alt, um Kinder zu gebären. Vielleicht würde doch noch alles gut enden. Angespannt starrte sie aus dem Fenster und betrachtete die vorbeiziehenden Häuserzeilen. Hoffentlich.

# 11. Kapitel

*Januar 1927*

Es war der Abend, an dem der von Julius produzierte Film *Thersilion* Premiere feierte. Elisabeth saß in einer bodenlangen schwarzen Robe neben ihm in der ersten Reihe des UFA-Palasts am Zoo und sorgte sich. Der überlange Film schien beim anwesenden Publikum – wie von Julius vorausgesehen – tatsächlich durchzufallen: In den hinteren Reihen wurde getuschelt, in den vorderen war es viel zu still. Kein Szenenapplaus. Nichts.

Das kam einer wirtschaftlichen Katastrophe gleich. Julius hatte sie bereits vor Wochen darüber informiert, dass sich die UFA in einer schweren Krise befand: Seitdem sich die deutsche Währung wieder stabilisiert hatte, waren die von der UFA gedrehten Filme im Ausland nicht mehr konkurrenzfähig. Der aufgewertete Wechselkurs verminderte die Gewinnspanne dramatisch. Gleichzeitig wurde der deutsche Markt aufgrund von ungünstigen Verträgen mit billigen amerikanischen Streifen überschwemmt. Teure Großproduktionen wie *Thersilion* belasteten das ohnehin arg geschrumpfte Budget. Kurz gesagt, wenn der Film nicht ordentlich Gewinn einspielte, bedeutete das für Julius das Ende seiner Karriere bei der UFA. Und die Filmfirma selbst musste ums Überleben kämpfen.

Deshalb war Julius' Versuch der Unterstützung für Luise wirkungslos verpufft. Sein Wort besaß tatsächlich nicht mehr genug Gewicht, um dem widerlichen Sternhaus das Handwerk zu legen. Daraufhin hatte ihre Schwester, die sich mit ihren letzten beiden Filmen zu einer kleinen Berühmtheit gemausert hatte, fluchtartig die aktuellen Dreharbeiten verlassen. Anschließend war sie von den Gazetten mit einer regelrechten Schmutzkampagne überzogen worden. Die *B. Z. am Mittag* hatte über eine verheimlichte Schwangerschaft spekuliert und die Geschichte ihrer ersten Ehe ausgegraben. Auch ihre Affäre mit Willy Frisch war zur Sprache gekommen, wobei Elisabeth vermutete, dass Sternhaus die Journalisten mit diesen Informationen versorgt hatte. Momentan versteckte sich Luise, einem Nervenzusammenbruch nahe, in Bad Doberan. Dabei hatten die vielen Presseberichte ihrem Ruhm keinerlei Abbruch getan. Im Gegenteil, sie war bekannter als je zuvor.

Kurz vor Ende des Films griff Julius nach ihrer Hand. »Bitte lass uns gehen«, flüsterte er. »Ich ertrage das nicht mehr.«

Sie nickte.

Geduckt, um den Zuschauern nicht die Sicht auf die Leinwand zu nehmen, schlichen sie aus dem Vorführsaal. Im Foyer sah Elisabeth in Julius' Gesicht. Er war schrecklich blass und sah besorgter aus, als dieser filmische Misserfolg hätte erklären können. Selbst wenn er tatsächlich seine Arbeit bei der UFA verlieren sollte, konnte er doch jederzeit in seinem Konzern oder im Palais arbeiten. Irgendetwas noch Schwerwiegenderes schien nicht zu stimmen.

»Was hast du?«, fragte sie leise.

»Lass uns nach Hause fahren. Ich kann jetzt keine gute Miene zum bösen Spiel machen.«

»Wie du willst, Liebling.«

In Julius' Salon angekommen, nahm Elisabeth auf dem Sofa Platz und beobachtete schweigend, wie er Portwein einschenkte. Nachdem er ihr ein Glas gereicht hatte, setzte er sich neben sie.

»Meine Arbeit bei der UFA ist hiermit beendet«, murmelte er und stierte ungewohnt melancholisch in sein Glas. »Hugenberg, der Medienzar und Vorsitzende der Deutschnationalen Volkspartei, hat dem Vorstand nach den Verhandlungen der letzten Monate heute ein attraktives Übernahmeangebot unterbreitet, und nach dieser missglückten Premiere wird ihnen nichts anderes übrig bleiben, als darauf einzugehen.«

Elisabeth legte tröstend ihre Hand auf seine. »Es ist nicht deine Schuld. Das hat sich der Vorstand schon allein eingebrockt.«

Julius nickte. »Trotzdem. Mich macht diese Entwicklung traurig.«

»Ich weiß, dass dir deine Arbeit viel bedeutet hat, aber meinst du nicht, dass auf dich auch spannende Aufgaben im Konzern und im Palais warten? Du wirst mehr freie Zeit zur Verfügung haben, und vielleicht könnten wir im Frühsommer sogar eine kleine Reise mit Julia unternehmen?«

»Liebling, du verstehst nicht. Ich mache mir ernsthafte Sorgen. Hugenberg kontrolliert bereits die Hälfte der deutschen Presse. Mit seiner nationalistischen und antisemitischen Propaganda trägt er maßgeblich zum Aufstieg der nationalkonservativen Parteien bei. Wenn er jetzt noch Aufsichtsratsvorsitzender der UFA wird, wird das weitreichende politische Folgen haben. Niemand hinterfragt seine Motive. Dabei geht es ihm eindeutig darum, die rechtmäßig gewählte Regierung auszuhebeln und die Macht, gebündelt und totalitär, an seine Kumpane zu verschachern. Unsere Demokratie ist zu fragil, um einem solchen Druck standzuhalten.«

Elisabeths Nacken war plötzlich verspannt. Trotzdem versuchte sie, den Ernst der Lage herunterzuspielen. »Siehst du das alles nicht zu schwarz?«

Julius schüttelte den Kopf. »Ich habe kürzlich die Kampfschrift eines dieser Rechtsnationalen gelesen, und wenn dieser Hitler jemals an die Macht kommt … dann gnade uns Gott!«

»Aber gerade Hitler ist doch ein vollkommen unbedeutender Mann. War seine Partei nicht bis vor Kurzem sogar verboten?«

»Die NSDAP wurde 1925 neu gegründet, und die von Hugenberg lancierten Artikel machen sowohl die Partei als auch Hitler deutschlandweit immer bekannter.«

Nachdenklich nippte Elisabeth an ihrem Portwein. »Und was steht in seiner Kampfschrift?«

»Er spricht von einem jüdischen Komplott, gegen das er ankämpfen will. Angeblich beabsichtigen die Juden, unser Volk durch die Verinternationalisierung der deutschen Wirtschaft zu unterwerfen.«

»Aber das sind doch Hirngespinste. Unsere Wirtschaft hatte bereits vor dem Ersten Weltkrieg viele internationale Beziehungen. Außerdem sind die Juden in Deutschland genauso deutsch wie du und ich. Denk doch nur an Johanna und Samuel. Ich kann mir nicht vorstellen, dass jemand auf solch wirre Theorien hereinfällt.«

Julius' Finger fassten sein Glas fester, sodass die Knöchel weiß anliefen. »Wenn Menschen jeden Tag solche angsteinflößenden Botschaften lesen, zeigt das Wirkung. Man darf diese Propaganda nicht unterschätzen. Selbst der Volksmund sagt, steter Tropfen höhlt den Stein. Außerdem fordert Hitler noch ganz andere Abscheulichkeiten. Zum Beispiel behauptet er, dass der bisherige Lebensraum der Deutschen nicht mehr ausreiche.«

»Und? Was soll das bedeuten?«

»Krieg! Dieser verdammte Lebensraum soll erobert werden!« Mit einem heftigen Rumms setzte Julius das Portweinglas ab und schaute sie an. Seine bernsteinfarbenen Augen funkelten.

Elisabeth erwiderte seinen Blick ungläubig. »Jetzt gehen dir aber die Pferde durch. Niemand will einen neuen Krieg. Nicht für allen Lebensraum der Welt! Nicht nach dem, was die deutsche Bevölkerung beim letzten Mal durchgemacht hat.«

»Erinnerst du dich, wie ich gesagt habe, dass ich mit Hugenberg noch eine Rechnung offen habe?«

Sie nickte.

»Kurz davor hatte ich herausgefunden, dass Mittenbach gegen mein ausdrückliches Verbot und vollkommen gesetzeswidrig die Reichswehr unterstützt hat. Und zwar mit dem Geld meines Konzerns. Und jetzt rate mal, wer ihn dazu überredet hat.«

»Hugenberg«, flüsterte Elisabeth entsetzt. Konnte Minna davon wissen? Hatte sie das gemeint, als sie gesagt hatte, Mittenbach sei ein schlechter Mensch und sie solle Julius danach fragen?

»Ganz genau.« Julius' schönes Gesicht verzog sich zu einer finsteren Grimasse. »Ich habe Mittenbach bereits vor einigen Wochen gekündigt. Um in der Öffentlichkeit nicht allzu viele Fragen aufkommen zu lassen, wird er allerdings noch bis Ende des Monats auf seinem Posten bleiben. Aber was mache ich danach? Wie soll ich diese unfreiwillige Mittäterschaft beenden? Die Polizei scheint teilweise mit diesem rechtsnationalen, kriminellen Pack unter einer Decke zu stecken. Und wer weiß, wie Hugenberg und die anderen Großindustriellen reagieren, wenn ich aus den von Mittenbach übernommenen Verpflichtungen aussteige?«

»Oh Gott, Julius«, murmelte Elisabeth. Mit den Mächtigen dieser Welt war nicht zu spaßen. Besonders, wenn sie die Presse beherrschten und wichtige politische Ämter bekleideten. »Kannst du nicht einen neuen Generaldirektor verpflichten und dich aus dem Konzern zurückziehen?«

»Das wäre ziemlich feige, findest du nicht?« Er griff nach ihrer Hand und führte sie zu seinem Mund, um einen zärtlichen Kuss daraufzudrücken. »Nein, mein Liebling. Diese Suppe muss ich selbst auslöffeln, und so lange bleibt mir leider keine andere Wahl, als den Konzern persönlich zu leiten.«

Sie schmiegte sich an ihn. »Bitte pass auf dich auf, Julius.«

Er nickte grimmig. »Ich verspreche es dir.«

Carl von Herrhausen vereinte in seiner Person alles, was sich Paul von einem Partner gewünscht hatte. Er war weltmännisch, kultiviert und gut aussehend. Darüber hinaus schien sein Interesse an ihm aufrichtig und ernsthaft zu sein. Sie hatten sich immerhin zwei ganze Monate Zeit gelassen, bevor sie ihre Gefühle füreinander auch körperlich ausgelebt hatten. Sogar seine Behinderung schien Carl als ehrenhaftes Andenken an den Krieg zu begreifen. Inzwischen konnte es keine Zweifel mehr geben. Er war in diesen Mann verliebt. Am liebsten hätte er jede freie

Minute mit ihm verbracht. Gemeinsam gingen sie in klassische Konzerte, besuchten Restaurants und Theateraufführungen. Stundenlang konnten sie über kulturelle Themen fachsimpeln. Zum ersten Mal hatte er einen Mann gefunden, der ihm intellektuell ebenbürtig war. Auch in Carls geschmackvoll eingerichteter Wohnung fühlte Paul sich heimisch. Es gab nur einen Wermutstropfen: Carl, ein ehemaliger hochdekorierter Offizier des Deutschen Heeres, vertrat rechtsnationale und antisemitische Ansichten und hielt damit nicht hinter dem Berg. Wobei solche Vorurteile in der heutigen Gesellschaft ein weitverbreitetes Phänomen zu sein schienen. Selbst seine eigene Mutter war vor Johannas Hochzeit mit Samuel sehr antisemitisch eingestellt gewesen. Und es gab sogar einige Seebäder, die sich – wie Borkum zum Beispiel – rühmten, ›judenfrei‹ zu sein. Doch gerade zu Carl mit seiner humanistischen Bildung und dem ausgeprägten gesellschaftlichen Schliff passte eine solch engstirnige und kleinkarierte Geisteshaltung doch eigentlich gar nicht.

Nach einem besonders schönen Abend mit ihm versuchte Paul, ihn im Bett darauf anzusprechen. »Weißt du …«, begann er zögerlich. »Viele deiner Argumente für eine effizientere und selbstbewusstere politische Führung Deutschlands leuchten mir durchaus ein. Aber ich verstehe nicht, warum du die Juden in ihrer Gesamtheit verachtest. Was haben sie dir getan?«

Carl, der mit bloßem Oberkörper an dem geschnitzten Kopfteil seines Doppelbetts lehnte, zündete sich in aller Ruhe eine Zigarette an. »Die Juden und ihre Bräuche gehören nicht zu unserer deutschen Kultur.«

»Aber das stimmt doch nicht. Im Krieg waren viele meiner Kameraden Juden, und sie waren nicht weniger mutig als du oder ich. Außerdem sind so viele von ihnen für unser Vaterland gestorben.«

»Lass mich bei solchen Vergleichen bitte außen vor.« Carls Mund wurde schmal. »Wenn wir erst an der Macht sind, werden wir sie jedenfalls nicht mehr in unserem Land dulden«, erwiderte er mit schneidender Stimme.

Verstört griff Paul nach der Zigarettenschatulle auf dem Nachttisch. Wie konnte ein so zivilisierter Mann wie Carl nur derartige Ansichten vertreten? Hatte er mal eine schlechte Erfahrung mit einem Juden gemacht und trug nun diesen einen Affront allen Juden nach? Oder worauf fußten seine negativen Gefühle? Es gab bei allen Religionen angenehme und unangenehme Zeitgenossen. Da bildeten die Juden sicherlich keine Ausnahme.

»Übrigens würde es mich freuen, wenn du Parteimitglied werden würdest«, sagte Carl und ließ einen perfekt geformten Rauchkringel aus seinem Mund entweichen.

Paul blickte dem fragilen Gebilde nach, das sich auf dem Weg zur Decke langsam schwebend auflöste. »Meinst du, das ist notwendig?«

»Es würde mich wirklich *sehr* freuen«, wiederholte Carl. »Alle Menschen, die mir nahestehen, sind Mitglied geworden.« Gleich am ersten Abend hatte er Paul erzählt, dass er als Parteifunktionär für die NSDAP arbeitete. Er war nach Berlin gekommen, um alles für die Ankunft seines Vorgesetzten vorzubereiten, den Gauleiter für Berlin-Brandenburg, einen Mann namens Joseph Goebbels.

»Ich werde mich mit dem Gedanken befassen«, meinte er ausweichend und strich Carl zärtlich über die Schulter.

»Am besten, du lernst meinen Chef kennen. Er ist sehr eloquent in seiner Argumentation. Er kann dir noch viel besser als ich erklären, warum unser schönes Land die NSDAP braucht, um mit dem derzeit herrschenden Chaos aufzuräumen.«

»Gern«, lenkte Paul ein. Eine Unterhaltung mit diesem Goebbels konnte ja nicht schaden. Außerdem hasste er es, sich mit Carl zu streiten. Zank hatte er schon genug mit Helene, die dauernd darüber schimpfte, dass er zu viel Zeit in Berlin verbrachte. Dabei hatte er sich eine wunderbare Ausrede zurechtgelegt: Er beschützte Luise, die seit Kurzem wieder in Berlin wohnte, vor der Zudringlichkeit der Presse. Seine Mutter und Herr von Schaper verbrachten die kalte Jahreszeit in Italien, und irgendjemand musste schließlich in der Wohnung nach dem Rechten sehen. Deshalb hatte er seine eigene Wohnung in Charlottenburg aufgegeben und war zu Luise gezogen. Dass er die meisten Nächte gar nicht in denselben vier Wänden wie seine Schwester verbrachte, schien niemandem aufzufallen. Am allerwenigsten Luise, die sich durch die zwiespältige Aufmerksamkeit der Zeitungen zu einem regelrechten Stummfilmstar entwickelt hatte und jeden Abend zu einem anderen Fest eingeladen war. Selbst wenn ihr dieser Pressetrubel eigentlich zuwider war, hatte er doch auch Gutes bewirkt: Ihr waren neue Angebote von der UFA unterbreitet worden, und sie drehte gerade eine charmante Komödie in Babelsberg.

Albert sah schlecht aus. Abgemagert, blass und verbittert. Dabei hatte er letztlich nur die Hälfte seiner Strafe im Gefängnis absitzen müssen. Als er jetzt im Personalraum des Palais vor einem Teller Rindergulasch mit Nudeln saß, seinem Leibgericht, wirkte er alles andere als geläutert.

»Wir müssen nach Russland gehen, Minna«, sagte er zwischen zwei Bissen. »Hier kann ich nicht mehr leben. Nicht, wenn bald das ganze Land von den Rechten regiert wird.«

»Aber, Albert, wie stellst du dir das vor?«, fragte Minna irritiert. »Wir sprechen kein Russisch. Kennen dort niemanden. Wovon sollen wir leben? Das ist doch eine Schnapsidee.«

»Aber wie können wir hierbleiben, wenn alle Menschlichkeit und die soziale Gerechtigkeit auf der Strecke bleiben?«

»Liebling, du bist erst heute entlassen worden. Wahrscheinlich musst du erst mal eine Nacht in einem anständigen Bett geschlafen haben, um wieder du selbst zu sein.«

Albert schüttelte den Kopf. »Nein, körperlich geht es mir gut. Nur seelisch gehe ich hier zugrunde.«

Voller Mitleid blickte sie ihn an. Manchmal war er arglos wie ein Kind. Ein richtiger Traumtänzer. »Schau«, sagte sie leise.

»Es fehlt uns doch an nichts. Du bist endlich wieder frei und trittst morgen deine Stelle als Knecht auf Gut Bellhagen an, wo ich dich jede Woche an meinem freien Tag besuchen kann. Und wenn wir im August heiraten, das hat mir Frau Falkenhayn versprochen, darfst du wieder nach Bad Doberan zurückkehren. Dann mache ich meine Dienstwohnung hübsch zurecht, und wir leben gemütlich ganz für uns allein.«

Für einen Moment blieb Albert still. »Das hört sich schön an. Aber ist es nicht trotzdem eine Lüge? Wie können wir mit einem guten Gewissen in materieller Sicherheit leben, wenn so viele von uns nicht genug zu essen haben?«

Nicht zum ersten Mal dankte Minna ihrer eigenen Weitsicht, Albert nichts von der Wohnung in Berlin erzählt zu haben, die sie vor Jahren von Herrn Brandmüller geerbt hatte. Er hätte es fertiggebracht, sämtliche Mieteinnahmen an Bedürftige zu spenden. Dabei brauchte sie diesen ›Notgroschen‹ für ihre eigene zukünftige Familie. Auf Alberts Fähigkeiten als Versorger wollte sie sich lieber nicht verlassen.

Als sie auch einige Minuten später nichts auf seine Frage erwidert hatte, blickte er sie unverwandt an. »Wenn wir nicht nach Russland gehen, werde ich meinen Kampf hier auf deutschem Boden fortsetzen müssen.«

Es war, als legte sich ein eisiger Schleier über ihre Vorstellung von einem harmonischen Familienleben mit Albert. Plötzlich wurde ihr kalt. Warum konnte er sich nicht einfach mit dem Glück abfinden, das sie für sie beide plante? Warum musste er das Boot unbedingt auf ruhiger See zum Kentern bringen? Sie liebte ihn doch. Um sich von ihrer wachsenden Verzweiflung abzulenken, fragte sie: »Magst du noch einen Nachschlag vom Gulasch?«

Albert schüttelte den Kopf. »Nein danke. Bitte entschuldige, ich weiß, dass ich dir das Leben schwermache. Aber ich kann genauso wenig raus aus meiner Haut wie du. Vielleicht sollte ich zurück nach München gehen.«

Ihr Herz zog sich schmerzhaft zusammen. »Rede doch keinen Blödsinn«, sagte sie mit einer Leichtigkeit, die sie nicht fühlte. »Im August heiraten wir, und der Rest wird sich schon finden. Irgendwie geht das Leben weiter, und vielleicht erledigen sich deine politischen Sorgen jetzt, wo es dem Land wirtschaftlich wieder besser geht, von ganz allein.«

»Ganz wie du willst, Minna«, meinte er skeptisch und fegte einige Brotkrümel vom Tisch. »Aber es ist mir trotzdem lieber, mit offenen Karten zu spielen. Du musst wissen, woran du bei mir bist.«

»Es mag gut sein, Macht zu besitzen, die auf Gewehren beruht, besser aber und beglückender ist es … *das Herz* eines Volkes zu gewinnen und es auch zu behalten«, verkündete Herr Goebbels theatralisch einer Gruppe von Parteimitgliedern, die in Carls elegantem Salon um ihn herumstanden und Champagner tranken. Paul stand etwas abseits und kämpfte mit seiner Enttäuschung. Dieser kleine, schmächtige Mann mit Gehbehinderung sollte der große Stratege sein, der ›die rote Pest‹, das Schreckgespenst des Kommunismus, aus Berlin vertreiben sollte?

In diesem Moment trat Carl an seine Seite. »Ist er nicht beeindruckend?«, fragte er leise.

Paul, der weder lügen noch unhöflich sein wollte, nickte lediglich. Was sollte es an diesem humpelnden Zwerg Beeindruckendes geben? Waren Carl und alle seine Parteifreunde blind?

»Dabei kommt er aus kleinen Verhältnissen«, flüsterte sein Geliebter. »Man munkelt, dass sein Vater als Laufbursche in einer Dochtfabrik angefangen hat. Er ist der Erste in seiner Familie, der das Abitur geschafft hat. Und das gleich mit Auszeichnung.«

Genauso sieht er aus, dachte Paul. Wie ein kleiner Napoleon, der sich und allen anderen etwas beweisen muss. Einerseits war es schön, dass man es in Deutschland mit harter Arbeit zu etwas bringen konnte. Andererseits vergifteten solche

Emporkömmlinge mit ihrer Verbissenheit die elegante und beschwingte Atmosphäre, die in der gehobenen Gesellschaft ansonsten herrschte.

»Vor ihm war die Berliner NSDAP ein Sauhaufen. Desorganisiert, zerstritten und einflusslos. Dr. Goebbels hat diesem Elend ein Ende bereitet. Er hat alle Quertreiber und Unschlüssigen aus der Partei ausgeschlossen und den Gau straff organisiert. Die Stadt hat er in Sektionen aufgeteilt, deren Führer er selbst ernannt hat. Außerdem hat er innerhalb der Berliner NSDAP den Nationalsozialistischen Freiheitsbund für besondere Aufgaben gegründet.«

»Und das hat er alles in dieser kurzen Zeit bewerkstelligt? Er ist doch erst seit November in Berlin?«, fragte Paul.

»Ganz genau. Aber das ist noch nicht alles. Er hat sich mit dem Leiter der Berliner Sturmabteilung ausgesöhnt, indem er ihn zu seinem Stellvertreter ernannt hat und …«

»Ich dachte, die Sturmabteilung ist in Berlin verboten?«

Carl grinste. »Momentan nennt sie sich deshalb auch ›Sportabteilung‹. Jedenfalls hat Dr. Goebbels damit ein wunderbares Instrument für Saal- und Straßenschlachten geschaffen, mit dessen Hilfe wir dem kommunistischen Roten Frontkämpferbund ordentlich was auf die Mütze geben werden. Komm, ich stelle dir unseren Meisterstrategen persönlich vor.«

Wenn er Carl nicht brüskieren wollte, hatte er keine andere Wahl. Notgedrungen folgte er ihm.

»Dr. Goebbels, darf ich Ihnen einen engen Freund vorstellen? Paul Kuhlmann, der Besitzer des bekannten Hotels Palais Heiligendamm.« Carls Stimme klang ehrerbietig.

Der junge Goebbels – er war bestimmt noch keine dreißig – richtete seinen seltsam stechenden Blick auf ihn. »Schön, Sie kennenzulernen, Herr Kuhlmann.«

»Die Ehre ist ganz meinerseits. Carl hat in den höchsten Tönen von Ihren politischen Errungenschaften geschwärmt. Das imponiert mir alles sehr.«

»Danke. Aber meine Hauptaufgabe kommt erst noch. Ich

will die NSDAP in aller Munde und in alle Herzen bringen. Der Machtstaat beginnt auf der Straße. Wer die Straße erobern kann, kann auch einmal den Staat erobern.« Dr. Goebbels sprach Hochdeutsch, aber in dem für das Rheinland typischen Singsang.

»Und wie wollen Sie das bewerkstelligen?«

»Mit allen Mitteln, die uns zur Verfügung stehen«, warf Carl ein. »Mit Aufmärschen, Versammlungen, Saal- und Straßenschlachten.«

Paul fühlte, wie er erblasste. »Ist das nicht zu drakonisch?«

Goebbels, dessen hohe Stirn unter den dunklen, mit Pomade zurückgestrichenen Haaren sehr weiß wirkte, lächelte. »Die Frage ist nicht die, ob die Methoden, die wir anwenden, gut oder schlecht sind, sondern ob sie zum Erfolge führen.«

»Nächste Woche spricht Dr. Goebbels im Wedding. Warum kommst du nicht und hörst ihm zu?«, schlug Carl vor.

»Eine großartige Idee. Kommen Sie, Herr Kuhlmann. Wir freuen uns über jeden Mann, der uns und unsere Sache unterstützt«, bekräftigte Goebbels und wandte sich einem anderen Parteimitglied zu, das um seine Aufmerksamkeit buhlte.

»Er spricht im Wedding?«, fragte Paul erstaunt. »Aber das ist doch einer der kommunistischsten Arbeiterbezirke überhaupt?«

»Das ist ja das Geniale daran. Wir mischen diesen Verein richtig auf. Um die Veranstaltung anzukündigen, haben wir überall riesige Plakate aufgehängt. Was meinst du, was da los sein wird!«, sagte Carl mit strahlenden Augen. »Du kommst doch?«

Beklommen nickte er. »Wenn ich dadurch dich und deine Ziele besser verstehen kann … sicher.«

Am darauffolgenden Freitag machte sich Paul mit recht gemischten Gefühlen auf den Weg in den Wedding. Als er dort eintraf, herrschte vor dem Veranstaltungssaal bereits großes Gedränge, und er war dankbar, dass Carl ihn in weiser Voraussicht zum Hintereingang beordert hatte. Von dort aus führte er ihn zu einem seitlich von der Bühne gelegenen Sitzplatz. »Hier bist du sicher und bekommst trotzdem alles mit«, murmelte er und hauchte ihm einen schnellen Kuss auf die Wange.

»Danke.« Gespannt sah Paul sich im Raum um. Sofort sprang ihm die enorme Anzahl an Hakenkreuzflaggen ins Auge, die an den Wänden angebracht waren, um für die NSDAP zu werben.

Kurz vor acht Uhr wurden die Türen geöffnet. Als Erstes zog die ›Sportabteilung‹ ein. Männer in braunen Hemden und mit braunen Kappen, die alle ziemlich bullig wirkten. Danach folgten die regulären Zuschauer, unter denen man schon mit bloßem Auge viele Kommunisten ausmachen konnte: Sie führten nicht wie die SA Schlagstöcke mit sich, sondern Plakate und Banner. Womit Paul nicht gerechnet hatte, war, dass die Saalschlacht schon vor Goebbels' Rede begann. Womit die SA die Kommunisten provoziert hatte, hatte er gar nicht mitbekommen, aber die Keilerei fand unmittelbar vor seinen Augen statt. Entsetzt beobachtete er, mit welch ungeheurer Brutalität die SA-Männer gegen die linken Zuschauer vorgingen. Bis die Polizei endlich einschritt, um die Kommunisten zu schützen, musste Paul mehrmals die Augen schließen.

Als endlich wieder Ordnung herrschte, wäre er am liebsten nach Hause gegangen. Nur der Gedanke an Carl hielt ihn noch auf seinem Platz.

Kurz darauf trat Joseph Goebbels ans Rednerpult. Als Erstes ließ er die verletzten SA-Männer auf die Bühne kommen und feierte sie dort wortreich als »Opfer des kommunistischen Terrors«. Das war zwar faktisch falsch, aber eine überaus effektive Strategie, um Normalbürger nach dem Gewaltexzess wieder auf die Seite der Partei zu ziehen. Jetzt verstand Paul auch, was Carl an seinem Vorgesetzten so faszinierte. Vor Publikum wurde der kleine, unscheinbare Goebbels zu einem brillanten Redner. Wenn er den »unbekannten SA-Mann« lobte, wurde der Teil einer geradezu heiligen Sache, für die es sich zu kämpfen lohnte. Auch wenn er vollmundig davon schwärmte, wie seine Partei Deutschland durch die Vereinigung von Nationalismus und Sozialismus zu neuer Blüte führen wollte, wurde er mit frenetischem Applaus belohnt. Paul ertappte sich dabei, wie er unwillkürlich mitjubelte. Keine Frage: Joseph Goebbels war ein glänzender Rhetoriker, der mutig und unerschrocken den Saal im Griff hatte.

Nach der Veranstaltung ging er mit Carl in dessen Wohnung, wo sie sich stürmisch liebten. Atemlos und wunschlos glücklich sank Paul danach in die weichen Daunenkissen.

»Und?«, fragte Carl. »Habe ich dir zu viel versprochen?«

Er schüttelte den Kopf und versuchte, die Erinnerung an die hässlichen Gewaltszenen zu unterdrücken. Er kannte sich nicht aus in der Politik, aber er hatte gelesen, dass auch die Kommunisten manchmal auf ihre Gegner losgingen. Außerdem wollte er Carl lieber seine positiven Eindrücke schildern. »Das war schon alles sehr bewegend. Nur eins habe ich nicht verstanden. Was meint Goebbels eigentlich mit diesem Dritten Reich, das er mit der Partei errichten will?«

Carl stützte sich auf einen Arm und blickte ihn zärtlich an. »Wir streben eine Diktatur an, in der Tradition des Heiligen Römischen Reichs und des Kaiserreichs. Ein Drittes Reich, das ewig währt. Die Weimarer Republik ist dagegen nur ein von einer dilettantischen Regierung geführtes Intermezzo, das hoffentlich bald in Vergessenheit geraten wird.«

»Wirkt eine Demokratie – wenn man die Wünsche von so vielen unterschiedlichen Gruppen berücksichtigen muss – nicht immer ein wenig stümperhaft? Ständig muss man Kompromisse aushandeln«, gab Paul zu bedenken. »Trotzdem scheint es mir die gerechteste Art zu sein, ein Volk zu regieren, denkst du nicht?«

Carl kletterte, nackt, wie er war, auf seinen Schoß und verschloss ihm den Mund mit einem Kuss. Danach griff er spielerisch nach Pauls Handgelenken und drückte sie auf die Matratze. »Was redest du da, mein Liebling. In einer Demokratie bewegt sich nichts vorwärts, und die Politiker, die das Land eigentlich vor Unheil schützen sollen, ruhen sich auf der faulen Haut aus und streichen dafür noch Geld ein. Der Führer des Dritten Reiches wird es nicht einfacher als diese Faulpelze haben, sondern schwerer: Er allein muss, einem Vater gleich, die Verantwortung für alles tragen.«

»Meinst du wirklich?«, sagte Paul, wegen Carls Gewicht auf seinem Bauch etwas gepresst.

»Nein, das *weiß* ich. Warte nur ab, was morgen in den Zeitungen steht. Sie werden Goebbels für seine Rede feiern. Endlich hat Berlin einen wahren Stern am politischen Firmament und nicht nur lauter Sternschnuppen, die ebenso schnell verglühen, wie sie aufgestiegen sind.«

Carls Begeisterung beeindruckte ihn. Es war bewundernswert, wie energisch er und seine Parteigenossen für ein besseres Deutschland kämpften.

»Liebst du mich?«, fragte Carl in diesem Moment und umklammerte seine Handgelenke noch etwas fester.

Pauls Herz schlug schneller. »Ja«, sagte er, ohne auch nur einen Moment zu zögern. »Ich liebe dich.«

»Dann beweis es mir und schließ dich uns an.«

Für einen Moment war er enttäuscht. Sie sagten einander zum ersten Mal, dass sie sich liebten, und Carl verband ausgerechnet diesen wichtigen Moment mit einer politischen Entscheidung? Doch dann verstand Paul. Carl wollte, dass er Teil seines Lebens wurde, und die Arbeit für die Partei gehörte unmittelbar dazu. Auf einmal standen Tränen in seinen Augen. Glückstränen. »Ja«, stammelte er. »Ja, ich werde mich euch anschließen.«

Auf Carls Gesicht breitete sich ein seliges Lächeln aus. »Wirklich?«

Paul nickte. Er war froh, dass seine Entscheidung Carl so viel bedeutete. Und was riskierte er schon? Wenn diese Nationalsozialisten es zu bunt trieben, konnte er schließlich wieder austreten. »Immer her mit dem Mitgliedsformular!«, rief er und kämpfte sich frei. »Und einem Glas Champagner!«

# 12. Kapitel

*Mai 1927*

Es war die richtige Entscheidung gewesen, Parteimitglied zu werden. Carls und seine Liebe war seitdem noch gewachsen, und er fühlte sich ihm noch mehr verbunden als zuvor. Am ersten Mai hatten sie gemeinsam im Konzerthaus Clou einer bewegenden Rede von Adolf Hitler gelauscht. Da der Führer der NSDAP seit seiner Verurteilung noch immer nicht öffentlich in Preußen sprechen durfte, war es lediglich eine Privatveranstaltung vor den viertausend Berliner Parteimitgliedern gewesen. Trotzdem war es eine berauschende Erfahrung, sich als Teil dieser nationalsozialistischen Bewegung zu begreifen. Er, der sich aufgrund seiner Homosexualität immer als Außenseiter gefühlt hatte, gehörte plötzlich einer großen, starken Vereinigung an. Einer Bruderschaft gleich. Zum ersten Mal fühlte er sich angenommen und geborgen. Da war es selbstverständlich, dass er sich – wenn er nicht in Bad Doberan weilte – auch an der Parteiarbeit beteiligte, selbst wenn ihm bislang nur Hilfsdienste zugewiesen wurden.

Nur die häufigen Trennungen von Carl machten Paul zu schaffen. Er hasste es, zu seiner Familie zurückzukehren und dort den treusorgenden Ehemann und Familienvater zu spielen. Doch ihm blieb keine andere Wahl. Als er im März zwei ganze Wochen in Berlin geblieben war, hatte Helene ihm seine Mutter auf den Hals gehetzt. Ausgerechnet in Carls Wohnung hatte er sie empfangen müssen. Glücklicherweise war Carl an diesem Tag außer Haus gewesen, er hatte seinen Gauleiter nach Brandenburg begleitet.

»Bist du von allen guten Geistern verlassen?«, hatte seine

Mutter ihn statt einer Begrüßung angeherrscht. »Ich weiß sehr wohl von deiner leidigen Veranlagung und dass du dich hier im Sündenpfuhl Berlin herrlich amüsierst, aber das gibt dir noch lange nicht das Recht, deine Familie zu vernachlässigen. Besonders deine Söhne brauchen dich.«

»Aber Mutter, es geht mir doch nicht um ein wenig Spaß. Ich liebe Ca…«

»Sprich diesen Namen nicht in meiner Gegenwart aus«, hatte sie gezetert. »Solche Männer sind fehlgeleitete Kreaturen. Aber du bist verheiratet und hast ein anständiges Zuhause. Bitte pack jetzt alles ein und fahr umgehend nach Bad Doberan.«

Paul hatte geahnt, dass seine Mutter, die in vielerlei Hinsicht sein moralischer Kompass war, von seiner Homosexualität wusste. Doch bislang war er sich nicht darüber im Klaren gewesen, wie sehr sie ihn und seinesgleichen verachtete. Es brach ihm das Herz, trotzdem brachte er nicht den Mut auf, sich ihr zu widersetzen.

»Sicher, Mutter«, hatte er gemurmelt und war sich wie ein Feigling vorgekommen. Ein Mann von fast vierzig Jahren, der unter dem Pantoffel seiner Mutter stand.

Seit seiner Rückkehr einen Tag später hatte Helene Oberwasser und bestimmte seinen Alltag. Stundenlang musste er mit seinen Söhnen spazieren gehen. Dabei wusste er oft gar nicht, worüber er mit ihnen sprechen sollte. Thomas war ein kleiner Rabauke, der ständig auf Bäume kletterte und sogar an Wintertagen ins eiskalte Meer springen wollte. Martin, sein jüngerer Sohn, dagegen war ein sensibles, stilles Kind, das gern malte und musizierte. Obwohl das seinem eigenen Charakter am nächsten kam, konnte er sich mit dem Jungen lediglich über klassische Musik austauschen. Er liebte die beiden, fand aber keinen richtigen Zugang zu ihnen.

Und noch jemand reagierte äußerst ungehalten auf die Veränderungen: Carl. Er hatte keinerlei Verständnis für seine familiären Zugeständnisse und dass er deswegen nur noch jede zweite Woche für drei Tage nach Berlin kommen konnte. Im

Gegenteil. Plötzlich bedrängte er Paul, ihn mit nach Bad Doberan zu nehmen. Aber wie sollte das gehen? Sein Geliebter und seine Frau unter einem Dach? Das war doch geschmacklos.

»Du verstehst nicht. Meine Frau ist eine Giftschlange. Sie würde uns das Leben zur Hölle machen«, versuchte Paul zu erklären.

Carl lächelte kühl. »Du scherzt?«

»Nein, leider nicht. Sie ist sehr bestimmend, und ich weiß nicht, wie sie deine Anwesenheit aufnehmen würde.«

»Aber Helene … sie heißt doch Helene? Sie ist lediglich deine Ehefrau. Kein Mensch interessiert sich für ihre Ansichten. Ich am allerwenigsten.«

Paul schüttelte den Kopf. »Du kennst sie nicht. Ich kann nicht ausschließen, dass sie uns sogar eine öffentliche Szene machen würde. Das will ich dir und mir lieber ersparen.« Seine Angst vor Entdeckung und einer Bestrafung gemäß Paragraph 175 sprach er nicht aus. Carl schien aufgrund seiner Berliner Erfahrungen zu glauben, dass die Polizei diesbezüglich inzwischen ein Auge zudrückte. Doch das war im konservativen Bad Doberan sicherlich nicht der Fall.

Sein Geliebter schien sich über seine Worte zu amüsieren. »Zur Not musst du ihr eben eine Backpfeife geben«, meinte er gelassen. »In seinem eigenen Haus gibt der deutsche Mann den Ton an. Wo kämen wir denn hin, wenn wir uns von den Weibern auf der Nase herumtanzen ließen? Frauen haben Kinder zu gebären und den Haushalt zu führen. Ansonsten halten sie den Mund.«

Da Paul vor seinem Geliebten nicht wie ein Schlappschwanz dastehen wollte, fügte er sich. Am nächsten Wochenende würde Carl nach Bad Doberan kommen. Allein bei dem Gedanken wurden ihm die Knie weich. Helene war eine Sache, aber wie würde Elisabeth auf seinen Geliebten reagieren?

»Wie geht es Ihnen, Fräulein Pallaschke?«, erkundigte sich Elisabeth, als sie auf einem der Friseurstühle im Salon Seifert Platz nahm, um sich ihren Bubikopf nachschneiden zu lassen.

»Sehr gut, gnädige Frau«, erwiderte das hübsche Fräulein, das früher als Dirne gearbeitet hatte. Ihr strahlendes Aussehen schien diese Aussage noch zu unterstreichen. »Ich habe mich vor einigen Tagen verlobt.«

»Oh, das freut mich«, antwortete Elisabeth. »Ich gratuliere ganz herzlich.«

Fräulein Pallaschke beugte sich hinunter und flüsterte in ihr Ohr: »Rüdiger weiß übrigens Bescheid über meine Vergangenheit. Ich wollte unser neues Leben nicht mit einer Lüge beginnen ... aber irgendwie liebt er mich trotzdem.«

»Das ist wundervoll. Wie schön, dass alles so ein gutes Ende nimmt.«

Die Friseuse richtete sich wieder auf und unterzog Elisabeths Haarschopf einer gründlichen Musterung.

»Wie immer, bitte«, sagte Elisabeth und griff nach einer Illustrierten.

Fräulein Pallaschke räusperte sich. »Der Schnitt geht in Ordnung, aber ... sollten wir auch ein wenig färben?«

»Was denn färben?«, fragte sie verwirrt.

»Die Haare. Auf dem Hinterkopf sehe ich schon allerhand Weiß.«

Himmel, ich werde alt, dachte Elisabeth. Dabei fühlte sie sich noch voller Schwung und Elan. »Ähm ... auf jeden Fall ... bitte färben Sie nach Herzenslust.«

Fräulein Pallaschke lächelte beruhigend. »Keine Sorge. Das bekommen wir schon wieder hin.«

Die Friseuse hatte nicht zu viel versprochen. Auf dem Rückweg zum Hotel fühlte Elisabeth sich hübsch und jung. Nur dass das keinem außer ihr selbst auffallen würde. Julius weilte seit über drei Wochen in London. Sie vermisste ihn schrecklich, obwohl er ihr jeden Tag einen Brief schrieb. Er hatte sich entschlossen, große Teile seines Konzerns an einen ausländischen Investor zu verkaufen, um auf diese Weise den von Mittenbach eingegangenen Verpflichtungen gegenüber der Reichswehr zu entkommen, und verhandelte dort mit Banken und möglichen Investoren. Was er wohl zu der heutigen Buchung sagen würde? Carl von Herrhausens Freunde hatten für das kommende Wochenende insgesamt zwölf Suiten im Palais reserviert. Dabei konnte Julius den neuen *Bekannten* ihres Bruders nicht ausstehen. Als er erfahren hatte, dass Paul ihm zuliebe in die NSDAP eingetreten war, war er fuchsteufelswild geworden.

»Wie bitte?«, hatte er gebrüllt. »Ist dein Bruder von allen guten Geistern verlassen? Liest er nicht die Zeitung? Letzten Monat haben diese SA-Schurken einen Pfarrer, der es gewagt hat, Goebbels zu kritisieren, krankenhausreif geschlagen! Einen Pfarrer! Glücklicherweise hat der Berliner Polizeipräsident die NSDAP daraufhin erneut verboten.«

»Aber wenn die Partei verboten ist, ist doch alles gut?«, hatte sie eingeworfen.

»Nein, das ist es leider nicht. Diese Verbrecher sind so gerissen, dass sie das Verbot mit irgendwelchen Tricks unterlaufen. Selbst das Redeverbot für diesen Goebbels haben sie ausgehebelt, indem sie eine sogenannte Schule für Politik gegründet haben, in der er vor seinen Parteifreunden sprechen kann. Zudem kann er jederzeit außerhalb von Berlin auftreten. Kurz gesagt, nichts ist gut.«

Von Politik hatte Elisabeth nicht genug Ahnung, um Julius' Einschätzung beurteilen zu können. Ansonsten konnte sie selbst bislang eigentlich nichts Negatives über von Herrhausen sagen. Er sah schneidig aus, war ihr gegenüber sehr charmant und brachte viele neue Gäste ins Haus. Insgeheim fragte sie sich nur, wieso Helene sich das alles gefallen ließ. Sie hielt doch sonst nicht mit ihrer Meinung hinter dem Berg? Seit zwei Monaten verbrachte Pauls Freund fast jedes Wochenende in Bad Doberan, und an diesen Tagen waren die beiden Männer unzertrennlich. Sie frühstückten gemeinsam, fuhren ans Meer und besuchten abends die Veranstaltungen im Bankettsaal. Elisabeth wagte nicht zu spekulieren, mit wem ihr Bruder seine Nächte verbrachte. Die sonst so streitsüchtige Helene machte jedenfalls keinerlei Anstalten, Paul die Leviten zu lesen. Hoffentlich würde auch das kommende Wochenende mit von Herrhausens Freunden gut verlaufen.

Leider fing bereits der Freitagmorgen unschön an. Um zehn Uhr kam ein Bote vorbei und informierte sie, dass ihre Tochter umgehend von der Schule abzuholen sei. Krank vor Sorge, machte sich Elisabeth auf den Weg. Als sie in der Schule eintraf, wartete der Direktor bereits mit Julia in seinem Büro.

»Was ist passiert?«, fragte Elisabeth und schlug erschrocken die Hand vor den Mund. Ihre zierliche Tochter hatte eine blutige Schramme auf der Wange. »Hattest du einen Unfall, Liebling?«

Julia schwieg betreten und starrte auf ihre Fußspitzen.

»Ihr Fräulein Tochter hat sich geprügelt«, sagte der Schuldirektor spitz. »So etwas können wir ihr nicht ungestraft durchgehen lassen.«

»Sie hat … bitte, was?«

»Julia hat sich wie ein gewöhnlicher Straßenjunge geprügelt und wird deshalb für zwei Wochen vom Unterricht suspendiert.«

»Ist das wahr?«, wollte Elisabeth von ihrer Tochter wissen.

Julia reckte störrisch das Kinn vor und sagte keinen Ton.

Auch der Direktor konnte ihre Frage, weshalb sie sich geschlagen hatte, nicht beantworten. Letztlich blieb ihr nichts anderes übrig, als die Zehnjährige an die Hand zu nehmen und zu gehen. Doch selbst zu Hause wollte Julia sich nicht zu dem Vorfall äußern. Mit einem Seufzen ließ Elisabeth sie in der Obhut des Stubenmädchens und ging zurück an ihre Arbeit.

Am Abend trafen Carl von Herrhausen und seine Freunde ein. Elisabeth ließ es sich nicht nehmen, sie selbst am Empfangstresen zu begrüßen. Erleichtert stellte sie fest, dass die Herren zumindest äußerlich wohlerzogen und gebildet wirkten. Keiner trug Uniform oder diese schrecklichen braunen Hemden der SA, die man inzwischen auch in Bad Doberan auf der Straße sah. Paul ging umgehend mit den Herren essen. Anschließend wollten sie das Konzert von Claire Waldoff besuchen, die heute im großen Bankettsaal auftrat. Es war ein weiterer Erfolg von Paul, dass er die bekannte Sängerin für das Palais hatte verpflichten können. Immerhin trat die Dame sonst nur in den beiden größten Varietés der Hauptstadt auf, der Scala und dem Wintergarten. Ihre Gassenhauer in Berliner Mundart wurden im Rundfunk rauf und runter gespielt. Hoffentlich würde sie heute Abend auch Elisabeths Lieblingsschlager *Nach meine Beene is ja janz Berlin verrückt* singen, der zwar schon älter war, sie aber immer noch schmunzeln ließ. Vergnügt summte sie die eingängige Melodie.

Elisabeth hatte gerade Julia zu Bett gebracht und aß in ihrem Büro die Reste eines hart gewordenen Käsebrots, als Herr Schulze zur Tür hereinschneite. Sie sah ihm auch ohne Worte an, dass es erneut Probleme gab. »Um was geht es diesmal?«, fragte sie seufzend.

»Sie sollen bitte sofort in die Garderobe von Frau Waldoff kommen«, antwortete er. »Mehr weiß ich leider auch nicht.«

Elisabeth sah auf die Uhr. In weniger als einer Stunde sollte die Dame auf der Bühne stehen. Was konnte es da so Wichtiges geben? Tat es das Mikrofon nicht? War das Klavier verstimmt? Sie machte sich umgehend auf den Weg.

Die drei Zimmer, die Herr Schulze hochtrabend ›Garderobe‹ genannt hatte, lagen unmittelbar hinter der Bühne. Außerdem gab es dort noch einen größeren Proberaum, in dem sich Orchester oder Gruppen wie die Tiller Girls auf ihren Auftritt vorbereiten konnten. Der schwarze Bühnenvorhang war noch geschlossen, trotzdem konnte sich Elisabeth auf ihrem Weg zu Claire Waldoff selbst davon überzeugen, dass die ersten Gäste bereits an den runden Bistrotischen Platz nahmen und ihre Getränkebestellungen aufgaben. Auch heute war die Vorstellung bis auf den letzten Sitzplatz ausgebucht, und sie würden einen schönen Gewinn erwirtschaften. Das war eine der Lehren, die sie aus den letzten Jahren gezogen hatte: Wenn den Gästen das Abendprogramm gefiel, saß das Geld bei ihnen gleich viel lockerer.

Elisabeth klopfte an die Garderobentür, an der jemand ein Schild mit dem Namen der Sängerin befestigt hatte.

»Herein«, rief sie mit bekannt tiefer Stimme.

»Guten Abend, Frau Waldoff«, sagte Elisabeth beim Eintreten höflich. »Mein Name ist Elisabeth Falkenhayn, und ich bin die Direktorin des Palais. Sie wollten mich sprechen?«

»Allerdings«, erwiderte die Künstlerin, die bereits für ihre Darbietung umgezogen war: Sie trat stets in Schlips, Hemdbluse und Anzug auf. Ihr bronzeroter Bubikopf kam auf diese Weise besonders gut zur Geltung. Meistens rauchte und fluchte sie auf der Bühne. Frivole Attitüden, die gut zu dieser männlichen Aufmachung passten.

»Was kann ich für Sie tun?«

»Habe ich recht gesehen? Ist vorhin tatsächlich dieser schreckliche von Herrhausen mit seinem Panoptikum aus rechten Schießbudenfiguren bei Ihnen abgestiegen?«

Elisabeth schluckte. Damit hatte sie nicht gerechnet. Sie beschloss, die Beleidigungen zu ignorieren. Vielleicht gehörte so etwas ja ebenfalls zu ihrer Bühnenpersönlichkeit. »Ja, Frau Waldoff. Die Herren wollen sich später Ihre Vorstellung ansehen.«

»Tja, das tut mir leid. Aber wenn einer dieser Kerle auch nur den Saal betritt, breche ich das Konzert umgehend ab.«

»Wie bitte?«, meinte Elisabeth, obwohl sie die Worte der Sängerin deutlich verstanden hatte.

»Ich werde nicht vor diesen Heinis singen«, bekräftigte Claire Waldoff.

»Warum denn nicht?«, fragte Elisabeth. Auf was für Leute hatte sich ihr Bruder da nur eingelassen?

»Ich habe diesen feinen Herrn von Herrhausen letztes Jahr wegen Beleidigung angezeigt. Er ist damals mitten in meiner Revue aufgestanden und hat mich mit seinen Kumpanen als Mannweib und Kommunistenschlampe beschimpft.«

Elisabeth blieb der Mund offen stehen. »Aber … weshalb?«

»Weil ich das Lied *Raus mit den Männern aus dem Reichstag* aufgeführt habe. Das war ihm wohl zu emanzipatorisch. Anschließend hat er mir vor dem Künstlerausgang aufgelauert und mir Gewalt angedroht, falls ich es noch einmal singen würde. Natürlich ist meine Anzeige im Sande verlaufen … er hatte die besseren Anwälte. Trotzdem werde ich heute eher mein Publikum und Sie verprellen, als noch einmal vor diesem Mann aufzutreten.«

Elisabeth nickte entschlossen. »Das werden Sie nicht tun müssen. Ich kümmere mich um Carl von Herrhausen. Er und seine Freunde werden den Saal nicht betreten. Vertrauen Sie mir. Und außerdem …«

»Ja?«, fragte Claire Waldoff, als Elisabeth nicht weitersprach.

»Und außerdem bitte ich Sie inständig, heute Abend *Raus mit den Männern aus dem Reichstag* zu singen.«

Ein Lächeln breitete sich auf dem Gesicht der Sängerin aus. »Ich sehe, wir verstehen uns. Danke.«

»Ich danke Ihnen, dass Sie so offen mit mir gesprochen haben«, erwiderte Elisabeth. »Alles Gute für die Vorstellung.«

Umgehend machte sie sich auf die Suche nach Paul und seinen Bekannten. Julius hatte also recht gehabt mit seinen Vorbehalten. Sie konnte nur hoffen, dass von Herrhausen und seine Truppe ihren Bruder nicht zu tief in den Sumpf zogen. Als sie vom Maître d' erfuhr, dass die Herren das Restaurant bereits verlassen hatten, klopfte Elisabeths Herz schneller. Glücklicherweise traf sie sie in der Bar an, wo sie alkoholselig große Reden schwangen.

»Nicht die Kommunisten sind die wahren Sozialisten, sondern wir«, rief von Herrhausen gerade mit erhobenem Glas. »Wir haben zwar keine Theorie, aber wir werden dem Volk Brot statt Steine geben.«

Verstört bemerkte Elisabeth, wie Paul nach jedem Wort gierte, das die Lippen des Blonden verließ, wie er ihn geradezu anhimmelte. Sie tippte ihm auf die Schulter. »Kommst du bitte kurz mit?«

Widerwillig stand Paul auf und folgte ihr ins Büro. Als sie ihm das Anliegen der Sängerin geschildert hatte, war er keineswegs betroffen, sondern wütend. »Was bildet sich diese Trulla ein? Sie wird schließlich fürstlich für ihren Auftritt entlohnt. Da kann sie uns nicht vorschreiben, wer bei uns im Publikum sitzen darf.«

»Willst du es wirklich auf einen Eklat ankommen lassen? Es würde gewiss in allen Zeitungen stehen, wenn Claire Waldoff ihr Konzert abbricht, weil sie sich von Herrn von Herrhausen und seinen Freunden bedroht fühlt.«

»So ein Quatsch«, erwiderte Paul, allerdings deutlich leiser. Elisabeth sah ihm an, dass er sich vor einem Skandal fürchtete.

»Kannst du die Herren nicht davon überzeugen, heute Nacht am Meer zu feiern? Ich lasse euch ein paar Kisten Champagner und ein kleines Buffet einpacken und dann …«

»Ach, verdammt, Elisabeth! Spar dir diese Bevormundung! Ich bin der Ältere von uns beiden und brauche deinen Rat nicht, wie ich mein Leben zu führen habe«, brach es aus Paul heraus.

Sie betrachtete ihn verwundert. Auch dieses Verhalten musste auf den Einfluss seines Freundes zurückgehen. Früher hätte ihr Bruder niemals so mit ihr gesprochen. »Wie du willst, Paul. Es war nur eine Idee.«

Glücklicherweise kam Julius ein paar Tage später für einen wichtigen Termin nach Hamburg, und auch wenn seine knapp bemessene Zeit für einen Besuch in Bad Doberan nicht ausreichte, konnten sie wenigstens miteinander telefonieren. Nach einer liebevollen Begrüßung wusste Elisabeth gar nicht, mit welcher Geschichte sie beginnen sollte. Julia oder Paul? Beides schien irgendwie gleich schlimm zu sein. Julius nahm ihr die Entscheidung ab.

»Ich habe übrigens vorhin mit unserer Tochter telefoniert«, erklärte er.

»Wie das denn?«, fragte Elisabeth perplex.

»Sie hat mich von deinem Telefon aus über mein Büro erreicht.«

Elisabeth schämte sich für den Anflug von Eifersucht, den sie gerade verspürte. Sie wusste doch, dass Julia ihrem Vater sehr nahestand. »Und? Hat sie dir gesagt, weshalb sie sich in der Schule geprügelt hat?«

»Bitte, Liebling, mach dir nichts daraus, dass sie zuerst mit mir darüber sprechen wollte. Sie denkt, dass du von ihr enttäuscht bist, weil sie sich danebenbenommen hat.«

»Und weshalb hat sie nun mit ihrer Klassenkameradin gekämpft?«

»Weil diese Anna behauptet hat, alle Juden seien dreckig, faul und kriminell. Das wollte sie nicht auf Gabriel, seinen Eltern und ihrer Freundin Ava sitzenlassen.«

Elisabeths Herz drohte vor Stolz zu explodieren. Natürlich wäre es besser gewesen, wenn Julia ihren geliebten Cousin und ihre Freundin mit Worten verteidigt hätte. Aber wenn sie sich schon schlagen musste, war dies der einzig richtige Grund. »Wir haben ein wundervolles Kind, Julius«, sagte sie bewegt.

»Das haben wir«, bestätigte Julius. »Sehr durchsetzungsstark und schlagkräftig. Bei diesen Eltern ist das aber auch kein Wunder.«

Elisabeth musste lächeln. »Findest du?«

»Schon.« Julius' Stimme klang schlagartig wieder ernst. »Trotzdem macht mir dieser wachsende Antisemitismus große Sorgen.«

»Mir auch«, flüsterte sie. »Ich habe dir noch gar nicht das Neueste von Pauls Freunden erzählt.«

Nachdem sie den Abend in all seinen Einzelheiten geschildert hatte, sagte Julius eine ganze Weile gar nichts.

»Du hattest recht. Das ist eine Verbrecherbande, mit der sich Paul da eingelassen hat«, versuchte Elisabeth, ihn aus der Reserve zu locken.

»Und wie ist die Geschichte ausgegangen?«, wollte Julius wissen.

Elisabeth seufzte. »Natürlich sind sie – wie von mir vorgeschlagen – an den Strand gefahren. Mit fünf Kisten unseres besten Champagners und einem Picknickkoffer voller Kaviar- und Hummerhäppchen.«

»Natürlich«, wiederholte Julius, merkwürdig still. »Ich fürchte, das alles ist erst der Anfang. Wenn ich nach Hause komme, werde ich ein ernstes Wort mit deinem Bruder reden müssen.«

»Unbedingt.« Plötzlich verspürte sie eine unglaubliche Sehnsucht. »Bitte komm, so schnell du kannst, zurück zu mir. Du fehlst mir.«

»Du mir auch. So sehr.« Julius seufzte. »Ich versuche, mich zu beeilen. Aber die Verkaufsverhandlungen sind komplizierter, als ich erwartet hätte.«

Vor Paul lag ein ganzer Stoß neu ausgefüllter Mitgliedsanträge. Zu seinen Aufgaben gehörte es, die Namen und Anschriften in die NSDAP-Mitgliederkartei zu übertragen. Normalerweise war er mit Feuereifer bei der Sache. Er genoss es, wenn Carl ihn und seine Arbeit für die Partei lobte. Doch heute beschäftigten ihn andere Dinge.

Vor zwei Stunden hatte er bei Johanna vorbeigeschaut, so, wie er es öfter machte, wenn er in Berlin war. Dieser Besuch war jedoch nicht so harmonisch verlaufen wie sonst. Als seine Schwester ihm die Tür geöffnet hatte, hatte sie ihn nicht ins Wohnzimmer gebeten, um ihm eine Tasse Kaffee anzubieten. Stattdessen hatte sie ihn ohne jede Vorwarnung angeschrien. »Stimmt es? Bist du wirklich diesem Sauhaufen beigetreten?«

»Was … was meinst du damit?«, hatte er gestottert.

»Elisabeth sagt, du bist Mitglied bei dieser grauenhaften Partei geworden!« Die Augen seiner sonst so friedfertigen Schwester hatten ihn förmlich durchbohrt.

»Du meinst die NSDAP? Ja, das stimmt. Das ist endlich mal eine Partei, die …«

»Das ist gar keine Partei!«, hatte seine Schwester wie eine Furie gebrüllt. »Das ist ein Schlägertrupp, der nichts als Hass verbreitet.«

»Aber, Johanna, beruhige dich doch. Dann kann ich dir in aller Ruhe erklären, was wir anstreben.« Mit erhobenen Händen war er auf sie zugegangen, doch sie hatte nicht zugelassen, dass er sie berührte.

»Wissen die eigentlich, dass deine Schwester Jüdin ist?«

Damit hatte sie einen wunden Punkt getroffen, denn obwohl er Carl liebte und von den politischen Idealen der Partei überzeugt war, störte ihn der unverhohlene Antisemitismus, den sie propagierten, immer noch.

»Dachte ich es mir! Das hast du ihnen wohlweislich verheimlicht! Ach, Paul, wie kannst du mir nur so etwas antun? Weißt du denn gar nicht, was gestern passiert ist?«

Betreten hatte er den Kopf geschüttelt.

Auf den Wangen seiner Schwester hatten sich hektische rote Flecken gebildet. »Gestern hat Samuel seine Arbeit verloren. Diese verdammten Rechten sind schuld, dass sein Chefarzt in der Charité sich nicht mehr in der Lage sieht, einen Juden als Kinderarzt zu beschäftigen. Ist es das, was ihr anstrebt? Einem unbescholtenen Mann seine geliebte Arbeit zu nehmen?«

Darauf hatte er keine Antwort gehabt.

»Es ist besser, wenn du jetzt gehst.« Plötzlich hatte seine Schwester verloren und traurig gewirkt.

»Bitte entschuldige, Johanna. Aber diese Abneigung gegen Juden ist doch nichts Neues. Das hat es schon immer gegeben. Denk nur mal an unsere Mutter früher. Trotzdem tut es mir natürlich sehr leid, dass Samuel …«, hatte er angesetzt.

Seine Schwester hatte ihn unterbrochen. »Bitte, Paul. Ich will, dass du jetzt gehst. Momentan ertrage ich es nicht, dich anzusehen.«

Wie ein begossener Pudel war er vom Korridor zur Tür geschlichen. Dort hatte er sich noch einmal umgedreht. »Soll ich Carl fragen, ob er Samuel irgendwie behilflich sein kann?«

»Untersteh dich. Mit solchen Leuten wollen wir nichts zu tun haben.« Ohne ein Wort der Verabschiedung hatte sie ihn aus der Wohnung gedrängt und die Tür hinter ihm geschlossen.

Paul starrte gedankenverloren auf den Mitgliedsantrag, der vor ihm lag. Ein gewisser Franz Müller konnte es offenbar gar nicht mehr erwarten, der NSDAP beizutreten. Seine kraftvolle Schrift ließ erahnen, mit wie viel Begeisterung er den Antrag ausgefüllt hatte. An manchen Stellen hatte er das Papier mit dem Stift regelrecht durchbohrt. Aber was war mit ihm selbst? War es ein Fehler gewesen, Mitglied der Partei zu werden? Hatte er durch diese Entscheidung seine Familie verraten? Oder wollten seine Geschwister und letztendlich auch seine geliebte Mutter ihn nur wieder manipulieren? Ging es in Wahrheit gar nicht um seine Parteizugehörigkeit, sondern um seine Homosexualität? Hatten sie Angst, dass Carl ihn dazu bringen könnte, seine Frau und seine Kinder zu vernachlässigen?

Dabei fühlte er sich zum ersten Mal restlos wohl in seiner Haut. Er liebte Carl, und auch die Arbeit für die Partei machte ihm Spaß. Viele von Carls Freunden waren ebenfalls schwul, und es war einfach wundervoll, sich ausgelassen mit ihnen zu amüsieren, ohne sich hinter der Fassade seiner frostigen Ehe verstecken zu müssen. Selbst in Bad Doberan konnte er inzwischen sein Dasein genießen. Der feuchtfröhliche Abend neulich am Strand hatte zum Beispiel damit geendet, dass Carl ihn in einem der Strandkörbe geliebt hatte. Trotz des Risikos, entdeckt zu werden! Wollte er all das wirklich aufs Spiel setzen, indem er die Partei wieder verließ? War es nicht höchste Zeit, dass auch er selbst einmal auf der Sonnenseite des Lebens stand?

Helene hatte nach einer ernsten Aussprache kein Wort mehr über die häufige Anwesenheit seines neuen Freundes verloren. Carl hatte ihm den Rücken gestärkt und ihm die Kraft gegeben, sich in dieser Hinsicht durchzusetzen. Eine Ohrfeige war gar nicht notwendig gewesen. Helene hatte sich auch so stillschweigend gefügt. Im Grunde wäre alles in wunderbarer Ordnung gewesen, wenn es diesen extremen Antisemitismus nicht gegeben hätte. Doch der schien in Carls Kreisen sehr verbreitet zu sein. Neulich hatte ihm einer von dessen Bekannten erklärt, man müsse »die Massen hinter einem gemeinsamen Feindbild sammeln« und die gebildeten und wohlhabenden Juden seien dafür geradezu ideal geeignet. Denn sie seien dem einfachen deutschen Arbeiter schon lange ein Dorn im Auge. Insgeheim hatte er darüber den Kopf geschüttelt. Keinem einzigen Arbeiter würde es besser gehen, wenn die Juden das Land verließen. Im Gegenteil. Der Gesellschaft würden die vielen Ärzte, Gelehrten und Industriellen fehlen. Auch viele Gäste im Palais waren Juden. Trotzdem hatte Paul stillgehalten. Er wollte nicht vor Carl und seinen Freunden als Quertreiber dastehen. Und vielleicht mussten tatsächlich Opfer gebracht werden, um das deutsche Schiff wieder ins richtige Fahrwasser zu bringen. Er war politisch nicht so versiert wie Carl. Auch wenn viele seiner Ideen ihm einleuchteten.

Energisch griff er nach seinem Stift und einer neuen Karteikarte. Hastig übertrug er die Antragsdaten in die entsprechenden Kästchen. Nein! Diesmal würde er nicht klein beigeben. Selbst wenn ihm die Sache mit Samuel leidtat. Der Mann seiner Schwester war ein feiner Kerl. Aber irgendwann musste er auch an sich selbst denken. Ein Leben ohne Carl konnte er sich nicht vorstellen. Und wenn es ihn nur zusammen mit einer Mitgliedschaft bei der NSDAP gab, dann war das eben so.

»Bist du schon umgezogen?«, fragte Elisabeth und klopfte an Luises Tür. Heute war ein großer Tag. Herzog Adolf Friedrich, der erst kürzlich von einer Afrikareise zurückgekehrt war, hatte Reichspräsident Paul von Hindenburg nach Bad Doberan eingeladen. Elisabeth und ihre Schwester waren Teil der Delegation, die die beiden Herren im Rathaus begrüßen und anschließend zu den verschiedenen Sehenswürdigkeiten begleiten würden. Luise war extra deswegen aus Berlin angereist. Obwohl sie inzwischen eine berühmte Schauspielerin war, wurde sie von der oberen Gesellschaft in Bad Doberan immer noch geschnitten. Ein freundliches Wort des Herzogs zu Luises Begrüßung würde da im Beisein der Honoratioren sicher Wunder wirken. Und ein romantisches Interesse von Adolf Friedrich konnte inzwischen ausgeschlossen werden: Der Herzog hatte vor zweieinhalb Jahren die Witwe seines Halbbruders Johann Albrecht geheiratet.

Die Tür öffnete sich, und Luise stand im Rahmen. Vor Staunen blieb Elisabeth regelrecht die Luft weg. Ihre Schwester sah aus wie eine Märchenprinzessin.

»Meinst du, das geht so?«, fragte Luise kokett und drehte sich im Kreis. Ihr elegantes und doch figurbetontes Kleid schwang sanft mit. Die goldenen Locken wippten.

»Ich glaube kaum, dass man uns an der Rathaustür abweisen wird«, meinte Elisabeth trocken. »Du siehst bezaubernd aus.«

»Danke. Ich habe mir inzwischen einige Kniffe von den Schminkfräuleins der UFA abgeschaut.«

Elisabeth schnaubte durch die Nase. »Genau. Nur deswegen bist du so schön.«

Luise grinste. »Wann geht's los?«

»Am besten jetzt sofort. Es ist zwar nicht weit bis zum Rathaus, aber ich möchte gern pünktlich sein.«

Ihre Schwester nahm ihren Sommerhut, die Handschuhe und ihre Tasche und zog die Tür hinter sich zu. »Wunderbar. Dann mal los.«

Obwohl ein leichter Wind wehte, war es ziemlich warm, und sie gingen im Schatten der Lindenbäume über den Kamp, den Park im Zentrum Bad Doberans.

»Wie läuft das Seebad eigentlich unter der Führung von Rechtsanwalt Knaack und der des Herzogs?«, erkundigte sich Luise.

»Erstaunlich gut. Adolf Friedrich ist zwar viel unterwegs, aber er verfügt über hervorragende Kontakte. Unter anderem ist er im

Vorstand des Deutschen Schützenbundes, Vorsitzender des Doberaner Rennvereins und Präsident des Golfclubs in Heiligendamm sowie des Tennisclubs Blau-Weiß. Darüber hinaus ist er Mitglied in der Herrengesellschaft Mecklenburg. Ohne ihn wäre der Reichspräsident sicher nicht hierhergekommen.«

»Herrengesellschaft Mecklenburg?«, fragte Luise überrascht. »Davon habe ich noch nie gehört. Was ist das?«

»Das ist ein elitärer Verein, der letztes Jahr von einem adeligen Gutsbesitzer gegründet wurde. Seitdem Deutschland eine Republik ist, haben die Adeligen Angst, dass es mit ihnen bergab gehen und der jahrhundertealte Einfluss ihrer Familien schwinden könnte. Es gibt deshalb mehrere solcher Vereinigungen und Klubs, die bei Vorträgen und anderen Veranstaltungen vor dem Parlamentarismus warnen.«

»Und da hat der Herzog ausgerechnet den Reichspräsidenten eingeladen?«

Elisabeth nickte. »Weil es für ihn wahrscheinlich kein Widerspruch ist. Erstens ist Paul von Hindenburg selbst Adeliger und hat dem Kaiser gedient. Zweitens soll gemäß unserer Verfassung der Reichspräsident das Gegengewicht zum Parlament sein.«

Luise schüttelte lächelnd den Kopf. »Was du alles weißt!«

»Julius hat mir das beigebracht. Er will, dass ich mich politisch weiterbilde, aber eigentlich habe ich dafür im Hotel viel zu viel um die Ohren.«

Wenig später standen sie nebeneinander im Begrüßungskomitee. Nach einer kurzen Ansprache des Ortsvorstehers schritten der Herzog und sein militärisch wirkender Gast die Reihe ab und schüttelten jedem die Hand.

»Und? Wie geht es dem schönen Palais Heiligendamm?«, fragte der Herzog, als er Elisabeth begrüßte.

»Wir können uns nicht beklagen, Eure Hoheit«, erwiderte Elisabeth und machte einen Knicks.

In diesem Moment erblickte er zu ihrer Rechten Luise und

schien zu erstarren. Entsetzt beobachtete Elisabeth, wie er sich abrupt umwandte und einem seiner Begleiter etwas zuflüsterte. Als er weiterging, war allen Zuschauern klar, dass es Absicht gewesen war. Er hatte Luise vorsätzlich übergangen. Auch Paul von Hindenburg schüttelte nicht ihre Hand. Elisabeth konnte sehen, wie Luises große blaue Augen feucht wurden. Doch trotz der Schmach fing sie nicht an zu weinen.

Als das Begrüßungskomitee wenig später in die wartenden Kutschen stieg, um sich zum neuen Kriegerdenkmal – vom Volk wegen seiner Bauweise liebevoll ›Backenzahn‹ genannt – kutschieren zu lassen, blieb Elisabeth mit Luise einige Meter zurück.

»Was habe ich nur verbrochen, um so schrecklich vorgeführt zu werden?«, schluchzte Luise lautlos.

»Gar nichts. Wahrscheinlich haben Männer vor so schönen und erfolgreichen Frauen wie dir schlichtweg Angst. Mich grüßen sie auch nur als Generaldirektorin des Hotels. Aber du darfst dir unter keinen Umständen anmerken lassen, dass sie es geschafft haben, dir wehzutun. Du *musst* mitkommen.«

»Aber das kann ich nicht«, jammerte ihre Schwester leise.

»Du bist Schauspielerin. Spiel einfach die Rolle einer tapferen jungen Frau.«

Luise blickte sie zweifelnd an. »Ohne Drehbuch?«

Elisabeth nickte. »Du darfst nicht klein beigeben. Dann gewinnen die Bösen.«

Sie seufzte. »Also gut.«

Gemeinsam zogen sie alle Stationen des Besuchs durch: Kriegerdenkmal, Heiligendamm und zum Schluss die Rennbahn, wo sie vom letzten regierenden Großherzog, Friedrich Franz IV., dessen Frau und einer Vielzahl zahlender Gäste empfangen wurden. Luise hielt durch. Auch dann noch, als der Herzog sie bei der Vorstellung des ehemaligen Monarchen erneut ignorierte und ihre soziale Ausgrenzung vollkommen machte. Erst zu Hause brach sie weinend auf ihrem Bett zusammen.

»Was habe ich nur getan, um wie eine Aussätzige behandelt zu werden! Erst hackt monatelang die Presse auf mir herum und nun …« Der Rest ihres Satzes ging in Tränen unter.

Elisabeth strich ihr zärtlich über den Kopf. »Du darfst dir nichts daraus machen, Lulu. Vielleicht sind diese Dummköpfe auch nur eifersüchtig auf deinen Erfolg. Schließlich bist du eine berühmte und – wie ich aus den wöchentlichen Bergen von Autogrammanfragen schließe – sehr beliebte Schauspielerin.«

»Nicht beliebt … nur berüchtigt. Und überhaupt die … die Zuschauer in den Lichtspielhäusern … die kennen mich doch gar nicht!« Lautstark zog sie die Nase hoch. »Im wahren Leben hat mich niemand wirklich gern.«

»Liebes … Paul hat uns erzählt, dass du jeden Abend auf einer anderen Gesellschaft tanzt … da kannst du doch nicht behaupten, dass dich niemand mag.«

Luises Hände formten kleine Fäuste. »Ach … diese Filmpartys in Berlin … das ist doch nicht das richtige Leben, Lisbeth. Da laufen nur so treulose Flitzpiepen wie Willy herum. Die flirten auf Teufel komm raus und versprechen einem den Himmel auf Erden … doch letztendlich wollen sie nur ein kurzes Abenteuer, und dann sind sie wieder weg.«

»Aber Berlin besteht doch nicht nur aus Schauspielern«, erwiderte Elisabeth sanft. »Bestimmt leben dort auch nette und anständige Männer, die anderen Berufen nachgehen.«

Ihre Schwester schüttelte den Kopf. »Solche Männer wollen alle das Gleiche wie der Herzog und die vornehme Gesellschaft in Bad Doberan … eine brave, unberührte Frau, die sie ihrer Mutter vorstellen und in Weiß zum Traualtar führen können. Ich muss den Tatsachen ins Augen blicken … ich werde niemals einen liebevollen und standesgemäßen Ehemann finden«, schluchzte sie herzzerreißend.

Tröstend nahm Elisabeth sie in den Arm. »Es gibt doch nicht nur bornierte Kleingeister, mein Schatz.«

»Das sind keine Kleingeister … sie sind nur konservativ«, korrigierte Luise sie weinend.

»Du wirst schon noch deinen Prinzen finden.«

»Aber wo? Wohl kaum an einem Filmset!«

»Du bist die schönste Frau, die ich kenne … irgendwo wartet der Richtige auf dich«, versprach Elisabeth.

Luise schüttelte traurig den Kopf. »Schönheit ist nichts wert. Alles, was Männer sich wünschen, ist ein unbeschriebenes Blatt. Und damit kann ich nicht dienen.«

An diesem Abend gelang es Elisabeth nicht mehr, ihre Schwester aufzumuntern. Und als am nächsten Morgen das Bad Doberaner Tageblatt schrieb, dass die Veranstaltung mit dem Reichspräsidenten sechsundfünfzigtausend Mark für die Ostseebad Heiligendamm GmbH erwirtschaftet hatte, konnte sie sich noch nicht einmal darüber freuen. Zu sehr grollte sie dem Herzog.

Endlich war es so weit. Heute würde sie Alberts Ehefrau werden! Minna betrachtete sich von allen Seiten im Spiegel. Sie war eine schöne Braut. Frau Falkenhayn hatte ihr sogar den kostbaren Spitzenschleier ihrer Mutter geliehen. Auch das Hochzeitskleid und Alberts Anzug hatte sie spendiert und noch dazu ein schönes Fest auf Gut Bellhagen organisiert. Alles schien in bester Ordnung zu sein. Die körperliche Arbeit als Knecht tat ihrem Bräutigam nach seinem Gefängnisaufenthalt gut. Er hatte zugenommen und sah wieder fast so unbeschwert und jungenhaft aus wie damals in München, als sie sich kennengelernt hatten. Auch seine Gemütsverfassung hatte sich gebessert. Er wirkte ruhiger und schien seinen politischen Übereifer zumindest teilweise abgelegt zu haben. Trotzdem gab es einen kleinen Wermutstropfen: Weder ihre noch seine Familie konnte sich die weite Reise in den Norden leisten, um bei der Hochzeit anwesend zu sein. Aber Minna hatte nicht länger warten wollen. Insgeheim sehnte sie sich jeden Tag mehr nach einer eigenen Familie, und allmählich wurde es Zeit, sonst wäre sie eines Tages zu alt dafür.

Unmittelbar nach der Hochzeit würde Albert wieder nach Bad Doberan übersiedeln und als Gärtner im Hotel anfangen. Glücklicherweise hatte er vor einigen Wochen seine fixe Idee, dass er erst noch mehr Geld verdienen müsse, abgelegt und in die Eheschließung eingewilligt. Seitdem arbeitete Minna mit Hochdruck daran, ihre Dienstwohnung so schön wie möglich einzurichten. Es war ihr Hochzeitsgeschenk an ihren zukünftigen Mann, und sie hoffte inständig, dass ihm das gemütliche Heim gefallen würde.

In diesem Moment klopfte es an der Tür. »Minna?«, fragte Frau Falkenhayn. »Bist du so weit? Die Kutsche wartet.«

»Ich komme«, rief Minna glücklich und richtete sich ein letztes Mal den Schleier.

Als sie kurz darauf Hand in Hand vor dem Pfarrer standen und sich unter den Augen ihrer kleinen Gästeschar das Jawort gaben, konnte Minna ihr Glück kaum fassen. Selig lächelte sie ihren Albert an. Und auch er schien sich aufrichtig zu freuen. Obwohl es natürlich über die kirchliche Trauung eine längere Diskussion gegeben hatte. Albert, der schon vor geraumer Zeit seinen katholischen Glauben abgelegt hatte, fühlte sich als Atheist. Doch Minna hatte nicht ohne Gottes Segen in den Stand der Ehe treten wollen. Schließlich hatten – auf Vermittlung von Frau Falkenhayn – sowohl Albert als auch der Pfarrer einer kurzen protestantischen Zeremonie zugestimmt.

Zu den Klängen des Hochzeitsmarsches schritten sie aus der kleinen Kirche des Nachbarortes. Julia, die in ihrem hellblauen Kleid ganz entzückend aussah, streute Rosenblätter aus einem mit weißem Satin bezogenen Korb. Auf dem Vorplatz ließen sie sich lachend mit Reis bewerfen. Jeder der Anwesenden wünschte ihnen lautstark Glück. Lächelnd bemerkte Minna, wie das Gold ihres Eherings den Sonnenschein widerspiegelte. Sie war am Ziel ihrer Träume. Jetzt konnte das Leben endlich richtig beginnen. Als sie sich umwandte, um in Alberts sommersprossiges Gesicht zu blicken, erstarrte sie für einen Moment. Der Mann mit den dunklen Haaren, der in einiger Entfernung hinter ihrem frischgebackenen Ehemann stand, kam ihr irgendwie bekannt vor. Er sah fast aus wie … Aber das konnte nicht sein. Diesen Kerl hatte sie seit mehr als zehn Jahren nicht gesehen. Sicher war er im Krieg gefallen. Oder er lebte in Berlin.

»Hast du einen Geist gesehen?«, fragte Albert und drückte grinsend ihre Hand. »Du siehst plötzlich so erschrocken aus.«

»Nein, ich …« Sie versuchte, sich zusammenzureißen. Doch ihr Blick wanderte ängstlich zurück zu dem Platz, wo eben noch dieser Mann gestanden hatte. Jetzt schien er sich allerdings in Luft aufgelöst zu haben.

»Bist du mich schon wieder leid?«, scherzte Albert. »Oder warum schaust du fremden Männern hinterher.«

Ihre Augen suchten die seinen. »Niemals, Albert«, sagte sie fest. »Ich werde dich bis zu meinem letzten Atemzug lieben. So wahr mir Gott helfe.«

# 13. Kapitel

*Februar 1928*

»Und wenn Sie denen für einen Tag die Heizung abdrehen? Dann ginge es vielleicht etwas flotter mit der Abreise?«

»Aber, Herr von Herrhausen, ich kann doch unmöglich …«, stammelte Herr Schulze. »Bei uns ist der Gast König. Ich …«

»Papperlapapp. Diese jüdischen Glatzköpfe passen sowieso nicht in das vornehme Ambiente des Palais. Die müssen ihre Zimmer räumen. Immerhin wird hier übermorgen ein echter deutscher Generaloberst anreisen. Der Chef des Deutschen Heeres!«

Elisabeth glaubte zu träumen. Allerdings war dies ein Albtraum allererster Güte. Erst vor Kurzem hatte sie einen Knopf am Empfangstresen installieren lassen, der mit einer Klingel in ihrem Büro verbunden war. Auf diese Weise konnte Herr Schulze sie rufen, wenn es Schwierigkeiten gab. Doch mit einer solchen Situation hatte sie niemals gerechnet. Sie räusperte sich energisch. »Entschuldigen Sie, Herr von Herrhausen. Aber dürfte ich Sie fragen, was Sie da gerade mit meinem Empfangschef besprechen?«

»Ich?« Von Herrhausen drehte sich zu ihr um und lächelte gewohnt charmant. Allerdings reichte das Lächeln diesmal nicht bis zu seinen Augen, in deren Blick sie Kälte und Verdruss zu erkennen glaubte. »Ich stelle lediglich sicher, dass ein sehr wichtiger Gast sich in Ihrem Hotel wohlfühlen kann.«

»Und da sehen Sie sich gezwungen, einige unserer anderen Gäste rauszuschmeißen?« Elisabeths Stimme klang ruhig, doch innerlich bebte sie vor Wut.

»Rausschmeißen ist so ein hässliches Wort, gnädige Frau. Ich wollte ihnen lediglich einen Stimulus geben, das Hotel etwas frühzeitiger zu verlassen.«

»Einen Stimulus? Sie wollten, dass wir den Brüdern Cohen, die beide über siebzig Jahre alt sind und seit vielen Jahren zu unseren Stammgästen zählen, die Heizung abdrehen?« Elisabeth spürte, wie ihre gleichmütige Fassade Risse bekam.

Von Herrhausen schien ihr Ärger nicht zu entgehen. »Es war nur ein Vorschlag. Es ging mir darum …«

Elisabeth hob die Hand, um seinen Redefluss zu stoppen. »Herr von Herrhausen. Damit wir uns richtig verstehen. Die Brüder Cohen dürfen so lange im Hotel meiner Familie wohnen, wie es ihnen beliebt. Eher muss ich dem mir unbekannten Generaloberst eine Abfuhr erteilen.«

»Aber …«, setzte von Herrhausen an.

»Und wenn ich herausfinde, dass Sie sich noch einmal hinter meinem Rücken in die Geschäfte des Hotels einmischen, werde ich ein ernstes Wort mit meinem Bruder reden müssen. Haben wir uns verstanden?«

Pauls Geliebter starrte sie hasserfüllt an. Er war offenbar zu stolz, um ihre Zurechtweisung einfach hinzunehmen. »Sie machen einen schwerwiegenden Fehler, gnädige Frau. Solche Leute werden nicht mehr lange unser Land bevölkern, der Chef des Deutschen Heeres aber schon.«

Elisabeth zuckte mit den Schultern. »Wir werden sehen, wer am Ende recht behält.«

Ohne ein weiteres Wort machte von Herrhausen eine Kehrtwendung und schritt von dannen.

Herr Schulze, der mit offenem Mund der Auseinandersetzung gelauscht hatte, atmete erleichtert auf.

»Danke, dass Sie mich verständigt haben. Bitte lassen Sie mich auch zukünftig wissen, wenn dieser Herr seine Nase in Angelegenheiten steckt, die ihn nichts angehen.«

»Selbstverständlich, gnädige Frau.«

Mit einem Seufzen ging Elisabeth zurück in ihr Büro. Sie würde so oder so nicht um eine Unterhaltung mit Paul herumkommen. Er musste endlich reinen Tisch machen und seinem famosen Freund erzählen, dass Johanna zum Judentum konvertiert war und Angehörige dieser Religion in ihrer Familie überaus geschätzt wurden. Dann würde sich ja zeigen, wie stark die Liebesbande zwischen ihm und seinem Carl waren. Heute schien zudem ein ganz besonders guter Tag für ein solches Geständnis zu sein, denn in knapp vier Stunden würde Johanna mit dem kleinen Gabriel anreisen, um ein paar Urlaubstage in Bad Doberan zu verbringen.

Nachdenklich räumte Elisabeth ihren Schreibtisch auf, legte die bezahlten Rechnungen auf die eine Seite, um sie später abzuheften, und die unbezahlten auf die andere. An Weihnachten wäre es um ein Haar bereits zu einer Begegnung zwischen von Herrhausen und der versammelten Familie Kuhlmann gekommen. Paul hatte darauf bestanden, dass Carl, dessen Angehörige in Bayern lebten, an diesem intimen Fest teilnahm. Jegliche Kritik, dass er das seiner Frau und seinen Kindern nicht zumuten könne, war an ihm abgeprallt. Damals waren sie lediglich durch das im Oktober aufgehobene Redeverbot für Joseph Goebbels gerettet worden. Der Gauleiter hatte rund um Weihnachten einige Termine wahrnehmen und nicht auf seinen engsten Berater verzichten wollen. Elisabeths Erleichterung war geradezu grenzenlos gewesen, zumal es auf diese Weise auch nicht zu einem Konflikt mit Julius kommen konnte, der für die Festtage aus England zurückgekehrt war.

In diesem Moment flog mit einem dumpfen Knall ihre Bürotür auf, und Paul stürmte herein. »Was fällt dir ein, Carl vor unseren Angestellten derart zu blamieren! Bist du von allen guten Geistern verlassen?«

Elisabeth musterte ihn ruhig. »Diese Frage muss ich wohl eher dir stellen.«

»Hast du überhaupt eine Ahnung, was du da angerichtet hast? Carl ist so aufgebracht, dass er den Besuch des Generaloberst absagen wird!«, schrie Paul.

»Gut so«, erwiderte Elisabeth. »Ich will gar keine Angehörigen der Reichswehr bei uns beherbergen. Mir reichen Carls schreckliche Parteifreunde voll und ganz.«

Das Gesicht ihres Bruders nahm eine ungesunde Röte an. Er hatte in der letzten Zeit deutlich an Gewicht zugelegt, wahrscheinlich aufgrund des in seinen Kreisen offenbar üblichen steten Alkoholkonsums. Hoffentlich erlitt er nicht, wie ihr Vater, eines Tages einen Herzanfall. »Aber diese Verbindung hätte überaus wichtig für uns sein können!«

»Für wen? Für uns oder für deinen lieben Carl?«

»Für alle Beteiligten. Aber offenbar ist dir dein Sinn fürs Geschäftliche endgültig abhandengekommen.« Paul fuhr sich erregt durch das blonde Haar. Er schien völlig unter der Fuchtel seines Geliebten zu stehen.

»Hast du ihm inzwischen gesagt, dass deine … jüdische Schwester heute zu Besuch kommt?«, fragte Elisabeth spöttisch. Von Herrhausens Fehlverhalten in Bezug auf die Cohen-Brüder war so offensichtlich, dass sie sich gar nicht erst die Mühe machte, Paul darüber aufzuklären.

»Das wird nicht nötig sein, Carl und ich reisen umgehend ab«, knurrte Paul. Er schickte sich an, ihr Büro zu verlassen.

»Du wirst ihm diesen Umstand nicht ewig verheimlichen können!«, rief sie ihm hinterher. Ohne eine Antwort zog er die Tür ins Schloss.

»Ich verstehe Paul nicht«, sagte Johanna traurig und stellte ihre Kaffeetasse auf den Tisch. »Wie kann er sich nur mit solch plumpen Leuten verbrüdern, die ständig Unwahrheiten über uns Juden verbreiten und das ganze Land gegen uns aufwiegeln?«

Elisabeth, die ihrer Schwester gerade die Geschehnisse des Morgens berichtet hatte, zuckte mit den Schultern. »Paul scheint diesem von Herrhausen geradezu hörig zu sein. Er ist da offenbar in etwas hineingeraten, woraus er sich nicht allein befreien kann.«

»Kann Julius ihn sich nicht einmal zur Brust nehmen?«, bat

Johanna. Da Julia gerade mit Gabriel in ihrem Zimmer spielte, konnten sie ganz offen miteinander sprechen.

Elisabeth seufzte. »Er hat es bereits versucht, aber Paul wehrt jegliche Kritik an dieser Partei ab. Er wirft dann mit Sätzen um sich, die unmöglich auf seinem eigenen Mist gewachsen sein können.«

»Ja?«

Elisabeth nickte. »Er sagt Sachen wie: ›Deutschland braucht Bürger, die gegen Linke, Liberale und anderes Gesindel kämpfen, um unsere Heimat wieder groß und stark zu machen. Patriotismus erfordert Entschlossenheit, Mut und Rückgrat.‹«

Johanna schlug die Hand vor den Mund. »Mein eigener Bruder! Dagegen verblassen all die anderen Dinge, die Samuel und mir gerade das Leben schwermachen.«

»Wer macht euch denn das Leben schwer?«

Ihre Schwester, die mit den Jahren nur wenig von ihrer klassischen Schönheit eingebüßt hatte, stöhnte theatralisch. »Die richtige Frage müsste lauten: Wer nicht? Samuel sucht ja schon seit Monaten nach Räumlichkeiten, um eine eigene Praxis zu eröffnen, doch viele Vermieter lehnen ab, wenn sie hören, dass wir Juden sind.«

»Das ist ja widerlich«, empörte sich Elisabeth.

»Jetzt hat er endlich Praxisräume gefunden, und nun stellen sich seine Eltern quer. Sie haben Angst, dass er sich mit einem Fünfjahresvertrag zu lange bindet. Am liebsten wäre ihnen, wir würden sofort mit ihnen ins Ausland gehen. In zwei Monaten werden sie in Paris, wo sie eine kleine Wohnung besitzen, ein neues Leben beginnen.«

»Aber doch nicht wegen ein paar Spinnern wie diesem von Herrhausen? Die Partei und er, das sind doch vorübergehende Erscheinungen! Bestimmt bekommen sie schon bei der nächsten Wahl einen ordentlichen Dämpfer. Unser früherer Gauleiter Hildebrandt wurde doch auch wieder abgewählt.«

»Da gebe ich dir recht. Und Samuel wird die Praxisräume sicher auch anmieten. Trotzdem ist es nicht schön, wenn meine

Schwiegereltern sich ängstigen und deswegen auswandern. Aber lass uns das Thema wechseln. Wie geht es euch?«

»Uns geht es gut. Nur Julius fehlt mir. Aber gestern hat er geschrieben, die Verhandlungen über den teilweisen Konzernverkauf stünden kurz vor dem Abschluss. Er kommt also hoffentlich bald zurück. Ach, und weißt du, wen er neulich in einem Londoner Restaurant getroffen hat?«

»Nein?« Johanna sah sie fragend an.

»Charlie!«

»Charlie? Ist das nicht der englische Lord, der dir vor dem Krieg so stürmisch den Hof gemacht hat, dass Mutter ihn bereits als zukünftigen Schwiegersohn in die Arme schließen wollte?«

»Genau der! Nur dass er inzwischen den Titel seines Onkels geerbt hat und sich Lord Northcliffe nennen darf. Er hat ebenfalls geheiratet und lebt mit seiner Victoria und den vier Kindern auf dem Landsitz der Familie. Stell dir vor … er hat uns sogar eingeladen, ihn dort zu besuchen.«

»Wie aufregend!«, schwärmte Johanna mit glänzenden Augen. »Werdet ihr seiner Einladung folgen?«

»Wer weiß … vielleicht«, erwiderte Elisabeth zögerlich. »Offenbar haben Julius und er das Kriegsbeil begraben. Das alles ist ja auch lange genug her.«

Johanna schmunzelte. »Julius hat gewonnen und dich geheiratet. Da kann er es sich erlauben, großzügig zu sein.«

Elisabeth konnte sich ein Lächeln nicht verkneifen. »Nein, den Hauptgewinn habe eindeutig ich ergattert.«

»Dann habt ihr eben beide das große Los gezogen«, entschied ihre Schwester salomonisch. »Und wie geht es unserer lieben Minna? Wie bekommt ihr die Ehe?«

»Soweit ich es beurteilen kann … erstaunlich gut«, sagte sie. »Albert arbeitet brav als Gärtner, und Minna scheint glücklich mit ihm zu sein.«

»Wundervoll. Und im Hotel läuft ebenfalls alles rund?«

»Ich kann mich nicht beklagen. Wir sind trotz der Wintersaison zu siebzig Prozent ausgelastet, und bis auf ein paar kleinere Missgeschicke – letzte Woche hat einer unserer Pagen alle vor die Tür gestellten schwarzen Schuhe mit brauner Schuhcreme bearbeitet – läuft alles bestens.«

»Oje!«, lachte Johanna. »Habt ihr die Schuhe wieder schwarz bekommen?«

»Glücklicherweise ja!« Elisabeth griff nach der Hand ihrer Schwester. »Wie schön, dich wieder einmal hier zu haben. Ich habe gar nicht gewusst, wie sehr mir die Gespräche mit dir fehlen.«

»Das geht mir ganz genauso.« Liebevoll blickten sie einander an.

Es war Markttag in Bad Doberan. Wie jede Woche ging Minna mit ihren Jungköchen selbst von Stand zu Stand, um die Ware zu prüfen und nur das Frischeste und Beste einzukaufen.

»Davon bitte zwei Dutzend«, sagte sie in diesem Moment und zeigte auf den herrlich grünen Kopfsalat.

»Sonst noch etwas?«, fragte der Gemüsehändler, während er die Salatköpfe in Zeitungspapier einschlug.

Minna drehte sich zu ihren bereits schwer beladenen Mitarbeitern um. »Ich glaube, wir haben alles … oder?«

Die drei jungen Männer nickten angestrengt.

»Nein, das ist alles«, antwortete sie. »Bis nächste Woche.« Minna wandte sich ab und sagte zu ihren Begleitern: »Am besten bringt ihr die Einkäufe schon mal zurück zum Hotel. Ich muss noch kurz auf die Post.«

Erleichtert trabten die drei davon. Sie lächelte. Die Jugend von heute! Früher hätte sich kein Bursche anmerken lassen, dass ihm die Arme lahm wurden. Mit schnellen Schritten machte sie sich auf den Weg, um den Brief an ihre Mutter aufzugeben … als sie plötzlich zusammenzuckte. Hinter einem der letzten Stände war ein dunkelhaariger Mann hervorgetreten und verstellte ihr jetzt breitbeinig den Weg.

»Na, kleine Minna. Wie geht's dir?«, fragte er mit einem heimtückischen Grinsen. »Erinnerst du dich noch an mich?«

Unwillkürlich fing sie an zu zittern. Sie hatte sich bei ihrer Hochzeit also nicht geirrt. Auch wenn er älter und kräftiger geworden war ... es waren dieselben derben Gesichtszüge, in die sie gerade starrte. Dieselbe Fratze, vor der sie so lange Angst gehabt hatte. Konrad! Der Page, der einst versucht hatte, sie zu vergewaltigen, stand unmittelbar vor ihr.

»Lass mich in Frieden«, sagte sie. Doch ihre Stimme klang alles andere als fest.

»Bist immer noch ein leidlich hübsches Frauenzimmer«, erwiderte Konrad. »Komm her, gib mir einen Kuss.«

»Den Teufel werde ich tun«, kreischte sie und umklammerte ihre Handtasche fester. Wenn er auch nur einen Schritt auf sie zu machte, würde sie ihm damit ins Gesicht schlagen.

»Ach, stell dich nicht so an. Du bist jetzt verheiratet und weißt, wie's geht. Da kannst du einem hart arbeitenden Mann doch eine kleine Freude machen.«

Erst jetzt bemerkte Minna, dass Konrad ein braunes Hemd trug, das Markenzeichen der SA-Angehörigen, die inzwischen auch in Bad Doberan Angst und Schrecken verbreiteten. »Wenn du mir zu nahe kommst, kannst du dich auf was gefasst machen!«, schrie sie.

Konrads Grinsen wurde breiter. »Glaubst du ernsthaft, dass dein Ehemann, das alte Kommunistenschwein, etwas gegen mich ausrichten kann?«

Es war, als lastete auf einmal ein tonnenschweres Gewicht auf Minnas Brust. Sie konnte kaum noch atmen. »Was weißt du über meinen Mann?«

»Dass er ein genauso fauler Nichtsnutz ist wie all die anderen roten Genossen.« Er ballte eine Faust und ließ sie in seine andere Hand sausen. »Aber das treiben wir denen schon noch aus.«

»Ich werde den Kuhlmanns berichten, dass du ihre Angestellten bedrohst.«

»Gut. Mit denen und diesem Falkenhayn habe ich sowieso

noch eine Rechnung offen. Die haben mich damals völlig zu Unrecht rausgeschmissen.« Er zwinkerte ihr zu.

In diesem Moment siegte die Wut über ihre Angst. »Du widerliches Ekel! Die Kuhlmanns sind hier angesehene Leute. Die werden sich schon gegen einen primitiven Hanswurst wie dich zu wehren wissen.«

Das Grinsen auf Konrads Gesicht erlosch. »Das werden wir ja sehen. Die Zeiten haben sich geändert, liebe Minna. Bald wird es hier neue Herren geben. Und dann können die Kuhlmanns entweder kuschen oder ihre Siebensachen packen.«

»Du spinnst ja!«

Konrad machte einen Satz nach vorn und packte ihr Handgelenk. »Hüte deine Zunge. Sonst werde ich andere Saiten aufziehen … und das könnte dich teuer zu stehen kommen.«

»Lass mich sofort los, sonst schreie ich den ganzen Markt zusammen!« Sie kämpfte, um sich aus seinem schmerzhaft festen Griff zu befreien.

»Mach doch«, erwiderte Konrad finster. Trotzdem lockerte sich der Druck seiner Finger. Im nächsten Moment ließ er sie endgültig los und verschwand.

Haltsuchend lehnte sich Minna an den nächsten Baum. Ihr Herz klopfte wie nach einem Dauerlauf. Was sollte sie jetzt nur tun?

»Was hältst du davon?« Paul hielt ein Blatt Papier hoch, auf dem er den Umbau des großen Bankettsaals für eine NSDAP-Wahlveranstaltung skizziert hatte. »Die Reichstagswahl findet am 20. Mai statt. Ich dachte, dass wir am besten alles für den 17. planen. Dann sind die Argumente unserer Partei noch frisch in den Köpfen der Leute, wenn sie zur Urne schreiten.«

Carl trat hinter ihn und betrachtete aufmerksam den Entwurf. Er legte beide Hände auf seine Schultern und lobte: »Das ist wundervoll, Liebster. Ich habe bereits eine Liste mit möglichen Gästen aufgesetzt. Jetzt müssen wir nur noch die Einladungen verfassen, und schon kann es losgehen.«

»Was glaubst du? Welches Ergebnis wird die NSDAP wohl diesmal erzielen?«, fragte Paul und schmiegte zärtlich sein Gesicht in Carls Hand.

Sein Geliebter seufzte. »Ich weiß nicht. Zehn Prozent? Wir haben noch einen langen Weg vor uns. Bei der derzeitig stabileren Wirtschaftslage und der niedrigeren Arbeitslosigkeit wird sich vielen Bürgern die Notwendigkeit einer sofortigen Umsetzung unserer Visionen nicht erschließen. Trotzdem gibt es Fortschritte. Adolf Hitler hat seine Macht innerhalb der Partei konsolidiert, und besonders auf dem Land stehen unsere Chancen gut. Seit letztes Jahr die Schweinepreise so stark gefallen sind, befürchten viele Bauern eine neuerliche Agrarkrise. Das macht sie offen für unsere Politik. Wir müssen geduldig sein. Irgendwann in der nahen Zukunft wird unsere Zeit kommen.«

Paul bewunderte Carl für seine Weitsicht und sein politisches Wissen. Er hätte ihm stundenlang zuhören können. Glücklicherweise hatten sie beide endlich auch im Palais einen Ort, an dem sie in Ruhe arbeiten konnten. Seitdem er die Schlafzimmer seiner beiden minderjährigen Söhne zusammengelegt hatte und auf diese Weise einen Raum in der Wohnung als Büro nutzen konnte, blieb Carl von Zeit zu Zeit eine ganze Woche in Bad Doberan und arbeitete von hier aus. Natürlich war Helene mit diesen Änderungen alles andere als einverstanden gewesen, aber bis auf ihren konstant verbissenen Gesichtsausdruck hatte sie sich nicht dazu geäußert. Und Carls Liebe und Selbstbewusstsein gaben ihm die Kraft, ihre Allüren zu ignorieren. Es war schon schwer genug, dass sein Geliebter nachts allein in seinem Hotelzimmer lag, während er neben seiner schnarchenden Ehefrau ausharren musste, um den Schein zu wahren.

»Hast du eigentlich deine Schwester über unsere Pläne informiert?«, fragte Carl in diesem Moment.

»Ich wüsste nicht, was Elisabeth das angehen sollte.«

»Trotzdem können wir nicht riskieren, dass sie uns auf den

letzten Metern Steine in den Weg legt. Am besten sprechen wir gleich jetzt mit ihr.«

Paul zog eine Grimasse. »Wie du möchtest, obwohl es mir immer noch sauer aufstößt, dass ich als älterer Bruder ständig vor ihr buckeln muss.«

Carl lächelte. »Bestimmt nicht für immer.«

Kurz darauf standen sie gemeinsam in Elisabeths Büro. Seine Schwester lauschte ihren Plänen mit eisiger Miene und vor der Brust verschränkten Armen. Kein gutes Omen. Nachdem er geendet hatte, blickte sie zunächst zu Carl und dann wieder zu ihm. »Sag mal, Paul, bist du jetzt vollkommen verrückt geworden? Wir können doch unmöglich den guten Ruf des Palais für eine solche Veranstaltung aufs Spiel setzen!«

»Was hat das mit dem Ruf des Hotels zu tun?«, fragte Paul aggressiv. Er hasste es, dass seine Schwester ihm ständig Steine in den Weg legte. Besonders in Carls Gegenwart.

»Jeder Gast, der nicht die NSDAP wählt, würde sich fragen, warum wir ausgerechnet diese Partei unterstützen ...«

»Natürlich, weil Carl und ich dort Mitglieder sind«, unterbrach er sie.

Seine Schwester ignorierte ihn. »Und im schlimmsten Fall würden alle, die andere Parteien wählen, unser Haus nicht mehr aufsuchen. Das kann und will ich nicht riskieren.«

»Wir wollen den Saal ja nicht ohne eine Gegenleistung nutzen«, versuchte Carl zu vermitteln. »Selbstverständlich würden wir eine entsprechende Miete entrichten. Und Sie wollen mir doch nicht weismachen, dass alle, die bislang in diesem Bankettsaal aufgetreten sind, politisch genauso denken wie Sie.«

»Tatsächlich sind bis heute nur Künstler bei uns aufgetreten und keine Politiker, wie Paul Ihnen bestätigen wird. Aber es gibt für mich noch einen weiteren Grund, Ihnen diesen Veranstaltungswunsch abzuschlagen. Vor wenigen Minuten war Frau Pohl, unsere Köchin, bei mir und hat sich bitterlich über die Drohungen eines gewissen Konrad Albrecht beschwert, der jetzt bei Ihrer SA arbeitet. Dieser Mann ist ein Verbrecher der übelsten Sorte und vor Jahren von uns wegen einer versuchten Vergewaltigung entlassen worden. Wenn wir im Palais eine Wahlveranstaltung für die NSDAP abhalten würden, müssten wir auch ihm unsere Tür öffnen, und das kommt für mich unter keinen Umständen infrage.«

Innerlich kochte Paul. Aber was sollte er darauf erwidern? War Minna tatsächlich von diesem ehemaligen Pagen bedrängt worden?

»Ich werde mich darum kümmern. Konrad Albrecht, sagten Sie?«, meinte Carl höflich. »Seien Sie versichert, dass er Ihre Köchin nicht noch einmal belästigen wird. Und in Bezug auf die Wahlveranstaltung finden wir bestimmt einen anderen geeigneten Ort. Nichts für ungut. Komm, Paul, wir müssen.«

Beim Hinausgehen warf er Elisabeth einen bösen Blick zu. Wie konnte sie ihn nur derart demütigen? Eines Tages würde er ihr dieses Verhalten mit gleicher Münze heimzahlen.

Als sie in seinem Büro angekommen waren, konnte er sich nicht länger beherrschen. »Was sich diese dumme Pute einbildet! Wir werden unsere Veranstaltung trotzdem im Palais abhalten. Was soll sie dagegen ausrichten? Sie kann unsere Gäste ja schlecht mit Gewalt vor die Tür setzen lassen.«

Carl verzog den Mund zu einem schiefen Lächeln. »Bitte, Paul ... beruhige dich. Ehrlich gesagt, glaube ich, dass sich viele unserer Anhänger sowieso in einer einfachen Gaststätte wohler fühlen würden. Das Palais ist eine recht feudale Adresse für eine solche Veranstaltung. Ich werde morgen mit einigen Wirten reden. Das sollte kein Problem sein. Es tut mir nur leid, dass dich deine Schwester erneut auf diese Weise vorführt. Nichts kannst du ihr recht machen.«

»Ja! Das ist vollkommen inakzeptabel!«, erwiderte Paul beschämt.

Carl zog ihn tröstend in seine Arme. »Mach dir nichts daraus. Wir in der Partei schätzen deine Arbeit sehr, und ich ... ich liebe dich.«

Sie küssten sich leidenschaftlich. Carl fingerte gerade an seinem Hemd, als ein erstickter Schrei sie auseinanderstieben ließ. Als Paul sich umblickte, sah er Helene in der Tür stehen. Sie wirkte entsetzt, ganz so, als hätte sie einen Geist gesehen.

»Helene«, sagte er beschwörend, während er sich das Hemd zuknöpfte.

Doch seine Ehefrau ließ sich nicht besänftigen. Wie von der Tarantel gestochen rannte sie davon.

Paul und Carl wechselten einen besorgten Blick.

»Geh ihr besser nach«, riet sein Geliebter. »Du musst ihr unbedingt das Maul stopfen. Sie darf auf keinen Fall über ihre Entdeckung plaudern.«

Ohne ein weiteres Wort machte er sich auf den Weg. Die Frauen in seiner Familie waren wirklich eine Plage. Wie viel einfacher wäre sein Leben ohne sie.

Helene war weder in der Stube noch in einem der beiden Kinderzimmer. Er hatte keine Ahnung, warum sie sich überhaupt in der Wohnung aufhielt. Eigentlich hatte sie heute mit Thomas, Martin, Sophie und dem Kindermädchen einen Ausflug ans Meer machen wollen.

Schließlich fand er sie, geräuschvoll weinend, auf der Tagesdecke ihres Ehebetts. Leise schloss er die Tür hinter sich. Leider wusste er nicht, mit welchen Worten er sich ihre Verschwiegenheit sichern sollte. Sollte er streng oder sanft auftreten? Nachdem er mehrere Minuten tatenlos neben dem Bett verharrt hatte, sagte er leise ihren Namen.

Helene schien nur auf diesen ersten Schritt gewartet zu haben. Wie eine Furie fuhr sie zu ihm herum. »Was habe ich nur verbrochen, dass du mich so erniedrigst? Du hast einen Schwur vor Gott geleistet! Hast du das bereits vergessen?«

Unwillkürlich wich Paul zwei Schritte zurück. »Helene«, sagte er ruhig. »Das alles hat überhaupt nichts mit dir oder unserer Ehe zu tun. Ich habe keine andere Wahl. Du musst verstehen … ich liebe Carl.«

Ihre Augen weiteten sich. »Wie bitte?«

»Ich liebe ihn«, wiederholte er.

Sie schüttelte ungläubig den Kopf. »Dafür wird Gott dich bestrafen. Du hast gesündigt und wirst in der Hölle schmoren.«

»Davor habe ich keine Angst«, antwortete er forscher, als er sich fühlte. »Mir bereitet eher das irdische Strafgesetzbuch Sorgen. Am besten besprechen wir die Sache in aller Ruhe.«

Helene setzte sich auf und wischte sich die Tränen aus dem rotfleckigen Gesicht. »Dazu ist es zu spät. Ich will nichts über dein … elendiges Geheimnis wissen.«

Besorgt musterte er sie. »Was willst du stattdessen machen?«

»Vor allem die Kinder von hier wegschaffen. Sie sollen nicht unter dir und diesem Perversen leiden. Wie hat er es nur geschafft, einen braven Familienvater wie dich so zu korrumpieren?«

Paul schwieg. Helene brauchte nicht zu wissen, dass er bereits vor ihrer Ehe ›korrumpiert‹ gewesen war. Seit der Therapie bei Dr. Hirschfeld war er allerdings mit sich und seiner Natur im Reinen.

»Im Grunde ist mir das auch egal«, meinte sie bitter.

»Wohin wirst du gehen? Nach Berlin?«, erkundigte er sich bedrückt. Die Hauptstadt war sicherlich nicht der ideale Aufenthaltsort für die eingeweihte Ehefrau eines Homosexuellen. Hier konnte sie jederzeit ein offenes Ohr für ihren Tratsch finden und maximalen Schaden anrichten. Auch wenn die Sittenpolizei bei einigen Etablissements beide Augen zudrückte … es wurden immer noch Männer wegen Verstößen gegen den Paragraphen 175 eingesperrt.

Helene stand auf und zog sich das hochgerutschte Kleid zurecht. »Nein, ich dachte an Gut Bellhagen. Auf dem Land waren unsere Kinder viel glücklicher als hier. Und jetzt, wo es dort anständige Baderäume gibt, werde ich mich ebenfalls wohlfühlen.«

Vor Erleichterung wurde ihm ganz leicht ums Herz. Auf Gut Bellhagen war die Gefahr, die von Helene ausging, so gut wie gebannt. Dort gab es niemanden, dem sie von seiner Beziehung zu Carl erzählen konnte. Und selbst wenn sie irgendwelche Andeutungen fallen lassen sollte, würde das wohl jeder auf die Trennung schieben. Trotzdem sagte Paul streng: »Ich werde dich und die Kinder großzügig unterstützen. Es wird euch an nichts fehlen. Allerdings nur so lange, wie du Stillschweigen über mich bewahrst.«

»Bedeutet das, dass wir uns scheiden lassen?«

»Das können wir halten, wie du willst. Ich werde in dieser Hinsicht deine Wünsche respektieren.«

Helene öffnete einen Schrank und fing an, ihre Kleider zu sortieren. »Gut. Denn ich will mich nicht von dir scheiden lassen. Einerseits wäre es nicht gut für die Entwicklung unserer Kinder, und andererseits ... werde ich die Hoffnung nicht aufgeben, dass du doch noch zur Besinnung kommst.«

»Wie du möchtest, Helene.« Paul machte sich nicht die Mühe, sie über ihren Irrglauben aufzuklären. Er würde niemals ›zur Besinnung kommen‹. Zum ersten Mal seit Jahren fühlte er sich frei. Frei, verliebt und glücklich.

# 14. Kapitel

Eng umschlungen schlenderten Julius und Elisabeth die Strandpromenade entlang. Während er das schaumgekrönte, fast türkisfarbene Meer und einige Urlauber beobachtete, die ihre Schuhe ausgezogen hatten und mit hochgekrempelten Hosenbeinen ins kalte Salzwasser wateten, blinzelte sie immer wieder zu ihm hinüber. Sie konnte sich einfach nicht an seinen vertrauten Zügen sattsehen. Diese hellbraunen Augen und das energische Kinn hatten ihr genauso gefehlt wie seine dunkle Stimme. Doch seit gestern Abend war ihr Liebster wieder da!

»Es ist so ungewohnt ruhig in der weißen Stadt am Meer. Wann macht das Grand Hotel wieder auf?«, fragte Julius in diesem Moment und drehte sich zu ihr um.

»Wie immer … Ende Juni. Aber man munkelt, dass der neue Besitzer, dieser nette jüdische Baron von Rosenberg, auch in diesem Jahr einen ordentlichen Batzen Geld zuschießen muss, damit alle Rechnungen bezahlt werden können. Und das, obwohl das Haus fast den ganzen Sommer über ausgebucht ist. Die Instandhaltungskosten für die Kuranlagen, die Villen und das Hotel müssen horrend sein.«

»Bestimmt. Steigen denn im Grand Hotel auch so viele Rechtsnationale und Angehörige der SA ab?« Julius' schönes Gesicht verdunkelte sich.

Elisabeth wusste, dass ihm viele der Gäste, die inzwischen das Palais bevölkerten, ein Dorn im Auge waren. Doch was sollte sie dagegen tun? Sie konnte nicht allen neuen Freunden ihres Bruders Hausverbot erteilen. »Wahrscheinlich nicht. Aber auch bei uns wird sich das ändern. Jetzt, wo die NSDAP eine solche Wahlschlappe erlitten hat! Nur knapp drei Prozent der Stimmen haben sie bei den Reichstagswahlen erhalten. Bestimmt löst sich dieser Querulantenhaufen bald wieder auf.«

Julius strich ihr eine vom Wind ins Gesicht gewehte Haarsträhne zurück. »Meinst du? Ich habe da so meine Zweifel. Bei der nächsten Krise schwimmen diese Burschen garantiert wieder obenauf.«

»Lass uns von etwas anderem sprechen«, bat Elisabeth, weil sich Julius bei diesem Thema jedes Mal über Gebühr aufregte. »Was machst du eigentlich mit dem ganzen Geld, das dir der Verkauf des Konzerns in die Kassen gespült hat?« Ursprünglich hatte Julius nur die Industriesparten, mit denen man Kriegsgüter produzieren konnte, abstoßen wollen. Doch am Ende hatte er auf Vermittlung einer englischen Bank den gesamten Konzern an einen amerikanischen Investor verkauft.

»Der Kaufpreis wird glücklicherweise nur zu einem kleinen Teil in Bargeld ausgezahlt. Hauptsächlich habe ich Anteile an den Unternehmen des Amerikaners erhalten.«

»Aber selbst dieser Betrag muss doch ein ziemlicher Batzen gewesen sein«, meinte sie. »Oder etwa nicht?«

Er gab ihr einen liebevollen Nasenstüber. »Doch, das stimmt. Und um deine Frage zu beantworten: Mit diesem Geld möchte ich in den Bau von Eigenheimen in Bad Doberan investieren. Ich habe mich vor längerer Zeit mit dem Ortsvorsteher unterhalten, und er meinte, dass in der Hinsicht ein enormer Mangel herrscht.«

»Dann beabsichtigst du, dein Haus in Berlin zu verkaufen und ganz zu Julia und mir zu ziehen?«, erkundigte sie sich atemlos.

»So bald wie möglich. Ein paar Monate werde ich wohl noch für die Abwicklung der Übernahme brauchen. Aber dann werdet ihr mich nicht mehr los«, sagte er augenzwinkernd.

»Bedeutet das, dass wir unsere kirchliche Trauung für das nächste Frühjahr planen können? Meine Mutter liegt mir ständig damit in den Ohren. Sie sagt, dass sie uns noch vor dem Altar stehen sehen will, bevor sie das Zeitliche segnet.«

Julius lachte. »So alt ist deine Mutter doch gar nicht. Aber genau! Ich kann es ebenfalls kaum erwarten, dich ein zweites Mal zu heiraten. Die zähen Verhandlungen haben uns schon zu viel gemeinsame Zeit gekostet.«

Plötzlich fiel ihr der Grund für die ungewöhnlich schwierigen Verkaufsgespräche ein. »Wie haben es Hugenberg und die anderen Industriellen denn aufgenommen, dass du die von Mittenbach eingegangenen Verpflichtungen nicht erfüllen wirst?«

»Erst haben sie mir mit einem Prozess gedroht und versucht, mich auf diese Weise zu zwingen, von dem Verkauf zurückzutreten. Bei solchen Mammutverkäufen gibt es ja immer Klauseln, die dies ermöglichen. Angeblich wollten sie mir selbst ein Angebot machen. Doch ihre monetären Vorstellungen lagen weit unter dem derzeitigen Verkaufspreis. Ich hatte also selbst wirtschaftlich gesehen keinen Grund, den Konzern meines Vaters in Hugenbergs gefräßiges Maul zu stopfen. Jetzt ist der Konzern in den Besitz der Amerikaner übergegangen, und die neuen Eigentümer dürfen natürlich unter keinen Umständen von Mittenbachs heimlichem Beitrag zur Aufrüstung der Reichswehr wissen. Deshalb haben die Herren den Konzern zähneknirschend aus allen Verpflichtungen entlassen.«

»Du bist ein ziemlich gerissener Gegner«, meinte Elisabeth stolz und drückte ihm einen Kuss auf die Wange. »Möchtest du unsere Hochzeit im Palais feiern?«

»Wo sonst?«, fragte Julius zurück.

»Du hast recht. Das wirft nur die Frage auf, ob wir Helene unter diesen Umständen einladen müssen?« Sie hatte Julius bereits von der überstürzten Abreise ihrer Schwägerin erzählt.

»Natürlich müssen wir sie und die Kinder einladen. Schließlich ist sie nach wie vor Pauls Frau. Weißt du, wie es ihr auf Gut Bellhagen geht?«

»Ich habe sie letzte Woche besucht. Aber da sah sie nicht besonders entspannt und glücklich aus.«

»Hat sie mit dir über die Gründe für ihren Umzug gesprochen?«

»Sie behauptet, sie hätte es den Kindern zuliebe gemacht. Aber wir können uns ja wahrscheinlich beide denken, weshalb sie im Hotel die Segel gestrichen hat.«

»Aber warum hat sie den wahren Grund für Carls Anwesenheit so lange ignoriert?«

Elisabeth hob die Schultern. »Ich weiß es nicht. Trotzdem werden wir diese neue Beziehung meines Bruders im Blick behalten müssen. Inzwischen verbringt Carl als Pauls Arbeitskollege und bester Freund ganz offiziell viel Zeit in dessen Wohnung, und ich will nicht, dass die Angestellten anfangen zu tuscheln.«

»Du machst dir zu viele Sorgen, mein Liebling.« Julius zog sie fester an seine Seite.

Glücklich schüttelte sie den Kopf. »Nein, jetzt, wo du wieder hier bist, ist meine Welt durch nichts mehr zu erschüttern.«

Mit einem Taschentuch wischte sich Minna den Schweiß von der Stirn. Es war ein hektischer Abend in der Küche. Das Restaurant war bis auf den letzten Platz besetzt, und gleichzeitig feierte Carl von Herrhausen seinen Geburtstag. Herr Kuhlmann hatte aus diesem Anlass ein großes Zelt im Hotelpark errichten lassen und noch einmal fünfzig Leute zu einem aufwendigen Fünf-Gänge-Menü eingeladen. Und all das an diesem ungewöhnlich heißen Junitag. Trotzdem lagen sie und die restliche Belegschaft gut in der Zeit. Bald könnten die Vorspeisen für die Geburtstagsgäste nach oben getragen werden. Auch für die Hotelgäste, die à la carte aßen, schien alles vorbereitet zu sein. Sie ließ ein kritisches Auge über die verschiedenen Stationen wandern. Der Saucier, der für die warmen Saucen und alle Schmorgerichte verantwortlich war, machte seine Sache gut. Von dem Gardemanger, der sich um die Herstellung von Salaten und kalten Speisen kümmerte, konnte sie das leider nicht behaupten. Ihm würde sie gleich noch einmal über die Schulter sehen müssen. Dafür schien beim Horsd'œuvrier, beim Entremetier – der Gemüse und andere Beilagen zubereitete –, beim Poissonier und beim Rôtisseur alles glattzugehen. Den Posten des Pâtissiers hatte sie kürzlich wieder in die Bäckerei ausgegliedert. Da musste sie auch noch vorbeischauen. Nur gut, dass Herr Sollich, den sie seit zwei Jahren als Tournant oder Springer ausbildete, sämtliche Posten beherrschte und sich selbstständig um alles kümmerte.

»Minna?«

Überrascht blickte sie zur Tür. Albert? Was machte denn ihr Ehemann zu dieser Hauptkampfzeit in der Küche? Eilig marschierte sie zu ihm. »Brauchst du etwas, mein Schatz?«

»Nein, im Gegenteil. Ich dachte, dass ich dir anbiete, beim Servieren zu helfen? Herr Schulze meinte, ihr könntet heute ein Paar zusätzliche Hände gut gebrauchen.«

Unschlüssig sah sie zu ihm auf. Das war eigentlich nicht ihr Zuständigkeitsbereich. Um die Kellner kümmerte sich der von Frau Falkenhayn neu eingestellte Serviceleiter. Außerdem kannte sich Albert gar nicht mit dem korrekten Servieren von Speisen aus. Aber sie wollte sein – bestimmt lieb gemeintes – Angebot auch nicht ablehnen. Vielleicht konnte er helfen, die Speisen für das Geburtstagsessen bis zum Zelt zu tragen? Dabei sollte tatsächlich ungeschultes Personal eingesetzt werden.

»Also … wenn du nicht willst, gehe ich eben wieder«, meinte Albert eingeschnappt.

»Nein, ich freue mich über dein Angebot«, beeilte sie sich zu sagen. »Bitte lass dir eine weiße Servicejacke geben, und in einer halben Stunde geht es los.«

Er lächelte. »Ich werde da sein.«

»Danke dir«, antwortete sie glücklich und blickte ihm hinterher, wie er den Korridor Richtung Wäscherei entlangschritt. Seitdem die Kommunisten bei der Reichstagswahl mehr als zehn Prozent der Stimmen geholt hatten, schien Albert ausgeglichener zu sein. Wahrscheinlich sah er nun selbst ein, dass seine Sorgen überflüssig gewesen waren. Die rechte Gefahr würde von ganz allein wieder verschwinden. Selbst Konrad, den sie noch mehrere Male auf dem Markt gesehen hatte, ließ sie inzwischen in Ruhe. Offenbar hatte Herr von Herrhausen ihm tatsächlich auf die Finger geklopft.

Zufrieden spurtete Minna zum Tisch des Gardemangers und kostete dessen Cocktailsauce, die später zu den Garnelen gereicht werden sollte. »Zu viel Zitronensaft«, meinte sie knapp. »Die müssen wir noch mal neu machen.«

Die nächste halbe Stunde verging wie im Flug. Schließlich stand ein ganzes Heer von weiß livrierten Hilfskräften im Kücheneingang, um die Tabletts mit den Vorspeisen nach oben zu tragen, wo sie vom eigentlichen Servicepersonal in Empfang genommen werden würden. Albert schnappte sich eins der letzten Tabletts und ging damit zum Ausgang.

Später hätte Minna nicht sagen können, weshalb sie ihm plötzlich hinterherrannte. Hatte sie – unbewusst – die ausgebeulte Seitentasche seiner Jacke bemerkt, oder war es der konzentrierte Ausdruck in seinem Gesicht gewesen? Jedenfalls entriss sie ihm das Tablett und reichte es an einen Lehrling weiter. »Egon, bitte bring das nach oben.«

»Was soll das?«, fragte Albert überrascht.

»Bitte komm mit.« Sie packte ihn am Ärmel – glücklicherweise wehrte er sich nicht – und zog ihn in den leeren Personalraum. Sie schloss die Tür und lehnte sich von innen dagegen. »Was hast du vor?«

»Nichts«, sagte Albert. Sie sah ihm an, dass er log.

Mit zwei Schritten ging sie zu ihm, klopfte seine Jacke ab, griff in seine Tasche und zog eine kleine braune Flasche daraus hervor. »Was ist das?«

Albert zuckte mit den Schultern.

»Was in drei Teufels Namen ist das?«, wiederholte sie hysterisch.

»Unkrautvernichtungsmittel«, flüsterte er.

»Du wolltest Carl von Herrhausens Gäste … *vergiften?*« Plötzlich wurde ihr schwarz vor Augen, und sie musste sich setzen.

Albert nickte resigniert. Auf einmal war auch er sehr blass

um die Nase. »Nicht alle. Nur ein paar ... als gerechte Strafe! Weißt du, dass das ganze Zelt da oben voller SA-Leute ist? Viele davon aus München? Sogar Franz Pfeffer von Salomon sitzt da oben, der Anführer der SA.«

»Woher weißt du das?«

»Mein Gott, Minna. Ich habe sie erkannt! Das sind dieselben Leute, die mich und meine Freunde damals in München zusammengeschlagen haben. Die geben sich jetzt antikapitalistisch, um die Arbeiterschaft auf ihre Seite zu ziehen, und gehen gleichzeitig brutal gegen alle Linksparteien vor. Man muss etwas unternehmen, um diese Kerle aufzuhalten!«

»Aber doch nicht mit Gift!«, japste sie verzweifelt.

»Womit sonst?«

Minna holte tief Luft. Das durfte nicht wahr sein! »Warum ausgerechnet jetzt, wo die NSDAP deutlich weniger Sitze im Parlament hat als die Kommunisten? Das ergibt doch alles keinen Sinn!«

Albert seufzte. »Minna, du verstehst nicht. Erstens war die Wahlbeteiligung sehr niedrig. Fast zehn Millionen Menschen haben nicht gewählt, obwohl sie das Recht dazu gehabt hätten. Und wer weiß schon, für wen die sich zukünftig entscheiden werden. Zweitens haben wir jetzt eine Große Koalition. Dadurch werden immer mehr Wähler in die Arme von kleinen Interessenparteien getrieben. Sie haben Angst, dass ihre Belange im täglichen Hickhack der Großen untergehen.«

»Aber die NSDAP und ihre SA werden trotzdem in der Versenkung verschwinden! Das sagt auch Frau Falkenhayn.«

Er schüttelte den Kopf. »Nein, das glaube ich nicht. Auch wenn sie reichsweit kaum zählen, haben sie in vielen ländlichen Gebieten sehr gut abgeschnitten. In manchen Gemeinden haben sie fast siebenunddreißig Prozent gekriegt! Genau das feiern die gerade da oben.«

»Trotzdem ... Gewalt ist keine Lösung.« Minna blickte ihrem Ehemann, der ihr plötzlich wie ein Fremder vorkam, entschlossen ins Gesicht. Beinahe wäre sie in Tränen ausgebrochen, aber diese Schwäche konnte sie sich jetzt nicht erlauben. »Albert … liebst du mich überhaupt noch, oder ist es dir egal, was mit uns geschieht?«

Plötzlich schluchzte er auf. »Natürlich liebe ich dich, Minna. Von ganzem Herzen sogar, und es ist mir weiß Gott nicht egal, was mit uns geschieht.« Er wischte sich die Tränen von den sommersprossigen Wangen. »Aber ich kann nicht anders … Wenn ich diese Gestalten im Hotel sehe, muss ich etwas unternehmen, sonst zerfrisst es mich von innen heraus.«

Minna war gleichzeitig erleichtert und todtraurig. Seinen Worten mussten ihrerseits leider Taten folgen. Albert durfte sich nie wieder unbeaufsichtigt im Palais bewegen. Sie ging auf ihn zu und fuhr zärtlich mit der Hand durch seine roten Locken. »Bitte weine nicht, Liebling. Wir werden eine Lösung finden.«

Es war ein herrlicher Sonntagmorgen Anfang Juli. Paul hatte keinerlei Verpflichtungen an diesem Tag und lag grübelnd im Bett.

»Was hast du nur? Warum siehst du so besorgt aus?«, fragte Carl und zog ihm spielerisch die Decke weg.

Paul ging nicht auf seinen Aufmunterungsversuch ein. »Albert, der Mann unserer Köchin Minna, wurde von Elisabeth auf das Gut Bellhagen verbannt. Dabei hat sie ihn erst vor Kurzem noch für seine Arbeit gelobt.«

»Ja, und?«

»Glaubst du, dass er dort für sie spionieren soll?«

Carl lachte. »Spionieren? Auf dem Land? Glaubst du, er soll herausfinden, wie schnell die Radieschen wachsen?«

Er verzog keine Miene. »Nein, aber vielleicht möchte meine Schwester wissen, wie oft ich meine Kinder besuche.«

»Warum sollte das für sie interessant sein?«

»Wenn es ihrer Meinung nach nicht häufig genug ist, wird sie es vielleicht meiner Mutter stecken.«

Carl zuckte mit den Schultern. »Und dann?«

»Elisabeth sucht wahrscheinlich schon seit Jahren einen Vorwand, mir meine Hotelanteile wegzunehmen.«

»Du siehst doch Gespenster«, zog Carl ihn auf. »Vor keinem Gericht der Welt würde sie damit durchkommen.«

»Erpressung findet gewöhnlich nicht im Beisein von Richtern statt«, meinte Paul beleidigt.

»Du glaubst, sie will dich damit erpressen, dass du in ihren Augen ein schlechter Vater bist?«

»Damit … oder mit anderen Dingen«, erwiderte Paul. Ob er es wagen konnte, ihm von Johanna zu erzählen? Der Umstand, dass ausgerechnet seine Schwester eine konvertierte Jüdin war, hing wie ein Damoklesschwert über ihrer Beziehung. Aber wie würde Carl als glühender NSDAP-Anhänger darauf reagieren? Juden waren für ihn ›Feinde des deutschen Volkes‹ und ›Bazillen‹, die ihr ›Gastrecht‹ missbrauchten und wehrlose Bürger finanziell ausbeuteten. In diesem Punkt ließ er nicht mit sich reden, obwohl Paul es mehrfach versucht hatte.

Carl kniff skeptisch die Augen zusammen. »Was für Dinge?«

Er seufzte. »Sie könnte mir drohen, dir ein Geheimnis über meine Schwester zu verraten.«

Sein Geliebter setzte sich auf und lehnte sich an das Kopfteil des Bettes. »Ich weiß, dass deine älteste Schwester mit einem Juden verheiratet ist.«

Pauls Herzschlag setzte für einen Moment aus. »Woher?«

Carl sah ihn herausfordernd an. »Ich arbeite an exponierter Stelle für eine umstrittene Partei. Da muss ich selbstverständlich wissen, mit wem ich das Bett teile.«

»Du … hast mich ausspioniert?«

»So würde ich das nicht nennen. Ich habe lediglich überprüft, ob mir vonseiten deiner Familie Gefahr droht.«

Er konnte es immer noch nicht fassen. »Und zu welchem Entschluss bist du gekommen?«

Carl runzelte die Stirn. »Es ist nicht ideal, dass deine Schwester mit diesem Kinderarzt verheiratet ist – und noch dazu zum Judentum übergetreten. Aber wir stehen erst am Anfang unserer Mission, und wahrscheinlich wird sie früher oder später ihren Fehler einsehen. Selbst Joseph Goebbels hatte vor seiner Berliner Zeit jahrelang eine Halbjüdin als Freundin. Für mich ist nur wichtig, dass du selbst auf dem rechten Weg bist und zukünftig auf deine Schwester einwirken wirst, sich von ihrem Ehemann und dieser Religion loszusagen.«

Paul war so erleichtert, dass er sich nicht traute, Carl zu fragen, was in diesem Fall mit seinem Neffen geschehen sollte. Gabriel konnte sich nicht von seinem Glauben lossagen. Er war als Jude zur Welt gekommen. Aber … dieses Problem musste ja nicht jetzt gelöst werden. »Dann liebst du mich trotz dieser Verbindung?«

»Aber natürlich!« Carl zog ihn in seine Arme. »Gemeinsam machen wir doch gerade riesige Fortschritte. Die Mitgliederzahl der Berliner NSDAP wächst stetig. Wir haben neue, schicke Büroräume in der Hedemannstraße. Und auch die Organisation unseres Gaus wird immer effizienter. Durch die Verkleinerung der Straßenbezirke haben wir es geschafft, dass jetzt ein Zellenobmann höchstens fünfzig Parteigenossen betreut. Das schafft Bindung …« Er grinste. »Und Kontrolle.«

Ein glücklicher Schauer lief über Pauls Rücken. Nichts und niemand würde sie trennen können. Mit Carl an seiner Seite konnte ihm auch seine selbstherrliche Schwester nichts anhaben. Zärtlich umfing er das Gesicht seines Geliebten und drückte ihm einen leidenschaftlichen Kuss auf die Lippen.

Der Sommer und der Herbst vergingen, ohne dass das Problem Johanna erneut zwischen ihnen zur Sprache kam. Sie teilten ihre Zeit gleichmäßig zwischen Bad Doberan und Berlin auf, arbeiteten für die Partei, pflegten Freundschaften zu anderen Parteimitgliedern und genossen ihre Liebe. Jede zweite Woche machte Paul einen Abstecher zu seinen Kindern und versuchte, auch telefonisch mit ihnen in Kontakt zu bleiben. Selbst zu Helene war er freundlich, obwohl sie sich ihm gegenüber kühl und ablehnend verhielt.

Die ersten schwarzen Wolken zogen auf, als sie Anfang Dezember das Weihnachtsfest planten. Carl ging wie selbstverständlich davon aus, dass er mit seiner Familie feiern würde. Das war auch sein Wunsch. Doch als er versuchte, mit Elisabeth darüber zu reden, überschüttete sie ihn mit Vorwürfen.

»Wie stellst du dir das vor? Willst du Johanna und ihre Familie zwingen, mit einem erklärten Antisemiten am Tisch zu sitzen?«

»Warum kommt Johanna überhaupt noch an Weihnachten, wenn sie doch jetzt dieses jüdische Lichterfest feiert?«

Elisabeth musterte ihn kampflustig. »Es ist ja wohl selbstverständlich, dass unsere Schwester an den Tagen, an denen Samuels Praxis geschlossen ist, weil die meisten Leute Weihnachten feiern, ihre Familie besucht.«

»Aber sie braucht doch nicht unbedingt an Heiligabend und den ersten beiden Feiertagen hier zu sein.«

»Sie hat das angestammte Recht, nach Bad Doberan zu kommen, auch wenn es dir nicht passt«, erklärte Elisabeth scharf. »Ansonsten kannst du mit deinem Carl ja in Berlin feiern.«

»Und was wird dann aus Helene und den Kindern?«

»Wie bitte? Sollen die etwa ebenfalls neben deinem Geliebten Platz nehmen und so tun, als wäre das normal?«

Es war das erste Mal, dass Elisabeth Carl so titulierte. Für einen Moment schwieg er bestürzt.

»Und was ist mit Mutter und Herrn von Schaper?«, versuchte sie, einen weiteren Treffer zu landen.

»Mutter wird mit ihrem Mann nach Italien fahren. Jedenfalls hat sie mir das bei unserem letzten Treffen in Berlin mitgeteilt, und ich gönne ihr diese schöne Zeit von Herzen«, erwiderte Paul. »Außerdem sind die Kinder und Helene bereits an Carls Anwesenheit gewöhnt. Ein einziges Mal in meinem Leben möchte ich jetzt nicht zurückstecken müssen. Fass dich lieber an die eigene Nase. Julius hat auch jahrelang mit uns gefeiert, obwohl ihr nicht verheiratet wart.«

Elisabeth verdrehte die Augen. »Das kann man doch nicht vergleichen!«

»Und warum bitte nicht?«

»Weil …«, setzte seine Schwester an. Doch sie sprach nicht aus, was ihr offensichtlich durch den Kopf ging: Ihre eigene Beziehung hatte damals als unschicklich gegolten, seine aber war wider das Gesetz.

»Carl wird mit uns das Weihnachtsfest verbringen«, sagte Paul fest. »Ob es euch nun passt oder nicht. Bitte teile das allen mit, und dann werden wir ja sehen, wer sich tatsächlich um den geschmückten Baum versammelt.«

Angespannt musterte Elisabeth die lange Tafel in ihrer Stube. Sie hatte Julius inständig gebeten, sich um des lieben Friedens willen zivilisiert und höflich zu verhalten, doch sie sah ihm an, dass ihm das alles andere als leichtfiel. Seine Züge wirkten wie aus Marmor gemeißelt, und er beteiligte sich nicht am Tischgespräch. Dabei drehte es sich lediglich um das ungewöhnlich kalte Wetter und seine Folgen. Zwischen zwei Schlucken Wein erzählte Paul, dass inzwischen zwar Tauwetter eingesetzt habe, das Meer vor der Küste jedoch immer noch zugefroren sei. Er hatte gestern bei einem Ausflug mit seinen Söhnen die Rettung von zwei Dampfern beobachtet, die vor der Insel Poel im Eis festgefroren waren. Eine anrückende Pioniereinheit der Reichswehr hatte versucht, die beiden Schiffe freizusprengen. Doch das Unternehmen war fehlgeschlagen. Erst als sich der Eisbrecher *Walfisch* auf den Weg gemacht hatte, war es gelungen, eine Fahrrinne zum nahen Hafen zu schaffen. Thomas und Martin schwärmten von den furchterregenden Geräuschen, die das splitternde Eis verursacht hatte, während ihre Mutter, die arme Helene, den Blick starr auf ihren Teller gerichtet hielt. Es war offensichtlich, dass sie lieber überall sonst gewesen wäre als bei diesem peinlichen Festmahl mit dem Geliebten ihres Mannes.

Aufmunternd drückte Elisabeth unter dem Tisch Julius' Hand, und er blickte sie dankbar an. Wahrscheinlich hatte er wie die meisten Anwesenden schlicht und ergreifend Hunger. Sie hatten noch immer nicht mit dem Essen begonnen, weil sie auf Luise warteten, die längst hätte da sein sollen. Elisabeth sorgte sich. Nicht wegen ihrer Schwester, die öfter unzuverlässig war, sondern darum, was diese Verzögerung für die Qualität ihrer Speisen bedeuten würde. Minna hatte eine Woche Urlaub bekommen, um die Feiertage mit ihrem Mann auf Gut Bellhagen zu verbringen. Doch Herr Sollich, ihre Vertretung, schien mit seiner Aufgabe überfordert zu sein. Bereits gestern hatten sich einige Gäste über versalzene und zu kalt servierte Gänge beschwert. Aber wenigstens hielten sich Paul und Carl an ihre Abmachung: Alle politischen Themen waren bei Tisch tabu. Sie durften weder über die Partei noch über Juden oder die deutsche Wirtschaft sprechen. Trotzdem war die Stimmung nicht besonders feierlich. Julia, deren dicke blonde Zöpfe zur Feier des Tages aufgesteckt waren, schmollte, weil ihr Lieblingscousin Gabriel und seine Familie nicht gekommen waren. Von Zeit zu Zeit warf sie Pauls Geliebtem, den sie zu Recht dafür verantwortlich machte, böse Blicke zu, die an Letzterem allerdings abzuperlen schienen.

»Wo bleibt nur Luise?«, fragte ihr Bruder mit einem Blick auf die Uhr. »Wollen wir weiterhin auf sie warten oder endlich beginnen? Mir knurrt der Magen.«

»Gib ihr noch fünf Minuten«, bat sie. »Wir müssen es ihr hoch anrechnen, dass sie den weiten Weg auf sich genommen hat, obwohl sie auch in Berlin zwei Einladungen gehabt hätte.« Elisabeth hatte erst vor ein paar Wochen erfahren, dass es nicht nur unter ihrem Dach Probleme gab. Auch Friedrich und Johanna hatten sich zerstritten. Johanna warf ihrem Bruder vor, sich nicht genügend für Samuel eingesetzt zu haben, als dieser von seinem Chefarzt rausgeekelt worden war. Angeblich hatten sich auch Friedrichs Frau und sein Schwiegervater kritisch über die Mitarbeit seines jüdischen Verwandten in der angesehenen Charité geäußert. Deshalb feierte ihr Bruder bei seinen Schwiegereltern, und ihre Schwester blieb mit ihrer kleinen Familie zu Hause. Ihre Mutter – zu allen Festen eingeladen – hatte sich elegant aus der Affäre gezogen, indem sie tatsächlich mit Herrn von Schaper nach Italien gereist war.

In diesem Moment wurde die Tür aufgerissen, und Luise stürmte in die Stube. Ihr Gesicht strahlte, und sie hielt mehrere Blumensträuße im Arm. »Bitte entschuldigt, aber die lokale Presse hat meine Ankunftszeit in Bad Doberan veröffentlicht, und viele meiner Anhänger haben es sich trotz Heiligabend nicht nehmen lassen, mich am Bahnsteig zu begrüßen. Ich musste zwei Stunden lang Autogramme schreiben … bis ich vor lauter Kälte den Stift nicht mehr halten konnte.«

Sie drückte dem verdutzten Hausmädchen Hut, Mantel und Blumen in den Arm und wollte sich gerade auf den einzigen freien Platz neben Carl setzen, als der unerwartet charmant aufsprang, um ihr den Stuhl zurechtzurücken.

»Gnädiges Fräulein Kuhlmann«, schnurrte er. »Wir hatten noch nicht das Vergnügen, aber auch ich bin ein großer Freund Ihrer Schauspielkunst.« Er blickte zu Paul. »Nicht wahr, wir haben alle Filme deiner Schwester gesehen?«

Paul, dem das Spektakel sichtlich peinlich war, nickte.

»Und Sie sind?«, erkundigte sich Luise mit einem geschmeichelten Lächeln. Elisabeth konnte im ersten Moment kaum glauben, dass Paul ihr bislang seinen ›Bekannten‹ nicht vorgestellt hatte, obwohl er so viel Zeit in Berlin verbrachte, wo Luise drehte. Aber vielleicht waren die beiden einfach zu beschäftigt gewesen. Und in Schauspielerkreisen gab es wohl nicht viele NSDAP-Anhänger.

»Carl von Herrhausen, zu Ihren Diensten«, sagte Pauls Freund mit einer kleinen Verbeugung.

Ihre Schwester setzte sich. Sie schien sich über Carls Anwesenheit bei diesem intimen Familienfest zu wundern, aber nicht genug, um nachzufragen. Stattdessen begannen die beiden, über ihre Filme zu plaudern.

Mit einem Seufzen winkte Elisabeth das beladene Hausmädchen heran. »Sie können jetzt mit dem Servieren anfangen.«

Am nächsten Morgen war Elisabeth mit ihren Geschwistern allein. Nach dem Frühstück waren Julius und Julia zu einem Spaziergang aufgebrochen, Helene mit den quengelnden Kindern zurück nach Gut Bellhagen gefahren, und Carl musste irgendetwas Unaufschiebbares für die Partei erledigen.

»Wie geht es dir, Luise?«, fragte Elisabeth, die sich über den resignierten Ausdruck in den Augen ihrer Schwester wunderte.

Sie zuckte mit den Schultern. »Ich bin erschöpft. Ich habe dieses Jahr in vier Filmen große Rollen gespielt. Das zehrt.«

»Warum musst du dir auch so viel Arbeit aufhalsen? Inzwischen müsstest du doch wählen können, welche Filme du drehst«, meinte Paul mit vorwurfsvoll hochgezogenen Augenbrauen.

Luise zupfte nervös an ihrer Serviette. »Das wäre schön. Aber leider liegst du damit falsch. Gemäß meinem Vertrag darf ich mir noch nicht mal den Regisseur aussuchen, mit dem ich zusammenarbeite. Alles wird von den Chefs der UFA entschieden.«

Elisabeth horchte auf. »Aber du musst nicht wieder mit diesem Sternhaus …«

»Doch!« In Luises blauen Augen standen plötzlich Tränen. »Und diesmal werde ich ihm kaum entkommen können. Er hat mir schon eine Karte geschickt, dass er sich … auf die Nächte mit mir freut.«

Elisabeth schüttelte energisch den Kopf. »Nein, Luise. Dann musst du damit aufhören. Du kannst dich nicht auf diese Weise ausnutzen lassen.«

Paul blickte zwischen ihnen hin und her. »Wovon zum Teufel redet ihr?«

»Einer der Regisseure bei der UFA belästigt Luise. Julius hat versucht, ihr zu helfen, aber seit Alfred Hugenberg dort die Zügel in der Hand hat, musste er bekanntermaßen selbst seinen Posten als Produzent aufgeben.«

»Belästigt? Wie meinst du das?«, fragte ihr Bruder.

»Sei doch nicht so naiv, Paul«, brach es aus Luise heraus. »Er bedrängt mich … seine Geliebte zu werden. Wenn ich mich weigere, wird er meine Karriere zerstören.«

Für einen Moment war es still im Raum. Schließlich räusperte sich Paul. »Also, wenn das so ist … ich glaube, Carl ist gut mit Alfred Hugenberg bekannt. Soll er mit ihm sprechen?«

»Würde er das für mich tun?« Luise blinzelte ungläubig.

Paul schnaubte durch die Nase. »Er hat gestern stundenlang davon geschwärmt, dass du wie eine germanische Göttin aussiehst. Ich denke also … ja.«

»Das … das wäre wundervoll. Meinst du wirklich?« Luises Tränen versiegten so schnell, wie sie gekommen waren.

Innerlich atmete Elisabeth auf. Wenigstens etwas Gutes, das aus diesem überaus anstrengenden Fest erwachsen würde.

# 15. Kapitel

*Mai 1929*

Es war der schönste Tag ihres Lebens. Ein wahres Fest der Liebe. Wunschlos glücklich schwebte Elisabeth in Julius' Armen durch den Ballsaal, und die ganze Welt sah ihnen dabei zu. Endlich waren sie auch vor Gott verheiratet. Ihr selbst hatte eigentlich nur ein kleines Fest nach der Trauung im Münster vorgeschwebt. Doch Julius hatte darauf bestanden, dass sie Freunde und Bekannte aus aller Welt einluden. »Ich heirate schließlich nur einmal im Leben«, hatte er lächelnd betont. »Und da möchte ich gern die schönste und größte Feier, die du als Generaldirektorin des Palais Heiligendamm auf die Beine stellen kannst.« Das hatte sie sich natürlich nicht zweimal sagen lassen. Die letzten Monate waren deshalb recht hektisch und aufregend gewesen. Die Vorbereitungen hatten viel Zeit in Anspruch genommen, aber das Ergebnis konnte sich sehen lassen. Schon das üppig mit weißen Lilien und grünen Girlanden geschmückte Münster war bis auf den letzten Platz besetzt gewesen. Andächtig hatten die Menschen den Worten des Pfarrers und dem Gesang des vierzigstimmigen Chors gelauscht. Bei ihrem Auszug hatten Julia und Sophie Rosenblätter gestreut, und sogar ihrer sonst so stoischen Mutter waren vor Ergriffenheit die Tränen gekommen. Sie selbst hatte sich in ihrem elfenbeinfarbenen Kleid mit dem bodenlangen Schleier aus Brüsseler Spitze wie eine Prinzessin gefühlt. Immer wieder hatte sie zu Julius hinüberschauen und seinen Arm drücken müssen, um sich zu vergewissern, dass sie sich keineswegs in einem märchengleichen Traum befand, sondern im Hier und Jetzt. Der Arme hatte morgen bestimmt ein paar blaue Flecken. Doch er beschwerte sich nicht und strahlte mit ihr um die Wette.

Auch beim Festmahl war alles perfekt gelaufen. Minna hatte ihrem Ruf alle Ehre gemacht und ein wahres Feuerwerk an delikaten Speisen für die vielen Gäste gezaubert. Jetzt konnte Elisabeth zum ersten Mal entspannen. Der Hochzeitskuchen war angeschnitten, der Brautstrauß geworfen, und das Mitternachtsbuffet stand im Bankettsaal bereit. Genussvoll schloss sie die Augen und überließ sich Julius' geschmeidigen Bewegungen.

»Und? Zufrieden?«, drang seine dunkle Stimme an ihr Ohr.

»Mehr als zufrieden«, flüsterte Elisabeth und strich ihm zärtlich über die Wange. »Ich bin so randvoll mit Glück, dass es mir fast Angst macht. Kein Mensch hat das Recht, so viel davon für sich allein zu pachten.«

Sie spürte, wie Julius lächelte. »Du pachtest es ja gar nicht allein. Unser Glück ist nur deshalb so überwältigend, weil wir es miteinander teilen.«

»Wie poetisch«, spottete sie leise, weil ihr sonst vor Rührung die Tränen gekommen wären.

Aber Julius verstand ihre überschäumenden Gefühle und drückte sie nur noch fester an seine Brust. »Meine über alles geliebte Elisabeth«, wisperte er. Wonnetrunken tanzten sie weiter.

Beim nächsten Walzer blieb Julius plötzlich stehen und drehte sich um. »Ach, du bist es«, sagte er mit gespieltem Groll. Neugierig warf Elisabeth einen Blick über seine Schulter. Natürlich musste ausgerechnet Charlie sie abklatschen! Der englische Lord, der mit seiner ganzen Familie gekommen war, hatte Julius schon immer gerne provoziert.

Charlie schmunzelte. »Komm schon. Du hast dein Revier mit einem Ehering markiert. Jetzt kannst du dein schönes Weib ruhig teilen.«

»Niemals«, knurrte Julius. Aber Elisabeth sah das verschmitzte Lächeln in seinen Augen, als er sie mit einem Kuss freigab. Schließlich hatte er Charlie selbst eingeladen, nachdem sie in London ihre Bekanntschaft erneuert hatten.

Kurz darauf kreiste sie mit dem schlaksigen Lord über das Parkett. »Wir konnten uns noch gar nicht richtig unterhalten. Die vielen Hochzeitsgäste haben mich zu sehr beansprucht«, entschuldigte sich Elisabeth. »Aber deine Frau und deine Kinder sind ganz entzückend.« Das war nicht geschwindelt, Victoria Lady Northcliffe wirkte trotz ihrer vornehmen Schönheit sehr aufgeschlossen und freundlich. Auch die noch kleinen Kinder machten einen lieben Eindruck.

»Ja? Findest du?«, fragte Charlie. »Victoria will die beiden älteren im nächsten Jahr auf ein Internat schicken. Und auch die jüngeren werden nur noch ein weiteres Jahr ihrer Kindheit unbeschwert genießen können. Dabei haben wir beide selbst unter solch angeblich wundervollen Institutionen gelitten.« Seine Stimme klang bitter, und er schüttelte den Kopf, als wollte er sich von einem unliebsamen Gedanken befreien. Offenbar ging es in seiner Ehe nicht ganz so harmonisch zu, wie es den Anschein hatte. »Und du? Wie geht es dir, meiner einzigen unerfüllten Liebe?«

»Ha! Als ob du jemals richtig in mich verliebt gewesen wärst«, antwortete Elisabeth flapsig, um den Ton zwischen ihnen nicht zu ernst werden zu lassen.

Ihr Plan ging nicht auf. Ungewohnt nachdenklich erwiderte er: »Und ob ich das war. Aber du hast mir damals ja einen Korb gegeben.«

Sie bezweifelte die Aufrichtigkeit seiner früheren Gefühle, wollte aber am heutigen Tag niemandem wehtun. »Wie dem auch sei … wir haben uns viel zu lange aus den Augen verloren. Ab jetzt bleiben wir in Kontakt. Einverstanden?«

Er lächelte melancholisch. »Einverstanden. Aber du musst mich unbedingt in England besuchen kommen. Am besten allein.«

Spielerisch zog sie eine Grimasse.

»Na gut, zur Not bringst du deinen Ehemann eben mit.«

Elisabeth lehnte den Kopf zurück und lachte befreit. »Das wird sich wohl kaum vermeiden lassen!«

Es war eine wundervolle Idee, so viele Menschen einzuladen, dachte Elisabeth, als sie sich später mit ihren Brüdern unterhielt. In diesem Gewusel aus Gästen gingen die innerfamiliären Probleme völlig unter. Johanna und Samuel standen auf der anderen Seite der Tanzfläche und waren von alten Freunden aus Bad Doberan umringt, während Friedrich, Margot, Carl und Paul blendend miteinander auskamen. Nur Julius, ihre Mutter, Luise und sie selbst mussten zwischen den zerstrittenen Parteien hin und her pendeln. Dabei schien Friedrich durchaus unter dem Zwist mit Johanna und seinem vormals besten Freund zu leiden. Er blickte öfter gedankenverloren zu Samuel und ihrer gemeinsamen Schwester hinüber. Trotzdem blieb er die ganze Zeit wie angewurzelt neben seiner Frau stehen. Der Grund dafür war Elisabeth bereits nach wenigen Minuten klar: Margot hatte in dieser Ehe die Hosen an. Sie hatte sich zu einer sehr dominanten Persönlichkeit entwickelt und schwang große Reden über ihre Arbeit.

»Meine Forschung wird einmal die Grundlage für eine neue Gesundheitspolitik bilden, mit der wir die angeborenen Eigenschaften des deutschen Volkes systematisch verbessern können«, dozierte sie gerade. »Alles Kranke und Schlechte muss ausgemerzt und nur das Gesunde und Gute gefördert werden.«

»Wie meinst du das?«, erkundigte sich Elisabeth.

»Nun, ganz einfach … geistig und körperlich behinderte Menschen müssen daran gehindert werden, sich fortzupflanzen. Nur so kommt es zu einer natürlichen Verbesserung unserer Erbanlagen.«

»Du willst Bürgern, die eine Behinderung haben … beispielsweise einen Klumpfuß … das Recht absprechen, Kinder zu bekommen?« Elisabeth konnte ihre Irritation nur notdürftig verbergen.

»Ja, wir müssen das Gemeinwohl im Auge behalten, und

deshalb sollte in solchen Fällen – selbstverständlich nach Rücksprache mit einem Amtsarzt – eine Sterilisation verordnet werden.«

Elisabeth war zu entsetzt, um etwas darauf erwidern zu können. Aber Carl schien Margots Meinung zu teilen. »Das ist ein wirklich interessanter Ansatz«, meinte er lobend. »Auf diese Weise könnte man auch mit den ganzen Rauschgiftabhängigen verfahren, die wir als Gesellschaft durchfüttern müssen.«

Sie war ungemein erleichtert, als in diesem Moment Luise zu ihnen kam.

»Darf ich bitten?«, fragte ihre Schwester Carl von Herrhausen und deutete kokett einen Knicks an.

Ein Strahlen breitete sich auf dem Gesicht von Pauls Geliebtem aus. »Aber jederzeit, Fräulein Kuhlmann. Es ist mir eine Ehre.« Er reichte ihr die Hand. Kurz darauf mischten sich die beiden unter die anderen tanzenden Paare.

»Jetzt komm schon.« Elisabeth stupste Paul an, der mit einem waidwunden Blick dem entschwindenden Carl hinterhersah. »Luise will einfach ihre Dankbarkeit zum Ausdruck bringen. Es ist wunderbar, dass Carl tatsächlich mit Herrn Hugenberg gesprochen und dafür gesorgt hat, dass sie mit einem anderen Regisseur arbeiten kann. Endlich ist sie den Fängen dieses schrecklichen Sternhaus entkommen.« Sie zwang sich zu einem Lächeln. »Dafür kann ich Carl sogar fast nachsehen, dass er erneut versucht hat, mehrere Gäste des Palais zu vergraulen. Diesmal waren seine Bemühungen leider sogar von Erfolg gekrönt. Einen guten Freund des Berliner Polizeipräsidenten hat er mit seinen spottenden Reden über ›Isidor‹ Weiß erst zur Weißglut gebracht und dann dazu, dass er vorzeitig abgereist ist.«

Paul seufzte. »Zwischen dem jüdischen Polizeipräsidenten Bernhard Weiß und Gauleiter Goebbels scheint eine Art Propagandakrieg zu toben. Die greifen sich unentwegt gegenseitig in der Presse an.«

»Ich kann nicht beurteilen, wer da der Schuldige ist«, sagte Elisabeth, um Harmonie bemüht. »Aber ich warne euch, der abgereiste Gast, Max Grossmann, ist Journalist. Er wird sich das nicht einfach so gefallen lassen. Bestimmt sinnt er auf Rache.«

Paul lächelte. »Da mache ich mir keine Sorgen. Carl ist ein sehr gewiefter Stratege und kann gut mit der Presse umgehen.«

»Wie du meinst«, antwortete Elisabeth. Sie blickte liebevoll Julius an, der in diesem Moment zu ihnen stieß, den Arm um sie legte und sie ein wenig zur Seite zog. »Hast du deine Freunde auf ihre Zimmer gebracht?«

Julius nickte. »Magst du noch eine Runde tanzen, oder ist dir Charlie zu oft auf den Füßen herumgetrampelt?«

»Ich …«, setzte sie lächelnd an, doch in dem Moment trat Friedrich zu ihnen und unterbrach sie.

»Margot ist müde«, verkündete er. »Wir wollten uns verabschieden. Es war ein tolles Fest.«

»Danke«, erwiderte Elisabeth. Ob sich Julius auch darüber wunderte, dass Margot es nicht für nötig hielt, sich persönlich von ihnen zu verabschieden? Eine ziemlich unhöfliche Geste.

»Wie geht es eigentlich Minna?«, fragte Friedrich jetzt. »Ich wollte sie eben in der Küche besuchen, aber sie war bereits zu Bett gegangen.«

Elisabeth zog überrascht die Augenbrauen hoch. Das wiederum war ausgesprochen nett von ihrem Bruder. »Es geht ihr gut. Natürlich ist es nicht leicht, eine Ehe auf Distanz zu führen. Aber zwischen ihr und Albert scheint es gut zu klappen.«

»Hm, das ist schön.«

»Soll ich ihr etwas von dir ausrichten?«

Er schüttelte den Kopf. »Nein, ich habe sie nur schon lange nicht mehr gesehen. Also … bis morgen früh!« Ihr Bruder hob die Hand und ging zurück zu seiner Frau.

»Noch einen Abschiedstanz? Oder sollen wir gleich in unsere Hochzeitssuite verschwinden?«, fragte Julius sanft.

»Hochzeitssuite bitte! Ich möchte endlich mit dir allein sein!«

Julius lächelte. »Eine gute Wahl.« Er griff nach ihrer Hand, und alles um sie herum wurde zur Nebensache.

Als Elisabeth einige Wochen später die ersten untrüglichen Anzeichen einer Schwangerschaft verspürte, konnte sie es zunächst nicht glauben. Immerhin war sie sechsunddreißig Jahre alt und musste bereits ihre Haare färben. In dem Alter wurden Frauen erfahrungsgemäß nur noch selten Mutter. Sie suchte ihren Arzt auf, der einen neuartigen Aschheim-Zondek-Test durchführte und ihren Verdacht eine Woche später bestätigte. Trotzdem versuchte Dr. Leisten bei diesem zweiten Besuch, ihre Erwartungen zu dämpfen. Gerade in den ersten Monaten könne eine Schwangerschaft recht schnell wieder beendet sein. Auf dem Rückweg kämpfte sie mit sich. Sollte sie Julius davon erzählen? Oder warten, bis sich die freudige Botschaft durch einen wachsenden Bauchumfang nicht mehr verheimlichen ließe? Sie wusste, wie sehr er sich ein zweites Kind mit ihr wünschte, und wollte ihm nicht wehtun müssen, wenn sie den Fötus verlor.

Sie hatte noch immer keine Entscheidung getroffen, als Julius am Abend nach Hause kam. Glücklicherweise waren sie heute unter sich, da Julia bei einer Freundin nächtigte. Um sich von der schwierigen Thematik abzulenken, fragte sie beim Abendessen zunächst nach seinem Tagwerk.

»Der Kaufvertrag über den Grund und Boden für mein erstes Wohnungsbauprojekt ist heute unterschrieben worden«, verkündete er stolz. »Außerdem habe ich einen tollen Architekten gefunden, der sich – wie von mir vorgeschlagen – am Vorbild der englischen Reihenhäuser und der Gartenstadt Falkenberg in Berlin orientieren will. So werden wir endlich mehr günstigen Wohnraum in Bad Doberan schaffen können.«

»Das hört sich wunderbar an«, sagte Elisabeth, während sie erst seinen und dann ihren Teller mit Rinderragout und Kartoffeln füllte. Wenn sie zu zweit waren, verzichtete sie auf die Dienste des Hausmädchens und freute sich darüber, ungestört Zeit mit Julius verbringen zu können.

»Außerdem hatte ich ein Gespräch mit dem Ortsvorsteher.«

»Und? Unterstützt er deine Pläne?«, fragte sie und setzte sich neben ihn. In der Vergangenheit hatte ihre Familie nicht nur gute Erfahrungen mit den lokalen Entscheidungsträgern gesammelt.

»Glücklicherweise ja. Er hat nur darum gebeten, dass wir möglichst viele lokale Firmen einbinden, weil die Arbeitslosigkeit in Bad Doberan immer noch recht hoch ist.«

Elisabeth nickte.

»Außerdem würde er es begrüßen, wenn ich beim Verkauf der Eigenheime mit der örtlichen Bausparkasse zusammenarbeite. Aber das sollte kein Problem sein.« Plötzlich sah er auf. »Geht es dir gut?«

»Wieso fragst du?«

»Weil du dein Essen nicht anrührst.«

Sie lächelte. »Vielleicht habe ich heute einfach keinen Appetit.«

Julius führte seine volle Gabel zum Mund. Plötzlich hielt er inne. »Du siehst auch recht blass aus. Bist du krank? Hast du Fieber?«

Sie schüttelte den Kopf. Mit jeder Minute fiel es ihr schwerer, ihr Geheimnis zu bewahren.

»Nein? Aber was hast du dann?« Plötzlich weiteten sich seine Augen. Die Gabel fiel ihm aus der Hand, und braune Sauce spritzte auf das Tischtuch. »Oder bist du etwa …«

Elisabeth blickte ihm liebevoll ins Gesicht. Egal, wie diese Schwangerschaft ausging, sie würden es gemeinsam durchstehen. Mit Julius an ihrer Seite war sie stark genug, um auch bei einer Fehlgeburt nicht zu verzagen. Deshalb nickte sie. »Ja, mein Liebling, wir erwarten ein Kind, aber …«

Bevor sie zu Ende sprechen konnte, war ihr Ehemann aufgesprungen und umarmte sie so vorsichtig, als wäre sie aus kostbarstem Porzellan gefertigt. »Ist das wahr? Geht tatsächlich mein sehnlichster Wunsch in Erfüllung?«

»Julius, es ist noch zu früh, um sich zu freuen. Der Doktor meinte, dass wir noch mindestens zwei Monate warten müssen, um sicherzugehen, dass … alles seinen Gang geht«, versuchte sie, seine Euphorie zu dämpfen.

Doch die Bedeutung ihrer Worte schien nicht bei ihm anzukommen. Julius' bernsteinfarbene Augen leuchteten. »Ich habe ein gutes Gefühl, Elisabeth. Du bist gesund und … oh mein Gott … ich kann es nicht fassen … wir werden noch einmal Eltern! Diesmal kann ich dich endlich so verwöhnen, wie du es verdienst.« Zärtlich strich er über ihre Wange.

Sie seufzte. »Großer Gott, du wirst mich jetzt nicht neun Monate lang mit einer Sänfte durchs Hotel tragen? Ich muss schließlich trotz meiner Schwangerschaft weiterarbeiten.«

Energisch schüttelte er den Kopf. »Nein, das steht völlig außer Frage. Du musst dich schonen. Ich werde jemanden einstellen, der dich vertritt.«

»Aber, Julius, ich werde verrückt, wenn ich die ganze Zeit nur auf meinen Bauch starre!« Unwillkürlich musste sie grinsen. Das hatte sie nun davon! Bei ihrer ersten Schwangerschaft hatte sie sich beklagt, dass sich niemand um sie kümmerte, und nun würde das genaue Gegenteil eintreten. Aber wenn sich Julius erst einmal an die Neuigkeit gewöhnt hatte, sah er hoffentlich ein, dass sie auch weiterhin eine Beschäftigung brauchte.

*»Ich küsse Ihre Hand, Madame, und träum', es war Ihr Mund«*, schallte es in fünfstimmiger Harmonie durch den voll besetzten Bankettsaal, und das Publikum klatschte begeistert. Drei Tenöre, eine Bass- und eine Baritonstimme bildeten die neueste Sensation am deutschen Unterhaltungshimmel: die Comedian Harmonists. Paul war es gelungen, das Vokalensemble mitsamt ihrem Pianisten für zwei Nächte nach Bad Doberan zu holen. Trotzdem konnte er die Aufführung nicht genießen, denn Carl war außer sich vor Sorge und harrte trotz der späten Stunde vor dem Telefon in seinem Büro aus. Auch Paul, der die Vorstellung aus Prestigegründen besuchen musste, hatte Angst. Max Grossmann, der von Carl vergraulte Journalist, hatte ihn vor einigen Tagen bei der Sittenpolizei angezeigt, weshalb Carl zu einem

Verhör nach Berlin einbestellt worden war. Offenbar warf man ihm gleich mehrere Verstöße gegen Paragraph 175 vor, allerdings hielt sich die Polizei bezüglich der Einzelheiten bedeckt.

Weder Carl noch er hatten mit einer solchen Revanche gerechnet. Politisch hätten sie sich mühelos gegen Grossmann verteidigen können, aber auf dieser persönlichen Ebene ging das leider nicht. Carl hatte deshalb schon den ganzen Tag mit der Berliner Parteizentrale und seinen Freunden telefoniert. Zunächst, um herauszufinden, welche Vergehen ihm genau vorgeworfen wurden und ob diese auch Paul betrafen. Und schließlich, um Leumundszeugen für sich ausfindig zu machen beziehungsweise jemanden, der ihm für die fraglichen Abende ein Alibi gab.

Ersteres war noch relativ leicht zu bewerkstelligen gewesen, da Carl mehrere Maulwürfe bei der Berliner Polizei installiert hatte. Offenbar ging es bei den Anschuldigungen um Besuche in einem kürzlich von der Ordnungsmacht hochgenommenen Schwulenclub und nicht um seine Beziehung zu Paul. Carls Name war mehrfach in den sichergestellten Gästelisten aufgetaucht.

»Wann warst du denn in einem Schwulenclub?«, hatte Paul ihn verwundert gefragt. Einerseits war er zutiefst erleichtert gewesen, nicht selbst ins Visier der Polizei geraten zu sein, andererseits konnte er sich diese Neuigkeiten auch nicht erklären.

»Bitte komm mir jetzt nicht mit solchen Fragen«, hatte Carl ihn angeherrscht. »Du weißt doch selbst, wie das ist, wenn man auswärtigen Besuch hat. Da will sich jeder eine Scheibe vom sündigen Berliner Nachtleben abschneiden.«

Das wusste er zwar nicht, trotzdem hatte er den Mund gehalten. Er wollte Carl unterstützen und ihm nicht noch mehr Energie rauben.

Als die Comedian Harmonists ihre Vorstellung nach diversen Zugaben beendet hatten, eilte Paul in seine Wohnung. Im Büro fand er einen leichenblassen Carl vor. »Was ist mit dir?«, fragte er erschrocken.

»Sie weigern sich ... mir zur Seite zu stehen«, stammelte Carl tonlos. »Niemand will für mich aussagen.«

»Wie bitte? Was soll das heißen?« Viele von Carls Freunden waren ebenfalls schwul, da sollte es doch eigentlich eine Selbstverständlichkeit sein, dass man sich gegenseitig aus der Patsche half. Aber vielleicht hatten sie auch gerade aufgrund ihrer eigenen Veranlagung Angst, sich verdächtig zu machen.

»Keiner der Parteigenossen wird mir ein Alibi geben. Sie behaupten, dass sie es sich nicht leisten können, in etwas Derartiges hineingezogen zu werden«, bestätigte Carl seine Vermutung.

»Was ist mit Dr. Goebbels?«, schlug Paul vor.

Carl schüttelte den Kopf. »Nein, dem Gauleiter darf ich damit nicht kommen. Er ist zu wichtig für unsere Bewegung.«

»Und Martin, Ernst und Fritz?« Das waren Carls engste Freunde, die allesamt schon oft – teilweise auf Pauls Kosten – im Palais genächtigt hatten.

Carl schüttelte stumm den Kopf und biss sich auf die Unterlippe.

Es war schon starker Tobak, dass sich ausgerechnet diese sonst so heldenhaft auftretenden Männer als dermaßen feige entpuppten. »Und nun?«

Carl zuckte mit den Schultern. »Ich weiß es nicht. Wahrscheinlich werde ich nächste Woche gleich nach dem Verhör verhaftet.« Plötzlich sprang er auf und klammerte sich an Paul. »Das überlebe ich nicht. Weißt du, was die im Gefängnis mit uns Schwulen machen?«

Paul drückte ihn fest an sich. So etwas Schreckliches wollte er sich lieber gar nicht vorstellen. »So weit dürfen wir es nicht kommen lassen«, sagte er mit fester Stimme, obwohl ihm selbst angst und bange war. »Kennst du einen guten Anwalt?«

Sein Geliebter schüttelte erneut den Kopf.

»Vielleicht könnte ich Dr. Hirschfeld nach einer Adresse fragen.«

»Wen?«

»Den Therapeuten, bei dem ich war.«

Carl starrte ihn mit weit aufgerissenen Augen an. »Du hast dich gegenüber einem Dritten als Homosexueller zu erkennen gegeben? Bist du verrückt?«

»Das fällt doch alles unter das Arztgeheimnis«, versuchte er, ihn zu beruhigen.

Sein Geliebter ließ ihn los und sank kraftlos zurück auf seinen Stuhl. »Mein Gott, bist du naiv! Du hast nur Glück, dass du verheiratet bist. Deine Ehe schützt dich vor gefährlichen Gerüchten!«

Unwillkürlich musste Paul an die Geschichte mit Emil denken. Wahrscheinlich hatte Carl recht. Plötzlich kam ihm eine Idee. »Und warum suchst du dir nicht auch eine Frau, als Alibi?«

»Meinst du nicht, dass es dafür ein bisschen zu spät ist?«, fragte Carl bitter. »Das Verhör ist nächste Woche. Bis dahin heiratet mich doch keine Frau der Welt, selbst wenn ich ihr im Gegenzug alles verspreche, was ich besitze.«

Paul rieb sich nachdenklich mit der Hand über die Stirn. »Aber es muss ja nicht unbedingt eine Ehefrau sein. Vielleicht reicht ja schon eine Verlobte …«

»Und wen willst du diese Rolle spielen lassen? Eine Prostituierte? Bevor ich mich einer solchen Person auf Gedeih und Verderb ausliefere, gehe ich doch lieber ins Gefängnis. Meine Karriere ist so oder so vorbei.« Carls Stimme klang resigniert.

»Und was wäre … wenn du angibst, dass du in meine Schwester verliebt bist und diesen Club nur zum Spaß besucht hast? Schließlich hat jeder euch zwei auf Elisabeths Hochzeit tanzen sehen.«

Plötzlich trat ein Hoffnungsschimmer in Carls Augen. »Du meinst …?«

»Ja, genau!« Es schien Paul das Natürlichste von der Welt zu sein, dass seine Schwester Carl ein Alibi geben würde. Luise wusste schließlich, dass er selbst homosexuell war, und sie hatte keinen Ehemann oder Liebhaber, auf den sie Rücksicht nehmen musste. »Du hast ihr mit diesem Regisseur geholfen, und nun kann sie dir einen Gefallen tun.«

»Aber würde sie das wirklich machen? Deine Schwester ist, auch wenn sie vom Wohlwollen der UFA-Bosse abhängig ist, eine berühmte Schauspielerin. Da muss sie doch an ihren Ruf und die Presse denken.«

»Finden wir heraus, was sie dazu sagt.« Paul griff nach dem Hörer. »Am besten rufe ich sie gleich an.«

»Mein Gott, Minna, fühlt sich das gut an, endlich mal wieder etwas anderes zu sehen«, sagte Julias Mutter mit einem seligen Lächeln. »Seitdem Julius von meiner Schwangerschaft weiß, lässt er mich nur noch in Begleitung aus dem Hotel! Und ich kann dir gar nicht sagen, wie klein unser Park ist, wenn man täglich darin spazieren geht.«

»Das kann ich mir gut vorstellen«, bestätigte Minna. Auch ihr tat die Bewegung an der frischen Luft gut. Gemeinsam mit Frau Falkenhayn hatte sie sich auf den Weg zu Julias Schule gemacht. Heute war der letzte Tag vor den Sommerferien, und sie wollten sie mit einem Besuch in einem Eiscafé überraschen.

Inzwischen war es ein offenes Geheimnis, dass die Chefin schwanger war. Herr Falkenhayn platzte fast vor Stolz und strich ihr sogar in der Öffentlichkeit über den noch flachen Bauch. Da konnte sich sogar die nicht eingeweihte Belegschaft ihren Teil denken. Minna freute sich von ganzem Herzen für die beiden. Selbst wenn ihr eigener Nachwuchs immer noch auf sich warten ließ. Manchmal spielte sie mit dem Gedanken, sich deswegen einem Arzt anzuvertrauen, aber dann verwarf sie die Idee wieder. Sie glaubte bereits zu wissen, was der Mediziner ihr sagen würde: »Wie zum Teufel wollen Sie schwanger werden, wenn Sie Ihren Mann lediglich einmal in der Woche sehen.« Und wahrscheinlich hätte er damit sogar recht.

Doch dass Albert ins Hotel zurückkehrte, stand nicht zur Debatte. Im Juni war Friedrich Hildebrandt erneut für die NSDAP in den Schweriner Landtag gewählt worden. Seitdem besuchte er fast jede Woche das Palais, wo sich wegen der Parteizugehörigkeit von Herrn Kuhlmann und Herrn von Herrhausen mehr und mehr Nationalsozialisten tummelten. All das wäre ein rotes Tuch für ihren kommunistischen Ehemann gewesen, der sehr unter dem Erstarken der rechtskonservativen Einheitsliste nationaler Mecklenburger sowie der NSDAP litt. Und sie selbst konnte nicht nach Gut Bellhagen übersiedeln, weil sie sich ohne ihre Stellung keine Familie leisten könnten. Ein Teufelskreis. Trotzdem versuchte sie, optimistisch zu bleiben: Wenn Frau Falkenhayn in diesem Alter noch schwanger werden konnte, dann konnte sie das auch. Sie musste nur etwas mehr Zeit mit Albert verbringen.

»Wollt ihr zwei nach der Hauptsaison nicht einen kleinen Urlaub in Bayern machen?«, fragte Frau Falkenhayn, als hätte sie ihre Gedanken gelesen. »Das habt ihr euch wirklich verdient. Ich könnte den Chefkoch des Grand Hotels fragen, ob er etwas länger in der Gegend bleiben will. Herr Sollich ist ja leider noch nicht so weit, dass man ihm den Kochlöffel allein in die Hand drücken könnte. Oder, was meinst du?«

»Das wäre großar…«, setzte Minna an, als ein dunkelhaariger, bulliger Mann plötzlich hinter einer Mauer hervortrat und sich ihnen in den Weg stellte. »Konrad! Was soll das? Lass uns gefälligst in Ruhe! Hast du schon vergessen, was Herr von Herrhausen zu dir gesagt hat?«

In seinen Augen glitzerte unverhülltes Verlangen. »Dieser Kerl hat mir gar nichts mehr zu sagen … wie ich höre, hat der ganz andere Probleme momentan.« Er machte einen Schritt auf sie zu und legte seine Hand auf ihren Arm. Unwillkürlich fing Minna an zu zittern.

»Stopp!«, sagte Frau Falkenhayn. »Nehmen Sie Ihre dreckigen Finger von Minna, oder ich rufe die Polizei.«

Konrad grinste und streichelte demonstrativ ihren Arm. »Fräulein Kuhlmann, wie sie leibt und lebt. Sie waren ja schon immer eine überhebliche Zicke.«

»Sie können mich beleidigen, wie Sie wollen, Konrad. Aber

ich warne Sie! Lassen Sie Minna sofort los, oder das hier wird ein übles Nachspiel haben«, erwiderte Frau Falkenhayn mit hocherhobenem Kopf.

Anstatt auf ihre Chefin zu hören, zog Konrad sie grob an seine Brust. Minna konnte bereits seinen fauligen Atem riechen, der sich ihrem Mund näherte. Vor Schreck war sie wie gelähmt.

»Lass … sie … los!«, schrie Frau Falkenhayn. Wie entfesselt trommelte sie mit den Fäusten gegen Konrads Brustkorb, um Minna aus seiner Umklammerung zu befreien.

»Hör auf damit, du kleine Schlampe!«, knurrte Konrad. Minna fühlte, wie er eine Hand von ihr löste und …

»Nein … niiiiicht!«, brüllte sie.

Es war zu spät. Konrad hatte ihrer Chefin einen brutalen Stoß verpasst. Durch die Wucht seines Hiebes taumelte Frau Falkenhayn nach hinten und verlor das Gleichgewicht. Ihre ausgestreckten Hände suchten verzweifelt nach etwas, um sich festzuhalten. Aber da war nichts …

… und mit einem fürchterlichen Knall schlug zuerst ihr Hinterkopf und dann der restliche Körper auf den Boden auf.

# 16. Kapitel

Elisabeth lag im abgedunkelten Schlafzimmer. Gerade war der Arzt bei ihr gewesen. Jetzt konnte sie seine flüsternde Stimme im Korridor hören. Er redete beruhigend auf Julius ein, der völlig außer sich zu sein schien. Sie ahnte, dass sie das Kind verloren hatte, obwohl sie durch den Aufprall bewusstlos geworden und erst im Hotel, im Beisein von Minna, wieder zu sich gekommen war. Trotz der Schmerzen und eines akuten Schwindelgefühls hatte sie nach Minnas Hand gefasst und sie zu sich hinuntergezogen. »Kein Wort zu Julius«, hatte sie gezischt. »Ich bin gestolpert.«

Minna hatte ihr widersprechen wollen. Doch ein flehender Blick hatte sie zum Schweigen gebracht. Hoffentlich verstand die Köchin, dass sie Julius auf keinen Fall in Gefahr bringen wollte. Er sollte erst gar nicht versuchen, an Konrad und seinen SA-Schergen Rache zu üben. Das würde Gott eines Tages für sie erledigen. Wenn aber ihrem Ehemann etwas zustieße, würde sie nie wieder glücklich werden …

In diesem Moment ging die Tür auf, und Julius kam zu ihr herein. Sie sah ihm an, dass er geweint hatte. Jede Erschütterung vermeidend, setzte er sich zu ihr aufs Bett und nahm vorsichtig ihre Hand in seine. »Wie geht es dir?«, flüsterte er.

Sie versuchte zu lächeln. »Gar nicht so schlecht.«

»Mein armer Liebling.« Seine Stimme war voller Mitgefühl.

»Unser Kind …?«, setzte Elisabeth an, verstummte jedoch, als Julius sanft den Kopf schüttelte.

»Verstehe …« Die Gewissheit ihres Verlusts fiel sie an wie ein wildes Tier. Sie konnte vor Trauer einen Moment lang kaum atmen.

Julius drückte ihre Hand. »Das Wichtigste ist jetzt, dass du ganz schnell wieder gesund wirst. Du hast eine schwere Gehirnerschütterung erlitten und eine Platzwunde am Hinterkopf. Der Arzt meinte aber, dass medizinisch gesehen nichts gegen eine weitere Schwangerschaft spricht.«

Elisabeths Herz krampfte sich zusammen. Sie wusste, wie sehr sich Julius ein weiteres Kind wünschte. Aber wie wahrscheinlich war es, dass sie in ihrem Alter noch einmal schwanger werden würde?

»Wie … wie konnte das nur passieren?«, stammelte er. »Minna sagt, du seist gestolpert? Und sie habe zu weit weg gestanden, um dich aufzufangen?«

Elisabeth nickte. Gute Minna! Auf sie war Verlass. Es war zwar nicht schön, Julius zu belügen, aber die Wahrheit hätte ihn nur noch mehr deprimiert und aufgeregt. Sie würde später noch einmal ausführlich mit Minna sprechen, um zu erfahren, wie Konrad auf ihren Sturz reagiert hatte. Sie konnte sich gut vorstellen, dass er Angst bekommen hatte und schlicht weggerannt war.

»Brauchst du irgendetwas?«, erkundigte sich Julius. »Kann ich dir ein Glas Wasser bringen?«

Vorsichtig schüttelte sie den immer noch heftig schmerzenden Kopf. »Bleib bei mir. Dann geht es mir schon besser.«

Julius' rot geränderte Augen blickten liebevoll auf sie herab. »Keine zehn Pferde könnten mich von hier wegbringen.«

Zwei Wochen später lag Elisabeth in einer Badewanne im Kurhaus von Heiligendamm und nahm zum ersten Mal in ihrem Leben ein Moorbad. Das hatte ihr Arzt verordnet, um ihren »emotionalen Erschöpfungszustand« zu behandeln. Sie hatte sich gefügt, obwohl sie seit dem Verlust ihres ungeborenen Kindes eine bleierne Traurigkeit verspürte, von der sie sich nicht vorstellen konnte, dass sie durch ein Bad behoben werden würde. Da sie jedoch ihren Gästen bei allen Wehwehchen zu derartigen Behandlungen riet, war es keine schlechte Idee, es selbst einmal auszuprobieren.

Die Kurhausangestellte war sichtlich erschrocken, als sie Elisabeth nackt gesehen hatte. Ihre ganze Rückseite war immer noch grün und blau von dem Sturz. Aber das nette Fräulein hatte sich schnell wieder in den Griff bekommen. »Der Badetorf stammt aus dem Moor der Conventer Niederung«, hatte sie ihr erklärt, als sie die Wanne befüllte. »Wenn man ihn mit Wasser vermengt, muss man gut auf das Mischungsverhältnis achten. Einerseits soll der Torf flüssig sein, damit man darin baden kann, andererseits pappig genug, um an der Haut haften zu bleiben.«

»Warum ist der Torf eigentlich so gesund?«

»Weil sich die Wirkstoffe sehr alter Heilpflanzen in ihm konserviert haben. Diesen Pflanzen wird eine durchblutungsfördernde, schmerzlindernde und entzündungshemmende Wirkung zugesprochen. Besonders bei rheumatischen Erkrankungen und Arthrose erzielt man eine spürbare Verbesserung. Aber das Bad beruhigt auch ganz generell die Nerven«, hatte das Fräulein doziert und ihr mit einer Hand in die Wanne geholfen. »Ich bin in einer halben Stunde wieder da.«

Wenig später spürte Elisabeth, wie sie sich in der gleichmäßigen Wärme entspannte. Langsam lösten sich ihre verkrampften Muskeln, und die Schmerzen, die momentan ihr ständiger Begleiter waren, ließen nach. Sie seufzte wohlig und ließ ihre Gedanken auf Wanderschaft gehen.

Auch im Nachhinein hielt sie ihre Entscheidung für richtig, Julius nichts von Konrads Angriff erzählt zu haben. Die SA hatte in Bad Doberan einen enormen Zulauf. Immer öfter sah man Männer in braunen Hemden. Das Gedankengut der NSDAP schien sich in den hiesigen Köpfen zu verfestigen: Selbst an die Friedhofsmauer hatte jemand »Heil Hitler« geschmiert. Aber auch in anderen deutschen Städten hatten sie Aufwind bekommen, wie Elisabeth in der Zeitung gelesen hatte. Am vierten August war es anlässlich des Reichsparteitags der NSDAP zu einem Aufmarsch der SA in Nürnberg gekommen, der zu fürchterlichen Straßenschlachten mit der Polizei geführt hatte. Mehrere jüdische Geschäfte waren dabei zerstört worden. Einen Tag später hatte Johanna, der sie glücklicherweise noch nichts von ihrer Schwangerschaft erzählt hatte, sie angerufen und weinend berichtet, jemand habe »Juda verrecke« an die Eingangstür von Samuels Praxis geschrieben. Da dies nachts geschehen sei, müsse es jemand aus demselben Mietshaus gewesen sein, und nun habe sie jedes Mal Angst, wenn Samuel zur Arbeit gehe.

Das alles war schrecklich. Trotzdem glaubte Elisabeth nicht, dass dieser Zustand von Dauer sein würde. Die Menschen in Bad Doberan, Berlin und in ganz Deutschland waren doch die gleichen wie früher. Die Mehrheit von ihnen war anständig und gut. Und daran konnten auch ein paar Kriminelle wie Konrad nichts ändern. Dennoch hatte sie der eingeschüchterten Minna zugesagt, dass von nun an Herr Sollich den Einkauf übernehmen würde. Die Köchin durfte in den nächsten Monaten nicht ohne männlichen Schutz durch die Straßen von Bad Doberan gehen. Deshalb hatte Elisabeth den Chauffeur des Palais angewiesen, Minna zu ihren wöchentlichen Besuchen auf Gut Bellhagen zu kutschieren. Hoffentlich entlarvte sich Konrad bald selbst und landete im Gefängnis, wo er ohne jeden Zweifel hingehörte.

In diesem Moment klopfte es an der Tür, und das Badefräulein steckte den Kopf zu ihr herein. »Alles in Ordnung, Frau Falkenhayn?«

Elisabeth atmete langsam aus. »Alles in Ordnung.«

Albert hatte ihr keine Ruhe gelassen. Er wollte bei dem schönen Wetter unbedingt einen Ausflug machen. Ihm fiel auf dem Bauernhof die Decke auf den Kopf. Auch Minna war froh, der ewigen Nörgelei von Helene Kuhlmann zu entkommen, die sich jedes Mal wie eine Hyäne auf sie stürzte, wenn sie das Gutshaus betrat. Es war offensichtlich, dass die von ihrem Mann getrennt lebende Frau recht einsam war. Bis auf die Kinder schien sie keine weiteren Gesprächspartner zu haben. Nachdem Minna sich bei Herrn Schulze über die weniger bekannten Sehenswürdigkeiten informiert hatte, die dieser den Hotelgästen empfahl, wollte sie mit Albert vom Hotel aus zum Conventer See laufen und auf dem Ringdeich spazieren gehen. Sogar an ein Picknick hatte sie gedacht. Sie freute sich darauf. Nur der Gedanke an eine mögliche Begegnung mit Konrad machte ihr Angst.

Doch glücklicherweise erreichten sie den Ringdeich, ohne dem ehemaligen Pagen über den Weg zu laufen. Minna atmete auf. Die Aussicht auf das Meer auf der einen und das Binnengewässer auf der anderen Seite war erhebend.

»Herr Schulze hat gesagt, dass der See früher selbst eine Meeresbucht war«, sagte Minna, als sie Hand in Hand mit Albert stehen blieb, um den Anblick zu genießen. »Jetzt ist er lediglich über diesen Fluss dort mit dem Meer verbunden.«

Albert hob seine freie Hand, um sich vor dem blendenden Sonnenlicht zu schützen. »Und wie heißt der Fluss?«

»Jemnitz, soweit ich weiß.«

»Wenn eine Sturmflut kommt, wird der kleine Deich das umliegende Gebiet kaum schützen können«, sagte er nachdenklich.

Minna lachte. »Mal doch nicht immer den Teufel an die Wand.«

»Tue ich ja gar nicht. Ich habe nur Respekt vor den Naturgewalten.«

Sie fuhr ihm spielerisch durch die roten Haare. »Du bist ja selbst eine Naturgewalt.«

»Frechdachs.« Er zog sie an sich und küsste sie.

Nachdem sie den See einmal umrundet hatten, suchten sie sich ein gemütliches Plätzchen für ihr Picknick und beobachteten beim Essen die Wasservögel, die vom See aus in die Luft aufstiegen oder auf der Wasseroberfläche landeten. Anschließend legten sie sich auf den Rücken und starrten in den wolkenlosen, hohen Himmel.

»Hättest du Lust, im September nach Bayern zu fahren?«, fragte Minna und sah Albert von der Seite an. »Frau Falkenhayn hat angeboten, dass wir Urlaub nehmen.«

Albert kratzte sich unentschlossen am Kinn. »Hm.«

»Freust du dich nicht über die Gelegenheit, ein paar Tage mit mir allein zu verbringen?«, erkundigte sie sich enttäuscht.

»Doch! Natürlich. Aber muss es ausgerechnet Bayern sein? Da sind die Rechten doch noch stärker.«

»Nur in den großen Städten. Auf dem Land ist alles wie immer, schreibt meine Mutter. Und ich würde dich so gern meiner Familie vorstellen.«

»Also gut«, erwiderte er mit einem Lächeln. »Dann schauen wir uns gemeinsam die Berge an.«

»Vielleicht können wir auch ein paar Höhenwanderungen machen«, sagte Minna glücklich. »Darf ich Frau Falkenhayn Bescheid geben?«

Albert nickte. »Sollen wir weitergehen?«, fragte er kurz darauf. »Du hast vorhin gesagt, du wolltest dir noch die Kirche in Rethwisch ansehen.«

»Ja, Herr Schulze hat sie mir empfohlen. Sie ist schon fünfhundert Jahre alt und wurde aus Granit und Feldstein gebaut.« Minna gähnte herzhaft und hielt sich die Hand vor den Mund.

»Oder willst du dich ein wenig ausruhen?«, erkundigte sich ihr Angetrauter belustigt. »Du siehst auf einmal so müde aus.«

Minna gähnte erneut. »Ich hab gestern bis nach Mitternacht gearbeitet. Herr Kuhlmanns Gäste hatten Grand-Marnier-Soufflés zum Nachtisch bestellt, die musste ich à la minute zubereiten.«

»Mach ruhig für ein paar Minuten die Augen zu«, schlug Albert vor.

Das ließ sie sich nicht zweimal sagen. Die wohlige Wärme machte ihre Glieder schwer und lullte ihre Sinne ein. Kurz darauf spürte sie, wie sie in den Schlaf glitt.

Als sie erwachte, stand die Sonne deutlich tiefer. Himmel, wie lange hatte sie nur geschlummert? Wohlig reckte sie sich und setzte sich auf. »Warum hast du mich nicht geweckt? Ich will doch nicht unsere gemeinsame Zeit verschlafen!«

Ihr Ehemann antwortete nicht. Er blickte starr auf das glatte Wasser des Conventer Sees.

»Was hast du?«, fragte sie verwirrt, denn Albert sah alles andere als glücklich aus.

Mit einem wütenden Gesichtsausdruck drehte er sich zu ihr um. »Wer zum Teufel ist dieser … *Konrad?*«

Plötzlich bekam Minna Panik. Hatte sie einen Albtraum gehabt und im Schlaf Konrads Namen gemurmelt?

»Ähm …«, stammelte sie, unsicher, wie viel sie über diesen Verbrecher preisgeben sollte.

»Hast du etwas mit dem Kerl angefangen? Bin ich dir nicht mehr gut genug?« Albert klang tief verletzt.

»Nein«, sagte sie entschieden. »Ich liebe dich.«

»Aber diesen Konrad eben auch? Ist dir unsere ›Ein Tag pro Woche‹-Ehe nicht mehr genug? Hast du dir deshalb einen Liebhaber genommen?«

Minnas Augen brannten. Gleich würde sie in Tränen ausbrechen. »Bitte hör auf. Ich hasse diesen Mann!«

Albert lachte höhnisch. »Will er sich nicht mit einer verheirateten Frau abgeben?«

»Nein«, schluchzte Minna. »Er ist schuld, dass Frau Falkenhayn ihr Kind verloren hat.« In dem Moment, in dem die Worte ihren Mund verließen, hätte sie sie am liebsten wieder eingefangen. Unglücklich biss sie sich auf die Unterlippe.

»Wie bitte?«, fragte Albert ungläubig. »Ich denke, deine Chefin ist gestolpert und hingefallen?«

»Weil Konrad sie geschubst hat«, erwiderte sie tonlos. »Aber das darfst du niemandem verraten. Frau Falkenhayn will nicht, dass sich ihr Mann an Konrad rächt. Der ist bei der SA.«

Albert schüttelte den Kopf. »Dass ihr Frauen immer Geheimnisse vor euren Männern haben müsst!«

»Nur um euch zu schützen«, murmelte Minna.

»So ein Blödsinn.« Auf einmal wirkte er nachdenklich. »Aber diese Geschichte erklärt nicht, warum du von dem Typen träumst.«

Jetzt war sie geliefert. Wenn sie ihm offenbarte, dass Konrad bereits zweimal versucht hatte, sie zu vergewaltigen, würde ihr eigener geliebter Mann sich in Gefahr begeben. Ob er ihr eine Lüge abnehmen würde?

Bevor sie etwas erwidern konnte, war Albert aufgesprungen. »Frau Falkenhayn hat *dich* verteidigt, stimmt's? Er hat dich angefasst, und sie wollte dir helfen. Weshalb sonst hätte er sie schubsen sollen?«

»Nein«, rief Minna. »Nein, so war es nicht.«

In Alberts Augen trat ein feindseliges Funkeln. »Oh, doch. Genauso war es. Und du erzählst mir jetzt sofort, wer dieser Konrad ist und wo ich ihn finde.«

»Alles begann im Jahr 1793«, erklärte der Geschichtsprofessor aus Rostock seinem Publikum. »Damals badete Herzog Friedrich Franz I. von Mecklenburg-Schwerin zum ersten Mal in der Ostsee. Sein Leibarzt Samuel Gottlieb Vogel hatte ihm dazu geraten, um seine Gesundheit zu verbessern. Die Vorzüge von Heiligendamm sah Dr. Vogel vor allem im Reizklima, dem schönen Strand und den Buchenwäldern ringsherum, die zu langen Spaziergängen einluden. Anschließend zeigte sich der Herrscher derart begeistert von der heilenden Wirkung des Meerwassers, dass er das erste deutsche Seebad gründete und seine Baumeister beauftragte, ein einzigartiges klassizistisches Gesamtkunstwerk zu schaffen. Zur sogenannten ›Weißen Stadt am Meer‹ gehören außer dem Grand Hotel und dem Kurhaus auch noch diverse Logierhäuser, drei großherzogliche Villen, einige Gasthöfe und die Burg Hohenzollern.«

Paul lauschte dem Vortrag nur mit einem Ohr, obwohl es

seine Idee gewesen war, solche Veranstaltungen im Bankettsaal des Palais abzuhalten. Immer wieder hatten ihn Gäste auf die Geschichte von Heiligendamm und Umgebung angesprochen, bis ihm die Idee gekommen war, einen Experten zu engagieren. Die Menge der hingebungsvoll lauschenden Zuhörer, die sich – trotz des schönen Wetters – an diesem Sonntagnachmittag eingefunden hatten, gab ihm recht. Dennoch war er mit seinen Gedanken woanders. Luise hatte ihn heute früh angerufen und schluchzend erzählt, dass ein Journalist angekündigt hatte, ihren neuesten Film in seiner vielbeachteten Kolumne zu verreißen. Doch gerade an dieser Arbeit liege ihr besonders viel, denn es sei ihre erste Hauptrolle in einem Drama und könne ihr in künstlerischer Hinsicht wichtige Türen öffnen, sofern der Film begeistert aufgenommen wurde. Schließlich kam sie zum eigentlichen Anliegen ihres Anrufs: Könnte Carl, der doch so gute Kontakte zur Presse habe, nicht einmal mit diesem Herrn Möbius reden und versuchen, ihn umzustimmen?

Was sie nicht sagte, worauf sie jedoch mit jedem Wort anspielte: Carl schuldete ihr einen Gefallen. Schließlich war sie mit ihm auf das Polizeidezernat gegangen und hatte während des Verhörs durchscheinen lassen, seine Geliebte zu sein. Dieses Eingeständnis war zwar außerordentlich peinlich für sie gewesen, doch es hatte Wirkung gezeigt. Die Anschuldigungen gegen Carl waren daraufhin fallen gelassen worden. Weshalb Paul ihr auch versprochen hatte, umgehend mit Carl zu reden, sobald der im Laufe des Nachmittags aus Berlin eintraf.

»Wer von Ihnen weiß, was der lateinische Leitspruch über dem Eingang des Kurhauses bedeutet?«, fragte der Professor streng, als wäre er in einem Hörsaal.

Ein älterer Herr zeigte auf. »Dort steht: HEIC TE LAETITIA INVITAT POST BALNEA SANUM, oder übersetzt: ›Frohsinn empfange dich hier, entsteigst du gesundet dem Bade‹.«

Der Historiker lächelte. »Sehr gut. Genau das ist das Motto von Heiligendamm, dessen Name sich übrigens von der Sage des ›Heiligen Damms‹ ableitet, die …«

In diesem Augenblick sah Paul Carl am Eingang des Bankettsaals stehen. Er wirkte niedergeschlagen. Möglichst unauffällig stand er von seinem Platz in der letzten Reihe auf und ging zu ihm.

»Was hast du?«, fragte Paul besorgt, als sie die Tür seines Büros hinter sich geschlossen hatten. Carl wirkte wie ein Häufchen Elend. Mit nach vorn gesackten Schultern saß er vor seinem Schreibtisch.

»Ich … ich habe erneut eine Vorladung erhalten. Und diesmal werde ich mich nicht so leicht aus der Affäre ziehen können.«

Pauls Herz schlug umgehend schneller. »Wieso denn nicht?«

»Ein Stricher hat ausgesagt, ich hätte ihn für seine Liebesdienste bezahlt.«

»Und? Hast du?« Diese Frage war ihm einfach so über die Lippen gerutscht. Warum nur konnte er Carl nicht vertrauen? Wie oft hatte ihm sein Geliebter ewige Liebe geschworen! Unsicher blickte er ihn an. Ob er ihm böse war?

Carl musterte ihn kalt. »Darum geht es doch jetzt gar nicht. Verstehst du denn nicht? Dieses Schlitzohr will mich in den Knast bringen, und diesmal sieht es extrem schlecht für mich aus.«

»Könnte meine Schwester nicht erneut für dich aussagen?«, schlug Paul vor. »Sie wollte dich sowieso auch um einen Gefallen bitten.« Er schilderte ihm Luises Problem.

Carl fuhr sich nachdenklich mit einer Hand durch das kurze blonde Haar. »Die Sache mit diesem Journalisten zu regeln ist eine Kleinigkeit. Doch ich glaube nicht, dass diesmal eine einfache Aussage deiner Schwester reicht. Bestimmt würde man sie einen Eid schwören lassen … oder wie immer man das nennt, wenn Aussage gegen Aussage steht … und dann bringt sie sich durch einen Meineid selbst in Gefahr.«

Paul versuchte, nicht daran zu denken, dass Carl vielleicht tatsächlich während ihrer Beziehung mit einem Stricher geschlafen hatte. Er konzentrierte sich darauf, wie er seinen Geliebten vor dem Gefängnis bewahren könnte. Und plötzlich kam ihm ein Geistesblitz. »Wenn du meine Schwester heiraten würdest … müsste sie nicht für oder gegen dich aussagen. Gleichzeitig wäre diese Ehe ein starkes Indiz für die Polizei, dass du heterosexuell bist und der Stricher die Unwahrheit sagt.«

»Bist du verrückt? Deine Schwester würde mich doch niemals heiraten. So schön, wie Luise ist, könnte sie jeden Mann haben. Da lässt sie sich nicht auf eine Scheinehe ein.«

Paul musste an den schmierigen Regisseur denken, der Luise unter Druck gesetzt hatte. Und an die feine Bad Doberaner Gesellschaft, die nichts mit ihr zu tun haben wollte. »Luise hat bislang nicht besonders viel Glück mit Männern gehabt«, erwiderte er. »Vielleicht ist sie inzwischen reif genug, um zu erkennen, dass eine Ehe mit dir auch große Vorteile mit sich bringen würde. Du könntest sie vor jedem ihr schlecht gesonnenen Schmierfink beschützen und ihr über Hugenberg die begehrtesten Rollen verschaffen. Oder nicht?«

Plötzlich trat ein Hoffnungsschimmer in Carls Augen. »Doch. Ganz sicher sogar. Aber meinst du wirklich, sie würde sich auf einen solchen Kuhhandel einlassen?«

Paul zeigte auf den Hörer des Telefons. »Es gibt nur eine Art, es herauszufinden … frag sie!«

»Am Telefon?«, meinte Carl skeptisch.

»Wieso? Willst du lieber persönlich vor ihr auf die Knie gehen und heiße Liebesschwüre säuseln?«, gab Paul ironisch zurück. »Es ist ein Geschäft. Keine Liebesheirat. Und Geschäftliches kann man auch telefonisch besprechen.«

»Wenn du meinst.« Zögernd griff Carl nach dem Hörer.

»Verstehst du? Statt mich und den Film zu verreißen, hat Möbius meine schauspielerische Leistung in seiner Kolumne in den höchsten Tönen gelobt«, schwärmte Luise. »Mein Agent hat bereits drei neue Angebote, noch dazu alles Hauptrollen. Aber Carl meint, ich sollte unbedingt mit einer Entscheidung warten, bis er mit Herrn Hugenberg gesprochen hat.«

»Bitte sag mir, dass du trotzdem nicht im Traum daran denkst, Carl von Herrhausen zu heiraten«, beschwor Elisabeth sie. Es war offensichtlich, dass ihre Schwester von Carls Machtdemonstration beeindruckt war. Aber das war noch lange kein Grund, vor den Augen Gottes einen Homosexuellen zum Mann zu nehmen.

»Aber, Elisabeth! Natürlich denke ich daran. Ehrlich gesagt, habc ich mich so gut wie entschieden, ihn zu ehelichen. Es nützt nichts, mich weiterhin der Illusion hinzugeben, dass irgendwo ein Märchenprinz auf mich wartet. Wenn es da jemanden gäbe, hätte ich ihn längst getroffen. Die bittere Wahrheit ist doch: Ein Mann aus der oberen Gesellschaft würde mich nicht mehr wollen. Warum soll ich dann nicht jemanden wählen, der mich weder körperlich bedrängt noch meine Freiheit einengt, sondern stattdessen meine Karriere fördert?«

Elisabeth atmete tief durch. Sie durfte jetzt, wo das zukünftige Liebesleben ihrer Schwester auf dem Spiel stand, nicht die Geduld verlieren. »Luise, ich habe weiß Gott nichts gegen Homosexuelle. Aber ich wünsche mir für dich das gleiche Glück, das ich mit Julius gefunden habe: einen Seelenverwandten, mit dem ich nicht nur das Bett, sondern auch mein Leben teilen kann. Du hast schon einmal – bei deiner ersten Ehe – eine vorschnelle Entscheidung getroffen, bitte überleg dir das gut.«

Luise blieb stumm. Gemeinsam gingen sie an diesem kühlen Herbsttag an der Spree spazieren. Ihre Schwester trug einen Mantel mit Pelzbesatz, eine schicke Kappe auf dem wohlfrisierten blonden Haar und eine Sonnenbrille, damit man sie nicht erkannte. Trotzdem wirkte sie wie eine Diva. Vielleicht war diese Verpackung der wahre Grund, warum sie keinen geeigneten Mann fand. Die Herren waren zu sehr von ihrem Äußeren beeindruckt, um den Menschen dahinter zu sehen.

»Wann musst du wieder zurückfahren?«, fragte ihre Schwester, um jede weitere Diskussion im Keim zu ersticken.

»Leider gleich morgen früh. Ich bin nur wegen deines Anrufs so schnell nach Berlin gekommen. Minna macht gerade mit ihrem Albert Ferien in Bayern, da muss ich selbst ein Auge auf die Küche haben.«

»Gut.« Luise schien erleichtert, dass Elisabeth kaum Zeit blieb, ihr ihre Hochzeitspläne auszureden. »Ich teile dir meinen Entschluss spätestens morgen Nachmittag mit.« Sie lüpfte die Sonnenbrille und zwinkerte ihr kokett zu. »Aber du hast mich auch noch lieb, wenn ich Frau von Herrhausen werde?«

»Natürlich. Du bist meine Schwester. Ich werde dich immer lieben«, meinte Elisabeth und unterdrückte ein Seufzen. Wenn Luise sich tatsächlich für diesen strategischen Schachzug entschied und Julius davon erfuhr, würde er außer sich sein: Der von ihm so verabscheute NSDAP-Fritze sollte sein Schwager werden!

Carl und Luise ließen sich am 17. Oktober in einem Berliner Standesamt trauen. Obwohl es lediglich eine kleine Hochzeitsfeier gab, wurden die Bilder ihres »märchenhaften Glücks« von allen Illustrierten abgedruckt. Paul war Carls Trauzeuge, Elisabeth – nach einer langen Diskussion mit Julius – die Trauzeugin von Luise. Ansonsten waren von der Familie nur Friedrich und seine Frau erschienen. Johanna und ihre Mutter boykottierten das Fest. Besonders ihre Mutter war entsetzt über Luises Wahl. »Das ist eine Schande!« war noch ihre harmloseste Bemerkung gewesen. Luise war trotzdem glücklich. Sie hatte durch Carls Vermittlung die Hauptrolle im ersten deutschen Musikfilm ergattert. In *Die Drei von der Tankstelle* würde sie sogar singen. Da konnten die anderen Rollen, die man ihr angeboten hatte, nicht mithalten! Luise hatte sie alle abgesagt.

»Ein Tonfilm! Endlich ein Tonfilm«, hatte sie Elisabeth begeistert am Telefon erzählt. Der Umstand, dass die Polizei endgültig sämtliche Anschuldigungen gegen Carl fallen gelassen hatte, wurde für sie dabei zur Nebensache. Viel wichtiger war, dass sie und ihr frischgebackener Ehemann eine neue, hochelegante Wohnung beziehen würden, in der sie einen großzügig geschnittenen Bereich für sich allein hätte. »Selbst wenn er mit seinen Freunden feiert, werde ich nichts davon mitbekommen«, hatte sie geschwärmt.

Elisabeth war bei diesen Worten das Herz schwer geworden. Konnte so ein Leben auf Dauer gut gehen?

Dieses familiäre Ereignis wurde nur eine Woche später von einer Tragödie überschattet, die die ganze Welt in Mitleidenschaft ziehen sollte. Am 24. Oktober leitete ein außergewöhnlicher Kurssturz an der New Yorker Börse eine Wirtschaftskatastrophe ungekannten Ausmaßes ein. Als Elisabeth und Julius einen Tag später aufstanden, war ihr Leben nicht mehr dasselbe. Fast über Nacht lag die deutsche Wirtschaft praktisch am Boden.

# 17. Kapitel

*Januar 1930*

Elisabeth hielt die Zeitung mit beiden Händen fest, damit die Buchstaben nicht mit ihr um die Wette zitterten. In jedem Artikel neue Hiobsbotschaften: Firmenpleiten, steigende Arbeitslosenzahlen, Selbstmorde von früheren Aktienmillionären. Wenn das so weiterging, wären bald alle ihre Stammgäste – genau wie das Palais – finanziell ruiniert.

Julius rieb sich müde die Schläfen und starrte auf die Tasse Kaffee, die Elisabeth ihm aufgegossen hatte. Sie saßen sich in der gähnenden Leere der Hotelküche bei einem verspäteten Frühstück gegenüber. Bislang hatten sie kaum eine freie Minute gehabt, um über die neuen Entwicklungen zu reden. Julius hatte mehrere Wochen in Berlin verbracht, um dem amerikanischen Investor, der seinen Konzern gekauft hatte, beratend zur Seite zu stehen. Auch an ihr war eine Menge Arbeit hängen geblieben, weil sie nach der vorzeitigen Abreise ihrer Gäste und der Stornierung sämtlicher Reservierungen ihren Angestellten zweieinhalb Monate freigegeben hatte. Die Mitarbeiter, die keine sonstige Bleibe hatten, waren auf Gut Bellhagen untergekommen. Auch Minna war zu ihrem Albert gefahren, obwohl die beiden gerade erst aus ihrem Bayernurlaub zurückgekehrt waren. Lediglich Herr Schulze war im Palais geblieben, um das Telefon zu bewachen. Er nahm auch huldvoll an den von Elisabeth gekochten Mahlzeiten teil und verkniff sich jegliche Kritik, selbst wenn das Fleisch zäh und das Gemüse noch halb roh war. Ursprünglich hatte sie gehofft, die Wirtschaftskrise würde sich innerhalb dieser zehn Wochen etwas abschwächen, auch wenn Julius ihre Entscheidung schon damals mit einem besorgten

Kopfschütteln quittiert hatte. Heute wusste sie, dass sie schrecklich naiv gewesen war.

Um den Magen von Julius, der sowieso noch in Berlin weilte, nicht übermäßig mit ihren fehlenden Kochkünsten zu traktieren, hatten sie das Weihnachtsfest bei ihrer Mutter verbracht, deren Köchin ein exzellentes Menü gezaubert hatte. Nur Julia hatte sich beschwert, die morgendlichen Pfannkuchen würden nicht an die von Minna heranreichen. Nachdem sie ihre miteinander zerstrittenen Geschwister – durch die Hochzeit mit Carl war inzwischen auch Luise für ihre Mutter und Johanna zur Persona non grata geworden – einzeln besucht hatten, waren Julia und sie zurück nach Bad Doberan gefahren, wo seit ein paar Tagen zumindest das Leben ihrer Tochter an die frühere Normalität anknüpfte: Sie ging wieder in die Schule. Julius war erst gestern aus Berlin zurückgekehrt. Er wirkte niedergeschlagen.

»Ach, Julius, wie kann denn ein einziger schlechter Börsentag eine solche Flut von Bankrotten nach sich ziehen?«, fragte Elisabeth, weil sie die Zusammenhänge selbst nach täglicher Zeitungslektüre noch immer nicht verstanden hatte. »Was passiert jetzt mit deinem Besitz in Amerika? Du hast deinen Konzern doch größtenteils gegen Firmenanteile verkauft. Sind wir jetzt arm?«

Er lächelte. »Nein, wir sind nicht arm, mein Schatz. Auch wenn ich noch nicht genau weiß, wie sich meine Anlagen in den Vereinigten Staaten letztlich entwickeln werden. Glücklicherweise sind die Unternehmen, an denen ich jetzt beteiligt bin, im Gegensatz zum ehemaligen Konzern meines Vaters nicht börsennotiert. Trotzdem kann niemand voraussagen, wie es mit der amerikanischen Wirtschaft nun weitergeht. Du kannst aber ganz beruhigt sein: Auch ohne diese Beteiligungen haben wir einiges an Besitz. Die Mehrheitsanteile des Hotels, Gut Bellhagen und weitere Immobilien.«

Elisabeth seufzte und goss sich ebenfalls eine Tasse Kaffee ein. »So richtig verstehe ich das alles nicht. Wie konnten die deutsche und die amerikanische Wirtschaft erst jahrelang florieren … und dann geht auf einen Schlag alles den Bach hinunter?«

»Das hat mehrere Gründe«, setzte Julius an. »Zum einen haben die Vereinigten Staaten nach dem Krieg einen gewaltigen Wirtschaftsaufschwung erlebt. Der Durchschnittsamerikaner kaufte Kühlschränke, Staubsauger und Waschmaschinen, und der Wertpapierkurs der produzierenden Firmen kletterte nach oben. Anleger, die diese Aktien erwarben, wurden reich, und zwar so schnell, dass auch ganz normale Bürger an diesem Boom teilhaben wollten: Lehrer, Bankangestellte und Polizisten. Viele von ihnen haben sogar extra einen Kredit aufgenommen, um den Kauf der Wertpapiere zu finanzieren. Wenn allerdings viele Investoren eine begrenzte Anzahl von Aktien kaufen wollen, steigt deren Kurs umso rasanter … bis schließlich der Preis der Aktie deutlich höher ist als der reale Wert, der dahintersteht. Das nennt man eine Spekulationsblase.«

»Eine Spekulationsblase?«, fragte Elisabeth. »Das klingt seltsam.«

»Stell es dir wie einen prall gefüllten Luftballon vor: Wenn man hineinpikst, gibt es einen Knall, und nur die leere Hülle bleibt übrig. Und genau das ist beim Börsencrash in New York passiert. Plötzlich bekamen die Banken, die diese Wertpapierkäufe durch Kredite mitfinanziert hatten, Angst, dass die Kurse fallen könnten. Sie zwangen ihre Kunden, die Aktienpakete zu verkaufen. Dadurch fielen die Kurse tatsächlich, und dann setzten quasi über Nacht Panikverkäufe ein, die dazu führten, dass börsennotierte Unternehmen bis zu neunzig Prozent ihres Wertes verloren.«

Elisabeth goss sich nachdenklich Milch in den Kaffee. »Aber was hat das alles mit Deutschland zu tun? Amerika ist doch so weit weg. Warum gehen bei uns Unternehmen bankrott, wenn die Krise dort stattfindet?«

Julius holte tief Luft. »Um das zu verstehen, musst du wissen, dass unser eigener Aufschwung nach dem Krieg mit Dollars finanziert wurde. Und zwar mit amerikanischen Darlehen, die nach dem Zusammenbruch der dortigen Börse nun aber vorzeitig zurückgefordert wurden. Und von Stund an saßen wir alle im selben Boot. Einem Boot, dessen Motor ausgefallen ist: Die Banken hier wie dort haben Liquiditätsprobleme und können der Industrie keine Kredite mehr gewähren. Den Unternehmen fehlen deshalb Betriebsmittel, um Waren zu produzieren. Banken wie Unternehmen werden zahlungsunfähig oder müssen drastisch sparen, um zu überleben. Deshalb entlassen sie ihre Angestellten und Arbeiter. Ein Teufelskreis, der immer mehr Menschen erst arbeitslos machen und dann in die Armut treiben wird.«

Elisabeth biss sich auf die Unterlippe. »Aber wir haben in Deutschland doch jetzt diese neue Arbeitslosenversicherung. Warum greift die den Menschen nicht unter die Arme, damit niemand obdachlos wird und hungern muss?«

»Ich fürchte, dass unsere noch jungen Versicherungssysteme bald überfordert sein werden. Momentan können sie lediglich anderthalb Millionen Menschen absichern ... aber ich rechne mit viel, viel mehr Erwerbslosen. Die meisten von ihnen werden auf die Wohlfahrt angewiesen sein«, meinte Julius. Seine Stimme klang resigniert.

»Aber es muss doch einen Weg aus dieser Misere geben!«, sagte sie kämpferisch.

Julius ließ sich gegen die Lehne seines Küchenstuhls sinken. Sein Gesichtsausdruck war ernst. »Wahrscheinlich kommt es erst noch schlimmer, bevor es einen neuerlichen Aufschwung gibt. Wobei ich mich am meisten vor den politischen Konsequenzen fürchte. Die Große Koalition tut sich schwer genug, allen Ansprüchen gerecht zu werden. Und das Heer der Arbeitslosen zweifelt zunehmend an unserer Demokratie und wählt Parteien mit einem radikaleren Programm, so wie die NSDAP und die Kommunisten. Womit natürlich keines dieser Probleme gelöst wird. Im Gegenteil.«

»Das sind ja wundervolle Aussichten«, sagte Elisabeth mit einem halben Lächeln.

Doch Julius war nicht zu Scherzen aufgelegt und schüttelte nur traurig den Kopf.

Eine Woche später, gerade, als sie das Hotel wiedereröffnen und um die wenigen Wintergäste buhlen wollte, die sich noch einen Urlaub leisten konnten, wurde Julius nach Amerika gerufen. Er musste sich um seine Unternehmensbeteiligungen kümmern. Schweren Herzens ließ sie ihn ziehen. »Bitte pass gut auf dich auf«, sagte sie mit Tränen in den Augen, als sie sich mit einer festen Umarmung voneinander verabschiedeten.

»Du auch auf dich«, flüsterte er. »Ich kehre so bald wie möglich zurück.«

Die ersten Nächte ohne Julius waren die schlimmsten. Schlaflos sehnte sich Elisabeth nach ihm. Nach seinen liebevollen Händen und der Wärme seines Körpers neben ihrem. Die Angst, dass ihm auf der weiten Reise etwas zustoßen könnte, schnürte ihr den Atem ab. Die schrecklichsten Szenarien geisterten durch ihren Kopf, und das hörte erst auf, als sie ein Telegramm erhielt, dass sein Schiff gut in New York angekommen war. Doch die Frage, wie lange er in Amerika bleiben musste, konnte er immer noch nicht beantworten.

Ein paar Tage später nahm der Alltag sie wieder in Beschlag. Sie musste die Hotelarbeit allein bewältigen, denn Paul war seit der vorübergehenden Schließung des Palais in Berlin, um sich dort mit Carl um Parteiangelegenheiten zu kümmern. Schließlich kehrten die Angestellten zurück und … drei Gäste. Ein Trauerspiel, auf das es leider nur eine Reaktion geben konnte.

»Liebe Frau Bruhn, bitte nehmen Sie es nicht so schwer«, versuchte Elisabeth, die tüchtige, aber momentan untröstlich schluchzende Hausdame zu beruhigen. »Sobald mehr Gäste im Palais absteigen, sind Sie die Erste, die ich wieder einstellen werde. Aber im Moment sind mir die Hände gebunden. Ich kann es mir einfach nicht leisten, jemanden für eine Arbeit zu bezahlen, die ich selbst übernehmen kann. Bitte verstehen Sie mich doch.«

»Aber mein Mann hat doch auch schon seine Arbeit verloren! Was sollen wir denn jetzt tun? Wovon sollen wir leben?« Die zierliche Frau Bruhn weinte hemmungslos.

Das waren Fragen, auf die Elisabeth auch keine Antwort wusste. Obwohl dies heute früh ihr fünftes Kündigungsgespräch war. Hilflos hob sie die Arme. »Haben Sie keine Rücklagen? Sie verdienen doch gut, und wenn Ihr Mann ebenfalls …«

»Nein, wir haben keine *Rücklagen*«, schleuderte ihr die sonst so besonnene Hausdame entgegen. »Ich habe eine alte Mutter und ein behindertes Kind, für die ich aufkommen muss. Unser ganzer Verdienst geht für Unterhalt und Pflege der beiden drauf, aber Ihnen kann das ja egal sein. Hauptsache, dem Hotel geht's gut!« Tränenüberströmt wandte sich Frau Bruhn ab und ging zur Tür.

»Das wusste ich nicht«, murmelte Elisabeth. »Warum haben Sie mir nichts von Ihrem Kind und Ihrer Mutter erzählt?«

»Als ob Sie das interessieren würde.« Frau Bruhn zog die Nase hoch und hielt für einen Moment inne. »Nein, ich will nicht ungerecht sein. Sie waren eine gute Arbeitgeberin, aber … das nützt mir auch nichts, wenn uns der Vermieter zum nächsten Ersten auf die Straße setzt.«

Mit einer Handbewegung hielt Elisabeth die verzweifelte Frau auf. »Es stimmt, das Überleben des Hotels liegt mir am Herzen, aber deswegen bin ich noch lange kein Unmensch, der sich nur für seine eigenen Belange interessiert. Könnten Sie sich vorstellen, halbtags im Büro mitzuhelfen? Wir müssen jetzt versuchen, möglichst viele Gäste mit Sonderangeboten zu locken, und das bedeutet viel Schreibarbeit, wenn …« Elisabeth konnte nicht weitersprechen, weil ihr Frau Bruhn in diesem Moment um den Hals fiel.

»Das würden Sie für mich tun?«, schluchzte sie erleichtert.

»Ja, aber es muss unter uns bleiben. Ich kann nicht für alle eine Ausnahme machen, verstehen Sie?«

Die Hausdame nickte gerührt. »Vielen Dank, Frau Falkenhayn. Sie sind ein guter Mensch.«

Elisabeth zog eine Grimasse. »Und eine schlechte Geschäftsfrau … Bitte kommen Sie morgen um zehn Uhr in mein Büro.«

Frau Bruhns verheulte Augen strahlten. »Das mache ich. Vielen Dank!«

Während sich die Buchungszahlen im Palais aufgrund der offerierten Rabatte langsam erholten, bewahrheitete sich Julius' Prophezeiung. Die vielen Konkurse und die hohe Arbeitslosigkeit wirkten wie ein Brandbeschleuniger für den Erfolg der NSDAP. In Thüringen saß die Partei inzwischen als drittstärkste Kraft im Landtag, und die erste Amtshandlung ihres Ministers Wilhelm Frick bestand darin, die Lektüre des Antikriegsromans *Im Westen nichts Neues* von Erich Maria Remarque an allen Thüringer Schulen zu verbieten. Dabei hatte Elisabeth das Buch gleich bei dessen Erscheinen geradezu verschlungen. Mit Tränen in den Augen hatte sie über die Schrecken des Krieges gelesen. Erst dadurch war ihr bewusst geworden, welch grausame Erlebnisse ihre Brüder und teilweise auch Julius gehabt haben mussten. Von der Beschreibung der mit Leichen übersäten Schlachtfelder und des brutalen Überlebenskampfes in den Schützengräben hatte sie wochenlang Albträume gehabt. Und jetzt wollte die NSDAP verhindern, dass der Roman jungen Menschen als Mahnung diente, so etwas Sinnloses wie einen Krieg nie wieder zuzulassen?

Pauls Anruf Anfang Februar stürzte Elisabeth in einen Gewissenskonflikt. »Wir planen eine Parteiversammlung im Palais«, sagte ihr Bruder. »Das würde euch endlich wieder Geld in die Kassen spülen. Aber wenn du kein Interesse hast … können wir die Versammlung auch in Rostock abhalten.«

Insgeheim war sie überzeugt, dass Julius dagegen sein würde. Auch sie selbst war nicht begeistert von der Vorstellung, Menschen wie diesen Frick in ihrem Hotel beherbergen zu müssen. Aber durfte sie ihre persönlichen Gefühle in dieser wirtschaftlich noch immer angespannten Situation in den Vordergrund stellen? Oder musste sie nicht vielmehr an ihre Angestellten denken? An Leute wie Frau Bruhn, die auf ihr Gehalt angewiesen war?

»Bekomme ich heute noch eine Antwort?«, erkundigte sich Paul ungeduldig.

»An welches Datum hattet ihr gedacht?«, fragte Elisabeth, um Zeit zu gewinnen.

Ihr Bruder nannte einen Termin in zwei Wochen, während sie weiterhin fieberhaft über das Für und Wider einer solchen Veranstaltung nachdachte. Schließlich überwog ihr Geschäftssinn. Paul hatte recht: Das Palais und seine Angestellten brauchten jede Mark, die sie einnehmen konnte.

»Das passt uns gut«, antwortete sie also. »Bitte schick uns die genaue Anzahl der Gäste und welche Räumlichkeiten ihr benötigt. Ich werde mich persönlich um alles kümmern.«

»Wunderbar«, meinte Paul. »Ich komme ein paar Tage früher und kann dir helfen.«

»Vielen Dank«, erwiderte Elisabeth und dachte im selben Atemzug, dass sie Julius diese Zusage lieber vorenthielt, wenn sie ihm heute Abend schrieb. Er würde sich ansonsten nur unnötig aufregen.

Minna hatte sich strikt geweigert, Albert Auskunft über Konrad zu geben. Wie sehr er sie auch bedrängte … sie schwieg wie ein Grab. Sogar während ihres vierzehntägigen Urlaubs, den sie beide sehr genossen hatten, hatte sie es abgelehnt, auf dieses Thema einzugehen. Schließlich wollte sie nicht riskieren, dass ihr Ehemann versuchte, den ehemaligen Pagen zur Rechenschaft zu ziehen. Womöglich würde er noch von ihm und seinen SA-Kumpels zum Krüppel geschlagen. Trotzdem lebte sie in ständiger Angst, dass Albert Konrad auch ohne ihre Hilfe fand.

Die zehnwöchige Schließung des Hotels und der plötzliche Urlaub auf Gut Bellhagen hatten ihr in dieser Hinsicht eine kleine Verschnaufpause verschafft. Es war herrlich gewesen,

Albert im Alltag zu erleben, mit ihm Weihnachten zu feiern und gemeinsam in seiner kleinen Kammer zu wohnen. Tagsüber hatte sie sich in der Gutsküche nützlich gemacht. Dort war sie mehrfach von Helene Kuhlmann ins Vertrauen gezogen worden. Offenbar machte sich diese seit der Hochzeit von Fräulein Kuhlmann mit Herrn von Herrhausen neue Hoffnung, ihren Ehemann zurückgewinnen zu können.

»Wissen Sie, Minna, ich liebe meinen Mann. Es war tatsächlich nicht meine Idee, dass wir getrennt leben. Glauben Sie, dass er – jetzt, wo seine jüngere Schwester unter der Haube ist – zu mir zurückkehren wird?« Bei diesen Worten hatte die deutlich schlanker gewordene Frau Kuhlmann sie mit bettelnden Hundeaugen angesehen.

Minna hatte es nicht übers Herz gebracht, sie zu enttäuschen. »Bestimmt. Ich würde es Ihnen jedenfalls sehr wünschen.« Sie selbst hatte schon recht früh vermutet, dass damals zwischen Herrn Kuhlmann und Robert eine sehr besondere Freundschaft bestanden hatte. Mit Herrn von Herrhausen war das sogar noch offensichtlicher. Weshalb allerdings ausgerechnet Fräulein Luise den Bekannten ihres Bruders geheiratet hatte … darauf konnte sie sich auch keinen Reim machen. Wenn sie selbst die Wahl zwischen einem Schauspieler wie Willy Frisch oder diesem Parteibonzen gehabt hätte, hätte sie sich für Ersteren entschieden.

Vor einigen Tagen hatte sie ihre Arbeit im Palais wieder aufgenommen, doch auch heute, an ihrem freien Tag, suchte Frau Kuhlmann ihre Gesellschaft. Während Minna auf Albert wartete, drehte sich die Unterhaltung – nach ein paar belanglosen Bemerkungen über das Wetter – erneut um die Ehe der Kuhlmanns.

»Früher haben wir uns oft gestritten«, gestand Frau Kuhlmann mit einem tiefen Seufzen. »Das war ein großer Fehler. Meinerseits. Ich habe nicht verstanden, wie ungeheuer sensibel mein Mann ist. Allerdings habe ich nur deswegen Streit angefangen, weil ich mich ungeliebt gefühlt habe und ihn aus der Reserve locken wollte. Das war schrecklich dumm von mir.«

Diese intimen Geständnisse waren Minna peinlich, doch sie traute sich nicht, Frau Kuhlmann zu unterbrechen. Stattdessen nickte sie bestätigend.

»Es ist zu schade, dass die Kinder und ich nicht zu Luises Hochzeit nach Berlin fahren konnten. Unser Thomas sollte an dem Tag an einem Ausflug des Deutschen Jungvolks teilnehmen, und Paul wollte auf keinen Fall, dass er den verpasste. Aber ich habe Luise trotzdem eine schöne Kuchenplatte aus Meißener Porzellan geschickt.« Frau Kuhlmann machte ein enttäuschtes Gesicht. »Leider hat sie sich nicht einmal dafür bedankt.«

»Wahrscheinlich ist sie sehr beschäftigt. Ich habe gehört, dass sie bald wieder dreht und davor noch eine Sprech- und Gesangsausbildung machen muss. Die frischgebackene Frau von Herrhausen spielt nämlich in einem Tonfilm mit«, erklärte Minna.

Diese Neuigkeiten schienen Frau Kuhlmann allerdings nicht zu interessieren. »Ich habe mich so gefreut, dass Paul den ersten Weihnachtsfeiertag mit uns verbracht hat«, sagte sie stattdessen. »Leider ist die Wohnung der von Herrhausens zu klein für eine Feier mit der ganzen Familie.«

Da hatte Minna zwar etwas anderes gehört, aber das wollte sie der armen Frau nicht auf die Nase binden.

Frau Kuhlmann schien keine Antwort zu erwarten. »Paul macht jetzt Karriere bei der NSDAP. Das finde ich großartig. Sie nicht auch?«

Minna nickte, obwohl sie das Programm dieser Partei eigentlich alles andere als gut fand.

»Doch seine Arbeit lässt ihm kaum noch Zeit für sein Privatleben. Deswegen kann er nur alle zwei Wochen bei uns vorbeischauen. Aber wir machen das Beste daraus.« Frau Kuhlmann strahlte. »Nächste Woche kommt er zu Thomas' Pimpfenprobe beim Deutschen Jungvolk. Hoffentlich macht der Junge seinen Vater stolz. Es wäre schrecklich, wenn er an diesem Tag versagen würde.«

»Warum muss er diese Prüfung eigentlich machen?«, erkundigte sich Minna, die wusste, dass der pausbäckige, stämmige Thomas sich schon seit Wochen darauf vorbereitete. »Ich dachte, alle zehn- bis vierzehnjährigen Jungen würden einfach so im Jungvolk aufgenommen?«

»Das Ergebnis wird in sein Leistungsbuch eingetragen«, erläuterte Frau Kuhlmann. »Es ist Paul sehr wichtig, dass seine Söhne sich auszeichnen. Er will, dass sie einmal nützliche Mitglieder der Gemeinschaft werden.«

»Verständlich«, meinte Minna und winkte durchs Fenster Albert zu, der gerade über den Hof auf das Gutshaus zulief.

»Kommen Sie doch auch zu Thomas' Prüfung«, lud Frau Kuhlmann sie ein.

»Ich schaue mal, ob ich es zeitlich schaffe«, antwortete Minna. »Bis später. Albert und ich gehen jetzt trotz des Winterwetters spazieren.«

»Viel Spaß«, rief Frau Kuhlmann ihr hinterher.

Eine Woche später fand sich Minna tatsächlich mit der gesamten Familie von Paul Kuhlmann frierend auf einer Waldlichtung ein, um Thomas' Pimpfenprobe beizuwohnen. Albert hatte ausgerechnet heute keine Zeit für sie gehabt. Einer der Knechte war krank geworden, und er hatte für ihn einspringen müssen. Minna hatte ihn mit eigenen Augen im Stall schuften sehen, was sie beruhigt hatte, denn sie hatte zunächst befürchtet, er könnte es schlicht und ergreifend satthaben, mit ihr über ihren Kinderwunsch zu sprechen. Bei ihrem letzten Spaziergang hatte er ihr offen ins Gesicht gesagt, dass er keine Kinder brauche, um glücklich zu sein. Sie sei ihm genug. Daraufhin war Minna in Tränen ausgebrochen, und sie hatten den Spaziergang schweigend fortgesetzt.

»Schade, dass sie ihre Winteruniform tragen«, murmelte Paul Kuhlmann, während sich zwei Gruppen von jeweils zwanzig Jungen in einer Reihe aufstellten.

»Wieso schade?«, erkundigte sich Minna und musterte die schwarzen Uniformen, zu denen die Kinder schwarze Schirmmützen und Armbinden mit dem Hakenkreuz der NSDAP trugen.

»Die Uniform für den Sommer ist braun, so wie die der SA«, murmelte Herr Kuhlmann. »Das sieht schicker aus.«

Minna nickte. Ein älterer Junge gab den jüngeren gerade Kommandos. »Geht es gleich mit der Prüfung los?«, fragte sie bibbernd.

»Nein, noch nicht. Zuerst üben sie noch marschieren und singen. Dann kommt ein Spiel und danach erst die Prüfung«, erklärte Helene Kuhlmann, die links neben ihrem Mann stand und sich vertrauensvoll bei ihm eingehakt hatte. Eine Geste, die Herr Kuhlmann widerstandslos über sich ergehen ließ.

Als es endlich losging, war Minna steifgefroren. Sophie und Martin, die beiden jüngeren Kinder der Kuhlmanns, hatten bereits blaue Lippen. Den Pimpfen selbst war allerdings nicht kalt. Sie hatten zunächst *Die Fahne hoch! Die Reihen fest geschlossen!* gesungen, und dann hatte man jedem von ihnen ein Wollband umgebunden. Diese hatten sie sich anschließend bei einer wilden Jagd und unter großem Gejohle gegenseitig vom Handgelenk gerissen. Gewonnen hatte derjenige, der am meisten Bänder erbeutet hatte.

»Zunächst müssen sie siebzig Meter in unter fünfzehn Sekunden laufen«, raunte Helene Kuhlmann ihr zu, als die Strecke abgesteckt wurde.

Glücklicherweise gelang dies allen angetretenen Jungen. Auch die anderen sportlichen Aufgaben schafften die meisten von ihnen. Nur einem schmächtigen Knirps gelang es nicht, den Schlagball fünfundzwanzig Meter weit zu werfen, woraufhin er in Tränen ausbrach und von seiner Mutter getröstet werden musste. Auch Minna nahm die leise vor sich hin wimmernde Sophie auf den Arm, deren Eltern wohl zu abgelenkt waren, um sich um ihre Tochter zu kümmern.

Schließlich stand nur noch ein letzter Prüfungsteil an: das Aufsagen der Schwertworte und des Lebenslaufs von Adolf Hitler. »Jungvolkjungen sind hart, schweigsam und treu«, setzte Thomas an, der als Fünfter an der Reihe war. »Jungvolkjungen sind Kameraden. Des Jungvolkjungen …« Plötzlich stockte er.

Minna, die unmittelbar neben Helene Kuhlmann stand, konnte sehen, wie diese verzweifelt die Lippen bewegte, um ihm den vergessenen Text vorzusagen. Aber Thomas schaute nicht in ihre Richtung, sondern starrte auf seine Fußspitzen.

»Warum hast du den Text nicht richtig mit ihm geübt?«, zischte Herr Kuhlmann und ließ den eingehakten Arm seiner Frau fallen.

»Aber das habe ich doch!«, verteidigte sich Helene Kuhlmann mit zitternder Stimme.

In diesem Moment fragte der Prüfer streng: »Und, Thomas? Kannst du den Satz aufsagen oder nicht?«

Minna schickte ein Stoßgebet zum Himmel … und das schien tatsächlich zu helfen.

Thomas holte tief Luft. »Des Jungvolkjungen Höchstes ist die Ehre. Adolf Hitler, geboren am 20. April 1889 in Braunau am Inn, ist …« Es folgten alle sechs weiteren Sätze, ohne dass er noch ein einziges Mal stockte.

Seine Eltern atmeten erleichtert auf, als der Prüfer Thomas auf die Schulter klopfte. Doch Minna konnte nicht umhin, sich zu wundern, weshalb sie einer solch sinnlosen Prüfung derart viel Wert beimaßen.

Als sie nach ihrer Rückkehr bei einer heißen Schokolade in der Gutshofküche saßen, stieß Albert zu ihnen. Freundlich bat Herr Kuhlmann ihn, sich zu ihnen zu setzen. Daraufhin legte ihr Ehemann lächelnd seine Kappe und die schwere Arbeitsjacke ab und sah zu, wie Minna ihm ebenfalls eine Tasse Schokolade eingoss. Er ist viel ruhiger geworden, dachte sie zufrieden. Der Innenminister hatte Mitte Januar ein Verbot von Versammlungen unter freiem Himmel ausgesprochen, um die immer brutaler gewordenen Auseinandersetzungen zwischen linken und rechten Organisationen zu unterbinden, und seitdem schien Alberts Interesse an der Politik einen neuerlichen Dämpfer bekommen zu haben.

»Das wärmt von innen, nicht wahr?«, sagte Herr Kuhlmann zu Albert, als der am Tisch Platz nahm.

»Ein Segen bei dieser Kälte«, erwiderte Albert mit einem Nicken. Plötzlich trat ein nachdenklicher Ausdruck in sein Gesicht. »Ach, Herr Kuhlmann. Ich wollte Sie schon seit einiger Zeit etwas fragen. Kennen Sie einen gewissen Konrad aus Bad Doberan?«

Minna hatte das Gefühl, ihr Kopf explodierte. Warum konnte Albert niemals etwas auf sich beruhen lassen? Hoffentlich erinnerte sich Herr Kuhlmann nicht mehr an den schrecklichen Pagen.

»Einen Herrn Konrad kenne ich nicht«, meinte Herr Kuhlmann zu ihrer Erleichterung. »Tut mir leid.«

»Konrad ist wohl eher sein Vorname«, korrigierte Albert.

Minna hielt die Luft an, als Herr Kuhlmann murmelte: »Konrad?«

»Ja, genau.«

»Hm, nein. Auch das sagt mir nichts. Ein eher ungewöhnlicher Vorname für Bad Doberan.«

Vor Erleichterung wäre sie dem Bruder der Chefin am liebsten um den Hals gefallen.

»Schade«, sagte Albert enttäuscht.

»Es sei denn …«, setzte Herr Kuhlmann plötzlich an. »Ehrlich gesagt, der einzige Konrad, an den ich mich erinnern kann, ist dieser widerliche Page, der Minna vor Jahr und Tag einmal fast …« Sein mitleidsvoller Blick fiel auf sie.

Minna schüttelte den Kopf. »Darüber sollten wir alle besser Stillschweigen bewahren.«

Doch ihr Ehemann ließ sich nicht von seinen Nachforschungen abbringen. Er war wie ein Hund, der die Fährte aufgenommen hatte und sichere Beute witterte. »Einmal fast … was?«, hakte er nach. Seine grünen Augen funkelten fanatisch.

Herr Kuhlmann zuckte mit den Schultern. »Es ist wirklich

ewig lange her, Albert. Sie müssen sich nicht mehr darüber aufregen. Aber dieser Page hat Minna um ein Haar …« Er warf einen Seitenblick auf die neugierigen Kinderaugen, die an seinen Lippen klebten. »… *Gewalt angetan.*«

Minna stöhnte auf. Jetzt war die hässliche Wahrheit ans Licht gezerrt worden. Und Albert würde sicher keine Zeit verlieren, bevor er der Sache auf den Grund ging.

»Ist das ein Aprilscherz?«, fragte Luise entgeistert.

»Leider nicht«, erwiderte Carl.

»Aber … ich verstehe nicht«, sagte sie und erhob sich von ihrem Diwan, auf dem sie es sich mit dem Drehbuch von *Die Drei von der Tankstelle* gemütlich gemacht hatte. »Und wieso will mir die UFA die Rolle wieder wegnehmen?«

Paul blickte gespannt zu seinem Geliebten, der bereits seinen Smoking trug und darin besonders attraktiv aussah. Carl legte tröstend den Arm um die Schultern seiner Schwester. »Ich weiß es nicht … vielleicht hat diese Lilian Harvey die schönere Stimme? Bitte nimm es nicht so schwer.«

»Aber … aber mein Gesangslehrer war ganz begeistert von meiner Singstimme«, verteidigte sich Luise, während die ersten Tränen über ihre Wange rannen.

Carl zückte ein Taschentuch und reichte es ihr. »Gesangslehrer sind keine Filmexperten. Wir müssen da auf das Urteil der UFA vertrauen.«

»Ich … ich kann doch bereits den ganzen Text auswendig«, stammelte Luise. »Kannst du bitte noch einmal mit Herrn Hugenberg über die Besetzung sprechen?«

Er zuckte die Schultern. »Herr Hugenberg hat mir die Neuigkeit von der Umbesetzung selbst mitgeteilt. Aber er meinte, sie hätten bereits mehrere andere Angebote für dich in petto.«

»Aber *diese* Rolle war perfekt für mich!«

»Luise«, sagte Carl geduldig. »Ich verstehe, dass dich das

traurig stimmt. Aber glaub mir, schon bald kommt ein neuer Filmvertrag ins Haus geflattert. Wir sollten uns wegen dieser Sache wirklich nicht den Abend verderben lassen.«

»Ich kann jetzt unmöglich ausgehen!«, jammerte seine tränenüberströmte Schwester.

Carl und er wechselten einen bedeutungsvollen Blick.

»Du willst nicht zur Premiere gehen?«, fragte Paul betont ungläubig. »Aber da wird heute alles anwesend sein, was in der Filmwelt Rang und Namen hat.«

»Und wenn schon«, schniefte Luise.

»Es ist aber wichtig, dass wir uns dort zeigen«, konterte Carl. »Sonst hört die Presse von der Umbesetzung und denkt, deine besten Tage wären schon vorbei.«

Paul blickte auf. Jetzt überspannte Carl den Bogen aber. Schließlich war seine Schwester eine etablierte und beliebte Schauspielerin. Doch Luise schien die ungerechtfertigte Warnung ernst zu nehmen.

»Meinst du wirklich?«, fragte sie mit weit aufgerissenen Kulleraugen.

»Ich glaube, dass du dir dein neues Kleid anziehen und die Schminke richten solltest, und dann machen wir zwei uns auf den Weg zum Gloria-Palast.«

»Aber …«, murmelte Luise.

»Kein Aber … bitte mach dich ausgehfein, meine Schöne!« Carl griff sanft nach ihrem Arm und zog sie zu sich heran. Eine vertraute Geste, die Paul überhaupt nicht gefiel.

Luise wischte sich die Tränen aus dem Gesicht. »Na gut. Wenn du unbedingt willst. Aber bitte richte Herrn Hugenberg aus, dass ich zutiefst traurig über diese Entscheidung bin.«

»Das mache ich«, sagte Carl mit einem versöhnlichen Lächeln.

Nachdem seine Schwester ihren Salon Richtung Schlafzimmer verlassen hatte, ging Paul mit Carl zurück in dessen Teil der Wohnung. Dort angekommen, goss sein Geliebter ihm und sich selbst einen großzügig bemessenen Cognac ein.

»Deine Schwester ist ganz schön kompliziert«, meinte Carl und nahm einen Schluck. »Aber mit den richtigen Worten dringt man zu ihr durch.«

Paul ignorierte die Bemerkung. »Warum bist du eigentlich so versessen darauf, diese Premiere mit ihr zu besuchen?«, fragte er stattdessen und kämpfte schon wieder mit einem diffusen Gefühl der Eifersucht.

»Das wird das Filmereignis des Jahres«, erwiderte Carl. »Das Blitzlichtgewitter der Journaille wird heller als die Sonne strahlen. Die Bilder werden morgen in allen Zeitungen sein. Und ich brauche die öffentliche Bestätigung, dass ich ein glücklich verheirateter Mann bin.«

Paul schüttelte verständnislos den Kopf. »Aber *Der blaue Engel* ist doch schon jetzt verpönt. Allein die Handlung ist vollkommen unmoralisch: ein sittsamer Lehrer, der von einem Flittchen verführt wird und sich dadurch ruiniert? Außerdem sind viele der Mitarbeiter vor und hinter der Kamera …« Er machte eine Pause. Sollte er es wirklich aussprechen, obwohl es für ihn selbst kein gültiges Argument war? Andererseits passte es ihm nicht, dass Carl so oft mit seiner Schwester ausging. Schließlich gab er sich einen Ruck. »Außerdem sind viele der Mitarbeiter … Juden. Willst du wirklich damit in Verbindung gebracht werden?«

Carl winkte ab. »Das ist mir egal. Wenn wir erst an der Macht sind, wird ein solcher Dreck natürlich nicht mehr verfilmt. Aber solange diese stümperhafte Regierung die Zügel in der Hand hält, muss man die Gunst der Stunde nutzen und bei so einer Premiere gesehen werden. Hugenberg hat es mir so erklärt: Nach dem Reinfall mit *Thersilion* brauchte die UFA einen kommerziellen Erfolg. Und um ein prestigeträchtiges Meisterwerk zu schaffen, benötigt man die erste Garde, egal, ob jüdisch oder nicht. Nur deshalb hat er trotz seiner politischen Bedenken grünes Licht gegeben.«

»Zeugt das nicht von einer schrecklichen Doppelmoral?«, fragte Paul.

»Mein Gott, Paul. Jetzt sei doch nicht päpstlicher als der Papst. Allein die nackten Oberschenkel von dieser Marlene Dietrich werden den Film zu einer Sensation machen. Und das ist alles, was zählt.«

»Und warum musstest du meiner Schwester ausgerechnet zwei Stunden vor der Premiere von dem Verlust ihrer ersten Singrolle erzählen?«, wechselte Paul das Thema.

Genussvoll schwenkte Carl den Cognac in seinem bauchigen Glas. »Das war ein strategischer Schachzug von mir.«

»Bedeutet das, du weißt schon länger davon?«

Carl machte ein pfiffiges Gesicht. »Vielleicht.«

»Und du lässt sie trotzdem weiter für ihre Rolle lernen?« Es fiel Paul schwer, sich seinen Ärger über Carls rüden Umgang mit seiner Schwester nicht anmerken zu lassen. Aber er wollte nicht schon wieder schlechte Stimmung heraufbeschwören, weshalb er seine Worte mit Bedacht wählte: »Das ist nicht gerade nett!«

Carl zuckte mit den Achseln. »Wenn ich es ihr früher gesagt hätte, ohne einen Anlass zum Feiern, wäre sie wochenlang wütend und verzweifelt gewesen. Stattdessen wird sie morgen nach einer schillernden Nacht alles vergessen haben und sich auf eine neue Rolle freuen. Ich liebe es, Luise bei der Ehre zu packen. Es ist die einzige Art, mit ihr umzugehen, denn sie ist und bleibt ein Zirkuspferd. Außerdem wird sie mir heute Abend alle Ehre machen. Jeder wird mich um meine schöne, strahlende Ehefrau beneiden, glaubst du nicht?«

# 18. Kapitel

*Juli 1930*

Elisabeth hatte sich bei Luise eingehakt. Seite an Seite schlenderten sie über die belebte Strandpromenade in Heiligendamm. Vor dem Grand Hotel, in der blumengeschmückten Auffahrt, kamen gerade neue Gäste an. Der livrierte Diener öffnete dienstbeflissen die Tür des glänzend schwarzen Automobils. Doch bevor die Gäste im eleganten Inneren des Hotels verschwanden, machten sie noch einen Erinnerungsschnappschuss vor ihrem Wagen, der offensichtlich eine Neuanschaffung war. Trotz der allgemeinen Wirtschaftskrise schien es einigen Bürgern noch recht gut zu gehen: Um sie herum flanierten verliebte Paare, gesittete ältere Herrschaften mit Sonnenschirm und quirlige Kinder mit überfordert wirkenden Gouvernanten im Schlepptau. Obwohl ihre Schwester eine breitkrempige Sonnenkappe tief ins Gesicht gezogen hatte, blickten ihr die Leute tuschelnd hinterher: »Ist das nicht …!« Doch Luise kümmerte sich nicht darum. Gemeinsam genossen sie die warmen Sonnenstrahlen, den wolkenlosen Himmel und dass sie Zeit miteinander verbringen konnten.

»Und? Bereust du, dass ich dich überredet habe, den heutigen Arbeitstag zu schwänzen?«, fragte Luise lächelnd.

»Kein bisschen!«, beteuerte Elisabeth. Tatsächlich bedeutete ihr dieser freie Tag ungeheuer viel. Seit der Fehlgeburt war es das erste Mal, dass sie den aufreibenden Alltag hinter sich ließ und einen kleinen Ausflug machte.

An der Seebrücke, auf der im böig auffrischenden Wind bunte Fahnen flatterten, legte gerade ein Ausflugsdampfer an. Die Menschen strömten eilig über den Landungssteg, um sich einen Strandkorb zu sichern. Aus der Entfernung erklang Tanzmusik. Die Kapelle des Grand Hotels, die auf der Terrasse spielte, hatte ihre Kaffeepause beendet.

Luise seufzte. »Schau nur, wie unbeschwert die Leute heute baden. Wenn ich da an die grauenhaften Badekleider unserer Kindheit denke, werde ich ganz neidisch.«

»Ich auch«, erwiderte Elisabeth und ließ ihren Blick über das ausgelassene Treiben gleiten. Unten im Sand spielten einige junge Frauen und Männer laut kreischend Fangen. Die Bademode hatte einen gehörigen Sprung gemacht: Die Frauen trugen dunkle Einteiler aus Baumwolltrikot, die wie eine kurze Hose das Gesäß und den Beinansatz kaschierten. Mehr nicht. Die Männer waren mit ähnlichen Badeanzügen bekleidet oder hatten nur eine Hose an und ließen den Oberkörper frei. Ihre Mutter hätte einen Herzanfall bekommen, wenn sie Elisabeth und ihre Geschwister derart unmoralisch gekleidet am Strand überrascht hätte. Zu ihren Zeiten hatten Männer und Frauen noch streng voneinander getrennt in sogenannten Badehäusern gebadet.

»Komm«, sagte ihre Schwester plötzlich. »Ich möchte auch ein wenig im Wasser waten.« Kurz darauf hatten sie sich ihres Schuhwerks entledigt und standen im kühlen Nass, während die Wellen im ewig gleichen Rhythmus sanft ihre Knöchel und Waden umspülten. Über ihnen kreisten einige weiß-grau gefiederte Möwen, die laut kreischend versuchten, das Rauschen des Meeres zu übertönen.

»Schau mal … ein Krebs«, sagte Luise und zeigte auf den grünen Tang, in dem sich das Krustentier verfangen hatte. Sie bückte sich, um es vorsichtig zu befreien und wieder ins Meerwasser zu entlassen. Dabei wurde der Saum ihres Kleides nass. »Oje«, meinte sie und schnitt eine Grimasse, während sie den Stoff auswrang. »Das war neu. Hoffentlich gibt es keine Salzflecken.«

»Wir sollten uns das nächste Mal auch besser in Badeanzüge kleiden«, meinte Elisabeth verschmitzt.

»Hat Julius denn nichts dagegen, wenn du deine schönen Beine so öffentlich zur Schau stellst?«, erkundigte sich Luise.

»Er ist immer noch in Amerika. Da kann er es mir schlecht verbieten.« Trotz ihrer flapsigen Worte vermisste sie ihn schrecklich.

»Wann kommt er denn wieder?«

Elisabeth zuckte mit den Schultern. »Das kann er mir nicht sagen. Er kämpft mit seinen Partnern um das Überleben der Firmen, an denen er beteiligt ist. Die Zustände in Amerika sind genauso schlimm wie hier, schreibt er. Die Arbeitslosenzahlen schnellen jeden Monat weiter in die Höhe.«

Luise, die wohl die Melancholie in ihrer Stimme wahrgenommen hatte, griff nach ihrer Hand. »Das wird schon wieder. Dem Palais scheint es doch auch wieder einigermaßen gut zu gehen.«

Elisabeth nickte, während sie gemeinsam durchs Wasser wateten und immer wieder badenden Kindern ausweichen mussten. »Ja, wir haben fast wieder so viele Angestellte und Gäste wie vor dem Schwarzen Freitag. Allerdings …« Sie stockte.

»Allerdings?«, hakte Luise interessiert nach.

»Allerdings verdanken wir einen Hauptteil unserer Einnahmen den Aufträgen, die Paul und Carl an Land ziehen«, antwortete sie zögerlich. »Hochzeiten, Taufen und Jubiläumsfeierlichkeiten von Parteianhängern und natürlich Wahlveranstaltungen.«

»Dir ist nicht wohl dabei?«

»Eigentlich nicht. Julius und mir ist diese Partei suspekt. Und selbst Minna scheint sie ein Dorn im Auge zu sein. Neulich mussten wir zum ersten Mal bei einer Veranstaltung improvisieren, weil sie wohl mit Vorsatz zu wenig Fleisch zubereitet hatte. Und das Gemüse war ebenfalls versalzen.«

»Das hat doch nichts zu bedeuten. Vielleicht hatte sie einfach einen schlechten Tag«, meinte Luise.

»Ich fürchte leider, dass es Absicht war. Schließlich ist Albert Kommunist. Da können ihr die Nationalsozialisten nicht gefallen.« Sie verschwieg, dass bei dieser Feier ausgerechnet Konrad rotzfrech im Hotel aufgetaucht war. Er war in seiner SA-Uniform sogar in die Küche gegangen, um sich nach ein paar früheren Arbeitskollegen zu erkundigen. Wahrscheinlich hatte Minna sein Verhalten derart aus der Verfassung gebracht, dass sie das Essen verhunzt hatte.

»Ich finde ja, dass ihr alle etwas übertreibt. Die Parteifreunde von Carl, die ich bislang kennengelernt habe, sind überaus nett, und er hat mir neulich selbst erklärt, dass sich die NSDAP besonders um die vielen Arbeitslosen kümmern will. Das sei ihr Programm. Immerhin nennen sie sich Nationalsozialistische *Arbeiter*partei.« Luise rückte die Sonnenkappe zurecht, die vom Wind zur Seite geblasen worden war.

Elisabeth schüttelte unwillig den Kopf. »Trotzdem musst du zugeben, dass dieser Verein schrecklich judenfeindlich ist. Julia hat mich angefleht, dass sie die Ferien bei Johanna, Samuel und Gabriel verbringen darf. Aber die Entscheidung ist mir nicht leichtgefallen. Wenn man liest, dass immer mehr jüdische Passanten in Berlin auf offener Straße angepöbelt werden, kann man schon Angst bekommen. Die NSDAP vergiftet mit ihren hässlichen Parolen das gesellschaftliche Klima und hetzt damit die Leute auf.« Waren ihre Worte zu kritisch? Sie wollte ihre Schwester nicht verletzen. Es gab so viele Themen, die sie besser nicht anschnitt. Wie erging es ihr zum Beispiel in ihrer Ehe mit Carl? War es ihr egal, dass Paul, wenn er in Berlin weilte, das Bett mit ihrem Ehemann teilte?

»Trotzdem hast du Julia nach Berlin fahren lassen, oder etwa nicht? So schlimm kann es also gar nicht sein«, beharrte ihre Schwester auf ihrem Standpunkt.

»Erst nachdem Julius schriftlich grünes Licht gegeben hat. Aber lass uns jetzt nicht über Politik streiten. Du bist so selten bei mir. Erzähl mir lieber von deiner Filmkarriere. Wann drehst du endlich wieder?«

Ihre Schwester biss sich auf die volle Unterlippe. »Ich weiß es leider nicht.«

»Wie? Bei deinem letzten Besuch konntest du dich doch vor Angeboten kaum retten.«

Luise, die mit einem Sprung ein paar angeschwemmten Miesmuscheln auswich, seufzte. »Mein Agent hat mir ganz plötzlich gekündigt. Jetzt will Carl sich um meine Karriere kümmern. Aber leider ist er momentan sehr beschäftigt. Er hat erst für nächste Woche einen Gesprächstermin mit Hugenberg. Hoffentlich tut sich dann etwas.«

Elisabeth nickte. »Ich drücke dir die Daumen.« Plötzlich ließ sie die Hand ihrer Schwester los und hob sie schützend über die Augen. Das Sonnenlicht blendete sie. Trotzdem sah sie, dass ihnen ein Mann entgegenkam. Ein hochgewachsener, dunkelblonder Mann im Anzug. Der bekannte Gang, dieselben langen Beine. »Julius!«, rief sie aufgeregt und rannte los, um die letzten trennenden Meter so schnell wie möglich zu überwinden. Es konnte ihr nicht rasch genug gehen. Um ein Haar wäre sie gestolpert.

Es war tatsächlich ihr geliebter Ehemann! Mit einem strahlenden Lächeln fing er sie auf und schloss sie fest in seine Arme. »Na? Überraschung geglückt?«, flüsterte er ihr ins Ohr.

Nachdem ihre Freudentränen getrocknet waren, klärte Julius sie auf: Luise war in seinen Plan eingeweiht gewesen und hatte sie absichtlich nach Heiligendamm gelockt. Er hatte ihre Schwester vor ein paar Tagen, unmittelbar nach seiner Ankunft in Hamburg, angerufen und sie gebeten, alles nach seinen Wünschen zu arrangieren.

»Aber wie… wieso bist du hier?«, fragte Elisabeth und klammerte sich so fest an seinen Arm, als wollte sie ihn niemals mehr loslassen.

Julius lachte. »Wieso ich hier bin? Gehöre ich etwa nicht an deine Seite? Ist dir meine Überraschung vielleicht gar nicht recht?«

Elisabeth knuffte ihn mit der freien Hand in die Rippen. »Untersteh dich, so einen Blödsinn zu reden. Ich bin außer mir vor Freude, dass du hier bist. Aber kannst du dir das wirklich leisten? Ich denke, es gibt in Amerika so viel zu tun?«

Sein Lächeln erstarb. »Das stimmt leider. Ich bin nur für einige Wochen in Bad Doberan, um bei meinem Bauvorhaben in dem neuen Viertel zwischen Buchenberg und dem Bahnhof nach dem Rechten zu sehen. Dann muss ich wieder nach New York. Aber solange ich hier bin, machen wir das Beste daraus.«

Seine Worte versetzten ihr einen Stich. Doch sie wollte jetzt nicht Trübsal blasen. Trotzdem konnte sie sich eine Bemerkung nicht verkneifen. »Julia wird traurig sein, dass sie dich gar nicht zu Gesicht bekommt. Sie ist immer noch bei Johanna in Berlin.«

Julius strich ihr eine Strähne aus dem Gesicht, die der Wind dorthin geweht hatte. »Liebling, ich komme gerade aus Berlin und habe Julia und Johannas Familie selbstverständlich zum Essen ausgeführt. Ich soll dich ganz herzlich von ihnen allen grüßen!«

Sie kniff die Augen zusammen. »Meine ganze Familie steckt mit dir unter einer Decke?«

Luise, die sich dezent in den Hintergrund verzogen hatte, grinste. »Na ja, fast. So, ihr Lieben, ich fahre zurück nach Bad Doberan und überlasse euch eurem Liebesglück.«

Elisabeth drehte sich mit einem schlechten Gewissen zu ihr um. »Aber das geht doch nicht. Du bist doch extra wegen mir gekommen!«

Sie schüttelte den Kopf. »Keine Sorge. Carl lässt mich mit dem Wagen abholen. Er hat heute und morgen eine Besprechung in Wismar.«

Erleichtert atmete Elisabeth auf. »Aber wir fahren doch selbstverständlich alle zusammen zurück nach Bad Doberan?«

Luise schüttelte den Kopf und zwinkerte Julius verschmitzt zu. »Ich glaube, nicht!«

Den zweiten Teil der Überraschung fand Elisabeth zunächst etwas befremdlich: Julius hatte für sie eine Suite im Grand Hotel gebucht! Ausgerechnet bei der Konkurrenz! Natürlich war die

Rivalität zwischen den beiden Häusern seit den Besitzer- und Direktorenwechseln nicht mehr so groß wie in früheren Tagen. Paul hatte in den letzten Jahren gemeinsam mit dem Grand Hotel ab und zu Kulturveranstaltungen organisiert. Aber eine gewisse Animosität empfand Elisabeth trotzdem, als sie kurz darauf die klassisch elegante Eingangshalle betrat. So viele Erinnerungen waren mit diesem Etablissement verknüpft. Besonders die an den Abend, an dem ihr Vater und sie Julius vom vergleichsweise besseren Service im Palais überzeugen wollten. Sie hatte schummeln müssen, um dem Personal im Grand Hotel eine Fehlleistung zu unterstellen. Beim Gedanken an diese List wurde sie heute noch rot.

»Warum müssen wir denn ausgerechnet hier absteigen?«, murmelte Elisabeth, als Julius sie – mit einem freundlichen Nicken Richtung Empfangschef – zur Treppe geleitete. Natürlich hatte er auch die Anmeldeformalitäten bereits erledigt.

Er lächelte. »Damit ich dich ganz für mich allein habe und du nicht ständig das Gefühl hast, in dein Büro gehen zu müssen, um nach dem Rechten zu sehen.«

Das war ein Argument. Mit klopfendem Herzen folgte sie ihm zu einer Suite im dritten Stock. Julius zog den Schlüssel aus seiner Hosentasche und schloss auf. Als er ihr die Tür aufhielt, blieb sie zunächst unentschlossen auf dem Gang stehen.

»Komm schon«, meinte Julius mit einem amüsierten Seufzen. »Der Ausblick wird dir gefallen.« Der Satz erinnerte sie an ihre erste Begegnung vor so vielen Jahren. Damals hatte Julius behauptet, wegen des Meerblicks zöge er das Grand Hotel dem Palais Heiligendamm vor. Sie selbst hatte gekontert, die Gäste fühlten sich aber im Palais viel wohler. Dabei hatte sie zu jener Zeit noch nie einen Fuß in das Konkurrenzhotel gesetzt gehabt. Kurz darauf hatte sich das geändert. Doch bis heute hatte sie niemals eine der Suiten des Grand Hotels von innen gesehen. Jetzt schlug also die Stunde der Wahrheit.

Mit zögernden Schritten betrat sie die vornehme Zimmerflucht. Alles war in einem hübschen Taubenblau und Beige eingerichtet. Doch die Möbel wurden schnell zur Nebensache, denn der geräumige Salon verfügte über große weiße Sprossenfenster, durch die man das Meer sehen konnte: Es schien zum Greifen nah. Ein einmaliger Anblick! Am Ufer glitzerte das klare Wasser in hellem Türkis, doch am Horizont, wo sich die bauschigen weißen Abendwolken und das Meer zu berühren schienen, war es von einer kräftigen dunkelblauen Farbe.

»Und? Was sagt du?«, fragte Julius und umarmte sie von hinten.

»Es ist … atemberaubend«, hauchte sie, obwohl es ihr in diesem Moment so vorkam, als würde sie ihre Familie verraten.

»Aber das Palais hat den besseren Service«, flüsterte Julius und knabberte an ihrem Ohrläppchen. »Und eine zehnmal kompetentere Generaldirektorin.«

»Natürlich«, antwortete sie ernst und konnte sich trotzdem nicht von dem Anblick losreißen.

»Sollen wir uns einmal das Schlafzimmer ansehen?« Seine Lippen wanderten, sanft küssend, zu ihrem Hals.

»Ja«, wisperte sie und fühlte, wie sie am ganzen Körper Gänsehaut bekam. Tief in ihrem Inneren brachte Julius' samtigdunkle Stimme einen Schwarm Schmetterlinge zum Tanzen. »Unbedingt.«

Den nächsten Tag verbrachten sie im Bett. Hinter ihrem Rücken hatte Julius ganze Arbeit geleistet und für sie den größten Teil der Woche freigenommen. Es war herrlich, endlich einmal ungestört zu sein und die Zeit miteinander zu vertrödeln. Sogar die Mahlzeiten ließen sie sich aufs Zimmer servieren. Sie sprachen über Julias gute Schulnoten, Luises ungewöhnliche Ehe, ein Arrangement, das trotzdem irgendwie zu funktionieren schien, und schließlich darüber, dass sie inzwischen einen großen Teil ihres Geschäfts mit Nationalsozialisten machten.

»Geht es denn gar nicht anders?«, fragte Julius irgendwann unglücklich.

Sie zuckte mit den Schultern. »Es ist wie eine Mäuseinvasion.

Zuerst sind es nur einige wenige, und dann ist auf einmal das ganze Haus voll. Ich kann ja auch nicht einfach einzelne Parteimitglieder oder SA-Männer rausschmeißen.«

»Trotzdem … vielleicht wäre ein harter Schnitt das Beste«, meinte Julius. »Selbst wenn wir dann im Winter noch einmal für ein paar Monate schließen müssten.«

Elisabeth schüttelte den Kopf. »Aber es geht ja nicht nur um uns. Auch unsere Angestellten sind abhängig davon, dass der Betrieb weiterläuft.« Sie erzählte ihm von dem Schicksal von Frau Bruhn, der tüchtigen Hausdame.

Julius seufzte. »Da hast du natürlich recht. Und momentan verfüge ich leider nicht über die notwendigen Mittel, um das Palais auch mit wenigen Gästen offen zu halten. Hoffentlich ändert sich das bald wieder.«

Am darauffolgenden Morgen standen sie auf und zogen sich an, um sich bei einem kleinen Spaziergang durch den Buchenwald oberhalb der Steilklippen die Füße zu vertreten. Immer wieder blieben sie stehen, um das Meerespanorama zu genießen. Die salzig-frische Brise tat ihnen gut und ließ auch die warmen Temperaturen angenehm erscheinen. Nach ihrer Rückkehr setzten sie sich auf die gut besuchte Terrasse des Grand Hotels, um eine Tasse Kaffee zu trinken. Als Julius die aufgeschlagene Zeitung ihres Tischnachbarn mit der Schlagzeile »Neuwahlen!« erblickte, ließ er sich vom Kellner ebenfalls eine Ausgabe bringen.

»Was hast du?«, fragte Elisabeth alarmiert.

Er hob eine Hand, um sie um Geduld zu bitten, und überflog sichtlich erregt den Leitartikel. Dann seufzte er. »Jetzt wird es mit unserer Demokratie bald endgültig zu Ende gehen.«

»Aber wieso denn?«

»Hindenburg hat vor Kurzem zum ersten Mal einen vom Parlament abgelehnten Gesetzesentwurf des Präsidialkabinetts in eine diktatorische Notverordnung umgewandelt und …«

»Ich verstehe nicht. Was bedeutet das … *Präsidialkabinett?*«, erkundigte sich Elisabeth.

»Schatz, seit den letzten Wahlen gibt es keine regierungsfähige Mehrheit im Reichstag mehr, und deshalb hat der Reichspräsident kurzerhand selbst einen Reichskanzler eingesetzt.«

»Aber dann hat doch die Stimme des Wählers gar kein Gewicht mehr!«, entrüstete sich Elisabeth.

»Da hast du vollkommen recht. Er hat das Parlament mit diesem Schachzug ausgehebelt. Doch es kommt noch schlimmer …« Julius stockte.

»Ja?«

»Nachdem die Parlamentarier gegen das Diktat seiner Notverordnung gemeutert haben, hat Hindenburg gestern den Reichstag aufgelöst und Neuwahlen angesetzt. Dadurch werden die extremen Parteien nur noch weiter erstarken … Es ist zum Haareraufen!«

Elisabeth legte ihre Hand auf seine. »Bitte reg dich nicht auf. Davon wird doch auch nichts besser.«

»Du hast recht, aber … allmählich macht mir die Richtung, in die unser Land da trudelt, wirklich Angst.«

Plötzlich lief ihr ein eiskalter Schauer über den Rücken. Julius' Worte erinnerten sie an die Warnung, die er einst kurz vor dem Krieg ausgesprochen hatte. Damals, 1914, war es ebenfalls Sommer gewesen. Der letzte unbeschwerte Sommer für eine schier endlos lange Zeit. Hoffentlich irrte er sich diesmal. Ein zweites Mal würde sie solche Jahre nicht durchstehen.

»Minna? Ich darf Sie doch Minna nennen, oder?«, fragte Carl von Herrhausen. In seinem geschniegelten Anzug und den auf Hochglanz polierten Schuhen wirkte er merkwürdig fehl am Platz in ihrer geschäftigen Küche.

»Natürlich.« Sie wischte sich die mehligen Hände an der Schürze ab, um seine ausgestreckte Hand zu ergreifen. Was zum Teufel hatte der Ehemann von Fräulein Luise hier zu suchen?

»Gibt es einen ruhigen Ort, wo wir uns unterhalten können?«

Er lächelte schief, wobei seine Lippen an den weißen Zähnen festzukleben schienen.

»Ähm … eigentlich bin ich mitten in den Vorbereitungen für das Abendessen«, erwiderte Minna.

»Es dauert auch nicht lange.«

Sie unterdrückte ein Seufzen. »Na gut. Wir können im Personalraum sprechen. Bitte folgen Sie mir.«

Nachdem er die Tür hinter sich zugezogen hatte, lehnte er sich lässig dagegen. »Minna, ich schätze Sie sehr als Köchin«, begann er. »Die meisten Ihrer Speisen munden mir auch ganz vorzüglich.«

Nur die *meisten* Speisen, dachte sie irritiert. Gerade erst war sie im *Ostsee-Boten* wieder als erste Adresse für die feine Küche gelobt worden. Doch sie wartete ab, was Herr von Herrhausen ihr sonst noch mitzuteilen hatte.

»Doch etwas gefällt mir – und vielen anderen Gästen – ganz und gar nicht.« Er machte ein bekümmertes Gesicht. »Warum müssen Sie andauernd ausländischen Schnickschnack zubereiten, wenn wir Deutschen doch ebenfalls auf eine lange Tradition in der Kochkunst zurückblicken können? Warum muss es da ständig irgendwelche Soufflés, Coq au Vin oder anderes französisches Gelump geben?«

Minna starrte ihn wie vom Donner gerührt an. Niemand hatte öfter ein Soufflé zum Nachtisch bestellt … als Herr von Herrhausen. Was sollte diese Rüge? War er von allen guten Geistern verlassen?

»Es muss selbstverständlich nicht immer Eisbein auf Sauerkraut sein. Aber es gibt doch auch eine feine Mecklenburgische Küche, nicht wahr?«

Minna räusperte sich. Eigentlich war sie selbst eine große Verfechterin der lokalen Küche. Dies aber als Abwechslung zur internationalen Küche und nicht, um Letztere aus politischen Gründen zu ersetzen. »Bislang hat sich meine Chefin, Frau Falkenhayn, weder über die Speisekarte noch über den Anteil an ausländischen Gerichten bei mir beschwert.«

Herr von Herrhausen lächelte weiter, doch sein Blick wurde eisig. »Nun, ich bin mir sicher, dass sich auch Ihre werte Chefin lieber nach dem Geschmack der Gäste richtet. Wenn demnächst Adolf Hitler im Palais absteigt, können wir ihm doch keinen internationalen Allerweltsfraß vorsetzen.«

Minna schluckte. Adolf Hitler kam nach Bad Doberan? Was würde ihr armer Albert nur dazu sagen? Seit der Reichstagswahl letzten Sonntag litt er ohnehin schon genug. Vorher hatte er sich extra Urlaub genommen, um die Kommunisten in Berlin bei ihrem Wahlkampf zu unterstützen, und dann hatte es die NSDAP am 14. September doch tatsächlich geschafft, zweitstärkste Kraft im Land zu werden. Weit vor der KPD, schrecklich.

»Minna? Was meinen Sie? Werden Sie meinen Ratschlag beherzigen? Oder muss ich meine Wünsche bei Ihrer vielbeschäftigten Chefin vorbringen?«, fragte Herr von Herrhausen, offenbar irritiert über die Gesprächspause.

Wie sollte sie jetzt reagieren? Es stimmte … die meisten Gäste waren inzwischen Parteimitglieder. Viele davon trugen eine SA-Uniform. Frau Falkenhayn schien dagegen machtlos zu sein. Und seit Herr Falkenhayn wieder in Amerika weilte, gab es leider keinen Mann mehr in der Führung des Hotels, der ihr den Rücken stärken konnte. Es war genauso wie vor einem halben Jahr, als Konrad plötzlich in die Küche spaziert war, um seine Zugehörigkeit zur SA und seine neugewonnene Macht zu demonstrieren. Damals hätte Minna ihm am liebsten das Frittierfett über den Kopf gegossen. Doch sie hatte nicht unnötig Aufmerksamkeit erregen wollen. Es grenzte sowieso schon an ein Wunder, dass Albert den ehemaligen Pagen immer noch nicht gefunden hatte.

»Minna! Ich habe Ihnen eine Frage gestellt.« Die Stimme ihres Gegenübers klang ungehalten.

Sie senkte den Kopf. »Gut. Ich werde mich an Ihre Anord… an Ihren Ratschlag halten. Sie brauchen Frau Falkenhayn nicht damit zu belästigen. Sie haben recht. Meine Chefin hat ohnehin schon genug zu tun.«

»Schön, dass wir diesbezüglich einer Meinung sind.« Er trat

auf sie zu und reichte ihr erneut die Hand. »Dann freue ich mich auf schmackhafte deutsche Gerichte.«

Als Herr von Herrhausen den Personalraum verlassen hatte, ließ Minna sich ermattet auf einem der Stühle nieder. Doch keine Minute später öffnete sich die Tür erneut, und Herr Schulze trat ein.

»Sind Sie in Ordnung, Frau Pohl … ähm … Frau Schuhmacher?«, fragte er atemlos.

»Ja, Herr Schulze. Mir geht's gut. Wieso fragen Sie?« Sie versuchte, sich nicht anmerken zu lassen, wie erschüttert sie über den Einfluss war, den Herr von Herrhausen im Hotel offenbar bereits hatte.

»Er … er hat mich gefragt, wo er Sie finden könne, und da habe ich ihn in die Küche geschickt. Aber plötzlich hatte ich Sorge, dass er Ihnen etwas Böses antun könnte. Er scheint mir ein sehr kalter, skrupelloser Mann zu sein«, stammelte der Empfangschef.

»Sie sprechen von Herrn von Herrhausen?«, erkundigte sich Minna gerührt. Herr Schulze hatte seinen Posten verlassen, um nach ihr zu sehen? Auf seine betuliche Art war er ein Held.

»Allerdings. Dieser Mann ist mir nicht ganz geheuer.«

Minna nickte bekräftigend. In seinem Beruf musste Herr Schulze über eine gute Menschenkenntnis verfügen. Da war es nicht verwunderlich, dass er den NSDAP-Mann richtig einschätzte. »Vielen Dank für Ihre Fürsorglichkeit.«

»Gern geschehen.« Herr Schulze blieb abwartend neben der Tür stehen. Hatte er noch etwas auf dem Herzen? Gedankt hatte sie ihm doch bereits.

»Warum haben Sie eigentlich nie geheiratet, Herr Schulze?«, fragte Minna aus einer spontanen Eingebung heraus. »Sie wären bestimmt ein ganz wunderbarer Ehemann.«

Täuschte sie sich, oder röteten sich seine Wangen tatsächlich? »Ach … ich weiß nicht … es hat sich einfach nicht ergeben.« Abrupt wandte er sich ab. »Ich muss dann wieder an die Arbeit. Alles Gute, Frau Schuhmacher.«

»Danke, Ihnen auch.«

Als er gegangen war, versank Minna trotz der vielen Arbeit, die auf sie wartete, wieder in ihren Grübeleien. Wo sollte das nur alles hinführen? Wollten die Nationalsozialisten tatsächlich eine Diktatur errichten, wie Albert sagte? Im Kleinen fühlte es sich fast so an. Nur noch deutsche Gerichte! Das war doch lächerlich! Selbst der Volksmund sagte schließlich: »Essen wie Gott in Frankreich!« Herr Brandmüller, der frühere Chefkoch, hätte sich im Grab umgedreht. Sie rieb sich die müden Augen. Aber wenn die politische Lage wirklich so ernst war, warum konnten sich dann die linken Parteien nicht zusammentun und gemeinsam gegen die Rechten vorgehen? Selbst den Wahlkampf hatten SPD und KPD getrennt geführt. Da hatte die NSDAP mit ihrem Herrn Hitler doch leichtes Spiel! Sie hatte es selbst in der Zeitung gelesen. In seinen Reden schob dieser Joseph Goebbels die Wirtschaftskrise dem »System von Weimar«, also der Demokratie, in die Schuhe. Dabei wusste doch jeder, dass das nicht stimmte und …

In diesem Moment wurde die Tür zum Personalraum erneut aufgerissen. Einer der Jungköche stand schwer atmend im Rahmen. »Frau Schuhmacher … es ist was passiert … Sie … Sie müssen sofort kommen!«

Der Arzt hatte Minna gewarnt: »Mit diesen Verbrennungen müsste Ihr Mann eigentlich ins Krankenhaus. Wenn er sich weigert, kann ich nicht garantieren, dass er sein Augenlicht behält.«

Doch Albert wollte nicht ins Krankenhaus. Mit aller ihm verbliebenen Kraft wehrte er sich so lange, bis Minna nachgab und ihn in seiner kleinen Kammer pflegte. Wofür sie von Frau Falkenhayn freigestellt wurde. Glücklicherweise war der Unfall in der Nebensaison passiert, sodass Herr Sollich, mit der strikten Anweisung, nur deutsche Speisen zu kredenzen, die Küche übernehmen konnte.

Eine Woche später, als Alberts Schmerzen nachließen und die Wunden weniger nässten, erfuhr Minna den Grund für seine Weigerung. Sie trug gerade neue Brandsalbe auf seinen Oberkörper auf, als er, wegen seiner Augenverbände blind, nach ihrer Hand tastete.

»Danke«, flüsterte er und zog sie näher zu sich.

»Wie geht es dir?« Es versetzte ihr einen Stich ins Herz, ihn so verletzlich in seinen Kissen liegen zu sehen.

Albert lächelte gequält. Seine verkohlten Augenbrauen wirkten über den weißen Bandagen umso schwärzer. »Bitte entschuldige, ich habe das alles nicht gewollt.«

»Was ist denn passiert? Wie konnte der kleine Schuppen hinter dem Gutshaus nur so schnell in Brand geraten?«

»Es war meine Schuld.«

Statt ihn mit Fragen zu löchern, wartete Minna auf weitere Erklärungen.

»Ich ... weiß, wer Konrad ist.« Seine Stimme klang erstickt.

Plötzlich lief ihr ein Schauer über den Rücken. »Wie bitte? Aber ich verstehe nicht ...«

»Du verstehst nicht, warum ich ihn nicht umgehend zum Kampf herausgefordert habe?«, fragte Albert. »So, wie das sicherlich jeder andere Mann getan hätte?«

»Nein, das meine ich nicht. Ich verstehe nur nicht, warum du es mir verheimlicht hast.«

»Weil ich ein Feigling bin«, wisperte Albert. Seine Worte waren kaum zu verstehen.

»Das bist du ganz sicher nicht«, sagte Minna entschieden. »Denk nur daran, wie wir uns kennengelernt haben. Du hast mich damals vor der SA gerettet.«

»Indem ich gemeinsam mit dir vor dem Kampf weggelaufen bin«, erwiderte er sarkastisch.

Sie schüttelte den Kopf, obwohl er es gar nicht sehen konnte. »Ohne dich hätte der SA-Mann mir sonst was angetan.«

»Ich habe Konrad nicht zur Rede gestellt ... weil ich Angst hatte«, flüsterte Albert, ohne auf ihre Worte einzugehen. »Er hätte sofort seine Kumpane zu Hilfe geholt, und zusammen hätten sie mich zu Brei geschlagen.«

»Es war richtig, dass du ihn nicht herausgefordert hast«, sagte Minna mit Nachdruck. »Ich brauche dich und …«

»Deshalb wollte ich eine Bombe basteln«, unterbrach Albert sie. »Ich habe vom Hof der Chemischen Werke in Bad Doberan einen Sack Düngemittel gestohlen. Der Dünger wird dort aus Tabakresten hergestellt und enthält reines Ammoniumnitrat.«

»Du wolltest … bitte was?«, hakte Minna nach. Machte er Witze?

»Ich wollte den Sprengsatz durch das Fenster des SA-Büros werfen und die ganze widerliche Bande auf einmal auslöschen. Doch dann ist mir das Ammoniumnitrat selbst um die Ohren geflogen.«

Minna starrte ihn sprachlos an. Er hatte sich selbst verstümmelt, als er eine Bombe gebaut hatte?

»Warum sagst du nichts?«, fragte er. »Willst du jetzt nichts mehr von mir wissen?«

Sie drückte seine Hand. »Ich liebe dich. Egal, was passiert.« Das war nicht gelogen. Doch tief in ihrem Inneren gab es noch eine andere Wahrheit. Einen Gedanken, den sie besser nicht offen aussprach. Vielleicht war es auch eine Fügung Gottes, dass er verletzt worden war. Trotz ihres Mitleids und der Hoffnung, dass er eines Tages wieder sehen würde, fühlte sie auch eine unglaubliche Erleichterung, dass er zumindest für die nächsten Wochen ans Bett gefesselt war und keine Dummheiten anstellen konnte.

Zum ersten Mal seit langer Zeit juckte Pauls Armstumpf. Das musste seiner Nervosität geschuldet sein. Mit weichen Knien stand er inmitten eines Pulks bulliger SA-Männer, die zur Tarnung alle einen Smoking trugen. Gleich sollte er an einer Aktion der NSDAP teilnehmen, die sich ausgerechnet gegen sein großes Idol Thomas Mann richtete. Im ausverkauften Beethovensaal der Berliner Philharmonie sollte der Schriftsteller heute eine Rede halten, einen sogenannten *Appell an die Vernunft*. Angeführt wurde ihre Truppe von Carls Freund Arnolt Bronnen, der mit einem kontroversen Theaterstück bekannt geworden war, sich Gerüchten zufolge eine Geliebte mit Joseph Goebbels teilte und auch selbst ein Hühnchen mit dem Nobelpreisträger zu rupfen hatte: Thomas Mann hatte Bronnen als »talentlos« und seine Haltung als »menschenfeindlich« bezeichnet. Das hatte Bronnen in Rage versetzt und ihn zum willigen Gehilfen von Joseph Goebbels und Carl gemacht, denen die NSDAP-feindliche Rhetorik der Familie Mann sauer aufstieß. Carl war es auch gewesen, der Paul gebeten hatte, sich dem Trupp anzuschließen. Obwohl er ganz genau wusste, was er ihm damit antat. Es sei eine Art Vertrauensbeweis, hatte sein Geliebter achselzuckend gemeint, als er protestiert hatte. Auf die Art könne Paul beweisen, dass er tatsächlich hinter der gemeinsamen Sache stehe.

In diesem Moment setzte Bronnen seine Sonnenbrille auf. Es war das Zeichen, sich in Bewegung zu setzen. Jeweils zu zweit näherten sie sich dem Eingang und zeigten ihre gültigen Billetts vor. Paul betrat an der Seite eines ihm unbekannten SA-Mannes das Gebäude. Obwohl sein Herz wie wild klopfte, klappte der Einlass ohne Probleme. Sie nahmen ihre Sitzplätze ein und warteten auf den Beginn der Rede. Erst später, wenn das Licht in dem von Säulen umgebenen Saal ausging, würden sie mit ihren störenden Parolen beginnen. Dabei wusste er nicht einmal, warum er sich überhaupt hatte breitschlagen lassen, bei dieser hässlichen Sache mitzumachen. Unwillkürlich musste er an die von Mann verfasste Novelle *Tod in Venedig* denken, die Robert ihm einst unters Kopfkissen gelegt hatte. Wie eindringlich hatte der Autor zwischen den Zeilen seine Botschaft verkündet: Am Ende jedes Lebens steht nur der sichere Tod, verschwende also keinen einzigen Tag mit Ehrgeiz und Ruhm, sondern fülle die dir verbleibenden Stunden mit Liebe und Schönheit. Damals hatte Paul noch nicht zu seiner Homosexualität gestanden. Die Liebe zu Robert hatte ihn gleichzeitig beglückt und verwirrt. Und nun führte ihn ausgerechnet seine Beziehung mit Carl an diesen Ort, wo er sein Idol angreifen sollte.

Das vorwiegend republikanische und sozialdemokratische Publikum fing an zu klatschen, als es im Saal dunkel wurde und Thomas Mann schmal und aufrecht am Rednerpult erschien. Pauls Nerven waren zum Zerreißen gespannt, als der Schriftsteller die Papiere vor sich ordnete und seine Ansprache begann:

»Meine geehrten Zuhörer, – ich weiß nicht, ob ich auf Ihr Verständnis rechnen darf für den vielleicht phantastisch anmutenden Schritt, den ich unternahm, indem ich bitten ließ, mich heute abend anzuhören. Dieser Schritt könnte als Anmaßung und Narretei aufgefaßt werden, er könnte – ich mag es kaum aussprechen – dahin verstanden werden, als gäbe es hier jemanden, der nach der Rolle des praeceptor patriae griffe …«

Paul biss sich auf die Unterlippe. *Praeceptor patriae?* So weit reichten seine Lateinkenntnisse gerade noch … Thomas Mann wollte also nicht als ›Lehrer des Vaterlands‹ zu ihnen sprechen. Doch wer wäre geeigneter, diese Rolle zu übernehmen, als ein anerkannter und hochdekorierter Schriftsteller wie er?

Während Mann zu seinen politischen Gedanken überleitete, verhielten sich die eingeschleusten SA-Männer still. Pauls Gedanken schweiften ab. Warum gestand er sich die bittere Wahrheit nicht ein? Es waren nicht die Ziele der NSDAP, die ihn hierhergeführt hatten. Vielmehr war er wegen Carls Drängen gekommen und … wegen Rudolf Schwarze.

»Dennoch gibt es Stunden, Augenblicke des Gemeinschaftslebens …«, sagte Thomas Mann und machte eine Kunstpause.

Dieser Rudolf Schwarze, genannt Rudi, ein junger, athletischer SA-Mann, trieb sich momentan auffällig viel mit Carl herum. Und Paul hatte seinem Geliebten keinen Anlass geben wollen, ihm Rudi wegen seiner größeren Parteiverbundenheit vorzuziehen. Nur deshalb hatte er sich dieser Aktion angeschlossen. Weil er Angst hatte, Carl an einen anderen zu verlieren. Was für ein Armutszeugnis!

»… wo der Künstler von innen her nicht weiter kann, weil

unmittelbarere Notgedanken des Lebens den Kunstgedanken zurückdrängen, krisenhafte Bedrängnis der Allgemeinheit auch ihn auf eine Weise erschüttert, daß die spielend leidenschaftliche Vertiefung ins Ewig-Menschliche, die man Kunst nennt, wirklich das zeitliche Gepräge des Luxuriösen und Müßigen gewinnt und zur seelischen Unmöglichkeit wird«, setzte Thomas Mann seine Rede fort.

Plötzlich hatte Paul das Gefühl, auf einer Brücke zu stehen. Einer schwankenden, schlecht befestigten Brücke, die über einen grausam tiefen Abgrund führte. Auf der anderen Seite stand Carl und brüllte, er solle endlich vorwärtsgehen. Doch der Wind trug seine Worte fort, und stattdessen hörte Paul nun hinter sich die Stimme seiner Mutter. »Tu's nicht, Paul«, sagte sie eindringlich. Unwillkürlich lief ihm ein Schauer über den Rücken, und er versuchte, sich wieder auf die Gegenwart zu konzentrieren.

»… denn wie soll er freimütig und menschlich vertrauensvoll wirken in einem zerrissenen und zerspaltenen Volk, dem der Haß, das kranke Erzeugnis der Not, jede Unbefangenheit des Blickes raubt?« Thomas Mann holte hörbar Luft. »Ist der Fanatismus, die Glieder werfende Unbesonnenheit, die orgiastische Verleugnung von Vernunft, Menschenwürde, geistiger Haltung in irgendeiner tieferen Seelenschicht des Deutschtums wirklich zu Hause? Dürfen die Verkünder des radikalen Nationalismus sich allzuviel einbilden auf den Stimmungszulauf, den sie gefunden, und ist der Nationalsozialismus parteimäßig gesehen nicht vielleicht ein Koloß auf tönernen Füßen …«

»Buhhh!«, schrie Arnolt Bronnen. Die SA-Männer fielen lautstark ein.

Der Nobelpreisträger ließ sich nicht irritieren: »… der an Dauerhaftigkeit nicht zu vergleichen ist mit der sozialdemokratischen Massenorganisation?«

Der störende Tumult wurde lauter. Sein Begleiter von der SA stand auf und schüttelte drohend die Faust. Paul selbst blieb stumm und wie festgefroren auf seinem Platz sitzen.

Thomas Mann trat näher an das Mikrofon: »Ist das Wunschbild einer primitiven, blutreinen, herzens- und verstandesschlichten, Hacken zusammenschlagenden, blauäugig gehorsamen und strammen Biederkeit, diese vollkommene nationale Simplizität, auch nach zehntausend Ausweisungen und Reinigungsexekutionen zu verwirklichen in einem alten, reifen, vielerfahrenen und hochbedürftigen Kulturvolk?«

Die Stimme des Schriftstellers übertönte sowohl den Beifall des Publikums als auch das Gejohle der SA-Truppe. Politisch hätte Thomas Mann sich nicht klarer positionieren können. Jedes seiner Worte ging Paul durch Mark und Bein. Plötzlich spürte er, wie ihm Tränen über die Wangen rannen. Tief in seinem Inneren wusste er, dass es falsch war, sich den Nationalsozialisten anzuschließen. Er durchschaute Carl und kannte seinen rücksichtslosen Ehrgeiz. Dennoch hatte er keine Wahl. Er konnte nicht zurück zu Helene gehen und wieder den braven Familienvater spielen. Genauso wenig konnte er zurück zu der Zeit, wo er die Liebe in seinem Bad Doberaner Umfeld gesucht hatte. Die Geschichte mit Emil hatte ihn fast ins Zuchthaus gebracht. Außerdem liebte er Carl, trotz seiner Fehler. Auf einmal sah er, wie einige Polizeibeamte sich den Weg durch die Menge bahnten. Wenn er jetzt nicht reagierte, würde Carl von seiner Weigerung erfahren, sich an den Störmaßnahmen zu beteiligen.

»Buhhh!«, hörte er sich selbst rufen. »Buhhh!« Die Dunkelheit des Saales schluckte die Spuren seiner Tränen.

Letztlich hatten sie es nicht geschafft, Thomas Manns Ansprache zu unterbrechen. Wie ein Fels in der Brandung hatte der Schriftsteller am Rednerpult ausgeharrt, und sogar das Gerangel mit der Polizei hatte ihn nicht irritiert. Trotzdem würden die NSDAP-Anhänger die Aktion als Erfolg verbuchen: Paul, Arnolt Bronnen und fünf der SA-Männer waren kurzfristig wegen Ruhestörung festgenommen worden. Bestimmt würden die Zeitungen morgen darüber berichten. Müde und abgekämpft traf Paul kurz vor Mitternacht in Carls Wohnung ein. Sein Geliebter empfing ihn mit einem sorgenvollen Gesichtsausdruck, und er wusste sofort, dass etwas passiert sein musste.

»Was?«, fragte er und fühlte, wie sich sein Puls beschleunigte.

»Deine Mutter«, antwortete Carl bekümmert. »Sie und Herr von Schaper hatten einen Unfall. Nach einem Besuch in der Oper wollten die beiden noch in ein Restaurant ... doch beim Überqueren der Straße ...«

Paul griff sich an die Brust. Panik schoss durch seinen Körper. »Wo sind sie?«

»Liebling, du kannst nichts mehr für sie tun«, erwiderte Carl. »Luise hat vor zehn Minuten aus der Charité angerufen ... eure Mutter ist leider an den Folgen des Unfalls ...«

»Nein!« Paul ging unwillkürlich in die Knie. Schwer atmend stützte er den Kopf in beide Hände. Seine Mutter konnte nicht, *durfte* nicht tot sein. Sie waren zuletzt im Streit auseinandergegangen. Immer wieder hatte sie ihn angehalten, zu Helene zurückzukehren. So lange, bis er sich geweigert hatte, noch einmal mit ihr über seine Familie zu sprechen. Seit Monaten hatte er sie und Herrn von Schaper kaum gesehen. Das schlechte Gewissen hatte ihm übel zugesetzt. Wie oft war ihm der Gedanke gekommen, spontan zu ihrer Wohnung zu fahren und Frieden mit ihr zu schließen. Doch ein ums andere Mal hatte er den Besuch auf die lange Bank geschoben. Und jetzt war es zu spät: Seine geliebte Mutter war von ihm gegangen. Der Schmerz raubte ihm den Atem.

Im Hintergrund schrillte das Telefon. Doch weder Carl noch Paul rührten sich von der Stelle.

# 19. Kapitel

*Januar 1931*

Mit einem Glas Champagner bewaffnet, stand Paul in einer entlegenen Ecke des Salons und beobachtete das Treiben. Wohin er auch schaute, überall unterhielten sich Männer in braunen Uniformen. Carl gab einen Empfang anlässlich der Ernennung von Ernst Röhm zum Stabschef der inzwischen auf siebzigtausend Mitglieder angeschwollenen Sturmabteilung. Obwohl er nur die obersten SA-Offiziere eingeladen hatte, war die Wohnung proppenvoll. Der große, schnauzbärtige Röhm – leicht zu erkennen an seiner Gesichtsverletzung, die noch aus dem Krieg stammte – stand in der Salonmitte und sonnte sich in der Ehrfurcht seiner Untergebenen. Röhm war der einzige Duzfreund von Adolf Hitler, und jeder wollte sich gut mit ihm stellen.

Carl und Röhm kannten sich seit vielen Jahren von den bekannten Treffpunkten homosexueller Männer. Und so war es kein Wunder, dass Paul ebenfalls einige bekannte Gesichter aus dem Kleist-Kasino erspähte. Leider hatte Carl auch Rudi Schwarze eine Einladung zukommen lassen, obwohl dieser nur einen der unteren Ränge in der SA bekleidete.

Paul verspürte keine Lust, mit einem der Anwesenden ein Gespräch zu beginnen. Er litt immer noch sehr unter dem Tod seiner Mutter. Die letzten Monate waren wie ein schrecklicher Albtraum gewesen: die innere Leere, die er während des Trauergottesdienstes verspürt hatte. Die Beerdigung, an der Carl angeblich wegen einer Parteisache nicht hatte teilnehmen können und bei der Johanna kein Wort mit ihm gewechselt hatte. Als er am offenen Grab von einem Weinkrampf geschüttelt worden war, hatte sich lediglich Friedrich seiner angenommen. Helene und die Kinder, die seiner Mutter ebenfalls die letzte Ehre erwiesen hatten, waren zu sehr mit sich selbst beschäftigt gewesen. Ihre Gegenwart hatte ihm ein zusätzlich schlechtes Gewissen beschert, weil sie ihn daran erinnerte, dass der dringliche Wunsch seiner Mutter niemals in Erfüllung gehen würde: Egal, wie schuldig er sich fühlte, er konnte nicht zu seiner Ehefrau zurückkehren. Inzwischen schien auch Helene zu begreifen, dass sie ihre größte Fürsprecherin verloren hatte. Immer wieder rief sie jammernd bei ihm an und bat ihn unter fadenscheinigen Vorwänden, nach Gut Bellhagen zu kommen. Doch seine Abneigung, ihrem Wunsch Folge zu leisten, wurde mit jedem Telefonat größer.

Trotz seiner Trauer nahm Carl wenig Rücksicht auf ihn. Im Gegenteil. Einen Monat nach dem Tod seiner Mutter hatte er ihn erneut aufgefordert, sich an einer Aktion der NSDAP zu beteiligen. »Du musst stark sein. Die Partei braucht dich«, hatte er gemeint. Paul hatte nichts darauf erwidert, aber insgeheim hatte er sich gefragt, ob der Tod seiner Mutter, der so unmittelbar auf seine erste ›Aktion‹ gefolgt war, nicht doch eine Strafe Gottes sein konnte. Eine Strafe dafür, dass er sich Carls Druck nicht widersetzte. Dass er für ihn Dinge tat, die nicht mit seinen eigenen Werten in Einklang zu bringen waren. Doch auch diesmal hatte er sich seinem Ansinnen nicht entziehen können. Ihm hatte schlicht die Kraft dafür gefehlt.

Anfang Dezember war er deshalb mit Carls SA-Kumpanen zu einem Lichtspielhaus gefahren, in dem der pazifistische Film *Im Westen nichts Neues* gezeigt wurde. Während der Vorführung hatte Paul eine tiefe Verbundenheit mit den porträtierten Schülern empfunden, die von ihrem eigenen Lehrer dazu angestachelt wurden, für ›Kaiser, Vaterland und Ehre‹ in den Krieg zu ziehen. Seine eigenen Erfahrungen im Krieg unterschieden sich nur geringfügig von den erzählten Schicksalen. Bei einer hochdramatischen Szene hatten die SA-Männer plötzlich weiße Mäuse freigelassen, die sie in den Vorführsaal geschmuggelt hatten. Als die ersten erschreckten Schreie ertönten, hatten sie lachend das Lichtspielhaus verlassen. Paul wurde von seinen Schuldgefühlen und der Angst, sie nach außen dringen zu lassen, fast überwältigt. Er …

»Herr Kuhlmann?«, fragte Carls rundliche Haushälterin und knickste unmittelbar vor ihm.

»Frau Müller?«

»Ich kann Herrn von Herrhausen nirgendwo finden, und das Büro von Herrn Hugenberg hat gerade angeläutet.«

Paul nickte. »Ja, das könnte wichtig sein. Haben Sie sich eine Nummer notiert?«

»Ncin, die Herrschaften sind noch in der Leitung. Ich habe den Hörer neben das Telefon gelegt.«

»Das haben Sie richtig gemacht«, lobte Paul. »Ich werde sehen, worum es sich handelt.« Auf dem Weg zu Carls Büro dachte er darüber nach, wo sein Geliebter stecken mochte. Verabschiedete er gerade einen hochkarätigen Gast?

»Hallo? Residenz Carl von Herrhausen. Paul Kuhlmann am Apparat«, sagte er, als er den Hörer ergriff.

»Konstantin Wilhelm. Ich bin der Sekretär von Herrn Hugenberg. Ich wollte höflich nachhorchen, ob Ihre Frau die angebotene Hauptrolle annimmt oder ablehnt. Die Dreharbeiten fangen bereits in drei Monaten an, und der Regisseur drängt auf eine endgültige Besetzung. Sie müssen das verstehen. Seit Frau von Herrhausen bei *Die Drei von der Tankstelle* in der allerletzten Minute abgesprungen ist, möchte man sichergehen, dass dies nicht noch einmal passiert.«

Paul fühlte sich wie vor den Kopf geschlagen, und das nicht nur, weil Hugenbergs Sekretär ihn für Carl hielt. Luise lag ein neues Angebot der UFA vor? Davon wussten weder sie noch er. Seine Schwester blies schon seit Monaten Trübsal, weil es angeblich keine neuen Rollen für sie gab. Jede Woche vertröstete Carl sie mit neuen Versprechungen, dass er sich darum kümmern werde, und jetzt sagte er ihr nichts von dem neuen Angebot? Und was sollte das bedeuten, dass Luise bei *Die Drei von der Tankstelle* in der letzten Minute abgesprungen war? Carl hatte doch gesagt, man habe die Rolle mit Lilian Harvey umbesetzt, weil die besser gesungen hätte!

»Herr von Herrhausen?«, fragte der Sekretär. »Wann dürfen wir mit einer Zu- oder Absage rechnen?«

»Ich melde mich morgen«, erwiderte Paul, dem immer noch der Kopf schwirrte. Er würde ein ernstes Wort mit Carl reden müssen. Er schien tatsächlich hinter Luises Rücken Filmrollen abgesagt zu haben. Was fiel ihm ein, die Karriere seiner Schwester auf diese Weise zu sabotieren?

»Gut. Dann wünsche ich Ihnen noch einen schönen Abend«, meinte der Sekretär und legte auf.

Während Paul sich auf die Suche nach Carl machte, um ihn zur Rede zu stellen, dachte er über dessen Beweggründe nach. Entsprach eine erfolgreiche Filmschauspielerin nicht den Vorstellungen der NSDAP von einer braven Ehefrau? Sollte sie lieber am Herd stehen und Kinder bekommen? Aber eine solche Ehe führten die beiden nicht. Wie konnte Carl so etwas also ausgerechnet seiner Schwester antun, die ihm so großzügig aus der Patsche geholfen hatte? Warum hielt er sich nicht an die getroffene Abmachung: Karriere gegen Sicherheit?

Als Paul in den Salon zurückkehrte, konnte er Carl nirgendwo entdecken. Auch in der restlichen Wohnung fand er ihn nicht. Hatte sein Geliebter sich für eine kleine Verschnaufpause in Luises Gemächer zurückgezogen, die durch eine geheime Tür in seinem Ankleidezimmer betreten werden konnten? Seine Schwester würde ihn dort nicht stören. Sie weilte seit zwei Wochen in Bad Doberan. Plötzlich überkam Paul eine böse Vorahnung. Was würde er in diesem Teil der Wohnung entdecken?

Leise öffnete er die Geheimtür. Er schlüpfte aus den Schuhen, nahm sie vorsichtig in eine Hand und schlich auf Socken über den Korridor zum Schlafzimmer seiner Schwester, aus dem merkwürdige Geräusche drangen …

Die Tür war nur angelehnt, und als er unmittelbar davorstand, konnte er jedes Wort verstehen … auch die nur geflüsterten.

»Warum gibst du Paul nicht einfach den Laufpass?«, wisperte Rudi Schwarze. »Du hast doch jetzt mich.«

In der nachfolgenden Stille schlug Pauls Herz so laut, dass er befürchtete, Carl und sein SA-Bürschchen könnten es hören.

Schließlich ertönte die gelassen klingende Stimme seines Geliebten. »Mein Gott, das musst du doch verstehen. Ich bin mit seiner Schwester verheiratet. Wenn ich mich von Paul trenne, lässt sie sich garantiert von mir scheiden, und dann gerate ich erneut unter Verdacht.«

»Aber die Zeiten haben sich doch geändert. Die Polizei hält jetzt zur NSDAP. Das hast du selbst gesagt. Unter diesen Umständen riskierst du nichts, und ich habe dieses Versteckspiel so satt.«

»Davon verstehst du nichts, Rudi«, erwiderte Carl ungehalten. »Zieh dich an. Ich muss wieder auf das Fest. Wir sind schon viel zu lange verschwunden. Ich will nicht, dass Paul Verdacht schöpft.«

»Paul! Paul! Immer geht es nur um ihn«, maulte Rudi. Doch das leise Quietschen der Matratze deutete an, dass er und Carl aufstanden.

Paul musste sich auf die Lippe beißen, um nicht laut loszuschreien. Der Verrat seines Geliebten bohrte sich wie ein Eiszapfen in sein Herz. Trotzdem verzog er sich in Luises Badezimmer, um den Korridor freizugeben. Seine Gedanken rasten. Carl betrog nicht nur seine Schwester, sondern auch ihn. Doch schon während ihm diese erniedrigende Erkenntnis durch den Kopf ging, wusste er, dass er Carl nicht verlassen würde. Dafür liebte er ihn zu sehr.

Elisabeth steckte den Brief von Charlie zurück in den Umschlag und legte ihn zu den anderen in die Schreibtischschublade. Ihr alter Freund hielt sich tatsächlich an das auf der Hochzeitsfeier gegebene Versprechen, mit ihr in Kontakt zu bleiben, und berichtete ausführlich von seinen neuesten politischen Erfolgen. Offenbar war er in seiner Heimat zu einer Art Landrat gewählt worden. Charlie schrieb, die allgemeine Wirtschaftskrise habe England nicht so schlimm erwischt, er wolle sich aber trotzdem für die Verbesserung der Lebensverhältnisse der Arbeiterschaft einsetzen. Sicherlich eine hehre Aufgabe. Seine Frau und die Kinder erwähnte er allerdings mit keinem Wort.

Nachdenklich stand Elisabeth auf, zog die Gardine zur Seite und blickte aus dem Fenster. Es war Anfang Februar, und der Hotelpark lag im Winterschlaf. Die Rosensträucher waren mit schützenden Planen umwickelt, die Bäume und Blumenbeete kahl. Auch das Wasser des Springbrunnens war abgestellt worden. Irgendwie versinnbildlichte dieser karge, verletzliche Anblick die derzeitige wirtschaftliche Lage in Deutschland. Die Zahl der Arbeitslosen betrug inzwischen fast fünf Millionen, und wie von Julius vorausgesagt, bekam nur die Hälfte von ihnen Geld aus der Arbeitslosenversicherung. Der Rest war auf Mittel aus der Krisenunterstützung oder auf die Wohlfahrt angewiesen. Die seelischen Folgen waren verheerend. Eine allgemeine Katastrophenstimmung hatte sich ausgebreitet. Die Menschen hatten Angst und suchten Hilfe und Trost ausgerechnet bei den radikalen Parteien. Besonders die Führung der NSDAP hatte Oberwasser. Ohne dass die Partei auch nur einen Finger krummmachte, liefen ihr scharenweise neue Mitglieder zu.

Diese Entwicklung zeigte Wirkung. Im Großen wie im Kleinen. Nicht erst seit dem Tod ihrer Mutter ging ein tiefer Riss durch ihre Familie, die sich in mehr oder weniger aktive Befürworter und Gegner der Nationalsozialisten spaltete. Die Organisation des Weihnachtsfests hatte sie deshalb erneut vor Probleme gestellt. Besonders, weil Julius diesmal seine Arbeit in Amerika nicht hatte im Stich lassen können. Offenbar stand die Existenz einiger Unternehmen auf Messers Schneide. Auf Pauls Wunsch hatte Elisabeth trotzdem ein traditionelles Fest im Hotel vorbereitet. Mit dem zu erwartenden Ergebnis: Lediglich

Friedrich, Margot, Paul, Carl und Luise hatten zugesagt. Helene hatte sich geweigert, mit den Kindern zu kommen, wenn Carl an den Feierlichkeiten teilnahm. Und Johannas kleine Familie fuhr, wie im letzten Jahr, zu Samuels Eltern nach Paris. Neu war, dass die vierzehnjährige Julia aufbegehrte und Elisabeth mitgeteilt hatte, dass sie unter keinen Umständen ein weiteres Fest mit ihrem antisemitischen »Onkel Carl« feiern wolle. Lieber fahre sie mit Minna nach Gut Bellhagen und verbringe die Festtage dort. Genauso war es schließlich auch gekommen. Und obwohl Weihnachten auf diese Weise äußerlich recht harmonisch verlaufen war, hatte sie ihre Liebsten sehr vermisst. Paul und Carl waren allerdings die Garanten, dass das Palais in diesen schwierigen Zeiten florierte. Sie hatte deshalb keine andere Wahl gehabt.

Auch ihre Mutter fehlte Elisabeth sehr. Es war ein seltsames Gefühl, dass sie nicht mehr bei ihnen war. Obgleich sie sich des Öfteren gestritten hatten, war ihr ihre Meinung immer wichtig gewesen. Und sie ertappte sich mehrfach dabei, wie sie nach dem Telefonhörer griff, um ihrer Mutter etwas Wichtiges zu erzählen. Zum Beispiel, dass Julia, die ihr trotz der hellen Haare jeden Tag ähnlicher sah, weil sie das gleiche energische Kinn, dieselbe schmale Nase und dieselben großen blauen Augen hatte, sich so merkwürdig verschlossen verhielt, seit sie von Gut Bellhagen zurückgekehrt war. Auf sämtliche Fragen antwortete ihre anmutige Tochter, die ihr inzwischen eine gute Handbreit über den Kopf gewachsen war, abweisend und einsilbig. Selbst Minna konnte sich keinen Reim auf dieses Benehmen machen: Eigentlich habe Julia mit ihr, dem rekonvaleszierenden Albert, Helene Kuhlmann und den Kindern eine schöne Zeit gehabt.

Seufzend wandte Elisabeth sich vom Fenster ab. Genug gegrübelt. Jetzt musste sie wieder an die Arbeit. Paul hatte beim Frühstück angedeutet, dass er und Carl etwas mit ihr zu besprechen hätten.

»Lotte, ich gehe wieder nach unten«, rief sie dem Stubenmädchen zu und verließ die Wohnung.

Bereits auf der ausladenden Treppe, die ins Foyer führte, hörte sie empörtes Gemurmel. Was konnte es damit auf sich haben? Zurzeit waren doch kaum Gäste im Haus. Sie beschleunigte ihre Schritte. Als sie endlich freie Sicht auf den Eingangsbereich hatte, verschlug es ihr den Atem.

Carl und Paul hatten sämtliche Pagen, Herrn Schulze und die Restaurantangestellten in einer Reihe aufgestellt und schienen ihnen – dem betretenen Gesichtsausdruck der Angesprochenen nach zu schließen – eine Gardinenpredigt zu halten.

»Was ist denn hier los?«, zischte Elisabeth, als sie ihren Bruder und seinen Geliebten erreichte.

»Halt dich da raus, Schwester«, erwiderte Paul, sichtlich verärgert über die Unterbrechung.

»Solange ich dieses Hotel leite, halte ich mich aus gar nichts raus«, entgegnete Elisabeth mit scharfer Stimme. »Also? Was macht ihr hier?«

Carl kam, charmant lächelnd, einen Schritt auf sie zu. »Nichts Weltbewegendes. Wir überprüfen nur gerade die politischen Überzeugungen der Angestellten, damit wir nicht mit irgendwelchen Anschlägen rechnen müssen, wenn wir demnächst ...«

»Ihr macht ... was?« Waren die beiden verrückt geworden? Mitten im Foyer? Obwohl weiter hinten an den Tischen einige Gäste saßen und ihren Tee genossen?

»Jeder, der nicht für uns ist, ist gegen uns«, meinte er mit einem Achselzucken. »Und sollte deshalb aus diesem Etablissement entfernt werden.«

Elisabeth schwirrte der Kopf. »Ihr wollt langjährigen Mitarbeitern kündigen, weil ... weil sie nicht die NSDAP wählen?«

»Ganz genau.«

»Nur über meine Leiche!« Elisabeth stellte sich kampflustig vor ihre Angestellten.

Carl rollte mit den Augen, doch Paul packte sie am Arm. »Hör endlich auf, mich lächerlich zu machen, Elisabeth. Wir bringen dir den meisten Umsatz, deshalb können wir auch entscheiden, wer uns hier bedient!«

»In einem Punkt hat deine Schwester allerdings recht … wir sollten unsere Differenzen nicht unbedingt vor …« Carl nickte in Richtung der in Reih und Glied stehenden Mitarbeiter. »… der versammelten Mannschaft erörtern.«

Elisabeth kämpfte sich frei. »Guter Vorschlag. Lass uns diese Schnapsidee in meinem Büro besprechen.« Mit einem sorgenvollen Blick schaute sie auf Herrn Schulze, der ganz blass geworden war. »Und Sie gehen bitte alle wieder an die Arbeit.«

Wütend drückte sie die Bürotür auf und ließ sich hinter ihrem Schreibtisch nieder. »Ich höre.«

Nun lächelte Carl von Herrhausen nicht mehr. Stattdessen baute er sich drohend vor ihr auf. »Elisabeth, ich will und ich werde die Veranstaltungen meiner Partei in ein anderes Hotel verlegen, wenn du meinen Wünschen nicht Folge leistest.«

Es war ein Fehler gewesen, ihm während des Weihnachtsfests das »Du« anzubieten. Jetzt wurde mit harten Bandagen gekämpft. Wahrscheinlich konnte er sich an fünf Fingern abzählen, dass das Palais inzwischen auf die Geschäfte mit der NSDAP angewiesen war. »Gibt es nicht so etwas wie das Wahlgeheimnis?«, fragte sie kritisch. »Oder willst du dich strafbar machen?«

Die blassen Wangen von Carl von Herrhausen liefen rot an. »Ich mache mich nicht strafbar, wenn ich jemanden nach seiner politischen Überzeugung frage.«

»Da wäre ich mir nicht so sicher. Vielleicht fällt es auch unter den Tatbestand der Nötigung: Wähle die NSDAP, oder du wirst gefeuert.«

Paul hieb mit der Faust auf den Tisch. »Schluss jetzt, Elisabeth. Du hast gehört, was Carl gesagt hat. Entweder wir entfernen die unliebsamen Elemente, oder wir bringen unser Geschäft zur Konkurrenz. In diesen Zeiten freut sich jeder über zusätzliche Einnahmen.«

Da hatte ihr Bruder leider recht. Bei der derzeitigen Wirtschaftslage konnte es sogar das Ende des Palais bedeuten, wenn sie ihre Drohung wahr machten. Julius' finanzielle Situation erlaubte momentan keine Rettung in letzter Minute. Innerlich seufzte sie. Irgendwie musste sie sich mit den beiden arrangieren. Nachdenklich lehnte sie sich zurück. »Wenn ihr mir nur die NSDAP-Wähler unter den Angestellten übrig lasst, werde ich nicht genügend Personal haben.«

Carl von Herrhausen schien zu wittern, dass er gewonnen hatte. »Bei der heutigen Arbeitsmarktlage findest du doch sofort Ersatz.«

Sie schüttelte den Kopf. »Nicht von dieser Qualität. Und bis wir die Neuankömmlinge richtig geschult haben, vergehen Monate, wenn nicht sogar Jahre.«

In einer aufreizend langsamen Geste legte er seine Fingerspitzen aneinander. »Was schlägst du vor?«

Elisabeth schluckte. Es fiel ihr nicht leicht, diese Worte auszusprechen, denn ihr Angebot würde trotz allem einige Angestellte ihre Arbeit kosten. Aber sie hatte keine andere Wahl: »Ich kann ja verstehen, dass ihr bei euren Veranstaltungen keine erklärten politischen Gegner im Haus haben wollt. Deshalb würde ich vorschlagen, nur jene Mitarbeiter zu entlassen, die in der kommunistischen Partei aktiv sind.«

»Nur die Kommunisten?«, sagte Carl wie aus der Pistole geschossen. »Das ist mir zu wenig.«

Damit hatte sie nicht gerechnet. »Sondern?«

»Sämtliche Anhänger linker Parteien.«

»Auch die Sozialdemokraten?«, fragte sie ungläubig.

»Natürlich. Ganz besonders die Sozialdemokraten«, erwiderte Carl und streckte seine Hand über den Schreibtisch. »Einverstanden?«

Es war schrecklich. Julius würde die Hände über dem Kopf zusammenschlagen, wenn er davon erführe. Bestimmt würde sie diese Entscheidung noch bereuen. Doch ihr fiel beim besten Willen kein anderer Kompromiss ein. Sie räusperte sich: »Einverstanden.« Schweren Herzens schlug sie ein.

»Leben Sie wohl, liebe Minna«, verabschiedete sich Herr Schulze. Er wirkte klein und unbedeutend ohne seine Livree. Der Anblick rührte sie.

»Sie auch, Herr Schulze.« Plötzlich standen Tränen in ihren Augen. »Das Hotel wird ohne Sie nicht mehr dasselbe sein.«

»Meinen Sie?«, erwiderte er bescheiden. »Ich glaube eigentlich, dass jeder Mitarbeiter ersetzbar ist. Nur die Menschen im privaten Umfeld sind es nicht.«

Ihm war wegen seiner Mitgliedschaft in der Sozialdemokratischen Partei gekündigt worden. Dabei hatte Minna gar nicht gewusst, dass Herr Schulze politisch aktiv war. Er wirkte immer so unfehlbar, so streng. Und doch schien er die ganze Zeit über im Hintergrund gewirkt zu haben. Erst gestern hatte sie erfahren, dass er es gewesen war, der Frau Falkenhayn damals dazu überredet hatte, die Restaurantreste an die Suppenküche zu spenden. »Wo gehen Sie jetzt hin?«, fragte sie betreten.

Er zuckte mit den Schultern. »Ich weiß es nicht. Vielleicht schaue ich mal bei einem ehemaligen Klassenkameraden vorbei. Eduard besitzt eine kleine Schreinerei in Rostock. Möglicherweise gibt es ja dort Arbeit für mich. Späne zusammenfegen oder so. Es eilt noch nicht. Frau Falkenhayn hat sich äußerst großzügig gezeigt und mir den Lohn für drei weitere Monate ausgezahlt.«

Seine Worte gingen ihr zu Herzen. Was waren schon drei Monatsgehälter nach so vielen Jahren treuer Dienste? Herr Schulze war dem Palais nach einigen anfänglichen Schwierigkeiten ein ausgezeichneter Empfangschef gewesen. Es war eine Schande, dass sein Können und seine Hingabe dermaßen mit Füßen getreten wurden. Doch sie hatte gehört, dass auch andere Hotels Mitarbeiter entließen und selbst für Fachkräfte nirgendwo Stellen zu haben waren. Minna wischte sich eine Träne von der Wange.

Herr Schulze lächelte. »Sie werden mir fehlen, Minna.«

»Bitte schreiben Sie mir.« Die Worte waren ihr ganz ungewollt aus dem Mund gefallen. Eigentlich schickte es sich nicht für eine verheiratete Frau, Briefe anderer Männer zu empfangen. Aber sie wollte unbedingt wissen, wie es ihm ergehen würde. Sie wusste selbst nicht, warum. »Ich meine …«, stotterte sie errötend. »… hier im Hotel wollen doch bestimmt alle wissen, was aus Ihnen geworden ist.«

»Gern«, sagte er schlicht und reichte ihr die Hand. »Es war mir eine Ehre, mit Ihnen zusammenzuarbeiten. Passen Sie gut auf sich auf.«

»Sie auch«, sagte sie mit erstickter Stimme und schüttelte seine Hand.

Er nickte, nahm seinen Koffer und strebte dem Personalausgang zu. Minna blickte ihm hinterher. Doch Herr Schulze drehte sich nicht mehr um. Wahrscheinlich fiel auch ihm der Abschied alles andere als leicht. Da sein Nachfolger, ein gewisser Herr Jung, erst gestern eingetroffen war, verließ er das Hotel als einer der Letzten nach der ›Säuberungsaktion‹ des Herrn von Herrhausen. Vor ihm waren schon einige andere langjährige Kollegen gegangen. Am schlimmsten hatte es Frau Bruhn getroffen, deren Ehemann ebenfalls Sozialdemokrat war. Die Eheleute waren beide vor die Tür gesetzt worden, obwohl Frau Falkenhayn in ihrem Fall versucht hatte zu intervenieren. Jetzt arbeitete die ehemalige Hausdame stundenweise als Putzkraft in verschiedenen Privathäusern. Ihr Mann hatte keine neue Stelle gefunden. Es ging ihnen wie vielen anderen: Sie hatten zum Sterben zu viel, zum Leben zu wenig.

Sie selbst war nur ganz knapp einer Kündigung entgangen. Als Herr von Herrhausen herausgefunden hatte, dass Albert Kommunist war, hatte er sie umgehend zu sich rufen lassen. Ihre Hände waren vor Panik ganz feucht geworden.

»Liebe Minna«, hatte er gesagt. »Obgleich Sie in der Küche wahrlich Großes leisten, können wir für Sie natürlich keine Ausnahme machen. Deshalb würde ich Sie bitte, dass Sie bis zum Monatsende Ihre Sachen pa…«

In diesem Moment war Herr Kuhlmann zur Tür hereingestürmt. »Minna bleibt!«, hatte er atemlos gerufen. »Sie gehört zur Familie.«

»Aber wir können ihr keine Sonderbehandlung angedeihen lassen, wenn ihr Mann Kommunist ist.«

Herr Kuhlmann hatte energisch den Kopf geschüttelt. »Genauso gut könntest du Elisabeth kündigen. Minna bleibt, sonst erzähle ich Luise, dass du …« Er hatte den Satz nicht zu Ende gesprochen. Stattdessen hatten die beiden Herren einen vielsagenden Blick gewechselt. Danach hatte sich Herr von Herrhausen geschlagen gegeben. »Von mir aus.«

Seit der Kündigungswelle herrschte ein neuer Ton unter den Angestellten. Es gab weder lustige Plaudereien noch Beschwerden. Alle hatten Angst, dass einer der neu eingestellten NSDAP-Anhänger sie bei Herrn Kuhlmann oder Herrn von Herrhausen anschwärzen könnte. Deshalb arbeiteten die meisten Mitarbeiter schweigend und mit gesenktem Kopf. Das Tagwerk machte keinen Spaß mehr, wurde zu einer mühsamen Last. Die Neuen blieben im Personalraum unter sich und versuchten erst gar nicht, Freundschaften mit den Alten zu schließen. Es war keine schöne Atmosphäre. Man konnte es nicht leugnen: Die nationalsozialistische Bewegung breitete sich immer mehr aus. Selbst der Sohn des abgedankten Großherzogs war nach einem Besuch in Bad Doberan der Partei beigetreten.

Auch eine andere Sache ließ Minna keine Ruhe: Julias derzeitiges Verhalten. Das Mädchen war schon seit Monaten wortkarg und verschlossen. Ob es richtig gewesen war, Frau Falkenhayn nichts von dem Ereignis auf Gut Bellhagen zu berichten? Sie hatte es Julia versprochen, aber die war schließlich noch ein Kind und sich vielleicht gar nicht bewusst, wie sehr das Erlebte sie verfolgte.

Unwillkürlich musste sie an den zweiten Weihnachtstag denken. Albert, der sich von seinen Verletzungen bis auf einige Narben vollständig erholt hatte, war mit Helene und den jüngeren Kindern rausgegangen, um den Schlitten von Sophie und Martin durch den Schnee zu ziehen. Thomas war zu Hause geblieben, weil er für die Schule lernen musste, und Julia hatte zunächst mit ihr in der Küche Kekse gebacken. Als sie fertig gewesen waren, hatte Minna sie auf ihr Zimmer geschickt, damit sie sich für das Abendessen umzog, während sie selbst der Gutsköchin beim Festtagsmenü zur Hand ging. Plötzlich hatte sie einen Schrei aus der oberen Etage gehört. Besorgt war sie hochgerannt und im Korridor vor Julias Zimmer auf Thomas gestoßen, der sie merkwürdig breit angegrinst hatte.

»Wo ist Julia?«, hatte sie ihn angeherrscht.

»In ihrem Zimmer. Wo sonst?« Ohne ein weiteres Wort war er verschwunden.

Als Minna die Tür zu Julias Kammer aufgerissen hatte, hatte sie das heftig weinende Mädchen, glücklicherweise vollständig angezogen, auf dem Bett vorgefunden. Zunächst war es unmöglich gewesen, ein Wort über das Geschehene aus ihr herauszubekommen. Doch dann hatte Julia ihr schluchzend gestanden, dass Thomas sie gegen ihren Willen geküsst hatte. Ihr eigener Cousin! Minna war wie vor den Kopf geschlagen gewesen. Thomas war doch erst zwölf Jahre alt! Was küsste er in diesem zarten Alter schon junge Mädchen? Und dann noch eine nahe Verwandte? Tröstend hatte sie Julia in ihren Armen gewiegt: »Soll ich seiner Mutter Bescheid sagen?«

»Niemals!«, hatte Julia geschluchzt. »Du musst mir versprechen, dass du mit niemandem darüber sprichst. Auch nicht mit meiner Mutter. Ich sterbe, wenn du das tust!«

»Aber Thomas muss doch für sein freches Verhalten bestraft werden«, hatte sie zu bedenken gegeben.

»Nein! Wir werden nie wieder davon sprechen! Hörst du! Nie wieder!«

Julia war vollkommen außer sich gewesen und hatte sich den Rest der Ferien die meiste Zeit in ihrem Zimmer eingeschlossen, was Minna nach einem einzigen Kuss dann doch etwas übertrieben vorgekommen war. Andererseits war Julia wohl im sogenannten Backfischalter, und man hörte ja immer wieder, dass die Gefühle der Mädchen dann hohe Wellen schlugen. Sie selbst hatte für so etwas damals allerdings keine Zeit gehabt.

Insgeheim hatte sie damals vermutet, dass Thomas durch die unschöne Trennung seiner Eltern verwirrt war und die Suche nach menschlicher Wärme mit unerwünschten Zärtlichkeiten verwechselt hatte. Daraus sollte man ihm wahrscheinlich keinen Strick drehen. Doch jetzt, wo Julia sich immer noch so merkwürdig aufführte, fragte sie sich manchmal, ob an diesem Nachmittag nicht doch mehr vorgefallen war. Aber musste sie sich nicht trotzdem an das einmal gegebene Versprechen halten? Sie seufzte, während sie sich die Schürze umband. Vielleicht war es doch besser, dass Albert und sie keine Kinder hatten. Egal, wo man hinschaute, überall gab es nur Probleme. Besonders jetzt, in der Wirtschaftskrise, war es einfacher, zwei Mäuler zu stopfen, als drei oder vier. Nicht zum ersten Mal wurde ihr bewusst, dass ihr Kinderwunsch inzwischen der Vergangenheit angehörte.

# 20. Kapitel

*August 1931*

»Stell dir vor«, hauchte Luise ins Telefon. »Gustaf Gründgens spielt ebenfalls mit.« Vor lauter Aufregung hörte sich ihre Stimme ganz atemlos an.

»Großartig, ich gratuliere!«, erwiderte Elisabeth erfreut. »Und wann fangen die Dreharbeiten an?«

»Im Dezember. Aber im September geht es bereits mit den Kostüm- und Sprechproben los! Oje, hoffentlich schaffe ich es nach der langen Zeit überhaupt noch, den Text zu lernen. Mein Kopf fühlt sich irgendwie ganz leer an.«

Elisabeth lachte. »Da mache ich mir keine Sorgen.«

»Hoffentlich hast du recht!« Ihre Schwester kicherte ausgelassen. »Herrje, es klingelt an der Tür! Ich muss Schluss machen. Vielleicht ist das schon der Bote mit dem Drehbuch!«

»Viel Glück!«

»Danke! Bis ganz bald.«

Noch eine gute Nachricht, dachte Elisabeth und legte den Telefonhörer auf. Ein weiterer Sonnenstrahl in dieser dunklen Zeit: Luise, der die fehlende Arbeit sehr zugesetzt hatte, war erneut von der UFA engagiert worden. Offenbar ging es um die Hauptrolle in einem anspruchsvollen Film namens *Der Triumph der Gräfin*, der in Berlin und Wien gedreht werden sollte.

Der größte Lichtblick von allen aber war Julius. Endlich war er aus Amerika zurück! Trotz der vielen Probleme, die sie momentan quälten, war ihr eigentümlich leicht ums Herz. Seine Liebe würde sie über alle Hindernisse hinwegtragen, egal, wie groß und furchteinflößend diese auch zu sein schienen. Die ersten Tage nach seiner Ankunft hatten sie hauptsächlich über Amerika gesprochen. Offenbar trug seine dortige Arbeit erste Früchte. »Wir sind auf einem guten Weg«, hatte er gemeint. »Das Schlimmste scheint hinter uns zu liegen. Auch wenn wir in den nächsten Jahren sicherlich keine Reichtümer verdienen werden.«

»Musstet ihr viele Menschen entlassen?«

Julius hatte die Stirn gerunzelt. »Wir haben versucht, das so gut wie möglich zu vermeiden. Bei der Weizenflockenfirma, an der ich beteiligt bin, ist es uns gelungen. Wir haben die Arbeit einfach anders verteilt. Statt in drei langen Schichten zu produzieren, haben wir auf vier kurze Schichten umgestellt. Das hat einerseits die Gesamtarbeitszeit reduziert ... und natürlich auch die Einkommen der Mitarbeiter ... aber es gab keine Entlassungen. Gleichzeitig haben wir alles Geld, was uns blieb, in Werbung investiert.«

»Meinst du, das wäre auch ein Rezept für das Palais?«

»Vielleicht. Ich werde mir in den kommenden Tagen die Bücher anschauen, und dann können wir uns über alles unterhalten.«

»Das wäre schön. Aber wirst du denn auch weiterhin so viel Zeit in New York verbringen müssen?« Ihre Stimme hatte bei dieser Frage gezittert, obwohl sie sich ihre Sorge nicht hatte anmerken lassen wollen.

Er hatte sie liebevoll angesehen und dann ihr Gesicht mit Küssen bedeckt. »Nein, mein Liebling. Von nun an kann ich dich wieder voll und ganz im Palais unterstützen!«

Vor Erleichterung waren ihr die Tränen gekommen.

Diese Unterhaltung hatte vor drei Tagen stattgefunden. Und sie war alles andere als reibungslos verlaufen: Auch wenn Julius ihr keine Vorwürfe gemacht hatte, war er entsetzt über die vielen vom Hotel organisierten NSDAP-Veranstaltungen und -Feste gewesen. Gleichzeitig hatte er sich über die in seinen Augen vollkommen unnötigen Kündigungen aufgeregt. »Aber besonders Herr Schulze hat seine Sache doch immer ganz vorzüglich gemacht!«, hatte er ausgerufen. »Der neue Empfangschef hat doch gar nicht sein Format!« Als sie ihm gebeichtet hatte, dass diese Entlassungen allesamt politisch motiviert und noch dazu von Carl von Herrhausen initiiert worden waren, hatte ihr sonst so ruhiger Ehemann einen Wutanfall bekommen. Erst nachdem sie ihm ihre Zwangslage erklärt und er sich wieder beruhigt hatte, hatten sie über den weiteren Umgang mit Paul und seinem Geliebten sprechen können. Und natürlich über die Zukunft des Hotels. Gemeinsam hatten sie schwerwiegende Entscheidungen getroffen, und zu guter Letzt hatte Julius ihr noch eine überraschende Neuigkeit anvertraut, von der er selbst erst vor Kurzem erfahren hatte.

In diesem Augenblick zuckte Elisabeth zusammen. Das Klingeln des Telefons hatte sie aus ihren Gedanken geschreckt. Als sie abnahm, war Julius in der Leitung. »Könntest du bitte zu mir ins Büro kommen?«, fragte er. »Es ist so weit.«

»Natürlich. Ich bin gleich da.«

Als Elisabeth mit klopfendem Herzen die Tür aufdrückte, sah sie bereits Paul vor dem Schreibtisch sitzen, hinter dem ihr Ehemann thronte. Julius' Züge waren wie aus Marmor. Ihr Bruder wirkte ungehalten. So gelassen wie möglich holte sie sich einen zweiten Stuhl und setzte sich neben ihn.

»Worum geht es? Ich muss für Carl eine wichtige Sache vorbereiten und habe nicht ewig …«, setzte Paul an.

Julius hob die Hand, um ihn zu unterbrechen. »Moment, wir müssen dir etwas Wichtiges mitteilen.«

»Sollte dann nicht auch Carl anwesend sein? Ich hole ihn schnell.« Ihr Bruder wollte gerade aufspringen, als eine neuerliche Geste von Julius ihn innehalten ließ.

»Soweit ich weiß, hält Carl keine Anteile am Palais«, erwiderte Julius gelassen. »Daher hat er auch kein Mitsprache- oder gar Vetorecht in Bezug auf das, was ich dir als dein Schwager und andererseits als Mehrheitsaktionär des Hotels mitzuteilen habe.«

Paul erblasste. »Was … was soll das bedeuten? Habt ihr euch gegen mich verschworen? Außerdem ist Carl ebenfalls euer Schwager.«

Julius lächelte schief. »Auf dem Papier vielleicht. Trotzdem hat er keinerlei Rechte im Hinblick auf die Hotelführung.«

»Ohne das Geschäft mit der Partei wärt ihr arm dran«, wiederholte Paul den Satz, den Elisabeth schon so oft von ihm und Carl gehört hatte.

»Das kann schon sein«, erwiderte Julius. »Aber zukünftig werden wir trotzdem ohne die NSDAP auskommen müssen. Bitte richte Carl aus, dass sämtliche Veranstaltungen von unserer Seite storniert werden.«

»Nein!«, rief ihr Bruder. Und auch Elisabeth selbst fiel es nach wie vor nicht leicht, sich vorzustellen, dass sie auf dieses wichtige Geschäft verzichten konnten. Doch als sie Julius ihre Bedenken mitgeteilt hatte, hatte er sie nur amüsiert gemustert. »So pessimistisch kenne ich dich gar nicht, Liebes. Hat die Wirtschaftslage auf dein kämpferisches Gemüt abgefärbt?«

»Und was heißt hier überhaupt *Mehrheitsaktionär?*«, empörte sich Paul in diesem Moment. »Als ich das letzte Mal nachgesehen habe, gehörten dir fünfzig und nicht einundfünfzig Prozent des Hotels!«

»Du hast richtig gehört. Erstens weiß ich, dass Elisabeth und Johanna, wenn es bei einer Aktionärsversammlung hart auf hart kommt, mit mir stimmen werden …«

Sie nickte. »Selbstverständlich.«

»Und zweitens …« Julius verschränkte die Arme vor der Brust. »… bin ich inzwischen tatsächlich Mehrheitsaktionär.«

»Wie das?« Pauls vormals blasse Wangen nahmen Farbe an.

»Vorgestern hat mich Herr Wagner, der Rechtsanwalt eurer Mutter, angerufen. Bislang waren wir ja alle davon ausgegangen, dass sie kein Testament gemacht hatte, bevor sie letztes Jahr verstorben ist. Daher ist ihr Besitz zu gleichen Teilen an euch Kinder gegangen. Überraschenderweise ist nun aber doch ein Testament aufgetaucht, das eure Mutter bei einem befreundeten

Notar hinterlegt hatte, der leider kurz nach Beginn der Wirtschaftskrise Selbstmord begangen hat und in dessen Nachlass es erst jetzt gefunden wurde. Und darin … vermacht sie mir ihre Anteile. Ich halte also jetzt die Mehrheit am Palais.«

»Niemals! Das kann nicht stimmen«, widersprach Paul vehement. »Wenn meine Mutter ein Testament gemacht hätte, hätte sie ihre Anteile sicherlich mir vererbt.«

Auch Elisabeth hatte perplex reagiert, als Julius ihr von dieser neuen Entwicklung erzählt hatte. Konnte es sein, dass ihre Mutter ihn auf ihre alten Tage doch noch zu schätzen gelernt hatte? Anfangs hatte sie ihn alles andere als willkommen geheißen und wie einen Emporkömmling behandelt. Erst seit er das Vermögen seines Vaters geerbt hatte, war er gut genug für ihre Tochter gewesen. Doch ihre Mutter, die einer alten preußischen Adelsfamilie entstammte, war schon immer für eine Überraschung gut gewesen. Letztlich wunderte es Elisabeth also nicht, dass sie – bei ihrer konservativen Gesinnung – ihre Aktien lieber einem tüchtigen Geschäftsmann wie Julius vermacht hatte als ihren miteinander zerstrittenen Kindern. Außerdem war ihre Mutter durch die Heirat mit Herrn von Schaper eine wohlhabende Frau gewesen, neben den Aktien hatten sie und ihre Geschwister noch Geld und einige Grundstücke geerbt.

Julius zuckte mit den Schultern. »Bitte ruf Herrn Wagner an. Er kann dir die Rechtslage genau erklären. Auf jeden Fall ist ab heute mit den NSDAP-Geschäften Schluss.«

Paul zitterte vor Wut. »Das wirst du noch bereuen.«

»Bitte, Paul, lass uns vernünftig miteinander reden«, sagte Julius, plötzlich mit Wärme in der Stimme. »Wir wissen beide, dass du nur durch … menschliche Umstände in diese Partei hineingeraten bist.«

»Durch menschliche Umstände?«, wiederholte Paul zornig. »Was soll das denn bitte heißen?«

Auf Julius' Stirn erschien eine steile Falte. »Du kannst mir nicht erzählen, dass du wirklich an die Ziele dieses braunen Gesocks glaubst. Dazu bist du viel zu kultiviert und gebildet.«

»Hör gefälligst auf, meine Freunde zu beleidigen!« Paul versuchte aufzustehen, doch Elisabeth hielt ihn am Ärmel seiner Anzugjacke fest.

»Bitte, Paul, lass Julius aussprechen«, sagte sie. »Wir meinen es doch beide gut mit dir.« Während ihres Gesprächs mit Julius war ihr aufgegangen, dass ihr Ehemann recht hatte. Manchmal musste man ohne Rücksicht auf Verluste eine rote Linie ziehen. Bis hierhin und nicht weiter. Mit seiner politischen ›Säuberungsaktion‹ war Carl einen Schritt zu weit gegangen. Durch den Druck, den ihr Schwager langsam und stetig verstärkt hatte, war es ihr nur nicht aufgefallen. Wie der sprichwörtliche Frosch, der aus dem Topf sprang, wenn man ihn unmittelbar in heißes Wasser setzte. Gab man ihn aber in kaltes Wasser und erhitzte es dann ganz allmählich, blieb das Tier sitzen. Genauso war es ihr ergangen.

Julius räusperte sich. »Ich weiß, dass du tief in deinem Inneren kein Antisemit bist, Paul. Siehst du nicht, dass du für Carl schon viel zu viel aufgegeben hast? Deine Freundschaft zu Samuel, die Liebe deiner Schwester Johanna, deinen Neffen Gabriel!«

Ihr Bruder schwieg verstockt.

»Er ist einfach nicht der richtige ... Partner für dich.«

Elisabeth hielt den Atem an. Es war das erste Mal, dass Julius ihren Bruder offen auf seine Homosexualität ansprach. Wie würde Paul reagieren?

Als ihr Bruder still blieb, sprach Julius weiter. »Ich sehe doch, dass du leidest. Und es geht mir ... weiß Gott ... nicht darum, dass du für den Rest deines Lebens einsam und unglücklich bleibst. Aber Carl tut dir nicht gut. Er hat dich und deine Gedanken mit seiner widerwärtigen Ideologie vergiftet. Diese Partei geht im wahrsten Sinne des Wortes über Leichen und ...«

In diesem Moment sprang ihr Bruder auf. »Was bildest du dir nur ein, Julius! Du spielst dich hier auf, als hättest du die Weisheit mit Löffeln gefressen. Als wärst ausgerechnet du der neue Heiland! Dabei weißt du nichts über mich und mein Leben. Rein gar nichts! Ich entscheide selbst, wem ich treu zur Seite stehe! Und das ist und bleibt Carl!«

Julius schüttelte bedauernd den Kopf. »Paul, dann lässt du uns keine Wahl, als Carl des Hotels zu verweisen. Wir beziehen ab heute Stellung. Gegen die Nationalsozialisten. Alle Parteiveranstaltungen werden abgesagt. Ich will hier nie wieder eine Hakenkreuzfahne sehen.«

Ihr Bruder schien wie vor den Kopf geschlagen zu sein. »Du wirfst Carl raus? Aus meinem eigenen Hotel?«, stammelte er. Seine aggressive Haltung fiel zusehends in sich zusammen. »Aber … aber dann kann auch ich nicht einen Tag länger hierbleiben. Dann muss ich mit Carl nach Berlin gehen.«

»Paul, du wirst immer ein Teil dieser Familie sein«, erwiderte Julius ernst. »Aber Elisabeth und ich werden dich nicht aufhalten. Du musst von allein aufwachen und dich aus den Fängen der NSDAP befreien. Tu es für deine Mutter, für deine Kinder oder dich selbst. Aber erkenne, dass es der falsche Weg ist.«

»Und du denkst wirklich genauso, Elisabeth?«, fragte ihr Bruder und drehte sich mit einem verletzten Gesichtsausdruck zu ihr um.

»Paul, ich liebe dich«, beteuerte sie inständig. »Aber Carl hat deine Orientierungslosigkeit ausgenutzt und dich zum Bösen verführt. Wir helfen dir und dem Palais nicht, wenn wir das alles widerstandslos hinnehmen.«

»Ihr lasst mir also keine andere Wahl«, murmelte Paul und stand auf. »Ich werde Carl informieren, und dann kehren wir diesem Haus und dieser Familie gemeinsam den Rücken.«

Als ihr Bruder den Raum verlassen hatte, brach Elisabeth in Tränen aus.

Julius erhob sich und nahm sie tröstend in die Arme. »Bitte, Elisabeth, sei nicht traurig. Du weißt, es ist der einzige Weg, um ihn zur Vernunft zu bringen. Vielleicht kommt er ja auf diese Weise doch noch zur Besinnung.«

»Wie bitte?«, fragte Luise, und ihre zu einer dünnen Linie gezupften Augenbrauen wanderten missbilligend in die Höhe. »Du willst jetzt permanent hier einziehen? Dann führen wir also von nun an eine Ehe zu dritt?«

Paul hätte ihr am liebsten eine Ohrfeige verpasst. »Nein, Luise, ich werde natürlich mit Carl zusammenleben, aber aus den dir bekannten Gründen sollten meine Sachen auf Dauer besser in deinem Teil der Wohnung untergebracht sein.«

»Das passt mir aber gar nicht«, erwiderte seine Schwester spitz. »Ich möchte nicht immer erst deine Koffer aus dem Weg räumen müssen, wenn ich Besuch von Schauspielkollegen bekomme. Warum nimmst du dir nicht einfach eine eigene Wohnung?«

Ohne ein weiteres Wort wuchtete Paul sein Gepäck in ihr Ankleidezimmer. Wenn Luise wüsste, dass sie nur ihm diese neue Rolle zu verdanken hatte, würde sie sich nicht so anstellen. Doch er hatte Carl versprochen, über ihren Streit Stillschweigen zu bewahren. Und eine eigene Wohnung konnte er sich nicht leisten. Bislang hatte er zwar ein Gehalt für seine Arbeit im Palais erhalten, doch damit war wohl jetzt Schluss, und für die Parteiarbeit bekam er keinen Groschen.

»Warum ziehst du nicht zu Helene?«, erkundigte sich Luise.

»Darum«, sagte er grob und verzog sich in Carls Teil der Wohnung.

»Für ein paar Wochen kann das gerade noch angehen, aber länger auf keinen Fall!«, rief ihm seine Schwester hinterher, die sich nicht über Carls Rauswurf aus dem Palais zu wundern schien. Vielleicht hatte Elisabeth bereits mit ihr telefoniert. Seine drei Schwestern waren seit jeher eine Plage! Ständig machten sie ihm das Leben schwer, obwohl er ihnen stets ein liebevoller Bruder gewesen war. Aber damit war jetzt Schluss. Jetzt musste er an seine eigenen Interessen denken.

Während Paul sich einen Cognac aus der gut bestückten Bar einschenkte, dachte er, dass sich sein Leben trotz allem zum Besseren gewendet hatte. Carl schien sein Interesse an Rudi

Schwarze verloren zu haben. Jedenfalls war der Kerl in den letzten Wochen nicht mehr in seinem Umfeld aufgetaucht. Innerlich beglückwünschte Paul sich dazu, seinen Geliebten nicht auf dieses SA-Bürschchen angesprochen zu haben. Damit hätte er ihn nur unnötig gegen sich aufgebracht. Die Unterhaltung über Luises Karriere hatte ihn dagegen in eine Position der Stärke gebracht. Carl, der offen zugab, dass sich einige seiner Parteifreunde über den Beruf seiner Frau lustig gemacht hatten, wurde wegen seiner schäbigen Winkelzüge ohnehin von einem schlechten Gewissen geplagt. Als Paul ihn auf den Anruf des Sekretärs von Herrn Hugenberg angesprochen hatte, war er sofort zu einem Zugeständnis bereit gewesen. Schließlich hatten sie sich auf zwei Filme pro Jahr geeinigt, die Carl Luise zubilligen würde. Allerdings sollten es »ehrenwerte Rollen« ohne große Liebesszenen sein, weswegen er das damalige Angebot der UFA abgelehnt und gewartet hatte, bis ihr die Rolle in *Der Triumph der Gräfin* offeriert wurde.

Einige Wochen später hatte sich Pauls neues Leben eingespielt: Er schlief und wohnte bei Carl und ging nur zum Baden und Umkleiden in Luises Gemächer. Seine Schwester war die meiste Zeit sowieso außer Haus und traf sich – beglückt, wieder dazuzugehören – mit ihren Freunden vom Film. Carl hatte sogar erreicht, dass er für seine Parteiarbeit ein kleines Gehalt bezog. Das war zwar mehr eine Art Taschengeld, aber besser als nichts. Abends fanden in Carls feudaler Wohnung wunderbare Gesellschaften statt, an denen hochrangige Parteifunktionäre teilnahmen. Gestern hatten sie zum Beispiel eine Gruppe bewirtet, bei der auch Joseph Goebbels und seine Verlobte Magda Quandt, die geschiedene Frau des Industriellen Günther Quandt, mit von der Partie gewesen waren. Eine hohe Ehre und keineswegs eine Ausnahme: Auch für den heutigen Abend hatten sich der SA-Führer von Berlin, Wolf-Heinrich von Helldorff, und einige andere Honoratioren zu einem Abendessen angesagt.

In diesem Moment klingelte es an der Tür. Da er Frau Müller, die Haushälterin, losgeschickt hatte, um Carls Lieblingspastete für die Begrüßungshäppchen zu besorgen, ging er selbst öffnen. Zu seiner Überraschung stand er kurz darauf Helene gegenüber. Sie sah schlecht aus. Verhärmt und abgemagert.

»Ist was mit den Kindern?«, fragte er verblüfft.

»Nein, denen geht es gut«, erwiderte sie gepresst. »Willst du mich nicht reinbitten?«

Mit einem Gefühl der Erleichterung öffnete er die Tür weiter, und Helene marschierte an ihm vorbei in den Korridor. »Dort geht es zum Salon«, sagte er, stolz, ihr die eleganten Räumlichkeiten zu zeigen.

Helene blickte sich mit großen Augen um. Wahrscheinlich staunte sie über Carls vorzüglichen Geschmack. »Und hier wohnst du nun?«, fragte sie leise.

Er nickte. »Ja, Elisabeth und Julius haben uns rausgeworfen.«

»Das habe ich gehört. Und weshalb bist du dann nicht zu uns gekommen?«, fragte Helene leise. »In dieser Wohnung lebt doch deine Schwester mit ihrem Mann. Bestimmt wollen sie unter sich sein.«

Sie schien immer noch nicht begriffen zu haben, dass Carl und Luise lediglich eine Scheinehe eingegangen waren … so wie er selbst vor vielen Jahren mit ihr. »Helene«, begann er sanft. »Ich lebe hier mit Carl. Seine Ehe mit Luise ist nur eine schützende Fassade.«

»Aber …«, stammelte sie. »Wir haben uns in den letzten Monaten doch wieder angenähert. Ich mache doch alles genauso, wie du es willst.«

Das konnte doch nicht wahr sein. Dachte sie das wirklich? Wie viel Selbstbetrug war nötig, um zu dieser Schlussfolgerung zu gelangen, nachdem sie Carl und ihn bei Zärtlichkeiten überrascht hatte? Trotzdem wusste Paul, dass er ihr die Wahrheit – schon aus Selbstschutz – so schonend wie möglich beibringen musste. »Helene, ich will dir nicht wehtun, aber wir werden niemals wie ein normales Ehepaar zusammenleben können.« Paul nahm all seinen Mut zusammen. »Auch wenn ich dich sehr schätze ... ich bin homosexuell ... und ich liebe Carl.«

Helene starrte ihn mit offenem Mund an. »Das bildest du dir ein«, flüsterte sie. »Wir haben drei wunderbare Kinder ... wie hätte das funktioniert, wenn du ho... homo... du weißt schon ... wärst?«

Sie bringt noch nicht einmal das Wort über die Lippen, dachte Paul frustriert. Doch er versuchte, ihr diese Respektlosigkeit nachzusehen. »Ich habe versucht ... ernsthaft versucht ... dir ein guter Ehemann zu sein. Aber ich kann nun einmal nicht aus meiner Haut.«

»Aber unsere Kinder«, wiederholte Helene störrisch. »Wie konntest du mit mir Kinder zeugen?«

Jetzt reichte es. Stellte sie sich absichtlich dumm? »Mit den Kindern ist es so ...«, setzte Paul an. »... selbst ein eingeschworener Vegetarier kann zur Not einmal ein Steak verspeisen. Verstehst du?«

In ihren Augen machte sich Entsetzen breit. »Ein Steak?«

»Im übertragenen Sinn natürlich«, erklärte er geduldig.

»Dann wirst du niemals zu mir zurückkehren?« Ihre Stimme überschlug sich.

Langsam schüttelte Paul den Kopf. »Bitte, sei mir nicht böse. Ich weiß, dass es ein schrecklicher Fehler war, dich zu heiraten. Aber nach dem Krieg war ich schwach und deprimiert, und da ...«

Plötzlich ging alles sehr schnell. Helene griff nach einer von Carls teuren Vasen, die auf dem Beistelltisch standen, und warf sie nach ihm. Er duckte sich. Das Porzellan zerschellte mit großem Getöse an der Wand hinter ihm.

»Du hast mein Leben ruiniert«, jammerte sie. Die Tränen, die aus ihren Augen quollen, ließen die Wimperntusche in hässlichen Schlieren über ihre Wangen laufen.

»Warum regst du dich nur so auf?«, erwiderte Paul, entsetzt über ihren Gefühlsausbruch. »Dir und den Kindern geht es doch gut.«

»Von wegen gut! Ich bin einsam! Mutterseelenallein!«, kreischte Helene. Innerlich machte Paul drei Kreuze, dass er Frau Müller weggeschickt hatte. Sie hätte bei dieser Lautstärke sonst alles mitbekommen.

»Dann such dir halt einen Geliebten«, schlug er vor.

»Als ob mich jetzt noch einer wollte«, heulte sie. »Ich bin alt und verbraucht. Meine besten Jahre habe ich an dich verschwendet.«

Darauf fiel ihm keine Antwort ein. In gewisser Weise stimmte das natürlich. Trotzdem, sie war abgesichert und führte ein wohlsituiertes Leben.

Helene zog geräuschvoll die Nase hoch. »Jetzt ... jetzt ist alles vorbei.«

»Blödsinn. Das Leben geht auch so weiter.«

Sie musterte ihn hasserfüllt. »Für dich vielleicht.« Dann drehte sie sich um und stürmte aus dem Salon.

Paul hielt sie nicht auf. Es war besser, wenn sie ging, bevor Frau Müller zurückkam. Oder Carl. Kurz darauf hörte er, wie die Wohnungstür zugeknallt wurde. Befreit atmete er auf. Wenigstens wusste sie jetzt endgültig Bescheid. Mit einem Seufzen ging er in die Knie und fegte mit der hohlen Hand die Scherben zusammen. Carl würde über den Verlust der Vase nicht gerade erfreut sein.

Bis zum Abend hatte sich Pauls Stimmung wieder gebessert, und als die ersten Gäste eintrafen, schaffte er es, die unschöne Szene mit Helene zu verdrängen. Mit einem Lächeln mischte er sich unter die hochkarätigen Ankömmlinge und stellte Luise, die heute die Rolle der charmanten Gastgeberin übernommen hatte, den Ehrengast vor, den Führer der Berliner SA.

»Luise ... darf ich euch bekannt machen? Das ist Wolf-Heinrich Graf von Helldorff. Graf, meine Schwester.«

Luise lächelte und reichte dem dunkelhaarigen, eher unscheinbar aussehenden von Helldorff die Hand. »Schön, Sie kennenzulernen.«

Formvollendet gab er ihr einen Handkuss. »Das Vergnügen ist ganz meinerseits. Besonders, weil ich Sie schon mehrfach auf der Leinwand bewundern durfte.«

»Ach ja? Und in welcher Rolle?«, fragte Luise routiniert, obwohl Paul wusste, dass sie sich ungern mit Laien über ihre Filme unterhielt.

»In allen. Man könnte mich wohl als einen Bewunderer der ersten Stunde bezeichnen. Ich war von Anfang an von ihrem schauspielerischen Talent beeindruckt.«

»Sie sind zu liebenswert«, erwiderte seine Schwester, während Paul händeringend nach einem neuen Gesprächsthema suchte. Leider wollte ihm nichts Gescheites einfallen.

»In meinen Augen sind Sie nicht irgendein Filmsternchen, sondern eine wahrhaftige, ernst zu nehmende Schauspielerin«, schmeichelte der Graf.

»Danke«, erwiderte Luise bescheiden. »Mir macht es einfach Spaß, in andere Rollen zu schlüpfen. Jemand vollkommen anderes zu sein.«

Der Graf nickte. »Das kenne ich. Sogar ich muss bei meiner Arbeit manchmal ein anderer sein. Von Natur aus bin ich eigentlich ein Feingeist, dem alles Derbe und Brutale zuwider ist. Aber manchmal erfordert es meine Aufgabe, mit harter Hand durchzugreifen. So, wie es mein Führer von mir verlangt.«

»Das verstehe ich nicht. Wie meinen Sie das?«, erkundigte sich seine Schwester.

»Nun, zum Beispiel können sich die Berliner Juden morgen auf ein rechtes Donnerwetter gefasst machen. Diesen zwölften September werden sie so schnell nicht vergessen.«

Paul sah, wie sich Luises Stirn kräuselte. Hoffentlich sagte sie jetzt nicht, dass ihre Schwester Johanna zum Judentum übergetreten war. Das konnte unter Umständen ziemlich peinlich werden. Vielleicht war es ein Fehler gewesen, dass Carl seinen fanatischen Antisemitismus bislang vor ihr im Zaum gehalten hatte.

Carl, der hinter dem Grafen stand, schien das Gleiche zu

denken und trat rasch zu ihrer kleinen Gruppe hinzu. »Das ist wohl kaum das richtige Thema für eine unterhaltsame Abendgesellschaft, mein lieber Freund.«

»Nein, natürlich nicht«, lenkte der Graf ein.

In diesem Moment läutete Frau Müller die Glocke, und Luise, die sich sowieso nie lange auf ein Thema konzentrieren konnte, meinte mit einem charmanten Lächeln: »Es ist angerichtet. Bitte lassen Sie uns zu Tisch gehen.«

Elisabeth saß im goldenen Licht des milden Herbstabends auf der verwaisten Terrasse. Noch im Sommer waren hier jeden Nachmittag alle vierzig Tische besetzt gewesen. Mit Gästen, die nach einem Spaziergang durch den Park in Ruhe eine Tasse Kaffee und ein Stück Kuchen genießen wollten. Jetzt saß sie auf dem letzten Stuhl, der noch nicht zur Überwinterung in die Remise gebracht worden war, und blickte auf den abgestellten Springbrunnen und die mit Tannenzweigen gegen den baldigen Frost geschützten Beete.

»Du kriegst mich nicht!«, hörte sie plötzlich Julias helle Stimme. Und im nächsten Moment liefen Julius und ihre Tochter an ihr vorbei. Sie spielten schon seit einer ganzen Weile Fangen, doch beide zeigten keinerlei Anzeichen von Müdigkeit. Der Kies knirschte unter ihren Schuhen, und Julia kicherte ausgelassen, als sie ihrem Vater auf langen Beinen davonstob und sich hinter dem Springbrunnen in Sicherheit brachte. Elisabeth war so erleichtert, dass ihre Tochter mit der Ankunft ihres Vaters aus ihrer merkwürdigen Melancholie herausgefunden hatte. Was immer es auch gewesen sein mochte, das sie so bedrückt hatte, schien glücklicherweise verflogen zu sein. Kinder brauchten eben doch beide Elternteile. Das sah man schon an Pauls und Helenes Kindern, die sehr unter der Trennung ihrer Eltern zu leiden schienen. Jedenfalls hatte sie das bei ihrem letzten Besuch auf Gut Bellhagen so empfunden. Thomas, der Älteste, versteckte seinen Kummer hinter bewusst rabaukenhaftem Auftreten. Martin flüchtete in die Musik und spielte schon jetzt bemerkenswert gut Violine. Und Sophie? Aus Pauls Tochter wurde sie gar nicht richtig schlau. Sie schien sich eine Traumwelt aus Märchenwesen ausgedacht zu haben und unterhielt sich auch in Gegenwart von anderen Kindern mit ihren imaginären Freunden. Hoffentlich verwuchs sich das noch, wenn sie älter wurde.

Der Verzicht auf NSDAP-Veranstaltungen hatte für das Palais schwere finanzielle Einbußen zur Folge. Momentan waren lediglich einige ältere Herrschaften bei ihnen abgestiegen. Die meisten von ihnen Stammgäste, die es aus nostalgischen Gründen immer wieder ins Palais zog. Selbst ein gemeinsam mit dem ADAC organisiertes Automobilrennen auf der Pferderennbahn hatte nur temporär für Mehreinnahmen gesorgt. Zudem hatten die Rennbahnbetreiber weitere solche Veranstaltungen strengstens verboten, weil die Fahrzeuge zu große Schäden auf der Grasbahn verursachten.

Julius schien sich trotzdem keine Sorgen zu machen. Er hatte sämtliches von Paul und Carl eingestelltes Personal entlassen und viele der früheren Mitarbeiter wiedereingestellt, darunter auch Frau Bruhn. Nur Herrn Schulze hatten sie nicht auftreiben können. Er schien ohne Angabe einer neuen Adresse umgezogen zu sein. Leider. Stattdessen hatten sie Herrn Gerlach, der eigentlich die Bar leitete, die inzwischen nur noch an den Wochenenden geöffnet war, zusätzlich für diese Aufgabe gewinnen können. »Zukünftig müssen alle unsere Mitarbeiter auf mehr als einer Position einsetzbar sein. Nur so stellen wir sicher, dass das Hotel auch bei einer geringeren Gästeauslastung und mit einer flexibel angepassten Personalausstattung störungsfrei läuft«, hatte Julius der versammelten Mannschaft erklärt und beipflichtendes Gemurmel geerntet. Auch der Schichtdienst, den Julius nach seinen Erfahrungen in Amerika im Palais eingeführt hatte, war von den Angestellten ohne Murren angenommen worden.

Das Einzige, was ihr momentan Angst machte, waren die Racheaktionen der lokalen SA, die früher im Palais ein und aus gegangen war und nun Hausverbot hatte. Neulich war mitten in der Nacht ein Pflasterstein durch die Sprossenfenster des Restaurants geworfen worden, was für zusätzliche Kosten und im Hotel kurzzeitig für Aufruhr gesorgt hatte.

In diesem Moment trat einer der Pagen an ihren Stuhl. »Frau Falkenhayn, bitte entschuldigen Sie, aber Sie werden dringend am Telefon verlangt.«

Elisabeth blickte auf ihre Armbanduhr. Es war kurz nach halb neun. Die Gäste speisten bereits im Restaurant. Wer sollte sie um diese Uhrzeit an einem Samstagabend anrufen? Trotzdem stand sie umgehend auf. »Ich komme.« Und zu Julius und Julia gewandt, rief sie: »Bin gleich wieder da. Wir sollten auch allmählich in die Wohnung gehen. Ich habe Minna gebeten, uns gegen neun Uhr ein leichtes Abendessen nach oben zu schicken.«

»Kein Problem. Ich habe unser Fohlen gleich eingefangen«, antwortete Julius lächelnd.

»Du fängst mich niemals, Papa! Dazu bist du viel zu lahm«, rief Julia übermütig.

Kopfschüttelnd ging Elisabeth zu ihrem Büro. Obwohl Julia seit wenigen Tagen fünfzehn Jahre alt war, verhielt sie sich manchmal noch wie ein rechtes Kind. Dabei konnte man bereits sehen, wie sich ihr Körper langsam veränderte und sie zu einer jungen Frau heranwuchs. Mit etwas Wehmut hatte Elisabeth im Sommer bemerkt, wie die Blicke der männlichen Gäste ihrer bildschönen Tochter gefolgt waren, wenn sie voller Anmut durch das Foyer schritt. Wo war nur ihr kleines Mädchen geblieben? Julia wurde viel zu schnell erwachsen. Vor Kurzem hatte sie sogar darum gebettelt, zum Friseur gehen und sich die langen blonden Haare abschneiden zu dürfen. Aber das hatten Julius und sie ihr gerade noch einmal ausreden können. Doch immer öfter trug sie ihre dicken Zöpfe hochgesteckt, um eine moderne Kurzhaarfrisur vorzutäuschen, die ihre hohen Wangenknochen und die von dichten dunklen Wimpern umgebenen blauen Augen noch zusätzlich betonte. Elisabeth seufzte. Bald würde sich ihr Kind vor Verehrern kaum retten können.

»Falkenhayn«, meldete sie sich, als sie den Hörer ans Ohr gepresst hatte.

»Lisbeth?«, vernahm sie Luises Stimme am anderen Ende der Leitung.

Schon an diesem einen Wort erkannte sie, dass ihre jüngere Schwester völlig außer sich war. »Was ist passiert?«

»Es ist schrecklich! Die SA ... und ich kann sie nicht erreichen!«, stammelte Luise zusammenhanglos.

»Ich verstehe nicht. Bitte fang noch einmal ganz von vorne an. Wen kannst du nicht erreichen?«

»Johanna!«

»Natürlich kannst du sie nicht erreichen«, erwiderte Elisabeth ruhig. »Heute ist Rosh Hashana, das jüdische Neujahrsfest. Johanna hat mir erst gestern erzählt, dass sie mit ihrer Familie in die Synagoge in der Fasanenstraße gehen wird, um ...«

»In der Fasanenstraße? Um Gottes willen, die ist doch nur wenige Schritte vom Kurfürstendamm entfernt!« Ihre Schwester wurde immer hysterischer. »Was soll ich jetzt nur machen?«

»Bitte, Luise, beruhige dich. Warum hast du solche Angst?«, fragte Elisabeth und hörte für einige Sekunden nur hektisches Atmen in der Leitung.

»Also ... also gestern hatten Carl und Paul diesen Mann eingeladen. Den Führer der SA von Berlin, und der hat so eine merkwürdige Bemerkung gemacht. Zuerst dachte ich, das ist nur ein schlechter Scherz, aber jetzt war ich gerade mit einer Freundin in einem Kaffeehaus auf dem Kurfürstendamm, und plötzlich waren überall SA-Männer und ... ach, Lisbeth, ich hab solche Angst um Johanna ... und ... und ...« Ihre Schwester kämpfte schon wieder mit ihrer Atmung.

»Was für eine Bemerkung?«

»Ich weiß nicht mehr die genauen Worte ... aber ungefähr hat er gesagt, dass sie es den Juden heute heimzahlen würden ... und jetzt ist alles voll mit Männern in braunen und grauen Uniformen, die alle eine Hakenkreuz-Armbinde tragen … und … sie schreien ›Deutschland, erwache!‹ und ›Schlagt die Juden tot!‹ … Lisbeth, ich habe so eine Angst, die meisten von denen hatten sogar Knüppel und Schlagringe dabei!«

Es war, als legte sich eine eiskalte Faust um Elisabeths Herz. Ihre Gedanken rasten. »Kannst du nicht die Polizei verständigen?«

»Hab ich schon, aber glaubst du, die können was gegen diese Masse von wütenden Männern ausrichten?«, fragte Luise kläglich.

»Oder traust du dich, zur Synagoge zu laufen und Johanna und ihre Glaubensgemeinde zu warnen?«, schlug Elisabeth vor. Ihrer blonden, medienwirksam mit einem NSDAP-Mitglied verheirateten Filmstar-Schwester würden diese Schlägertruppen wohl nichts antun. Das hoffte sie zumindest inständig.

Für einen Moment blieb es still in der Leitung. Dann sagte Luise leise: »Ich werde es versuchen. Wünsch mir Glück!«

»Gott schütze dich«, erwiderte Elisabeth und legte auf. Ihr Herz raste. In diesem Moment trat Julius in ihr Büro. Als er ihren verstörten Gesichtsausdruck bemerkte, erlosch sein verschmitztes Lächeln. »Was ist passiert?«

»Ich muss sofort nach Berlin fahren«, erwiderte Elisabeth und schilderte ihm in kurzen Zügen den Inhalt des Telefonats.

»Willst du nicht erst abwarten, ob Luise deine Schwester warnen kann und alles gut ausgeht?«, fragte er mitfühlend. »Bis wir dort ankommen, hat die Polizei den ganzen Spuk doch schon lange beendet.«

Sie überlegte kurz. »Wahrscheinlich hast du recht. Es ist trotzdem ein schreckliches Gefühl … einfach hier zu sitzen und gar nichts tun zu können, während dort … die Hölle losbricht.«

Julius nahm sie in den Arm. »Ja, es sind fürchterliche neue Zeiten angebrochen. Wenn unbescholtene Bürger nicht einmal mehr unbehelligt in Gotteshäuser gehen können. Aber wir müssen trotz allem Ruhe bewahren.«

Natürlich war unter diesen Umständen nicht an Einschlafen zu denken. Als nachts um halb eins das Telefon klingelte, nahm Elisabeth umgehend ab. »Luise?«, fragte sie ängstlich.

Es war tatsächlich ihre kleine Schwester. Sie rief aus Johannas Wohnung an, wo sie gerade das Kindermädchen abgelöst hatte. Glücklicherweise hatten Johanna und Samuel ihren Sohn wegen einer leichten Erkältung zu Hause gelassen, weswegen Gabriel dem Angriff entgangen war. Ihre Schwester und deren Ehemann hatten nicht so viel Glück gehabt. Sie lagen beide verletzt in der Charité: Johanna hatte neben einer Platzwunde an der Stirn eine schwere Gehirnerschütterung, Samuel ein blaues Auge und eine angebrochene Rippe.

»Um Himmels willen«, sagte Elisabeth und fasste sich unwillkürlich ans Herz.

»Es war schrecklich, Lisbeth«, erzählte Luise. »Aber sie werden beide wieder gesund, hat der Arzt gesagt.«

»Hast du auch mit Friedrich gesprochen?«, wollte Elisabeth wissen. Schließlich war ihr Bruder Oberarzt an der Charité.

»Er ist ausgerechnet diese Woche verreist«, erwiderte Luise. »Aber bestimmt wird er sich nächste Woche um sie kümmern.«

»Wie ist das denn genau passiert?«

»Als Johanna und die anderen Synagogenbesucher das Gotteshaus verlassen wollten, haben sich diese bewaffneten Horden auf sie gestürzt und sie verprügelt. Dabei hatte ich vorher das Sicherheitspersonal gewarnt, aber die konnten auch nichts machen. Es war schrecklich.«

»Und die Polizei?«

»Die kamen viel zu spät und mit viel zu wenig Leuten. Da war quasi schon alles vorbei. Du müsstest mal den Kurfürstendamm sehen. Zwischen Uhlandstraße und Kaiser-Wilhelm-Gedächtniskirche sind bei allen Lokalen die Fensterscheiben kaputt, Tische und Stühle wurden umgeworfen und zerschlagen.«

»Unvorstellbar«, stammelte Elisabeth und machte Julius ein Zeichen, sich anzuziehen.

»Und das Schlimmste ist … dieser Kerl von gestern Abend, dieser Graf von Helldorff, den Carl und Paul zu uns eingeladen hatten, scheint den ganzen Überfall geleitet zu haben. Allein bei dem Gedanken, dass er mir die Hand geküsst hat, wird mir schlecht.«

»Kannst du noch bis morgen Mittag bei Gabriel bleiben?«, fragte Elisabeth, ohne auf die mögliche Verwicklung von Carl und Paul in die Angelegenheit einzugehen. Darum musste sie sich später kümmern. »Wir setzen uns gleich in den Wagen und fahren los.«

»Natürlich. Sogar bis morgen Abend. Ich habe nur am Montag eine Kostümanprobe. Bitte fahrt doch erst bei Tageslicht los. Ich möchte nicht, dass noch eine Schwester und ein Schwager von mir verletzt werden«, bat Luise.

Elisabeth überlegte kurz. »Also gut. Dann fahren wir morgen früh los. Schlaf gut, Luise. Ich bin sehr stolz auf dich!«

»Bis morgen!«

Minna hatte sich an ihrem freien Tag nach Gut Bellhagen kutschieren lassen. Schließlich wollte sie ihren Albert wenigstens einmal in der Woche sehen. Trotzdem plagte sie ein schlechtes Gewissen, denn Frau Falkenhayn war immer noch in Berlin, um auf den kleinen Gabriel aufzupassen und sich um dessen verletzte Eltern zu kümmern, die im Krankenhaus lagen. Aber wenigstens war Herr Falkenhayn zurückgekommen und leitete das Hotel in ihrer Abwesenheit. Auch er hatte Minna zu diesem Ausflug geraten. »Wer weiß, wie verrückt es in den nächsten Wochen hier zugehen wird«, hatte er seufzend gemeint. »Besuchen Sie Ihren Ehemann, solange Sie noch können.« Das hatte sie sich nicht zweimal sagen lassen.

Auf der Autofahrt an den abgeernteten Feldern vorbei hatte sie an den Zeitungsartikel denken müssen, den sie heute früh im *Vorwärts* gelesen hatte. Graf von Helldorff, der Anführer der

Berliner SA, war nach den »pogromartigen Ausschreitungen« auf dem Kurfürstendamm in einem Schnellverfahren zu einer geringen Geldstrafe verdonnert worden. Es war eine Schande. Albert hatte für seine harmlosen Schmierereien eine Gefängnisstrafe aufgebrummt bekommen, und diese Verbrecher kamen mit einem blauen Auge davon! Wo blieb da die Gerechtigkeit?

Als sie um kurz vor zehn Uhr durch das Tor trat, sah sie zu ihrer Überraschung die drei Kinder der Kuhlmanns im Hof: Sophie spielte mit ihren Puppen, Martin las ein Buch, und Thomas schien sich aus einem Stück Holz eine Waffe schnitzen zu wollen.

»Müsst ihr heute gar nicht in die Schule?«

»Nö«, erwiderte Thomas knapp und zielte mit seiner Holzpistole auf sie.

»Lass das gefälligst«, warnte Minna ihn. »Sonst sage ich Albert, er soll dir das Schnitzmesser wieder wegnehmen.« Sie war sowieso gegen dieses gefährliche Geburtstagsgeschenk von Herrn Kuhlmann gewesen.

Bei ihren Worten blickte Martin von seinem Buch auf. »Wir sind nicht in der Schule, weil Mutter meinte, wir könnten ruhig mal einen Tag freihaben. Sie war müde und hat sich noch mal hingelegt. Dabei habe ich heute eine Mathematikprüfung. Meinen Sie, dass ich die morgen nachholen kann?«

»Das weiß ich leider nicht«, erwiderte Minna wahrheitsgemäß und wunderte sich. Sonst war Frau Kuhlmann doch so erpicht darauf, dass ihre Kinder die Schule nicht vernachlässigten. War sie krank? Und warum kümmerten sich die Köchin und die Magd nicht um die Kinder? »Wo sind Elsa und Olga?«, fragte sie, zunehmend besorgt.

»Elsa ist einkaufen gegangen, und Olga macht die Zimmer«, antwortete Martin, während Sophie sich mit einer unsichtbaren Freundin angeregt über ihre Puppe unterhielt.

Irgendetwas stimmte nicht mit diesem Mädchen. Aber das war nicht ihr Problem. Gott sei Dank schien zumindest mit Frau Kuhlmann doch alles in bester Ordnung zu sein. Wenn irgendetwas vorgefallen wäre, würde das Personal sicherlich nicht das gewohnte Tagwerk verrichten.

»Wisst ihr, wo Albert ist?«

»Im Schweinestall«, erwiderte Thomas und zeigte mit seiner Pistole auf das neue Gebäude neben der Scheune.

»Danke.« Nach einem letzten Blick auf die Kinder machte sich Minna auf den Weg.

Albert mistete gerade aus. Es schien anstrengend zu sein. Der Schweiß stand ihm auf der Stirn. Als er sie sah, lächelte er. »Minna! Ich war mir nicht sicher, ob du heute kommst. Frau Kuhlmann meinte, dass ihre Schwägerin bei den Krawallen am Samstag verletzt wurde, und da dachte ich, dass du dich bestimmt um alles kümmern musst.«

Sie schüttelte den Kopf. »Du bist mir wichtiger.«

»Schön. Ich muss noch bis Mittag arbeiten. Danach habe ich frei.«

»Gut. Ich warte im Haus auf dich.«

Er hob grüßend die Mistgabel. »Bis später. Ich habe dir viel zu berichten. Klaus, einer meiner besten Freunde … du weißt schon … der, der nach Moskau ausgewandert ist … hat mir einen Brief geschrieben. Anscheinend ist dort alles genauso, wie er es sich vorgestellt hat.«

»Hm-hm. Das klingt interessant«, schwindelte Minna und unterdrückte ein Seufzen. Bestimmt würde Albert den ganzen Tag von nichts anderem reden. »Bis später.«

Kurz darauf stand sie in der Küche. Elsa war soeben von ihrem Einkauf zurückgekommen, und gemeinsam packten sie die Körbe mit den frischen Lebensmitteln aus.

»Weißt du, warum die Kinder heute nicht in der Schule sind?«, erkundigte sich Minna.

Elsa zuckte die runden Schultern. Sie legte den Finger an die Lippen und flüsterte: »Seit die gnädige Frau aus Berlin zurückgekommen ist, ist sie irgendwie … ganz durcheinander. Heute früh zum Beispiel hatte sie ihr Kleid verkehrt herum an … das

Futter nach außen, und hinten konnte man das Etikett sehen. Komisch, oder?«

Plötzlich machte sich Minna wieder Sorgen. »Ja, das ist allerdings komisch. Ich werde mal nach ihr sehen.«

»Mach das. Ich setz schon mal das Kartoffelwasser auf.«

Minna nickte und wischte sich die Hände an der Schürze ab, die sie sich umgebunden hatte. Anschließend stieg sie die Treppe in den ersten Stock hinauf.

»Frau Kuhlmann?« Sie klopfte leise an die Schlafzimmertür der Hausherrin. »Kann ich Ihnen eine Tasse Tee bringen?«

Alles blieb still. Nur das Klappern von Elsas Kochtöpfen drang von unten an ihr Ohr.

»Frau Kuhlmann?« Minna klopfte fester. »Frau Kuhlmann, ich öffne jetzt die Tür, um nach Ihnen zu schauen.«

Sie griff nach der Klinke … und zögerte. Was, wenn Frau Kuhlmann ungehalten reagierte? Doch darauf konnte sie jetzt keine Rücksicht nehmen. Mit neuem Mut drückte sie die Klinke hinunter und öffnete die Tür.

Zunächst begriff Minna gar nicht, was sie sah. Ihr Gehirn schien sich zu weigern, die Bilder in einen logischen Zusammenhang zu bringen. Das verknotete Bettlaken, die heraushängende, schwärzlich blaue Zunge und die baumelnden Füße ergaben überhaupt keinen Sinn. Doch dann fing plötzlich ihr Herz an zu rasen, und sie stieß einen markerschütternden Schrei aus.

# 21. Kapitel

*Oktober 1931*

Glücklicherweise hatte Minna Helenes Abschiedsbrief an sich genommen, bevor sie die Polizei gerufen hatte. Paul wurde ganz anders zumute, wenn er daran dachte, dass diese schreckliche Anklage auch in andere Hände hätte fallen können. Unwillkürlich zog er das gefaltete Papier aus der Hosentasche und überflog Helenes letzte Botschaft noch einmal, obwohl er sie bereits in- und auswendig kannte:

*»Mein liebster Paul,*
*ich bin Deine Dir vor Gott angetraute Frau, und ich liebe Dich. Wir haben drei gesunde und wunderbare Kinder in die Welt gesetzt. Aber all das scheint Dir leider gar nichts zu bedeuten. Du hast uns mutwillig verlassen und Dich für ein lasterhaftes, gottloses Leben an der Seites dieses Mannes entschieden, dessen Name mir so zuwider ist, dass ich ihn selbst jetzt – in meiner letzten Stunde – nicht aussprechen will. Schweren Herzens muss ich einsehen, dass er Dich bereits so tief in diesen moralisch verwerflichen Morast geritten hat, dass Du Dich aus eigener Kraft nicht mehr daraus befreien kannst. Ich habe neulich versucht, Dir noch ein letztes Mal die Hand zu reichen … doch Du hast meine Liebe und Unterstützung verschmäht. Jetzt stehe ich vor den Scherben meines Lebens. Alles, wofür ich gekämpft habe, ist ausgelöscht, und ich spüre, dass ich nicht mehr über genügend Kraft verfüge, mich mutterseelenallein um unsere Kinder zu kümmern. Gott schütze sie … und Dich. Ich bete für Euer Seelenheil. Ich habe alles geopfert, was ich zu geben hatte. Mir bleibt kein anderer Ausweg …*
*In ewiger Liebe, Deine Helene*

Ein solch melodramatisches Schreiben hätte er der nüchternen Helene gar nicht zugetraut. Doch letztlich hatte seine verstorbene Frau mit ihrer schrecklichen Tat genau das erreicht, was sie immer gewollt hatte: Er musste sich um die Kinder kümmern, und sein Liebesleben mit Carl lag auf Eis. Bei diesem Gedanken überkam ihn ein schlechtes Gewissen. Wie konnte er nur so egoistisch sein! Immerhin hatten Thomas, Martin und Sophie ihre Mutter verloren. Und auch ihn erschütterte Helenes verzweifelte Tat zutiefst. Auch wenn es sicher nur eine Kurzschlussreaktion gewesen war, wie damals bei ihm selbst. Ein unüberlegtes Aufbäumen gegen das Schicksal, das ihr doch trotz allem eine gesicherte Existenz vorbestimmt hatte. Wahrscheinlich hatte sie sich gar nicht ernsthaft umbringen wollen. Bestimmt war es ihr nur darum gegangen, ihm einen gehörigen Denkzettel zu verpassen. Aber von dieser Erkenntnis wurde sie leider auch nicht wieder lebendig.

Als er vorgestern Nachmittag Elisabeths Anruf mit der Unglücksnachricht erhalten hatte, war er fassungslos gewesen und hatte im ersten Moment gar nicht gewusst, was er jetzt tun sollte.

»Du musst die Kinder selbstverständlich nach Berlin holen«, hatte Carl zu ihm gesagt, nachdem er ihn lange Zeit tröstend im Arm gehalten hatte. »Wie sieht das sonst aus? Der Witwer lebt in Saus und Braus, und die armen Waisen darben allein und elternlos auf diesem primitiven Gut?«

»Natürlich«, hatte Paul gemurmelt. Was hätte er auch sonst tun sollen, er konnte seine Kinder in dieser Situation doch nicht allein lassen. Die praktischen Konsequenzen waren ihm allerdings erst später aufgegangen, als Carl Luise herbeigerufen hatte.

»Bis wir die Situation unter Kontrolle gebracht haben, müssen wir unser Leben für ein paar Monate umstellen«, informierte Carl seine Schwester, nachdem er ihr schonend die Nachricht von Helenes Tod übermittelt hatte. »Da mein Teil der Wohnung größer ist, werden die Kinder dort unterkommen müssen. Die beiden Jungen können wir im Gästezimmer einquartieren, und Sophie kann auf dem Sofa in meinem Büro schlafen. Vor den neugierigen Augen der Kleinen werden Paul und ich allerdings nicht als Paar zusammenleben können. Deshalb wird dein Bruder gleich morgen in deine Gemächer übersiedeln, und wir werden uns um die Kleinen kümmern.«

»Aber das geht doch nicht«, erwiderte Paul konsterniert. »Ich möchte natürlich mit meinen Kindern zusammenleben! Warum kannst du nicht in Luises Gemächer übersiedeln? Und sie und ich kümmern uns dann hier um die Kinder!«

Carl schüttelte langsam den Kopf. »Nein, Luise und ich müssen auf jeden Fall als Paar zusammenleben, sonst fangen die widerlichen Gerüchte wieder an. Aber selbstverständlich kannst du dich tagsüber jederzeit in unserem Teil der Wohnung aufhalten.«

»Wie stellst du dir das vor?«, erwiderte Luise skeptisch. »Meine Dreharbeiten fangen bald an.«

»Die wirst du wohl absagen müssen«, erwiderte Carl lapidar. »Die Kinder brauchen jetzt besonders viel Zuwendung. Da kannst du dich nicht in ein Filmatelier verdrücken.«

»Wie bitte? Du spinnst wohl?«, brach es aus seiner Schwester hervor. Auch Paul war bei Carls Worten ganz kalt geworden. Er sollte allein in Luises Wohnung hocken, während Luise und sein Geliebter den armen, mutterlosen Kindern ein glücklich verheiratetes Ehepaar vorspielten? Das … das war doch eine Schnapsidee.

Carls Gesichtsausdruck verhieß nichts Gutes. »Mäßige dich, Luise. Aufgrund der Umstände will ich dir deine unüberlegten Worte noch einmal durchgehen lassen. Aber ich warne dich. Sprich nie wieder so mit mir … oder du wirst es bereuen. Selbstverständlich wirst du dich um die Kinder kümmern. Sie brauchen nach dem Tod ihrer Mutter eine weibliche Hand, und du bist schließlich ihre Tante. Deine Filmchen kannst du auch später noch drehen.«

Luise starrte ihn entgeistert an, öffnete den Mund und schloss ihn wieder.

»Wie soll denn das überhaupt gehen?«, sprang Paul ihr zur Seite. »Ihr könnt doch unmöglich beide in deinem Bett schlafen, Carl?«

»Selbstverständlich nicht. Nachts komme ich zu dir.«

Paul spürte, wie ihn eine Welle der Erleichterung durchströmte. Er wollte in dieser schrecklichen Situation nicht die ganze Nacht allein sein. Aber wie zum Teufel sollten sie die Betreuung der Kinder aufteilen? Am allermeisten brauchten sie jetzt ihren Vater. Carl musste doch einsehen, dass sein Vorschlag nicht die richtige Lösung war.

Auch Luise lehnte sich weiter gegen die ihr zugedachte Rolle auf. »Ich will aber diesen Film nicht absagen, Carl. Dazu habe ich schon zu viel Zeit und Arbeit investiert. Warum stellst du nicht einfach ein Kindermädchen ein?«

Carl schüttelte den Kopf. »Weil es dich in ein schlechtes Licht rücken würde, wenn ich demnächst einen Reporter einlade, um über unser häusliches Glück nach diesem traurigen Schicksalsschlag zu berichten. Da wäre ein teures Kindermädchen fehl am Platz. Verstehst du … wir müssen auch an die Werte der Partei denken! Ein Bild von dir, umringt von drei hübschen blonden Kindern, sagt mehr als tausend Worte.«

Plötzlich hatte Paul ein hohles Gefühl in der Bauchgegend. Seine trauernden Kinder sollten vor der Presse in Szene gesetzt werden? Ob er sich nicht vielleicht doch besser eine eigene Wohnung nehmen sollte?

»Die armen Kleinen … dienen dir nur als Staffage, um deine … Ideen unters Volk zu bringen?«, stammelte Luise und sprach damit genau das aus, was Paul selbst dachte.

Carl schüttelte den Kopf. »Nein, aber das ist ein schöner Nebeneffekt.«

»Du … du …« Seine Schwester drehte sich um und wollte davonmarschieren, doch Carl versperrte ihr geschickt den Weg.

»Nicht so schnell, meine Liebe«, sagte er mit Nachdruck.

»Bitte denk noch einmal gut über alles nach. Sobald du den Raum verlässt, greife ich zum Telefon und spreche mit Hugenberg. Dann ist es nicht nur mit dieser einen Rolle vorbei, sondern auch mit allen zukünftigen. Verstehst du das?«

Großer Gott! Carl kannte offenbar keine Gnade und wollte unbedingt seinen Kopf durchsetzen. Wahrscheinlich würde er selbst ihn verlassen, wenn er sich gegen seine Pläne auflehnte.

Luise hielt den Kopf hocherhoben. »Dann gehe ich eben zu einer anderen Filmgesellschaft und lasse mich scheiden.«

Carl lächelte trotz ihrer Drohung. »Willst du wirklich den Schutz aufgeben, den du durch mich genießt? Was, wenn wieder so ein Schmierfink deine Arbeit verreißt? Was, wenn auch alle anderen Filmfirmen es ablehnen, dich zu engagieren?«

»Das … das würdest du nicht wagen.«

Carl zog die Augenbrauen hoch. »Stell mich besser nicht auf die Probe.«

Paul fühlte, wie sich sein Herzschlag beschleunigte. Dieser Streit durfte nicht eskalieren. Er wollte weder Carls Liebe noch die Unterstützung seiner Schwester verlieren. Obwohl ihm vor Angst ganz schlecht war, räusperte er sich: »Bitte. Wir sollten uns nicht streiten. Luise, ich wäre dir unglaublich dankbar, wenn du mich mit den Kindern unterstützen könntest. Und es spielt doch eigentlich überhaupt keine Rolle, ob du jetzt in diesem Film mitspielst oder später in einem anderen. Oder? Carl wird sich sicher an sein Versprechen halten, dir auch zukünftig zu helfen.«

Luise blickte nachdenklich von ihm zu Carl und wieder zurück. »Also gut … aber es ist keine Lösung von Dauer. Spätestens nächstes Jahr will ich wieder arbeiten.«

»Danke«, sagte Paul erlöst. Nicht auszudenken, wenn es zwischen Carl und Luise zum Bruch käme! Er kannte sich selbst zu gut: Sogar unter diesen Umständen würde er sich nicht von Carl trennen können und müsste dann, als schreckliche Konsequenz, von allen seinen Geschwistern isoliert leben!

»Hervorragende Entscheidung, meine Liebste«, lobte Carl.

»Dann pack schon einmal deine Sachen. Frau Müller kann dir gleich beim Umzug helfen.«

Ohne ein weiteres Wort drehte sich seine Schwester um und ging.

Die Kinder waren bereits seit drei Wochen in Berlin. Doch Sophie schien noch nicht richtig angekommen zu sein und sich in ihrer Traumwelt zu verlieren. Martin weinte viel, und Thomas tobte wie ein Wildfang durch die Wohnung. Carl sah es ihm nach, obwohl schon einiges zu Bruch gegangen war. »Ein richtiger Junge muss erst lernen, seine Muskelkraft zu beherrschen«, hatte er mit einem wohlwollenden Lächeln gemeint, als Paul sich für seinen Sohn entschuldigte. Für Martin, der nur zu den Mahlzeiten aus dem Zimmer kam, das er sich mit Thomas teilte, brachte Carl weniger Geduld auf. Und Sophies Gespräche mit ihren Puppen waren ihm vollends ein Graus. So kam es, dass auch das heutige Abendessen nicht besonders harmonisch verlief.

»Sophie, stütz nicht die Ellbogen auf dem Tisch auf! Das gehört sich nicht«, rügte Carl und blickte kurz darauf missbilligend auf Martins Teller. »Und warum isst du nicht auf?«

»Ich mag das Fleisch nicht so blutig essen«, antwortete Pauls Zweitgeborener und versteckte die Scheibe Roastbeef unter einem Salatblatt.

»Papperlapapp. Rohes Fleisch macht dich groß und stark«, erwiderte Carl. »Stell dich nicht so an.«

»Ich kann es in die Küche bringen und durchbraten lassen«, bot Paul an.

»Oh ja, bitte, Papa«, murmelte Martin.

»Auf keinen Fall«, schaltete sich Carl ein. »Der Junge isst, was man ihm vorsetzt. Wo kommen wir denn da hin, wenn hier jeder eine Extrawurst verlangt? Wenn er das Fleisch jetzt nicht essen will, bekommt er es eben noch mal zum Frühstück serviert. Und zum Mittagessen. So lange, bis ihm diese Flausen vergehen.«

Martin wurde blass, während Carl Sophie einen warnenden Blick zuwarf, da sie immer noch die Ellbogen auf dem Tisch hatte. Sie schien seinen Unwillen allerdings nicht zu bemerken.

»Carl, solche drakonischen Maßnahmen werden wohl kaum nötig sein. Martin ist doch sowieso schon ein schmaler Hänfling. Er braucht genügend Nährstoffe. Wenn er also das Fleisch nicht roh essen will, muss er das nicht tun«, erwiderte Paul mit Nachdruck. Innerlich seufzte er. Jetzt ging der Streit um die Erziehung schon wieder los. Dabei waren es *seine* und nicht Carls Kinder. Und er hatte sich schon mehrfach – wenn auch vorsichtig formuliert – jegliche Einmischung verboten.

»Widersprich mir nicht vor den Kindern«, zischte sein Geliebter wütend. Laut sagte er: »Schaut euch nur Thomas' Teller an. Der ist ratzeputz leer gegessen. Das lob ich mir. Thomas ist eben nicht so eine Memme wie du, Martin.«

»Carl! Martin ist keine Memme. Er ist ein ganz wunderbarer Junge mit einem großen musikalischen Talent«, sagte Paul und legte tröstend eine Hand auf die seines Sohnes, der zu seiner Rechten saß und den Kopf hängen ließ.

Sein Geliebter rollte ironisch mit den Augen. »Genau.«

»Jetzt hör schon auf«, fauchte Luise ihren Ehemann an. »Warum kannst du den Kleinen nicht einfach in Ruhe lassen?«

»Weshalb? Die Kinder sollen eine gute Erziehung genießen. Liebevoll, aber streng. Sonst wird nichts aus ihnen.« Plötzlich stand Carl auf und stellte sich hinter Sophie, die sich immer noch mit ihrem rechten Ellbogen auf dem Tisch abstützte. Ohne ein weiteres Wort packte er ihren kleinen Arm, hob ihn hoch und knallte ihn – mit dem Ellbogen zuerst – auf den Tisch. Es machte ein grässliches Geräusch, und Sophie fing an zu weinen.

Paul sprang so plötzlich auf, dass sein Stuhl umfiel. »Du wirst nie wieder die Hand gegen eins meiner Kinder erheben! Hast du mich verstanden?«, schrie er mit schriller Stimme.

»Wer nicht hören will, muss fühlen«, meinte Carl, richtete ungerührt Pauls Stuhl auf und ging zurück zu seinem Platz. Vor

Wut zitternd hob Paul die jämmerlich schluchzende Sophie von ihrem Stuhl und umarmte sie.

»Du verweichlichst die Kinder viel zu sehr. Die deutsche Jugend muss hart wie Kruppstahl sein«, meinte Carl abfällig. »Bei so viel Gefühlsduselei vergeht mir glatt der Appetit. Thomas, komm, wir zwei machen einen Spaziergang.«

Als die beiden das Speisezimmer verlassen hatten, seufzte Luise. »Nimm die Worte von Onkel Carl nicht zu schwer, Martin.«

Mit niedergeschlagenem Blick nickte der Junge. »Darf ich mich jetzt vom Tisch entfernen?«

»Natürlich. Ich komme gleich, um nach dir zu sehen«, erwiderte Paul, der – auf dem Boden hockend – immer noch Sophie umarmte. Wenigstens hatte die Kleine aufgehört zu weinen.

Nachdenklich wechselte er über deren Kopf hinweg einen Blick mit seiner Schwester.

»Du musst dich ihm gegenüber durchsetzen«, flüsterte Luise. »Die Kinder sind zu empfindsam, als dass man sie solchen Erziehungsmaßnahmen aussetzen sollte.«

»Das weiß ich selbst«, meinte Paul unglücklich. Er hatte erst in den letzten Tagen herausgefunden, dass Carl offenbar selbst eine schreckliche Erziehung genossen hatte. Sein Vater, ein Offizier, hatte ihn bei geringsten Vergehen mit einer Rute verprügelt. Darüber hatte Carl früher nie ein Wort verloren. Aber es war offensichtlich, dass sie in Erziehungsfragen nicht auf einen gemeinsamen Nenner kamen. Die Methoden, mit denen Paul seinen Kindern Manieren beizubringen versuchte – Ermahnungen und Lob –, waren für Carl viel zu lasch. »Die Frage ist nur, *wie* ich mich ihm gegenüber durchsetzen soll …«

Luise zuckte ratlos mit den Schultern.

»Wahrscheinlich wird es darauf hinauslaufen, dass ich mir mit den Kindern eine eigene Wohnung nehmen muss.« Da! Jetzt hatte er seinen schlimmsten Albtraum laut ausgesprochen. Dabei raubte ihm allein die Vorstellung den Atem. Wie würde Carl wohl auf einen solchen Vorschlag reagieren? Würde er ihn dann endlich ernst nehmen oder … sich von ihm trennen? Letzteres würde er nicht überleben. Alles konnte er ertragen, aber …

»Und wovon willst du die Wohnung bezahlen?«, fragte Luise, die genau wusste, wie wenig er verdiente. »Oder willst du Elisabeth und Julius um Hilfe bitten?«

»Nachdem sie uns aus dem Palais geworfen haben? Niemals«, antwortete Paul. Durch Helenes Tod war er in eine schreckliche Sackgasse geraten. Auch die Beziehung zwischen Carl und Luise hatte Schaden genommen. Entschuldigend fügte er hinzu: »Manchmal kann Carl auch sehr nett und liebevoll mit ihnen sein. Gestern hat er den Jungen sogar eine Gutenachtgeschichte vorgelesen.«

Luise, die sich vom Tisch erhoben hatte, strich ihr elegantes Kleid glatt. »Trotzdem … so geht es nicht weiter. Vielleicht versuchst du doch noch einmal, mit ihm zu reden.«

Paul nickte unglücklich. Er hatte noch einen anderen schweren Gang vor sich. Aber davon erzählte er Luise besser nichts. Das würde sie nur unnötig aufregen.

Nicht nur Elisabeth und Friedrich hatten ihm zum Tod von Helene kondoliert. Auch seine ältere Schwester Johanna, mit der er eigentlich zerstritten war, hatte sich bei ihm gemeldet, um ihm und den Kindern Trost zuzusprechen. Schon vor diesem Anruf hatte Luise ihm ins Gewissen geredet, seine bei dem Überfall vor der Synagoge verletzte Schwester am Krankenbett zu besuchen. Doch genauso, wie er Luises Frage ausgewichen war, warum er sich mit so schrecklichen Menschen wie Graf von Helldorff abgab, hatte er bislang auch diese unliebsame Aufgabe vor sich hergeschoben. Jetzt fühlte sich Paul allerdings in der Pflicht. An einem sonnigen, kalten Morgen, nachdem er die Kinder in die Schule gebracht hatte, machte er sich auf den Weg zu Johannas Wohnung. Seine Schwester musste sich wegen der Gehirnerschütterung immer noch schonen. Er hatte seinen Besuch absichtlich so terminiert, dass Samuel in seiner Praxis sein würde und Gabriel in der Schule.

Mit einem leichten Grummeln im Bauch betätigte er die Klingel.

Das neu eingestellte Zimmermädchen wusste nicht, wer er war, doch als er es ihr erklärte und sie mit Johanna Rücksprache genommen hatte, führte sie ihn bereitwillig ins Schlafzimmer seiner Schwester.

»Paul!«, rief Johanna, als er eintrat. »Wie schön, dich zu sehen.«

Seine Schwester sah blass aus. Auf der Stirn trug sie ein Pflaster, und auf der Wange hatte sie einen verkrusteten Kratzer. Ihr Anblick rührte ihn und ließ unmittelbar Erinnerungen an früher hochkommen, als sie noch alle gemeinsam bei ihren Eltern gewohnt hatten. Johanna war von jeher die warmherzigste und liebste von seinen Schwestern gewesen. Sie konnte keiner Fliege etwas zuleide tun. Plötzlich bereute er seine Stippvisite und das, was er ihr nun antun musste. Aber er hatte keine andere Wahl. Carl hatte ihm diesbezüglich die Pistole auf die Brust gesetzt. »Ich freue mich auch, dich zu sehen«, sagte er.

»Geht es den Kindern gut?«, erkundigte sie sich mit einem besorgten Gesichtsausdruck.

Er nickte. »Den Umständen entsprechend.«

»Wie schrecklich! Ich verstehe nicht, wie Helene den Kleinen so etwas antun konnte.«

»Ich auch nicht«, pflichtete Paul ihr bei. Er strich ihr sanft über die Hand. »Und wie geht es dir?«

Ein Schatten flog über ihr Gesicht. »Ich habe noch immer schreckliches Kopfweh.«

»Das tut mir leid«, sagte er wahrheitsgemäß.

Johanna warf ihm einen prüfenden Blick zu. »Und mehr hast du nicht dazu zu sagen? Es waren immerhin SA-Männer, praktisch Freunde von dir, die Samuel und mich so zugerichtet haben.«

Paul überlegte kurz. Eigentlich hatte er zunächst noch unverfänglich mit Johanna plaudern wollen, bevor er zu den schwierigen Themen vorstieß. Aber wenn sie jetzt von ganz allein damit anfing? »Liebes«, begann er vorsichtig. »Du weißt, dass unsere Gesellschaft in den letzten Jahren starken Veränderungen unterworfen war. Dadurch und durch die Weltwirtschaftskrise haben wir momentan Probleme, der die derzeitige Regierung nicht Herr wird. Denk doch nur an die vielen Arbeitslosen und …«

»Worauf willst du hinaus?«, unterbrach Johanna ihn. »Kannst du dich nicht einfach von diesen Schlägertypen lossagen? Paul, du bist ein feingeistiger, durch und durch musischer Mensch. Denk doch nur daran, wie beseelt du früher Klavier gespielt hast. Als Liebhaber von Bach und Beethoven kannst du doch unmöglich gemeinsame Sache mit diesen derben, einfältigen …«

»Sprich es nicht aus«, bat Paul. »Ich will nicht, dass du später, wenn die NSDAP erst einmal an der Macht ist, Probleme bekommst. Es ist nur noch eine Frage der Zeit, bis das passiert, und dann sieht es schlecht aus für … die Juden.«

»Du billigst, was diese schrecklichen Leute mir und meiner Familie angetan haben?« Johanna starrte ihn mit großen Augen an.

Paul seufzte. »Es ist kompliziert. Persönlich habe ich – wie du weißt – überhaupt nichts gegen Juden. Auch dass die Arier eine Herrenrasse sein sollen, leuchtet mir nicht unbedingt ein.« Er holte tief Luft. »Aber … die NSDAP ist nun einmal antisemitisch, und ich kann mir einfach nicht vorstellen, dass es irgendeine andere Partei schafft, den deutschen Karren aus dem Dreck zu ziehen. Wir brauchen einen starken Führer. Wir brauchen die NSDAP.« Letzteres hatte er in den vergangenen Monaten täglich von Carl und seinen Freunden zu hören bekommen. Und es ergab Sinn für ihn. Die vielen Parteien, die vielen Regierungen waren schlecht für sein Vaterland. Es brauchte einen starken Mann, bei dem alle Fäden zusammenliefen und der auch schwierige Maßnahmen ohne Widerspruch durchsetzen konnte. Und wo gehobelt wurde, fielen nun mal Späne. Das bedeutete, dass es für die deutschen Juden in den nächsten Jahren ungemütlich werden würde. Und er schuldete es seiner Schwester, dies klipp und klar auszusprechen.

Johannas Lippen waren leicht geöffnet. Ihr Atem ging unregelmäßig. »Warum erzählst du mir das alles? Wenn du dich endgültig dem Bösen zugewandt hast … was machst du dann noch hier?«

Er griff nach ihrer Hand, doch Johanna zog sie weg. »Johanna, du musst dich von Samuel scheiden lassen. Er sollte zu seiner eigenen Sicherheit von hier weggehen. Vielleicht sogar zusammen mit Gabriel. Die beiden könnten doch für ein paar Jahre zu seinen Eltern nach Paris ziehen. Hier werdet ihr als Juden nicht mehr sicher sein. Glaub mir, wenn Hitler gewählt wird … und das steht völlig außer Frage … dann …«

In Johannas Augen trat plötzlich ein seltsamer Glanz. »Du willst, dass ich meine Familie im Stich lasse und … mir hier unter deinem Hitler ein schönes Leben mache?«

»Nur für ein paar Jahre. Bis es Deutschland besser geht. Und ehrlich gesagt, wäre es auch für meine Karriere bei der Partei besser, wenn ich keine konvertierte Jüdin zur Schwester hätte. Ich meine, jetzt, wo ich in Bad Doberan nicht mehr gern gesehen bin, muss ich schließlich auch gucken, wo ich bleibe.«

Für einen Moment blieb Johanna still. Schließlich sah sie ihm fest in die Augen und sagte: »Paul, mach dir keine Sorgen. Du hast keine Jüdin mehr zur Schwester.« Ihre Stimme klang merkwürdig flach.

»Dann wirst du dich …«

»Du hast keine Jüdin mehr zur Schwester, weil ich mich hier und heute von dir lossage. Bitte verlass augenblicklich meine Wohnung. Ich kann und werde dich nie mehr wiedersehen. Leb wohl.« Sie drehte den Kopf zur Seite, vermutlich, um ihn nicht mehr ansehen zu müssen.

»Johanna … ich …«, stammelte Paul. Aber er wusste, dass sie es ernst meinte.

»Bitte geh jetzt.«

Mit weichen Knien stand er von dem Stuhl neben ihrem Bett auf und wankte zur Tür. Diese endgültige Trennung hatte er nicht gewollt. Aber plötzlich schien sie unvermeidlich. Johanna und er hatten ihr jeweiliges Leben nach einer gemeinsamen Kindheit auf unterschiedliche Schienen gesetzt. Eine Zeit lang waren sie friedlich nebeneinander hergefahren. Doch jetzt waren die Weichen neu gestellt worden, und ihre Wege mussten sich trennen.

Minna schüttelte sich. Es waren bereits vier Wochen seit Frau Kuhlmanns Selbstmord vergangen, und trotzdem wurde sie beinahe täglich von den schrecklichen Bildern heimgesucht. Die Abreise der weinenden Halbwaisen war ebenfalls schlimm gewesen. Wie es ihnen jetzt wohl erging? Nachdenklich rührte sie in der frisch angesetzten Rotweinsauce. Sie grübelte zu viel. Wenn sie in der Küche ordentlich etwas zu tun gehabt hätte, wären ihr diese unerquicklichen Gedanken sicherlich schnell vergangen. Aber es waren leider kaum Gäste im Hotel, und die wenige Arbeit schafften sie und ihre Mitarbeiter mit links. Herr Falkenhayn hatte auch für die Küchenangestellten einen Schichtdienst eingeführt. Nur sie selbst arbeitete in Vollzeit, alle anderen lediglich an zwei Tagen in der Woche. Nach der Eingewöhnungsphase klappte es ziemlich gut, auch wenn es manchmal vorkam, dass ein Pâtissier Gemüse schnippeln musste. Niemand beschwerte sich. Alle waren froh, in diesen schweren Zeiten überhaupt noch ein Einkommen zu haben.

Da das Hotel nun weder SA-Schergen noch NSDAP-Mitglieder beherbergte, hatte Minna Frau Falkenhayn gefragt, ob Albert nach Bad Doberan zurückkehren dürfe. Ihre Chefin hatte nichts dagegen gehabt. Schließlich lief selbst auf dem Gut alles auf Sparflamme. Aufgrund des schönen Wetters hatte die Apfelernte bereits Ende September stattgefunden, und auch die Felder waren längst abgeerntet. Kein Angehöriger der Besitzerfamilie wohnte momentan dort, und die Kühe, Hühner und Schweine konnten genauso gut vom restlichen Personal versorgt werden. Seit Albert wieder mit ihr in der Dienstwohnung wohnte, war ihre freie Zeit deutlich schöner geworden. Endlich kehrte sie nach einem langen Arbeitstag nicht in ein leeres, dunkles Zuhause heim, sondern wurde von einem liebevollen Ehemann erwartet. Außerdem fühlte Minna sich wesentlich sicherer, wenn Albert sie auf ihre Einkaufstouren begleitete. Besonders, weil Konrad öfter vor dem Hotel herumlungerte, seit Herr von Herrhausen dort nicht mehr ein und aus ging, und dem Portier provozierende Blicke zuwarf. Kurz vor Alberts Rückkehr hatte er sie bei einem Spaziergang sogar erneut belästigt, und selbst eine Anzeige bei der Polizei, zu der sie Frau Falkenhayn ermutigt hatte, schien keinen Eindruck auf ihn zu machen. Was im Nachhinein nicht weiter verwunderlich war, denn die Ordnungsmacht hatte ihn noch nicht einmal verwarnt.

Nur politisch gesehen ging alles den Bach hinunter. Die Sozialdemokraten und die Kommunisten waren sich uneins wie eh und je, während die rechten Parteien sich mit paramilitärischem Pomp zur sogenannten Harzburger Front zusammengeschlossen hatten. Sie bekannten sich ganz offen zu ihrem gemeinsamen Willen, die Regierung Brüning zu stürzen und die Macht an sich zu reißen. Albert und seine Genossen waren außer sich und planten für Ende des Monats einen Protestmarsch in Bad Doberan.

»Muss das wirklich sein?«, fragte Minna besorgt, als sie ihm eins der kürzlich eingekauften Senfgläser reichte. »Überall im Ort wimmelt es von SA-Männern. Selbst der Sohn des Metzgers trägt inzwischen ein braunes Hemd. Sie werden euch ganz schrecklich verprügeln.«

Albert, der im Vorratsraum des Palais auf einer kleinen Leiter stand, verstaute das Glas im obersten Regal. »Natürlich muss das sein. Wir müssen den rechtschaffenen Bürgern klarmachen, dass es Alternativen gibt.«

»Aber du bist gerade erst wieder von deinen Verletzungen genesen und …«

»Minna, wenn unserem Heimatland eine schreckliche Plage droht, muss man klare Kante zeigen. Sonst macht man sich die

Hände genauso schmutzig wie … wie dieses braune Ungeziefer.«

»Ich werde keine ruhige Minute haben, bis du sicher zurück bist.«

Albert streckte die Hand nach dem nächsten Senfglas aus, und sie hielt es noch ein bisschen höher. Anstatt es anzunehmen, umfing er zärtlich ihre Finger. »Bitte mach dir keine Sorgen. Wenn sie uns anrempeln, rempeln wir zurück.«

»Wenn es mal nur beim Rempeln bleibt«, flüsterte sie.

Er ließ ihre Hand los und ergriff das Glas. »Manche Sachen sind es wert, dass man dafür etwas auf die Nase bekommt.«

»Dann lass mich mit euch marschieren«, forderte Minna.

Er schüttelte den Kopf. »Nein, das ist nicht sicher für dich.«

»Aber es gehen doch auch einige Genossinnen mit.«

»Das ist was anderes«, wehrte Albert ab. »Sie wissen, worauf sie sich da einlassen.«

»Und ich weiß das nicht?«, fragte sie beleidigt.

Auf seinem sommersprossigen Gesicht erschien ein neunmalkluges Lächeln. »Du wusstest es, als du mich geheiratet hast.«

Albert war hart geblieben. Sie musste an diesem kalten Oktobertag zu Hause auf ihn warten. Als er gegen zwei Uhr nachmittags mit seinen Freunden Karl Klöcking und Peter Bohn weggegangen war, hatte sie inbrünstig für die drei gebetet. Jetzt wurde es bereits Abend, und sie wusste noch immer nicht, wie es gelaufen war. Unglücklich blickte sie zur Uhr. Es wurde Zeit, sich auf den Weg in die Küche zu machen. Hoffentlich verschaffte ihr das Kochen ein wenig Ablenkung.

Minna zog sich eine Jacke über, schloss die Dienstwohnung ab und trat vor die Haustür. Von hier aus waren es nur wenige Schritte bis zum Personaleingang, über dem eine große, runde Laterne leuchtete. Das tat auch not, denn der schmale, von einer dichten Hecke flankierte Weg lag im Dunkeln.

»Minna?«, fragte eine Stimme hinter ihr.

Sie fuhr herum. Vor so vielen Jahren wäre sie an genau dieser

Stelle um ein Haar vergewaltigt worden. Ihr Herz klopfte. Doch der dünne Mann mit der Arbeitermütze, den sie im schummerigen Licht nur schemenhaft erkennen konnte, wirkte nicht gefährlich. »Ja?«, fragte sie zögernd.

»Ich soll Ihnen etwas ausrichten ...«, begann er, doch statt weiterzusprechen, zog er sich die Mütze vom Kopf und knetete sie nervös.

Eine eisige Hand schloss sich um ihr Herz. Albert! Es war etwas mit ihrem Ehemann passiert! Sie brachte kein Wort über die Lippen und nickte nur.

»Wir sind gemeinsam durch die Alexandrinenstraße marschiert, als sie uns aus einem Hinterhalt angegriffen haben.« Er räusperte sich. »Dann kam es zu einem Handgemenge, und auf einmal sind Schüsse gefallen.«

»Nein!«, rief Minna und schlug sich die Hand vor den Mund.

»Die Genossen Klöcking und Bohn waren sofort tot ...«

Minna hatte das Gefühl, ihr Herz würde vor Anspannung aufhören zu schlagen. »Was ist mit Albert?«, keuchte sie.

»Er ist verletzt. Beinschuss. Aber ...«

»Wo ist er? Bringen Sie mich sofort zu meinem Mann!«

Der dünne Kerl erstarrte. »Ähm ... das ist es ja gerade. Albert ist mit einem anderen Genossen geflohen. Er hatte Angst, der Schütze könnte ihm sonst bis ins Hotel folgen, um sein Werk zu vollenden.«

»Bis ins Hotel?«, stammelte sie.

»Ja, er meinte, Sie würden den Schützen kennen. Er heißt ...«

»Konrad«, murmelte sie instinktiv, und es war, als ob sich in ihrem Inneren eine Flamme entzündete.

»Genau.«

Plötzlich war ihr trotz der Kälte heiß. In ihr loderte ein Inferno aus Hass. »Wie kann ich mit meinem Mann in Kontakt treten?«, fragte sie heiser.

Der Mann zuckte mit den Schultern. »Ich weiß nicht, wohin die beiden geflüchtet sind. Bestimmt wird er Ihnen einen Brief schreiben, sobald er in Sicherheit ist.«

Die Ungewissheit, ob Albert lebte und es ihm gut ging, würde sie umbringen. Das war mehr, als sie ertragen konnte. Mit hängendem Kopf starrte sie in die Dunkelheit. »Vielen Dank für die Nachricht.«

»Gern geschehen. Passen Sie auf sich auf.« Der Genosse, dessen Namen sie nicht kannte, drehte sich um und verschwand. Minna war mit ihren Sorgen und ihrem unbändigen Hass auf Konrad allein.

# 22. Kapitel

*Januar 1932*

Wie schnell die Tage doch vergingen. Manchmal sehnte sich Elisabeth in ihre Kindheit zurück, als die Zeit stillzustehen schien. Als sie noch behütet im Schoß ihrer Familie in Berlin gelebt hatte und ein Ausflug in den Zoo *das* Ereignis des Sommers gewesen war. Aber all das lag lange zurück, und sie musste sich den aktuellen Problemen stellen. Am meisten beschäftigte sie das Verschwinden von Minnas Ehemann, von dem es seit Ende Oktober kein Lebenszeichen mehr gab. Die Ungewissheit über Alberts Verbleib schien Minna von innen heraus aufzufressen. Sie war nur noch ein Schatten ihrer selbst. Ganz gleich, was Julia und sie unternahmen, nichts konnte die Köchin aufmuntern. Julius hatte einen Privatdetektiv engagiert, um Albert zu finden. Doch seine Spur verlor sich nach einem eintägigen Aufenthalt in Wismar, wo er sich das Bein von einem Arzt hatte versorgen lassen. Elisabeth war sich inzwischen sicher, dass er an den Folgen seiner Verletzung verstorben war. Welcher liebende Ehemann hätte seine Ehefrau ansonsten derart im Ungewissen gelassen? Doch sie hütete sich, ihre Befürchtung auszusprechen, denn Minna klammerte sich wie eine Ertrinkende an die Hoffnung, dass äußere Umstände ihn daran hinderten, sich bei ihr zu melden. Die kirchliche Bestattung von Alberts Freunden hatte Anfang November stattgefunden. Mehr als tausend Menschen waren dabei gewesen, darunter auch viele Kommunisten aus anderen Städten. Minna hatte danach tagelang geweint.

Doch Alberts Verschwinden war beileibe nicht die einzige Sorge, die Elisabeth quälte. Während sie und Paul sich wieder etwas angenähert hatten und von Zeit zu Zeit am Telefon plauderten, wenn auch nur über unverfängliche Themen, schien das Zerwürfnis zwischen ihrem Bruder und Johanna unüberbrückbar zu sein. Die Fronten zwischen ihren Geschwistern waren derart verhärtet, dass sie kein einziges Wort mehr miteinander sprachen.

»Nein, Lisbeth. Auch wenn ich, wie du sagst, die Klügere bin … diesmal werde ich nicht nachgeben«, verkündete Johanna am Telefon. »Er hat sich gegen uns und für unsere Feinde entschieden.«

»Ich weiß, und es ist schrecklich, was er von dir verlangt hat. Aber er ist doch dein kleiner Bruder«, erwiderte Elisabeth traurig. »Bestimmt wird er eines Tages erkennen, dass er einen Fehler gemacht hat.«

»Vielleicht, aber dann ist es zu spät«, sagte Johanna unversöhnlich. »Der Judenhass hier in Berlin wird immer schlimmer. Ich traue mich kaum noch auf die Straße. Gestern haben nationalsozialistische Studenten ihre jüdischen Kommilitonen am Betreten der Hörsäle gehindert. Vier jüdische Studenten wurden dabei verletzt. Wie kann er nur mit diesen barbarischen Taten einverstanden sein?«

Elisabeth seufzte. »Wie furchtbar. Willst du nicht mit Gabriel für eine Weile nach Bad Doberan ziehen? Es gefällt mir gar nicht, dass du in diesem Hexenkessel wohnen bleibst.«

»Wie stellst du dir das vor? Soll ich Samuel allein lassen? Er wird doch niemals seine Praxis im Stich lassen. Außerdem könnte es demnächst voll bei euch werden«, erklärte sie mysteriös.

»Wieso sollte es?«

»Ich habe mich neulich mit Luise auf einen Kaffee getroffen, und Pauls Kinder scheinen sehr unglücklich mit dieser neuen Wohnsituation zu sein. Offenbar ist Carl ziemlich streng mit ihnen. Paul überlegt wohl, dich zu fragen, ob du die drei vielleicht zu dir nehmen würdest.«

»Ich?« Elisabeth war verwirrt. »Aber Paul würde doch niemals auf seine Kinder verzichten.«

»Wenn es ihrem eigenen Schutz dient? Angeblich ist er auch entsetzt über Carls rüden Umgang mit ihnen. Einen letzten Rest Herz scheint er sich bewahrt zu haben.«

»Also, ich muss erst mit Julius sprechen, aber ich bin mir sicher, dass Pauls Kinder bei uns jederzeit willkommen wären. Wir haben genug Platz und Personal, um uns um sie zu kümmern. Doch ich kann Paul unmöglich selbst darauf ansprechen.«

»Nein, ich finde auch, dass du abwarten solltest, bis er sich an dich wendet. Sonst ist er gleich wieder eingeschnappt«, stimmte ihre Schwester zu. »Übrigens gehen Pauls Kinder jetzt in dieselbe Schule wie Gabriel.«

»Ja? Und was erzählt dein Sohn?«

»Ehrlich gesagt, nicht allzu viel Gutes. Auf Thomas scheint die Ideologie seines Vaters bereits abgefärbt zu haben. Er tyrannisiert die jüngeren Schüler, stiehlt ihnen die Tornister und versteckt sie im Gebüsch. Außerdem tut er so, als würde er Gabriel, der immerhin sein Cousin ist, nicht kennen. Stattdessen zieht er mit diesen Jungvolk-Pimpfen umher. Kein begrüßenswerter Umgang. Sophie scheint dagegen Schwierigkeiten zu haben, überhaupt Anschluss zu finden. Sie bleibt auf dem Pausenhof oft allein. Nur mit Martin hat mein Sohn Kontakt. Die beiden Jungen sind zusammen im Schulchor.«

»Die armen Kinder. Bestimmt vermissen sie Helene sehr. Ich habe unsere Schwägerin ja nie so besonders gemocht. Aber die eigenen Kinder auf diese Weise im Stich zu lassen, das zeugt schon von krankhafter Selbstsucht.«

»Sie muss furchtbar unter dieser verfahrenen Situation gelitten haben«, verteidigte Johanna die Verstorbene. »Paul hätte sie niemals heiraten dürfen.«

»Ehrlich gesagt, habe ich viel darüber nachgedacht, und ich glaube, dass wir auch nicht ganz unschuldig daran waren, dass Paul diese unglückselige Ehe eingegangen ist«, gestand Elisabeth. »Irgendwie haben wir ihn da reingedrängt. Denk doch nur, wie überschwänglich Mutter früher von Helene geschwärmt hat. Sie war völlig euphorisch, weil Paul endlich eine passende

Frau gefunden zu haben schien. Dabei wussten wir alle, wie es um ihn stand. Es muss für ihn damals eine wahre Tragödie gewesen sein, als Robert sich von ihm abgewandt hat, weil er an diese einfältige Frau gefesselt war.«

»Man soll nichts Böses über die Toten sagen«, entgegnete Johanna kühl. »Und irgendwie ist doch jeder seines eigenen Glückes Schmied.«

Daraufhin schwieg Elisabeth. Es war offensichtlich, dass ihre sonst so friedfertige Schwester kein gutes Haar an Paul lassen wollte. Kurz darauf beendete sie das Telefonat.

Beim Abendessen, es gab Mecklenburger Rippenbraten mit Klößen, berichtete Julius zunächst von einer beunruhigenden lokalen Brandserie: Offenbar hatte letzte Woche jemand mutwillig die Gaststätte Brandt's Höh abgefackelt. Gestern Abend standen dann die Scheunen und Ställe des Kurhauses von Heiligendamm in Flammen. Glücklicherweise waren keine Toten oder Verletzten zu beklagen, aber der Sachschaden war immens.

»Weiß die Polizei schon, wer es gewesen sein könnte?«, fragte Julia interessiert und stippte ein Kloßstückchen in die leckere Soße.

Julius schüttelte den Kopf. »Nein. Aber man kann sich ja denken, wer das war. Der Betreiber von Brandt's Höh hat sich vor Kurzem öffentlich über betrunkene SA-Männer aufgeregt, und der Besitzer der Heiligendamm GmbH ist Jude.«

»Um Himmels willen«, sagte Elisabeth und musste an Konrad denken. Ob er und seine Kumpane ähnliche Pläne für das Palais hegten?

Julius' Gedanken schienen in eine ähnliche Richtung zu gehen. »Wahrscheinlich sollten wir einige Sicherheitsleute einstellen«, meinte er bekümmert und legte sein Besteck neben den Teller.

»Aber das Hotel überlebt sowieso allein dank deiner finanziellen Großzügigkeit. Die zusätzlichen Kosten würden alles nur noch schlimmer machen«, warf Elisabeth mit einem schlechten Gewissen ein. »Sollten wir stattdessen nicht doch wieder mit den Nationalsozialisten Geschäfte machen? Ich meine, nicht ausschließlich ... nur von Zeit zu Zeit.« Unsicher blickte sie Julius an.

»Auf keinen Fall!«, antwortete er mit fester Stimme. »Genau darauf legen sie es mit ihrer Terrortaktik an. Sie wollen Angst und Schrecken verbreiten, damit wir alle vor ihnen kuschen.«

»Aber ...«

Er legte seine Hand auf ihren Arm. »Nein, mein Liebling. Kein Wenn und kein Aber. Mit solchen Leuten wollen wir nichts zu tun haben.«

Julia nickte. »Ich bin da vollkommen einer Meinung mit Papa.«

Elisabeth lächelte. Wann wäre das schon einmal nicht der Fall gewesen? Die beiden hielten zusammen wie Pech und Schwefel. »Wir müssen übrigens noch über etwas anderes sprechen. Johanna hat mir heute früh erzählt, dass Pauls Kinder sehr unglücklich in ihrem neuen Zuhause sind. Falls mein Bruder uns bitten sollte, die drei in ihrer gewohnten Umgebung – also bei uns – aufzunehmen, hättet ihr etwas dagegen?«

»Natürlich nicht«, erwiderte Julius. »Die armen Würmer.«

Elisabeth blickte erwartungsvoll zu Julia, die noch nichts gesagt hatte. »Und du, mein Schatz?«

»Nur über meine Leiche«, stieß Julia hervor, warf ihre Serviette auf den Tisch und sprang auf. »Niemals!«

Vollkommen perplex beobachtete Elisabeth, wie ihre sonst so wohlerzogene Tochter zur Tür rannte und hinausstürmte. »Weißt du, welche Laus ihr da über die Leber gelaufen ist?«, fragte sie Julius.

»Ich habe keine Ahnung. Soll ich mit ihr sprechen?«

»Nein, lass mich«, meinte Elisabeth mit klopfendem Herzen. »Ich habe schließlich diese Reaktion provoziert.«

Leise betrat sie das Schlafzimmer. Julia lag mit dem Gesicht nach unten auf dem Bett und schluchzte heftig. Was hatte das nur zu bedeuten? Sie konnte doch unmöglich derart eifersüchtig auf ihre Cousins und ihre Cousine sein? Ratlos näherte sich Elisabeth und setzte sich neben ihre Tochter aufs Bett. Mit einer Hand strich sie ihr tröstend über die Haare. »Liebling, wenn du nicht willst, dass Pauls Kinder zu uns kommen, ist das in Ordnung. Du musst dich nicht grämen.«

Julias Rücken hob und senkte sich in einem ruhigeren Rhythmus. Aber sie sagte kein Wort.

»Magst du Thomas, Martin und Sophie nicht? Oder ist etwas zwischen euch vorgefallen?«, erkundigte sich Elisabeth. »Du warst schon letztes Jahr Weihnachten so traurig, als du von Gut Bellhagen zurückgekommen bist … ist damals irgendetwas passiert, wovon ich nichts weiß?«

Julia setzte sich abrupt auf und wischte sich die Tränen aus dem Gesicht. »Martin und Sophie können ruhig kommen«, flüsterte sie.

»Es ist also Thomas, der dich so traurig macht?«, fragte Elisabeth, erleichtert darüber, dass ihre Tochter sich ein wenig gefasst zu haben schien. »Habt ihr euch gestritten?«

Julia schüttelte den Kopf. »Nein.«

»Hat er dir irgendwie wehgetan?«

Erneut schwammen Julias Augen in Tränen. »Nein …«, sagte sie zögerlich. Auf einmal schien sie all ihren Mut zusammenzunehmen und korrigierte sich: »Doch. Er hat mir etwas getan.«

Elisabeth griff nach der Hand ihrer Tochter und hielt sie fest. »Es ist meine Schuld. Ich hätte dich damals nicht allein nach Gut Bellhagen fahren lassen dürfen.«

»Aber du hast mir nur meinen Wunsch erfüllt«, meinte Julia kleinlaut.

»Trotzdem. Ich fühle mich schuldig.«

Julia schlang plötzlich beide Arme um sie. »Nein, Mama. Du kannst nichts dafür. Thomas ist böse. Nicht du.«

Gerührt drückte Elisabeth sie an ihre Brust. »Willst du mir erzählen, was er getan hat?«

»Ich … ich weiß nicht.«

»Wie du magst. Obwohl ich glaube, dass es eine große Erleichterung für dich wäre, wenn du dich jemandem anvertrauen würdest. Oder soll ich Papa holen?«

Zu Elisabeths Überraschung löste Julia sich aus der Umarmung und schüttelte vehement den Kopf. »Nein, bitte nicht.«

»Dann willst du es mir sagen?«, fragte sie sanft.

»Er hat … er hat …«, stammelte Julia. Elisabeth fühlte, wie ein Schauer durch ihre Tochter lief. »… seine Hose aufgemacht und … mich gezwungen … ihn … anzufassen.« Sie brach erneut in Tränen aus. »Und … und er hat gesagt, beim nächsten Mal würde er …« Ihre Worte gingen in neuerlichem Schluchzen unter.

Elisabeth konnte sich denken, was Thomas Julia angedroht hatte. Großer Gott. Das hätte sie nicht für möglich gehalten. In ihren Augen war er noch ein Kind! Unwillkürlich zog sie ihre Tochter erneut an die Brust. »Liebes, es tut mir so leid, dass du so etwas Schlimmes durchmachen musstest. Selbstverständlich werden wir Thomas nicht bei uns aufnehmen. Und du wirst nie wieder mit ihm irgendwo allein sein müssen. Das werde ich zu verhindern wissen.«

»Danke, Mama«, flüsterte Julia und drückte ihre tränennasse Wange an ihre Schulter.

»Ich liebe dich«, sagte Elisabeth ergriffen.

»Ich liebe dich auch, Mama.«

Thomas stopfte sich eine weitere Gabel mit Kuchen in den Mund. Es war bereits sein drittes Stück.

»Bekommt ihr auch wirklich genug zu essen, mein Sohn?«, erkundigte sich Paul.

»Na klar. Nur eben keine Torte«, erwiderte der Junge mit einem sahneverschmierten Grinsen.

»Und wie sieht dein Tagesablauf aus?«

»Wir stehen um halb sechs Uhr auf, machen einen Dauerlauf zum Wachwerden, dann Waschen, Frühstücken und Schule«, verkündete er mit vollem Mund. »Nachmittags spielen wir Fußball, Tischtennis oder Handball. Und nach dem Abendessen machen wir unsere Hausaufgaben.«

»Das hört sich ziemlich anstrengend an. Dürft ihr zum Ausgleich denn auch musizieren oder malen?«

»Nö. Das will aber auch keiner meiner Kameraden. Musik ist doch Mädchenkram.«

»Findest du?« Er selbst hatte früher leidenschaftlich gern Klavier gespielt. Aber seine Kinder waren, bis auf seinen Sohn Martin, wohl anders veranlagt.

Thomas ging nicht weiter darauf ein. Besorgt blickte er auf die Wanduhr des Cafés, in dem sie gerade saßen. »Es ist schon halb fünf durch, Vater. Ich glaube, ich muss jetzt zurück.«

Paul atmete auf. Gerade hatte er Thomas in sein Internat zurückgebracht, wo sich der Junge sehr wohl zu fühlen schien. Ohne sich umzublicken, war er aus dem Wagen gesprungen und auf das Gebäude zugestoben. Die Lehrer, mit denen Paul am Morgen gesprochen hatte, waren mit seinen schulischen Leistungen zufrieden und hatten durchblicken lassen, dass er auch gut mit den anderen Knaben auskam und sich regelmäßig sportlich betätigte. Endlich war die Situation mit den Kindern wieder unter Kontrolle.

Elisabeths Anruf hatte ihn schockiert. Sein dreizehnjähriger Thomas sollte in diesem jungen Alter bereits ein Sittenstrolch sein? Und das, obwohl Helene damals noch am Leben gewesen war? Trotzdem hatte er nicht an Julias Worten gezweifelt. Seine Nichte war zu anständig, um sich eine solche Geschichte auszudenken. Außerdem hatte Minna die näheren Umstände der Tat bestätigt. Nachdem er Thomas zur Rede gestellt und dieser die Anschuldigungen lediglich mit einem Grinsen quittiert hatte, hatte er beschlossen, den Jungen in die Erziehungsanstalt *Urania* in der Nähe von Berlin zu schicken. Es war offensichtlich, dass Thomas eine strengere Hand und ein geregelteres Leben brauchte. Hoffentlich würde man ihm dort diese schlimmen Flausen wieder austreiben.

Kurz nach dem Telefonat mit Elisabeth, das trotz des schwierigen Themas sehr zivilisiert verlaufen war, hatte er sich ein Herz gefasst und sie gefragt, ob Martin und Sophie nicht für einige Zeit zu ihr ins Palais ziehen könnten. Da er nichts von seinen täglich schlimmer werdenden Streitigkeiten mit Carl erzählen wollte, hatte er schlichtweg behauptet, er sei nach einschlägiger Lektüre zu der Überzeugung gelangt, dass die Kinder – so kurz nach dem Tod ihrer Mutter – besser im tröstlichen Umfeld einer richtigen Familie untergebracht wären. Elisabeth hatte sich glücklicherweise sofort bereit erklärt, die beiden Kleinen bei sich aufzunehmen. Nach deren kurz darauf erfolgtem Umzug nach Bad Doberan schien sogar Carl erleichtert zu sein. Selbst ihn hatte das ständige Hickhack ganz offensichtlich überfordert. Und auch wenn er sich nicht groß entschuldigt hatte, war ihre Beziehung wieder zärtlicher und harmonischer geworden. Luise begrüßte diese neue Regelung ebenfalls. Jetzt konnte sie wieder ohne schlechtes Gewissen ihrem Beruf nachgehen. Momentan hielt sie sich zu Dreharbeiten in Wien auf.

Obgleich Paul der Umgang mit seinen Kindern sehr fehlte und er sie nur jedes dritte Wochenende besuchen konnte, war er dankbar, dass endlich wieder Ruhe in sein Privatleben eingekehrt war. Das tat auch bitter not, denn seit Februar war in der NSDAP-Parteizentrale, wo er inzwischen festangestellt arbeitete, der Teufel los. Joseph Goebbels, der seit Kurzem verheiratete Gauleiter von Berlin-Brandenburg, hatte die Kandidatur Adolf Hitlers für die Reichspräsidentenwahl verkündet! Gemeinsam mit seinen Kollegen hatte Goebbels akribisch den Wahlkampf geplant und dafür auch ein neues Propagandamittel konzipiert: eine Schallplatte mit den wichtigsten Reden von Herrn Hitler. Paul war für die Vervielfältigung und Verteilung derselben zuständig. Das war eine große Aufgabe und erfüllte ihn mit Stolz. Nur mit größter Mühe hatte er sich den heutigen Tag freinehmen können, um Thomas zu besuchen.

Carl musste sich um noch wichtigere Dinge kümmern. Er verhandelte mit der Regierung des Freistaats Braunschweig, damit Herr Hitler, der auf dem Papier immer noch Österreicher war, die für das Reichspräsidentenamt notwendige deutsche Staatsbürgerschaft erhalten konnte. Glücklicherweise stimmten die Braunschweiger zu und ernannten Hitler zum Regierungsrat ihrer Gesandtschaft in Berlin, wodurch er automatisch Deutscher wurde. Ein wichtiger Meilenstein für den weiteren Aufstieg der NSDAP.

Abends hielten sie erneut große Abendveranstaltungen ab, und Carl hatte ihm nie wieder einen Anlass zur Eifersucht gegeben. Im Gegenteil, sie waren glücklich wie am ersten Tag. Paul konnte sich nicht erinnern, jemals so erfüllt gewesen zu sein. Er seufzte. Zumindest nicht, seitdem Robert ihn damals verlassen hatte …

Gestern hatten die Feierlichkeiten zum 1. Mai stattgefunden, und in vielen deutschen Städten war es dabei erneut zu schweren Auseinandersetzungen zwischen Nationalsozialisten und Kommunisten gekommen. Als Minna nach der Mittagsschicht in der Zeitung darüber las, musste sie an Albert denken. Sicher wäre er bei diesen Krawallen ebenfalls dabei gewesen, wenn er nicht nach wie vor verschollen gewesen wäre. Unwillkürlich kamen ihr die Tränen. War Albert wirklich tot? Sie wusste, dass die ganze Familie Falkenhayn inzwischen davon überzeugt war. Aber sie selbst konnte ihren Ehemann nicht verloren geben. Selbst wenn jetzt fast sieben Monate seit seinem Verschwinden vergangen waren.

In den ersten Wochen nach dem fatalen Protestmarsch hatte Konrad sich in der Öffentlichkeit rargemacht. Wahrscheinlich hatte er Angst gehabt, dass man ihn verhaften und wegen Mordes anklagen würde. Doch dann hatten seine SA-Kumpane bei der Polizei Stein auf Bein geschworen, er sei es nicht gewesen, der auf die Kommunisten geschossen habe. Viel wahrscheinlicher sei es, dass sich die Kommunisten im allgemeinen Gedränge gegenseitig erschossen hätten. Man wisse ja, dass solche Leute schlechte Schützen seien. Laut Polizei wies die Tatwaffe keine Fingerabdrücke auf, und somit war Konrad aus Mangel an Beweisen straffrei ausgegangen. Kurz darauf lungerte er allerdings – trotz des neu eingestellten Sicherheitspersonals – wieder vor dem Hotel herum.

Wenigstens war dieser schreckliche Hitler, der die SA-Männer zu immer grausameren Taten anstachelte, nicht zum Reichspräsidenten gewählt worden. Beim ersten Wahlgang hatte keiner der Kandidaten die erforderliche absolute Mehrheit der Stimmen erreicht, und beim zweiten Wahlgang hatte erneut der steinalte Hindenburg gewonnen, was im Grunde auch nicht viel besser war. Aber nicht nur in der Politik ging es dramatisch zu. Im März hatte Minna von der Entführung des erst anderthalb Jahre alten Kindes des berühmten Atlantikfliegers Charles Lindbergh gehört. Obwohl die Eltern das geforderte Lösegeld gezahlt hatten, gab es noch immer keine Spur von dem Jungen. Im Geiste fühlte sie sich mit den Lindberghs verbunden: Diese nagende Ungewissheit und das endlose Warten auf Neuigkeiten kannte sie nur zu gut. Nachts quälten sie Albträume. Immer wieder war ihr, als riefe Albert nach ihr und flehte sie um Hilfe an. Jedes Mal wachte sie nassgeschwitzt und mit klopfendem Herzen auf. Ihre Gedanken drehten sich um nichts anderes als seine hoffentlich unversehrte Rückkehr. Manchmal wollte sie sich aufmachen, um selbst nach ihm zu suchen. Vielleicht in Bayern, in München, wo sie ihn kennengelernt hatte. Aber welche Chance hatte sie, ihn dort zu finden, wenn selbst die Nachforschungen des Privatdetektivs erfolglos geblieben waren? Dennoch gab sie die Hoffnung nicht auf, dass sich das Schicksal von Albert und das des kleinen Lindbergh-Sohns bald aufklären würden.

In diesem Moment, als sie nach dem Mittagsdienst bei einer Tasse Kaffee ihren Gedanken nachhing, trat Frau Falkenhayn durch die offene Tür des Personalraums. Es war ungewohnt, sie in dieser Umgebung zu sehen. Minna konnte sich nicht erinnern, dass ihre Chefin sie schon früher einmal hier aufgesucht hätte. »Ist etwas passiert?«, fragte sie überrascht.

Frau Falkenhayn machte ein bedrücktes Gesicht. »Minna, wir haben gerade einen Brief erhalten. Er ist an dich adressiert und war wohl ziemlich lange unterwegs …« Sie hob die Hand mit dem Schreiben.

Minna fühlte sich plötzlich schwindelig. »Wer ist der Absender?«

»Es steht keiner auf dem Umschlag. Aber der Brief kommt … aus Russland.«

»Um Gottes willen«, flüsterte Minna. Sie war gleichzeitig erleichtert und verwirrt. War Albert tatsächlich bis nach Russland geflüchtet? Warum hatte er sie nicht mitgenommen?

»Soll ich ihn dir vorlesen?«, fragte Frau Falkenhayn, nachdem sie sich minutenlang nicht gerührt hatte.

»Nein. Es geht schon. Bitte geben Sie mir den Brief. Ich werde ihn gleich in meiner Wohnung öffnen. Ich möchte dabei gern allein sein.« Das Letzte, was sie wollte, war, ihrer Chefin Rede und Antwort stehen zu müssen, während sie mit ihren eigenen Gefühlen beschäftigt war.

»Wie du willst, Minna. Aber du weißt … ich bin jederzeit für dich da, wenn du mich brauchst.«

Sie nickte und griff nach dem offerierten Brief. »Ich weiß. Vielen Dank.«

Endlich hatte Minna es in ihre Wohnung geschafft. Der Brief fühlte sich seltsam speckig in ihrer Hand an. Sie ließ sich auf dem Sessel neben dem Fenster nieder und riss ihn mit zittrigen Fingern auf. In dem Umschlag steckte nur ein einziges Blatt. Es schien aus einer Kladde herausgerissen zu sein und war tatsächlich mit der etwas krakeligen Schrift ihres Ehemanns beschrieben.

*»Liebste Minna,*
*während Du diese Zeilen in Deinen Händen hältst, befinde ich mich in der Sowjetunion, in einem kleinen Ort vor den Toren Moskaus. Ich bin mit Peter Bartels hierher geflüchtet, weil ich Deutschland den Rücken kehren musste. Bei uns scheint die Polizei alle Kommunisten endgültig für vogelfrei erklärt zu haben. Sie dürfen von der SA einfach über den Haufen geschossen werden. Der Tod meiner Freunde hat mich schwer getroffen. Deshalb will ich mit diesem Land nichts mehr zu tun haben. Mein Bein ist wieder einigermaßen in Ordnung und tut kaum noch weh. Nur Du fehlst mir natürlich sehr.«*

Minna fasste sich an die Brust. Es ging ihm gut, und er vermisste sie. Das war wahrscheinlich das Wichtigste. Doch was meinte er damit, dass er Deutschland den Rücken gekehrt hatte? Er würde doch sicherlich bald wiederkommen? Begierig las sie weiter.

*»Das Wissen, dass Du im Hotel gut aufgehoben bist, macht mir die Trennung leichter. Bestimmt fragst Du Dich, warum ich Dich nicht mitgenommen habe. Dafür gibt es mehrere Gründe: Erstens war ich mir nicht sicher, ob Du – unter diesen überstürzten Umständen – überhaupt mitkommen wolltest, und zweitens wusste ich nicht, wie der Alltag in der Sowjetunion aussieht und ob Du Dich hier wohlfühlen könntest. Jetzt weiß ich zumindest die Antwort auf die zweite Frage. Es gibt inzwischen mehr als zehntausend deutsche Arbeiter in Russland, die aus ähnlichen Gründen wie ich ihr Land verlassen haben. Die Sprache ist also erst mal kein Problem. Vor Ort sind genügend Leute, die für uns übersetzen können. Ich will ehrlich sein. Natürlich gibt es auch einige Schwierigkeiten, momentan wohnen Peter und ich zum Beispiel mit einer zehnköpfigen Familie zusammen in einer Wohnung. Wir müssen uns sogar ein Bett teilen, weil unser Lohn nicht für eine eigene Unterkunft ausreicht. Die Versorgung mit Lebensmitteln klappt auch*

*nicht so richtig. Aber das sind alles nur Kleinigkeiten, die ›Kinderschuhprobleme‹ eines neuen Staates. Dafür hat man uns bereits die sowjetische Staatsbürgerschaft angetragen. Außerdem werden die Aufgaben der Systemumwälzung mit voller Kraft vorangetrieben. Die Landwirtschaft wird zwangskollektiviert, Felder zusammengelegt und die Arbeit mechanisiert, damit die Produktion gesteigert werden kann. Mit den dadurch erzielten Exportüberschüssen will man den Ankauf benötigter Industriegüter finanzieren. Jeder einzelne Mensch wird wertgeschätzt und erfüllt seine Aufgabe in der Gemeinschaft. Es ist ein hartes, aber rechtschaffenes Leben, und es gefällt mir gut. Willst Du es nicht mit mir teilen? Du kannst mir Deine Antwort an die unten angegebene Adresse schicken. Ich werde dann versuchen, Dir eine rasche Einreise zu ermöglichen. Pass gut auf Dich auf! Ich liebe Dich.*

*Dein Albert«*

Ihre Finger krampften sich um das Papier. Albert wollte, dass sie gemeinsam ein neues Leben in der Sowjetunion anfingen! In einer Wohnung mit elf anderen Menschen. Ohne genügend Lebensmittel. Dafür aber mit einem neuen Pass. Das … das war ungeheuerlich! Sie schnappte nach Luft. Was sollte sie jetzt bloß tun? Plötzlich wurde sie wütend. Zuerst ließ er sie monatelang über sein Schicksal im Unklaren, und nun sollte sie alles, was sie sich hart erarbeitet hatte – ihre Stellung, ihr Gehalt, ihre Wohnung – hinter sich lassen und zu ihm ins ferne Russland ziehen?

Mit neuen Augen blickte Minna sich in ihrer geräumigen, komfortabel eingerichteten Wohnung um. Kürzlich hatte sie sogar ein Radio angeschafft. Auch die Sessel hatte sie frisch beziehen lassen. Alles wirkte behaglich und sauber. Was, wenn sie sich mit einem der elf russischen Mitbewohner nicht verstand? Und wo sollte sie überhaupt schlafen? Zwischen diesem Bartels und Albert? Außerdem, warum machte sich Albert eigentlich keine Sorgen um sie? Schließlich weilte Konrad, der Todesschütze, immer noch in Bad Doberan. Aber davon schrieb er kein Wort. Wütend stampfte Minna mit dem Fuß auf. Nein, so einfach war das nicht. Sie konnte nicht blindlings ihre Zelte abbrechen und zu ihm fahren. Zunächst musste sie gründlich darüber nachdenken. Und so lange würde sie ihn auf die Folter spannen. Sollte er doch auch mal auf Nachricht von ihr warten! Das hatte er nach seiner egoistischen Flucht nicht anders verdient!

In der Berliner Parteizentrale wurde gefeiert. Bei den Landtagswahlen Anfang Juni hatte fast die Hälfte aller Mecklenburger für Hitler und die NSDAP gestimmt.

»Sie haben gute Arbeit geleistet«, lobte Dr. Goebbels und stieß zuerst mit Carl und dann mit Paul an.

»Und Sie sind ein blendender Stratege«, schmeichelte Carl seinem Vorgesetzten. »Es ist mir eine Ehre, Ihr Werkzeug in diesem Feldzug zu sein.«

Dr. Goebbels lächelte. »Ich habe gute Nachrichten. Der Führer ist ganz begeistert von unserem guten Abschneiden und will deshalb Mecklenburg persönlich besuchen. Ich habe als geeignete Ortschaft unter anderem auch Bad Doberan vorgeschlagen, weil ich ja weiß, dass Sie …« Er blickte erwartungsvoll zu Paul. »… dort an einem sehr schönen Hotel beteiligt sind.«

Oje, was sollte er darauf nur erwidern? Elisabeth und er hatten sich privat zwar wieder versöhnt, aber sie und Julius würden niemals dulden, dass der Führer samt Leibgarde und weiteren Honoratioren der Partei im Palais abstieg.

»Leider wird dort das ganze Jahr über renoviert«, warf Carl geistesgegenwärtig ein. »Aber das Seebad Heiligendamm, die sogenannte Weiße Stadt am Meer, ist sowieso berühmter. Dort gibt es ein exzellentes Grand Hotel. Soll ich einen Besuch organisieren?«

Paul warf ihm einen dankbaren Blick zu.

»Handelt es sich dabei auch um eine arisch geführte Angelegenheit?«, erkundigte sich Dr. Goebbels, sichtlich verärgert, dass seine Pläne durchkreuzt wurden.

»Das Seebad steht unter der Leitung von Herzog Adolf Friedrich von Mecklenburg«, antwortete Paul beflissen. »Aber der Besitzer ist ein gewisser Baron Rosenberg.«

»Ein Jude!«, stellte Dr. Goebbels stirnrunzelnd fest. »Das geht natürlich nicht. Von Herrhausen, bitte setzen Sie umgehend ein Schreiben auf. Wir haben doch bestimmt jemand in unseren Reihen, der den Herzog entsprechend beeinflussen kann. Wir müssen diese Sache in Ordnung bringen, bevor der Führer das Hotel betritt.«

Carl nickte. »Das können Sie getrost mir überlassen.«

Letztlich war es Carl nicht gelungen, etwas gegen den jüdischen Besitzer des Grand Hotels zu unternehmen. Zwar hatte der Herzog einen scharfen Brief von einem ihnen wohlgesinnten Bankdirektor erhalten, in dem dieser der Leitung des Seebads mit schlimmen Konsequenzen drohte, falls das Unternehmen nicht augenblicklich arisiert werde. Doch der Herzog hatte geantwortet, der jüdische Besitzer weile permanent im Ausland und finanziere die Heiligendamm GmbH lediglich. Des Weiteren hatte er ausgeführt, das Seebad bedürfe jedes Jahr erheblicher Zuschüsse, da die Einnahmen nicht einmal für die Zahlung der Grund- und Mietzinssteuern ausreichten. Ohne diese Zuwendungen müsste die GmbH in Konkurs gehen. Als Carl diese Nachrichten an seinen Vorgesetzten weiterleitete, hatte Dr. Goebbels mit den Achseln gezuckt. »Solange er nicht vor Ort ist und die Hand des Führers drücken will, soll es mir recht sein.«

Daraufhin hatten Carl und er Hitlers Reise minutiös vorbereitet. Dr. Goebbels hatte bestimmt, dass Paul als Ortskundiger den Konvoi des Führers zu seinen Reden in Schwerin, Wismar, Rostock, Parchim und Bad Doberan begleiten sollte. Deshalb war er dem Führer in den letzten Tagen sehr nahe gekommen und hatte ihn bei den Veranstaltungen als charismatisch-aufbrausenden, die Zuschauer begeisternden Redner erlebt. Der private Herr Hitler war zu seiner Überraschung Vegetarier und liebte Kinder und Tiere. Jeder vorbeilaufende Hund wurde von ihm liebkost, jedes Kinderhaupt gestreichelt. Ein interessanter, wenn auch merkwürdiger Kontrast zu seinen mannhaften und dramatischen Reden.

Heute, am letzten Tag der Reise, waren sie in Heiligendamm. Es wehte ein frischer Wind. Dennoch ließ der Führer es sich nicht nehmen, die Seebrücke entlangzuschreiten und von dort aus den Blick über die weißen Bauwerke schweifen zu lassen.

»Prächtig, prächtig«, bekundete er in diesem Augenblick sein Wohlwollen. »Und weshalb hat man dieses Seebad Heiligendamm genannt?«

Paul räusperte sich. »Der Ortsname stammt von dem sogenannten Heiligen Damm, der die Küstenregion vor dem Meer schützt. Es ist eine natürliche Erhöhung aus Kieseln. Drei bis fünf Meter hoch, dreißig Meter breit und fast vier Kilometer lang. Der Sage nach hatten einige Mönche in einer Nacht, in der eine Sturmflut tobte und alles zu überschwemmen drohte, um göttliche Hilfe gefleht, und am nächsten Morgen trauten sie ihren Augen kaum, als sie den schützenden Damm erblickten. Zunächst glaubten sie wohl, dass es sich um den Rücken eines riesigen Kraken handelte, der dort aus dem Meer ragte.«

»Soso«, meinte Herr Hitler unbeeindruckt. Mit einer Hand schob er die dunklen Haare weg, die der Wind ihm in die Stirn geblasen hatte.

»Experten meinen allerdings, der Heilige Damm sei aus einer Laune der Natur heraus im frühen fünfzehnten Jahrhundert entstanden«, erklärte Paul, besorgt, dass dem Führer die alte Überlieferung nicht gefallen haben könnte.

»Schön ist es jedenfalls«, erwiderte der Führer großzügig. »Ich glaube, es wird nicht das letzte Mal sein, dass mich mein Weg hierherführt.«

»Es wäre eine große Ehre für Heiligendamm, Bad Doberan

und seine Einwohner, wenn Sie uns erneut einen Besuch abstatten würden«, sagte Paul. Carl hatte nicht übertrieben, als er vom Führer und dessen Aura geschwärmt hatte. Auch er selbst war beeindruckt von diesem Mann.

# 23. Kapitel

*August 1932*

Glücklicherweise füllten sich die Zimmer des Palais langsam, aber stetig wieder mit Gästen. Fast fünfzig Prozent der Betten waren jetzt, in der Hauptsaison, belegt. Elisabeth hatte daraufhin – in Absprache mit Julius – die Arbeitszeiten des Personals deutlich erhöht. Ein vorsichtiger Optimismus wehte durch das ganze Haus. Selbst die Bar war wieder jeden Tag geöffnet. Elisabeth plauderte gerade mit einer Dame fortgeschrittenen Alters, die für mehrere Wochen im Hotel abgestiegen war, als Julius die Lobby betrat. Seine dunkelblonden Haare waren burschikos vom Wind verweht, die Schritte der langen Beine energisch, doch er wirkte besorgt. Mit einem gezwungenen Lächeln ging er an ihr vorbei. Es war offensichtlich, dass er nicht zu freundlichem Geplauder mit den Gästen aufgelegt war.

»Bitte entschuldigen Sie, ich muss leider zurück an die Arbeit«, sagte Elisabeth zu Frau Völkers, die ihr gerade eine höchst komplizierte Erbschaftsgeschichte anvertraut hatte. »Darf ich Ihnen trotzdem noch eine Tasse Tee bringen lassen?«

Frau Völkers, deren ondulierte Löckchen bei jeder Kopfbewegung elastisch mitschwangen, was ihr – trotz der vielen Falten – ein irgendwie mädchenhaftes Aussehen verlieh, nickte. »Und bitte noch ein Stück von diesem wunderbaren Erdbeerkuchen.«

»Sehr gern«, erwiderte Elisabeth und nickte Herrn Schulze zu, der sie wie immer ohne viele Worte verstand. Seine Rückkehr war ein weiterer Glücksfall gewesen. Erfreulicherweise hatte er Minna seine neue Adresse in Rostock mitgeteilt, wo er inzwischen in einer Metzgerei arbeitete. Daraufhin hatte diese ihm die letzten Neuigkeiten aus dem Hotel geschrieben und ihn gebeten, sich mit Julius in Kontakt zu setzen. Binnen einer Woche hatte er wieder hinter dem Empfangstresen gestanden, ganz so, als wäre er niemals weg gewesen.

Mit eiligen Schritten machte sie sich auf den Weg ins Büro, wo sie Julius vermutete. Worüber konnte er sich nur so aufgeregt haben? Momentan lief doch alles in geregelten Bahnen: Wirtschaftlich ging es bergauf. Sophie und Martin hatten sich gut bei ihnen eingelebt. Sogar Julia schien sich über ihre Anwesenheit zu freuen. Und Minna hatte sich entschieden, vorerst in Deutschland zu bleiben. Sie wollte – klug, wie sie war – erst ein paar Monate abwarten und sehen, wie sich Alberts neues Leben in Russland entwickelte, bevor sie hier ihre Zelte abbrach.

Als Elisabeth die Tür zum Büro aufdrückte, sah sie Julius am Fenster stehen und in den Hotelpark hinunterblicken. Leise trat sie hinter ihn, schlang ihm beide Arme um den Bauch und lehnte den Kopf an seinen Rücken.

Julius legte seine Hände über ihre. »Ich habe gerade an einer öffentlichen Sitzung des Stadtparlaments teilgenommen«, begann er tonlos. »Eigentlich wollte ich nur wissen, wie die Abgeordneten, die ja nun größtenteils der NSDAP angehören, sich zu meinem neuen Bauvorhaben äußern. Aber dann wurde kurzerhand die Tagesordnung geändert, und plötzlich standen nur noch zwei Punkte zur Abstimmung. Beide wurden fast einstimmig angenommen und …«

»Ja?«, versuchte sie, ihn zum Weitersprechen zu animieren.

»Heute Mittag hat Bad Doberan als erste mecklenburgische Kommune Adolf Hitler die Rechte eines Ehrenbürgers verliehen.«

»Nein!«, rief sie überrascht.

»Doch. Und das ist noch nicht alles. Demnächst steht dem Palais eine Adressänderung ins Haus. Die Kastanienallee wird in Adolf-Hitler-Allee umbenannt. Das wird dann auch prominent auf unserem Briefkopf stehen.«

»Aber … aber das können die doch nicht einfach so entscheiden. Da haben wir doch bestimmt ein Widerspruchsrecht oder so«, stammelte Elisabeth.

Julius drehte sich um und nahm sie in den Arm. »Liebling, es *ist* bereits entschieden. Und wir können rein gar nichts dagegen tun. Ich habe gerade mit meinem Anwalt telefoniert.«

Unvermittelt traten ihr die Tränen in die Augen. »Sie machen alles kaputt, was wir uns aufgebaut haben.«

Julius nickte traurig. »Ja, besonders unsere jüdischen Gäste werden unter diesen Umständen wohl nicht mehr bei uns absteigen.«

»Haben diese Abgeordneten denn nichts Wichtigeres zu tun? Wie kommen sie nur auf solch grässliche Ideen.«

Julius streichelte besänftigend ihre Hände. »Sie haben Rückenwind, seit die NSDAP bei der Reichstagswahl stärkste Fraktion geworden ist und Hermann Göring Reichstagspräsident. Jeder will sich anscheinend mit der neuen starken Kraft im Land gut stellen. Das ist so eine Art vorauseilender Gehorsam. Und der Besuch von Adolf Hitler in Mecklenburg hat da auch nicht geschadet.«

»Das stimmt wohl«, murmelte sie.

Julius blieb stumm. Sie spürte, wie sehr ihn das alles belastete. Trotzdem traute sie sich nicht, ihm die einzige Neuigkeit zu verraten, die ihn garantiert aufgemuntert hätte. Es war noch zu früh dafür.

Die Ehrenbürgerschaft und die Straßenumbenennung waren erst der Auftakt gewesen. Plötzlich gab es in den Auslagen der Bäckereien »Hitler-Torten« zu bewundern, und Gaststätten benannten sich nach dem »Führer«. Die hübschesten Mädchen im Umkreis gingen kichernd mit jungen Burschen in braunen SA-Uniformen aus. Und der Antisemitismus wurde auch in Bad Doberan hoffähiger. Judenfeindliche Parolen, die es bisher hauptsächlich auf Borkum, Juist und Wangerooge gegeben hatte, standen nun auch an hiesigen Läden und Gaststätten angeschlagen: »Juden und Hunde dürfen hier nicht herein!« Vereinzelt hörte man sogar das widerliche Borkumlied, die antisemitische Hymne schlechthin. Nach jedem Bummel durch die Stadt war Elisabeth elender zumute. Deutschlandweit kam es auch immer wieder zu heftigen Straßenkämpfen zwischen Nationalsozialisten und Anhängern der Linksparteien. In manchen Städten waren Todesopfer zu beklagen, und jedes Mal, wenn das Telefon schrillte, hatte Elisabeth Angst, dass Johanna oder ihrer Familie etwas passiert sein könnte.

Das war auch heute nicht anders. Mit klammen Fingern griff sie nach dem Hörer. »Hallo?«

»Lisbeth?«, fragte Johanna am anderen Ende der Leitung.

»Ja. Ist etwas geschehen?«

»Das kann man wohl sagen«, erwiderte ihre Schwester. Doch sie klang eher wütend als besorgt. »Samuel hat heute beschlossen, seine Praxis ruhen zu lassen. Er ist es leid. Jeden Tag stehen diese schmierigen SA-Kerle vor seiner Tür und beschimpfen die Patienten. Fragen die Eltern, warum sie ihre Kinder ausgerechnet von einem *dreckigen* jüdischen Arzt behandeln lassen anstatt von einem Arier. Dabei schwingen sie ihre Schlagstöcke. Natürlich sind die armen Leute vollkommen eingeschüchtert. Mehr und mehr Patienten wenden sich deshalb von Samuel ab und suchen sich einen neuen Kinderarzt, vor dessen Praxis man nicht einen solchen Spießrutenlauf absolvieren muss.«

»Wie furchtbar«, stieß Elisabeth aus. »Und was macht ihr jetzt?«

»Samuels Eltern wollen unbedingt, dass wir auch nach Paris kommen. Aber ich bin mir nicht sicher, ob ich mit meinen doch etwas unterkühlten Schwiegereltern wirklich unter einem Dach wohnen will … noch dazu in einer fremden Stadt, in der ich niemanden kenne.«

»Das kann ich gut verstehen«, meinte Elisabeth mit einem Seufzen. »Außerdem … wenn du so weit wegziehst, sehen wir uns gar nicht mehr.«

»Genau. Deshalb hatte ich gedacht, dass wir vielleicht doch

zunächst nach Bad Doberan kommen … vorausgesetzt, dass du uns in Pauls leerer Wohnung Unterschlupf gewähren würdest.«

»Liebend gern. Ich würde mich riesig freuen, wenn ihr kommt. Und Julius, Julia und die beiden Kleinen sicherlich auch«, erwiderte Elisabeth. »Allerdings musst du dir darüber im Klaren sein, dass in unserer Heimatstadt ebenfalls die NSDAP regiert. Auch bei uns werden Juden angefeindet.«

»Ich weiß«, sagte Johanna leise. »Ich verfolge das Trauerspiel in der Zeitung. Aber wir würden es trotzdem gern versuchen. Die Lage in Berlin ist uns zu heikel.«

»Bei uns stehen euch alle Türen offen. Wann wollt ihr kommen?«, erkundigte sich Elisabeth.

»Sobald wir gepackt haben. Nächsten Freitag?«

»Wunderbar.«

Es war tatsächlich herrlich, ihre Schwester nach so langer Zeit wieder bei sich zu haben. Jeden Tag gingen sie gemeinsam spazieren und erzählten sich all die Kleinigkeiten des Alltags, über die man sich gewöhnlich am Telefon nicht austauscht. Julia kümmerte sich währenddessen rührend um den inzwischen neunjährigen Gabriel und erteilte ihm Deutsch- und Englischunterricht, weil Johanna und Samuel sich nicht trauten, ihn in der Schule anzumelden. Mit seinem jüdischen Namen hätte das nur unnötig Aufmerksamkeit erregt.

Samuel vermisste seine Praxis. Bei einem gemeinsamen Abendessen, die Kinder waren bereits zu Bett gegangen, unterhielten sie sich darüber, ob er es im derzeitigen politischen Klima wagen konnte, sich bei einem der Kinderärzte in den umliegenden Städten vorzustellen, um wenigstens stundenweise zu arbeiten.

Julius riet ihm davon ab. »An eurer Stelle würde ich auf deine Eltern hören und nach Paris gehen. Bau dir dort eine neue Existenz auf. Wenn die NSDAP-Fritzen ihren Einfluss weiter ausbauen – und das werden sie –, seid ihr in Deutschland nicht mehr sicher. Uns steht eine schwere Zeit bevor.«

»Meinst du wirklich?« Ungläubig rückte Samuel seine runde Brille zurecht. »Glaubst du nicht, dass die Leute die rüden Methoden dieser Bande bald leid sein werden? Immerhin sind wir Deutschen das Volk der Dichter und Denker.«

Julius schüttelte bekümmert den Kopf. »Du hast doch im Krieg mit eigenen Augen gesehen, wie dünn der zivilisatorische Firnis ist. Sobald die oberste Schicht abgetragen wird, kommt der rohe, gewalttätige Kern unserer Mitmenschen hervor. Und das wird diesmal nicht anders sein, fürchte ich.«

Johanna seufzte.

»Bitte lass uns von etwas anderem reden«, meinte Elisabeth. »Habt ihr Lust, morgen Nachmittag Waffeln essen zu gehen? Es gibt ganz in der Nähe ein neues Café, vor dem man auch im Freien sitzen kann. Dort soll es die besten Waffeln in ganz Bad Doberan geben.«

»Gern. Die Kinder freuen sich bestimmt«, meinte Johanna und legte tröstend ihre Hand auf Samuels Arm.

»Ich habe leider einen Termin«, sagte Julius. »Aber ich wünsche euch viel Spaß dabei.«

Am nächsten Tag war das Wetter besonders schön. Der Himmel zeigte sich wolkenlos blau, und die sommerlichen Temperaturen wirkten durch die leichte Brise angenehm frisch. Um sechzehn Uhr machten sie sich alle auf den Weg. Julia, die sich mit ihren fünfzehn Jahren sehr erwachsen fühlte, lief mit den anderen Kindern voraus, Samuel, Johanna und Elisabeth folgten gemächlicheren Schrittes. Als sie vor dem hübschen, weiß gestrichenen Café eintrafen, herrschte dort bereits ein ziemlicher Andrang. Doch einer der vor dem Café im Schatten aufgebauten Tische war noch frei. Samuel bot großzügig an, dass die Damen schon Platz nahmen und er sich mit Martin und Gabriel anstellte, um die benötigten sieben Portionen am Verkaufstresen zu ordern.

Wenig später brachte ein Kellner die Teller mit den duftenden, noch heißen Waffeln. Dazu gab es Sahne und einen Klecks Erdbeermarmelade.

»Himmel, ist das gut«, stöhnte Johanna und wischte sich mit der Serviette einen Sahnetupfen vom Mund.

Auch die Kinder waren hellauf begeistert. Gabriel verhandelte gerade mit seinem Vater über eine zweite Portion, als ein Tumult am Nachbartisch sie alle aufblicken ließ. Der jüngste Sohn einer Familie mit drei kleinen blonden Kindern hatte ein knallrotes Gesicht und rang deutlich sichtbar nach Atem. Offenbar versperrte ein zu großes Stückchen Waffel seine Luftröhre, und er drohte zu ersticken. Vor Panik wie gebannt, starrte Elisabeth auf das Kind mit den angstvoll aufgerissenen Augen, dessen Vater ihm nun kräftig, aber erfolglos auf den Rücken schlug. Was für eine Tragödie! Die Lippen des Kleinen waren schon ganz blau angelaufen.

Die anderen Gäste schrien wild durcheinander. Jeder hatte eine andere Empfehlung. In diesem Chaos stand Samuel auf und eilte zu dem erstickenden Kind. Sanft schob er dessen Vater zur Seite und kniete sich hinter den vielleicht vierjährigen Jungen. Er beugte dessen Oberkörper nach vorn, ballte eine Faust und platzierte sie unterhalb des kindlichen Brustbeins. Dann umfasste er die Faust mit seiner anderen Hand und zog sie kräftig nach oben … bis das tödliche Stück Waffel aus dem Mund des Kindes flog und vor den Füßen seines Vaters landete. Der Junge schnappte nach Luft, während Samuel zwei Finger an dessen Halsschlagader legte, um den Puls des Kleinen zu kontrollieren.

»Sie brauchen sich keine Sorgen zu machen«, beruhigte er die hysterisch schluchzende Mutter. »Ihrem Jungen geht's gut.«

Die Eltern schienen seine Worte kaum zu begreifen. Zu tief saß der Schock. Auch die Geschwister des kleinen Jungen weinten.

»Wer sind Sie denn, dass Sie sich erdreisten, fremden Kindern ungefragt an den Kragen zu gehen?«, sagte plötzlich eine Stimme hinter Elisabeth. Erschrocken blickte sie sich um und sah einen großen, schweren Mann in SA-Uniform.

»Ich bin Kinderarzt«, erwiderte Samuel ruhig.

»Das kann ja jeder sagen! Können Sie sich ausweisen?«, knurrte der Mann und kam einen Schritt näher.

»Ich glaube nicht, dass sich mein Mann vor Ihnen rechtfertigen muss, wenn er einem kleinen Jungen das Leben gerettet hat«, mischte sich Johanna ein. Wütend stand sie auf. »Wer sind *Sie* denn, dass Sie hier so große Töne spucken?«

»Ich sorge für Recht und Ordnung«, meinte der SA-Kerl von oben herab. »Ausweis, bitte!«

»Bei Ihnen piept es wohl«, ereiferte sich Elisabeth. »Sie sind schließlich nicht von der Polizei.« Als der Mann einen Schritt auf sie zuging, sprang Julia von ihrem Stuhl auf und stellte sich schützend vor Gabriel, Sophie und Martin, die den Uniformierten verschreckt musterten.

»Lassen wir es gut sein«, versuchte Samuel einzulenken und griff beruhigend nach Johannas Hand. »Dem Jungen geht es gut. Wir können uns jetzt wieder entspannt dem Genuss der Waffeln widmen.«

Elisabeth merkte sofort, dass dies die falsche Reaktion war. Das Verhalten des SA-Manns war auf maximale Einschüchterung angelegt. Ihr Schwager hätte sich gegen dessen Angriff zur Wehr setzen müssen. Stattdessen sah der Kerl Samuel nun als willkommenes Opfer. »Ausweis, aber zack, zack!«, brüllte er und baute sich drohend vor ihrem Schwager auf.

Die Eltern des kleinen Jungen waren zu sehr mit ihren Kindern beschäftigt, um dem Retter ihres Sohnes beizustehen. Die anderen Gäste glotzten nur.

Ein zweiter SA-Mann von eher drahtiger Statur näherte sich und blickte kritisch zwischen Samuel und Gabriel hin und her. Plötzlich öffnete er seinen schmalen, verkniffenen Mund. »Was spielen Sie sich hier überhaupt als Retter auf! Ich sehe Ihnen doch auf den ersten Blick an, was Sie sind … ein verdammtes Judenschwein! Wahrscheinlich haben Sie dem Kind durch die brutale Aktion schweren Schaden zugefügt!«

Das war eine derart die Tatsachen verdrehende Lüge, dass Elisabeth der Mund offen stehen blieb.

»Wie kommen Sie darauf, meinen Mann auf diese schamlose Weise zu beschimpfen«, rief Johanna und wollte sich wie eine Furie auf den Mann stürzen. In letzter Minute erwischte Samuel sie am Ärmel und hielt sie zurück.

»Noch nicht einmal sein Weib hat er im Griff«, höhnte der hünenhafte SA-Mann. »Aber ich habe noch immer keinen Ausweis gesehen. Wird's bald?«

»Ich rufe jetzt die Polizei«, erklärte Elisabeth. »Es kann nicht angehen, dass wir als rechtschaffene Leute am helllichten Tag von zwei Schlägertypen wie Ihnen belästigt werden.«

»Tu dir keinen Zwang an«, meinte der SA-Mann. »Dann kann die Polizei gleich Erste Hilfe leisten.« Mit diesen Worten packte er Samuel am Jackett und verpasste ihm einen brutalen Faustschlag mitten ins Gesicht.

»Papa!«, schrie Gabriel entsetzt. Wie alle Umstehenden hatte er das hässliche Knirschen gehört, mit dem Samuels Nase brach. Auch Martin und Sophie waren starr vor Angst.

»Leuten wie dir muss man Respekt beibringen! Du legst deine Drecksfinger nicht noch einmal auf ein arisches Kind.«

Samuel lag am Boden. Aus seiner Nase tropfte Blut, aber keiner der Umstehenden rührte einen Finger, um ihm zu helfen. Johanna kniete schluchzend neben ihm und versuchte vergeblich, ihn hochzuziehen.

Blind vor Wut griff Elisabeth nach dem Messer, mit dem sie eben noch ihre Waffel zerteilt hatte. Wahrscheinlich würde sie damit nicht viel ausrichten können, aber es war die einzige Waffe in ihrer Reichweite. Drohend zeigte sie damit auf die beiden SA-Männer. »Sie lassen uns jetzt umgehend in Ruhe, sonst ...«

»Sonst ... was?«, fragte einer der beiden sarkastisch.

»Sonst werden Sie es bereuen«, rief sie, heiser vor Aufregung. »Los, Kinder! Wir gehen.« Ohne den Blick von den beiden Verbrechern abzuwenden, bückte sie sich und half gemeinsam mit Johanna dem benommenen Samuel auf. Julia hatte Gabriel und Sophie an der Hand gepackt, sie waren bereits einige Schritte vom Café entfernt. Martin stolperte ihnen hinterher.

»Ja, genau, macht euch bloß aus dem Staub, ihr widerliches Pack«, rief der drahtige SA-Mann, als Samuel mit verbogener Brille an ihm vorbeihumpelte, gestützt von Johanna und ihr.

Elisabeth biss sich auf die Zunge, um ihn nicht durch eine unbedachte Bemerkung erneut zu provozieren. Schließlich war sie schwanger und wollte ihr Kind auf keinen Fall in Gefahr bringen.

Als sie nach einer halben Ewigkeit – Samuel konnte sich nur sehr langsam fortbewegen – das Hotel erreichten, ohne noch einmal behelligt worden zu sein, telefonierte Elisabeth sofort nach einem Arzt. Nachdem der ihrem Schwager ein Schmerzmittel verabreicht, seine Nase geschient und ihn ins Bett geschickt hatte, ließ Elisabeth Johanna und die Kinder allein zu Abend essen. Sie selbst ging ins Foyer und wartete rastlos auf Julius. Als er endlich durch die Tür trat, eilte sie ihm ungeduldig entgegen.

»Hast du mich wirklich so vermisst?«, fragte er lächelnd. Doch als er ihre Gemütsverfassung bemerkte, war er schlagartig ernst. »Was ist passiert, Elisabeth?«

»Bitte lass uns ins Büro gehen. Wir müssen reden«, erwiderte sie knapp.

Die Geschehnisse des gestrigen Tages hatten sich wie ein Lauffeuer in Bad Doberan herumgesprochen. Der kleine Junge, der um ein Haar an dem Waffelstückchen erstickt wäre, stellte sich als Patenkind von Frau Bruhn heraus. Die arme Hausdame war vollkommen außer sich gewesen, dass ausgerechnet der Schwager ihrer Chefin, der noch dazu dem Kind das Leben gerettet hatte, von den beiden SA-Männern so schändlich zusammengeschlagen worden war. Gemeinsam mit den Eltern des kleinen Jungen war sie noch am Abend ins Hotel gekommen und hatte sich bei Frau Falkenhayn und Dr. Hirsch bedankt und entschuldigt.

Als Minna am heutigen Nachmittag gemeinsam mit Julia den kleinen Gabriel besucht hatte, um sich zu vergewissern, dass ihn die Geschichte nicht nachhaltig erschüttert hatte, war sie von einer hektischen Aufbruchstimmung überrascht worden. Überall in der Wohnung hatten halb gefüllte Koffer herumgelegen, und es war offensichtlich, dass die Abreise der Familie unmittelbar bevorstand.

»Wohin fahrt ihr?«, hatte Julia ihre kopflos umhereilende Tante gefragt.

»Nach Paris. Hier kann ich keinen Tag länger bleiben. Deutschland ist nicht mehr mein Zuhause.«

»Und was passiert mit Gabriel?«

Frau Dr. Hirsch hatte sie perplex angesehen: »Was soll mit ihm passieren? Er kommt natürlich mit. Gleich morgen früh geht unser Zug.«

»Aber ... aber wenn jetzt alle Juden Deutschland verlassen, dann haben diese ... diese Verbrecher doch gewonnen«, stammelte Julia. Minna wusste, wie sehr sie an Gabriel hing.

»Ja, vielleicht. Aber die Unversehrtheit meiner Familie hat Vorrang.«

»Kann nicht wenigstens Gabriel noch hierbleiben? Einem Kind wird die SA doch nichts antun!«

Ihre Tante schüttelte den Kopf. »Nein, mein Schatz. Wenn du einmal eigene Kinder hast, wirst du mich verstehen. Ohne Gabriel und Samuel an meiner Seite hätte ich keine ruhige Minute.«

Daraufhin war Julia in der Wohnung geblieben, um noch die letzten Stunden mit ihrem Cousin zu verbringen, und sie selbst hatte sich dezent in die Küche verzogen.

Während Minna die ersten Vorbereitungen für das Abendessen traf und dem Küchenpersonal Anweisungen gab, musste sie an Albert denken. Er hätte mit der Allgegenwart der SA ebenfalls ein Problem gehabt. Insofern war es ein Segen, dass er nach Russland ausgewandert war. Auch wenn er immer öfter schrieb, dass die Lebensumstände dort alles andere als einfach seien. Inzwischen hatte er sogar aufgehört, sie in seinen Briefen zu bedrängen, in die Sowjetunion nachzukommen. Er schien eingesehen zu haben, dass er sich erst etwas Anständiges aufbauen musste, bevor sie ihre gute Stellung im Hotel aufgeben konnte. Obwohl Minna Albert vermisste, kamen ihr manchmal Zweifel, ob sie wirklich zusammenpassten. Ab und an ging sie an ihrem freien Tag mit Herrn Schulze spazieren, und es war offensichtlich, dass sie mit ihm wesentlich mehr Gemeinsamkeiten hatte als mit ihrem Ehemann. Der Empfangschef und sie lasen dieselben Bücher, unterhielten sich stundenlang über Kochrezepte und Zutaten – er war ein interessierter Amateurkoch –, und sogar politisch waren sie gleicher Meinung. Natürlich war sie nicht in Herrn Schulze verliebt … trotzdem hatte sich eine aufrichtige Freundschaft zwischen ihnen entwickelt.

Bei der Arbeit vergingen die Stunden wie im Flug. Alles klappte wie am Schnürchen, und Minna geizte gegenüber ihren Mitarbeitern nicht mit Lob. Gerade hatte der letzte Jungkoch die blitzblank aufgeräumte Küche verlassen, und sie nutzte die späte Stunde – zu Hause wartete sowieso niemand auf sie –, um die Lebensmittelbestände zu kontrollieren. Herr Falkenhayn hatte sie gestern darauf aufmerksam gemacht, dass die Kosten ihrer Einkäufe und Bestellungen überproportional zu den servierten Mahlzeiten gestiegen waren, und sie wollte sich mit eigenen Augen davon überzeugen, dass keiner ihrer Angestellten sich am Fleisch oder an anderen guten Sachen »bedient« hatte. Sie betrat die Vorratskammer mit der Kladde, in der sie die gelieferten und verbrauchten Lebensmittel akribisch notierte, und begann mit der Durchsicht der Bestände.

Minna hatte gerade die Kontrolle der Fleischvorräte abgeschlossen – es fehlten tatsächlich einige Kilo Rindfleisch –, als sie hinter sich ein Geräusch hörte. Erschreckt blickte sie sich um und sah in das grinsende Gesicht von … Konrad.

»Du hast hier nichts verloren«, schrie sie, so laut sie konnte. »Hau ab, bevor ich das Sicherheitspersonal verständige.« Ihr

Herz raste. Hoffentlich trieb sich noch jemand im Gang vor der Küche herum.

Konrad versetzte der Tür einen Fußtritt, sodass sie scheppernd ins Schloss fiel. »Jetzt sind wir allein. Das Sicherheitspersonal kann uns nichts anhaben.« Seine Stimme klang eher amüsiert als drohend. »Die Burschen sind sowieso nicht die hellsten, wenn sie den Personaleingang unbewacht lassen.«

»Was willst du eigentlich von mir?«, fragte sie und wich einen Schritt zurück. Mit der Hüfte stieß sie gegen den Block, auf dem das Fleisch zerteilt wurde. Jetzt saß sie in der Falle.

Seufzend verlagerte er das Gewicht auf einen Fuß und stützte sich mit einer Hand an der Tür ab. »Ehrlich gesagt, weiß ich das auch nicht so genau. Inzwischen laufen mir genug Weiber nach. Ich könnte jede Nacht eine andere flachlegen. Keine Ahnung, ob das an der Uniform liegt oder an meinem reichen Erfahrungsschatz in solchen Dingen ... und du gefällst mir noch nicht mal besonders ... wirst halt auch älter ... trotzdem ...« Er pulte sich mit den Fingern ein Stück Fleisch aus den Zähnen. »Trotzdem hast du irgendwas an dir, das mich reizt.«

Das Flackern in seinen Augen machte ihr Angst. Sein Atem roch nach Alkohol. Irgendwie musste sie versuchen, ihn abzulenken. »Warum hast du denn nie geheiratet, Konrad? Warum hast du keine Familie?«

Er lachte. Doch es klang nicht besonders fröhlich. »Was verstehe ich schon von Familie? Ich bin als Bastard einer Hure im Waisenhaus aufgewachsen. Da gab es keine Mutter und keinen Vater. Nur eine Hundepeitsche. Mit der wurde man verdroschen, wenn der Aufseher Langeweile oder schlechte Laune hatte.«

»Das muss schrecklich gewesen sein«, flüsterte sie, damit er nicht merkte, wie sehr ihre Stimme zitterte.

»Tja, schön war das nicht. Aber das Leben ist hart. Du scheinst mir auch nicht besonders glücklich zu sein.« Seine Augen wanderten von ihren Haaren über ihr Gesicht und ihren ganzen Körper bis zu ihren Füßen. »Warum hat dein Mann denn den Schwanz eingezogen und ist nach Russland abgehauen?«

»Das weißt du besser als ich. Immerhin hast du auf ihn geschossen.«

Konrad zuckte mit den Schultern. »Und wenn schon. Ein richtiger Kerl hätte seine Frau nicht alleingelassen.«

Unwillkürlich schossen ihr Tränen in die Augen. Wie oft hatte sie das Gleiche gedacht.

Konrad schien zu ahnen, dass er mit seiner Bemerkung ins Schwarze getroffen hatte. Er stieß sich von der Tür ab und schlenderte mehrere Schritte auf sie zu.

»Du provozierst mich mit deiner braven Art. Irgendwie will ich den Teufel in dir wecken. Glaub mir, das würde uns beiden viel Spaß machen.«

»Nein«, flüsterte sie und drängte sich an den Fleischblock. Lag darauf nicht irgendwo das Tranchiermesser?

»Jetzt, wo dein Mann nicht mehr da ist, fehlt dir doch sicher jemand im Bett!« Er machte noch einen Schritt auf sie zu.

»Was deine Vorgesetzten wohl dazu sagen, wenn du eine verheiratete Frau belästigst?«, sagte sie und tastete unauffällig mit einer Hand nach dem Tranchiermesser.

Konrad lachte. »Die verheiratete Frau … *eines Kommunisten?* Wahrscheinlich würden sie mich befördern.«

In diesem Moment ertastete sie das lange, spitze Messer. Ihr Herz raste, als sich ihre Finger um den rauen Griff schlossen.

»Na, komm schon. Ein kleiner Kuss wird wohl drin sein … oder?« Er überwand die letzten Meter zwischen ihnen und spitzte die Lippen. »Los, Minna. Mach schon.«

»Niemals! Du widerst mich an!«, schrie sie und wollte das Messer hinter ihrem Rücken hervorziehen …

… doch Konrad war schneller. Er legte ihr seine riesigen Hände um den Hals und drückte zu.

Minna ließ das Messer fallen und versuchte mit aller Kraft, sich aus seinem Würgegriff zu befreien. Doch sie richtete nichts gegen ihn aus. Er war zu stark.

»Du … wirst … mich … nie … nie mehr … beleidigen«, brüllte Konrad wie von Sinnen. Der Druck auf ihren Hals wurde stärker, sie bekam kaum noch Luft. Wollte er sie umbringen? Plötzlich beugte er sich vor, um sie zu küssen.

Als sie die Lippen zusammenpresste, biss er sie kräftig in die Unterlippe. Die Wunde schien zu bluten … aber das wurde Sekunden später zur Nebensache: Minna fühlte, wie sie den Kampf gegen ihn verlor. Langsam schwanden ihr die Sinne. Hatte sie bereits Wahnvorstellungen? Durch eine Nebelwand hörte sie, wie die Tür aufging und eine bekannte Stimme fragte: »Was machen Sie da?«

Konrads Griff lockerte sich. »Zieh Leine.«

Minna schnappte nach Luft. Endlich konnte sie wieder atmen.

»Lassen Sie auf der Stelle von ihr ab«, sagte die Stimme. Es war Herr Schulze.

»Du kriegst gleich ein paar in die Fresse«, antwortete Konrad. »Verzieh dich.«

»Nein. Sie werden es schon mit uns beiden aufnehmen müssen«, sagte Herr Schulze. Es klang nicht besonders mutig.

Konrad lachte schnaubend. »Ein schmales Hemd wie du und eine Frau bereiten mir keine Kopfschmerzen. Dauert nur eine Minute länger.«

Schlagartig konnte Minna wieder klar denken. Konrad würde sie beide umbringen. Er hatte keinerlei Skrupel. Das hatte er bereits mehrfach bewiesen. Er hatte Alberts Freunde, die beiden Kommunisten von dem Protestmarsch, auf dem Gewissen, und auch ihren Ehemann hatte er angeschossen.

»Muss ich noch deutlicher werden?«, rief Konrad und versuchte, mit einer Hand die Waffe in seinem Koppel zu erreichen. Die Finger der anderen Hand lagen immer noch fest um ihren Hals.

In Todesangst tastete Minna erneut nach dem Messer. Da war es! Doch das kalte Metall rutschte weg. Ihre Hand war zu feucht. Mit klopfendem Herzen griff sie erneut danach und … plötzlich bekam sie es zu fassen.

Diesmal zögerte sie nicht. Während Konrad seine Waffe in Anschlag brachte, zog sie mit einem wilden Aufschrei das Messer hinter ihrem Rücken hervor und stieß es dem halb abgewandten Mann in die Brust.

Zunächst passierte gar nichts. Konrad fuchtelte immer noch mit seiner Waffe herum. Doch auf einmal senkte er ungläubig den Blick.

Mit weit aufgerissenen Augen starrten sie beide auf den roten Fleck, der sich rund um das Einstichloch rasend schnell ausbreitete. Der dicke Stoff seines Hemdes sog die Feuchtigkeit auf. Kein Tropfen fiel auf den Boden.

»Was zum Teufel …«, murmelte er und ließ seine Waffe fallen. Klirrend schlidderte sie über den Betonboden des Lagerraums. Mit beiden Händen versuchte Konrad, das Messer aus seiner Brust zu ziehen … doch es wollte ihm nicht gelingen. Plötzlich sackte er vor ihr auf die Knie. »Du Schlampe … das wirst du mir …«, flüsterte er heiser.

Sie konnte die Augen nicht von ihm abwenden. Sein Blick wurde starr … langsam kippte er zur Seite und … schlug auf dem harten Boden auf.

Minna wusste nicht, wie lange sie den reglosen Konrad angestarrt hatte. Auf einmal stand Herr Schulze neben ihr: »Fehlt Ihnen etwas, Minna?«

Seine Stimme riss sie aus einer tiefen Trance. Fehlte ihr etwas? Sie dachte nach. Körperlich schien sie unversehrt zu sein. Über alles andere wollte sie jetzt nicht nachdenken. »Nein«, murmelte sie.

»Wir müssen Frau Falkenhayn verständigen«, erklärte Herr Schulze. »Und vielleicht die Polizei. Immerhin kann ich bezeugen, dass Sie in Notwehr gehandelt haben.«

Minna schüttelte den Kopf. »Nicht die Polizei. Die ist auf der Seite von diesen SA-Leuten. Nur Frau Falkenhayn.«

»Wollen Sie mitkommen?«

»Können wir ihn so liegen lassen?«, fragte sie zurück.

Herr Schulze kniete sich neben Konrad und fühlte seine Halsschlagader. »Der steht nicht mehr auf. Haben Sie den Schlüssel zur Vorratskammer?«

Minna nickte.

»Dann schließen wir ihn hier ein. Kommen Sie.« Er bot ihr seinen Arm an.

Kurz vor der Tür blieb sie stehen und sah ihn an. »Danke.«

Elisabeth gähnte. Schläfrig und trotzdem hellwach, hielt sie sich die Hand vor den Mund. Diese Nacht hatte sie nicht eine Minute in ihrem Bett verbracht. Doch bald würde sie sich ausruhen können. Samuel wurde jede Minute von der Bank zurückerwartet, wo er vor der Abreise noch schnell einen Wechsel eintauschen wollte.

Als Minna und Herr Schulze kurz nach Mitternacht an ihrer Tür geklopft hatten, war sie noch mit Julius, Johanna und Samuel im Wohnzimmer gewesen. Sie hatten sich gegenseitig eine gute Nacht gewünscht und wollten gerade schlafen gehen. Nachdem ihnen die beiden Angestellten von Konrads gewaltsamem Tod erzählt hatten, war daran allerdings nicht mehr zu denken gewesen. Es hatte sie alle bis ins Mark erschüttert, dass der ehemalige Page versucht hatte, Minna umzubringen, und sie ihn in Notwehr getötet hatte. Gegen ein Uhr morgens hatte ihre Entscheidung festgestanden: Minna würde mit Samuel, Johanna und Gabriel nach Paris fahren. Auch wenn sie in Notwehr gehandelt hatte, wäre es für sie momentan zu gefährlich in Bad Doberan. Immerhin war Konrad Mitglied der SA, und die Polizei schien in solchen Fällen nicht mehr so unvoreingenommen zu ermitteln wie früher. Niemand wollte riskieren, dass Minna für ihre Tat eingesperrt wurde.

Danach waren sie verschiedene Möglichkeiten durchgegangen, wie sie den Toten heimlich aus dem Hotel schaffen könnten. Schließlich hatten Julius, Samuel und Herr Schulze sich auf den Weg gemacht. Gemeinsam hatten sie die Leiche in eine Kiste gepackt, in der normalerweise Gemüse angeliefert wurde – glücklicherweise war die Totenstarre trotz der Kälte noch nicht vollständig ausgeprägt gewesen –, und diese dann durch den Personalausgang ins Freie getragen. Dort hatte bereits Julius' Wagen gestanden. Zusammen hatten sie die Kiste in den Kofferraum gehievt und waren zur Conventer Niederung gefahren. Nach einem kurzen Fußmarsch hatten sie Konrads sterbliche Überreste unzeremoniell aus der Kiste plumpsen lassen, mit dem Spaten eine flache Grube ausgehoben und ihn darin beerdigt.

In der Zwischenzeit hatten Minna, Johanna und sie selbst die Vorratskammer geputzt. Obwohl Konrads Wunde erstaunlich wenig geblutet hatte, hatten sie den ganzen Raum mit Bleichmittel durchgewischt. Im Anschluss waren sie in Minnas Dienstwohnung gegangen und hatten deren Sachen gepackt. Mit dem vollen Koffer waren sie zurück in ihre Wohnung marschiert, wo Minna einen Brief an Herrn Sollich verfasst hatte. Darin hatte sie erklärt, dass sie sich kurzfristig entschieden habe, die Familie Hirsch nach Paris zu begleiten, weil Frau Dr. Hirsch schwanger sei und ihre Unterstützung brauche. Das war zwar eine glatte Lüge, aber wenigstens eine halbwegs glaubhafte. Auf einem zweiten Blatt Papier hatte sie die Menüs für die nächsten Tage festgehalten. Den Rest würde sich Herr Sollich selbst ausdenken müssen. Zum Schluss hatte sie auch noch einen Abschiedsbrief an Julia geschrieben, allerdings ohne einen Grund für ihre überstürzte Abreise zu nennen.

Im Morgengrauen waren die Männer zurückgekommen und hatten den Wagen und die Gemüsekiste gereinigt. Anschließend hatte man das Gepäck für die Reise nach Paris in Julius' Auto geladen, mit dem er die Familie Hirsch und Minna später zum Bahnhof bringen wollte. Kurz darauf war Herr Schulze zu Bett gegangen. Zuvor hatte er Stein und Bein geschworen, dass er niemals auch nur ein Sterbenswörtchen über die heutige Nacht verlieren würde. Zu guter Letzt hatte er lange Minnas Hand gedrückt und ihr alles Gute gewünscht. Man hatte ihm ansehen können, dass ihm dieser Abschied nicht leichtfiel.

Gegen sechs Uhr dreißig hatte Elisabeth sich ein neues

Kleid angezogen und Julia, Martin und Sophie wie jeden Morgen geweckt. Währenddessen hatten sich die anderen in Pauls Wohnung zurückgezogen. Kurz nachdem die Kinder gefrühstückt hatten und in die Schule gegangen waren, hatte sich Samuel auf den Weg zur Bank gemacht. Zuerst hatte Julius ihn begleiten wollen, doch dann hatte ihr Schwager gemeint, dass sie dadurch nur unnötig Aufmerksamkeit auf sich ziehen würden.

Jetzt saßen sie mit dem inzwischen reisefertig gemachten Gabriel im Wohnzimmer und warteten auf Samuels Rückkehr. Doch der schien sich Zeit zu lassen, er war bereits seit anderthalb Stunden unterwegs.

Unruhig blickte Johanna auf die Uhr. »Er sollte längst zurück sein.«

»Mach dir keine Sorgen«, versuchte Elisabeth, sie zu trösten. »Vielleicht herrscht heute großer Betrieb am Schalter. Bestimmt kommt er gleich.«

»Aber unser Zug geht bald, und wir müssen doch noch eine Fahrkarte für Minna kaufen.«

»Soll ich das schon erledigen?«, erkundigte sich Julius hilfsbereit.

»Es ist alles meine Schuld«, sagte Minna betreten. »Ich habe Konrad umge…«

Elisabeth hob die Hand, damit sie den Satz nicht zu Ende sprach. »Hör sofort damit auf, Minna. Wenn sich irgendjemand schuldig fühlen muss, dann wir, weil wir es nicht geschafft haben, dich vor diesem Halunken und Mörder zu beschützen. Er hat dich bei uns im Hotel angegriffen, und du hast dich lediglich verteidigt. Punktum.« Sie blickte der Köchin eindringlich ins Gesicht. »Außerdem hat er schon früher grauenhafte Taten begangen und den Tod mehr als verdient.«

»Ganz meine Meinung«, bekräftigte Julius, ohne zu wissen, dass Konrad auch ihr ungeborenes Kind auf dem Gewissen hatte. An Johanna gewandt, fragte er: »Soll ich nun Minnas Billett kaufen gehen?«

Sie schüttelte den Kopf. »Nein, ohne Samuel fahre ich sowieso nicht. Und er weiß, dass die Zeit drängt. Bestimmt kommt er gleich.« Ihre Stimme zitterte.

In diesem Moment klopfte es an der Tür, und Elisabeth rief: »Herein.«

Elsa, das Stubenmädchen, betrat sichtlich aufgeregt das Zimmer. »Der Herr Doktor ist verhaftet worden«, brach es aus ihr heraus.

»Welcher Doktor?«, fragte Elisabeth perplex.

Johanna hatte bereits verstanden. »Sie haben Samuel verhaftet? Das kann doch nicht sein!«, schrie ihre Schwester hysterisch.

»Woher wissen Sie das, Elsa?«, fragte Julius mit ruhiger Stimme.

»Einer der Pagen war gerade an der Wohnungstür. Er hat die Verhaftung mit eigenen Augen gesehen, als er den Hund von Frau Völkers ausgeführt hat. Die Polizei hat Dr. Hirsch unmittelbar vor dem Bankgebäude abgeführt.«

»Aber weswegen?«, erkundigte sich Julius.

»Er hätte …«, stammelte das Stubenmädchen verstört. »Angeblich hat er gestern im Café Waffelhimmel einem Kind körperliche Gewalt angetan.«

»Wie bitte?« Elisabeth fühlte, wie sich ihre Nackenhaare aufstellten.

»Bringt mich zu Samuel. Ich will sofort zu meinem Mann!«, kreischte ihre Schwester. Gabriel fing an zu weinen.

In diesem Tumult schien nur Julius einen kühlen Kopf zu bewahren. »Nein, Johanna. Ihr müsst unbedingt den Zug nach Paris nehmen. Im Moment kannst du hier sowieso nichts für Samuel tun … außer euch selbst in Sicherheit zu bringen, damit er sich nicht noch zusätzlich Sorgen machen muss. Denk an deinen Sohn. Denk an dich! Ich werde mich um alles andere kümmern. Gleich nachdem ich euch zum Bahnhof gefahren habe, beauftrage ich meinen Anwalt mit der Sache und setze alle Hebel in Bewegung, um Samuel freizubekommen.«

»Nein!«, schluchzte Johanna. »Nein, ich kann ihn jetzt nicht alleinlassen! Weiß der Himmel, was ihm diese Leute antun werden. Er ist ihnen doch völlig wehrlos ausgeliefert.«

Elisabeth umarmte ihre Schwester. »Liebes, bitte! Natürlich wird er umgehend freigelassen, wenn die Polizei die Umstände geprüft hat. Es gibt doch genügend Zeugen dafür, dass er dem Jungen das Leben gerettet hat! Auch die Eltern des Kleinen werden sich für ihn starkmachen.«

Johannas Gesichtsausdruck hellte sich auf. Sie wischte sich die Tränen von den Wangen. »Aber dann können wir doch genauso gut auf ihn warten!«

Julius schüttelte den Kopf. »Was meinst du, wie sauer die SA auf seine Freilassung reagieren wird? Nein, es ist besser, wenn ihr wie geplant losfahrt. Bei Samuels Eltern seid ihr in Sicherheit. Und wenn wir wirklich deine Hilfe brauchen, kannst du Gabriel in Paris lassen und …«

Minna schaute auf die Standuhr. »Wenn wir nach Paris fahren wollen, müssen wir uns jetzt beeilen.«

Man konnte förmlich sehen, wie Johanna mit sich kämpfte. Alles in ihr sträubte sich dagegen, Samuel in Bad Doberan zurückzulassen. Aber sie wusste auch, dass Julius sie nicht ohne Grund zur Reise drängte. Schließlich nickte sie. »Gut, ich bringe Gabriel zu seinen Großeltern. Aber dann komme ich sofort wieder.«

»Gott sei Dank«, sagte Julius und nahm Gabriel an der Hand. »Lass uns losfahren. Es bleibt leider keine Zeit für einen großen Abschied.«

Elisabeth küsste ihre Schwester, drückte Minna kurz an sich und strich Gabriel liebevoll übers Haar. »Habt eine gute Reise. Ich schreibe, sobald ich Neuigkeiten habe. Bitte, Johanna, bleib so lange in Paris. Nicht, dass Samuel längst zu dir unterwegs ist und sich eure Züge kreuzen …«

Johanna nickte stumm. In ihren Augen standen immer noch Tränen.

Die Arbeit in der Parteizentrale war anstrengend. Unter den Mitarbeitern, die wie er für die Koordination und Organisation der Parteiveranstaltungen zuständig waren, herrschte hektische Betriebsamkeit. Es wurden Honoratioren angeschrieben und Spenden eingesammelt, während die Parteifunktionäre sich im Konferenzraum berieten. Paul verstand nicht alles, was hinter verschlossenen Türen besprochen wurde. Im August hatte Herr Hitler eine Ernennung zum Vizekanzler abgelehnt. Er wollte nicht nur in die Regierungsverantwortung »eingebunden« werden, sondern versteifte sich auf das Amt des Reichskanzlers. Das sei eine Strategie der Stärke, behauptete Carl. Insgeheim fragte sich Paul allerdings, ob diese Absage nicht ein großer Fehler war. Seiner Erfahrung nach mochten es die Bürger nicht, wenn Politiker solche Ansprüche stellten. Am Anfang musste man kleine Brötchen backen und konnte nicht gleich als großer Führer auftreten.

Anfang November bekam die NSDAP bei den neuerlichen Reichstagswahlen die Quittung serviert: Wieder verfehlten sie die angestrebte absolute Mehrheit, und im Vergleich zur letzten Wahl verloren sie sogar einige Prozentpunkte. Und das, obwohl die Parteimitarbeiter wirklich alles in die Waagschale geworfen hatten. Adolf Hitler hatte für den Wahlkampf sogar ein Flugzeug gechartert und war unermüdlich von Stadt zu Stadt und von Veranstaltung zu Veranstaltung geflogen, um die Werbetrommel zu rühren. Hinter vorgehaltener Hand munkelte man, der Führer habe kurz nach der Wahl sogar an Selbstmord gedacht. Offenbar glaubte er nicht mehr an den absoluten Sieg. Aber vielleicht waren das auch nur böse Gerüchte.

Zweifellos war es auch für ihn eine schwierige Zeit. Schon seit Wochen bekam er Carl, der Dr. Goebbels auf Schritt und Tritt begleitete, kaum noch zu Gesicht. Luise war ebenfalls viel unterwegs. Sie drehte einen neuen Film. Manchmal fühlte sich Paul recht einsam, wenn er nach der Arbeit in die Wohnung zurückkehrte. An den Wochenenden besuchte er Thomas im Internat oder reiste zu den kleineren Kindern nach Bad Doberan.

Doch sein eigenes Leben stand still. In diesen Stunden ertappte er sich dabei, wie er unwillkürlich an Robert dachte. Wie es seiner ersten großen Liebe jetzt wohl erging?

Mit einem Seufzen goss er sich einen weiteren Cognac ein und ließ sich am Schreibtisch nieder. Die Weite des leeren Wohnzimmers verstärkte das Gefühl der Einsamkeit noch, weshalb er die meisten Abende in Carls Büro verbrachte. Nachdenklich nahm er einen großen Schluck. Die goldene Flüssigkeit rann mit einem leichten Brennen seine Kehle hinab und wärmte ihn von innen. Es war bereits sein drittes Glas. Er würde aufpassen müssen, dass sich sein Alkoholkonsum nicht noch weiter steigerte. Schließlich wollte er nicht als Trinker enden. In diesem Moment schrillte das Telefon.

»Kuhlmann«, meldete er sich.

Es war Elisabeth. »Paul, wir müssen sprechen«, sagte sie. Ihre Stimme klang merkwürdig atemlos.

»Ist alles in Ordnung mit Sophie und Martin?«

»Den Kindern geht es gut, aber Julius und ich müssen etwas von Angesicht zu Angesicht mit dir besprechen. Kannst du es einrichten, am Wochenende nach Bad Doberan zu kommen?«

»Ich weiß nicht. Ich war doch erst vor zwei Wochen bei euch«, meinte er unschlüssig. Er schätzte es nicht, von Elisabeth und Julius verbal in die Zange genommen zu werden.

»Es wäre wirklich wichtig. Wir sind mit unserem Latein am Ende und brauchen unbedingt deine Hilfe.«

Das waren ja ganz neue Töne. Seine perfekte Schwester benötigte *seine* Hilfe? »Worum geht es denn?«, fragte er zögernd.

»Wie gesagt … das würden wir lieber hier und in Ruhe mit dir erörtern.«

Paul hatte keinerlei Verpflichtungen am Wochenende, Thomas würde sowieso auf einem Jungvolk-Ausflug sein. Und irgendwie war er auch neugierig. Er gab sich einen Ruck. »Also gut. Ich komme.«

Am späten Samstagnachmittag traf er im Hotel ein. Die Reise war anstrengend gewesen, gleich zweimal hatte er einen Anschlusszug verpasst. Nur gut, dass er sich einige Tage Urlaub genommen hatte. Als er die Wohnung betrat, stürmten Sophie und Martin ihm mit Freudengeheul entgegen: »Papa!« Die Kinder sahen gesund und zufrieden aus und schienen sich sehr über seinen Besuch zu freuen. Er umarmte sie und drückte sie fest an seine Brust. Ihm war gar nicht bewusst gewesen, wie sehr er sie vermisste. Vielleicht sollte er sie jetzt, wo Carl so viel unterwegs war, wieder zu sich nach Berlin holen.

Elisabeth trat aus der Stube in den Korridor, und bei ihrem Anblick musste er grinsen. Seit seinem letzten Besuch war seine sonst so ranke und grazile Schwester noch unförmiger und runder geworden. »Die Schwangerschaft steht dir gut, Schwesterherz.«

»Danke«, erwiderte sie leise. Ein glückseliges Lächeln huschte über ihr Gesicht, doch dann war sie wieder ernst. »Können wir in der Stube mit dir reden?«

Sie legt ja ein rasantes Tempo vor, dachte er unwirsch. Er hatte noch den Reisestaub in den Kleidern. »Ginge es nicht auch etwas später? Ich würde gern noch mit den Kindern plaudern.«

Sie schüttelte den Kopf. »Nein, bitte jetzt«, sagte sie und öffnete einladend die Tür.

»Gut. Ich bin gleich wieder da«, erklärte er Martin und Sophie. »Dann können wir gemeinsam abendessen.« Forsch ging er an Elisabeth vorbei und betrat das Zimmer, in dem Julius bereits auf ihn zu warten schien. »Großer Gott, was für ein dramatischer Empfang. Ist jemand gestorben?«

»Nein«, erwiderte Julius. Zwischen seinen Augenbrauen bildete sich eine steile Falte. »Aber wir haben ein Problem. Ein sehr schwerwiegendes Problem.«

Paul nahm wie Elisabeth, die leise die Tür hinter ihnen geschlossen hatte, in einem Sessel Platz und schlug die Beine übereinander. »Ich bin ganz Ohr.«

»Die Polizei hat Samuel verhaftet«, eröffnete Julius die Unterhaltung.

»Weshalb das denn?«

»Er hat im August durch beherztes Eingreifen ein Kind vor dem Erstickungstod bewahrt. Doch die hiesige SA scheint ihm eine Gewalttat vorzuwerfen, obwohl gleich mehrere Zeugen …«

»Im August?«, wiederholte Paul ungläubig. »Samuel sitzt seit August im Gefängnis? Wieso weiß ich davon nichts? Ich dachte, er wäre mit Johanna in Paris?«

»Bitte entschuldige, wir wollten dich nicht damit belasten. Aber jetzt, wo alle unsere Bemühungen erfolglos waren …«

»Wenn er seit August im Bau ist, muss er doch etwas recht Schwerwiegendes ausgefressen haben. Was wirft ihm die Staatsanwaltschaft denn vor?«

Julius' Gesichtsausdruck wurde noch eine Spur angespannter. »Das ist es ja gerade … man hat, obwohl er inzwischen nach Rostock überstellt wurde, immer noch keine Anklage gegen ihn erhoben. Sämtliche Entlastungszeugen, darunter die Eltern des kleinen Jungen, wurden ungehört nach Hause geschickt. Und sogar die Anwälte, die ich engagiert habe, dürfen ihn nicht sehen. Alle meine politischen und geschäftlichen Kontakte, hier und in Berlin, konnten nichts für ihn ausrichten. Du kannst dir bestimmt vorstellen, wie besorgt wir um ihn sind.«

»Aber …«, setzte Paul ungläubig an. »… das kann doch gar nicht sein. Nach dem Gesetz steht ihm ein Anwalt zu.«

Julius nickte. »Mit dem Gesetz scheint man es momentan nicht so genau zu nehmen. Einer der SA-Männer aus dem Ort ist plötzlich verschwunden, die Behörden gehen von einem Gewaltverbrechen aus und wollen es offenbar ohne jeglichen Beweis ebenfalls Samuel in die Schuhe schieben. Dabei hat die Polizei den Fall längst zu den Akten gelegt.«

»Unglaublich.«

Elisabeth nickte bedrückt.

»Und was soll ich da jetzt tun?«, fragte Paul, dem schwante, dass man ihn in dieser Angelegenheit um Hilfe bitten wollte.

»Carl ist doch ein guter Freund von diesem Röhm, dem Chef der SA, die inzwischen hier das Sagen zu haben scheint. Könnte der sich nicht bei den Behörden erkundigen, warum man Samuel weiterhin ohne Anklage festhält? Du kannst dir ja sicher vorstellen, wie es Johanna in dieser schrecklichen Situation geht.«

Paul nickte. »Ja, natürlich. Allerdings kann ich nicht sagen, ob Röhm da auch mitspielt. Er ist ein sehr wichtiger Mann und hat sicherlich seine eigenen Pläne.«

»Einen Versuch wäre es trotzdem wert«, erwiderte Elisabeth leise. »Wir können momentan nichts weiter für Samuel tun.«

»Ich werde versuchen, Carl umgehend zu erreichen.« Paul erhob sich.

Julius hielt ihn mit einer Handbewegung auf. »Bitte warte. Da gibt es noch eine weitere Sache, die wir mit dir besprechen müssen.«

Paul ließ sich erneut in dem Sessel nieder. »Ja?«

»Willst du es ihm erklären?«, fragte Julius, an Elisabeth gewandt, und bedachte sie mit einem liebevollen Blick.

Seine Schwester nickte. Sie saß mit aufgewühlter Miene auf der äußersten Kante ihrer Sitzgelegenheit und knetete ihre Hände. »Paul … Julius und ich haben eine schwere Entscheidung getroffen. Wie du weißt, erwarten wir ein Kind, und irgendwie grenzt es an ein Wunder, dass mir mit achtunddreißig Jahren mein größter Herzenswunsch erfüllt wird. Deshalb will ich … und werde ich alles tun, damit es dem Kind gut geht. Das Palais ist meine Herzensangelegenheit, aber meine Familie geht vor. Vor einiger Zeit habe ich eine Fehlgeburt erlitten und …« Sie machte eine abwehrende Handbewegung, um seine bestürzte Mitleidsbekundung im Keim zu ersticken. »… und das hat mir die Augen geöffnet. Deshalb wollte ich dich bitten …« Es war offensichtlich, dass es ihr schwerfiel weiterzusprechen. »Deshalb wollte ich dich bitten, für einige Zeit die Leitung des Hotels zu übernehmen.«

»Du willst die Arbeit mit mir teilen?«, erkundigte sich Paul verwirrt. »Das Palais mit mir gemeinsam führen? Aber ich arbeite doch bereits in …«

Seine Schwester schüttelte den Kopf. »Nein. Du sollst es allein führen. Julius und ich ziehen aufs Land. Wir werden auf Gut Bellhagen leben. Julia kommt selbstverständlich mit uns … und Martin und Sophie auch, wenn du das willst. Oder sie leben weiterhin mit dir im Hotel.«

Für einige Momente war er sprachlos. Seine Schwester, die ehrgeizige Geschäftsfrau, gab freiwillig die Leitung des Hotels ab? An ihn? Und was genau bedeutete »für einige Zeit«?

Julius räusperte sich. »Nun? Was sagst du zu unseren Plänen?«

»Also, ich werde meine Arbeit in der Parteizentrale sicherlich nicht aufgeben, um hier für ein paar Monate den Hoteldirektor zu geben. Wenn ich mich darauf einlasse, dann nur mit einem mehrjährigen Vertrag …«, antwortete er zögerlich, während er versuchte, seine Gedanken zu sortieren. Irgendwie reizte ihn die Vorstellung sehr, sich vor Carl und seinen Freunden als Chef des Palais Heiligendamm zu präsentieren. Und die anstrengende Arbeit in der Parteizentrale würde er auch an den Nagel hängen können. Carl könnte zwischen Berlin und Doberan pendeln, und er hätte endlich wieder die Kinder in seiner unmittelbaren Nähe …

»An wie viele Jahre hast du gedacht?«, fragte Elisabeth tonlos.

»Fünf?« Das war hoch gepokert. Eigentlich wäre er auch mit einem Vertrag über zwei Jahre zufrieden.

Julius und seine Schwester wechselten einen Blick. Er schien ihr Mut machen zu wollen.

Elisabeth seufzte tief. »Einverstanden.«

Paul musterte sie überrascht. »Und du versprichst, dich in absolut nichts einzumischen?«

»Es wäre schön, wenn du die Angestellten übernehmen könntest …« Ihre Stimme war voller Gefühl.

»Sofern sie unter meiner Leitung bleiben wollen … einverstanden. Aber ansonsten hältst du dich aus dem Tagesgeschäft heraus.«

Eine Träne lief über die ungewohnt rundliche Wange seiner Schwester. »Ich verspreche es dir.«

Julius stand auf, setzte sich auf ihre Sessellehne und legte den Arm um sie. »Wir werden das alles im Geschäftsführervertrag aufnehmen. Du musst selbstverständlich das Hotel nach betriebswirtschaftlich sinnvollen Gesichtspunkten führen. Aber … können wir prinzipiell mit deinem Einverständnis rechnen?«

Paul konnte sich ein zufriedenes Lächeln nicht verkneifen. Als junger Mann hätte er es sich nicht vorstellen können, aber jetzt freute er sich regelrecht auf diese bedeutende Aufgabe. »Ja, das könnt ihr.«

Gerade war Paul zu den Kindern gegangen, um zur Feier des Tages gemeinsam mit ihnen im Restaurant zu speisen. Endlich konnte Elisabeth, von Julius sanft umarmt, ihren Tränen freien Lauf lassen. Fünf endlos lange Jahre sollte sie darauf verzichten, die Geschicke des Palais zu leiten! Das war eine halbe Ewigkeit! Dabei konnte sie sich nichts Erfüllenderes vorstellen, als die Generaldirektorin des Hotels zu sein, das ihr geliebter Vater gegründet hatte. Es war ihr eine liebgewonnene und in Fleisch und Blut übergegangene Gewohnheit, jeden Tag mit den unterschiedlichsten Gästen zu plaudern und deren unausgesprochene Wünsche wahr werden zu lassen. Den vertrauten Duft des Hotels einzuatmen und alles daranzusetzen, dass jeder Mitarbeiter sein Bestes gab, damit das Palais – glanzvoll und luxuriös – seinem hart erworbenen Ruf als Etablissement allererster Güte gerecht wurde. Diese anspruchsvolle und gleichzeitig schönste Aufgabe der Welt würde ihr ganz schrecklich fehlen. In Wahrheit waren es nicht die Zügel des Palais, die sie in die hoffentlich fähigen Hände ihres Bruders legen würde, sondern die Hälfte ihres angstvoll pochenden Herzens. Was, wenn sie am Ende dieser langen Zeit nur einzelne Splitter davon zurückbekäme?

»Liebling«, sagte Julius leise und strich ihr zärtlich über den

Kopf. »Du musst es nicht tun. Noch haben wir den Vertrag mit Paul nicht unterschrieben. Wenn es dir so schwerfällt loszulassen, werden wir eine andere Lösung finden. Ich könnte zum Beispiel für einige Zeit selbst …«

Elisabeth schüttelte energisch den Kopf. »Nein«, sagte sie mit tränenerstickter Stimme. »Wir haben es so besprochen … und jetzt wird es auch so gemacht.«

»Aber du musst dich nicht zwischen deiner Familie und dem Hotel entscheiden! Das würde ich niemals von dir verlangen. Irgendwie würden wir schon beides unter einen Hut bekommen.«

Mit verweinten Augen blickte sie ihm ins Gesicht. »Du hast ja recht. Unter anderen Umständen würde ich mit deiner und Julias Hilfe sicherlich wunderbar zurechtkommen. Aber …« Sie schluckte gegen den Kloß in ihrem Hals an. »… keiner von uns dreien will doch in der *Adolf-Hitler-Allee* wohnen und arbeiten. Kultivierte Gäste werden zukünftig unser Hotel meiden, und mit diesem antisemitischen, nationalsozialistischen Pack dürfen wir uns nicht arrangieren. Samuels Verhaftung hat mir dies noch einmal bewusst gemacht.«

»Das stimmt alles«, erwiderte Julius ernst. »Aber wenn es dich so mitnimmt, ist es vielleicht trotzdem die falsche Entscheidung. Es ist nicht gut für eine werdende Mutter, unglücklich zu sein.«

Elisabeth versuchte, ihren Mund zu einem Lächeln zu verziehen, aber es wollte ihr nicht so recht gelingen. »Ich bin nicht unglücklich, Julius. Ganz im Gegenteil. Ich freue mich auf unsere gemeinsame Zukunft zu viert. Ihr seid mein ganzes Glück. Es ist nur so, dass …« Plötzlich versagte ihre Stimme.

»… dass du das Palais sehr vermissen wirst«, ergänzte Julius leise.

Sie nickte.

»Meinst du, Pauls betriebswirtschaftliche Fähigkeiten werden ausreichen, um das Hotel erfolgreich zu leiten?«, fragte er.

»Ich glaube … ja. Er hat mit den Jahren viel dazugelernt und jede Aufgabe, die ich ihm vor seinem Weggang übertragen habe, zu meiner vollsten Zufriedenheit erledigt. Außerdem haben wir sehr gute Mitarbeiter, die ihm – wenn er sie lässt – mit Rat und Tat zur Seite stehen werden.« Ihre Antwort überraschte Elisabeth selbst. Aber sie entsprach der Wahrheit. Das sah man schon daran, wie liebevoll und fürsorglich ihr Bruder mit seinen Kindern umging. Paul schien endlich erwachsen geworden zu sein. Er hatte seine angeborene Schüchternheit überwunden, gelernt, sich selbst mit all seinen Fehlern und guten Seiten anzunehmen, und war dadurch nicht nur ein besserer Vater, sondern bestimmt auch ein besserer Kaufmann geworden.

»Aber dir ist schon bewusst, dass unter Pauls Leitung das Hotel erneut mit SA-Angehörigen und Parteimitgliedern gefüllt sein wird.«

Elisabeth zuckte mit den Schultern. »Das wird wohl kaum zu verhindern sein, solange mein Bruder diesen Widerling liebt. Aber irgendwann werden die deutschen Wähler auch wieder zur Besinnung kommen und nicht mehr für die NSDAP stimmen. Oder?«

»Es wäre Deutschland zu wünschen«, meinte Julius nachdenklich. »Die hiesige Demokratie steckt ja noch in den Kinderschuhen, schließlich sind erst vierzehn Jahre seit Ausrufung der Republik vergangen. Wir sollten die Hoffnung also nicht aufgeben.«

Elisabeth biss sich auf die Unterlippe. »Trotzdem … es sind gefährliche Leute, die da momentan an die Macht drängen, und ich will nicht, dass meine engste Familie etwas mit ihnen zu tun hat.« Sie blickte zu ihm auf. »Ich mache mir solche Sorgen um Samuel.«

Julius drückte sie noch etwas fester an seine Brust. »Ja, mein Schatz. Ich mir auch.«

# 24. Kapitel

*Januar 1933*

Paris gefiel Minna ausgesprochen gut. Besonders das Licht in der französischen Hauptstadt hatte es ihr angetan. Tagsüber ließ der Sonnenschein die vielen Gebäude aus Sandstein mit ihren Zink- und Bleidächern in einem ganz besonderen Glanz erstrahlen. Die Menschen in den Straßen wirkten beschwingt und lebensfroh. Nachts wurden die Brücken, Plätze und Bauwerke von den unzähligen Straßenlampen beleuchtet, was sie irgendwie romantisch und geheimnisvoll erscheinen ließ. Nur mit der fremden Sprache haderte sie. Selbst nach fünf Monaten hatte sie noch Schwierigkeiten mit den einfachsten Wörtern. Alles klang so schrecklich nasal und ungewohnt. Da wurde sogar der allmorgendliche Besuch beim Bäcker zum Abenteuer. Würde er sie verstehen, wenn sie »une baguette et cinq croissants« bestellte, oder musste sie wieder umständlich mit dem Finger darauf zeigen?

Trotz der kalten Witterung versuchte Minna, so viel Zeit wie möglich an der frischen Luft zu verbringen. Wenn sie durch das Marais-Viertel lief und die wundervollen Fassaden der alten Herrenhäuser aus dem 17. Jahrhundert bewunderte oder die Aussicht vom Gipfel des Montmartre-Hügels ihr Herz höherschlagen ließ, konnte sie der bedrückenden Atmosphäre, die in ihrem neuen Zuhause herrschte, für ein paar Stunden entfliehen. Das Pariser Apartment der Familie Hirsch senior lag im vornehmen sechzehnten Arrondissement und verfügte über wunderbar hohe Stuckdecken und edles Mobiliar. Sie selbst bewohnte dort ein sogenanntes »chambre de bonne«, ein Dienstmädchenzimmer. Doch die im Haushalt vorherrschende Stimmung war beklemmend. Frau Dr. Hirsch und ihre Schwiegereltern waren halb verrückt vor Sorge: Dr. Hirsch wurde noch immer in einem deutschen Gefängnis festgehalten. Seit August! Und inzwischen war es Anfang Januar! Kein Familienmitglied, kein Anwalt hatte ihn seit seiner Verhaftung gesehen.

Besonders das Lichterfest, das die jüdische Familie vom zwölften bis zum zwanzigsten Dezember gefeiert hatte, war sehr tränenreich verlaufen. In jedem vermeintlich unbeobachteten Moment hatte sich Frau Dr. Hirsch ihrem Leid ergeben. Sie aß kaum noch etwas und war nur noch ein Schatten ihrer selbst. Minna hätte ihr so gern Mut zugesprochen, aber wie heiterte man jemanden auf, der ganz offensichtlich untröstlich war? Auch der kleine Gabriel litt unter dem Verlust des Vaters, der sich sonst jeden Tag ausgiebig mit ihm beschäftigt hatte. Doch am schlimmsten hatte es die Eltern des Herrn Doktor getroffen. Sie machten sich die größten Vorwürfe, dass sie ihren Sohn nicht noch entschiedener gedrängt hatten, das Land zu verlassen. Aber niemand hatte sich vorstellen können, dass die deutschen Behörden, die für Recht und Gerechtigkeit zuständig waren, bereits dermaßen von den neuen Kräften im Land unterwandert worden waren. Jede ihrer Bemühungen, den geliebten Sohn freizubekommen, war im Sande verlaufen. Aber wenigstens waren sie froh, dass Frau Dr. Hirsch mit ihrem Enkelsohn zu ihnen gekommen war. Da die beiden alten Herrschaften von Kindesbeinen an fließend Französisch sprachen, hatten sie rasch Anschluss an die hiesige jüdische Gemeinde gefunden. Und manchmal kamen Freunde vorbei, um ihnen Trost zu spenden. Auch Frau Dr. Hirsch nahm täglich Französischstunden, um sich der fremden Umgebung anzupassen. Und Gabriel besuchte seit Anfang November die Schule. Dort hatte er bereits einen Spielkameraden namens Antoine gefunden.

Albert hatte mit Eifersucht auf ihren überstürzten Umzug reagiert. In jedem Brief spekulierte er über die wahren Gründe für ihre Abreise. Lächerlicherweise vermutete er, dass sie einem Liebhaber nach Paris gefolgt war. Und egal, wie oft sie ihm schrieb, dass sie sich um die angeblich schwangere Frau Doktor kümmern müsse … er glaubte ihr nicht. Den eigentlichen Grund für ihren Umzug konnte sie sowieso nicht zu Papier bringen. Wenn das Schreiben jemand Unbefugtem in die Hände fallen würde, käme das einem Schuldeingeständnis gleich. Ihr Ehemann schien in seiner russischen Wahlheimat allerdings auch nicht besonders glücklich zu sein. Jedenfalls hatte er kein gutes Wort mehr übrig für den glorreichen Siegeszug des Kommunismus und dachte darüber nach, ihr nach Paris zu folgen. Woher er die notwendigen Mittel für eine solche Reise nehmen wollte, ließ er offen.

Minna selbst wurde nur noch selten von Albträumen gequält. Nachdem sie lange über alles nachgedacht hatte, machte sie sich auch keine Vorwürfe mehr. Sie war keine Mörderin. Es war nichts als Notwehr gewesen. Ohne Konrads Anschlag auf ihr Leben hätte sie ihm niemals ein Haar gekrümmt. Jeder unvoreingenommene Richter würde sie freisprechen … doch gab es solche unparteiischen Gesetzeshüter überhaupt noch? Sie wollte es besser nicht darauf ankommen lassen. Was sie allerdings brauchte, war Arbeit. Sie konnte nicht bis ans Ende ihrer Tage rastlos durch Paris streifen. Ohne eine richtige Aufgabe war das Leben fad und langweilig. Jedes deutsche Buch, das ihr in die Hände gefallen war, hatte sie bereits ausgelesen. Außerdem wollte sie der Familie Hirsch nicht länger als unbedingt nötig auf der Tasche liegen. Aber war es ohne Sprachkenntnisse überhaupt möglich, hier eine Stelle zu finden? Leider schien es ein Ding der Unmöglichkeit zu sein, von Paris aus an ihre Berliner Mieteinnahmen zu kommen, sodass sie ihren Lebensunterhalt selbst hätte bestreiten können. Und die Familie Hirsch beschäftigte bereits eine Köchin namens Yvette, die koschere Speisen für sie zubereitete. Manchmal versuchte Minna, ihr beim Kochen unter die Arme zu greifen, doch der kleinen Französin schien das gar nicht zu gefallen. Wahrscheinlich hatte sie Angst, ihre gut bezahlte Arbeit zu verlieren.

Von Julia erhielt Minna jede zweite Woche einen lieben und

langen Brief. Daher wusste sie, dass ihre ehemalige Chefin erneut schwanger war, worüber sie sich sehr freute. Die größte Neuigkeit wurde ihr jedoch von Herrn Schulze übermittelt: Frau Falkenhayn hatte sich entschieden, die Leitung des Hotels an ihren Bruder abzugeben. Was es wohl damit auf sich hatte? Aber letztlich bestärkte sie das nur in ihrem Entschluss, auf absehbare Zeit nicht nach Bad Doberan zurückzukehren. Zwar schrieb Herr Schulze, seine Erkundigungen hätten ergeben, dass niemand – noch nicht einmal Konrads SA-Kameraden – überrascht gewesen sei, als der ehemalige Page plötzlich über Nacht verschwunden war. Er hatte riesige Spielschulden angehäuft, und seine unzähligen Frauengeschichten hätten ihm ebenfalls nicht nur Freunde gemacht. Trotzdem habe die Polizei den Fall kurzfristig als Kapitalverbrechen untersucht. Doch nachdem man auch Wochen später keine Leiche gefunden hatte, sei der Fall offiziell zu den Akten gelegt worden. Herr Schulze bestürmte sie deshalb, möglichst bald wiederzukommen, aber sie konnte sich einfach nicht vorstellen, unter Herrn Kuhlmann und womöglich auch wieder Herrn von Herrhausen zu arbeiten. Außerdem hatte man offenbar Herrn Sollich, der ebenfalls in die NSDAP eingetreten war, in ihrer Abwesenheit zum neuen Küchenchef ernannt. Eine Beförderung, die davon zeugte, dass die neue Geschäftsleitung nicht viel Wert auf eine erstklassige Küche legte.

Allmählich musste sich Minna auf den Rückweg machen. Bald schon würde es dunkel werden. Sie war am heutigen Nachmittag zunächst am Ufer der Seine entlanggewandert und hatte sich danach durch die verschiedenen Viertel der Stadt treiben lassen. Leider hatte sie nur eine ungefähre Ahnung, in welcher Richtung die Wohnung der Familie Hirsch lag. Etwas verloren irrte sie kurz darauf durch die kleineren und größeren Gassen eines, wie sie glaubte, nahe gelegenen Quartiers. Nichts kam ihr bekannt vor. Zweimal fragte sie nach der Rue de l'Assomption, in der ihr Zuhause lag, aber sie schien die Worte falsch auszusprechen. Die Passanten zuckten jedenfalls nur ratlos mit den

Achseln. Sie spürte einen Anflug von Panik in sich aufsteigen. Wie sollte sie jetzt nur zurückfinden?

Minna ging gerade an einem kleinen Restaurant vorbei, als sie plötzlich aufhorchte. Hatte sie nicht gerade einige Worte in ihrer Muttersprache gehört? Suchend blickte sie sich um. Doch da war niemand. Auf dem Gehweg vor der Gaststätte standen einige kleine Tische mit blau-weiß karierten Decken. Durch die Fenster und die einladend geöffnete Tür ergoss sich warmes Licht auf die Straße. Über dem Eingang hing ein kleines Eisenschild, auf das in verschnörkelter Schrift die Worte *Le Relais de Bavière* gemalt waren.

Plötzlich kam ein korpulenter Mann in Winterjacke schnaufend aus der Restauranttür gerannt. Noch im Laufen drehte er sich um und rief in den Wirtsraum: »Dann mach doch alles allein, du dämliche Ziege.«

Auf Deutsch wohlgemerkt! Minna blieb unwillkürlich stehen, als eine rotwangige Frau mit strohig blonden Haaren ebenfalls auf die Straße lief.

»Als ob ich es nicht auch ohne dich schaffen würde, ein paar Würstchen auf den Grill zu legen. Ha! Gute Reise, Egon«, rief sie dem davonstampfenden Mann wütend hinterher. Dann drehte sie sich um und wollte gerade wieder im Restaurant verschwinden, als Minna sich verlegen räusperte.

»Entschuldigen Sie bitte, ist das ein deutsches Restaurant?«, fragte sie eilig.

»Na, freilich. Wir bieten gute bayerische Küche an«, antwortete die Frau bemüht freundlich und strich sich die nicht ganz blütenweiße Schürze glatt. »Schweinsbraten mit Knödeln, Nürnberger Würstchen mit Kartoffelsalat und Ähnliches.«

»Das muss ich unbedingt einmal probieren«, erwiderte Minna erfreut. »Können Sie mir die Adresse aufschreiben, sonst finde ich Ihr Restaurant vielleicht nicht wieder. Ich bin noch neu in der Stadt.« Es war so wundervoll, sich ohne die Sprachbarriere mit jemand Fremdem unterhalten zu können, dass sie es noch ein paar Minuten länger auskosten wollte. Vielleicht konnte ihr ihre Zufallsbekanntschaft ja auch den Weg zurück in die Rue de l'Assomption weisen.

Die Frau seufzte. »Sicher, aber am besten warten Sie noch eine Weile. Die nächsten Tage wird es hier nur Würstchen geben. Ich muss erst einen neuen Koch finden. Der alte hat gerade nach einem Streit das Handtuch geworfen. Er war zwar nicht besonders gut … aber treiben Sie mal mitten in Frankreich einen echt bayerischen Koch auf!«

»Ähm … Sie suchen einen Koch?«, fragte Minna atemlos.

»Ja. Kennen Sie da vielleicht jemanden?«

Ihre Wangen waren ganz taub vor Aufregung, als sie antwortete: »Hm, ja, mich.«

»Sie? Sie sind Köchin?« Die Frau musterte sie misstrauisch.

Minna überwand ihre Schüchternheit. Auf ihr Können in der Küche konnte sie schon stolz sein. »Allerdings. Ich habe bis vor Kurzem in einem Luxushotel an der Ostsee gearbeitet. Aber mein Mann ist Bayer, und ich kenne mich gut mit den dortigen Speisen aus.«

Nachdenklich strich sich die Frau eine blonde Strähne aus dem Gesicht. »Ich kann Ihnen aber keine Reichtümer zahlen.«

Minna lächelte. »Da mache ich mir keine Sorgen. Wir werden uns schon einig. Gehört das Restaurant tatsächlich Ihnen?«

»Ja, ich habe es von einem französischen Freund übernommen. Kommen Sie mit, ich zeige Ihnen die Küche. Ich heiße übrigens Helga.«

»Angenehm, Minna.« Wenn für Helga der Vorname reichte, war ihr das nur recht. Mit klopfendem Herzen betrat sie das kleine, gemütlich wirkende Restaurant.

Helga, die vorausgegangen war, blickte sich zu ihr um. »Wann könnten Sie anfangen?«

»Ich weiß nicht recht«, meinte Minna überrascht. Sollte sie nicht erst einmal etwas zur Probe kochen? »Ich muss erst mit meiner … Mitbewohnerin sprechen. Aber wahrscheinlich schon morgen. Haben Sie auch für das Mittagsgeschäft geöffnet?«

»Allerdings, aber nur mit einer kleinen Karte. Die meisten

unserer Gäste kommen erst nach der Arbeit und …« Locker plaudernd zeigte Helga ihr die Küche. Alle Geräte waren ein wenig alt und verbraucht, trotzdem freute sich Minna darauf, endlich wieder den Kochlöffel schwingen zu können.

Nachdem Helga ihr noch den Lehrjungen vorgestellt hatte, der allerdings nur Französisch sprach, fragte sie sie nach ihrer Meinung.

»Das alles gefällt mir sehr, sehr gut«, erklärte Minna aufrichtig. »Ich würde vorschlagen, dass ich morgen Nachmittag zur Probe eine Schweinshaxe mit Kraut zubereite, und wenn es Ihnen schmeckt, können Sie mich einstellen.«

Helga nickte und reichte ihr die Hand. »Ich glaube, wir werden uns gut verstehen, Minna.«

»Ja, das glaube ich auch«, sagte sie und schlug lächelnd ein. Irgendwie konnte sie diesen glücklichen Zufall noch gar nicht recht fassen. Andererseits, warum sollte es das Schicksal nicht auch einmal gut mit ihr meinen? »Aber damit ich morgen wiederkommen kann, müssen Sie mir zunächst noch den Weg zurück in die Rue de l'Assomption erklären. Sonst suche ich bestimmt die halbe Nacht!«

Helga erwiderte ihr Lächeln. »Also, daran soll unsere zukünftige Zusammenarbeit nun wirklich nicht scheitern.«

Trotz der Kälte stand ihm der Schweiß auf der Stirn. Betont gemäßigten Schrittes trat Paul vor die Tür und ging den Gehweg entlang. Er musste sich zusammenreißen, um nicht einfach loszurennen. Die Angst saß ihm im Nacken. Er rechnete jederzeit damit, dass sich eins der Fenster der Parteizentrale über ihm öffnete, jemand den Kopf rausstreckte und ihm hinterherrief: »Was machen Sie da? Das ist Diebstahl! Kehren Sie auf der Stelle um, oder ich benachrichtige die Polizei!« Sein Herz raste. Und das alles wegen eines dünnen Stapels unbeschriebenen Papiers, den er in seiner Aktentasche mitführte!

Carl hatte sich schlichtweg geweigert, mit Röhm über Samuel zu sprechen. »Wo denkst du hin«, hatte er gesagt. »Jemand wie Ernst Röhm kann sich doch nicht um das Schicksal eines straffällig gewordenen Juden kümmern. Mit so etwas macht sich der Anführer der SA nicht die Finger schmutzig. Im Gegenteil, er wird dafür sorgen, dass Deutschland bald zur Gänze judenfrei ist.« Paul wusste, dass Carl Letzteres nicht ernst meinte. Deutschland würde niemals »judenfrei« sein. Wie sollte das überhaupt gehen? Man konnte sich die jüdischen Mitbürger doch nicht einfach wegdenken. Dann wäre ja beispielsweise im Bildungs- und Kulturbereich niemand mehr übrig! Und bestimmt wollte auch nicht jeder deutsche Jude auswandern. Doch als er Carl in Erinnerung gerufen hatte, dass er und Samuel immerhin miteinander verschwägert waren, hatte dieser nur wortlos das Zimmer verlassen.

Nächtelang hatte Paul darüber gegrübelt, ob und wie er Samuel helfen sollte. Immer wieder war er das Für und Wider durchgegangen. Seine Schwester Johanna hatte sich mutwillig von ihm losgesagt. Das allein sollte ihn eigentlich von jeglicher Verpflichtung entheben. Auf der anderen Seite musste er unentwegt an jene schreckliche Nacht im Feldlazarett denken, als ein Feldwebel versucht hatte, ihm Feigheit vor dem Feind vorzuwerfen. Ein Straftatbestand, der mit seiner sofortigen Erschießung geendet hätte. Damals, mitten im Krieg, hatte Samuel ihm das Leben gerettet. Schuldete er ihm nicht allein deswegen Hilfe?

Als ihm schließlich eines Tages im Büro die rettende Idee gekommen war, hatte er trotzdem noch eine ganze Weile mit sich gehadert. Konnte er Carl und die Partei wirklich auf diese schändliche Art und Weise hintergehen? Zudem würde er sich selbst strafbar machen. Doch dann hatte er an Samuel denken müssen, der sich nachweislich nichts hatte zuschulden kommen lassen und trotzdem seit Monaten im Gefängnis saß. Leider schoss die SA in ihrem Eifer, den Willen der Partei durchzusetzen, des Öfteren über das Ziel hinaus. Er selbst unterstützte die wirtschaftlichen Pläne Hitlers zwar aus voller Überzeugung.

Sie waren notwendig, um die Arbeitslosigkeit zu beenden und das Land aus der Krise zu führen. Aber dieser Judenhass und die rohe Gewalt, mit der die Partei ihre Ziele mithilfe der SA durchdrücken ließ, waren ihm zutiefst zuwider. Und Carl? Paul konnte sich sein Leben nicht ohne ihn vorstellen. Er liebte ihn. Mit all seinen schwierigen Charakterzügen, vor denen er inzwischen nicht mehr die Augen verschloss: Carl war ehrgeizig und konnte unglaublich rücksichtslos sein, wenn es darum ging, seine Ziele durchzusetzen. Er hatte ihn betrogen. Trotzdem war er sein Mann. Sie gehörten einfach zusammen.

Der nächste Schritt bei der Umsetzung seines Plans fiel ihm deswegen nicht leicht. Als er, die Aktentasche unter den Arm geklemmt, die gemeinsame Wohnung betrat, ging er schnurstracks in Carls Büro. Hier stand eine funktionstüchtige, neue Schreibmaschine. Atemlos öffnete er die Tasche und zog mit zittrigen Händen einen der gestohlenen Bögen Papier hervor, auf dem der goldene Briefkopf der Parteizentrale samt Hakenkreuz prangte. Er brauchte mehrere Anläufe, um das Blatt korrekt einzuspannen. Dann tippte er los:

*»An Gauleiter Friedrich Hildebrandt*

*Betrifft: Gefangener Samuel Hirsch, geb. 1.7.1891*

*»Sehr geehrter Herr Gauleiter Hildebrandt,*
*uns ist zu Ohren gekommen, dass der oben genannte Gefangene seit einigen Monaten im Bezirksgefängnis Rostock einsitzt. Diesbezüglich weisen wir Sie an, den Mann umgehend freizulassen. Hinter Hirsch steht eine Gruppe Großindustrieller, auf deren Unterstützung wir in unserem gemeinsamen Kampf angewiesen sind. Wir haben uns darauf verständigt, dass Hirsch straffrei bleibt, wenn er umgehend das Land verlässt. Bitte senden Sie Ort und Zeitpunkt der Freilassung z. Hd. Ludwig Glasmacher in die Parteizentrale. Er wird alles Weitere veranlassen.*
*Heil Hitler!«*

Unsicher las sich Paul das Geschriebene noch einmal durch. War der Ton autoritär genug? Das hatte ihn die jahrelange Arbeit in der Parteizentrale jedenfalls gelehrt: Man durfte gegenüber Untergebenen oder Gleichgestellten niemals als Bittsteller auftreten, sondern musste vom ersten Wort an bedingungslosen Gehorsam verlangen. Es traf sich dabei gut, dass sein Kollege Ludwig Glasmacher gestern einen Autounfall erlitten hatte. Dessen Posteingang würde er in den nächsten Tagen, während Glasmacher sich erholte, leicht kontrollieren können. Und falls Hildebrandt Erkundigungen einziehen sollte, war es wesentlich sicherer, den Namen des Kollegen anzugeben als seinen eigenen.

Er zog das Schreiben aus der Maschine und setzte eine unleserliche Unterschrift darunter, die man auf keinen Fall würde nachverfolgen können. Dann nahm er den ebenfalls entwendeten Stempel aus seiner Aktentasche, drückte ihn auf Carls Tintenkissen und presste ihn unter die Unterschrift. Jetzt prangte dort schwarz auf weiß: »Nationalsozialistische Deutsche Arbeiterpartei – Parteiführung«. Er steckte das Schreiben in einen neutralen Umschlag und schrieb die Adresse des Gauleiters vorne drauf. Das Absenderfeld ließ er frei, das würde schon keinem auffallen. Gleich morgen früh wollte er den Brief mit seiner anderen Post auf den Ausgangstisch legen. Von dort würde ihn eine der Sekretärinnen abholen, frankieren und zur Post tragen. Er seufzte. Hoffentlich ging sein Plan auf.

Keine drei Tage später fand er in Glasmachers Postfach einen Eilbrief von Gauleiter Hildebrandt. Am liebsten hätte er den Umschlag sofort aufgerissen und gelesen, doch er zwang sich zur Vorsicht. Wie schon das Briefpapier und den Stempel – beides hatte er wieder fein säuberlich in Glasmachers Schreibtischschublade gelegt – schmuggelte er das Schreiben in seiner Aktentasche nach Hause. Da Carl, im Gegensatz zu den letzten Abenden, heute zu Hause war und mit ihm speiste, würde es noch einige Stunden dauern, bis er es wagen konnte, den Brief zu lesen.

»Und?«, fragte ihn Carl beim Abendessen. »Hast du deine Kündigung schon eingereicht?«

Paul lächelte ihn an. »Ich wollte noch bis morgen warten. Allerdings muss ich am 20. Januar auch schon im Palais anfangen. Das Kind meiner Schwester soll bereits Mitte Februar zur Welt kommen.«

Carl nickte zufrieden. »Fantastisch. Sobald du ganz offiziell der Chef des Palais bist, buchen wir alle Parteiveranstaltungen in der Gegend wieder dort. Du wirst sehen, das wird ein bombiges Geschäft. Und natürlich komme ich dich dort, sooft ich kann, besuchen!«

»Danke. Ich freue mich darauf, und die neue Adresse ›Adolf-Hitler-Allee 1‹ schadet dabei sicher nicht.«

»Keinesfalls«, sagte Carl mit Nachdruck und spießte ein Stück Rindsbraten auf seine Gabel. »Bestimmt kommt auch Dr. Goebbels persönlich in Bad Doberan vorbei. Vielleicht sogar mit seiner Frau und der kleinen Tochter.«

»Wunderbar«, meinte Paul und legte seine Serviette auf den Tisch. Die innere Unruhe hatte ihn schneller als sonst essen lassen.

Erst als Carl tief und fest neben ihm eingeschlafen war, schlich er sich auf Zehenspitzen zu seiner Aktentasche und verzog sich mit dem Brief ins Badezimmer. Nachdem er sich dort eingeschlossen hatte, öffnete er ihn. Es war ein kurzes Schreiben, das darüber Auskunft gab, dass Samuel in zwei Tagen um fünfzehn Uhr in Rostock entlassen werden würde. Es war offensichtlich, dass der Gauleiter beleidigt über die Einmischung aus Berlin war: Er hatte die knappe Antwort von einer Sekretärin unterschreiben lassen. Doch das war Paul herzlich egal. Er war vollauf mit seinen eigenen Gedanken beschäftigt. Würde er seinen Plan termingerecht durchziehen und Samuel selbst abholen können? Nachdenklich zerriss er das Schreiben in kleine Fetzen und spülte es die Toilette hinunter.

Am nächsten Tag, nachdem er noch einige Vorbereitungen getroffen hatte, kündigte Paul seine Stellung in der Parteizentrale. Wie erwartet, erließ ihm der Büroleiter von Dr. Goebbels die zweiwöchige Kündigungsfrist. Alles klappte wie am Schnürchen. Carl befand sich mit Dr. Goebbels auf Dienstreise, als er sich am darauffolgenden Morgen auf den Weg nach Rostock machte.

Vom Bahnhof aus fuhr er mit dem Taxi auf direktem Wege zum Gefängnisgebäude und erreichte es tatsächlich eine Viertelstunde vor dem geplanten Entlassungstermin. Sein Herz schlug wie ein Vorschlaghammer, als er ausstieg und den Fahrer anwies, auf ihn zu warten. War sein Schwindel inzwischen aufgeflogen? Würde man ihn vielleicht gleich selbst verhaften?

In diesem Moment öffnete sich die eiserne Tür des Gefängnisses, und ein schäbig aussehender Mann ohne Mantel trat auf die Straße. Paul musste zweimal hinschauen, um in diesem Landstreicher seinen Schwager zu erkennen. Samuel war bis auf die Knochen abgemagert, die zerrissene Kleidung schlotterte ihm um den Körper. Mit blutunterlaufenen Augen starrte er Paul an. Ein Schneidezahn fehlte in seinem Oberkiefer. Er war offenkundig schwer misshandelt worden, und sein Anblick schnitt Paul ins Herz. Warum hatte er nicht schon früher etwas unternommen?

»Der Wagen wartet«, meinte er verlegen, nachdem sie sich minutenlang gegenübergestanden hatten, ohne ein Wort zu sagen. Aber man konnte einen gefolterten Mann schlecht mit »Wie geht's?« begrüßen. Und etwas Besseres war ihm nicht eingefallen.

Samuel folgte ihm mit schleppenden Schritten und setzte sich neben ihn in den Fond der Limousine. »Wohin bringst du mich?«, fragte er. Seine Stimme klang heiser.

»Zum Bahnhof. Du fährst umgehend nach Paris.«

»Ich habe kein Geld für ein Billett«, flüsterte Samuel.

Paul winkte ab. »Aber deinen Pass hast du?«, erkundigte er sich besorgt. Das war die einzige Schwachstelle in seiner Planung.

Samuel nickte. »Den hat man mir merkwürdigerweise zurückgegeben, obwohl er mich als Deutschen und nicht als Menschen zweiter Klasse ausweist. Alles andere … Uhr, Feuerzeug, Geld … haben sie behalten.«

Paul war ganz schwindelig vor Glück. Jetzt würde alles gut werden. »Hauptsache, du hast den Pass«, erwiderte er erleichtert. »Alles andere habe ich hier drin.« Er klopfte auf seine Aktentasche.

Als sie das Bahnhofsgebäude betraten, schaute er auf die Uhr. »Dein Zug fährt erst in einer halben Stunde. Komm.«

Ohne ein weiteres Wort zog er Samuel in Richtung Toiletten. Er hatte die verstohlenen Blicke der anderen Reisenden gesehen. Samuel konnte die Fahrt unmöglich in diesem Aufzug antreten. Im Taxi hatte er nicht umhin gekonnt zu bemerken, dass die Kleidung seines Schwagers geradezu elendig stank. Als sie im Vorraum standen und das Toilettenfräulein die Hand aufhielt, um die zwei Pfennig Gebühr entgegenzunehmen, starrte Samuel sich im Spiegel über dem Waschbecken an. »O Gott«, stammelte er.

»Das wird schon wieder«, tröstete Paul und bugsierte ihn in den Raum mit fünf Pissoirs und einer geschlossenen Kabine. Glücklicherweise waren sie allein. »Hierein«, sagte er und drückte ihn sanft in das abschließbare Kabuff. Er folgte ihm, schloss hinter ihnen ab und begann, sich auszuziehen.

»Was machst du da?«, fragte Samuel verwirrt.

»Wir tauschen die Kleidung. Sonst verhaftet man dich auf dem Weg nach Paris womöglich erneut.«

»Und was ist mit dir?«

»Ich kann gleich noch zu einem Herrenausstatter gehen.«

Samuel blickte ihn mit großen Augen an. »Danke, Paul. Ich weiß nicht, wie du mich da rausgeboxt hast. Aber ich danke dir von ganzem Herzen. Auch im Namen meiner Familie. Ich mag mir gar nicht vorstellen, was Johanna wegen mir hat durchmachen müssen.« Dann begann auch er, sich auszuziehen. Kurz darauf reichte er Paul seine Hose.

»Meine Schwester wird überglücklich sein, wenn sie dich

wieder in die Arme schließen kann. Und wir zwei sind jetzt quitt. Du weißt schon, was ich damit meine.« Er überwand seinen Ekel und stieg in die stinkende Hose.

»Du hast mir nichts geschuldet. Ich habe damals nur meine Arbeit als Arzt getan.« Samuel hatte Mühe, mit den von der Kälte steifen Fingern sein Hemd aufzuknöpfen.

»Lass uns jetzt nicht darüber streiten, wer von uns beiden nobler ist. Wir müssen uns beeilen, sonst denkt das Fräulein noch, wir würden etwas Verbotenes auf dem Abort treiben, und ruft die Polizei.«

Sein Schwager zerrte sich das fleckige, nur halb aufgeknöpfte Hemd über den Kopf und verzog sein geschundenes Gesicht zu einem schiefen Grinsen. »Himmel! Das fehlt uns noch.«

Kurz darauf standen sie sich auf dem zugigen Bahnsteig gegenüber. Jetzt starrten die Wartenden ihn an, während Samuel wieder einigermaßen distinguiert wirkte. Kleider machen eben doch Leute, dachte Paul peinlich berührt.

»Wie kann ich dir je vergelten, was du heute für mich getan hast?«, fing Samuel erneut an.

»Indem du gut auf dich und deine Familie aufpasst«, entgegnete er. »Und bevor ich es vergesse … in der Aktentasche findest du dein Billett, einen Fahrplan mit den Umsteigezeiten, ein gefülltes Portemonnaie und – falls du noch einmal auf die SA treffen solltest – ein Schreiben mit dem Stempel der NSDAP-Parteiführung, dass du in wichtiger Mission nach Frankreich unterwegs bist und man dich passieren lassen muss.«

»Du … du machst mich sprachlos«, stammelte Samuel gerührt. In seinen Augen standen Tränen.

In diesem Augenblick fuhr der Zug ein und enthob Paul einer Antwort. Stattdessen half er seinem Schwager in das richtige Abteil. Sie umarmten sich kurz, dann kletterte Paul zurück auf den Bahnsteig.

Samuel winkte ihm durch das Fenster. Er schien ihm etwas zuzurufen, aber Paul konnte seine Worte nicht verstehen.

Der Vorsteher blies in seine Pfeife, und der Zug setzte sich in Bewegung. Beglückt sah Paul ihm hinterher. Jetzt würde er sein neues Leben als angesehener Hoteldirektor mit einem guten Gewissen beginnen können. Er konnte es kaum noch erwarten, nach Bad Doberan zu reisen und sich dort häuslich niederzulassen, selbst wenn das bedeutete, dass er Carl nicht mehr jeden Tag sehen würde. Doch sein Geliebter war in der letzten Zeit sowieso sehr oft für die Partei unterwegs gewesen. Die nagende Stimme, die ihm tief in seinem Inneren zuflüsterte, dass die SA und die von ihr beeinflussten Behörden in Bad Doberan und Rostock sich nicht rechtsstaatlich verhalten hatten, geschweige denn human, unterdrückte er. Er hatte jetzt keine Zeit, sich mit dieser Frage zu beschäftigen. Darüber würde er ein anderes Mal nachdenken.

Einige Tage später, er wohnte bereits im Hotel und ließ sich von Elisabeth in die neuartige Kostenkontrolle einweisen, erhielt er einen überschwänglichen Dankesbrief von Johanna. Samuel sei gut in Paris angekommen und befinde sich auf dem Weg der Besserung. Seine Schwester lobte Pauls Einsatz in den höchsten Tönen und nannte ihn *ihren besten, liebsten und wundervollsten Bruder* und viele andere schöne Dinge. Er freute sich aufrichtig, dass sie wieder mit ihm kommunizierte. Sicherlich war es noch ein weiter Weg, bis sie erneut so natürlich und vertraut wie früher miteinander umgehen konnten. Aber er würde versuchen, mit Briefen und Anrufen den Kontakt zu ihr weiter auszubauen. Trotzdem verbrannte er Johannas Schreiben umgehend, weil er nicht wollte, dass es Carl zufällig in die Hände fiel und der ihm dann unliebsame Fragen stellte. Überhaupt schien er sich gerade auf dem Zenit seines Berufslebens zu befinden: Der Vertrag, der ihn für fünf Jahre zum alleinigen Geschäftsführer des Palais einsetzte, war kaum unterschrieben, und schon würde das Hotel durch seine Tüchtigkeit im Frühjahr zu achtzig Prozent ausgebucht sein. Zum einen war Paul im Begriff, erneut ein Kulturprogramm aufzulegen, das sich sehen lassen konnte. Zum anderen würde er demnächst zum ersten Mal in der Geschichte des Hotels sogenannte Pauschalreisen anbieten. In ausgewählten Berliner Reisebüros könnten die Gäste zu einem vergünstigten Preis im Voraus zu bezahlende Coupons für Fahrt, Unterbringung und Vollverpflegung im Palais erwerben. Er hatte sich diesen Kniff bei dem britischen Unternehmen *Thomas Cook and Son* abgeschaut, das bereits seit 1871 solche Reisen durchführte. Die Pauschalmethode hatte dabei sowohl für die Gäste Vorteile, da sie für mehr Leistung weniger bezahlen mussten, als auch für die Hoteliers, die mehr Umsatz machten und geringere Zahlungsausfälle verzeichneten. Vorerst arbeitete Paul nur mit drei Berliner Reisebüros zusammen, aber wenn er erst ein deutschlandweites Netz aufgebaut hätte, würde das Hotel das ganze Jahr über ausgelastet sein. Sogar Carl schien sehr stolz auf ihn zu sein. Außerdem hatte er mit Elisabeth abgemacht, dass die Kinder, die mit der Familie seiner Schwester nach Gut Bellhagen übersiedelten, sämtliche Ferien bei ihm verbringen würden und darüber hinaus alle Wochenenden, an denen Carl nicht in Bad Doberan weilte.

Nur acht Tage später, am 28. Januar, überschlugen sich plötzlich die Ereignisse. Es begann damit, dass Carl ihn aufgeregt anrief und ihn bat, nach Berlin zu kommen. Er wolle Paul an seiner Seite wissen, wenn die NSDAP nach den Sternen griff: Der neue Reichskanzler Kurt von Schleicher, der erst seit knapp zwei Monaten im Amt war, war gerade zurückgetreten. Und nun würde Hindenburg mit Adolf Hitler über eine Regierungsbildung verhandeln! Obwohl ihn diese Neuigkeit elektrisierte, passte ihm der Zeitpunkt für den Ausflug nach Berlin überhaupt nicht. Es fiel ihm schwer, die Arbeit im Hotel im Stich zu lassen. Trotzdem versprach er Carl, sich gleich am nächsten Morgen in den Zug zu setzen.

Auf der Reise dachte er darüber nach, dass Samuels schändliche Behandlung von der Parteiführung sicher nicht sanktioniert worden war – falls man dort überhaupt davon gewusst hatte. Bestimmt war sein Schwager versehentlich in die Hände einiger unberechenbarer SA-Männer gefallen, die nur nicht ausreichend überwacht worden waren. Wenn Adolf Hitler erst einmal an der Macht wäre, würde er diese Foltergesellen aus seinen Reihen entfernen. Auch Carl, kultiviert und weltgewandt, wie er war, würde niemals solche brutalen Methoden dulden. Da war er sich ganz sicher.

Als er am Abend die Wohnung erreichte und gerade den Schlüssel ins Schloss stecken wollte, öffnete Carl ihm mit einem strahlenden Lächeln die Tür. »Wir haben's geschafft!«, rief er und schloss ihn fest in die Arme. »Die ganze harte Arbeit hat sich gelohnt. Morgen wird unser Führer von Reichspräsident Hindenburg zum Reichskanzler ernannt.« Paul gratulierte ihm aufs Herzlichste. Doch seine kleine Rede wurde auf die schönste Art und Weise unterbrochen: Carl packte spielerisch seine Krawatte und zog ihn daran ins Schlafzimmer, wo sie sich so stürmisch liebten wie zuletzt in der Anfangszeit ihrer Beziehung.

Am nächsten Morgen herrschte in der Parteizentrale große Hektik. In Berlin ging das Gerücht um, das Militär wolle Hitlers Ernennung noch durch einen Putsch verhindern. Doch schließlich ging die feierliche Zeremonie, an der Paul und Luise ebenfalls teilnehmen durften, wie geplant vonstatten. Als alles vorbei war, rief der sichtlich gealterte Reichspräsident von Hindenburg: »Und nun, meine Herren, vorwärts mit Gott!«

Kurz darauf knallten die Sektkorken. Im neu gebildeten Kabinett wurde Franz von Papen Vizekanzler und Reichskommissar für Preußen, Alfred Hugenberg Wirtschaftsminister, und von der NSDAP waren Hermann Göring und Wilhelm Frick an der Regierung beteiligt. Carl war vollkommen außer sich vor Freude. Er wich Dr. Goebbels nicht von der Seite, und so kam es, dass Paul und Luise am Abend ebenfalls an einem Fenster der Reichskanzlei standen und den Aufmarsch von fünfzehntausend SA-Männern und NSDAP-nahen Vereinigungen miterlebten. Die uniformierten Männer zogen im Stechschritt mit brennenden Fackeln und Fahnen durch das Brandenburger Tor und an der Reichskanzlei vorbei, wo sie vom neuen Reichskanzler mit der »Heil Hitler«-Geste gegrüßt wurden. Als ihr unisono gebrülltes »Heil Hitler« zurückschallte, war dies ein beeindruckendes und gleichzeitig irgendwie beängstigendes Schauspiel. Paul, der neben Dr. Goebbels stand, hörte, wie dieser ergriffen murmelte: »Es ist fast ein Traum. Die Wilhelmstraße gehört uns.«

Auf dem Rückweg im Taxi grinste Carl glückselig, während Luise sich auf dem Vordersitz über die eher biederen Kleider der anwesenden Ehefrauen ausließ. »Schade, dass Frau Goebbels nicht mit von der Partie war, sie wäre sicherlich im letzten Pariser Schick gekleidet gewesen.«

Carl, der wie Paul im Fond des Wagens saß, verdrehte bei ihren Worten die Augen. »Die Damen kleiden sich eben wie anständige deutsche Frauen und nicht wie Millionärspüppchen. Das stünde dir auch gut zu Gesicht.«

Paul griff nach seiner Hand. »Und wie geht es jetzt weiter? Werdet ihr einen Schritt auf die anderen Parteien zu machen und versuchen, im Konsens Deutschland auf den rechten Weg zu bringen?«

Carl sah ihn verwundert an. »Selbstverständlich nicht. Wir arbeiten schon seit Wochen an einem Plan, wie wir dem Führer die absolute Macht verschaffen können. Warte ab, da kommen große Dinge auf uns zu. Bald schon werden wir Deutschland nach unseren Vorstellungen umgestalten. Und dann wird jeder, der nicht für uns ist, einen Preis bezahlen. Du wirst schon sehen, das wird ein großer, harter Kampf, aber am Ende werden wir siegen!«

Carls Stimme war voll Pathos, doch Paul lief unerklärlicherweise ein kalter Schauer über den Rücken. Dabei würde nun sicherlich alles gut werden. Die politischen Wirren der Weimarer Republik mit all der schrecklichen Gewalt auf den Straßen und der Bedrohung durch die Arbeiterbewegung würden endlich der Vergangenheit angehören. Drei Regierungen in zwei Jahren waren einfach zu viel, und auch den vielen Arbeitslosen, aktuell sechs Millionen, musste unbedingt geholfen werden. Unter Adolf Hitler würden bald Wohlstand und Stabilität in sein Heimatland einziehen. Da war er sich ganz sicher. Trotzdem freute er sich, dass er morgen wieder nach Bad Doberan zurückfahren konnte. Ihm fehlte das Hotel schon jetzt.

Zum zweiten Mal in ihrem Leben lag Elisabeth in den Wehen. Doch diesmal war alles anders: Julius wartete vor ihrer Schlafzimmertür, und Helene Küster, eine ausgebildete Hebamme, stand ihr zur Seite. Der Arzt war informiert und würde sicherlich auch bald eintreffen, obwohl das Kind laut Frau Küster bereits in die richtige Position gerutscht war. Sie lag auch nicht wie beim letzten Mal in ihrem Jungmädchenzimmer in der Privatwohnung ihrer Eltern, sondern in ihrem neuen, noch ein wenig fremden Ehebett. Erst letzte Woche waren sie von Bad Doberan aufs Land gezogen, und das elegante Bett mit dem Baldachin aus reiner Seide war ein Geschenk von Julius. Sie wusste, dass er ihr damit den Abschied aus dem Palais versüßen wollte. Doch merkwürdigerweise war ihr die Abreise gar nicht so schwergefallen, wie sie erwartet hatte. Es war schlichtweg die richtige Entscheidung. Außerdem hatte sich Paul mit unerwarteter Begeisterung in die Hotelarbeit gestürzt, und für den Anfang schien er seine Sache ausgesprochen gut zu machen. Sollte er sich ruhig eine Zeit lang um das Palais kümmern. Im Grunde stand er ja doch auf der Seite seiner Familie, wie die vor Carl geheim gehaltene Rettung Samuels zeigte.

Vor fünf Stunden war ihre Fruchtblase in der Küche von Gut Bellhagen geplatzt, und die Wehen hatten eingesetzt. Obwohl sie zunächst nur alle zwanzig Minuten gekommen waren, war Julius sofort zum Wagen gestürzt, um die Hebamme zu holen. Julia hatte sie behutsam zu ihrem Bett gebracht und liebevoll ihre Hand gehalten, bis Frau Küster eintraf und sie aus dem Zimmer scheuchte. Seitdem war mit jeder Stunde der Abstand zwischen den Wehen kürzer geworden und die Schmerzen heftiger.

»Und Sie sind sich ganz sicher, dass es nicht zu früh ist?«, fragte Elisabeth die Hebamme. »Eigentlich sollte das Kind doch erst Mitte Februar kommen.«

Frau Küster wischte ihr mit einem kühlen Tuch den Schweiß von der Stirn. »Machen Sie sich keine Sorgen, Frau Falkenhayn. Alles wird gut. Ihr Sohn oder Ihre Tochter ist lediglich ein wenig ungeduldig.«

Elisabeth versuchte, sich zu entspannen. Irgendwie war es ein Segen, dass sie bei Julias Geburt halb ohnmächtig gewesen war. Besser keine Erinnerungen als schlechte Erinnerungen. Sie biss sich auf die Unterlippe, um nicht laut loszuschreien, als eine weitere Wehe ihren Körper erfasste. Nur langsam ebbte der Schmerz ab.

Sie freute sich auf die Zeit nach der Geburt. Bei ihrem zweitgeborenen Kind würde sie nicht schon wieder die ersten Jahre der Entwicklung verpassen. Damals, bei Julia, hatte sie keine andere Wahl gehabt. Ihre Mutter hatte für sie entschieden. Aber diesmal wollte sie nichts versäumen. Die ersten Schritte mitzuerleben und die ersten Worte aus seinem oder ihrem Mund zu hören schienen ihr plötzlich das Wichtigste auf der Welt zu sein. All diese bewegenden Erlebnisse wollte sie mit Julius und Julia teilen, und die ihr ans Herz gewachsene, aber niemals endende Arbeit im Hotel könnte dieses Glück nun nicht schmälern.

Eine weitere Wehe wütete erbarmungslos durch ihren Unterleib. Elisabeth atmete keuchend wie nach einem zu schnellen Lauf.

»Sie machen das gut, Frau Falkenhayn«, lobte die Hebamme, hob das Laken von ihrem geschwollenen Leib und blickte ihr zwischen die Beine. »Bald schon ist die Zeit gekommen, um das Kind hinauszupressen.«

Elisabeth versuchte, ihre Gedanken auf etwas anderes zu konzentrieren. Unwillkürlich kamen ihr ihre ersten Jahre in Doberan in den Sinn. Im Geiste sah sie sich als Heranwachsende die große Treppe im Palais hinunterrennen, ständig auf der Flucht vor ihrer strengen Mutter, die ihre eigensinnigen Ausflüge in die magische Welt des Palais nicht duldete. Mit Wehmut erinnerte sie sich an ihren Vater, wie er aufrecht und elegant im Speisesaal von Tisch zu Tisch ging, um mit den Gästen zu plaudern und sicherzustellen, dass alles in bester Ordnung war. Wie verschmitzt er ihr damals immer zugelächelt hatte! Im Verborgenen war er wohl ihr hilfreichster Komplize auf dem Weg an die Spitze des Hotels gewesen. Sie rief sich die rege Betriebsamkeit in Erinnerung, die in der von Herrn Brandmüller mit eiserner Disziplin geführten Küche geherrscht hatte, und hörte wieder das Rascheln der kostbaren Roben, deren Besitzerinnen auf dem Weg zum Ballsaal durch das Foyer eilten. Das ganze Foyer hatte tagelang nach ihren kostbaren schweren Parfüms geduftet. Wie lange das inzwischen alles her war! Damals wie heute liebte sie das luxuriöse Ambiente des Palais mit jeder Faser ihres Herzens. All das kam ihr immer noch wie das Paradies auf Erden vor. Wie entbehrungsreich allerdings waren die Kriegszeiten gewesen, als sie das Haus nur hatte retten können, indem sie es in eine Rehabilitationsklinik verwandelte. Und mit wie viel Stolz hatte es sie erfüllt, es nach dem Krieg von Grund auf zu renovieren und schließlich in altem Glanz wiederzueröffnen.

In der Vergangenheit hatte sie gedacht, das Palais sei das Fundament, auf dem ihr Leben aufgebaut war. Doch inzwischen wusste sie, dass es nur ein Teil davon war. Das Wichtigste, und das würde bis zu ihrem Tod Bestand haben, war jetzt ihre Liebe zu Julius und Julia. Und die Hingabe zu diesem neuen Wesen, das gerade auf die Welt kommen wollte. In diesem kostbaren Moment waren sie alle vereint, und sie würden das Leben gemeinsam genießen. Es herrschte weder Krieg, noch litten sie finanzielle Not. Seit dem frühen Tod ihrer Eltern war ihr bewusst, dass man Glück nicht festhalten konnte. Deshalb war es wichtig, diese flüchtigen Momente mit allen Sinnen auszukosten und …

Erneut wurde sie durch die Ankunft einer Wehe aus ihren Gedanken gerissen. Diesmal ging es nicht anders … sie schrie aus voller Kehle.

»Richtig so«, sagte die Hebamme. »Jetzt mit aller Kraft pressen. Ich sehe schon das Köpfchen.«

Kurz darauf war es geschafft. An die letzten Minuten der Geburt konnte sie sich nur noch verschwommen erinnern. Doch als der Arzt das Zimmer betrat und sie untersuchte, hielt sie ihren Sohn bereits glücklich im Arm, und der Kleine war von der Hebamme sogar schon für wenige Minuten an ihre Brust gelegt worden. Verzückt betrachtete Elisabeth sein rotes, noch zerknautschtes Gesichtchen. »Oskar«, flüsterte sie leise. »Oskar Heinrich.«

Julius und sie hatten sich schon vor der Geburt auf zwei Namen geeinigt. Wenn es ein Junge wurde, sollte er nach ihren beiden Vätern heißen. Ein Mädchen würden sie nach ihren Müttern Marie Ottilie nennen. Was ihre Eltern jetzt wohl sagen würden? Ob sie stolz auf die von ihrer Tochter getroffene Entscheidung wären? Oder würden sie ihr vorwerfen, dass sie ihre Pflichten vernachlässigte? Doch letztlich musste sie ihr Leben nach eigenem Ermessen leben. Ohne jeden Zweifel war sie durch die Ereignisse der letzten Jahre reifer und klüger geworden. Familie und Tradition bedeuteten ihr viel. Die Vorstellung, dass Julia und dieses kleine, zerbrechliche Wesen in ihren Armen einmal das Palais übernehmen würden, rührte sie zu Tränen. Wenn Pauls Vertrag auslief, würde sie deshalb an die Hotelspitze zurückkehren, um das Palais für ihre Kinder zu bewahren. Das war zumindest ihre feste Absicht.

In diesem Moment trat der Doktor an ihre Seite. »Frau Falkenhayn, nach meinem Dafürhalten ist alles in bester Ordnung, und ich werde jetzt den stolzen Vater benachrichtigen, während Sie sich ein wenig ausruhen.«

»Bitte schicken Sie ihn sofort in mein Zimmer!«, rief Elisabeth hastig.

Der Arzt warf ihr einen überraschten Blick zu. »Wollen Sie nicht noch ein wenig ruhen und sich zurechtmachen?«

Elisabeth hob stolz den Kopf. »Nein, ich will, dass mein Mann unseren Sohn sieht. Jetzt auf der Stelle.«

Kurz darauf betrat Julius das Schlafzimmer. Sein besorgter Blick fiel zunächst auf sie. »Mein tapferer, tapferer Liebling«, sagte er ergriffen. »Wie fühlst du dich?«

Sie lächelte. »Es ist mir nie besser gegangen, Julius. Wir haben einen wunderschönen Sohn.«

Andächtig betrachtete er das kleine Bündel in ihren Armen. »Darf ich?«, fragte er und streckte die Hände nach ihm aus.

»Natürlich.« Vorsichtig reichte sie ihm seinen Sohn.

»Oskar?« Julius blickte sie fragend an, bevor er den Kleinen, fürsorglich dessen Köpfchen stützend, entgegennahm.

Sie nickte. Oskar wirkte auf dem Arm seines Vaters noch viel winziger. Es war so schön zu sehen, mit wie viel Liebe Julius das schlafende Gesicht des Neugeborenen betrachtete. Unwillkürlich stiegen ihr Tränen der Rührung in die Augen. Auch Julius waren die ersten Jahre mit seiner Tochter geraubt worden. Was für ein Glück, dass sie beide nun eine zweite Chance bekamen.

»Julia wartet vor der Tür. Sie platzt fast vor Neugier. Darf sie reinkommen?«, flüsterte er.

Elisabeth lächelte. »Selbstverständlich. Und Martin und Sophie dürfen sich das Kind auch noch ansehen.«

Ein paar Tage später saßen Julius und sie gemütlich in der Stube mit den rot karierten Vorhängen an den Fenstern. Julius studierte einige Geschäftsberichte. Glücklicherweise schienen sich seine Beteiligungen in Amerika einigermaßen vorteilhaft zu entwickeln. Neben ihnen lag der kleine Oskar friedlich schlafend in seiner Wiege. Die anderen Kinder waren in der Schule. Es war ruhig auf dem Gut. Elisabeth drehte den Kopf und sah auf den tief verschneiten Hof. Nur Julias Kater schlich auf der Suche nach einem Mäusebraten lautlos um die mächtige Eiche.

Jetzt, im Februar, gab es für die Knechte nicht viel zu tun.

Nur das Vieh musste versorgt werden. Elisabeth dachte an die emsige Atmosphäre im Palais. Und rief sich sogleich energisch zur Ordnung. Das ging sie momentan nichts an. Um sich abzulenken, griff sie nach der Zeitung.

Die meisten Artikel beschäftigten sich mit dem neuen Reichskanzler Adolf Hitler. Sogar im Radio wurden nun seine flammenden Reden übertragen. Erst gestern hatte er eine Stunde lang im Sportpalast gesprochen. Es hatte sie einiges an Überwindung gekostet, seinen Worten und dem immer wieder aufbrandenden Applaus zu lauschen. Besonders eine Stelle, an der er über die letzten Jahre der Republik gewettert hatte, war ihr übel aufgestoßen. Noch immer hallten seine Worte in ihrem Inneren nach: »Vierzehn Jahre lang haben die Parteien des Verfalls das deutsche Volk misshandelt …« So etwas sagte er über die junge Demokratie, in die viele Menschen nach den Schrecken der Kriegsjahre all ihre Hoffnung gesetzt hatten. Wie viele Familien hatten damals ihre Väter verloren! Wie viele Männer waren nicht nach Hause zurückgekehrt! Elisabeth seufzte.

»Was hast du?«, fragte Julius und blickte auf.

»Hoffentlich ist dieser braune Spuk bald wieder vorbei«, meinte sie nachdenklich.

»Ich fürchte, das wird nicht so schnell geschehen. Dafür sind zu viele Menschen bereit, Hitler seine falschen Versprechungen zu glauben und für alles Schlechte die Juden verantwortlich zu machen.«

»Vielleicht war sein Aufstieg wegen der Wirtschaftskrise unumgänglich. All die Arbeitslosen, so viel Armut …«, erwiderte Elisabeth traurig.

Julius schüttelte den Kopf. »Nein, es hätte nicht so weit kommen müssen«, sagte er voller Überzeugung. »Bis vor Kurzem war die NSDAP lediglich eine Splitterpartei im rechten Spektrum. Ihr brutales Auftreten hat viele Bürger abgeschreckt.« Erregt fuhr er sich mit einer Hand durchs Haar. »Wenn sich die gemäßigteren Parteien auf eine gemeinsame Regierung, auf ein gemeinsames Programm zur Bekämpfung der Arbeitslosigkeit geeinigt hätten, wäre Hitler sicher niemals zum Reichskanzler ernannt worden.«

»Meinst du wirklich?«

»Unbedingt. Noch Anfang des Jahres hatten viele Zeitungskommentare sein Ende vorhergesagt. Angeblich war die NSDAP sogar pleite und stand kurz vor dem wirtschaftlichen Aus. Doch dann haben die anderen Nationalkonservativen unseren greisen Reichspräsidenten überredet, ausgerechnet diesen gefährlichen Volksverführer auf den Chefsessel der Reichskanzlei zu hieven.« Julius holte tief Luft und warf einen Blick auf Oskar in seiner Wiege. »Wir müssen schon allein wegen unserer Kinder alles tun, um Deutschlands junge Demokratie gegen ihn und seine Barbaren zu verteidigen.« Seine Stimme klang kämpferisch.

Liebevoll lächelte Elisabeth ihn an: »Egal, was passiert … die frischerweiterte Familie Falkenhayn wird dem Sturm trotzen. Solange wir uns lieben, kann uns das alles nichts anhaben.«

*Eine Frau und ihr Traum vom Glück in einer zerrissenen Zeit*

Eva Völler
EIN TRAUM VOM GLÜCK
Roman
DEU
464 Seiten
ISBN 978-3-7857-2670-9

Essen 1951: Nach der Flucht aus der Kriegshölle Berlin hat die junge Katharina Unterschlupf bei der Familie ihres verschollenen Mannes gefunden. Aber das Zusammenleben mit der barschen, zupackenden Schwiegermutter auf engem Raum fällt der lebenshungrigen Frau schwer. Sie will ein besseres Leben für sich und ihre beiden Töchter. Mit trotziger Entschlossenheit versucht sie, ihrem ärmlichen Umfeld zu entfliehen. Doch dann begegnet sie dem traumatisierten Kriegsheimkehrer Johannes ...

Auftakt der großen Saga aus dem Ruhrpott, dem Ort, wo es immer ein neues Morgen gibt

Lübbe